中国历史文化名人传

北宋文儒
欧阳修传

邵振国　著

作家出版社

中国历史文化名人传

组委会名单

主任：李　冰
委员：何建明　葛笑政

编委会名单

主任：何建明
委员：郑欣淼　李炳银　何西来　张　陵　张水舟　黄宾堂　张亚丽

文史组专家成员（按姓氏笔划为序）

王春瑜　王家新　王曾瑜　孙　郁　刘彦君　李　浩　何西来
郑欣淼　陶文鹏　党圣元　袁行霈　郭启宏　黄留珠　董乃斌

文学组专家成员（按姓氏笔划为序）

王必胜　白　烨　田珍颖　刘　茵　张　陵　张水舟　张亚丽
李炳银　贺绍俊　黄宾堂　程步涛

出版说明

　　中华民族五千年文明史中，涌现了一大批杰出的文化巨匠，他们如璀璨的群星，闪耀着思想和智慧的光芒。系统和本正地记录他们的人生轨迹与文化成就，无疑是一件十分有必要的事。为此，中国作家协会于 2012 年初作出决定，用五年左右时间，集中文学界和文化界的精兵强将，创作出版《中国历史文化名人传》大型丛书。这是一项重大的国家文化出版工程，它对形象化地诠释和反映中华民族文化的基本精神，继承发扬传统文化的精髓，对公民的历史文化普及和建设社会主义文化强国都具有重要而深远的意义。

　　这项原创的纪实体文学工程，预计出版 120 部左右。编委会与各方专家反复会商，遴选出在中国文化发展史上产生过重大影响的 120 余位历史文化名人。在作者选择上，我们采取专家推荐、主动约请及社会选拔的方式，选择有文史功底、有创作实绩并有较大社会影响，能胜任繁重的实地采访、文献查阅及长篇创作任务，擅长传记文学创作的作家。创作的总体要求是，必须在尊重史实基础上进行文学艺术创作，力求生动传神，追求本质的真实，塑造出饱满的人物形象，具有引人入胜的故事性和可读性；反对戏说、颠覆和凭空捏造，严禁抄袭；作家对传主要有客观的价值判断和对人物精神概括与提升的独到心得，要有新颖的艺术表现形式；新传水平应当高于已有同一人物的传记作品。

为了保证丛书的高品质，我们聘请了学有专长、卓有成就的史学和文学专家，对书稿的文史真伪、价值取向、人物刻画和文学表现等方面总体把关，并建立了严格的论证机制，从传主的选择、作者的认定、写作大纲论证、书稿专项审定直至编辑、出版等，层层论证把关，力图使丛书经得起时间的检验，从而达到传承中华文明和弘扬杰出文化人物精神之目的。丛书的封面设计，以中国历史长河为概念，取层层历史文化积淀与源远流长的宏大意象，采用各个历史时期最具代表性的文化符号与雅致温润的色条进行表达，意蕴深厚，庄重大气。内文的版式设计也尽可能做到精致、别具美感。

中华民族文化博大精深，这百位文化名人就是杰出代表。他们的灿烂人生就是中华文明历史的缩影；他们的思想智慧、精神气脉深深融入我们民族的血液中，成为代代相袭的中华魂魄。在实现"中国梦"的历史进程中，必定成为我们再出发的精神动力。

感谢关心、支持我们工作的中央有关部门和各级领导及专家们，更要感谢作者们呕心沥血的创作。由于该丛书工程浩大，人数众多，时间绵延较长，疏漏在所难免，期待各界有识之士提出宝贵的建设性意见，我们会努力做得更好。

《中国历史文化名人传》丛书编委会

2013 年 11 月

欧阳修

目录

001   第一章 / 别梦庐陵

047   第二章 / 初步丹墀

078   第三章 / 江湖之远

110   第四章 / 庙堂之高

149   第五章 / 庆历新政

194   第六章 / 庆历铁血

251   第七章 / 明镜白发

315   第八章 / 翰林青云

381   第九章 / 人性扪问

446   第十章 / 斜阳金晖

511   欧阳修大事年表
        ——据宋人胡柯《庐陵欧阳文忠公年谱》

527   参考文献

第一章

别梦庐陵

第一节　拜谒翰林学士胥偃

"谒选"在北宋是一项制度，不同于现在的拉关系、走后门，凡是想走仕途的人，都必须这么做。朝廷有诏令，参加礼部贡举（而非州试举人）者，须有一定资质的官员举荐。尤其是"制科"，则需五名官员保举。天圣二年（1024）正月甲午，诏曰："礼部贡院、开封府、国子监及别头各增置点检试卷、封弥、巡铺、监门官有差。开封府举人无户籍者，召有出身京朝官保二人，无出身曾历任者保一人；外州召命官、使臣为保，不得过一人。所保不实，以违制论。"①

举人竟然如此严格！

此时距离那道诏敕过去四五年时间，二十二岁的欧阳修尚"无出身曾历任"，只有一具"孤寒"之身，他经历了一次州试和一次试礼部，均蹉跎落选。欧阳修虽然在母亲和叔父的教导下读了不少经史子集，所撰诗文流入社会颇获赞美，但是若想步入仕途、改变自己和母亲的生活

---

① 〔宋〕李焘：《续资治通鉴长编》，中华书局 2004 年版，第 4 册，天圣二年正月第 1 条，第 2348 页。

境遇，"谒选"——争得京朝官的赏识，是他的必由之路！

欧阳修四岁时，父亲去世，母亲带着他依傍叔父欧阳晔，过着贫寒的生活。每回顾童年，他的诗文都有"饥寒"两个字，所谓"顾我实孤生，饥寒谈孔孟""仕宦希寸禄，庶无饥寒迫"。①

欧阳修是从叔父所在的随州（今湖北随县）来胥学士府邸的。因为叔父时任随州推官。推官，月俸禄"十五千，春、冬绢各五匹，冬绵十两"②。可谓菲薄，自不会生活富裕。之所以来拜谒胥学士，而不是其他重臣，是因为胥公时任汉阳知军，任所距离随州不很远，这样可免了前往京师的车舟盘缠。欧阳修身上只带了母亲给的稍许几个钱，再有就是他准备上呈胥公的文章了。

欧阳修从未见过胥公，心中忐忑，只略知汉阳军乃是胥公贬职后又起用，几经迁转的任所。当初胥公被贬为监光化军（京西路河南府）酒税，监税恐怕是最重的贬谪了！据说，胥公遭贬的时间恰是欧阳修第一次落选之年。天圣元年（1023），欧阳修才十七岁。还是为贡举的事，胥公在开封府发解举人中被查处。发解官共三人，被告发"擅拆举人卷首，择有名者居上"③。举人试卷本该是封弥的，非进入御试之后不能拆开。三位发解官为选择有名望之士，忘乎所以，都被贬谪了。

胥公的经历，或许此时的欧阳修尚且不知。胥公少年时即得到先朝名臣柳开的扶持引荐，举进士及第甲科，授大理评事、通判湖州。不多年即迁官直集贤院、知太常礼院，属于"两制"官员了。此时欧阳修还有所不知，有宋以来，尤其是仁宗朝，善待士人和朝臣，即使罢黜，很快就又恢复了。欧阳修不知在此去五六年之后，胥公不仅晋擢尚书刑部员外郎、知制诰，翰林学士、权知开封府，而且再次知礼部贡举。

至于他喜好人才与否，欧阳修更不必担虑，这几乎是仁宗朝士人的通"病"——想要不爱才也难。宋庠、宋祁兄弟未举进士之前，其文章

① 〔宋〕欧阳修：《述怀》《感兴五首》，李逸安点校：《欧阳修全集》，中华书局2001年版，第1册，第89页、第97页。
② 〔元〕脱脱等：《职官十一·俸禄》，《宋史》，中华书局1977年版，第12册，第4108页。
③ 〔宋〕李焘：《续资治通鉴长编》，中华书局2004年版，第4册，天圣元年十一月第9条，第2343页。

已有盛名，恰在胥偃为考官判卷之际，宋庠试《良玉不琢赋》，被胥公爱不释手，说此试卷"非二宋不能作之！"但是卷文中有一韵重叠，很遗憾，恐怕难得高名次，胥偃的"病"就又犯了，惋惜之余，终还是派人持卷秘密地令考生自改，把"瑰奇擅名"之句，"擅名"改为"擅声"。因为下文紧接的即是"而无刻画之名"，改后而判它为第一。等到御试拆去封弥，该卷果然是宋庠之卷！①

这些事虽然发生在景祐中，对于欧阳修那还是"未来时"，他不得不由是发问：自己在哪里缺少悟性或是才华了？前两次与试所以失败，固然原因多种，例如自己的经史功底不够扎实，正像后来他在《与荆南乐秀才书》中所说："仆（我）少孤贫，贪禄仕以养亲，不暇就师穷经，以学圣人之遗业。而涉猎书史，姑随世俗作所谓时文者，皆穿蠹经传，移此俪彼，以为浮薄，惟恐不悦于时人，非有卓然自立之言如古人者。"②

这段话如此坦诚，除表白自身学识不足之外，还说自己对"时文"没有参悟，根子上是觉得时文浮华浅薄，实际上没有"卓然自立"的文章内容，是欧阳修所不愿意为的。它不像欧阳修尚在十余岁时所捧读的唐人韩愈的文章，有一股孟子的"浩然之气"，过目而不忘。那是欧阳修在城南东园李尧辅家中获得的，它已被时人遗弃在废垣敝筐之中，成为残篇。

但是欧阳修要"禄仕养亲"，又必得学习时文。因为这种文体为朝廷行文、官员奏疏所必须用的文体。它起于汉晋、六朝，即所谓骈文，注重声韵和对仗，是谓"骈四俪六"的句式，并讲究词藻华丽、运用典故。不能不说它有一定的艺术之长和文章之美，但是莘莘学子、文武百官都把时间和精力花费在声韵句式上，那么文章内容、朝政建树从何而来啊？可这无关欧阳修个人的事，汲取教训吧！欧阳修这次准备呈递的《上胥学士偃启》，就是标准的时文，足够"骈俪"和"四六"的！而

---

① 周勋初：《宋人轶事汇编》，上海古籍出版社 2014 年版，第 2 册，《宋庠》第 10 条，第 872 页。

② 〔宋〕欧阳修：《与荆南乐秀才书》，《欧阳修全集》，中华书局 2001 年版，第 2 册，第 660 页。

且不会有缺乏思想之嫌，比三代历史之流变，承本朝既往之担负，那些句子，似从欧阳修之胸臆喷薄而出，他都能默诵：

> ……秀野颁春，过蘅皋而倦目；清言捉尘，临雅俗以镇浮。然而未央居半夜而生思，安石以苍生而待起。望之补吏，意雅在于本朝；主父出游，帝已嗟于见晚。行奉一封之传，入随三节之趋。见堂堂之姿，送之逆目；对雍雍之表，威不违颜。登乎赤墀之途，进重于高门之地，卓然远韵，度越诸公。沾芳润者漱其清芬，仰龙光者思其末照。英风有焕，物议攸归；矧此妄庸，盍希品目？[1]

哦，真够"时文"的，可说是浮艳艰涩！请容笔者把上文试作"白话"：

这个前往游学的士子，奔赴春光秀野，经过草木茂盛的水边，顿感视觉怠倦；就像拂去语言辞藻上的尘垢，使文章置于雅俗共赏之间以避免浮华。然而寝睡未尽，半夜就惊醒而思想：自己怎样才能以天下百姓的需要被起用呢？于是便希冀步入仕途，志向当朝；竟然作为这春光万物葳蕤的主人，来游学了！会让当今皇帝叹息，见到这个学子已经太晚了！而这个学子还梦想到：自己接到一封诏敕之传唤，奉命进京师，手捧君王赐予的玉符，而行《礼记·玉藻》规定的"凡君召以三节"，登上庙堂。看见上殿以其堂堂之姿，迎接我的目光，揣测我的心志；使我面对他那和悦的表情，感觉到威严，却并不形于颜面。我登步铺着红色地毯的殿阶，数重台榭的高门，顿觉自己有了汉唐文章的神韵，而且卓越超迈先贤。所以至此，仅仅是：自己切近了芳润圣贤者，才倾吐出个人的点滴清芬；因为仰望到龙光者，才思觉到自身微弱的光亮。是因为学生拜谒的贤者英风焕然，而学生莫过遵从众议而归。何况修素为平庸，末学肤受，怎能超众，超越尘俗的眼界呢？

欧阳修就携着这种"句式"，步向胥公的"高门"！

---

[1] 〔宋〕欧阳修：《上胥学士偃启》，李逸安点校：《欧阳修全集》，中华书局 2001 年版，第 4 册，第 1423 页。

待胥公从容读完欧阳秀才的文章，急忙遣人传唤他至客堂，胥公好像重新打量着这个二十余岁的青年，大为惊奇啊！没想到年轻秀才竟然写出如此佳作，激情豪迈似屈子《离骚》，道义担当有过韩愈！至于俪句文采，运骈入散，规而无拘，实可谓"固将备西昆之玉府（这'西昆玉府'是指先朝宋文泰斗杨亿、刘筠所开创的'西昆体'之文学殿堂），奚独易东堂之桂枝，允矣难能，诚哉可畏"！

不错，胥偃是个爱才的人，就因为爱才过度而遭贬谪。略聊了聊年轻秀才的生活境遇，胥偃当即禁不住说："不知欧阳秀才可愿意留在我之门下？鄙府有一书房，藏有几卷经史而已。"

欧阳修连忙起身拜谢，知道自己得到了器重！

我们不知道欧阳修这篇佳作如何激荡着胥偃之情感的世界，那样激情久而不熄。不多日，胥公又撰写一篇书面回复。具体谈到该文的优长，好在哪里必须点拨出来，以利于青年的成长。譬如这种语言、句式的表述，有承前世贻赠的智谋之长，而倾（超迈）群言之妙旨，深达渊源。这种优长在于欧阳修以往"敏学该乎变贯（擅长变化贯通），英识极于覃研"。我们还是摘引一段胥公的原文吧！

> （欧阳修之文）飘飘之逸思无穷，籍籍之芳尘自远。偶蚰一飞之翼，行跻多士之魁。……何误采于虚声，辱远垂于厚顾。……幽意绚于道德，高义薄于云天，飞染道丽以盈箱，凋缋纷华而满眼。[1]

如此之高的评价，对于青年欧阳修或许过奖了，但是胥偃指出他之文章重道德、义理，并诉诸文采的表述之长，确是准确无误的。欧阳修捧之拜读，我们想象不出他当时心情是怎样的，这为他日后的学业乃至学术之路的前行、发展，增添了多少信心和力量！我们只知他又写了一篇很长的回信，其中有这样的句子：胥公何以"悯吾之芚愚，丑以爱

---

[1] 〔宋〕胥偃：《胥学士答启》，李逸安点校：《欧阳修全集》，中华书局 2001 年版，第 4 册附录，第 1425 页。

忘！"是的，欧阳能够体会到，不是自己的文章真有多么超凡脱俗，而是这里饱含着一位前辈的心血点拨、前程厚望！

在胥公府邸数多日子，的确只见欧阳修在那间书房内如饥似渴地读书。正值胥公内兄刁约，字景纯者，也在府邸。称作"内兄"，其实刁景纯比胥公年轻得多，胥公夫人即是刁约之妹。刁景纯"待人和乐，平易敦厚。周人之急，甚于己私，至诚有过人者"。庆历中，景纯已是直史馆之职，"馆阁"乃"两制"官的储备者。但他却不勤于政务，不看重仕途，而喜好交游，与新政诸贤过从甚密。他的政治观点亦完全倾向新政，呼吸与共，而非苟同于自己的妹夫胥公。人们说他"浩然有山林之志，挂冠而归"①，也就是辞官回家了。不过，景纯"挂冠而归"，当是很晚的事情。康定元年（1040）欧阳修已为馆阁校勘之时，朝廷命其与直史馆刁约一起编修《礼书》。直到至和元年（1054），刁景纯尚为开封府推官，与欧阳修的关系始终亲密友好。

此时刁景纯不会知晓，庆历中欧阳修已是朝廷栋梁，新政中坚！此时他觑其一有闲暇，便邀请交游。欧阳修一丢开书卷，会看望独居在随州家中的母亲。欧阳修在胥府很少游闲，更不喝酒饮乐，在一起聊聊天倒是常有。

一日胥公来书房看望欧阳修，他正在捧读《周易》，忙释手与胥公行礼。胥公落座略聊几句，问欧阳修以往读书的状况。欧阳修说"家无藏书"。幼年，母亲无资买纸墨，"以荻画地"，教他识字。母亲出身于江南大户人家，略识经史，二十九岁孀居后，独自抚养他成人，从未思改嫁。他所读书，多是从邻里家借得，也有从叔父处借来的。

胥偃点点头说："我观汝之文、听汝之言，似韩愈文章皆能默诵？"欧阳修惭愧地说，因他手边唯有韩愈残本，捧读而日月相继。他十岁许，于城南东园结识一伙伴，常赴李家玩戏，一日有见他家后院，断垣下破竹篓内存有残篇，便拾捡起来，李尧辅便送与欧阳修了。

胥偃不禁叹息，孟子有曰，"天将降大任于斯人也"！

---

① 周勋初：《宋人轶事汇编》，上海古籍出版社2014年版，第2册，《刁约》第1—7条，第996页。

胥公府邸不仅有书，还有《邸报》，可供人足不出户而知天下消息。中国时至唐宋，新闻业已很发达了，该报关于朝廷要闻、官员升黜、各州县天灾匪盗、贡举诏令和年月限额，无不尽有。转眼到了初冬，胥偃说：欧阳秀才，我爱才就爱到家，如不嫌弃，胥某陪汝亲赴京师引荐，那里诸公，鄙官尚且熟识。

欧阳修当即跪拜，半晌没抬起头来。

第二节　北宋文官制度——知识分子的摇篮

有人认为，北宋是中国古代历史上经济文化最繁荣的时代，儒学得到复兴，科技发展突飞猛进，政治也较开明，经济文化繁荣。然而，北宋朝廷最惧怕的有两点：一是兵权旁落；二是"朋党"。因为宋太祖赵匡胤本人就是靠"朋党"起家的，依靠了算上他自己共计十人的所谓"义社兄弟"，才得以一手策划陈桥驿兵变、"黄袍加身"。若没有他亲弟弟赵光义在内的铁哥们儿，兵变是不可能成功的。但是这个背弃了后周皇帝周世宗的禁军首领有一点好，即良知和人性未泯，尚能很好地安顿周世宗的幼子及孩子母亲，不杀害他们。这起码是北宋向善的一个基点。

既然最怕兵权旁落，担心旁人重演他自己的故事，太祖便采纳了宰相赵普"稍夺其权""制其钱谷""收其精兵"的三大建议。"杯酒释兵权"轻松地解除了石守信、王审琦、高怀德等大臣将领的军职。赵匡胤能够以饮宴的方式完成这一要务，而非暴力屠杀，也算是出于他向善的心性。英国哲学家罗素说："历史最根本的源头，不应该简单地求之于社会制度、物质生产，还应更进一步向人心或人性深处去追求。"[1]我们不能不看到，赵匡胤晚年镌刻一块石碑，为训令他的后继者和子孙们：不允许举杀，尤其戒杀言官，乃作为后世必须遵从的"祖宗家法"。当然

---

① ［英］罗素：《论历史》，何兆武等译，生活·读书·新知三联书店1991年版，《译序》第24页。

这是出于对自家皇权的珍视，但也是出于一种人性。事实上，后世真宗、仁宗、英宗、神宗，竟然无一朝举杀。

赵普改组禁军，撤销殿前都点检（这正是当初赵匡胤在周世宗朝所担任的角色，时由宋太祖的亲弟弟赵光义担任着），将禁军领导机构分设为殿前司和侍卫司。至于宰相职权，亦分割为三：枢密院掌军政、中书省执政柄，另设三司总领财务。枢密使虽有发兵权却不握有重兵。天下各路财赋、纲运，由朝廷委任转运使主管，地方官失去与中央抗衡的经济实力。北宋尤其注重设置强有力的监督机制，以制衡监察中央三省六部，那就是御史台和谏院。台官谏官必须由才学、品德均优异者担任，他们多为进士甲科及第出身，并且多为获得"制科"考试入等级者。所谓"制科"，指在职官员亦可与试的、分设不同职能科目的高层取材考试，其中有一科目即为"贤良方正直言极谏"。当朝名士苏轼、苏辙，均为进士甲科及第之后，又获取于该科。

北宋士大夫身为台谏官极少有不尽职的，顾忌祸患而缄默不言的渎职行为在当时几乎绝迹。一位"高司谏"，他并非遇事全都缄默，却被欧阳修斥责为"不复知人间有羞耻事尔"！太宗时，不是谏官不说话，而是谏官张观过于忤逆太宗，被送台狱。时吕蒙正居宰相，他翌日便不再入朝。太宗遣使问其故，吕蒙正对曰："臣为宰臣，致谏官下狱，复何面目见君上耶？"皇帝急忙释放张观。①

宋代实行文官统治，文官制度相当发达。从中央到地方掌握兵权的也都是文职官员，遇有边事战况，披挂上阵、指挥作战的仍是这帮进士及第的人们。当然，这是一把"双刃剑"，宋代的军事力量极为脆弱，乃至屡战屡败。但是话说回来，世上哪一把剑不是"双刃"的呢？

文官之治给予北宋空前的文明。不论在政治开明向善上、宋代学术发展上、人才造就上、朝臣谏言的权益上，都是前朝后世难以相比的！有学者认为，宋代"一半属于古代，一半属于近代"。因为它产生了在皇权专制的制度下一些不可思议的政治产物，人类社会文明的演进与进步靠什

---

① 周勋初：《宋人轶事汇编》，上海古籍出版社 2014 年版，第 1 册，《吕蒙正》第 18 条，第 338 页。

么，窃以为靠的就是这些不可思议的东西！本不可能发生的，它发生了。

首先一点，北宋数朝未滥杀一个朝臣，真宗、仁宗、英宗、神宗，均如是。对内给予人们说话的权利，无论你说出什么，你说"凡属军国大事，必须下百官廷议"，好吧，那就廷议；你又说应该废止"越职言事之禁令"，皇帝便当即下诏废除它。这种相对的"民主"治政和"言论自由"，虽然不像英国十三世纪初诞生《大宪章》那样形成制度，却足以形成士大夫普遍的使命感和担当，及真正参政议政的可能。事实上，中国自有朝以来，北宋开辟了皇权与知识分子之人权真正共同治理朝政的特殊朝代。对待域外夷狄，朝廷也从不主动出击侵略，宁愿采取"屈己增币"、买静求安的国策以避免战争。是的，这是国力、军力不及而迫不得已的行为；但也应看作，其没有穷兵黩武的恶习，具有向善品质。

吕蒙正在真宗朝再次为宰相，常问自己的门生学子："我为相，外议如何？"诸子说："大人为相，四方无事，蛮夷宾服，甚善。但人言无能，为事权多为同列所争。"[1]我们从这评议的反面得知，吕蒙正执政并不专权，颇有尊重同列官员的"民主"意识。

嘉祐六年（1061），仁宗已步入人生晚年，而御崇政殿，亲试制科。应试者均为在职官员：著作佐郎王介、福昌县主簿苏轼，再者就是渑池县主簿苏辙了。有宋以来，所授制科最高等级为第三等，而且授予三等者只有两人，苏轼便是此科获得第三等者。我们要说的是，苏辙的试卷矛头直对"考官"皇帝：

> 陛下即位三十余年矣，平居静虑，亦尝有忧于此乎，无忧于此乎？……然自西方解兵，陛下弃置忧惧之心，二十年矣。古之圣人，无事则深忧，有事则不惧。夫无事而深忧者，所以为有事之不惧也。今陛下无事则不忧，有事则大惧，臣以为忧乐之节易（变）矣。

---

[1]　周勋初：《宋人轶事汇编》，上海古籍出版社 2014 年版，第 1 册，《吕蒙正》第 20 条，第 339 页。

对皇帝高标准要求，也对。但你怎么知道仁宗心里被内宫"优伶之乐"变异为"无事则不忧"呢？当然，要求皇帝常怀天下之忧，终不为过。那么接下来所言，却并非全部属实了：

> 陛下无谓好色于内，不害外事也。今海内穷困，生民愁苦，而宫中好赐不为限极，所欲则给，不问有无。司会不敢争，大臣不敢谏，执契持敕，迅若兵火。国家内有养士、养兵之费，外有契丹、西夏之奉，陛下又自为一阱以耗其遗余，臣恐陛下以此得谤，而民心不归也。[①]

苏辙上述，依笔者看，说仁宗"坐朝不闻咨谟，便殿无所顾问"即不为事实；另外说仁宗恩赐内宫，而"司会不敢争，大臣不敢谏"，就更不是事实了。有司与台谏官不仅敢于谏言，而且言得风风火火，没有任何担心顾虑。例如谏罢张贵妃之叔父张尧佐之官任，御史台、谏院可谓前赴后继，只要皇帝不依谏言，就一直谏下去。

试卷交上去，仁宗看了，各考官也都传阅了，他们的意见绝不可能是"一言堂"，尽管皇帝也在当场。时为谏官的司马光当即说：可入三等。就是说给予最高等级。翰林学士范镇有点为难了，毕竟需顾忌皇帝颜面，说是不是降一等？时任财务大臣的蔡襄，即苏辙试卷所说的"司会"，只说："吾三司使，司会之名，吾愧之而不敢怨。"就是说他接受苏辙的批评，作为考官，这就是对苏辙试卷肯定的方式。唯有翰林学士胡宿认为，"策不对所问，而引唐穆宗、恭宗以况盛世"是不应该的，力请黜之。时任宰相者也以为当黜。

然而，仁宗却不许黜苏辙，竟说："求直言而以直弃之，天下其谓我何？"就是说：我们召试的就是"直言极谏"，又因为其"直"弃而不用，让天下怎么说我啊！乃将苏辙"收入第四等次"。[②]

① 〔元〕脱脱等：《宋史·苏辙传》，中华书局1977年版，第31册，第10821—10823页。

② 〔宋〕李焘：《续资治通鉴长编》，中华书局2004年版，第8册，嘉祐六年八月第15条，第4711页。

所以说，这个朝代造就人才，人才不是别的，它首先是"敢于说话"的产物！即一定的"民主"和"言论自由"是人才所以诞生的前提条件，没有言论自由哪来的思想，没有思想哪来的学术，没有学术哪来的清明政治和人才辈出！仅就仁宗朝，我们略一枚举，即可列出群星璀璨的人才名单：范仲淹、欧阳修、韩琦、富弼、蔡襄、尹洙、杜衍、刘敞、苏轼、苏辙、王安石、司马光……他们均可谓有使命感和担当精神、当之无愧的优秀士大夫代表，以其泣血努力，归置着北宋清明政治的方向。

上述人才大部分出身贫寒、遭际坎坷。范仲淹少年失怙，随母亲流离改嫁而姓朱，后自己苦苦求学，每日只能"食粥"，遭受饥馑。杜衍尚在母亲腹内，父亲就早亡了，又为贫苦家境中的前母子所不容，少年时就流浪河阳去寻生母，靠出卖劳力做工以供给自己读书，叫作"佣书"。后来杜衍举进士，获御试第四名。可见北宋贡举对于读书人是公平的，也因此这些人才坚守民本主义的为政原则，用范仲淹的话说：凡属"生民之病必救！"[1]

由于仁宗允许人们说话，思想宽松、言论自由，其效应必然产生学术的繁荣。北宋允许私设学校，自立讲堂，便产生了胡瑗、孙复、石介之学坛"三先生"，稍后还有著名学者李觏（1009—1059）。这些学者大多坚持思想解放，大胆怀疑并改动汉唐以来被奉为经典的"六经"。胡瑗讲学，便疑改传注乃至经文，认为《易》之"十翼"即《系辞》在历代传承中有误。孙复乃著名《春秋》学者，著有名著《春秋尊王发微》，对其三传的观点多有非议。而李觏，更加为了人本而革故鼎新，解释经典处处以"人事"为旨归。尤其对于礼学，指出："礼者，虚称也，法制之总名也。""夫礼之初，顺人之性欲而为之节文者也。"[2]李觏尤其强调，在礼的面前众生平等，而追求法律平等。强调制度、法令，而非个人权柄，李觏说："民之所从，非从君也，从其令也。""法者，天子所

---

① 〔宋〕范仲淹：《答手诏条陈十事》，李勇先 王蓉贵校点：《范仲淹全集》，四川大学出版社 2002 年版，中册，第 523 页。

② 〔宋〕李觏：《礼论·第五》《礼论·第一》，引自刘越峰：《庆历学术与欧阳修散文》，商务印书馆 2013 年版，第 152 页、第 153 页。

与天下共也。"①

由此可见"庆历学术"的面貌和性质。许多在皇权制度下不可能发生的,居然发生了! 这种我们现代人未必具备的"法制"意识和"人权"观念,它就诞生在仁宗朝,为后世学者所惊叹! 欧阳修正是这场不断高涨的学术风潮的领头人!

这种相对的思想宽松、言论自由,培养了士大夫和皇帝的大度美德。因为对待旁人"小",就是自己小,小人则不可能有人格和尊严。

仁宗即位时(天圣元年)才十三岁,章献明肃皇太后刘氏垂帘听政,执政十年之久,仍不肯还政。一次祭祀宗庙,刘太后甚至拒绝穿后服谒庙,而欲换更冠冕(即皇服),在朝臣极力反对下才作罢。当时有人秘密地向刘太后进《武后临朝图》,乞立刘氏庙,这个人就是程琳。此事"外人莫知,帝后于迩英(殿)讲读,谓近臣曰:'琳心行不佳'"。仁宗不喜欢刘氏像武则天那样转移皇权,把自己废掉,这也是情有可原的。这若是别的皇帝,非杀了程琳不可! 可是仁宗亲政后,只是让他外任。后不久程琳即得到重用,官至参知政事、同平章事(平章事即是宰相之职)。所以史家说:"议者谓上(皇帝)性宽厚无宿怒云。"②

上文我们说了御史台、谏院为罢张贵妃叔父张尧佐之授宣徽使,而"前赴后继",那是皇祐中的事。"宣徽使"之职仅次于二府,张尧佐又为庸才,此授纯属人情。时谏官何郯、包拯屡奏不止,新上任的御史中丞王举正也临朝面谏:擢尧佐不当。也许仁宗过于宠爱张贵妃的缘故,终未能听从谏言。王举正就再次上疏,谏院官员包拯、陈旭、吴奎几乎全部出动交章上奏,时至皇祐三年(1051)十月事仍未平息。侍御史里行唐介又临朝面谏,仁宗下不来台了,乃说:"除拟初出中书,介言当责执政。"即说:这事最初是中书拟定的,你不该责备我。不承想,唐介竟然进一步弹劾宰相文彦博,上疏指责其"专权任私,挟邪为党",并言彦博以"金奇锦"(一种锦缎)入献宫掖,缘此擢为执政。唐介上

---

① 〔宋〕李觏:《安民策六》《刑禁第四》,引自刘越峰:《庆历学术与欧阳修散文》,商务印书馆 2013 年版,第 156 页。

② 〔宋〕李焘:《续资治通鉴长编》,中华书局 2004 年版,第 7 册,嘉祐元年闰三月第 5 条,第 4400 页。

疏原文为："盖彦博奸谋迎合，显用尧佐，阴结贵妃，外陷陛下有私于后宫之名，内实自为谋身之计。"

这一下，皇帝受不住了，急忙召来二府大臣，说："介言他事乃可，至谓彦博因贵妃得执政，此何言也！"遂下诏贬黜唐介。而这时，宰相文彦博却跪拜说："台官言事，职也，愿不加罪。"[①]

事实上，文彦博为宰相并非得助于内宫，"金奇锦"确有，但文彦博不知情，而是其夫人送入内宫的。文彦博、富弼拜相，乃出于仁宗慎重选择。[②]

唐介被贬谪之后，右正言蔡襄、御史中丞王举正、知制诰胡宿、殿中侍御史梁蒨均为之请免。仁宗也有悔意，唐介外任不满两年就被召还，授为殿中侍御史，后擢为工部员外郎、直集贤院。

这些士大夫根本不为自身利害而患得患失。庆历二年（1042）正月，契丹屯兵边境为索取关南十县，朝廷选重臣为议和使出使契丹，选择了富弼，帝召见说：此番出使，其情叵测。富弼说："主忧臣辱，臣不敢爱其死。"他先后三次使契丹归来，朝廷授予他枢密直学士、迁翰林学士，富弼力辞不受；次年七月再拜枢密副使，富弼仍坚决不接受。他认为自己出使无功，不过是"屈己增币"！而他"始受命，闻一女卒（一个女儿死了），再命，闻一女生（又一个女婴生了），皆不顾"。[③]

英宗朝，苏轼父亲苏洵去世，朝廷给予赙金三百两，还有宰相韩琦、参知政事欧阳修各予二百两，苏轼均谢绝不受，说自己有能力葬父。朝臣谢绝朝廷金银赏赐，较为普遍。仁宗朝皇祐五年（1053）平定广南蛮叛侬智高之后，余靖迁官给事中、留守桂州，朝廷赐予他个人银二百两，余靖致谢上表而不受，将银捐入桂州军资库。至和元年（1054）皇帝再赐银、绢，余靖依旧如数缴纳军资库。他们家境并不富有，却很少贪腐。杜衍官至执政宰相，退休后居住南京（今河南商丘），自己没有宅邸，借租驿舍居住数年，生活只有退休的俸禄，直至薨逝，其"夫人

① 〔宋〕李焘：《续资治通鉴长编》，中华书局 2004 年版，第 7 册，皇祐三年十月第 12 条，第 4113—4114 页。
② 〔元〕脱脱等：《宋史·文彦博传》，中华书局 1977 年版，第 29 册，第 10259 页。
③ 〔元〕脱脱等：《宋史·富弼传》，中华书局 1977 年版，第 29 册，第 10252 页。

相里氏以绝俸不能自给，始尽出其箧中所有，易房服钱（房租）三千"①。

英宗治平三年（1066），工部员外郎兼侍御史知杂事吕诲，为"濮议"事前后上疏十一奏，不论其政见如何，能这样坚持己见、矢志不渝，都是其个人主体性张扬的体现。英宗和中书未能从谏，吕诲便居家不再赴朝，英宗遣使召之，吕诲抗旨拒绝，自己要求罢职。此后，御史台、谏院再次群起而"前赴后继"，英宗无奈而罢黜台官，唯独留下重臣司马光。司马光也居家，请求罢职，诏书召之，司马光谨回复道：

> 今尧俞等六人尽已外补，独臣一人尚留阙下，使天下之人皆谓臣始则倡率众人，共为正论，终则顾惜禄位，苟免刑章。臣虽至愚，麤惜名节，受此指目，何以为人？……臣是用昼则忘餐，夕则忘寝，入则愧朝廷之士，出则惭道路之人，茕然一身，措之无地。伏望圣慈曲垂矜察，依臣前奏，早赐降黜。②

窃以为这种自尊，也就是人的尊严，乃"知人间有羞耻事尔"！它在"人"的意义上就是远于一千多年前人对自身本质的觉悟，这种尊严和人格，等同于富弼的赐官而不受，杜衍的居驿舍而不贪腐，都是北宋士大夫对于"人"的本质的认识和自我塑造。但是这种认识和塑造，必须有一前提条件，亦如空气、水和土壤之于植物的生命，那就是"言论自由"。北宋文官之治，是诞生知识分子的摇篮！

第三节　北宋外患——契丹与西夏

就在胥公偕同欧阳秀才泛江赴京师的时候，李元昊率领西夏重兵攻陷甘州（今甘肃张掖），回鹘族被杀掠溃灭，瓜州（今甘肃安西）也破

---

① 　周勋初：《宋人轶事汇编》，上海古籍出版社 2014 年版，第 2 册，《杜衍》第 38 条，第 710 页。

② 　〔宋〕李焘：《续资治通鉴长编》，中华书局 2004 年版，第 8 册，治平三年三月第 3 条，第 5041—5042 页。

城投降了，西夏军扼控西凉府姑臧（今甘肃武威）。欧阳修展开一份邸报，看到这则消息。

不知年轻的欧阳修当做何想，只见他眉头紧锁，凝望着浑浊翻滚的江水。

当朝无力保护西凉那些向宋廷纳贡的蕃国，而任其肆虐！自李元昊之祖李继迁始，西夏时而叛国，时而投契丹，两边取利。契丹则就此牵制于宋，一面取其数十万计的岁贡，一面伺机夺取幽云十六州。

契丹先祖耶律德光于五代时就曾兵入开封府。宋太宗赵光义是个专事打仗的皇帝，也打不过契丹。太宗两次北伐一次亲征，都败了。那时朝廷兵力不如当朝多，却比当朝勇，正值国势全盛时期，尚且战而取败。历史在局部上，在断代史的意义上，多有"野蛮战胜文明"的事例，屡见不鲜。魏晋挡不住五胡乱华，盛唐抵不住安禄山之叛。

唐贞观二十二年（648），授予契丹首领窟哥以松漠都督的时候，契丹兵力仅仅三万余，但是很快势态就发生了变化。武周万岁通天元年（696）契丹反叛，河北为之残破。唐玄宗天宝十四载（755），镇守安禄山却以精锐十五万西向长安，由此给予契丹长足发展的历史机遇。割据幽州的刘仁恭内乱，其子刘守光囚父自立，大批幽州汉人主动归附契丹，使其户口繁衍、羊马蕃息。阿保机率契丹大军乘盛占据平州（今河北卢龙）；阿保机之子就是辽太宗耶律德光。至后唐，河东节度使石敬瑭与其主子争战中，不能取胜，而向契丹求取援兵，所支付的代价：包括纳绢三十万匹，割雁门以北及幽州卢龙之地入契丹。

后晋开运三年（946），晋主为石敬瑭之侄子石重贵，不愿意再受制于契丹，与契丹决战于镇州（今河北正定）。但是所派遣的军帅杜重威，却沿袭老主子的谋略故伎重演，秘密投降，要求契丹灭晋之后立自己为中原皇帝。于是契丹一路大胜，望风披靡，耶律德光进入开封，驱逐后晋皇帝石重贵北行，自己称帝。但遭遇大河两岸汉人及军队顽强抵抗，耶律德光在北归途中猝死，其侄子耶律阮在镇州即位，称辽世宗，而将幽云十六州之归属的"噩梦"，就这样留给了北宋！

宋太祖、太宗两朝，在收复五代诸国所占疆土的过程中，也不断与契丹发生战争。因为契丹必借助五代诸国的延续，完成自己"志在中原"

的愿望。乾德三年（965），宋太祖遣军帅王全斌伐蜀，杀人无数，仅于成都即杀降兵二万七千人。蜀国主孟昶归降。而太祖治罪于王全斌，怨忿他杀人过多，于乾德五年（967）降职为崇义军节度使。

开宝二年（969）二月，宋太祖以宣徽南院使、义成军节度使曹彬为都监，命诸路军马分别部署，诏亲征北汉。同时分兵部署防范契丹。四月，棣州防御使何继筠败契丹于曲阳，斩首数千级。五月，彰德军节度使韩仲赟败契丹于定州北。我们看到，北宋也有战胜契丹的时候！同时北汉以献出岚州乞降，诸路军欲破城死攻，太祖动怜悯之心，不许。开宝三年（970）九月，又会集十州兵马征伐南汉。

太祖征伐五代诸国时尽可能减少杀戮。收复五代疆土，原本就是很残酷的，江南吴越、南唐，早已向宋廷称臣，而且李煜自请弃称国号，每年向宋廷贡纳金银绢帛数以万计。开宝七年（974）九月征伐江南，即吴越国和南唐。十万大军临行之前，太祖召见军都部署曹彬、都监潘美，戒之曰："城陷之日，慎无杀戮；设若困斗，则李煜一门，不得加害。"①

但是太祖杀贪赃的朝臣却很厉害，《宋史》记载，就在伐蜀的开宝三年（970）八月、十月、十一月，以及次年，多有朝臣"坐赃弃市"。所谓弃市，即押至市曹当众斩杀。所杀官吏，有右领军卫将军石延祚、右千牛卫大将军桑进兴、监察御史闾丘舜卿等。②

太平兴国四年（979）正月，宋太宗亲征北汉，大军数十万攻打北汉都城太原府。此战役又必得与契丹交战，因为"太原倚北戎之援"。当太宗车驾抵达澶州（今河南清丰、濮阳东北及范县西北）的时候，云州观察使、太原石岭关都部署郭进，就已与契丹交锋了。《续资治通鉴长编》有载："郭进言契丹数万骑入侵，大破之石岭关南。于是北汉援绝，北汉主复遣使间道赍蜡书走契丹告急，（而被）进捕得之。"③

这次战役规模之大，我们仅从太宗征购马匹即可看出，"诏中使赵守伦优给价和市在京及诸州民间私马，于是得十七万三千五百七十九

① 〔元〕脱脱等：《宋史·本纪·太祖三》，中华书局1977年版，第1册，第42页。
② 〔元〕脱脱等：《宋史·本纪·太祖二》，中华书局1977年版，第1册，第32、33页。
③ 〔宋〕李焘：《续资治通鉴长编》，中华书局2004年版，第1册，太平兴国四年三月第12条，第447页。

匹"，而且"诏诸道市所部吏民马，有敢藏匿者死"。①太原被围困数月，攻城非常艰难，直到破城、北汉主刘继元纳降，宋太宗几乎是"屠城"了。迁徙了一部分民众往西京或移居榆次县，将该县改称为新建"并州"。史书记载，太宗"幸（到达）太原城北，御沙河门楼，遣使分部徙居民于新并州，尽焚其庐舍，民老幼趋城门不及，焚死者甚众"②。

五月陷太原，六月就发兵幽州（今北京）、云州（今山西大同），征伐契丹。从此时至太平兴国八年（983），与契丹战争不绝。但是这次大规模的北伐，于幽州境内宋军大败了，太宗拼死突围，才逃到涿州（今河北涿州、雄县及固安县）。

其后有六七年的间隙，双方养兵蓄锐。而契丹毫不示弱，于太平兴国七年（982）五月即又入侵，三万骑兵分道入寇雁门、府州、高阳关，所幸被守军潘美、折御卿、崔彦进部击溃。

宋人知道契丹军力强悍，作战颇具方略战术，包括怎样节省马力都有讲究：

　　每契丹南侵，其众不啻十万。契丹入界之时，步骑车帐不从阡陌，东西一概而行。大帐前及东西面，差大首领三人各率万骑，支散游奕，百十里外，交相觇逻，谓之栏子马。戎主吹角为号，众即顿合，环绕穹庐。以近及远，折木稍屈之，为弓子铺，不设枪营堑栅之备。每军行，听鼓三伐，不问昏昼，一匝便行。未逢大敌，不乘战马，俟近王师，即竞乘之所，以新羁战马蹄有余力也。其用军之术，成列而不战，俟退而乘之。多伏兵，断粮道，冒夜举火，上风曳柴，馈饷自赍，退败无耻，散而复聚，寒而益坚。此其所长也。③

① 〔宋〕李焘：《续资治通鉴长编》，中华书局2004年版，第1册，太平兴国五年正月第4条，第470页。
② 〔宋〕李焘：《续资治通鉴长编》，中华书局2004年版，第1册，太平兴国四年五月第18、19条，第453页。
③ 〔宋〕李焘：《续资治通鉴长编》，中华书局2004年版，第2册，雍熙三年正月第2条，第605—606页。

雍熙三年（986），当宋太宗再次北伐的时候，契丹国母萧氏与大臣耶律汉宁、南北皮室以及五押惕隐，领军十余万，复陷寰州。该年十二月，契丹将领耶律逊宁，以数万骑兵入寇瀛州（即河间府），瀛州都部署刘廷让迎战于君子馆。敌围困廷让军数重，宋援兵刚到，而敌援兵复至，宋之援兵俱陷于敌，刘廷让部全军覆没，死亡数万人。君子馆之役宣告了宋太宗第二次北伐的彻底失败。

二次北伐，所择时间恰是"俟其阳春启候，北敌计穷，新草未生，陈荄已朽，蕃马无力，疲寇思归"的时候，可说没有什么失时欠妥。太宗遣三员军帅分路挥师，潘美出雁门，曹彬进涿州，田重进至飞狐北界，旨在先取幽州、云州和蔚州（今河北蔚县）。应该说，所取战略战术也正确无误。曹彬在太祖朝既已担任重职，本朝位居枢密使兼侍中，地位颇高。但据说，这次北伐败就败在曹彬！败在曹彬进军过速，深入敌后，被敌断其粮道。史书载：

> 彬至涿州，留十余日，食尽，乃退师至雄州，以援供馈。上闻之，大骇曰："岂有敌人在前，而却军以援刍粟乎？何失策之甚也。"亟遣使止之，令勿复前，引师缘白沟河与米信军接，养兵畜锐以张西师之势，待美尽略山后之地，会重进东下趣幽州与彬、信合，以全师制敌，必胜之道也。[1]

曹彬没能遵从诏命，因为曹彬所统诸部将领，听说潘美部及重进部累战获利，而自己握重兵却没有战功，部将们便谋划蜂起，曹彬已经不能节制。遂携带五十日粮，再往攻取涿州。攻取后，不能持久，乃复弃之，退败到境上。疲师已不堪为战了！随后即退到宋境内的瀛州，发生君子馆之战的大败。

就在雍熙三年（986）年末，契丹接连入侵邢州（今河北邢台）、深州（今河北深州）。到了端拱元年（988），辽帝和萧氏太后亲征，攻陷

---

① 〔宋〕李焘：《续资治通鉴长编》，中华书局 2004 年版，第 2 册，雍熙三年四月第 9 条，第 612—613 页。

易州，宋北境一片狼藉……

咸平二年（999）契丹再次重兵南下，其偏师深入河北中部，主力则在瀛州展开会战而获胜。此后契丹几乎是隔岁入侵。景德元年（1004），契丹攻打瀛州、定州，其劲旅竟敢绕行澶州，逼近宋之京畿地带！

所以真宗留于史书中最深的印记就是"澶渊之盟"了。

尽管该盟约以"屈己增币"换来和平，尽管该盟约等于承认幽云十六州不再属于宋为沉重代价，但这也是真宗拿出了几分胆魄取得的。如若没有真宗于景德元年（1004）的御驾亲征，打了几场胜仗，只怕是连这样的屈己盟约都不可能获得！

亲征，真宗有些犹豫，因为他知道自己的父亲由于亲征差点当场丧命，股部受有箭矢伤创，十余年后伤创发作而故世了。既然宰相寇准提出亲征的事，那么就让二府大臣廷议吧！

真宗怎么就选择了廷议来决定自己是否亲征，不是皇帝说了就算数吗？真宗怎么就采用了"让大家说话"这个方式！

寇准对当时军情战况极为掌握，力主真宗亲征：

> 边奏敌骑已至深、祁以东，缘三路大军在定州，魏能、张凝、杨延朗、田敏等又在威虏军等处，东路别无屯兵，乞先发天雄军步骑万人驻贝州，令周莹、杜彦钧、孙全照部分，或不足则止发五千人，专委孙全照。……今天雄军至贝州，屯兵不过三万人，万一敌骑已营贝州以南，即自定州发三万余人，俾桑赞等结阵南趋镇州，及令河东雷有终所部兵由土门会定州。……①

但是廷议，二府要员多不同意真宗亲征。参知政事（副宰相）不仅反对，而且私下已经密言于皇帝，请御驾金陵，这样安全。签书枢密院事陈尧叟则劝皇帝车驾成都。寇准廷议中忿斥道："谁为陛下画此策者？罪可斩也。今天子神武，而将帅协和，若车驾亲征，彼（敌方）自当遁

---

① 〔宋〕李焘：《续资治通鉴长编》，中华书局 2004 年版，第 3 册，景德元年闰九月第 22 条，第 1266 页。

去，不然，则出奇以挠其谋，坚守以老其众（众兵久守疲惫）。劳逸之势，我得胜算矣，奈何欲委弃宗社（丢弃宗庙社稷），远之（至）楚、蜀耶！"[1]

就这样，真宗亲征了，不数日随驾部队抵达澶州，驻跸卫城。前方云州观察使王继忠部已经战败，又有人劝说御驾回师，或迁金陵，寇准当即指责："群臣怯懦无知，不异于乡老妇人之言。今寇已迫近，四方危心，陛下惟可进尺，不可退寸。河北诸军，日夜望銮舆至，士气当百倍。若回辇数步，则万众瓦解，敌乘其势。"真宗遂启程前行了。而这日，契丹军已攻陷德清，抵达澶州北。真宗未渡河，就驻跸南城；寇准再乞请渡河，到北城去，说："陛下不过河，则人心危惧，敌气未慑，非所以取威决胜也。"笔者想，万一闪失，寇准就不怕惹杀身之祸吗？宋代士大夫就这样执着、痴迂，令我们惊讶！而真宗就又听从了宰相，过河了，驻跸北城。[2]

多亏了随驾兵李继隆部击溃了契丹军南进，真宗在澶州北城才获得些许安全。

此前王继忠部战败被擒，契丹授予他官职，王继忠便乘机劝其议和。恰逢萧太后已经厌战，便让王继忠当即修书，经前军将领的传送，抵达真宗行辕。真宗也不想决战，谁也不能预知决战的结果会怎样！真宗便遣殿直曹利用为使臣，"殿直"官太小，临阵授予阁门祗候、加崇仪副使。曹利用往返三次，包括伴随契丹使臣携来国书，以及宋廷许以金帛的"底线"。史书记载：曹利用临行前，寇准又召见他说："虽有敕旨，汝往，所许不得过三十万。过三十万勿来见准，准将斩汝。"[3]

双方还互呈誓书，永不再战。宋廷就此获得了与契丹一百一十八年的和平！

但是宋朝廷还有一患，那就是西夏。

[1] 〔宋〕李焘：《续资治通鉴长编》，中华书局2004年版，第3册，景德元年闰九月第23条，第1267页。

[2] 〔宋〕李焘：《续资治通鉴长编》，中华书局2004年版，第3册，同年十一月第35条，第1287页。

[3] 〔宋〕李焘：《续资治通鉴长编》，中华书局2004年版，第3册，同年十二月第21条，第1292页。

西夏乃党项羌人，也属于游牧民族，其祖先为拓跋氏，拓跋朝光部在唐代即称为平夏部。首领拓跋思恭因平黄巢有功，唐赐姓为李氏，封夏国公。其封地有夏（今陕西靖边）、绥（今陕西绥德）、宥（今内蒙古鄂托克前旗）、银（今陕西米脂）四州。宋太祖、太宗朝的定难军节度使、西平王李继捧，即是赵元昊的祖父辈。所以元昊姓氏为"赵"，乃又受宋廷封赐的缘故。元昊的爷爷即是李继捧之弟李继迁，其父亲就是李继迁之子李德明。宋太祖在削藩镇兵权时，把李氏亲族一举迁往京城，唯李继迁不从，而逃亡藏匿。太祖北伐时，军中有定难军节度使李继捧部，曹彬军帅所领部将中有李继宣部；真宗亲征，随驾兵中有李继隆部，他们均属李继捧的族亲。

自李继迁复出，便开始了时而叛宋投辽、时而叛辽投宋的把戏！雍熙三年（986）其投奔契丹，被封为定难军节度使，越年再封夏国王，娶契丹宗室女义成公主为妻。而不足三年他又归宋，即淳化二年（991）受宋封为银州观察使，赐姓赵，名保吉，可是除了朝廷诏书，没人呼叫过他这个名字！李继迁品质低下，身为朝廷命官，却抢夺宋军灵州（今宁夏灵武）辎重。朝廷派李继捧进剿，李继迁却战胜其兄，使宋军死伤惨重，于是他又叛宋而去。数年后，他又一次"叛辽归宋"的时候，便攻陷了灵州，改称为他的陪都"西平府"，并且举兵西向攻占凉州。好在这个不讲信誉的贼子，中箭死去了。他的儿子李德明，把都城由西平府迁往兴州（今宁夏银川）。

李德明即位后，对南北两面的强敌很恭顺，都称臣，受宋封为西平王，受辽封为大夏王，但他还是西向攻取属于宋疆土的西凉府和甘州，以完成其立国称帝的意图。在延州（今陕西延安）敖子山，调集数万民夫建筑宫室，绵延二十里；着力培养其子李元昊，做好称帝的准备。李元昊的确是一个能征善战的坏子，也模仿其祖父，娶辽国宗室女兴平公主为妻。他娶过七个女人，我们就此先说说他作为党项羌人的心性品质，那种野蛮、暴虐，乃是其祖父李继迁所望尘莫及的。连他的众多妻、子都惧怕并且憎恨他，皆欲杀他灭他。史书记载"曩霄七娶"[庆历四年（1044）十二月乙未，宋朝廷册命元昊为夏国主，更名曩霄]，以下笔者把它翻作"白话"，便于流畅观看"曩霄"有多么凶残：

曩霄娶过七个女人：第一位为"米母氏"，是李元昊的舅舅的女儿，给他生了一个儿子，这个儿子在曩霄看来，长相像别人，被曩霄杀了。第二位名叫"索氏"，最初，曩霄攻打猫牛城的时候，人们传说，曩霄已经战死了。他的妻子索氏非但不悲哀，反而庆幸，弹琵琶唱曲子。却不料曩霄没死，返回来了，索氏吓坏了，知道自己罪当不赦，便自杀了。第三个女人"都罗氏"，命不好，早夭。第四位妻"咩迷氏"，生一个儿子，叫阿理。阿理长大，却打算谋杀他的父亲，而被臣僚"卧香乞"告发了。曩霄把儿子阿理"沉河"处死，之后又赶往其母居地王亭镇，把咩迷氏也杀死。第五位女人为"野利氏"，乃皇族"遇乞"的侄女。这个野利氏长得身材修长，聪明伶俐而富有智谋。曩霄有点怕她，给予特殊礼遇，冠戴一种皇后冕，名叫"金起云冠"，命令别人不能戴它。野利氏生了三个儿子：一个叫宁明，喜欢道士的"方术"，师从名为"路修篯"的道士，学一种不食五谷、专靠吞丹养气以求长生之术，该方术叫作"辟谷"，结果没能长生，反倒气绝而死。野利氏的次子，叫宁令哥，曩霄看他长得像自己，特别爱他，立为太子。第三子名薛埋，早夭。之后曩霄又娶一女，乃"没移皆山"氏族之女，曩霄为她营造天都山行宫。野利氏家族不高兴了，说："吾女嫁给你二十年，只居住旧房子，你得了'没移女'，却为她修建内宫。"曩霄听到很恼怒，恰这时有人告发其叔父遇乞兄弟们谋反，准备趁太子宁令哥娶媳妇的当晚作乱。曩霄得悉，便"先发制人"了，诛杀遇乞、刚浪凌、城逋等三家。之后其妻野利氏诉冤："你只听信谣言，我家族兄弟无罪被杀……"曩霄似有些后悔，下令访查遗留人口，而访得遇乞的妻阁氏，藏匿在三香氏家中，曩霄便与阁氏私通。野利氏察觉了，而不忍杀阁氏，乃令其出家为尼，进庙里去了，取法号"没藏大师"。曩霄的第六位女人，名"耶律氏"（她即是契丹国宗室女，自然不敢慢待）。第七位妻子，名叫"没移氏"（就是说，前面那位"没移皆山"女未计算在七名之内，那么这里的第七位"没移氏"是否即是前者呢？）。初，欲纳该没移氏为太子宁令哥的妻，曩霄见她长得漂亮，就自己娶了，并册封为新皇后。宁令哥愤怒而刺杀曩霄，没杀死，只削掉他的鼻子。宁令哥逃亡，藏匿在宰相黄芦讹庞家中，而被讹庞杀了。曩霄也因鼻疮死去，年四十六岁。是年乃宋朝廷庆历八年（1048）。

之后宰相讹庞扶立遇乞妻，也就是那位出家为尼的"没藏大师"为皇太后，因为她腹内怀着曩霄的孩子。孩子生下来，即是西夏又一位国主，名叫李谅祚。

下面，谨备原文以对照笔者错误：

> 曩霄凡七娶：一曰米母氏，舅女也，生一子，以貌类他人，杀之。二曰索氏，始，曩霄攻猫牛城，传者以为战没，索氏喜，日调音乐，及曩霄还，惧而自杀。三曰都罗氏，蚤死。四曰咩迷氏，生子阿理，谋杀曩霄，为卧香乞所告，沉于河，杀咩迷氏于王亭镇。五曰野利氏，遇乞从女也，颀长，有智谋，曩霄畏之，戴金起云冠，令他人不得冠。生三子：曰宁明，喜方术，从道士路修篁学辟谷，气忤而死；次宁令哥，曩霄以貌类己，特爱之，以为太子；次薛埋，蚤死。后复纳没移皆山女，营天都山以居之。野利之族宣言，吾女嫁二十年，止故居，而得没移女，乃为修内。曩霄怒。会有告遇乞兄弟谋以宁令哥娶妇之夕作乱，曩霄遂族遇乞、刚浪凌、城逋等三家。既而野利氏诉，我兄弟无罪见杀。曩霄悔恨，下令访遗口，得遇乞妻阎于三香家，后与之私通。野利氏觉之，不忍诛，遇乞妻乃出为尼，号没藏大师。六曰耶律氏。七曰没移氏，初，欲纳为宁令哥妻，曩霄见其美，自取之，号为新皇后。宁令哥愤而杀曩霄，不死，劓其鼻而去，匿黄芦讹庞家，为讹庞所杀。曩霄遂因鼻疮死，年四十六。……曩霄遗言，立从弟委哥宁令。讹庞独弗许，曰："……今没藏尼娠，先王之遗腹，幸而生子，则可以嗣先王矣，谁敢不服。"众曰："然。"遂立没藏尼伪号太后。曩霄既死三月，谅祚生。①

① 〔宋〕李焘：《续资治通鉴长编》，中华书局2004年版，第7册，庆历八年正月第1条，第3901—3902页。

李元昊活着的时候，对宋作战，引领貔貅，剽悍枭勇，诈降、诱杀、反复无常，每战必胜。宋康定元年〔1040〕，李元昊举重兵入侵陕西，直迫延州腹地，于三川口设伏，杀宋军步骑近万人，主将环庆路马步军副总管刘平被俘虏，刘平拒降而被杀。次年，李元昊攻渭州（今甘肃平凉），又以十万伏兵合击包抄，使环庆路另一副总管任福落入圈套，全军三日断粮而覆没。此即是"好水川之战"。庆历二年（1042），李元昊再举重兵挺进渭州，引诱宋军葛怀敏部至北境定川寨，以其十万兵马围困，切断水源，葛怀敏亦全军覆没。

三川口、好水川、定川寨三败，使仁宗朝元气大挫，此前朝廷已在边境悬榜募其首级，夺其官爵，禁令与其互市；而此时，宋廷不得不思考议和了。因为恰值"三败"的时刻，契丹屯重兵于幽州，而遣使臣刘六符来致书，要求归还瓦桥关南之地，此地即已为宋疆土河北腹地的瀛州（今河间）、莫州（今任丘）、雄州（今雄县）、霸州（今霸州市）之四州十县。虽然宋辽已有盟约，但是其渝盟，时刻是悬在头顶的一把利剑。

这就是笔者前述，富弼出使契丹，在"屈己增币"条约中有一条，请辽国给予西夏制约，亦作免战议和。此条生效，宋廷则给予契丹岁增二十万；无此条，则只岁增十万。契丹辽兴宗当即答应了，并且制约西夏生效了。

这就是年轻欧阳修眼前的宋朝廷，他将步入仕途，又将如何担负。

第四节　京都三试而第

当时水路经由汉水至扬州，扬州有运河至汴河。一路行舟、歇脚住店之花销，不用贫寒的欧阳修来负担什么，均由胥公的随从管家料理停当。

扬州乃大郡，北宋之水陆交通枢纽，市貌繁华，街衢两旁酒旆摇曳，二三层镂空雕花轩窗馆舍，鳞次栉比。欧阳修从未见过这样的大去处，胥公能够理解，带他开开眼界。随从已安排好就餐，遂引路登上一座酒家，就餐时听见旁边饭桌的闲聊，说道时下的郡守，如何爱民理政。欧阳修眼睛向旁边觑，自然不知在说谁。

胥公便边吃边说，这里的知州乃是杜衍。欧阳修对于官场一切尚为陌生，只是读过苏舜钦的少年时文章。景祐四年（1037）的时候，苏舜钦做了杜衍的女婿，那是后来的事。此时胥公言，杜衍人品不错！杜衍知扬州之前，已为刑部员外郎，再往前他为提点河东路刑狱，当时引出一起"风波"：宁化军（今山西静乐）的守将判人死罪不以实情，杜衍复查而纠正。守将不服，上诉朝廷，诏为置狱，经狱讼详察，果然被罪者不当死。于是尚书省提议依法当赏赐杜衍，才有了这扬州的任命。①

胥偓还说，他在扬州十分尽职，五更即起，天色将曙就临堂公务。所以，仅看市貌，已知其然也！

当下胥偓亦不知的是，后来杜衍进入中书，为副相。因朝廷在和平年间多用皇亲近戚为藩镇，乃至充武臣带军职，杜衍上疏说："武臣带军职若四厢都虞候等出领藩郡，不惟遣使额重，而又供给优厚"，原本为了边事；但而今，"带此职者皆近戚纨绮（纨绮权贵）"，多不及用，欲乞并罢。仁宗尚肯纳谏，罢免不久，自然会有人"私谒"托情，使出"内降"。"内降"就是皇帝"批条子"，作特殊对待。又遭杜衍抵制，皇帝说："卿止（只是）勉行此一批，盖事有无可奈何者。"即说事出不得已。杜衍却说："但道杜衍不肯。"事情只好作罢。可笑的是，后来再有私谒者，皇帝竟真的对他说："朕无不可，但这白须老子不肯。""白须老子"是指杜衍，年不满四十，因操劳政务，须发变白了！②

胥偓本想带欧阳秀才去进见这位杜公，已命随从呈递拜谒札子，又作罢了。已是考期临近，而杜公与贡举无关，不能耽误乘船赶路。另外，胥偓现下位居"两制"，自己或会有令其"接待"之嫌。杜公向来是个清贫节俭的官，据说他"非宾客不食羊肉"。

数多日后，他们抵达京都——汴州开封府。京都也叫东都，它沿袭

① 〔宋〕李焘：《续资治通鉴长编》，中华书局 2004 年版，第 5 册，天圣六年二月第 1 条，第 2463 页。
② 周勋初：《宋人轶事汇编》，上海古籍出版社 2014 年版，第 2 册，《杜衍》第 12—13 条，第 705 页。

了五代梁朝开平元年（907）建都的地址和称谓。梁代以前和之后，所说"东都"皆指别处。胥偃在京都安有家邸，夫人居住着。年轻的欧阳修很自尊，谢绝了居住其家中，而去住贡举考生的廉价馆舍。胥公默默点头，准备引领他拜谒几位学士高官。

胥偃具体向谁引荐了欧阳秀才，未见史料记载。据分析推测，他引荐拜谒了名臣晏殊。

理由，一是胥偃与晏殊同为翰林院学士，且政治观点共趋守旧。二是胥偃必择有才学者，擅长诗文词采者，才能与欧阳秀才"对路"。晏殊政治上略显平庸，其诗文却名冠当朝，可谓"西昆殿堂"奇秀。据说他幼年就能写漂亮文章，誉为"神童"，那时就有知滁州李虚已许妻以女。十三岁即获真宗面试，而赐予龙图阁读书，师从翰林学士陈彭年，不能说无才华吧。三是晏殊既酷爱诗文，就不会不知晓欧阳秀才。欧阳修之诗文，此时已经在士大夫中流传，就连他第一次落选的试卷，竟然也有抄本，直到哲宗朝（1086—1100），人们尚能默诵该试卷的句子。哲宗朝官员魏泰所著《东轩笔录》说："欧阳文忠公年十七，随州取解，以落官韵而不收。……是时随州试《左氏失之诬论》，文忠论之，条列左氏之诬甚悉。……虽被黜落，而奇警之句，大传于时。"①它证实了年轻的欧阳修文章之广播和影响。四是在翰林院学士中，排也该排到晏殊知贡举了，这个情况，胥公不会没有耳闻。现下已是寒冬岁末，明年正月与秋季，即举行国子监、国学两次筛选考试，后年正月即行礼部贡举及三月皇帝殿试，对于欧阳修已是时间紧迫了。

另外一点，很重要，此前晏殊遭贬知南京（今河南商丘），新近被召回不久，其"官气"低落，而有胥偃引荐拜谒，他会感到荣耀。

说到被罢枢密副使的事，晏殊脸面上确有点失光彩。朝廷舆论都不站在他一边。那时他还兼职知制诰（即为皇帝或中书撰制诏书者）。章献明肃皇太后刘氏尚执掌朝政，即所谓"垂帘听政"。刘太后本不是仁宗的亲妈妈，但满朝没人敢告诉仁宗其生母是李宸妃。后来李宸妃去世

---

① 〔宋〕魏泰：《东轩笔录》卷十二，洪本健：《欧阳修资料汇编》，中华书局1995年版，上册，第243—244页。

安葬，刘氏都刁难，不许以"国葬"礼仪。晏殊自然怕她。但有不惧者，即燕王赵元俨，乃太宗之第八子，仁宗的八叔叔，而告知其亲母身世。恰这时，命晏殊撰制《章懿太后神道碑》（章懿太后即李宸妃后来所封谥号），而晏殊仍不敢说出李氏"诞育朕躬"的事实，仅以几句隐喻言之："五岳峥嵘，昆山出玉；四溟浩渺，丽水生金。"这就大打折扣了皇帝亲生母亲的历史功绩！仁宗也碍于刘太后，不便直说，但心里非常难过，看了神道碑后对大臣说："何不直言诞育朕躬，使天下知之？"晏殊得悉，急忙面奏皇帝，以前意做些解释，仁宗很不高兴地说："此等事卿宜置之，区区不足较，当更别改。"即说：这等事你也要问我！后来便命舍人院承旨孙抃当笔，重新写了，该文有这样的话：

> 章懿太后丕拥庆羡，实生眇冲，顾复之恩深，保绥之念重。神驭既往，仙游斯邈。嗟乎！为天下之母，育天下之君，不逮乎九重之承颜，不及乎四海之致养，念言一至，追慕增结。

"上览之，感泣弥月。"即说，仁宗看后，一个月之间都不断哭泣。[1]

我们前文说过仁宗心胸和善，对朝臣即使贬谪，不久就又召回了。在这种情况下，晏殊是喜欢有人登他的府邸拜谒的。

欧阳修对于晏殊，也早有"神交"了，他不可能不读西昆派名家之作。如果我们拿上述事加以比较，可以肯定地说，那事是欧阳修做不出的。尤其年轻的欧阳修，不具备那种顾忌自身的怯懦，遇事绝对抑制不住正义感和担负！我之所以这样比较，是因为这才是他们的诗文根本上不同的原因，而不仅是时文与古文的形式之别。

拜谒，不仅是双方见到一张陌生的面庞五官，而更需要见其内在传神的东西，那就是性情和精神。我猜想，胥公就把欧阳修给自己的那篇"时文"呈于晏殊一阅了，因为那篇文章的确有传神的东西！欧阳修会低头等待，也会抬起眼睛望一望那张陌生面庞，因为晏殊的脸上确有一

① 周勋初：《宋人轶事汇编》，上海古籍出版社2014年版，第1册，《李宸妃》第4条，第66—67页。

副"时文"的光彩!

不管是古文还是时文，欧阳修都注重"人事"的事实书写，而不虚设华丽。譬如上述"随州试卷"之文，被魏泰誉为"警句"、能够默诵的句子："石言于宋，神降于莘。外蛇斗而内蛇伤，新鬼大而故鬼小。"那是非常简约的古文，但是太简约，人就看不懂了！笔者想对它做些"望文生义"的解释：其文所说的"宋"，乃指春秋之宋，即周公平定武庚反叛后，将商地封赐予商纣王的庶兄微子启，所建立的诸侯国，产生了可资撰写《春秋》的"石言"记载。所谓石言，即"金石"镌刻之"金文""碑文"。"神降于莘"乃说，商汤娶有莘氏之女，而诞生其国。而"外蛇""内蛇"之谓，窃以为即贬义地说出"非龙即蛇"，他们都不是"真龙天子"；所以才有"新鬼"，那些后起的大国，诸如宋襄公企图称霸未成者，齐、秦想自为天子者，由此"故鬼"就势必变小了。年仅十七岁的欧阳修，一副韩愈面孔，不过是想说出那段历史的事实。

是的，上述试卷见不到词采华丽，却多于思想和议论。但是欧阳修并不简单地排斥时文的艺术之长，只是嫌弃它不切近"人事"。当我们鉴赏一个本位的文学作品时，我们几乎忘记了这二者的差别，只感觉年轻的欧阳修于"神交"中拜读着晏殊的大作：

> 燕子来时新社，梨花落后清明。池上碧苔三四点，叶底黄鹂一两声，日长飞絮轻。　　巧笑东邻女伴，采桑径里逢迎。疑怪昨宵春梦好，元是今朝斗草赢，笑从双脸生。

应该说晏殊的这首《破阵子》也还切近"人事"，并且清新、明丽而无华。不过"无关宏旨"而已。让我们看见那一东邻女伴采桑归来，朝着踏青的晏殊倩然一笑，很是生动而富有人性味。晏殊怀疑事出自己昨晚的好梦，后来得知是因为她"斗草"（一种博弈）赢了。

那么我们再看欧阳修之作，是否确在思想宏旨上有所"别开生面"？

> 面旋落花风荡漾。柳重烟深，雪絮飞来往。雨后轻寒犹未放，春愁酒病成惆怅。　　枕畔屏山围碧浪。翠被华灯，夜夜

空相向。寂寞起来褰绣幌，月明正在梨花上。

笔者想这首《蝶恋花》不是欧公青年之作，如此深刻的艺术的表述，道出诗人之心绪和人生困境，但却并不舍弃人生的意义和希望，那就是末句，仍看见"月明正在梨花上"。不能不说，它是有关"宏旨"的！

我们欣慰地看到欧公并未舍弃文学本体，即艺术地表述，同时又使文采为思想境界所用。笔者还推想，欧阳修在面对"时文"时，曾被它高超的艺术性所震慑、所拷问，它在哪里不如"古文"？倘若欧公灵魂不朽，他会看到后世学者王国维，将晏殊之词、辛弃疾之词，与其作并列作为"三种境界"阶段的喻体，谓之人生不可或缺者！王国维文曰：

> 古今之成大事业、大学问者，罔不经过三种之境界："昨夜西风凋碧树。独上高楼，望尽天涯路。"（晏殊）此第一境界也。"衣带渐宽终不悔，为伊消得人憔悴。"（柳永）此第二境界也。"众里寻他千百度，蓦然回首，那人却在、灯火阑珊处。"（辛幼安）此第三境界也。此等语非大词人不能道。[①]

是的，晏殊的这首《鹊踏枝》确有其"独上高楼，望尽天涯路"之境界，是欧阳修为之震慑的。我们更看到欧阳修一以贯之的表述，对于人生之始终无悔。他的这一首《蝶恋花》前半阕为："伫倚危楼风细细，望极春愁，黯黯生天际。草色山光残照里。无言谁会凭阑意。"这种诗意呀，"独倚危楼"的况味，"无人会意"的处境，但是他仍要坚守自己所欲抵达之处。王国维所说的"第三境"，恰似为回答欧阳修所设置的千百度寻觅，"那人却在灯火阑珊处"。是的，灯火阑珊处乃灯火将为熄灭的昏暗处，但是对于人生来说，它不是人生的末路，恰正是你为之矢志不渝的归宿和境界！

笔者有理由说，晏殊见到这样的青年，当即就欢天喜地了！甘愿与

---

① 王国维：《人间词话新注》（修订本），滕咸惠校注，齐鲁书社 1986 年版，正文第 2 条，第 2 页。

胥偃同做其贡举与试的保人。

欧阳修于天圣七年（1029）春试国子监，以《玉不琢不成器赋》获取第一名，补广文馆生（隶属国子监的广文、太学、律学三馆，皆为学子进修学业之所）。同年秋，赴国学解试，再获第一名。请不要以为这是晏殊"人情"的缘故。晏殊的确为此次贡举的主考官，但是仁宗朝的科举考试，不仅要"弥封"卷首，还有"誊录"制度，即令专人把初筛试卷誊写一遍，以避免判卷辨识笔迹。

欧阳修在众多考生居住的馆舍，自然有些故事，我们知道与他同舍的一位考生名叫王拱辰，也将以广文馆生之身份参加天圣八年（1030）正月礼部"锁院"和三月皇帝御试。我们还知道，当朝参知政事（副宰相）薛奎，不言不语地送来一领新袍子，交给欧阳修，让他参加殿试的时候穿，以见皇帝。当然薛奎赠给年轻的欧阳修新装，自是还有别的意思不难明白，参政家有待嫁的女儿。可是这件新衣，却被王拱辰半开玩笑地抢着穿上了，欧阳修原本就是寒士，对穿着不介意，嘻嘻一笑而已。

笔者推测，欧阳修应该去探望一下胥公，以表深谢，没有胥公他走不到今天！他去了胥公在京师的家，胥公一直在关注他的考试，不舍得离开。我猜想，仆人刚入报欧阳秀才来了，恰值胥公之年方二八的女儿正在厅堂，抽身不及，欧阳修已迈入门槛。小女羞赧掩面的时候，胥偃头一次破天荒呼出一声："女儿，看茶。"而不是唤仆人献茶。

人们习惯上把礼部试与皇帝殿试，视为同一场考试。因为仁宗朝规定，凡礼部试进士及第者，殿试无论结果如何都不再剥夺其进士身份，只分别甲、乙、丙诸科等级名次，而授不同官职。

据宋人胡柯《庐陵欧阳文忠公年谱》记载，是年正月，欧阳修试礼部，复为第一。《宋会要辑稿》亦载：天圣"八年正月十二日，以资政殿学士晏殊权知贡举，御史中丞王随、知制诰徐奭、张观权同知贡举，合格奏名进士欧阳修已下四百一人"[1]。

① 〔清〕徐松：《宋会要辑稿·选举一》之一〇，中华书局1957年版，影印本，第5册，第4235页。

进士们于三月十一日晨，云集待漏院。所谓待漏院，乃朝臣天不亮即上朝等候的地方，在这里听着"更漏"声。考生们在这里，是等候"帝御崇政殿，试礼部奏名进士"。

欧阳修在这里等候时，听到学子们议论：当朝枢密使兼侍中曹利用，自杀了！他也有见邸报，上面只说"病故"。学子们都尚存正义感，为之忿忿不平，亦如后来史家称之"死非其罪，天下冤之"。学子们不知的是，这怨不得皇帝太多，因为此时尚为章献刘太后执掌国政。下狱讼，牵连文武官员四十余人，仁宗急忙出手诏，命"不得节外根问"。然而还是闹到今天这地步。

人们知道曹利用在真宗朝即有功于国，多次出使辽国议和；大中祥符年间，宜州（今属湖北）兵变，乃知州刘永规驭下残酷所致，叛兵杀刘永规，陷柳城、围象州（今属广西），分兵掠广州，岭南骚动。真宗焦急中想起了一个得力、可靠的人，仍是曹利用。果然他出师尽心竭力，身临锋镝，破敌斩将，平定岭南。于大中祥符七年（1014）拜枢密副使，加宣徽北院使。随后又拜枢密使、同中书门下平章事。[1]

可是章献太后临朝，中人（后宫宦官）贵戚颇能用事，"内降"多而频繁，曹利用力持不予，便招左右得罪。连刘太后也怕他，不敢称呼他的名字，只称"侍中"。此时曹利用已为检校三司兼侍中，他也许确以"勋旧"自居，对内宫不屑一顾。一日，曹利用奏事于"垂帘"之前，或许以手指不经意叩击着腰带，他自己没有觉出什么，而帘内的内侍则指给太后看，并悄声语之："曹利用在先帝时，何敢尔邪？"太后轻轻颔首。可是太后遇到后宫的凶煞神，也还是要靠曹利用来震慑的。内侍罗崇勋得罪太后了，太后便请"侍中"召罗崇勋戒敕。曹利用便认真履职，狠狠地训斥了一番，也许训斥过重，惹罗崇勋怀恨，因为朝中没有哪个大臣敢得罪后宫宦官。

说也凑巧，恰值去年，即天圣七年（1029），曹利用的侄子赵州兵马监押曹汭犯事了，据说醉酒后服黄衣，令人呼万岁。罗崇勋自请前往按治，一顿杖刑把曹汭杖死，回朝又罗织其叔父的罪状。曹利用当下被

---

① 〔元〕脱脱等：《宋史·曹利用传》，中华书局 1977 年版，第 28 册，第 9706 页。

罢枢密使，遂又查出其任景灵宫使期间，借贷景灵宫钱，至今未还，今天叫作"挪用公款"。于是被贬为崇信军节度副使，房州安置。并且遣内侍杨怀敏押送，途中又遭杨怀敏逼迫，他便自缢而死。[1]

欧阳修得悉此事会想：这位皇帝怎么啦？怎么会如此听信内侍谗言，而误待朝臣啊！想必曹枢密使是有尊严的，据说行途越走越遥远偏僻，他不想再走了，因受不得一个阉党的逼迫、侮辱，才自杀的！欧阳修即将踏上仕途，他将如何面对这样的朝廷和皇帝啊！

崇政殿两厢数排几案、蒲团，案上备有笔墨纸砚，进士整齐就座；晏殊此时为殿试详定官，与二府大臣列于殿前，秩序井然，鸦雀无声。内侍一声唱喝，仁宗即落座于其龙椅上，欧阳修缓缓侧目，看见一张端庄而洁净的脸面，浮现在摇曳而垂的冕旒之后。欧阳修有生第一次见到皇帝。

静寂中由内侍出示试题，自然是皇帝御拟，赋、诗、论共三题。据《宋会要辑稿》载："内出《藏珠于渊》（赋题），《溥爱无私》（诗题），《儒者可与守成》（论题）。"就在学子们审题而费解，多有汗颜的时候，仁宗声音和缓地钦语：诸位进士，若试题有惑，许可奏请解义。欧阳修竟然为之一怔，他从随州到京师，与试多场，从未遇见一位考官用这样和缓的语气，征求听取考生的意见。他顿时对这位皇帝产生好感。是年仁宗二十一岁，小欧阳修三岁。仍据《宋会要辑稿》记载："进士欧阳修等以圣题渊奥，上请帝宣谕，久之乃录所出经疏示之。"[2]

就是说，欧阳修向皇帝提出了解题的请求，皇帝答应并给出"经疏"。

欧阳修埋头几案，一边答题一边告诫自己，一定要把文章写好。欧阳修斗胆索要典故出处，仁宗竟然答应出具了。皇帝竟肯听从一个寒士的话！这便是其所言的"溥爱"（大爱），爱天下如爱自身！

仁宗即位时才十三岁，并未亲政。据说他做皇太子，即真宗祭太庙、祀南郊时，在"正阳门习仪（演习仪式），皇太子立于御坐之西，左右以天气暄煦，持伞障日，太子不许，复遮以扇，太子又以手却之"。

---

[1] 〔元〕脱脱等：《宋史·曹利用传》，中华书局1977年版，第28册，第9708页。

[2] 〔清〕徐松：《宋会要辑稿》选举七之一五，中华书局1957年版，第5册，第4363页。

就是说他不喜欢侍从服侍，以为自己接受这样的服侍为非分。事实上，他亲政后遇到出行，或在后宫游园，口渴，都要看一看宫女是否携带着茶饮，而不愿意声张，怕声张会招致侍从获罪。祀南郊时，尚远离祭祀外垣，太子就下马步行，他本可以骑马进入外垣的。记述者钱惟演说："今太子持谦秉礼，发自至诚，士民传说，充溢都邑。"[1]就是说，他的谦恭，整个京师朝野都在传颂。

欧阳修始终未能忘记，仁宗得以将自己生母告知天下的时候，其"感泣弥月"之痛。应该说这是他具有人性怜悯的表现。时宰相吕夷简，正是真宗朝吕蒙正的侄子。吕蒙正病故之前，真宗去看望他，想恩荫他的后人，问："卿诸子孰可用？"蒙正却回答："臣诸子皆豚犬，不足用。有侄夷简，任颍州推官，宰相才也。"[2]

李宸妃薨，章献太后刘氏想依照宫人常礼为之治丧。因李氏未遇真宗时，是刘皇后的侍女。《东轩笔录》载：刘氏不允许李氏棺柩从西华门出，令凿内城垣以出。就是把垣墙凿个窟窿出殡。宰相吕夷简听说后不答应，上疏制止。章献太后遣入内都知（即后宫总管，亦称太尉）罗崇勋，往返问责："向夷简道，岂意卿亦如此也？"吕夷简回答："臣备位宰相，朝廷大事理当廷争。"罗崇勋往返三次，太后执意不回。又据王偁《东都事略》及邵伯温《邵氏闻见录》共载：一日刘氏"垂帘"散朝，吕夷简独不退，乃奏：

> "闻禁中贵人暴薨，丧礼宜从厚。"章献遂挽仁宗入内。少顷，独坐帘下，召文靖问曰："一宫人死，相公云云何与？"公曰："臣待罪宰相，事内外无不当预。"章献怒曰："相公欲离间我母子耶？"公从容对曰："陛下不以刘氏为念，臣不敢言；尚念刘氏也，丧礼宜从厚。"章献悟，遽曰："宫人，李宸妃也，且奈何？"文靖乃请治丧皇仪殿，太后与帝举哀后苑，百官奉

---

[1] 《钱惟演年谱》，吴洪泽、尹波主编：《宋人年谱丛刊》，四川大学出版社2003年版，第1册，第526页。

[2] 周勋初：《宋人轶事汇编》，上海古籍出版社2014年版，第1册，《吕蒙正》第24条，第339—340页。

灵輀由西华门以出，用一品礼殡洪福寺。公又谓入内都知罗崇勋曰："宸妃当以后服殓，用水银实棺，异时莫道夷简不曾说来。"章献皆从之。[1]

我们由是可见仁宗在"垂帘"下的处境，所以他"感泣弥月"！亦可见文官之治，那种士大夫的正义感和积极作为。

也是说，仁宗是在这种心境下出具那三道殿试题的，正所谓"有感而发"。

不多久张榜，欧阳修又中"高第"，以甲科第十四名及第。获甲科者寥寥无几，我们应该为他满意了！只是该科状元，属于王拱辰，正是那位抢穿了薛奎所赠新衣的人。稍后，王拱辰便做了参知政事薛奎的女婿。

仁宗朝的规则，殿试一经张榜，很快就授官。五月，授予欧阳修将仕郎、试秘书省校书郎、充西京留守推官。

西京（今河南洛阳），乃为陪都，去那里担任留守者均为"使相"（即宰相之职而外任）；而那里的推官（协助留守处置判讼），则非甲科进士不会授予。

第五节　西京推官与"庐陵"心结

天圣八年（1030）五月欧阳修既已授官了，但他不能即刻到任，因为授官制诰说："欧阳某（讳）充西京留守推官，替仲简（替换现任者）。来年二月满阙，候见任官月限满日，即得赴任。"（胡柯《庐陵欧阳文忠公年谱》）就是说，欧阳修赴任需候到天圣九年（1031）三月初日。那么，这段为时不短的间隙，他该做些什么呢？史料没有记载。

笔者推断他必会做的一件事，就是回家去看望母亲。他不可能有此

---

① 周勋初：《宋人轶事汇编》，上海古籍出版社2014年版，第2册，《吕夷简》第15条，第675页。

闲暇而不回家。笔者只有他回了家的一个旁证，刘德清《欧阳修年谱》列在是年五月之后的一条记述曰：修"途经管城（今河南郑州），结识陈经。（作有）《送陈子履赴绛州翼城序》"。却不言欧阳修"途经管城"去干什么。窃以为他正是回家而"途经"。管城位于京师之西，百余里路，向南而有一条陆路直道，经许州（今河南许昌），过信阳，即离溳水之畔的随州不远了。年轻的欧阳修为寒士，他没钱走水路。

此外笔者还有一个"证据"，胥偃"以女妻修"，不可能宕延到次年去，若拖沓到天圣九年（1031）这个女婿就被别人抢走啦！没瞅见薛奎的那件新袍子吗，薛奎可是有五个女儿呢！尽管宋人胡柯，这位欧阳修年谱的权威只说，天圣九年（1031）三月，"初，胥公许以女妻公（修），是岁，亲迎于东武"。但是这个"初"，即提出此亲事的初始时间，并不抵牾我把它放在天圣八年（1030）五月之后。想必胥公在欧阳修授官之后就及时地提亲了。尽管胥公的女儿年岁还小，他没必要宕延。在欧阳修迈入胥公厅堂不慎撞见的时候，她并非"年方二八"，只有十四五岁。

胥公既已许亲，我想欧阳修除了感激之外，会说：修当告知母亲之后，才敢获此恩宠。胥公当然会点头，那就去告诉母亲吧！并且还会给予他盘缠。

这些史料未记载的，却是情理必然的事，否则怎会有"亲迎于东武"的水到渠成。

欧阳修是孝子，仁宗朝之所以选择了他，正所谓："欲求贤良，必于孝子之门。"欧阳修荣归故里，既拜见了母亲，也必会拜见叔父欧阳晔的。多家欧阳修年谱记述，明道二年（1033）欧阳修二十七岁时，始"省叔父于汉东"，窃以为是有误的。理由是，天圣八年（1030）五月欧阳修既已回到随州，就不可能不看望抚养他成人的叔父，尤其在他进士及第之后。尽管欧阳晔迁官后或距离母亲居处尚有一段路程，汉东即在汉水之东（今湖北钟祥），毕竟已经很近了。

当欧阳修向母亲诉说了这一段时间的经历，尤其婚事得到母亲首肯之后，他说：儿子此番回来，须接母亲往官任西京居住。我想其母郑氏听后流泪了。是的，自欧阳修四岁，郑氏带着他还有妹妹投奔叔父至今，已近二十年过去！母亲拭了拭面颊的泪水，所说头一句话即是：你当拜过叔父。欧阳修说：是，母亲，儿子不日即赴汉东。

欧阳修不可能未向叔父禀告，就接走母亲。是叔父以其微薄俸禄，维系了他一家三口这么多年的生活。欧阳修记得，叔父每借来书籍教习阅读，对他每一迈步，无不心怀慰藉。欧阳晔读过侄儿十岁许所写文章，惊喜而对其母说："嫂无以家贫子幼为念。此奇儿也，不惟起家以大吾门，他日必名重当世！"[①]

母亲早年对欧阳修尝说："尔欲识尔父乎？视尔叔父，其状貌起居言笑皆尔父也。"那时欧阳修虽然年幼，却已能知道母亲言之为悲，叔父之为亲了。[②]

欧阳晔与欧阳修之父亲欧阳观，乃于咸平三年（1000）同榜及第进士甲科。叔父为官廉洁自持，为人方正严明，从不阿谀、攀附权贵。初，多年只任职推官，后来迁官至江陵府（今湖北荆沙市）掌书记。一日，权贵陈尧咨在江陵"用私钱诈为官市黄金"，持帖子胁迫府吏签署，唯有欧阳晔抵制了，以"官市金当有文符"为理由拒绝签署。后遭到报复，叔父被排挤出府。

欧阳修就是去看望这样一位叔父，是年叔父已经七十一岁了，他见到叔父须发皆白！

欧阳修是幸福的，天圣九年（1031）三月他无牵无挂地上任去了。此前，有胥公多给的那些"盘缠"，欧阳修足以在洛阳城内租房立舍，安顿母亲，并且有青春年少的胥氏夫人精心侍奉其姑（"姑"乃媳妇对婆母的称谓）。胥氏年龄虽轻，是年尚不满十六岁。胥公家教严格，她似乎早熟了许多，不仅端庄貌美，饮食衣着都很有规矩，不会以贵贱而嫌弃欧阳修。我们用欧阳修的原话说："胥氏女既贤，又习安其所见。故去其父母而归其夫，不知其家之贫；去其姆傅而事其姑（辞掉保姆，

---

① 〔宋〕欧阳发：《先公事迹》，李逸安点校：《欧阳修全集》，中华书局2001年版，第6册附录，第2627页。

② 〔宋〕欧阳修：《尚书都官员外郎欧阳公（晔）墓志铭》，李逸安点校：《欧阳修全集》，中华书局2001年版，第2册，第422页。

自己侍奉婆母），不知为妇之劳。"[1]

洛阳，乃历经多朝的古都，东汉、曹魏、西晋、北魏、唐代、武周，均建都于这里。诸朝留落许多园林、楼宇或为残迹，可资怀古凭吊。城中有一条清流而远，那就是伊水，两岸沙汀芦苇丛生、白鸥翔翔；隔水而望，西边是龙门，东边乃香山，均有汉唐、魏晋名胜。香山，即白居易晚年皈依佛门处，游之便能听到其诗吟。欧阳修就这样张望而缓步，迈上伊水桥，远眺河面波涌。

略收极目，这才看见水畔有一短衣汉子，裤腿挽起，手持一把不大的渔筌，竟然打得一条肥硕的鲤鱼，欧阳修不禁赞叹：好大的鱼呀！

汉子抬头望了望桥上的人，欧阳修就此打问：请问客官，前面可是幕府？汉子再次打量，说：汝问幕府何干？欧阳修便说了去就任。那汉子略停顿，抑制不住又问：敢问尊姓大名？欧阳修谦恭地做了回答。汉子顿时眼睛亮了，提着硕鱼和渔筌上岸，边走边搭话：有失敬畏，有失敬畏！稍刻欧阳修才知道，他正是当朝著名诗人梅尧臣！

梅尧臣也早读过欧阳修的诗文，欧阳修竟然忘了上任的事，与之一见如故。欧阳修在梅圣俞面前，由衷地谦恭之至，恰如他稍后作的《七交七首》所吟："圣俞翘楚才，乃是东南秀。玉山高岑岑，映我觉形陋。"梅圣俞顾不得擦拭腿上臂上的淋漓水珠，当即邀请欧阳修去家中一聚，说：不能让这条鱼白打了，而派不上用场！欧阳修立即欢喜地答应，是的，他不知道自己还有比这一幸会更重要的事了，是所谓："逢君伊水畔，一见已开颜。不暇谒大尹，相携步香山。"梅圣俞后来也说："春风午桥上，始迎欧阳公。……于此十九载，存没复西东。"

他们一边喝酒把盏，一边聊着知己话。梅尧臣说：寒舍鄙陋窄促，让兄弟委屈！欧阳修说：唉，这已经很舒适安逸，夫人烹饪之味道鲜美。我家也很贫寒，母亲"以荻画地"令我写字，叔父借书教习，修才有今日。梅尧臣问：兄弟故居哪里？欧阳修答：修乃庐陵人。略停顿，又说：修出生于父亲的任所绵州（今四川绵阳），而修的父亲、叔父，皆生于

[1] 〔宋〕欧阳修：《胥氏夫人墓志铭》，李逸安点校：《欧阳修全集》，中华书局2001年版，第3册，第922页。

庐陵（今江西吉水），故修乃庐陵人也。

当欧阳修说自己是"庐陵人"的时候，显示出一种坚韧的意志力和自豪，仿佛那话语中含着"我活过来了！"这样的语意。

看上去梅圣俞比欧阳修略长四五岁，攀谈中获知梅圣俞也在西京幕府内任职。梅圣俞则微含自卑语气地说：哪里，余不过写得几首小诗妄被人错爱而已。在下仅为河南县主簿，因为府相酷爱诗文之故，召我入幕府，余与兄弟不可比啊！

那是后来，欧阳修逐渐得悉，梅圣俞从未举进士，也因叔父梅询的照看，荫补得到这么个县衙主簿。主簿，掌出纳官物、销注簿书。县衙凡批销必亲书押。千户以上的县，才设置；四百户以上的县不设置主簿，由县令替代其职能。①欧阳修由此至终生，始终与之保持笃实挚诚的友谊，梅圣俞也如是。欧阳修品质上没有以身份高下取人之俗见，或谓"门户之见"，不仅对大诗人梅尧臣，欧阳修对许多无名的秀才均如此。

欧阳修说：自己尚不熟悉西京府官员状况，贤兄刚才说，府相喜好文学，不知他是哪位？梅圣俞呵呵笑着说：你都要到任西京府啦，尚不知使相钱惟演啊！欧阳修说：让圣俞兄见笑了。梅尧臣说：也好，一心只读圣贤书嘛！永叔到任，府相定会倍加爱护，钱惟演真是个爱屋及乌的主儿，大凡有才学者，都网罗到他的府中。其幕府确实名人居多，谢绛，字希深者，为西府通判，也就是钱惟演相公的助手；希深不仅能文，其子谢景初小小年岁竟然也撰著惊人。还有尹洙，字师鲁者，生就是个古文高手……

钱惟演，西昆体领袖之一，欧阳修略知其大名，拜读过一本杨亿编纂的《西昆酬唱集》，其中多见钱相公的大名和诗文。梅尧臣说：正是他。此人确有些才华，幼年即作诗赋《远山》，有"高为天一柱，秀作海三峰"之名句。他就是吴越王钱俶之子，其父归宋，留给他许多奢华。

关于钱惟演，还有二位名士许多不知道的，或不屑于谈及的，笔者也想就便说说。

钱惟演这位重臣名士，有其长也有其短。官场俗气过重，皇家奢华

----

① 〔元〕脱脱等：《宋史·职官七》，中华书局1977年版，第12册，第3978页。

过靡，阿谀权贵，追逐皇亲，嗜好拉关系，营私子孙裙带，是故，朝臣多不喜欢，仁宗并不重用他。钱惟演主要为真宗朝旧臣，官至枢密使、翰林院学士，后来在奸佞丁谓用事的时候，钱惟演进擢右丞相。及至太后刘氏垂帘时，是钱惟演最得势的时候，因为刘氏太后是他的亲戚，钱惟演把妹妹嫁给了皇亲刘美。这还嫌不够，钱惟演又令其子钱暖娶仁宗之郭皇后之妹，重重姻结皇族。为了献媚，他把父亲钱俶留下的位于京师一处豪邸，名曰"礼贤宅"，献给真宗，真宗赐钱惟演五十万钱，而把豪邸分给尚书"六房"。这位吴越国之子有多少财富，人们不得而知，却知道就在天圣六年（1028），也就是穷秀才欧阳修去拜谒胥偃之时，钱惟演在许州西湖兴建亭阁，规模盛大，名曰"清暑阁"。就这样，他的弟弟、他的子侄们全都授官，他尚为自己已故的父亲请求配享太宗庙堂，其奏疏甚为凄乞恳切。

我们设想，南唐李煜，虽也亡国，却不会如此做派！

钱惟演只顾进身，而丢失气节和正义。天禧四年（1020）钱惟演依附丁谓，竟也与丁谓结成儿女姻亲关系，而排挤宰相寇准。寇准见刘氏宗人横行，请真宗行法抑制，而得罪刘皇后。寇准又直言："丁谓，佞人也，不可以辅少主（仁宗）。"而钱惟演两次作崇僭言，寇准终于被罢相。钱惟演"取《时政记》中盛美之事，别作《圣政录》"，谨遵丁谓的意思，独削去寇准的名字。此事性质之恶劣，正如后来侍御史蔡齐所言于仁宗的："寇准忠义闻天下，社稷之臣也，岂可为奸党所诬哉！"①

欧阳修的到任，成为钱惟演的盛大节日，他的兵马又壮大啦！见面喜笑颜开，当下就召集幕僚宴餐聚会。欧阳修就在酒席前结识了西府通判谢希深、掌书记尹洙，再次见到幕僚梅尧臣，及后来被他称之"七友"的诸位。欧阳修是个年轻人，酷爱交友，这么多文坛俊杰，是他在随州无缘结识的，他心情非常兴奋。

此外座中还有一位，略沉默，不好多言，但眼神明睿，眉宇凝重，

---

① 《钱惟演年谱》，吴洪泽、尹波主编：《宋人年谱丛刊》，四川大学出版社 2003 年版，第 1 册，第 531 页。

他就是富弼。欧阳修在居住馆舍备考的时候，就已经认识了。富弼自幼家境贫寒，其父在吕蒙正幕府为门客，故求得吕相公允许，收少年富弼入其私办学园读书。富弼非常刻苦，读过范仲淹的文章，便去拜谒范仲淹。当时范仲淹仅为泰州西溪镇盐铁，富弼慕其学问，而不在乎官职大小。不幸的是，天圣五年（1027）试礼部，富弼落榜了。天圣七年（1029）范仲淹为秘阁校理，极力上疏推荐，于是诏命为之"复置制举"，十二月委吏部考核预选，定富弼等十人策、论、词、理皆优。这才有了天圣八年（1030）六月召试"制科"，富弼以"茂才异等"科目中第，授将作监丞、知河南府长水县，便也被钱惟演召为幕僚。笔者前文就说过，宋代之爱才，几乎成为知识分子的通"病"！

钱惟演所好，其治下极为宽松，允许府吏们自由交往，乃至郊游香山、龙门，不仅不限制，而且提供茶水、酒肴的服务，派随从提壶携浆。在钱惟演看来，似乎才子们就本该如此，不郊游燕饮，哪来的诗文啊！只可惜后来，梅圣俞走了，调任河阳（今河南孟州）。因为梅圣俞是谢希深的妹夫，朝廷不允许一处为官，当回避。

钱惟演无比惋惜，于是年六月末举办池亭宴会，借河南府重修官署为由，实际上是给梅尧臣送行。七月初，欧阳修又于普明寺竹林为梅圣俞饯行，梅尧臣作《诗序》说："余将北归河阳，友人欧阳永叔与二三君具觞豆（觞酒豆肉），选胜绝，欲极一日之欢以为别。"[1]"欲极一日之欢"，足见欧阳修惜别之憾！

当然钱惟演也派遣欧阳修等做事，譬如派遣欧阳修赴乡间勘察旱、蝗灾情，欧阳修很勤苦尽职，跑了数多县境。再如，明道二年（1033）以吏事差遣欧阳修前往京师。该吏事办理持续时间较长，欧阳修借此次差遣之便，回了一趟汉东，探望叔父。因为自上次见面，欧阳修就不能忘记，叔父一日老似一日了！所幸的是，叔父尚且体健，身边有其子女照看。此行，欧阳修还重游了随州城南李氏东园，自己幼年玩耍的地方。上次接母亲迁居洛阳，未能顾及。他在那里曾获得残破不堪的《昌

---

[1] 〔宋〕梅尧臣：《新秋普明院竹林小饮诗序》，洪本健：《欧阳修资料汇编》，中华书局 1995 年版，上册，第 6 页。

黎先生文集》，那里有他童年的梦。李尧辅还在，陪欧阳修游览，复登上他家园林亭台。欧阳修瞻望，不知怎么，他望见的却是"庐陵"！

办完了京师事宜，回到洛阳，发生了一件对于欧阳修来说乃为天塌地陷的事，我们留作后说。

欧阳修怀着痛苦和郁闷供职于西府，常与尹洙聊天，有时喝些小酒。尹洙是个很有抱负的青年，多言朝廷政事。欧阳修也借此舒缓精神，倒是与其志同道合。

尹洙乃天圣二年（1024）进士，授绛州（今山西新绛）正平县主簿；师从穆修，长于《春秋》。也是天圣八年（1030）六月，与富弼同试"制科"，尹洙举"拔萃科"入第五等，恰值钱惟演判河南府，便向朝廷讨要尹洙为僚属。尹洙古文确实了得，出口言兵，也很到位，后来欧阳修拜读他所著《叙燕》《息戎》《兵制》等论文，精辟简约，那是纯一色的"春秋笔法"。

尹洙言及当朝时政，唯看重一人，就是范仲淹。说或许朝廷革除时弊，在此人身上。西府相公待你我虽善，但庸人也。

只听得欧阳修入迷，尹洙说话也大胆，无所顾忌。

范仲淹虽然出身贫苦，求学艰难，食不果腹，却取获大中祥符八年（1015）进士，那一年他已二十七岁了。天圣元年（1023）他在泰州任上，官职很低，竟"越职言事"，上疏"寇准被诬事"。他三十六岁迁大理寺丞（大理寺，审查刑狱），那年即上疏：请救文弊、复武举、赏直谏之臣。天圣五年（1027），晏殊尚在贬所南京府，聘任范仲淹执掌府学。后经晏殊力荐，范仲淹始入馆阁校理。但是，范仲淹刚入馆阁就上疏反对仁宗"率百官上皇太后寿于会庆殿"，大致说：上寿是你皇家私事，百官不能都上寿。把晏殊吓坏了，荐人是要负责任、担罪过的，晏殊当下即斥责范仲淹。

也就是在与尹洙畅谈之后，恰逢范仲淹自陈州任上被朝廷召为司谏，欧阳修写了《上范司谏书》，呈递了。这封书信，有着年轻欧阳修的政治热血，对于"司谏"一职的理喻、期待和愿望。它还被后世文学史誉为极具叙述特点的散文名篇：

司谏，七品官尔，于执事得之不为喜，而独区区欲一贺者，诚以谏官者，天下之得失、一时之公议系焉。今世之官，自九卿、百执事，外至一郡县吏，非无贵官大职可以行其道也。然县越其封，郡逾其境，虽贤守长不得行，以其有守也。吏部之官不得理兵部，鸿胪之卿不得理光禄，以其有司也。若天下之得失、生民之利害、社稷之大计，惟所见闻而不系职司者，独宰相可行之，谏官可言之尔。故士学古怀道者仕于时，不得为宰相，必为谏官，谏官虽卑，与宰相等。天子曰不可，宰相曰可，天子曰然，宰相曰不然，坐乎庙堂之上，与天子相可否者，宰相也。天子曰是，谏官曰非，天子曰必行，谏官曰必不可行，立殿陛之前与天子争是非者，谏官也。……然宰相、九卿而下失职者，受责于有司；谏官之失职也，取讥于君子。有司之法行乎一时，君子之讥著之简册而昭明，垂之百世而不泯，甚可惧也。夫七品之官，任天下之责，惧百世之讥，岂不重邪！非材且贤者，不能为也。……①

欧阳修通过对"谏官"一职的认识、分析，承载而阐发了士大夫应尽的职守和担当。谏官，虽然位卑，莫过七品，但其职责却系着"天下之得失，一时之公议"；其他九卿、百司、郡县之吏却不能与之相比，他们各有职守，而不可"越职言事"。唯有宰相、谏官可与皇帝言及天下之得失、生民之利害、社稷之大计，可与皇帝争论是非，所谓"惟所见闻而不系职司者，独宰相可行之，谏官可言之尔"。如此，谏官既系天下之事，就必然"任天下之责"，谏官若失职，不仅要受责于有司，还将"取讥于君子"。受责于有司一时就过去了，而"君子之讥"却会记录史册，垂之百世而不泯。所以，谏官"非材且贤者，不能为也"。欧阳修接下来说，洛阳士大夫对范公寄予厚望，盛赞其往日之贤，翘首企足拜命之后，然而却未见范公新近建明。自己不无疑惑，"岂洛之士

① 〔宋〕欧阳修：《上范司谏书》，李逸安点校：《欧阳修全集》，中华书局 2001 年版，第 3 册，第 973—975 页。

大夫能料于前而不能料于后也"？范君千里迢迢返朝拜官，"岂不欲闻正议而乐说言乎？然今未闻有所言说"。

真够痛快，如此挚诚、有见热血！笔者不知道范仲淹有无在别处见到这样的文章，但笔者敢说，它可拿给任何一位正直的官员去读，都将是获益匪浅的。那种勉励、鞭策，既在其位、必谋其政；不满足于以往肩负进取，而企盼来日更多担当。文章论事条理鲜明、逻辑绵密；语句似江河奔流，胸臆如苍穹豁朗。

前文胥假赞许欧阳秀才的文章重道德、义理；稍后我们在比较晏殊诗词时，又谈及欧词多关乎宏旨，细分析那种文章倾向及其给予我们的认识，并非出自一时或偶然，似乎那是发自欧阳修之秉性、天赋的一种"特质"。后来在它不断彰显、光大的时候，就形成了欧公对于文章"道胜则文胜"的根本主张。即说，文章之所以能够似江河奔流，如苍穹豁朗，不在于"文"本身需要下多大的功夫，做到多么工巧、精巧；而在于为文者之胸襟里的那一东西，充实在文章意蕴之中，使其工巧而精到。它就是我们需要修行、遵从的"道义"。即所谓"大抵道胜者文不难自至也"。此时我们看这篇《上范司谏书》，其所呈现的夺目光彩和精神力度，恰正是这一特质所显露的端倪和锋芒。

在此后的景祐中，欧阳修文学步履获长足进展，引起不少后学秀才的瞩目，前来京师拜谒，或致书求教者众多。其中有一位秀才，就是后来同朝之臣吴充，与他终生保持友谊。欧阳修作有《答吴充秀才书》——据李逸安先生的点校本《欧阳修全集》目录条下给出的该书写作时间，以及其所依据的周本、丛刊本注云的时间为"康定元年"（1040），但笔者估计，该答书要早于它，因为吴充于景祐五年（1038）进士及第，而授官某县主簿，欧阳修不会在其后致答书仍称呼"吴充秀才"。故笔者想这一史料的时间记载或许有误，它至迟当在景祐中，其进士及第之前。吴充秀才呈上三篇文章拜托欧阳修赐教，欧阳修的答书也不会拖延两年之后回复。

吴充，字冲卿，建州（今属福建）浦城人，比欧阳修年小一轮还要多，进士及第时才十八岁。后来至熙宁元年（1068），其为知制诰、同知谏院，再后为三司使、翰林学士，熙宁三年（1070）拜枢密副使……笔者所以介绍吴充后来的官任，是因为他少年时受益于欧阳修的影响巨大。

欧阳修致吴充秀才书言辞谦逊恭谨，尊称对方为"先辈"，意为其治学早于自己。书之抬头即说："修顿首白先辈吴君足下。"当然这是一种谦逊恭维。谈其文章，更鼓励说，其文"辞丰意雄，霈然有不可御之势"。可见吴冲卿少年文章还是不落凡俗的！欧阳修致书时，当在其遭遇贬谪夷陵的时候，因为书中有这样的感慨："修材不足用于时，仕不足荣于世，其毁誉不足轻重，气力不足动人。世之欲假誉以为重，借力而后进者，奚取于修焉？……得非急于谋道，不择其人而问焉者欤？"

然而欧阳修还是十分中肯、挚诚地谈出自己对所拜阅文章的看法，提出那一"道"的概念，即"得非急于谋'道'"，我们会意这个"道"不仅是为文之道，它或是吴冲卿少年文章恰缺少的东西。因为冲卿文章"犹自患伥伥莫有开之使前者"，用他自己的话说，其文"终日不出于轩序（房门），不能纵横高下皆如意者"。即不能达于人而致远。欧阳修就此而说："夫学者未始不为道，而至者（抵达者）鲜焉。非道之于人远也，学者有所溺焉尔。盖文之为言，难工（难于做到工巧，一经做到）而可喜，易悦而自足。世之学者往往溺之"，即说，学者们往往沉溺于"文"的工巧之中，"此其所以至之鲜也"。

欧阳修谆谆告诫秀才们，文章的要旨在哪里。它不是一味去做文的工巧，那样将会"徒见前世之文传，以为学者文而已，故愈力愈勤而愈不至"。其根本原因乃是"道未足也。若道之充焉，虽行乎天地，入于渊泉，无不之（至）也"。①

笔者所以将此内容提前到这里表述，是为了谨请读者关注欧阳修文章的这种"特质"，其将后文学步履的迈进，与其政务和道义紧密相关。可说他人生节点上的重要文章，没有一篇不是这种"道胜而文至"的！

河南府重修官署的事，此时已经告竣。钱惟演于府邸新建的"双桂楼""临辕馆"宏大而美轮美奂，为国家搞搞"硬件"建设也好，陪都

---

① 〔宋〕欧阳修：《答吴充秀才书》，李逸安点校：《欧阳修全集》，中华书局2001年版，第2册，第663—664页。

嘛，不能跌份儿。他命令几位名士，谢希深、尹师鲁、欧阳永叔务必每人撰写一篇文章，将铭文立碑，以载盛事。便又命随从提壶携浆，跟随名士去观瞻馆舍楼台。

欧阳修在此行中，不禁想起自己的父亲，父亲在世时也是"推官"，却从未遇到这样的奢华。三人观赏了临辕馆，雕梁画栋、彩绘墙垣。欧阳修之所见，似与父亲当年境遇形成反差，父亲欧阳观，咸平三年（1000）进士及第，授道州军州（今湖南道县）推官，后来迁官至泗州（今安徽泗县）、绵州，一路廉洁、贫寒。想必父亲在故乡庐陵，家境也是清贫的，欧阳世家早已衰落，近世从未发迹。记得母亲曾说："汝父为吏，廉而好施与，喜宾客。其俸禄虽薄，常不使有余，曰：'毋以是为我累。'故其亡也，无一瓦之覆，一垄之植，以庇而为生。"[1]

三人又登上双桂楼，楼高三叠，凭栏远眺。谢绛、尹洙都很兴奋健谈，欧阳修却略显沉默。他瞻望着，而再次望见了"庐陵"！好像他心胸中有一句抑制不住又说不出口的什么话，其况味，十分苦涩。

他视野渐次朦胧，看见母亲怀抱着年仅四岁的自己，立于父亲掌灯阅读官牍之旁。那张孩提的小脸，睁着一双明亮的眼睛，望见自己的父亲和烛光。那是欧阳观又迁官至泰州（今江苏泰州市）任军事判官的时候，晚间未得歇息，在灯下思索判讼。欧阳修清晰地听见父亲叹息说："此死狱也，我求其生而不得尔！"父亲试图挽救一条人命，但是其卷宗当为死刑。母亲问："生可求乎？"父亲说："求其生而不得，则死者与我皆无恨也；矧（况且）求而有得邪！以其有得，则知不求而死者有恨也。夫常求其生，犹失之死；而世常求其死也。"[2]父亲，修听到了，记下了，修在母亲怀抱里全都听懂了，铭记了！

这时欧阳修极目远望的眼睛，已含了泪水。

相公钱惟演，命三位作文以三日为限，当然对于三位才子均不为难。大后天骄阳三竿，钱惟演便在府邸水榭亭请三位小饮，出示大作

[1] 〔宋〕欧阳修：《泷冈阡表》，李逸安点校：《欧阳修全集》，中华书局2001年版，第2册，第393页。
[2] 〔宋〕欧阳修：《泷冈阡表》，李逸安点校：《欧阳修全集》，中华书局2001年版，第2册，第393页。

了。希深、永叔都写了五百多字，文笔清秀，各显其姿，这类"应景"之作嘛！末了师鲁（尹洙）也捧出己之拙作，仅为三百八十余字。相互传阅，欧阳修顿时发觉，自己不如师鲁。不是说字少就为佳，而是其古文之风确有高格，不仅"语简事备，复（而且）典重有法"。就是说引征典故不着痕迹，真是美文啊！欧阳修当即说：请相公只将师鲁、希深之文付诸石刻吧，修惭愧，待重新撰文。钱惟演呵呵笑了，钱惟演不承想，永叔还有这种"高格"！

改日，欧阳修携了一壶酒，登门拜访，求教于尹师鲁。当然不仅是为了文章，也是因心中苦闷，又无处可去。在府邸，各自都安排有居舍，欧阳修就去了尹洙处所。是晚，二人聊到深夜，也不肯散。当然，并非都聊古文，也说说各自生活。

尹洙很谦虚，聊到文章之事，他仅说："大抵文字所忌者，格弱字冗。诸君文格诚高，然少未至者，格弱字冗尔。"[1]欧阳修连连点头。后来，他的确重写了一篇，呈尹师鲁审，字数竟少于尹师鲁文二十余字。尹师鲁大加夸奖，说欧阳修的进步"一日千里"。是的，欧阳修在学问上得以快速奔进，就在于他能够"知彼之长"。日后欧阳修能够建立起自己的古文风格，乃至成为宋代文学的一面旗帜，其源头和动力应该说不无今日之功。

谈到生活，欧阳修就又记起父亲，也许他多喝了酒，眼内含着泪光，望见父亲面庞：欧阳观，字仲宾，乃其之祖父欧阳偃之长子，祖居庐陵。是的，祖上和父亲，均家境贫寒。在古代，言"贫寒"并非为褒义的，往往含有"位卑"的意思。父亲晚年患有眼疾，不能远视，但他敬业勤奋，至深夜细审官牍，"苟瞩读行句（如果看清楚每行每句），（眼睛将）去牍不远寸"[2]。

欧阳修禁不住流泪了，于是夜更深，说出了那句郁积心头的话：庐陵——我来了，您的儿子！

---

① 刘德清:《欧阳修年谱》，吴洪泽、尹波主编:《宋人年谱丛刊》，四川大学出版社2003年版，第2册，第1039页。
② 刘德清:《欧阳修年谱》，吴洪泽、尹波主编:《宋人年谱丛刊》，四川大学出版社2003年版，第2册，第1022页。

第二章　初步丹墀

第一节　那件私己痛事

宋代，尤其仁宗朝，迁官特别频繁。正像欧阳修所说过的："今之居官者，率三岁而一迁，或一二岁，甚者半岁而迁也。"其中自有吏制规定的按年限迁升或"平调"，而大多却是因为"功过"所产生的"黜陟"。明道二年（1033）九月，钱惟演遭弹劾，落平章事（即宰相职），迁崇信军节度使。

此时已是仁宗亲政，钱惟演是章献太后刘氏当政重用的。早在天禧四年（1020），即真宗晚年，宰臣李迪就极力弹劾他，李迪为人正直、刚毅，上言真宗：自己愿意与奸邪弄权者俱罢政柄！并愿意与丁谓、钱惟演同下宪司（狱讼）置对。而此时，仁宗亲政，御史中丞范讽就再次弹劾，其不当擅自议论宗庙，还说他在章献太后时权宠太重！根子上还是朝臣们厌恶他与皇家结亲，他的儿子钱暖又娶郭皇后的妹妹。既然是皇家亲戚，就当在朝中回避！仁宗不得已而黜之。而且他的儿子钱暖也被夺一官（一级），落集贤校理。

钱惟演当然舍不得西京，西京就是京师"后院"！只要在这里为"使相"，就终会有返朝当政的时候。钱惟演时时盼望重回朝廷，曾对人说：自己时常"以不得于黄纸后署名为恨"。"黄纸"就是用来书写朝廷诏命的，须有宰相签署生效。宣读此诏命也叫"宣麻"，因为这种纸是黄麻为主要原料制成的。唉，看来是返朝无望了！钱惟演另一半是文人，所以他以府中拥有如此之多的名士为自豪，在他惜别的时候写出确有文采的诗歌："瘦玉萧萧伊水头，风宜清夜露宜秋。更教仙骥傍边立，尽是人间第一流。"①他把名士们谓之"仙骥"，依傍在他左右，如今却要告别了！

他走了，对于欧阳修来说，他同时带走了西府的宽松环境。还有一点，钱惟演后来的谪居处，竟然也是汉东（随州境内），即欧阳修叔父欧阳晔的居处。钱惟演晚年所作诗词，不仅有见文采，还可见一代吴越王子的心绪处境：

> 城上风光莺乱语，城下烟波春拍岸。绿杨芳草几时休，泪眼愁肠先已断。　　情怀渐变成衰晚，鸾鉴朱颜惊暗换。昔年多病厌芳樽，今日芳樽惟恐浅。②

这首《玉楼春》，欧阳修后来有见，它恰与他此时的心绪对应着，而感觉自己确为"芳樽惟恐浅"！欧阳修仍然邀请尹洙、谢绛等郊游，遍踏先朝遗留的荒墟残垣，并在"荒墟"中饮酒作乐。这便不能不与继任的相公王曙的治政理念发生冲突。

王曙是名臣寇准的女婿，治政势必严明。早年中进士第，授定国军节度推官；咸平中又举制科，以"贤良方正科"入等级。真宗朝，就已权知开封府；以枢密直学士知益州，杀盗贼、叛兵颇具盛名，不仅州府严刑峻法，整个蜀地也为之太平，蜀人把他比较前任治州卓著者张咏，编有童谣传唱："蜀守之良，前张后王。惠我赤子，而无流亡。何以报

---

① 周勋初：《宋人轶事汇编》，上海古籍出版社2014年版，第2册，《钱惟演》第14条，第617页。
② 《钱惟演年谱》，吴洪泽、尹波主编：《宋人年谱丛刊》，四川大学出版社2003年版，第1册，第547页。

之，俾（祈祷）寿而昌。"①

但是王曙也有被黜降的时候，一次犯有举荐进士失实之过，另一次错在部吏受贿；再就是寇准罢相，这个女婿遭到连累。仁宗朝有一样好，并不深咎朝臣过错，在章献太后"垂帘"时，恰是起用王曙与薛奎同为执政。王曙来西京之前就已拜枢密使。

自然王曙不能放任自己属下这样郊游燕饮，改日上堂理事时，就当面批评了诸位。他于批评中不知怎么就记起了自己的岳父，说："诸君纵酒过度，独不知寇莱公（即寇准）晚年之祸邪！"诸位幕僚自是不敢言语，也因为府相批评得正确。唯有欧阳修，竟然抵对说："以修闻之，莱公正坐（过错在）老而不知止尔！"意思是根本不在于寇公纵酒。②

笔者说过，宋代士大夫以大度为美德。王曙默然，而一笑过去。

事实上，欧阳修所言并非属实，寇公确因"纵酒"而误事。天禧三年（1019）寇公再次拜相，真宗身患重病，头枕东宫宦官周怀政的臀股，不能入眠，而与其商议太子（即仁宗）监国的大事，周怀政出宫便把这事告知寇准。可是宦官做事往往挟私而作祟，不仅要立太子，还要废刘氏、黜丁谓。而当时丁谓势力不弱，其为参知政事兼枢密使，又有钱惟演、曹利用等党徒的支持，丁谓反对以太子监国，迫使寇准将原本为宰辅中公议之事转为"密谋"。寇准使翰林学士杨亿起草诏书，此事之重大，用杨亿对其妻弟私语来说："数日之后，事当一新！"但是就因为"密谋为寇准酒醉所泄"，丁谓与曹利用先下手了，先诛杀周怀政，后僭迫寇准再次罢相，这就是天禧四年（1020）五月的事。③

欧阳修或因那件私己痛事，心绪欠佳，一时失去了谦逊。后来想想，自己也很懊悔，因为他毕竟知道王曙是很正派的人，家中有寇莱公的时常教诲，其与丁谓党徒完全两样。譬如说皇家的"玉清昭应宫"，就是丁谓阿谀真宗，不计劳民伤财建造的。后发生火灾，皇帝又要花费

① 周勋初：《宋人轶事汇编》，上海古籍出版社 2014 年版，第 2 册，《王曙》第 5 条，第 801 页。
② 〔元〕脱脱：《宋史·王曙传》，中华书局 1977 年版，第 28 册，第 9633 页。
③ 《寇准年谱》，吴洪泽、尹波主编：《宋人年谱丛刊》，四川大学出版社 2003 年版，第 1 册，第 441 页。

大笔财用修复它。王曙便借天谴之说，上疏废止，不应重建。"天谴"可说是对皇权的最有力的制约力量，仁宗和刘氏太后就听从了，诏谕天下，不复修缮它。[①]

更让欧阳修没想到的是，就是这位王曙，并不与年轻的他一般见识，他不久即返朝了，仍为枢密使，而极力推荐欧阳修，还有尹洙，进擢馆职。因为一段接触之后，王曙确认他们有才华。这就是宋代士大夫的做派！

现在我们来说说那件痛事，它使得欧阳修心绪慌乱而做出不恭的事，乃至愿意把"荒墟残垣"当作"家园"，是因为他的胥氏夫人故世了！她故世时年仅十七岁。

那是他二次探望叔父，回到洛阳就已发生的，胥氏生育一子之后，尚且未出月子。笔者宕延至此才补述，因为真不忍心说出它，在第一章她就故去，笔者会痛惜而叙述不下去的！

欧阳修痛苦非常，觉得对不起岳父胥偃。那段幸福生活，对于他不啻为一场迅速消逝的梦，当时就作了悼亡文章，谓之《述梦赋》：

> 夫君去我而何之乎？时节逝兮如波。昔共处兮堂上，忽独弃兮山阿。……行求兮不可过，坐思兮不知处。可见惟梦兮，奈寐少而寤多。或十寐而一见兮，又若有而若无，乍若去而若来，忽若亲而若疏。……尺蠖怜予兮为之不动，飞蝇闵予兮为之无声，冀驻君兮可久，悦予梦之先惊。梦一断兮魂立断，空堂耿耿兮华灯。……苟一慰乎予心，又何较乎真妄。绿发兮思君而白，丰肌兮以君而瘠。君之意兮不可忘，何憔悴而云惜。愿日之疾兮，愿月之迟，夜长于昼兮，无有四时。惟音容之远矣，于恍惚以求之。[②]

我们可以望见欧阳修滂沱泪下，独守空堂孤灯的凄凉，深夜无眠，

① 〔元〕脱脱等：《宋史·王曙传》，中华书局1977年版，第28册，第9633页。
② 〔宋〕欧阳修：《述梦赋》，《欧阳修全集》，中华书局2001年版，第3册，第836页。

想梦见胥氏之瞬息，都不可能！知道梦见也是徒有其想，它回不到以前了，而它如果能够慰藉其痛苦的心灵，又何必计较那是真实或虚妄啊！笔者在摘录这篇赋的时候，竟抑制不住泪落了！笔者无暇评述这篇赋的优长，只觉自己的同情、哀挽，亦随胥氏"音容之远矣"！只觉年轻的欧阳修之真正的痛苦、灵魂的哭泣，笔者能够理解他此后精神上的一切"荒墟残垣"！

痛苦，它不是一个生命的懦弱，却是使之向前挺进的动力。亦如唯有欧阳修的真情挚意，才能写出这样的诗赋，体觉到虫体爬过心灵的尺寸。故，德国哲学家黑格尔有曰："凡是始终都只是肯定的东西，就会始终都没有生命。生命是向否定以及否定的痛苦前进的！"①

景祐元年（1034）三月，胡柯《庐陵欧阳文忠公年谱》载：欧阳修"西京秩满，归襄城"。

欧阳修结束西京留守推官的职任，怎么会归"襄城"呢？他的家原本在洛阳不是吗！"家"是要有主妇的，没有主妇，即没有家了。

笔者推测，欧阳修之所以"归襄城"，是因为他的胞妹嫁在襄城的张家许多年了，为了妹妹照看母亲方便，他把家安在了襄城。他后来有诗作《罢官后初还襄城弊居述怀十韵回寄洛中旧僚》，"弊居"就是家了。应该说襄城距离洛阳不是很远，在其南边不足二百里路，汝水之畔，仍算是"京畿"地带，它东边是繁城，西边是郏县，属于许州境。

欧阳修是个重感情的人。比方说，他并非赞同钱惟演以往的政治作为，但当钱惟演贬谪后，欧阳修为他送行，而作《留守相公移镇汉东》；不久还写有《上随州钱相公启》，深表慰问。至于对梅尧臣、谢希深、尹师鲁，几乎不断书信往来。听说这年梅尧臣参与省试而落第，欧阳修为之鸣不平，并当即致函与梅圣俞："黄鹄刷新衣，自言（自信）能远飞。徘徊且垂翼，会有秋风时(后必会取胜)。"欧阳修离开西京之前，尚不断有秀才来拜访，有河中秀才名张斐者，谒见他，我们看到他不会因为即将离开，杂事繁多，而拒绝回复对方，且作有《与张秀

---

① 〔德〕黑格尔：《美学》，朱光潜译，商务印书馆 1979 年版，第 1 卷，第 124 页。

才辈第二书》，可见他待人之诚恳。

他到了襄城母亲居处，自然也会去看望妹夫张龟正。张龟正的前妻病亡，留有一女，年岁幼小，却显得十分早熟。小女眉清目秀，顾盼而具青睐之色，她竟对欧阳修非常亲昵、友好。我估计，欧阳修正处在心境苦闷中，出于某种人性的关爱，才会注意到这个失去亲娘的小女。

宋代，对于女色和性爱，较之我们今天更为开放，尤其在士大夫中引为时尚，每次燕饮，必有歌妓陪伴，即使家宴也不乏琵琶琴弦演奏的女儿。譬如晏殊，每款待他的两位女婿富弼、杨察，都"置酒从容，出姬侍，奏弦管，按歌舞以相娱乐"。并且还将他"新纳侍儿"赐予他所器重的通判张先，因为张先一日在晏殊家就餐，已经爱上这个陪酒的侍女了。[1]再如，欧阳修于刘功曹家，见杨直讲（"直讲"乃国子监所设官职）褒奖女奴弹琵琶。杨君雅兴，其官虽卑、饭粟粗糙，却无碍其赏听声色！欧阳修在给梅圣俞书信中感慨这事："大弦声迟小弦促，十岁娇儿弹啄木。……娇儿身小指拨硬，功曹厅冷弦索鸣。繁声急节倾四坐，为尔饮尽黄金觥。杨君好雅心不俗，太学官卑饭脱粟。……披图掩卷有时倦，卧听琵琶仰看屋。"[2]

对于性爱的欣赏，在当时是很普遍的事，一个"张扬个性"的朝代，势必在人性深处也有所自由的呈现，恰似欧洲中世纪之"文艺复兴"。所以对下面的情节我们无须惊奇，笔者推测年轻的欧阳修的确对妹夫家的小女张氏多看了几眼，这一年他已经二十八岁了！于是禁不住写下这首《望江南》：

> 江南柳，叶小未成荫。人为丝轻那忍折，莺怜枝嫩不胜吟。留取待春深。　十四五，闲抱琵琶寻。堂上簸钱堂下走，恁时相见已留心。何况到如今。[3]

① 周勋初：《宋人轶事汇编》，上海古籍出版社 2014 年版，第 2 册，《晏殊》第 48 条、第 29 条，第 698 页、第 695 页。
② 〔宋〕欧阳修：《于刘功曹家见杨直讲褒女奴弹琵琶戏作呈圣俞》，李逸安点校：《欧阳修全集》，中华书局 2001 年版，第 1 册，第 109—110 页。
③ 周勋初：《宋人轶事汇编》，上海古籍出版社 2014 年版，第 3 册，《欧阳修》第 41 条，第 1039 页。

但是笔者又怀疑这首词不是写小女张氏的，因为词中有"十四五"之句，小女张氏远没有十四五岁。也许"十四五"只是泛指"年幼"，或张氏早熟，看上去就像那个"泛指"的年岁？

欧阳修尚在襄城家中待命的时候，即收到西京府传来的官书，是时任西京留守王曾的亲笔书信。通知欧阳修朝廷召其返朝的时间，说：由宰臣王曙力荐，欧阳修已获任馆职，而召试学士院。当然这对于欧阳修是个难得的、未曾预料的好消息，他不觉记起，自己曾那样幼稚非礼地误待王曙相公！欧阳修当即把这一新的任命告诉母亲，并说：母亲，等儿子把家重新安顿之后，即刻接母亲赴京师居住。

此时，距离他返朝时限还有些日子，便写了《投时相书》，附上自己精心挑选的杂文五轴，用"速马"快呈。欧阳修知道，时任宰相为吕夷简、李迪二人，向他们表示谢恩，"不能默然以自羞"，他将于五月初前往复命。

欧阳修抓紧时间浏览从西府带来的邸报，他应该对朝廷现状有所了解。

由邸报得悉，是年正月岳父胥偃同知贡举了，主考官为翰林院学士章得象。还看到淮南等地灾荒，朝廷诏命："比因饥馑，民有雇鬻妻子及遗弃幼稚而为人收养者，并听从便。"即说，因为荒年饥馑，允许民间收养流亡遗弃或买卖的妻儿幼小。而在平常丰年，随意收养人口是触犯法律。还看到范仲淹由贬地睦州，迁知苏州，其治水有成，获民爱戴；苏州田多水患，导积水入海。哦，范仲淹又遭贬了，乃为范公谏"废后"事件所遭逢。

仁宗要废黜他的郭皇后，原本属于皇家后院的私事，但是封建王朝不会认为"废后"无关宏旨，皇后者"母仪天下"，事关朝廷纲纪，天下遵从。更何况"废后"事件牵涉到政治背景，远不是皇帝个人的私生活那样单纯。

太后刘氏晏驾之后，吕夷简协助仁宗罢黜刘氏所重用的朝臣和后宫宦官，仁宗回到后宫言及这事，郭皇后便多了一嘴："夷简独不附太后邪？但（只是）多机巧，善应变耳。"其实仁宗是不怀疑吕夷简的，或许仁宗考虑到巩固后宫清洗异己的成果，不要再生乱，便同意了连同吕夷简一并罢黜。吕夷简惊讶，怎么会如此？后宫内侍副都知阎文应，早已与宰相相结，便告诉吕夷简其缘由，吕夷简遂记恨在心里。仁宗罢吕夷简本来就是"权宜之计"，后很快就又恢复吕夷简的相位。吕夷简复相之后，确实报复了郭皇后，在后宫确为"私生活"的是非中，他支持"废后"。而当仁宗平息了对郭后的愤怒之后，皇帝后悔了！而郭后已经出居瑶华宫。仁宗"游后园，见郭后故肩舆（轿子），凄然伤之，作《庆金枝》词，遣小黄门赐之，且曰：'当复召汝。'"①这就更加显出始初范仲淹极谏不该"废后"的道义性，因为这已针对着宰相吕夷简的阴邪报复！

谏官范仲淹与御史中丞孔道辅，几乎发动了谏院、御史台所有兵马抗争，结果是范、孔双双被罢黜。范仲淹后来不计偏颇，认为吕夷简为奸邪，与这件事极有关系。

欧阳修怀着一腔热忱奔赴京师，试学士院自然是合格的。凡进入"馆阁"者都必经考试。闰六月二十八日，朝廷正式授予欧阳修宣德郎、试大理评事兼监察御史，充镇南军节度掌书记、馆阁校勘。"馆职"即为"两制"的备员。与他同时获此殊荣的，还有尹洙。而西京幕府的谢绛，原本就是馆职，现也在朝为度支判官、兵部员外郎、直集贤院。谢希深当然非常高兴二位挚友的到来。我们从这里看到，宋代官员流转的速度不低。

"试大理评事兼监察御史"，并非授予欧阳修为监察御史，"试某职"只是空衔，有待于任命。现下欧阳修实获得的只是"馆阁校勘"。在欧阳修一生仕途中从未担任过监察御史，它属于御史台之职。御史中丞主管着殿中侍御史和监察御史两部分，而统称御史台。此时担任御史中丞这一要职的，恰正是我们曾说过的那位"白须老子"杜衍。欧阳修登门拜谒，当即记起天圣六年（1028）岁末，自己跟随后来的岳父胥偃赴京中转扬州，所闻杜公的声誉。杜衍也很看重这一比自己年轻十岁余的后生，杜公说：听说了你的才华，还看过你呈于范希文的《上范司谏书》，

① 周勋初：《宋人轶事汇编》，上海古籍出版社2014年版，第1册，《郭后》第4条，第94页。

的确后生可畏！欧阳修连声说：修不敢当，唯盼杜公日后多赐教诲。

欧阳修回到借居处，当夜挑灯书写《与范希文书》，慰藉他因言事久谪于外，自己已"来京师，又知范司谏公仍迁延南方，修难以拜谒！"

欧阳修在馆阁参与编纂《崇文总目》，这是一部模仿唐玄宗朝《开元四部》式的史著。朝廷命翰林学士张观、知制诰宋祁领编，参与者还有盛度、章得象等人。而欧阳修因入仕未久，虽参与，而不予列名。欧阳修不在意它。但是后来，欧阳修亲笔撰写而留于后世的三十余篇《崇文总目序释》，证明他是这一著作工程的主要编纂者之一。就是这个时候，他接到已经病退的薛奎参政的邀请书，便急忙赴约于薛公家中。笔者如果不这样推测并作安排，他们就不会再有见面机会了，此时已是景祐元年（1034）七月，而八月，薛奎就病故了！

薛奎在病中，不可能多说什么，只表明自己已立有遗嘱，命第四女嫁欧阳修。小女尚幼，或可迟缓数载。永叔，汝还记得那件"新袍"么？欧阳修只能落泪点头。

第二节　为了安顿母亲

时王曙相公为枢密使，并且加授中书门下平章事（即参理朝政，过问中书大事）。欧阳修受到相公提携，自然应该登门拜谢，深致知遇之恩！王曙非常和蔼，说知道他近来编纂《总目》繁忙，尚有沉重的家务事带累，当注意身体。此卷帙浩繁，非一年半载可竣之功。欧阳修对自己原先的唐突冒犯，诚恳认错，深表歉意，说：盼相公日后，对于修之无知，多多耳提面命。王曙笑笑，说：哪里，些许小事，何足挂齿。王曙很实在，说：永叔现今虽为"馆职"，但须多方留意，此职尚无言事权力，切记，不可"越职言事"。欧阳修连忙称是，说：修铭记了。王公又说：至于临朝，须尊重有司意见，方可随之。欧阳修说：谨遵相公面命，修自会珍惜枢密大人为学生所开辟的仕途，来之不易。

王曙还说：哦，我见你敬业勤奋，每日往来于三馆、秘阁，日月晖影于丹墀。莫在意己之名是否入列，朝廷必会有见。至此，欧阳修无比感慨一位前辈，对自己的真心爱护。但是他没有想到的是，就在是年稍晚的时候，王曙也故世了！

欧阳修的工作之勤奋，不仅他的身影被太阳、月亮之晖投在台阶上下，而且他脚踏实地，从不做"高论"，他所为的，正是一步一个足印的扎实的事业。正像他在《与张秀才棐第二书》中所说的：馆阁之业，不是为了述古，而是为经世致用。"然而述三皇太古之道，舍近取远。务高言而鲜（少）事实，此少（稍许）过也。君子之于学务为道，为道必求知古，知古明道，而后履之以身，施之于事，而又见于文章而发之，以信后世。……其道易知而可法，其言易明而可行"；"而其事乃世人之甚易知而近者，盖切于事实而已。"①

笔者不知道张棐秀才得此教诲将会怎样，但知道它作为欧阳修的治学宗旨和精神，却是其一生一以贯之的！不管处境多么曲折、生活多么艰困，他都不改初衷。三馆、秘阁藏书多有脱落散失，需要一部部整理点校、补缺、加释、撰序。欧阳修的父亲曾为阅读官牍判讼，得患眼疾，欧阳修又何所畏惧呢！他将要把那些典籍，分别序释出完整的《易》《书》《诗经》《礼》《乐》《春秋》《论语》《小学》，及正史、编年、实录、杂史、伪史；职官、仪注、刑法、地理、氏族、岁时、传记；儒家、道家、法家、名家、墨家、纵横家、杂家、农家、小说、兵家等各部三十余类。欧阳修就是继承先公来了！

王曙相公说，欧阳修尚有沉重的家务拖累。是的，他已经把母亲接到京师，儿子待母亲不能"言而无信"！虽然家居简陋、财用困窘。这年，他给梅圣俞的书信，说到自己的状况："京师侍亲，窘衣食，欲饮酒，钱不可得。闷甚，时与师鲁（尹洙）一高论尔。子渐（师鲁之兄，太常博士尹源）在此，每相见，欲沽酒饮，亦不可得。校勘者非好官，但士子得之，假（借）以营进尔。"②

我们由是而知，所谓"校勘者非好官"，乃说它俸禄很低，不足以"京

① 〔宋〕欧阳修：《与张秀才棐第二书》，李逸安点校：《欧阳修全集》，中华书局2001年版，第3册，第978—979页。
② 〔宋〕欧阳修：《与梅圣俞》六，李逸安点校：《欧阳修全集》，中华书局2001年版，第6册，第2446页。

师侍亲"。他为母亲营造的居住条件，自然也不是太好，在他《和圣俞聚蚊》诗中我们亦可得悉："颓阳照穷巷，暑退凉风生。夫子卧环堵（四围土墙，典出陶渊明'环堵萧然'），振衣步前楹（须提起袍裾才可迈入厅堂）。愁烟四邻起，鸟雀喧空庭。"①但是这并无碍欧阳修的胸襟意志和生活的勇气，恰如该诗后面所吟："富贵非苟得，抱节居茅衡（茅屋）。"

是的，为了母亲，他必须当即娶亲安家。欧阳修未选择薛公的第四女，怕她年岁过小，而再发生前番的不幸！他想择一个年龄略大的，也好照顾母亲。现下，欧阳修续娶的杨氏夫人已经在这"衡茅"屋中，照看母亲了。

杨氏嫁时已年满十八岁，她正是当朝谏议大夫杨大雅之女。欧阳修尚在西京秩满之前，杨公就已许亲了。杨公先祖在南唐时吴越国为官，居家钱塘；杨公好学，日诵数万言，故而杨公才能看中欧阳修。杨公为人正直，人品一流，咸平（998—1003）中迁太常博士，召试后授予直集贤院，此后竟然二十五年不迁，但是杨公从无攀爬、阿附，竟被人笑为"违世自守"。杨公却说：是的，"吾不学乎世，而学乎圣人！"公末了才授为右谏议大夫、集贤院学士。②

杨氏夫人品质亦佳，为妇之道有似欧阳修前妻胥氏一般。待其夫恩爱，待其姑孝敬，可谓无以复加。我们还是用欧公自己的话说："方其归也，（修）家至贫，见其夫读书著文章，（杨氏）则曰，此吾先君（父亲）之所以乐而终身也。见其夫食粝而衣弊，则曰，此吾先君虽显（显贵）而不过是也。间因其夫之俸廪食其月而有余，则必市（买）酒具肴果于堂上，曰，吾姑老矣，惟此不可不勉。"③

不过，这会让欧阳修想起洛阳那个家的胥氏！这里的春去秋来，会让他想起洛阳的花开花落。欧阳修是个不太言说自己苦痛的人，但我们

① 〔宋〕欧阳修：《和梅圣俞聚蚊》，李逸安点校：《欧阳修全集》，中华书局2001年版，第3册，第733页。
② 〔元〕脱脱等：《宋史·杨大雅传》，中华书局1977年版，第28册，第9980页。
③ 〔宋〕欧阳修：《杨氏夫人墓志铭》，李逸安点校：《欧阳修全集》，中华书局2001年版，第3册，第923页。

从他给友人送行诗中，亦可看出他情不自禁的心绪流露："昔年洛浦见花落，曾作悲歌歌落花。愁来欲遣何可奈？时向金河寻杜家。""为怜此水来何处，中有伊流与洛波。"①我们不难看出，这些诗句都深含着他对胥氏夫人的怀念。

只有安顿了母亲和这样一个家，欧阳修才能尽心于馆阁工作。

转眼已是景祐二年（1035），欧阳修并非一头扎进故纸堆出不来，而是时常关注文坛、学界的动态和文章，与青年学子常有来往。

二月，"古文"新秀苏舜钦，因赴长安奔父丧，途经开封，特来拜谒欧阳修。他们就在欧阳修工作的"馆阁"内见面了。欧阳修非常惊喜，没想到苏子美于父丧中还来看望自己！虽然他手头拮据，但还是说：子美快请，我们去"春来"酒楼从容一叙。幸好苏舜钦谢绝了，说自己有孝在身，请他见谅。说时他张望着欧阳修的案头堆积的经卷、各类书籍。

苏舜钦比欧阳修小一岁，他是上一年三月进士及第的，授光禄寺主簿，知亳州蒙城（今安徽蒙城）。时下文坛，欧阳修最喜爱和看重的两人，就是梅圣俞、苏子美了！欧阳修拜读过苏子美的少年文章。他近年诗作《太行道》《对酒》传至手头，欧阳修也有见，爱它那种古而淡雅的风格："侍官得来太行巅，太行美酒清如天。长歌忽发泪并落，一饮一斗心浩然。"这也是后来欧阳修自己诗词创作的一种美学趣味，"平淡"或说"古淡"，业已成为欧阳修的"崇尚"。这种"古淡"之风，我们用史家评语来说：欧阳修"为文天才自然，丰约中度。其言简而明，信而通（真实通达），引物连类，折（分析）之于至理。以服人心。超然独骛（见地独到而高远），众莫能及，故天下翕然师尊之"②。

而对于古文，及苏舜钦于古文，《宋史》则说："当天圣中，学者为文多病偶对，独舜钦与河南穆修好为古文、歌诗，一时豪杰多从之游（游学）。"另处还载："自五代文弊，国初，柳开始为古文。其后杨亿、刘筠尚声偶之词，天下学者靡然从之。修（欧阳修）于是时独以古文称，

① 〔宋〕欧阳修：《送张屯田归洛歌》，李逸安点校：《欧阳修全集》，中华书局2001年版，第3册，第734页。
② 〔元〕脱脱等：《宋史·欧阳修传》，中华书局1977年版，第30册，第10381页。

苏舜钦兄弟多从之游。"①

我们由是知道他们的友谊关系，真正是"以文会友"！而且他们所持政见也似相同，稍后景祐三年（1036），范仲淹又一次被贬谪的时候，苏舜钦舍身为之叫屈，上《乞纳谏书》。苏舜钦本不够资格言事，仁宗诏"戒百官越职言事"，苏舜钦不仅言事，并再次上疏"追寝"（废止）该诏命，指责该诏"不惟亏损朝廷大政，实亦自取覆亡之道"！②欧阳修所以看重苏子美，又因他确为文章、品质兼优的学子。

是年，欧阳修在百忙中还给学界中坚石介致书。此前他们有过交谈，石介自郓州（今山东东平）致书于欧阳修，后来石介迁南京，两人仍书信往来。欧阳修致石介先生的第一书、第二书，都无关宏旨，只是批评了对方之"书法"怪异，令人不易辨认。但是似又含有"书法"以外的"怪异"之责难。譬如他说："近于京师频得足下所为文，读之甚善。其好古闵世之意，皆公操（石介字公操）自得于古人，不待修之赞也。然有自许太高，诋时太过，其论若未深究其源者"，便无疑是指文章内容及意义了。③石介对待欧阳修的两次批评，都很谦虚地回复："自幼学书，迄于弱冠，至于壮，积二十年矣，……讫无所成，仆常深病之。"又说："然永叔谓我特异于人以取高，似不知我也。"④

石介有没有自视其高呢？也是有的，譬如他《与孙先生书》即说："吾年才三十，吾心已不动，谁谓石介刚，过于孟轲勇，此诚敢自许也。"⑤至于他的文章和治学有无"怪异"，或许也有，石介好为"出新"，有时言语浮夸，性格浮躁，失却稳重。例如石介所作《三朝圣政录》，上呈之前请韩琦指正，韩琦阅后指出："太祖刺杀宫嫔"事，"此岂可为

① 〔元〕脱脱等：《宋史·苏舜钦传》《宋史·穆修传》，中华书局1977年版，第37册，第13073页、第13070页。
② 《苏舜钦年谱简编》，吴洪泽、尹波主编：《宋人年谱丛刊》，四川大学出版社2003年版，第2册，第1282页。
③ 〔宋〕欧阳修：《与石推官第一书》《与石推官第二书》，李逸安点校：《欧阳修全集》，中华书局2001年版，第2册，第991页、第993页。
④ 《石徂徕年谱》，吴洪泽、尹波主编：《宋人年谱丛刊》，四川大学出版社2003年版，第2册，第874页。
⑤ 《石徂徕年谱》，吴洪泽、尹波主编：《宋人年谱丛刊》，四川大学出版社2003年版，第2册，第873—874页。

万世法？"可见韩琦作为一位有思想主见的士大夫，更为优秀，观点更为犀利而超越。

石介比欧阳修年长两三岁，与其同为天圣八年（1030）举进士甲科，授郓州观察推官。至景祐元年（1034）迁南京留守推官。而次年十二月，杜衍推荐石介做御史台主簿，已获得上方允准，但他尚未到任御史台，就上疏《论赦书不当求五代及诸伪国后（后裔）》，即指责不当给五代后裔授官。恰与仁宗祭南郊的大赦、恩荫相抵牾，便被罢召了。

而这时，欧阳修上书御史中丞杜衍，但此时的欧阳修尚无直接上疏皇帝的言事权：

> 介为人刚果有节气，力学，喜辩是非，真好义之士也。始执事举其才，议者咸曰知人之明，今闻其罢，皆谓赦乃天子已行之令，非疏贱当有说，以此罪介，曰当罢。修独以为不然。……主簿于台中，非言事之宫，然大抵居台中者，必以正直、刚明、不畏避称职。今介足未履台门之阙，而已因言事见罢，真可谓正直、刚明、不畏避矣。度介之才，不止为主簿，直可任御史也。是执事有知人之明，而介不负执事之知矣。①

欧阳修意在请求杜衍坚持上奏，复荐石介入御史台。石介之才华不仅可任主簿，而且直接授予御史，也当之无愧。我们看到，欧阳修如此"对事不对人"，于大处看石介，先后判若两人，因为此时已不再是那书法技艺之类的"末事"。

景祐二年（1035）对于欧阳修似乎不够吉祥，他的杨氏夫人染疾了。古时医术很难诊断出准确病症，他好多日子奔波于京师名医的家中，亲赴"慈安堂"药局配方子，却不见夫人康复。让他立时想到了胥氏，心生恐惧！杨氏看起来身骨健朗，且年长成熟，何以似"伊流洛波"呀！

---

① 〔宋〕欧阳修：《上杜中丞论举官书》，李逸安点校：《欧阳修全集》，中华书局2001年版，第2册，第658—659页。

恰这时有快马报丧，家居襄城的妹夫张龟正病卒了。这让欧阳修立时感觉到"祸不单行"。欧阳修向母亲说：儿子已告假朝廷，将赴襄城治丧，看望妹妹。是年七月，他抵达妹妹家中。

妹妹家在汝水畔、许昌境，欧阳修的奔波已使其面颜平添皱纹，亦如汝河。是年欧阳修二十九岁。妹妹年龄小欧阳修四岁，让他记起，母亲怀抱着襁褓中的她，携着手牵母亲裙裾的自己，投靠叔父欧阳晔于随州的场景。人之生，尚须几多磨难啊！

丧事已过，欧阳修望着年已二十五岁的胞妹，她尚须处理许多张家的后事，譬如那个前房留下的小女张氏，无依无靠，只有依靠她这位继母。张龟正遗下的田产、房产，都系在小女张氏名下，需要办理一些契据。妹妹日后怎样生活，擦拭脸颊泪珠时，欧阳修自会安慰说：莫哭，汝尚有胞兄我嘛。

欧阳修急忙返回开封，照看妻子杨氏，不希望那种不幸"接踵而至"！近两个月时间，他又请神医多位，希冀"峰回路转"。尽管欧阳修身在馆阁而心在病榻，忙里偷闲守护夫人，但是，杨氏还是去了。这一次生活罹难，已是欧阳修不能承受的了，遂病倒在卧榻上，起不来了。

他在想：自己何以如此啊，杨氏伴我才十个月，就卒然长逝，难道自己命中"克妇"吗？欧阳修作《送张屯田归洛歌》诗，即是写杨氏夫人："季秋九月予丧妇，十月厌厌（奄奄一息）成病躯"；"心衰面老畏人问，惊我瘦骨清如冰"。

杨氏葬后不多久，胞妹携着张氏小女来京师投依兄长了。

妹妹先看望了母亲，泪湿未干，即来见其兄。小女跪拜，叫了一声"舅爹爹！"是的，欧阳修当称呼小女为"外甥女"。她跪着抬起小脸，望向满面病颜的"舅爹爹"，她依然是"眉清目秀"，是年她尚不满十岁。他会记起自己曾作的那首《望江南》，但是已不复存有先前的"心绪"了！而隐约地听到：

江南柳，叶小未成荫。人为丝轻那忍折，莺怜枝嫩不胜吟……

第三节　欧阳修尚无言事权

欧阳修勤奋于馆职，不光校勘典籍，还有个人著述。是年他撰写了自己较早的一篇论文——《原弊》。它不是以上书于朝廷的形式写的，上书朝廷之较长的文章叫作"札子"，而上札子必须是三省、两制官员才具有的资格。

《原弊》，或许将在欧阳修获取资格之后会呈予朝廷，此前它可以个人撰著问世。"原弊"，顾名思义：这些时弊源自哪里。"原"即是说它的性质、作用及根源。

欧阳修是以严格的学者态度来写这篇文章的。它亦如韩愈的《原道》，也如刘勰《文心雕龙》之开篇，以究"文"的根源。

> 孟子曰：养生送死，王道之本。管子曰：仓廪实而知礼节。故农者，天下之本也，而王政所由起也，古之为国者未尝敢忽。而今之为吏者不然，簿书听断而已矣，闻有道农之事，则相与笑之曰鄙。夫知赋敛移用之为急，不知务农为先者，是未原为政之本末也。

这就是该文开篇，指出朝廷及地方官吏对于农事的忽视，乃是当朝众多时弊的源头。欧阳修论证严谨，以"三代之法"与当朝做法进行比较，归结出"诱民之弊""兼并之弊""力役之弊"，对其三弊详加阐发分析。尤其兵役制度对农事的伤害，且兵已养成"骄兵"：

> 国家自景德罢兵，三十三年矣，……而后来者未尝闻金鼓、识战阵也。生于无事而饱于衣食也，其势不得不骄惰。今卫兵入宿，不自持被而使人持之；禁兵给粮，不自荷而雇人荷之。其骄如此，况肯冒辛苦以战斗乎！……一遇凶岁，则州郡吏以尺度量民之长大而试其壮健者，招之去为禁兵，其次不及尺

度而稍怯弱者，籍之为厢兵。吏招人多者有赏，而民方穷时争投之，故一经凶荒，则所留在南亩者，惟老弱也。

田亩既无劳力，势必加重"兼并"，致使民遭遇更大伤害，寅吃卯粮：

> 其场功朝毕而暮乏食，则又举之。故冬春举食则指麦于夏而偿，麦偿尽矣，夏秋则指禾于冬而偿也。
>
> 三年而余一年之备，今乃不然，耕者不复督其力，用者不复计其出入，一岁之耕供公仅足，而民食不过数月。甚者，场功甫毕，籴糠麸而食秕稗，或采橡实蓄菜根以延冬春。夫糠覈橡实，孟子所谓狗彘之食也，而卒岁之民不免食之。不幸一水旱，则相枕为饿殍。①

欧阳修身在馆阁，其著述却紧扣生民疾苦、天下之本。欧阳修是从随州之乡野走来的寒士，对于社稷、朝政必然有其独到的"民间视角"和"人本关怀"。这种"养兵不养民"的兵役制度，所给予穷苦农民争相投军的"诱惑"，换不来兵力强盛和社稷稳固，相反，由于南亩荒耕，加剧了土地兼并及贫富悬殊；徭役赋税之重，使民寅吃卯粮，更得不到国家丰足的财用。这些时弊之源，即在于朝廷有失"王道之本"。

欧阳修不住地进取，这一年即景祐三年（1036），他还与尹洙合作撰写了《十国志》，此书稿是上一年就已动笔的，乃为"进本"。而今两人商议，既然作进本，务必要卷多，更改为正史。它就是后来的欧阳修之撰著《五代史·十国世家》之初稿。是年，尹洙官为太子中允、馆阁校勘，故能够常在一起切磋。而到景祐四年（1037），二人不幸分处两地，欧阳修致书于尹洙，还在商量撰著事宜：

> 数日检旧本，因尽删去矣，十亦去其三四。师鲁所撰，在京师时不曾细看，路中昨来细读，乃大好。师鲁素以史笔自

---

① 〔宋〕欧阳修：《原弊》，《欧阳修全集》，中华书局2001年版，第3册，第869—871页。

负，果然。河东一传大妙，修本所取法此传，为此外亦有繁简未中，愿师鲁亦删之，则尽妙也。正史更不分五史，而通为纪传，今欲将《梁纪》并汉、周，修且试撰次；唐、晋师鲁为之，如前岁之议。①

可见二人都作了明确分工。但是后来，不知出于什么原因，尹洙似乎退出了合作撰著，而由欧阳修独立完成了，书稿告竣那是二十年后的事。

而此时，欧阳修看不中旧本即"薛本"，而新辟天地，不仅是因为它繁简失当，更因为它重叙事而轻义理。欧阳修所要撰写的，是能够"以治法而正乱君"的史书，重在以史来阐释义理。即其子欧阳发作《先公事迹》所说的："'昔孔子作《春秋》，因乱世而立治法；余（我）述《本纪》，以治法而正乱君。'此其志也。"②

欧阳修与尹洙同在馆阁的时候，常一起议论朝政。他们必然会谈到上一年，即景祐二年（1035）三月，杜衍这位有担当的士大夫。

其实仁宗心里明白，有作为、敢担当的还是这位"新派"人物，虽然人们叫他"白须老子"，但有无进取心、敢不敢做事情，不在于须眉和年龄。近来官吏"奔竞"严重，多有受贿，你又抓不到证据，闹得人头痛。也罢，能者多劳嘛，就让这"白须老子"以御史中丞兼"流内铨"吧！

流内铨，在太宗朝乃所置吏部之建制，磨勘幕府、州县官吏功过，引对黜陟。至宋朝，其职责有所扩大："掌节度判官以下州府判司、诸县令佐拟注对扬、磨勘功过之事。"③

杜衍到任审官院，也就是太宗朝的"考课院"，先就把《铨法》颁发各路，尤其是"受赇"在案的节度使和州府衙门。其实他们手边早就有铨法官牍，知道特意"颁发"就是"来者不善"。原先那些"选补科

① 〔宋〕欧阳修:《与尹师鲁第二书》，李逸安点校:《欧阳修全集》，中华书局2001年版，第3册，第1000页。
② 〔宋〕欧阳发:《先公事迹》，李逸安点校:《欧阳修全集》，中华书局2001年版，第6册附录，第2628页。
③ 〔元〕脱脱等:《宋史·职官三》，中华书局1977年版，第12册，第3832页。

格"即呈奏，繁杂堆积，主判不能悉阅，可是杜衍在烛光深夜都一一读了，违反铨法处都记录簿内；同时差人理清楚"顺藤摸瓜"的线路，并告知"诸吏无得升堂（即停职），各坐曹听行文书"。数日后文书下达，不仅"奔竞"者被治罪，连引荐人节度判官一同罢黜。而且文书证据确凿，使其断绝上诉之门。即所谓"铨事悉自予夺"！一时间，官吏大震，不能复取奸利事小，名声全毁啦！

整个京师为之声动，仁宗点头了，杜衍后改知审官院。

也许仁宗看到"新派"之得力，即在景祐二年（1035）三月，范仲淹从苏州被召回，授礼部员外郎、天章阁待制。

天章阁学士和待制，位于龙图阁之下，亦为"侍从顾问"，它权同"两制"官。所谓"两制"，是指翰林院学士和舍人院舍人及知制诰之简称，为皇帝近臣。而欧阳修、尹洙等所处的"馆阁"，即为"待制"的后备，我们用《宋史·职官》的话说："凡馆阁之久次者，必选直龙图阁皆为擢待制之基也。"①

不多久，是年八月，原先的御史中丞孔道辅也被召回，授龙图阁直学士。可以想见，时任宰相的吕夷简身受压力。亦可看出，当初贬谪他们，仁宗的确出于某种"不得已"或说"身不由己"。

但是仁宗对吕夷简还是依赖的、信任的，他不能忘记吕夷简在太后刘氏"垂帘"时，对自己的忠心耿耿。一日，大内失火，不知是有人纵火还是怎样，那时的入内都知、副都知全是太后的亲信，一切消息仁宗不得而知。至早朝，百官临朝而宫门不开，吕夷简便"请对"，就是乞与皇帝直接对话。大内只传出帝御拱辰门，百官趋之拱辰门，在楼下跪拜，唯有吕夷简一人不拜，而立身于楼下，他是生怕大内"有变"，太后使人问其故，吕夷简曰："宫庭有变，群臣愿一望清光。"仁宗这才从"垂帘"内出来，使其见到，吕夷简"扑通"跪拜了。②

① 〔元〕脱脱等：《宋史·职官二》，中华书局1977年版，第12册，第3821页。
② 〔元〕脱脱等：《宋史·吕夷简传》，中华书局1977年版，第29册，第10207—10208页。

范仲淹比欧阳修年长十八岁，他在晏殊贬谪南京的时候，即被晏殊聘为南京府学教授，经史皆通。欧阳修没有想到，范公贬谪召回之后，仍斗志未衰，身为天章阁待制更加勇于谏言了，几乎每次上朝必言朝政与时弊，让他感觉自己在西京所呈《上范司谏书》对其指责，是不是有欠妥当？

范仲淹返朝后就陆续上疏"四事"：《帝王好尚论》《选贤任能论》《近名论》及《推委臣下论》，欧阳修都有所关注，其矛头无疑指向宰相吕夷简。问题紧扣杜衍所纠众多"受赇"案之后，令人思索其众多赃案之根源何在。副宰相王曾就尝在仁宗当面指责过吕夷简"纳贿市恩"（买卖"恩官"），只是王曾拿不出任何凭证，吕夷简很老到，怎会轻易授人以柄。而范仲淹所指朝廷"选贤任能"上的过失，即是仁宗好尚私己人情的结果，而作为执政，非但不予劝谏、制约，反而乘势营结自己的"裙带"。

吕夷简自然厌烦范仲淹每次临朝的这种言论，但以大度和宽容之态，仅于散朝之后才略辩两句："待制侍臣（称呼仲淹之职），非口舌任也。"即说，希文公现在已经不是谏官了，要当守"不越职言事"。范仲淹却说："论思政侍臣职，余敢不勉。"即说：我所为恰是待制侍臣的职责，哪能不作为呀。①

后来，吕夷简还是够大度，让范仲淹知开封府。这种要职多为重臣才得出任。应该说这是对范仲淹文的重用，吕夷简想以此"高姿态"换取对方的和平。但是史家李焘却于《续资治通鉴长编》中这样说："欲挠其剧繁，使不暇他议，亦幸其有失，亟罢去。"呵呵，窃以为这未必属实，有点过于贬吕夷简了！固然开封府公事剧繁，但也阻挠不住人家该说的还是要说；另外，指望人家在"剧繁之地"出错，然后罢免，似乎也有点"悬乎"，逻辑不通。

范仲淹到任京都重镇之后，也未能停止"斗争"。恰这时传来郭皇

① 〔宋〕李焘:《续资治通鉴长编》，中华书局 2004 年版，第 5 册，景祐二年十二月第 9 条，第 2766 页。

后"暴薨"的消息及其原因的风闻，悲惨令人同情。说郭皇后之所以死于非命，乃入内都知阎文应与执政勾结所为。因为此前皇帝对罢免郭后确有悔意，作《庆金枝》词，派遣小黄门传递，上说："当复召汝。"这对于力持"废后"主张的人无疑是晴天霹雳！一旦郭皇后返回来，哪还有他们的活路啊，皇后几滴眼泪就足能把他们淹没。但是郭后居住在瑶华宫生病了，给东宫看病乃是太医院的事，据史家李焘记载，"入内供奉官、勾当御药院（阎）士良为内殿崇班"者，不是别人，正是阎文应的儿子。据说，他们给患有小疾的郭皇后使了"慢药"，即越服药病情越重。"中外莫不疑（阎）文应置毒者"，他和其子阎士良当下就被谏官告倒、罢黜了。只是阎文应称病未赴贬地，"文应专恣，事多矫旨付外，执政不敢违"。即说阎文应专权放纵惯了，变通抵御圣旨，执政吕夷简也不敢违抗他。这时范仲淹就不能不大义凛然了，李焘《续资治通鉴长编》载："天章阁待制范仲淹将劾奏其罪，即不食（饭都不吃了），悉以家事属（嘱）其子，曰：'吾不胜，必死之。'"①

阎文应死于岭南发配途中。我们不能确切知道，郭后之死是否与宰相吕夷简有关系，只知当时吕夷简是支持"废后"的。如果与其相关，那么起码在人性上即可判定吕夷简是奸邪险恶的！司马光所著《涑水记闻》卷五有载："夷简、文应闻之，大惧"，郭后"疾甚，未绝（尚未死），文应以不救闻，遽以棺敛之"。②

是故，范仲淹弹劾吕夷简便为顺理成章之事了！

但若说吕夷简与郭后死确有关系，必须拿出证据，阎文应已亡，死无对证。范仲淹不能说，阎文应贬后拒赴贬所，他在中书都不敢发命，这就是"证据"。那样就置自身于荒谬，吕夷简会说：皇帝圣旨他都敢软抗硬抵，我又能怎样？

范仲淹上朝奏劾，所奏仍是宰相的"用官裙带"问题。范仲淹为言之有据，费力罗织了一幅《百官图》——笔者无从获知这幅图的详细内

---

① 〔宋〕李焘：《续资治通鉴长编》，中华书局 2004 年版，第 5 册，景祐二年十二月第 2 条，第 2764 页。

② 周勋初：《宋人轶事汇编》，上海古籍出版社 2014 年版，第 1 册，《郭后》第 4 条，第 94 页。

容，只大抵知道它阐释内容的方式，或许列出众多相关官员的姓名、职务、举荐人及授官年月、其与宰相吕某亲族或私己关系，等等。但是，笔者从众多史料中未能找到一个其所劾奏的具体的人来！笔者不能杜撰有哪个枢密副使或御史中丞与之相关于裙带。笔者想，这或许就是仁宗最终倒向吕夷简一边的根本原因了。

这日，欧阳修也在朝堂上，立于最边缘处，他心跳怦怦，为长自己十八岁的待制忧忡担虑，额渗冷汗。那篇《上范司谏书》不时悬浮于眼前！朝臣多为年长者，也多属于吕夷简的旧臣和支持者，譬如自己的岳父胥偃，时官为纠察刑狱，他就数次纠察范仲淹在开封府"判异"，判一个名叫"阿朱"的人刑名不当，立异不循法。皇帝曾诏："仲淹自今似此情轻者，毋得改断，并奏裁。"[1]欧阳修知道，并非真的因为阿朱之刑名如何，而是在关系网络上，岳父胥偃是配合吕夷简反击的！

但笔者相信，吕夷简"任人唯亲"的"组织"路线是存在的，大凡与其关系亲近者，绝对听从指挥的人，即安插在要职岗位，例如御史台和谏院。笔者的证据是，仁宗后来觉悟到对于中书宰相失却制衡监督，曾发诏命不允许宰相自己择选推荐御史和谏官。另外，范仲淹的第四论《推委臣下论》，谈的即是皇帝不该把诸如御史台等要职的选人用人都"推委"给宰相来做，如此还有谁能监督宰相！是可为之佐证。同时指责了皇帝，任人不以"贤能"，而以"顺从听话"为亲疏择选之准绳。

此时在朝堂上，范仲淹仍旧追责这一点，而义正辞严：

> 汉成帝信张禹，不疑舅家，故终有王莽之乱。臣恐今日朝廷亦有张禹坏陛下家法，以大为小，以易为难，以未成为已成，以急务为闲务者，不可不早辨也！[2]

吕夷简一下大怒了！因为仲淹把自己比成了"张禹"，把盛朝比作

---

[1] 〔宋〕李焘：《续资治通鉴长编》，中华书局2004年版，第5册，景祐三年正月第12条，第2775页。

[2] 〔宋〕李焘：《续资治通鉴长编》，中华书局2004年版，第5册，景祐三年五月第3条，第2784页。

衰世，把圣上比作昏君，似乎"王莽之乱"即是今日！

张禹，乃汉成帝的"辅父"（老师），精通经史，封光禄大夫、给事中，统领尚书事，而与汉成帝的舅舅阳平侯王凤相交结，专权于朝政。汉成帝唯母亲王氏太后命是从，其舅舅们皆封侯，王崇、王谭、王商、王立、王根、王逢等形成强大的亲族势力和关系网络；王氏太后之弟王曼，追封为新都哀侯，其侄子王莽继承侯位之后，便成了"帝王"气候，而这都是那位最为亲近的"辅父"张禹，一手酿成的苦酒！

范仲淹再唱念《百官图》中的具体人之尊姓大名，指出其迁进迟速次第，某某为"市恩"，某某为"裙带"，某某为超迁，某某为左迁，"如此为私，意在宰相！"

吕夷简盛怒下"极言"反击，他知道仁宗最怕听到的是什么："圣上！范仲淹越职言事，荐引朋党，离间君臣！"

仁宗心头一怔，面色煞白。仅这"朋党"二字，已足以使他惧怕了！无论怎么说，从父亲真宗即重用吕夷简为参知政事，中经"垂帘"至今，而没有使他"覆舟翻船"；而范仲淹，仅就前番"废后"事件，便能够交结御史台和谏院几乎全部兵马"倾巢而出"，就不能小觑他的"能量"啊！而且如今，众多青年俊杰都围在其身侧体畔，万一确有"朋党"之嫌，将后悔莫及矣！

仁宗沉吟片刻，宣御：罢黜范仲淹天章阁待制，降知饶州（今江西鄱阳）。

顿时朝堂鸦雀无声，散朝。唯听到群臣惊惧的蹬蹬足音。

但是仅仅次日早朝，朝臣并非都是噤若寒蝉，秘书丞、集贤校理余靖首先上言："仲淹前所言事，在陛下母子夫妇之间，犹以其合典礼，故加优奖。今坐（过错于）刺讥大臣，重加谴谪。傥（倘若）其言未协圣虑，在陛下听与不听尔，安可以为罪乎？……陛下自专政以来，三逐言事者，恐非太平之政也。请追改前命。"①

余靖上言语气非常强硬，毫无惧色。即说，倘若范仲淹所言没能合

① 〔宋〕李焘：《续资治通鉴长编》，中华书局 2004 年版，第 5 册，景祐三年五月第 10 条，第 2785—2786 页。

陛下的意思，听不听的权在陛下，何必治罪呢？中间的省略号，乃是余靖言汉唐典故，以证明仁宗对待言事者的错误。接着便指责今天"恐非太平之政"，而要求皇帝"追改前命"！

笔者不能不为余靖的无畏忘私所震动，这是在皇权专政社会，即使在今天，恐怕也少有这样的俊杰！这结果是明摆着的，仁宗因惧怕"朋党"而不可能更改"前命"，而余靖恰成为"朋党"的佐证，出现在仁宗眼前。没什么含糊的，仁宗当即宣诏：余靖落职秘书丞，贬为监筠州（今江西高安）酒税。一个监"酒税"的官，连个县令都不是了！

这种直接剥夺自身利益的威胁，我们今天的人是最惧怕的！但是古人不怕，不是不怕，而是攸关做怎样的人，怕自己非为孟子所言："死，亦我所恶，所恶有甚于死者，故患有所不辟也。"

正是如此，尹洙又站出来，"前仆后继"了！尹洙为"太子中允"，具有朝堂言事的权力。他奏言道：

> 臣常以范仲淹直谅不回，义兼师友，自其被罪，朝中多云臣亦被荐论，仲淹既以朋党得罪，臣固当从坐。虽国恩宽贷，无所指名，臣内省于心，有腼面目。况余靖素与仲淹分疏，犹以朋党得罪，臣不可幸于苟免。乞从降黜，以明典宪。[①]

这明显是"挑衅"来的，明说：我尹洙就是范仲淹的朋党，早就是"师友"关系，你治罪于我吧！余靖与范仲淹往日分歧而疏远，都被罪为朋党了，何况我呢，若不罪我，我都羞愧立于朝廷！

你不赦免前面两位，就连我一起治罪吧！这种要挟，不是"朋党"是什么？仁宗都呆愣了，于是尹洙遭贬，也黜为"监酒税"，去吧，郢州（今湖北钟祥）！

欧阳修非常难过，几次冲动都抑制住了，他答应过恩师王曙，不"越职言事"，而且王曙已经故世，自己不能"失言"于一位故世的人！

---

① 〔宋〕李焘：《续资治通鉴长编》，中华书局2004年版，第5册，景祐三年五月第15条，第2786页。

散朝后，欧阳修就觉得自己少有颜面了，他虽然尚无言事权，但是良知未泯，正义还在，这具躯体生命也还"一息尚存"！人，不能忘乎自己何以为人，孟子曰："生亦我所欲，所欲有甚于生者，故不为苟得也。"

当日，他茶不思、饭不想，就去了余靖家。至少欧阳修可对一位遭此贬谪的志士深表慰藉。到了那里，恰逢右司谏高若讷阁下也在，当即他就由不得思想，这位阁下是个有言事权者，而且其职责就是谏言，他临朝在做什么？正思想，高若讷竟然出言不逊地斥责范仲淹，罪当如此！欧阳修顿时愤怒了，他即使是持政见同于吕夷简，也不该在余靖家大放厥词，因为余靖刚刚遭逢不幸。欧阳修当即蔑视地顶撞了他：阁下这些话应该拿到朝堂上去说，不要在这里以此语遮羞啦！待到高若讷再欲争执，欧阳修拂袖而去。

欧阳修再次想到一名谏官的职责，深以不能尽职为耻辱！自己虽不能于朝堂言事，但还有别的"言路"否？欧阳修即日便写出洋洋洒洒的《与高司谏书》，它不仅被后世誉为千古名篇，还被看作拷问人们正义心灵的一面镜子！

> 修顿首再拜，白司谏足下：某年十七时，家随州，见天圣二年进士及第榜，始识足下姓名。是时予年少，未与人接，又居远方……其后更十一年，予再至京师，足下已为御史里行，然犹未暇一识足下之面，但时时与予友尹师鲁问足下之贤否，而师鲁说足下正直有学问，君子人也，予犹疑之。……今者推其实迹而较之，然后决知足下非君子也。

> 前日范希文贬官后，与足下相见于安道家，足下诋诮希文为人。予始闻之，疑为戏言；及见师鲁，亦说足下深非希文所为，然后其疑遂决。希文平生刚正，好学通古今，其立朝有本末，天下所共知。今又以言事触宰相得罪，足下既不能为辨其非辜，又畏有识者之责己，遂随而诋之，以为当黜。是可怪也。夫人之性，刚果懦软，禀之于天，不可勉强，虽圣人亦不以不能责人之必能。今足下家有老母，身惜官位，惧饥寒而顾

利禄，不敢一忤宰相以近刑祸，此乃庸人之常情，不过作一不才谏官尔。虽朝廷君子，亦将闵足下之不能，而不责以必能也。今乃不然，反昂然自得，了无愧畏，便毁其贤，以为当黜，庶乎饰己不言之过。夫力所不敢为，乃愚者之不逮；以智文其过，此君子之贼也。

且希文果不贤邪？自三四年来，从大理寺丞至前行员外郎，作待制日，日备顾问，今班行中无与比者。是天子骤用不贤之人？夫使天子待不贤以为贤，是聪明所未尽。足下身为司谏，乃耳目之官，当其骤用时，何不一为天子辨其不贤，反默默无一语；待其自败，然后随而非之？若果贤邪，则今日天子与宰相以忤意逐贤人，足下不得不言。是则足下以希文为贤，亦不免责；以为不贤，亦不免责，大抵罪在默默尔。

……

伏以今皇帝即位已来，进用谏臣，容纳言论。……足下幸生此时，遇纳谏圣主如此，犹不敢一言，何也？前日又闻御史台榜朝堂，戒百官不得越职言事，是可言者惟谏臣尔。若足下又遂不言，是天下无得言者也。足下在其位而不言，便当去之，无妨他人之堪其任者也。昨日安道贬官，师鲁待罪，足下犹能以面目见士大夫，出入朝中称谏官，是足下不复知人间有羞耻事尔！所可惜者，圣朝有事，谏官不言，而使他人言之。书在史册，他日为朝廷羞者，足下也。

《春秋》之法，责贤者备。今某区区犹望足下之能一言者，不忍便绝足下，而不以贤者责也。若犹以谓希文不贤而当逐，则予今所言如此，乃是朋邪之人尔。愿足下直携此书于朝，使正予罪而诛之，使天下皆释然知希文之当逐，亦谏臣之一效也。①

① 〔宋〕欧阳修：《与高司谏书》，李逸安点校：《欧阳修全集》，中华书局 2001 年版，第 3 册，第 988—990 页。

欧阳修的文笔才华，在这里彰显尽致！那种叙述有序，步骤井然，条分缕析，是常人所做不到的。前半部分，既给予辛辣而无过分的讥讽，又不乏"人性"观照，即如"人之性，刚果懦软，禀之于天，不可勉强，虽圣人亦不以不能责人之必能"。然而事情不是那样，高若讷"昂然自得，了无愧畏"，为掩饰自己失职的过错，便诋毁范仲淹之贤。欧阳修揭开这层虚伪、矫情的面纱，质问其是真的不知贤者之贤吗？若果真认为其不贤，也应该为朝廷担起作为一位"耳目之官"的责任，"何不一为天子辨其不贤，反默默无一语"？这种"逻辑"的力量，源自欧阳修之正义的情感和心灵的"天问"！仍然是沿袭《上范司谏书》的一以贯之，在于责问一位士大夫之应有的良知和担当。他是把高若讷仍作为一名"士大夫"的高标准来要求的，即"不忍便绝足下，而不以贤者责也"，而不是对于一个"小人"的责难。正因为如此，就应该明白一个"谏官"的位置是干什么的，不能在余靖、尹洙连连遭贬时，仍默默不言，那样难道"不惧后世之不可欺"吗？既担任这个职位，立于朝廷，面对众多有识之士，难道不当为"足下不复知人间有羞耻事"的指责吗？

使我们更加感动的是，欧阳修家里并非没有亟须奉养的"老母"，而且还有新近丧夫的妹妹，携带着一个不满十岁的小女，都需要他的俸禄而活着。但是，他无法顾及了，只要一息尚存，这个生命便不是私己的！是所谓"生亦我所欲，所欲有甚于生者，故不为苟得也"！孟子的这句话不是说给哪一"个人"的，而是说与所有活着的人；同样，欧阳修之文章亦非只与高若讷，而是给予人类的良知和道义！所以他说："愿足下直携此书于朝，使正予罪而诛之，使天下皆释然知希文之当逐"。他还知道，高司谏会这样做的。

果然次日临朝，他便向皇帝和宰相诉说"委屈"，言语婉转、情节曲折而俱备，并且呈递了那封亦如"宣战书"式的书信，以示证据确凿。当然仁宗和吕夷简都受不得了，尤其"愿足下直携此书于朝"的句子，那样蔑视朝廷，公开对抗！当即宣诏，落欧阳修馆职，贬任夷陵（今湖北宜昌）！

第四节　沿汴泛江

笔者惊讶宋代"新闻传媒"之厉害，东都发生的事，不日西京就获悉了！时任西京留守推官的蔡襄，作《四贤一不肖》诗，也广播京畿，乃至更远的地方。"不肖"所指，自然不言而喻。而范仲淹、余靖、尹洙，还有欧阳永叔，已被天下称贤，洛阳街市，乃至"灶门老婢，亦交口议之"。

蔡襄，也是天圣八年（1030）的进士，但比欧阳修年轻，进士及第时才十八岁。亦为贫寒子弟，其家世代务农，曾祖、祖父、父亲都不入仕。曾拜谒三司勾当公事凌景阳，得以推荐于晏殊，呈上他乡试的试卷《寝不逾庙赋》，晏殊称赞："襄赋必第一人也！"及开封府试揭榜，他果然获得第一名；至殿试，便登王拱辰榜进士甲科。当时授官为漳州军事判官，景祐三年（1036）四月许，迁官西京。后来蔡襄也成为庆历中的谏官，为人刚直不阿，公而忘私，仅举一例，庆历四年（1044）九月，蔡襄与孙甫一起弹劾时任枢密使兼平章事的晏殊，并不以其推荐自己贡举入仕而徇私情，因为晏殊确犯有"役宫兵治僦舍以规利"的过错，就是雇用兵役建造租赁屋舍以谋利，这在仁宗朝身为枢密使所为，是不可思议的事！

就是这样一位西京推官，盛赞欧阳修等之贤，其诗首句即说：皇帝如果希图盛世出贤才，那么"贤才"不就立在你眼前吗？即云："帝图日盛人世出，今吾永叔诚有望。处心学古贵适用，异端莫得窥其墙（奸邪别想越过欧阳修去）。"又说："谪官一邑固分耳（贬谪固然为'本分'），恨不剖腹呈琳琅。我嗟时辈识君浅，但推藻翰高文场。""藻翰"即翰林华章，乃指《与高司谏书》，够得上翰林之高格极品了！该诗对诸贤都有评说，并且明言自己作诗的用意："朝家若有观风使，此语请与封人诗。"[1]即说，此诗所以这样臧否人物，就是让你朝廷"采风"的！

---

① 〔宋〕蔡襄：《四贤一不肖诗》，洪本健：《欧阳修资料汇编》，中华书局 1995 年版，上册，第 29—30 页。

祥源东园，乃东都之郊，园畔便是驿站、官道。正值三春，花红柳绿。林逸《宋欧阳文忠公修年谱》记载：景祐三年（1036）五月十一日，欧阳修在这里为范仲淹饯行送别。寒士，莫过几盘果肴、一壶酒。欧阳修原想邀请余安道、尹师鲁、刁景纯一起来送行，之后想想算了，不要给希文公惹事了。

众多朝臣，很少有人敢这样送别"贬官"。但也并非绝无仅有，馆阁臣、集贤校理王质，前日（即五月九日希文遭贬当天）就已"载酒往饯"了。有人警告他，王质却说："希文贤者，得为朋党幸也。"即说，能与他为"朋党"是幸运的事！

欧阳修说：此去饶州，路甚远，盼一路保重！希文笑笑，说：自入朝，我已是第三次贬谪了，习以为常了。是年，范仲淹已经五十岁了。又说：希文所以如此奋进，也是"后学"勉励的结果，譬如永叔，两次致书，都令我感到不容辜负。欧阳修闻后很感动，为之惭愧。希文一叹，说：只是不承想，这次带累了这么多人，尤其安道（余靖），从秘书丞直落到"监酒税"，永叔好歹还是夷陵县令，希文也尚为饶州太守。说时范仲淹眼圈泛湿。

余靖比欧阳修年长七岁，乃韶州曲江（今广东韶关）人，天圣二年（1024）进士。余靖十四岁即能文章，跟随父亲赴任潮州，而被转运副使林从周看中，许女订婚；林公把这个女婿介绍给一位学馆名师，即杭州西湖孤山之林逋，余靖在杭州求学时，遇见年少的石介、苏舜钦也来就读。之后余靖师从于胡瑗，学习经义，那时孙复在泰州讲学，其携弟子石介又来拜胡瑗，与余靖再次相会。石介算是余靖的"同窗"，与之为同科的进士。天圣八年（1030）余靖三十一岁又应试"制科"，获得"书判拔萃"科第一名。及至这年，即景祐三年（1036）初，余靖向朝廷呈校正本《史记》及自己的撰著《三史勘误》，而被擢升为天章阁待制。

所以，希文为之"眼圈泛湿"。好在他们都不是为"私己"事，恰如西京推官蔡襄言：贬谪乃为"本分"耳！

希文的马车即在园林外面，与欧阳修握手言别。欧阳修一直望着其马车远影渐逝……

五月二十日，欧阳修又与好友刁约一起送尹师鲁，地点在固子桥、西兴教寺，同样几盘果看一壶酒。

之后，即该到欧阳修自己启程了。由于送别，拖延了时日，"临行台吏催苛百端，使人惶迫不知所为"。欧阳修"携家带口"，却没有一位"主妇"！他要走水路，因为雇用不起车马。水路，即从汴河，入淮河，溯江而上，行程一千六百里，须三两月时间，途中还需让母亲上岸歇息。

在一艘较为宽展的船上，虽然有妹妹和小女张氏的照看，母亲还是辛苦劳累的。夷陵，尚不知是怎样一个荒芜的天地，可能容下欧阳修及母亲否？

一日，欧阳修在船舱里睡眠一会儿，梦见那里的推官，名叫丁宝臣，字元珍。元珍来京师拜会欧阳修，不知因何事由，他们俩同舟而行，中途泊岸，入一庙中，拜谒一位什么神尊。参拜时应按官职先后，欧阳修却班在元珍之下。欧阳修尚不知，丁宝臣为夷陵推官，自己为县令，因何反倒班其下呢？元珍也在推辞，但是欧阳修说：这是神灵安排的次序，不可不从。忽然神像为之起身，鞠躬堂上，并且使人邀请欧阳修趋近些说话，他不禁上前听神像耳语。元珍私念，神亦如世俗，待馆阁之职乃尔异礼耶？走出庙门，见门前一石马，只有一只耳朵。欧阳修始觉，神尊的耳语自会有凡人所"莫识"之理。不数日，元珍擢升为峡州判官。欧阳修一梦醒来，船行在江中。[1]

欧阳修在船上多时读书，行舟晃动，使他感觉视力疲劳，便想，自己的眼睛会否也遗传父亲的眼疾？他读着唐人李翱的文章《怀幽赋》，歇息下来望着江水，感慨："恨翱不生于今，不得与之交；又恨予不生于翱时，与翱上下其论也。"

此时船已泛在"大江"之上，江面非常浩瀚。宋代之"邮政"业务也非常发达，在前一站的岸上，欧阳修已收到梅尧臣的来信，慰藉贬谪的事情，作《闻欧阳永叔谪夷陵》：

---

[1] 周勋初：《宋人轶事汇编》，上海古籍出版社2014年版，第3册，《欧阳修》第23条，第1035页。

共在西都日，居常慷慨言，今婴明主怒，直雪谏臣冤。谪
向蛮荆去，行当雾雨繁，黄牛三峡近，切莫听愁猿。[①]

欧阳修从船舷旁入舱，见母亲坐在卧铺处，身体轻轻摇晃，不禁
说：让母亲劳苦，儿子设法在夷陵为母亲谋到安居舒适的馆舍。母亲
面呈笑容，说："吾儿不能苟合于世，俭薄所以居患难也。汝家故贫贱，
吾处之有素也，汝能安之，吾亦安矣。"[②]

母亲能如此理解儿子，竟然知道欧阳修"不能苟合于世"，儿子能
安，母亲也能安！欧阳修顿时流下热泪……

① 〔宋〕梅尧臣：《闻欧阳永叔谪夷陵》，洪本健：《欧阳修资料汇编》，中华书局1995
年版，上册，第7页。
② 〔宋〕欧阳修：《泷冈阡表》，《欧阳修全集》，中华书局2001年版，第3册，第394页。

第三章

江湖之远

第一节　夷陵时光

夷陵，俗称"蛮荆"，多居住着少数民族，如瑶族、彝族；它位于西南，距离京畿数千里路，人们以为那里即是"天涯"了！那是欧阳修在浩瀚开阔的长江上，经真州、过岳州，所想象不到的荒凉天际。他站在船头，面迎江风，望着南飞的大雁起落于江渚、沙汀，不禁叹吟《江行赠雁》这样的诗句：

> 云间征雁水间栖，矰缴方多羽翼微。
> 岁晚江湖同是客，莫辞伴我更南飞。①

欧阳修这些诗文，即是我们前文说过的，既贴近"人事"，又"平淡"而"古雅"。欧公看那些大雁，都像是身缀着捕获者的箭矢绳索，它们高飞的羽翼也就力弱疲惫了。

---

① 〔宋〕欧阳修：《江行赠雁》，《欧阳修全集》，中华书局2001年版，第2册，第167页。

是的，他会想到，自己此赴夷陵之艰难，或许人们并不了解他所以贬谪的原因，而待他以冷漠和歧视，这是很常见的事。怕母亲遇到会伤心，除此欧阳修无所顾忌。欧阳修以为："夷陵之官相与语于府，吏（衙役们）相与语于家，民相与语于道，皆曰罪人来矣！"其尴尬、难堪的程度，正像他后来给那位梦中遇见的人，丁宝臣之书信《回丁判官书》所预想的：欧阳修携母亲及家口抵达贬所，自己折身低头以事奉上官——显然他须先赴州府报到，夷陵县属峡州所辖——州府衙役连呼欧阳修的姓名，喝令参拜，不忌尊讳；遇有祭祀活动，自己则坐于壁下角落处，而与州校差役人等为伍；尚未"彻俎"完成祭祀，得一口食，自己就先走出了。上官遇之，呵斥询问，欧阳修退身缩手而战栗，以伺颜色，希望一语温和却不可得。[①]

哦，欧公所设想的，的确是很可怕的事！

夷陵因濒临大江北岸的夷山而得名。夷山上生满茂密葱郁的黄杨树。地域偏僻，民生疾苦，仅有数几千户与汉人杂居的人口，而"蛮乡言语不通华"。虽然建有州治，州居却无郭郛——即内城、外城之城垣，街道通衢不能行车马，市场商铺亦无东都街市琳琅满目的"百货之列"。四野乡村，民之居住，更是都市人所不能习惯的，厨房、粮仓、厕所、水井并不异处而设，那种用茅、竹覆顶搭建的二层竹楼，一室之间，上面住人下面养猪。这种地貌风土，在后来欧公所作的《夷陵县至喜堂记》中详有记载。但是欧公并不嫌弃这里，他就在这里做县令了。

京朝官没有谁愿意来这里，至此，欧公才知道自己被贬谪之重！它确实能够"使其憔悴忧思而知自悔咎"！但是我们相信，欧公会"安之若素"，而且会像他后来贬谪滁州一样拥有"醉意"。

而使欧阳修没有想到的是，他在这里受到非常的礼遇。正像笔者前文已说过宋代舆情之厉害，这里的众官吏早已得悉欧阳修是因何被贬谪的，包括峡州的知州、尚书驾部员外郎朱庆基，都对欧公深表崇敬。朱庆基带领州府的全班人马前来迎接，原来，朱庆基并非陌生，他曾在西京供过职，可谓欧公的故友。相见时看到欧阳修的"家眷"人口确实不

---

① 〔宋〕欧阳修：《回丁判官书》，李逸安点校：《欧阳修全集》，中华书局 2001 年版，第 3 册，第 995—996 页。

少，欧公忙介绍自己的母亲、妹妹，还有外甥小女。朱庆基即说：公暂且于县公所窄促处委屈落榻，庆基正在为公新建居室，已接近竣工，新居敞阔、明亮。欧阳修连忙抱拳施礼，说：修怎敢当，修为有罪之身。庆基则说：在下虽然不才，但是向以景仰公之人品、文采，公莅临僻野，实乃增辉于蓬荜。

这所新建的居室，就在县衙之东侧，告竣日命名为"至喜堂"。当日知州便置宴款待，为欧阳修及其母亲接风洗尘。

当下还有一"故人"，那就是峡州判官丁宝臣，欧公曾在梦里见他，与其同拜谒江畔之庙，欧阳修真想告诉丁宝臣，他们俩曾见到那具石马，它只有"单耳"！丁宝臣不仅与欧公一见如故，而且日后从游，形影不离。所谓"从游"，即是求学。元珍的确是刚从夷陵推官擢升不久。

不多日，欧公还拜会了当地一位"处士"，即拥有学问而不求入仕者，名叫何参。他比欧公年岁略轻，欧公并不以自己年长或为"县令"身份，而耻与"白衣"结交，且从来没有这种俗气及"等级观念"。欧阳修在学问和文章事上视人为平等。欧公常向何参先生请教当地民俗、风土、典籍和故事，何参确为这方面的有识之士。同样，对于丁宝臣，欧阳修亦不在意那具"单耳马"在庙内还是庙外，位居其上还是之下，只是以一位诗文朋友，与之真情实意地"唱和"，而作有《夷陵岁暮书事呈元珍表臣》，展现自己对这块地域的初步认识。是的，"岁暮"，欧阳修携同母亲于景祐三年（1036）五月二十余日启程，至夷陵乃为是年十月二十六日，已经接近"岁暮"了。

> 萧条鸡犬乱山中，时节峥嵘忽已穷。
> 游女髻鬟风俗古，野巫歌舞岁年丰。
> 平时都邑今为陋，敌国江山昔最雄。
> 荆楚先贤多胜迹，不辞携酒问邻翁。①

---

① 〔宋〕欧阳修：《夷陵岁暮书事呈元珍表臣》，李逸安点校：《欧阳修全集》，中华书局 2001 年版，第 2 册，第 174 页。

这位令欧公不辞携酒拜访的"邻翁",即是何参。正因为欧公具有这种平易近人、学问"平等"的可贵品质,朱庆基麾下的人马几乎全都喜爱欧阳修。上述诗作题目中所说的"表臣",即是峡州的军事判官朱处仁,字表臣者,他也喜好"从游"于欧公,随之去踏看往昔并未引起他们关注的当地"胜迹"。欧公所作《黄溪夜泊》,也非常具有当地特色风情:

> 楚人自古登临恨,暂到愁肠已九回。
> 万树苍烟三峡暗,满川明月一猿哀。
> 非乡况复惊残岁,慰客偏宜把酒杯。
> 行见江山且吟咏,不因迁谪岂能来。①

欧公在夷陵尤勤于政务,因为他已不再是"青年"了!不再像西京幕府时那样"燕饮"。平日没有朋友,几乎不再沾酒,而每日必到县公所坐班履职。欧公实施的乃是"简政宽民"的政策,无事不扰民,有事则解决事情而已。

但是这里千头万绪,要解决的事情非常繁多,正如他给挚友尹师鲁的书信所说的:"夷陵虽小县,然诤讼甚多,而田契不明,僻远之地,县吏朴鲠(朴直而头脑简单),官书无簿籍,吏曹不识文字。凡百制度,非如官府一一自新齐整,无不躬亲。"②

他还向尹师鲁表示,自己"居闲僻处,日知进道而已"。即每日履行应尽职责,不会再像从前那样"傲逸狂醉",而须"勤官,以惩洛中时懒慢"。所说"洛中"即洛阳西京。

欧公临堂坐班,总是自己携带书卷,无事的时候便钻研典籍。因为这里的公所,乃至私人家中,很难找到书看。起先他没有携带,而在公堂无法阅读,便取下书架上的公牍,也就是官簿记录,反复观看。不看则已,一看大为吃惊!"见其枉直乖错,不可胜数,以无为有,以枉为

① 〔宋〕欧阳修:《黄溪夜泊》,《欧阳修全集》,中华书局2001年版,第2册,第168页。
② 〔宋〕欧阳修:《与尹师鲁第二书》,《欧阳修全集》,中华书局2001年版,第3册,第999—1000页。

直，违法徇情，灭情害义，无所不有。且以夷陵荒远僻小，尚如此，天下固可知也。当时仰天誓心，自尔遇事不敢忽也！"这是后来《张芸叟集》的记载。

这种"吃惊"，几乎改变了欧阳修此后的治学方向，让他更加看重吏事和政务，而不是诗文。这是一个有良知的士大夫的自觉担负，他不能看着朝廷治下的天下，吏事和政务如此荒芜！

张舜民（字芸叟）游京师，特为拜谒欧阳公——那当是为时较晚的时候，朝臣之中，唯欧阳修与司马光、王安石之三公名望最高，"为学者所趋"。但是诸公之论，多谈行义与文史，唯欧阳公每谈则必言吏事。难免学者会有疑问，说："大凡学者之见先生，莫不以道德文章为欲闻者，今先生（指欧阳修）多教人以吏事，所未谕也。公曰：不然，吾子皆时才，异日临事，当自知之，大抵文学止于（只是）润身，政事可以及物。"①

由是可知，夷陵这块蛮荒落后的地域，给予欧公人生之深刻影响。它不是使欧阳修心绪低落或颓废，而是令其奋进。后世多有言说："庐陵之业，起于夷陵！"直至清代才子袁枚，仍在其名著《随园诗话》中歌咏："庐陵事业起夷陵，眼界原从阅历增。"②

笔者特别要向读者告知的是，知州朱庆基为欧公建造的那处"敞阔、明亮"的、砖瓦土木结构（而非茅、竹搭建）的宅邸，早已竣工，欧公一家人居住安逸。笔者要不靠实它，恐怕读者会为此牵挂。笔者深信，"我们的欧阳修"已经深入到读者心中！大家会由衷关注欧公的命运乃至生活处境。

是的，当欧公搬进新居的时候，他会特别高兴，会感激这块土地和彝、瑶人民，会感谢驾部员外郎朱庆基这些支持"道义"的地方官吏。当欧公再看这里的山川地貌、风土人情，就无比壮美了！我们会看到欧阳修于子夜激动无眠，秉烛而书，书写那篇《夷陵县至喜堂记》，直至

① 〔宋〕张舜民：《张芸叟集》，引自林逸：《宋欧阳文忠公修年谱》，台湾商务印书馆"民国"七十六年版，第45—46页（按：林逸《年谱》作"张遐民"。笔者从《宋史》第11005页："张舜民字芸叟，邠州人。"）。
② 〔清〕袁枚：《随园诗话》卷一，洪本健：《欧阳修资料汇编》，中华书局1995年版，下册，第1105页。

鸡鸣破晓。

> 峡州治夷陵，地滨大江……
> 夷陵者，楚之西境，昔《春秋》书荆以狄之，而诗人亦曰蛮荆，岂其陋俗自古然欤？
> 景祐二年，尚书驾部员外郎朱公治是州，始树木，增城栅，甓南北之街，作市门市区。又教民为瓦屋，别灶廪，异人畜，以变其俗。既又命夷陵令刘光裔治其县，起敕书楼，饰厅事，新吏舍。三年夏，县功毕。
> 某有罪来是邦，朱公与某有旧，且哀其以罪而来，为至县舍，择其厅事之东作斯堂，度为疏絜高明，而日居之以休其心。……今乃赖朱公而得善地，以偷宴安，顽然使忘其有罪之忧，是皆异其所以来之意。
> 然夷陵之僻，陆走荆门、襄阳至京师，二十有八驿；水道大江、绝淮抵汴东水门，五千五百有九十里。故为吏者多不欲远来，而居者往往不得代，至岁满，或自罢去。然不知夷陵风俗朴野，少盗争，而令之日食有稻与鱼，又有橘、柚、茶、笋四时之味，江山美秀，而邑居缮完，无不可爱。是非惟有罪者之可以忘其忧，而凡为吏者，莫不始来而不乐，既至而后喜也。作《至喜堂记》，藏其壁。
> 夫令虽卑而有土与民，宜志其风俗变化之善恶，使后来者有考焉尔。[1]

我们从这篇记文中，可以看出欧公真挚的心绪和情感，那种微妙的"转向"，亦如一面明镜，折映出他迈向"吏事"的脚步。其通过对知州朱庆基政绩的赞誉，以及移风易俗建设的激赏，告诉人们"令虽卑而有土与民"！这种豪迈的情感，无疑承载着对于官吏积极作为、尽职守

① 〔宋〕欧阳修：《夷陵县至喜堂记》，李逸安点校：《欧阳修全集》，中华书局 2001 年版，第 2 册，第 562—563 页。

责的训导和要求，而让我们从这一视角"身临其境"。尽管它遥远于东都水路"五千五百有九十里"，居者往往得不到替换，但是这方江山之秀美，并非"惟有罪者之可以忘其忧"，欧公自得其乐，愿意在此久居。那种"日食有稻与鱼，又有橘、柚、茶、笋"的甘美，不啻令一名官吏品觉自身的"本分"，不要好高骛远，而需脚踏实地，去品尝作为一个有道义、知担当的官吏，其一生应该品尝的"四时之味"。夷陵，就这样成为"庐陵事业"的源头！

是年，欧公奋发图强，可谓"宜志其风俗变化之善恶"。而一个朝廷的"风俗变化"，却应该从其学术入手的！

《易》，乃儒家六经之首，对它的研究和应用，不应该重于筮占。"筮占"犹如夷陵之"俗信鬼神，其相传曰作瓦屋者不利"。既为六经，就应该经世致用，而不应任其沦为子所不语的"怪力乱神"！欧公撰文道：

> 《易》者，文王之作也，其书则六经也，其文则圣人之言也，其事则天地万物、君臣、父子、夫妇、人伦之大端也。大衍，筮占之一法耳，非文王之事也。……孔子出于周末，惧文王之志不见于后世，而《易》专为筮占用也，乃作《彖》《象》，发明卦义……所谓辞者，有君子、小人、进退、动静、刚柔之象，治乱、盛衰、得失、吉凶之理，学者专其辞于筮占，犹见非于孔子。况遗其辞而执其占法，欲以见文王作《易》之意，不亦远乎！凡欲为君子者，学圣人之言；欲为占者，学大衍之数，惟所择之焉耳。
>
> ……呜呼，文王无孔子，《易》其沦为卜筮乎！《易》无王弼，其沦为异端之说乎！因孔子而求文王之用心，因弼而求孔子之意，因予言而求弼之得失，可也。[①]

[①] 〔宋〕欧阳修：《易或问三首》，李逸安点校：《欧阳修全集》，中华书局 2001 年版，第 2 册，第 301—303 页。

欧公认为:《易》之原文乃圣人之言,不幸的是,后人为卜命占卦,借助《系辞》的不当阐述反而歪曲了原文本有的多种义理。这种错谬不在于文王、孔子,相反,若无孔子乃至王弼对于《易》原文的解释阐发,我们很难得到原文义理。但是《系辞》并非都是圣人之言,它含有历史传承的附加,我们能够辨其真伪正误,才是"尊经"。

欧阳修在夷陵的时光,有一"当务之急"就是常于第一时间翻阅邸报,关注天下各地的公私讲学、学术动态。他的研读,参入了夷陵的体验,"茅竹"与"瓦屋"辨析与实用。他在这处"至喜堂"中安憩,自有其独到的"梦寐"! 欧公的才华不仅显扬于文学,也见长于学术天赋,但是他的一切学术思想之动力发端,都出于有补时政,革故鼎新;一切都来自欧公所谓的"临事而见"。正像他的诗作《千叶红梨花》,有见于"峡州署中旧有此花,知郡朱郎中始加栏槛"。它乃是"春风吹落复吹开,山鸟飞来自飞去"之"天道自然"的产物。

这已是景祐四年(1037)的春天,欧公不仅作有《易或问》,还著有《易童子问》及其他更多的学术论文,请容笔者后文说它。这里还想赘言几句欧公之治学特点:首先,欧公学术的"宗经复古",是以"疑经惑传"为途径的,目的在于开辟有补时政的新路。所以欧公排斥《系辞》、诋毁《周礼》、废黜《诗序》,因为它们均存在"因循"之弊。其次是,欧公既以"人事"为本,强调经世致用,便必然摒弃怪异、虚妄,反对"务高言而鲜事实",空谈"三皇太古之道"。这正是《宋史》评语所说的:"唐之文,涉五季(五代)而弊,至宋欧阳修又振起之。挽百川之颓波,息千古之邪说,使斯文之正气,可以羽翼大道,扶持人心。"[1]欧公的心和热血,浸注在"夷陵"的土地上!

第二节　人生幸遇与痛别

欧公一直不能忘怀的是,薛公临去世时的那双眼睛,那种企盼、

---

① 〔元〕脱脱等:《宋史·欧阳修传》,中华书局1977年版,第30册,第10383页。

爱戴的眼神。欧阳修之所以有负于薛公爱戴，当时是为了母亲，事出无奈。欧阳修一直没有见过其所言的第四女儿，乃至不知道她近年年方几何，婚许状况。

自杨氏夫人不幸故去之后，欧阳修就曾思谋践行薛公遗书，只是难于启齿。毕竟自己当初谢绝了人家，人是有尊严的，薛家女儿乃当朝名相之后，薛家夫人赵氏，乃有皇帝赐封的"诰命"，谓之"金城夫人"。欧阳修本无"攀附"之意，唯想到简肃公（皇赐薛奎谥号）临终的企盼。却犹豫，自己现下正处于贬谪境遇，连"馆阁"身份也已罢掉了，区区一僻远小县之令，有谁能把终身，托付于空茫的"鸿鹄之志"啊！

就在斯时，厅事衙役将一封书札呈递于公案上，欧阳修拆封而看到，恰正是薛府赵氏夫人书，言及夫人要代先君履行遗命，"不知有望与否，盼复"。欧公当即两目潮湿，他不认为世上有什么"心想事成"，只认为存在着"人生幸遇"！

欧阳修回到"至喜堂"家中，即向母亲请示了，母亲落泪，只说："吾儿有福了！"欧阳修当即以"快马"复书与金城夫人，始知如今薛府已居许昌。欧公一面向州府告假三两月，因为路途需要这些时日，一面安顿母亲，准备启程了。不日，好友丁宝臣赶来，递上知州朱庆基所赠银两，元珍并说：放心去吧，家中母亲如吾亲，元珍自会照看。

欧公连日赶路，途中过府经州，亦不能少于拜会，过而不入会有得罪，他拜会了荆门军（今湖北荆门）节度使彭乘，彭乘很高兴地款留，陪伴欧公游览名胜惠泉，欧公作《惠泉亭》诗回赠：

> 翠壁刻屏颜，烟霞跬步间。使君能爱客，朝夕弄山泉。春岩雨过春流长，置酒来听山溜响。鉴中楼阁俯清池，雪里峰峦开晓幌。须知清兴无时已，酒美宾嘉自相对。席间谁伴谢公吟，日暮多逢山简醉。淹留桂树几经春，野鸟岩花识使君。使君今是尊前客，谁与山泉作主人？[1]

---

[1]〔宋〕欧阳修：《惠泉亭》，《欧阳修全集》，中华书局2001年版，第2册，第737页。

从这首诗可见欧公心情之好，不是一般的好！诗情奔放，比喻恰切。因为欧公即将见到薛氏四女儿的缘故！笔者揣测，那铜镜之中显现的"楼阁倒映于清池"的丽影，即是薛氏女子的面庞，所以那山泉景色令其陶醉！

是的，薛公第四女儿，时芳龄已二十岁。古时，女子二十已为"大龄"，但因为有父亲"遗嘱"，她待于闺阁未嫁。欧阳修万分感激她和金城夫人，这种"幸遇"，定会终生铭记！即使在惠泉亭饮酒，透过眼前山泉，欧阳修仍不住望见临终前的薛公，乃至那件为状元王拱辰穿去的新袍子。

王拱辰婚娶的是薛公的第三女。人的生命是孱弱的！不幸三女亦早夭了，王拱辰又娶了薛公的第五女做夫人。所以提及此事，它是第四女薛氏"执意不嫁"的证据。

薛公讳奎，字宿艺，绛州正平（今山西新绛）人。少年秀才时即能诗文，作有《春》："千林如有喜，一气自无私。"为乡邻称道。淳化三年（992）举进士及第，太宗朝授予秘书省校书郎、隰州（今山西隰县）军事推官。真宗朝曾拜监察御史，判三司都磨勘司，后来曾任尚书户部员外郎、淮南转运使。薛公主要政绩在仁宗朝，即刘氏"垂帘"时期，天圣元年（1023）公已为吏部郎中、龙图阁待制、权知开封府。宋代史家李焘《续资治通鉴长编》载有薛奎的政绩评语："奎为政严敏，击断无所贷（判事无私利求取），人相与畏惮，至私与俚语，目为'薛出油'。语上达，帝因问，奎谢曰：'臣知击奸，安避此？'上益加重（更为器重）。"不久，薛奎即与王曙并为执政宰相。①

薛公为人耿直，而富有悯情。早年知隰州时，有盗贼于僧舍杀寺奴，错捕获赌博者四人送州。薛公怀疑案情不实，后果然追查到真凶，而将四名"死牢"释放。薛公知成都府，该郡驻扎重兵。时值正月上坟日，有戍兵会同强人抢劫富贵人家及商铺，兵纵火杀伤。都监捕人越多，作乱者越众。薛奎当机立断指挥，只于擒获盗贼处当即斩杀，不必

① 〔宋〕李焘：《续资治通鉴长编》，中华书局2004年版，第4册，天圣元年四月第2条，第2320页。

押回公署，而并不畏惧与驻军节度使的关系。遂平息事态，蜀民大赞知府"神断"！薛公还关心民生。知益州时，有一乡里父亲诉讼其子不孝，便拿来诘问。其子却说，自己"贫无以养"。薛公便把自己的月俸给他了。后人之《墨客挥犀》卷八，还这样记载薛公的"勤政"："薛尚书历典大郡，其治严明，每五鼓冠带，黎明据案决事，虽寒暑无一日异也。其精强如此。"①

薛公虽然在章献太后临朝时期执政，但是内心却看不上这位刘氏，一是因为她直到其薨时都不愿意"还政"；二是刘氏"入宫"，那种做派，令正人君子产生蔑视。笔者于前文说过刘氏太后的亲戚刘美，具体说他是刘氏之兄刘美；但是再具体说，刘美原不是刘氏之兄，而是刘氏未入宫之前的夫君。其姓"龚"，名龚美，"龚美以锻银为业，纳邻倡妇刘氏为妻，善播发"。那时真宗尚为太子，龚美夫妇因家贫，为求富贵，其夫便把刘氏当作"妹妹"献给真宗了。至真宗即位，刘氏做了皇后，不仅"其兄"得获高官厚禄，刘美之子刘从德亦得荫官，后来刘氏家族获得恩荫者竟多达八十余人。天圣三年（1025）正月，赠刘美侍中，并加封中书令。这就是刘氏的"做派"！②

而以薛公的为人，当然就不能与这种人"同流合污"了。薛公多次告退而不允，最后也是强行居家，不再上朝。山西人自有山西人的倔强性格，尽管她是章献明肃皇太后，执掌军国大权，更对朝臣生杀予夺。一次拜谒太庙，章献明肃听从佞人密请，不愿意再穿皇后的服装，下诏自服"衮冕"——即皇帝的穿戴。谏院、御史台一片非议，刘氏却俱不听从；次日上朝，她坐在"垂帘"后面，就在此事"诞告"之际，薛奎当着众朝臣的面，对着帘外口，"以关右人语气"直奏："陛下大谒之日，（太后）还作汉儿拜邪，女儿拜邪？"即说：你是做男人拜庙，还是做女人拜庙？当下僵持在那旦，"明肃无答，是夕报罢"。这事

① 周勋初：《宋人轶事汇编》，上海古籍出版社 2014 年版，第 2 册，《薛奎》第 7、8、11 条，第 803—804 页。
② 周勋初：《宋人轶事汇编》，上海古籍出版社 2014 年版，第 1 册，《刘后》第 3、4 条，第 62 页。

才算罢了。①

欧公自然对这样一位前辈心中充满敬意和怀念。更何况自天圣八年（1030）薛公便看中了欧阳修，至今已经过去近十载了！

欧阳修知道薛公葬于京师近郊，苦于此次时间紧迫，夷陵公务在身，他不能赴墓地拜谒祭祀了。欧公抵达许州，途中仍有友人挽留，都被谢绝了。欧阳修不太知晓金城夫人迁徙府邸于许昌的缘由，只是携带几件"觐见"造访于门。门子入报之后，他惴惴地跟随至堂下，只见夫人已迈出门槛外迎接，他当即就跪拜在阶下。

随夫人进厅堂，除了侍女没有别人，款言了些往昔和自己的近况。金城夫人年事不算高，言语甚为和蔼。欧阳修问及薛公，夫人说邸中设有灵堂。欧阳修即刻请去焚香跪拜，夫人说待接风宴后再拜吧，他未敢从命，而随侍女前往薛公灵堂了……

至晚餐时，欧阳修于餐席间还是未见"旁人"，或许他目光环顾，夫人有见，而说：婿下榻后，小女自会去拜见夫君。欧阳修连忙说：不敢，不敢烦劳令爱。

欧公由内兄薛质夫陪同至西院厢房，这位内兄名直孺，字质夫，很年轻，只是略长于他的四妹。时已为朝廷大理寺丞，人清秀、端庄，见他如见薛氏。厢房内，掌灯、看茶、书案笔墨及邸报摆置，均有用人整饬停当，内兄聊说了几句便告退了。欧阳修在那盏青纱罩的灯下，正翻阅邸报，未曾察觉任何响动声音，却听见声低而轻弱的一语："夫君，你总算是来了！"

欧阳修忽然回头，只见薛氏已跪拜在座椅侧旁。他急忙搀扶起她，那张艳颜秀面，已经挂泪。欧阳修头一次见到第四小女，她已经二十芳龄，红唇微抿，眼睫潮湿，目光直视。欧阳修没有嗅觉到脂粉气味，却战栗不已地知觉到一个女子青春躯体的性感和芬芳。

薛氏那柔软的身体紧依在他怀内，欧阳修拥抱吻她，她羞赧地垂

① 周勋初：《宋人轶事汇编》，上海古籍出版社 2014 年版，第 1 册，《刘后》第 13 条，第 64 页。

面，是那样静谧而细润，亦如细雨润而无声……

我们说薛氏婚时的年龄和品貌，依据的是学者费海玑先生的《关于欧阳修的几件事》一文。该文说："薛氏才二十岁，伉俪情笃。"还说这位薛氏夫人"通诗书，娴礼仪，善弹琴，事姑至孝"[①]。笔者据此以为，一个"通书、善琴"的女子，是会富有那种柔情的表达的。

此外，数十年后，被后世誉为"唐宋古文八大家"之一的苏辙，所作《欧阳文忠公夫人薛氏墓志铭》，亦记述道："夫人生于富贵，年方二十，以公涉江湖，行万里，居小邑，安于穷陋，未尝有不足之色。"还说她"高明清正而敏于事，有父母之风"[②]，也就是具有薛公的品质，为人磊落，及其母亲的礼仪。如是，笔者才有上述对于金城夫人的举止描写。

婚后，欧公在岳母府邸只留宿了十数日未满蜜月，就准备偕同夫人返回夷陵任上了。将要向岳母辞别的时候，却逢晴天一声霹雳，邸报上登载，叔父欧阳晔病逝了，斯时已逾叔父薨日，其日为"是年四月九日"！欧阳修泪水如注，洒落在邸报上。

虽然欧阳修所痛作《祭叔父文》有这样的句子："使修哭不及丧，而葬不临穴。"且史料没有欧阳修奔丧的记载。但是笔者推断他奔丧赴汉东了，并且携薛氏夫人同行，而在叔父家"守制"至少两月。推断的理由有三点：其一，欧公携夫人是这年九月才返回夷陵的，那么如若未赴汉东，这段时间他在哪里？其二，他虽然不便两次告假，以贻误贬所的公务，但是其"返程"的行走路线告诉我们，他去了汉东。其"返途取道唐州（今河南唐河）、枝江（今湖北沮漳河西岸）"，其作有《自枝江上行至平陆驿五言二十四韵》《望州坡》等诗为证；唐州在许昌西南数百里，那里可沿唐河直渡汉水，而至汉东钟祥；枝江则位于汉东西南数百里，才可吟出《望州坡》的诗句："崎岖几日山行倦，却喜坡头见峡州。"倘若不是为奔丧汉东，其行不会如此"倦行"，将会是另一条舒适的路线。其三，欧阳修必得奔丧，正像他自己痛泣而言的："（修）孩

---

① 费海玑：《关于欧阳修的几件事》，《书与人》第 130 期，引自林逸：《宋欧阳文忠公修年谱》，台湾商务印书馆"民国"七十六年版，第 48 页。

② 〔宋〕苏辙：《欧阳文忠公夫人薛氏墓志铭》，洪本健：《欧阳修资料汇编》中华书局1995 年版，上册，第 106 页。

童孤艰，哺养提挈，昊天之报，于义何阙？惟其报者，庶几大节。"①

是的，我看见欧阳修，携扶着夫人薛氏，一路疲惫困顿，向汉东奔去了……

第三节　奋搏于"庐陵事业"

薛氏在"至喜堂"正厅拜见了其姑郑氏，母亲欢天喜地自无须赘言，急忙扶起这位风尘仆仆的媳妇。也见过了妹妹欧阳氏。此时，峡州判官丁元珍亦在其姑身边看护，薛氏特为拜谢，施大礼跪拜。丁元珍一见而知，这个"家"有着落了！

母亲把媳妇带到为其精心收拾的"新房"内，牵着手坐在榻边，言说了几句，母亲便垂泪了，豆珠一般，说：前面胥氏留下的一个孩儿，刚刚殁了，吾苦心把儿拉扯到六岁了，自己却没能看护好这个可怜的孩子，怪姑母吾矣！薛氏忙为其姑拭泪，劝说：姑勿自责伤心，也是夷陵这里缺医少药，让姑勉为其难了，日后会好的，媳定当尽心竭力。

此后薛氏生有四个儿子，还有三女，不幸三个女儿也因病早夭了。人生祸福，谁也不可避免。长子欧阳发、次子欧阳奕、三子欧阳棐、幼子欧阳辩，却各个体质安健，品格优异，出落得光彩耀世，不愧为欧阳修、薛氏之后。三子棐，字叔弼，继承家学，为文酷似乃父，代替父亲上表于朝廷，神宗皇帝见而爱之，以为是文忠公自作，上表传于天下，天下文人也以为是欧公自己作的。

二子奕，字仲纯，师从翰林学士胡宿，后来做了胡宿的女婿。性格倜傥，文章豪放，素与苏轼友谊深厚；支持正义之士郑侠，满朝因其获罪不敢与语，"凡通问者皆获谴（贬谪），仲纯独倾资送之。其大节如此，可谓不坠先训"。苏轼曾撰文说："仲纯父之生也，不以进退得丧（得失）有望于人。""人徒知其文章之世家，操行之称其门，而不知其志气之

---

① 〔宋〕欧阳修：《祭叔父文》，《欧阳修全集》，中华书局2001年版，第2册，第692页。

豪健、议论之刚果，使之临大事、立大节，不难于杀身以成仁。"①整个一个欧阳修再世！

欧公向州府销假，拜会了知州朱庆基，言致深谢，说改日置宴请知州光临，夫人把盏面谢。回到县厅事，急忙处理堆积的县务，虽然此前已委主簿和尉官便宜处置，但还是多有遗留。一连数十日欧阳修旦夕勤政，可谓"披星戴月"，才终获闲暇，埋头于书案。

欧阳修看到当世学风，在庆历之前确有不尽如人意处，恰像李觏所批评的："学者大抵雷同，古之所是则谓之是，古之所非则谓之非，诘其所以是非之状，或不能知。"欧阳修欲以变革的正是这种因循的"是是非非"！为此他作了《易或问》，又作《易童子问》：

童子问曰："《系辞》非圣人之作乎？"曰："何独《系辞》焉，《文言》《说卦》而下，皆非圣人之作，而众说淆乱，亦非一人之言也。昔之学《易》者，杂取以资其讲说，而说非一家，是以或同或异，或是或非，其择而不精，致使害经而惑世也。然有附托圣经，其传已久，莫得研究其所从来而核其真伪。故虽有明智之士，或贪其杂博之辩，溺其富丽之辞，或以为辩疑是正，君子所慎，是以未始措意于其间。"

童子曰："敢问其略？"曰："《乾》之初九曰'潜龙勿用'，圣人于其《象》曰'阳在下也'，岂不曰其文已显而其义已足乎。而为《文言》者又曰'龙，德而隐者也'，又曰'阳在下也'，又曰'阳气潜藏'，又曰'潜之为言，隐而未见'。"……然而"谓其说出于诸家，而昔之人杂取以释经，故择之不精，则不足怪也。谓其说出于一人，则是繁衍丛脞之言也。其遂以为圣人之作，则又大谬矣。……吾不知圣人之作，繁衍丛脞之如此也。"②

① 〔宋〕苏轼：《祭欧阳仲纯父文》，孔凡礼点校：《苏轼文集》，中华书局1986年版，第5册，第1940页。
② 〔宋〕欧阳修：《易或童子问》，李逸安点校：《欧阳修全集》，中华书局2001年版，第3册，第1119—1121页。

　　欧公又胪列《系辞》中大量例句，论证其说多种，相互重复、抵牾。一义之解，竟有三种说法，"谓此三说出于一人乎，则殆非人情也"。欧公所说"人情"，含有"情理"的意思。人立言著述，都是为了传世，"其肯自为二三说以相抵牾而疑世，使人不信其书乎？故曰非人情也"。凡此自相乖戾，尚不可为一人之说，其可以为圣人之作乎？

　　欧公说自己有"不量力"之勇，既远出于汉唐大儒之后，又无名师传授，但是敢呈己见于"不疑者"案前，好在"六经"尚在，可以对质。在当时学界，敢言《易》之"十翼"（即相传孔子所作之十篇释经文章）均不是"圣人之作"，无疑乃"石破天惊"之举！此去二十余年间无人能予以认同，只有后世逐渐认识到欧公的学术思想是正确的，欧公却以此开辟出有宋一代"疑古惑经"的"庆历学术思潮"。其历史作用，至南宋大儒朱熹，即有中肯评价："旧来儒者不越注疏而已，至永叔（欧阳修）、原父（刘敞）、孙明复（孙复）诸公，始自出议论，如李泰伯（李觏）文字亦自好。此是运数将开，理义渐欲复明于世故也。"[1]

　　即使在本朝，我们看有识之士王安石对欧公的评价："如公（欧阳修）器质之深厚，智识之高远，而辅学术之精微，故充于文章，见于议论，豪健俊伟，怪巧瑰琦。其积于中者，浩如江河之停蓄，其发于外者，烂如日星之光辉；其清音幽韵，凄如飘风急雨之骤至，其雄辞闳辩，快如轻车骏马之奔驰。"[2]

　　再看当朝文豪苏轼，更把欧公看作数百年才出的、并逾越前贤的"大儒"。称欧公为"欧阳子"，"子"即是对于高造诣"学者"的尊称：

　　　　五百余年而后得韩愈，学者以愈配孟子，盖庶几焉。愈之后三百余年，而后得欧阳子，其学推韩愈、孟子，以达于孔氏；著礼乐仁义之实，以合于大道。其言简而明，信而通，引

---

① 〔宋〕黎靖德：《朱子语类》第80卷，中华书局1986年版，第2089页。
② 〔宋〕王安石：《祭欧阳文忠公文》，洪本健：《欧阳修资料汇编》，中华书局1995年版，上册，第63页。

物连类，折之于至理，以服人心，故天下翕然师尊之。①

苏轼文告诉我们，不仅欧公文章、学术在当朝已产生广泛影响，还证明其于宋代文坛、学界所具有的足令"天下师尊之"的领袖地位。是的，青灯孤卷，夷陵僻远，但是欧公所行，恰如屈子所吟："路曼曼其修远兮，吾将上下而求索。"面对天下"因陋守旧，论卑气弱"的学术状态，欧阳修敢于复吟："来，吾道（引导）夫先路！"

笔者前文已说到欧公强调"人事"，因其使命在身，这是他的必然抉择。而且为强调这一点不计偏颇，欧公说："《易》之为说，一本于天乎？其兼于人事乎？曰：'止于人事而已矣，天不与也。'"（《易或问》）就是说，其于"天"不相干。我们知道《易》有一大宗旨，就是以人际而推"天理"。但是人们却借"推天理"而用于筮占、卜卦，欧公便不能不认为它走向荒谬了。他认为所谓经典，其宗旨并不玄虚，都是用于百姓实际生活的，即"六经之所载，皆人事之切于世者"（《答李诩第二书》）。并且说："《书》之言岂不高邪？然其事不过于亲九族，平百姓，忧水患，问臣下谁可任，以女妻舜，及祀山川，见诸侯，齐律度，谨权衡，使臣下诛放四罪而已。孔子之后，惟孟轲最知'道'，然其言不过于教人树桑麻，畜鸡豚，以谓养生送死为王道之本。"②

当然，《孟子》之大义及"王道"，也并非只"教人树桑麻，畜鸡豚"，欧公在这里只是强调学术必须切近"人事"。

所以欧公的学术乃为求是的、务实的，即使《易》中有载"河图""洛书"，他也认为那是奇谈怪论、不可理喻的！

> 《系辞》曰："河出图，洛出书，圣人则之。"所谓图者，八卦之文也，神马负之自河而出，以授于伏羲者也。盖八卦者非人之所为，是天之所降也。又曰："包羲氏之王天下也，仰则观

① 〔宋〕苏轼：《六一居士集叙》，孔凡礼点校：《苏轼文集》，中华书局1986年版，第1册，第315页。

② 〔宋〕欧阳修：《与张秀才棐第二书》，李逸安点校：《欧阳修全集》，中华书局2001年版，第3册，第979页。

象于天，俯则观法于地，观鸟兽之文与地之宜，近取诸身，远取诸物，于是始作八卦。"然则八卦者是人之所为也，河图不与焉。斯二说者已不能相容矣。而《说卦》又曰："昔者圣人之作《易》也，幽赞于神明而生蓍，参天两地而倚数，观变于阴阳而立卦。"则卦又出于蓍矣。八卦之说如是，是果何从而出也？谓此三说出于一人，则殆非人情也。①

欧阳修就这样向那一"因循"的世界，发起不容悖论的挑战！

我们知道史学，在中国古代皇权统治下，于"六经"中占有举足轻重的位置。因为这种统治没有近代历史意义上的"制度"，唯有"史"，即祖宗"做过的事"，即所谓"故事"，构成其统治"合理性"，亦即"合目的性"的"礼法"依据。

欧阳修极看重《春秋》"简而有法"，认为它文简意赅，含有义理。但他同样对其"三传"即公羊、穀梁、左氏之传，即对《春秋》经文所作的"历史阐释"而持怀疑批判的态度。因为这"三传"除了左氏传稍许侧重"义理"之外，其他两传都不侧重它，而重阴阳五行之说，并以阴阳五行作为王朝更替的原因。这是欧阳修从根本上反对的！他认为"史"所以具有"礼"的依据，令人遵从，就在于它含有"义理"，才可能谈及孟子的"王道"思想。是故，"礼义，治人之大法；廉耻，立人之大节。盖不廉，则无所不取；不耻，则无所不为。人而如此，则祸乱败亡，亦无所不至，况为大臣而无所不取不为，则天下其有不乱，国家其有不亡者乎！"②我们所征引的正是欧公著作《新五代史》中的句子。从根本上来看，欧公的《春秋》学还是重在"以治法而正乱君"。因为皇权统治，除了这种"故事"，就再没有其他可以制约"皇权"的了！

我们不可能希冀一种历史进步的"制度"思想，能够在欧阳修这种"奋搏"中诞生，欧公毕竟不是英国的洛克，那种对于历史的奢望，就

---

① 〔宋〕欧阳修：《易童子问卷三》，李逸安点校：《欧阳修全集》，中华书局 2001 年版，第 3 册，第 1120—1121 页。
② 〔宋〕欧阳修：《新五代史》卷五十四，中华书局 2016 年版，第 2 册，第 691 页。

真正是历史的"奢望"了。中国人从来没有！他还是仅仅限制在能为皇权统治允许的藩篱之内，仅仅是"道德治国"，恰似我们今天也提到的以"德"治国的政治理念。这种"德"的礼义秩序，在孟子那里已经言说到了极致，如说："民为重，社稷次之，君为轻。"这是孟子"王道"思想整体的基点，也就是"王道之本"的全部。孟子把所有违背人性道义和有害于民生的帝王行为都简称为"王之不王"，而将一切顺从人性和民本的君主德行均谓之"发政施仁"。即所谓："今王发政施仁，使天下仕者皆欲立于王之朝，商贾皆欲藏于王之市，行旅皆欲出于王之途，天下之欲疾其君者皆欲赴愬于王。"倘若没有仁政，民也就失去了生存保障，更谈不上道德教化、社稷稳固，即如："若民，则无恒产，因无恒心。苟无恒心，放辟邪奢，无不为已。及陷于罪，然后从而刑之，是罔民也。焉有仁人在位罔民而可为也？是故明君制民之产，必使仰足以事父母，俯足以畜妻子，乐岁终身饱，凶年免于死亡；然后驱而之善，故民之从之也轻。"[①]

这种"道德治国"依靠的只是帝王个人的人性善良，一旦他不善良，就全完了，中国人治不了国，也救不了民！但是我们应该承认，在皇权统治下，孟子已经跋涉到"人本主义"之"王道"最高峰了。并且带有古代"人权"和"平等"思想，如说："君之视臣如手足，则臣视君如心腹；君之视臣如犬马，则臣视君如国人；君之视臣如土芥，则臣视君如寇雠。"[②]

中国士大夫对于这种"道义"是坚信不疑的，欧阳修所治《春秋》学遵从的即是这样一种"王道"。所以他对舍弃"义理"的三传持否定态度，认为那是人类对于自身历史的"自暴自弃"！它正如孟子所说："自暴者，不可与有言也；自弃者，不可与有为也。言非礼义，谓之自暴也；吾身不能居仁由义，谓之自弃也。仁，人之安宅也；义，人之正路也。旷安宅而弗居，舍正路而不由，哀哉！"[③]

是年，欧阳修宏笔挥就名篇《春秋论》上、中、下三卷，除此还撰

---

① 杨伯峻：《梁惠王章句上》，《孟子译注》，中华书局 1960 年版，上册，第 17 页。
② 杨伯峻：《离娄章句下》，《孟子译注》，中华书局 1960 年版，上册，第 186 页。
③ 杨伯峻：《离娄章句上》，《孟子译注》，中华书局 1960 年版，上册，第 172 页。

有《春秋或问》，力主经学研究"舍传而从经"；另外对《尚书·泰誓》也提出质疑，作《泰誓论》。

我们说，其思想架构之恢宏，直对"六经"！它在当朝乃至后世学术界所引起的震动和影响，那是八级以上的"地震"！它直接导致的是宋代知识分子的人格之本质的变化和"复兴"，即张扬"个体意识"，而以"圣贤"为榜样，所谓"君子之学必至圣人而后已"！

我们仅看作为"唐宋古文八大家"之一的曾巩的评说，即可知欧公大作在当朝所引起的震动和影响之巨大，曾巩在其《上欧阳学士第一书》中说：

> 巩自成童，闻执事之名，及长得执事之文章，口诵而心记之。观其根极理要，拨正邪僻，掎挈当世，张皇大中，其深纯温厚，与孟子、韩吏部之书为相唱和，无半言片辞舛驳于其间，真六经之羽翼，道义之师祖也。……执事之行事，不顾流俗之态，卓然以体道扶教为己务。往者推吐赤心，敷建大论，不与高明，独援摧缩，俾蹈正者有所禀法，怀疑者有所问执……韩退之没，观圣人之道者，固在执事之门矣。天下学士，有志于圣人者，莫不攘袂引领，愿受指教，听诲谕，宜矣。[①]

那么欧公名篇《春秋论》究竟说了些什么，会引起如此震动？首先这三卷宏论所说事体都很具体，用实例指出"经"与"传"之间的不同；其次阐明当"二说"必居其一时，所需择取的原则或说一般应该遵循的"情理"；最后对所"择取"者加以论证，证明之所以"舍"与"取"者。欧公之文，那种叙述的精致，有条不紊，那种语言的"魅力"，逻辑与推理所呈现的"雄辩"，令我们今天拜读都会感觉到一种品鉴美文的享受，更何况它给予我们的不仅是"美"，而是担负着开"思想自由"之先河的使命！

① 〔宋〕曾巩：《上欧阳学士第一书》，洪本健：《欧阳修资料汇编》，中华书局 1995 年版，上册，第 39 页。

事有不幸出于久远而传乎二说，则奚从？曰：从其一之可信者。然则安知可信者而从之？曰：从其人而信之，可也。众人之说如彼，君子之说如此，则舍众人而从君子。君子博学而多闻矣，然其传不能无失也。君子之说如彼，圣人之说如此，则舍君子而从圣人。此举世之人皆知其然，而学《春秋》者独异乎是。

下面，欧公说到当今学者之弊在于：不信孔子而信三子，甚哉其惑也！"三子"即公羊高、穀梁赤、左氏者，固然他们博学多闻，为《春秋》作传释义；但是当经与传有所不同时，后世学者不该"宁舍经而从传"。欧公列举诸多实例来说明它，例如，经于鲁隐公之事，写道"公及邾仪父盟于蔑"，其卒也，孔子写道"公薨"，即孔子始终谓之为国公；但是三子却说：非为国公，乃是摄政者也。而学者"不从孔子谓之公，而从三子谓之摄"。再例如，经于晋灵公之事，写道"赵盾弑其君夷皋"。三子曰：非赵盾也，是赵穿也。于是学者们"不从孔子信为赵盾，而从三子信为赵穿"。再如，经于许悼公之事，孔子说世子许止弑其君许买。三子却说：非弑之也，许买病死，而许止仅仅是喂药而未先品尝。是故学者又不从孔子信为弑君，而信三子为不尝药。哦，孔子乃圣人，当万世取信！"其舍经而从传者何哉？"

欧公分析个中缘由而说：或许"经简而直，传新而奇，简直无悦耳之言，而新奇多可喜之论，是以学者乐闻而易惑也"。然而自己非敢言不惑，但"信于孔子而笃者也，经之所书，予所信也；经所不言，予不知也"。欧公为展开下面的论证，必须先把"论敌"做足。于是更借助"诘问者"写道：

难者曰："子之言有激而云尔。夫三子者，皆学乎圣人，而传所以述经也。经文隐而意深，三子者从而发之，故经有不言，传得而详尔，非为二说也。"予曰："经所不书，三子者何从而知其然也？"曰："推其前后而知之，且其有所传而得也。国君必即位，而隐不书即位，此传得知其摄也。弑君者不复见经，而盾复见经，此传得知弑君者非盾也。君弑贼不讨，则不书葬，而许悼公书葬，此传得知世子许止之非实弑也。经文隐矣，传曲而畅之。学者以谓三子之说，圣人之深意也，是以从之耳，非谓舍孔子而信三子也。"[1]

原谅笔者限于篇幅不能征引其后那更为精彩的论述，那辩驳是非常得力的，整个三卷一气呵成。不仅对上述赵盾、许止弑君的事实给出逻辑证明，对"三子之说"运用比喻、举例、对比等多种手法予以"归谬"；而且引申孔子之所以撰《春秋》之宗旨，阐明《春秋》之法的根本特点，就在于"其于是非善恶难明之际，圣人所尽心也"。"孔子何为而修《春秋》？正名以定分，求情而责实，别是非，明善恶，此《春秋》之所以作也。"这正是孔子撰著与其旧史的"目的"分野。

当然这种"圣人所尽之心"，并非人人都能看得清楚，"日月，万物皆仰，然不为盲者明，而有物蔽之者，亦不得见也。圣人之意皎然乎经，惟明者见之，不为他说蔽者见之也"（《春秋或问》）。

我们大致了解到这种文章的内涵和思想指向，即有"气吞山河"的感慨！

请记住，这是景祐四年（1037）欧公所作的！直到是年十二月末，修仍不停笔耕。而是年十二月二十五日，朝廷发来诏命，命欧阳修迁光化军乾德县令。欧公没有即刻启程赴任，因为已对夷陵依依不舍了！这块地域，给予他怎样做一个官吏以新的感知，给予他民之疾苦更深的认识，给予他风土民俗的温馨和州县官员的友情。除此还给予他"大江东去"的胸襟，及其漫山"黄杨树"的心智！欧阳修直至来年三月才赴乾德上任。

也是因为朝廷"制诰"限定：欧阳修"特授光化军乾德县令，替张宗尹，来年三月成资阙，散官如故"[2]。

---

① 〔宋〕欧阳修：《春秋论上》，李逸安点校：《欧阳修全集》，中华书局 2001 年版，第 2 册，第 305—306 页。

② 〔宋〕胡柯：《庐陵欧阳文忠公年谱》，李逸安点校：《欧阳修全集》，中华书局 2001 年版，第 2 册附录，第 2599 页。

第四节　大江之畔的"黄杨树"

迁官光化，乃是向着京师方向的"回迁"，是仁宗对待贬谪的朝臣以示"怀柔"的意思。

光化军乾德县（今湖北老河口市），俗谓"老河口"，即汉水上游，确实距离京畿地带较近了，再向东北方向略行百余里即是邓州、南阳。但是，不论日后还将迁官哪里，只怕是欧公都不会消失"夷陵"的心结了！那种贬谪的处境，留在身心中的烙印，将会是永存的。

途经襄阳的时候，他偕同夫人登临岘山，举目远眺，看到的却仍似夷陵江山。并且记起自己初涉夷陵境，临绝壁、过虎牙滩的场景，记起自己所作的《黄杨树子赋》。那篇赋含着自己政治生涯的里程。

哦，岘山北向，望极烟云，那方向是京师吗，那里有一个臣子未来的、应然的身影吗？欧公眼前不禁浮现出黄杨树子的形象，那种险要的山势，苍崖之下湍急的江水，黄杨树子恰正是在那里"立身"的！它即是欧阳修的精神之象。他并不企盼"返朝"，倒是更愿意在夷陵长时间待下去，正像他给丁元珍、朱表臣的辞行书信所说："不向芳菲趁开落，直须霜雪见青葱。"这使欧公不禁思索，人在这个空茫的天宇间应该是个怎样的存在？或者说，是什么使人存在着？

> 星殒于地，腥矿顽丑，化为恶石。其昭然在上而万物仰之者，精气之聚尔。及其毙也，瓦砾之不若也。人之死，骨肉臭腐，蝼蚁之食尔。其贵乎万物者，亦精气也。其精气不夺于物，则蕴而为思虑，发而为事业，著而为文章，昭乎百世之上而仰乎百世之下，非如星之精气，随其毙而灭也。可不贵哉！[1]

---

[1]〔宋〕欧阳修:《杂说三首并序》，李逸安点校:《欧阳修全集》，中华书局2001年版，第2册，第263页。

是的，星辰为万物仰望，因为它乃"精气之聚"，但当它陨落毙命，便成为不如瓦砾的东西。而人也为精气聚集之物，但人比之星辰，有更为可贵者，那就是"精气"不灭，因为它化为了"事业"和"文章"，而"昭乎百世之上"。而今想想，人之死，其精气所以不灭者，更在于一种精神，那就是黄杨树子"立身"的体态！

欧公立于岘山之巅，望极离愁，不觉吟诵自己的先作《黄杨树子赋》：

> 夷陵山谷间多黄杨树子，江行过绝险处，时时从舟中望见之，郁郁山际，有可爱之色。独念此树生穷僻，不得依君子封殖备爱赏，而樵夫野老又不知甚惜……
>
> 岂知绿藓青苔，苍崖翠壁，枝攲郁以含雾，根屈盘而带石。落落非松，亭亭似柏，上临千仞之盘薄，下有惊湍之溃激。洞断无路，林高暝色，偏依最险之处，独立无人之迹。江已转而犹见，峰渐回而稍隔。嗟乎！日薄云昏，烟霏露滴，负劲节以谁赏，抱孤心而谁识？徒以窦穴风吹，阴崖雪积，呀山鸟之嘲哳，袅惊猿之寂历。无游女兮长攀，有行人兮暂息。节既晚而愈茂，岁已寒而不易……①

中国士大夫有这种襟怀传统，以"险要"来喻处境，以"磅礴之势"来看未来命运，是所谓"忧患意识"。它是士大夫处于顺境的时候也必须要有的"襟怀"，况且欧公正处逆境中。那种"上临千仞之盘薄，下有惊湍之溃激"的场景，就格外会意于我们的心灵了。那"黄杨树子"该怎样"立身"，即使"偏依最险之处，独立无人之迹"，而作为一个有良知的士大夫，都不会因其而改变自身体态。欧公把黄杨树称为"子"，笔者前文说过，"子"就是对高造诣"学者"的称谓。该"子"似告诫着欧公，自己将后将怎样"立身"；将后的路只会更加险要，"夷陵"仅仅是自己仕途的开始，欧阳修会像"黄杨树子"那样始终坚挺于"苍崖"

① 〔宋〕欧阳修：《黄杨树子赋》，李逸安点校：《欧阳修全集》，中华书局2001年版，第2册，第253—254页。

吗？那不难预料的境遇啊，亦如屈子所吟："山峻高以蔽日兮，下幽晦以多雨，霰雪纷其无垠兮，云霏霏而承宇。"他知道前途如此，却也做好了准备："阽（临近危险）余身而危死兮，览余初其犹未悔！"①

欧阳修就怀着这样的心绪，抵达了湖北的北边境"老河口"。时为景祐五年（1038）三月初旬。

当地官员少有"雅士"，自然就不太知晓欧公的诗文与学术，光化军知军，乃虞部员外郎张询，人"朴野无文"，仅以常礼相待而已。应该说这就不错了，能安顿母亲和妻子就好，欧公不会在意其他，他深深懂得孔子所说"古之学者为己，今之学者为人"的道理！他做学问，本就不是为了见知于人的。尽管如此，欧公还是很怀念峡州的诸君，朱庆基、丁宝臣、朱处仁……

母亲知道，这里距离襄城、许昌尚还很远。襄城有吾儿建的旧居，至今还在；许昌即是媳妇娘家府邸所在，好在薛氏从不言僻远之苦，一路奔波更无见面呈怨色。

欧公既为乾德县令，"为官一任，造福一方"才对，时值初夏，不见雨水，他踏勘远乡诸寨，干旱是普遍的。民间大多在搞"祭神祈雨"。他当即想到兴修水利的事，但此事并不容易，虽距离汉水河口不甚遥远，但四山环绕，若引来水渠，工程浩繁。再观察此地民生，并不富足宽裕，何况旱情之下不堪平添税赋徭役！修水利必须先备财力。他的为政方略乃是，怎样都好，就是不能"扰民"。

至于"祭祀神灵"之事，就一言难尽了。斯时佛教、道教甚兴，而民间却杂糅佛、道，风行一种"似是而非"的多神式的神仰。欧公向来遵从"子不语怪力乱神"，在此后庆历初他又回到"馆阁"的时候，曾力驳神仙之说，作《删正黄庭经序》。《黄庭经》是魏晋时的道士所作养生之书，它"以较今世俗所传者独为有理"，还算是好的，起码这本书能说出："吾欲晓世以无仙而止人之学者，吾力顾未能也。吾视世人执奇怪讹舛之书，欲求生而反害其生者，可不哀哉！"所以欧公才给予它

① 黄凤显注释：《涉江》《离骚》，《楚辞》，华夏出版社 1998 年版，第 152 页、第 6 页。

"删正"，以它来正"诸家之异"①。此外还作《御书阁记》，批驳佛道两教并分析其性质异同："二家之说，皆见斥于吾儒……然而佛能箝（控制）人情而鼓以祸福，人之趣（趋附）者常众而炽。老氏独好言清净远去、灵仙飞化之术，其事冥深，不可质究，则其为常以淡泊无为为务。"②

我们看到欧公对待佛、老虽竭力排斥，尚且品评公允，并未过分诋毁和歪曲它们。在此去十余年后，欧公对唐朝名儒编纂的《九经正义》也给予透彻的批判，因为它混杂了大量的"谶纬"之说。所谓"九经"，乃多部经辅著作的合称，其中包括孔颖达的《五经正义》、贾公彦的《周礼注疏》《仪礼疏》、杨士勋的《穀梁传疏》和徐彦的《公羊传疏》等。我们知道，"谶纬"即是预测吉凶的隐语、图记，其所宣扬的"天谴""天道"，无异于"怪力乱神"，就牵强附会在这部为后世遵循的经辅大作之中。故欧公请求朝廷，将该书诸部卷所有谶纬之文删去。③

那么依此观点，欧公将如何面对乾德县民"祭神祈雨"？他会怎样对待呢？他定会严令禁止吗？不对，他不仅未制止，反而为黔黎百姓亲笔撰写了《求雨祭文》。该文有这样的句子："百里之地一时而不雨，则民被其灾者数千家。……天之庇（庇护）生斯民者，岂欲轻为之乎？……故水旱之灾，不以责吏，则以告神。呜呼！民不幸而罹其灾，修与神又不幸当其事者，以吏食其禄而神享其祀也。……神至灵也，得不动于心乎！"④

是的，神很灵验，天降雨了！欧公参与到祭祀行列之中，躬身祭拜，还作有《北岳庙赛雨祭文》等。并非欧公信奉这些"神"，而是不能不顺从民俗，身为县令他能为民做些什么？他既拿不出修水利的钱，只能以"民之所好好之，民之所恶恶之"。

① 〔宋〕欧阳修：《删正黄庭经序》，《欧阳修全集》，中华书局 2001 年版，第 3 册，第 950 页。
② 〔宋〕欧阳修：《御书阁记》，《欧阳修全集》，中华书局 2001 年版，第 2 册，第 567—568 页。
③ 〔宋〕欧阳修：《论删去九经正义中谶纬札子》，《欧阳修全集》，中华书局 2001 年版，第 4 册，第 1707 页。
④ 〔宋〕欧阳修：《求雨祭文》，《欧阳修全集》，中华书局 2001 年版，第 2 册，第 683 页。

自范仲淹等"四贤"遭贬谪，朝议一直没有平息。仁宗心里很矛盾，是不是自己做错了？矛盾持续而激烈，第二年吕夷简被罢相。但后来的执政不得力，又下诏恢复吕夷简的相位。仁宗失于"果断"，但又表现出这位皇帝还是纳谏的、有思考的。

这期间，参知政事李若谷，三司使（财务大臣）程琳，这二位竟然也在惋惜范仲淹等离开朝廷。程琳就是在章献太后"垂帘"时曾献《武后临朝图》的那位，仁宗没有怀私报复，此时程琳已为三司使、吏部侍郎、兼参知政事。除了这二位的奏议，还有直史馆叶清臣，直集贤院、右司谏韩琦，乃至大理评事、监在京店宅务苏舜钦，都不断有奏疏言朝政时弊。加上这数年水旱灾异，河东地震，西夏兵患。朝臣们言事，还是遵循《九经正义》言说"天谴"，因为只有"天谴"最能制约皇权，乃是皇帝畏惧的。

右司谏韩琦说：如果惜己而隐瞒实情，"臣岂不上负陛下惧灾思政之意哉！且地震者，女谒用事，臣下专权之意也。今地震在北，或恐上天孜孜谴告，俾（使之）思孽敌之为患乎？亦望自今而后，务在严饬守臣，密修兵备，审择才谋之帅，悉去（全部去除）懦武之士；明军法以整骄怠之卒，丰廪实以增储待（储备）之具"[1]。

朝臣借灾异言事，是极为普遍的。叶清臣上疏："陛下忧勤庶政，方夏泰宁，而一岁之中，灾变仍见，必有下失民望，上戾（触犯）天意，故垂戒以启迪清衷。而陛下泰然，不以为异，……顷（前不久）范仲淹、余靖以言事被黜，天下之人，嚛舌（咬舌）不敢议朝政者，行将二年。愿陛下深自咎责，详延（接纳）忠直敢言之士。"[2]

这一年，仁宗亲自编纂兵书《神武秘略》，御赐河北、河东及陕西之钤辖以上的军职官员，以备边防，不能说皇帝不勤政。他在迩英阁听讲，侍读学士宋绶讲的即是《正说谨罚篇》，该篇所述"后汉光武帝罢梁统从重之奏"，讲习之中，仁宗自然会思考自己，问道："深文峻法（用法

---

① 〔宋〕李焘：《续资治通鉴长编》，中华书局2004年版，第5册，景祐四年十二月第9条，第2842页。

② 〔宋〕李焘：《续资治通鉴长编》，中华书局2004年版，第5册，同年月第13条，第2844页。

苛刻），诚非善政。"侍读学士宋绶说："王者峻法则易，宽刑则难。夫以人主得专生杀，一言之怒则如雷如霆，是峻易而宽难也。"①宋绶回答得真好，那种暴君动辄杀戮，当然是容易做的，施政"宽容"自然是难的！

仁宗怕"天谴"，灾异确实发生了，仁宗愿意为此承担责任。景祐五年（1038）正月，仁宗因"灾异"屡见，下诏求直言，诏曰：朕躬之阙遗，执事者之阿谀曲从，政教未臻于理；刑狱不协于中，在位壅蔽之人，充数不称职的"具官"、贪墨之吏，仰仗谏官、御史、士大夫、百僚频繁上疏以陈，悉心无隐，限半月内实封进纳，朕当亲览，为的是择善而行，固非虚饰。②

仁宗求直言绝非虚饰，准许"百僚"言事，才有了苏舜钦的上书，否则苏舜钦也不够资格呈递札子。苏舜钦写了一篇数千字的长文，仁宗照样御览，其中多有苛责语言，也不怪罪。如说："范仲淹以刚直忤奸臣，言不用而身窜谪，降诏天下，不许越职言事。……旬日，闻颇有言事者，其间岂无切中时病，而未闻朝廷举而行之，是亦收虚言而不根实效也。臣闻惟诚可以应天，惟实可以安民。今应天不以诚，安民不以实，徒布空文，增人太息尔，将何以谢神灵而救弊乱也？岂大臣蒙塞天听，不为陛下行之，岂言事者迂阔无所取，不足行也？臣窃见纲纪堕败，政化阙失，其事甚众，不可概举。"③

苏舜钦所言够严厉啦！朝廷几乎"一无是处"。仁宗心想，话说得严重些没有什么，只要不"抱团儿"就好，交结朋党，那可是比"天谴"更为令人生畏的事。仁宗当然不希望总是"天谴"，也企盼天降"祥瑞"。

说来蹊跷，上年五月，化成殿的殿堂柱子竟然生长出一株灵芝。灵芝是名贵且吉祥之物，急忙召近臣及宗室人等观看，仁宗还作了《瑞芝诗》，赐给宰臣。可是右司谏韩琦就这事又上言了，说："《春秋》之法，但记灾异，至于祥瑞，略而不书。岂不以君阅瑞牒则意安，睹灾符则心

---

① 〔宋〕李焘：《续资治通鉴长编》，中华书局 2004 年版，第 5 册，景祐四年十月第 2 条，第 2837 页。
② 〔宋〕李焘：《续资治通鉴长编》，中华书局 2004 年版，第 5 册，宝元元年正月第 4 条，第 2851 页。
③ 〔宋〕李焘：《续资治通鉴长编》，中华书局 2004 年版，第 5 册，同年月第 6 条，第 2852 页。

惧！意安则政怠，心惧则德修。圣人垂戒之深，其旨斯在。臣愚望陛下特以灾异为重，一政教之间，思所未至者，随其变而应之。"①

生怕皇帝忘忧，一点儿"祥瑞"都不能说！只允许"思所未至者"，即思没有办好的事情。人家司谏是依据《春秋》之法办事，你又不能说人家说错了！

这些都没有什么，这时仁宗想：怎会有那么多人为范希文鸣不平，是他真贤，还是真"朋党"呢？打心里说，他很器重范仲淹、韩琦这些人的才干，只要他们不为朋党，朕又何为不重用他们！仁宗思考了很久，于景祐五年（1038）十月三日发诏，"诏戒百官朋党"。

这无疑是一个非常严峻的"信号"！对于朝臣是有震慑力的。

然而士大夫为范仲淹言者没有停止。皇帝又内降札子，意在解释先前的事："向（以往）贬仲淹，盖以密请建立皇太弟侄，非但诋毁大臣。今中外臣僚屡有称荐仲淹者，事涉朋党，宜戒谕之。"

但是这一"解释"是无力的，因为"立皇储"与"朋党"毫无关系，此时尚无哪一伙人言及建储。就在下诏之后，程琳尚能否认"朋党"说，来为皇帝开解释疑；更有参知政事李若谷建言："近岁风俗薄恶，专以朋党污善良。盖君子小人各有类，今一（一概）以朋党目之，恐正臣无以自立。"仁宗这时略有释怀，听从了李若谷的话。②

这就是仁宗朝，即使诏令已经下达，仍允许人们异议。仁宗也不怕"朝令夕改"。

也是这一年，韩琦作为谏官，一连十数次上疏，终于参倒了现任的四位宰臣，门下侍郎、平章事王随，户部侍郎、平章事陈尧佐，户部侍郎、参知政事韩亿，礼部侍郎、参知政事石中立，俱被罢免。韩琦认为他们非才，没有建明，反而营私。例如陈尧佐把他的儿子擢为监左藏库，未经三司保奏。仁宗全都应允了。

韩琦比欧阳修年小一岁，天圣五年（1027）二十岁，举进士甲科，

① 〔宋〕李焘：《续资治通鉴长编》，中华书局 2004 年版，第 5 册，景祐四年五月第 8 条，第 2831—2832 页。
② 〔宋〕李焘：《续资治通鉴长编》，中华书局 2004 年版，第 5 册，宝元元年十月第 1 条，第 2881—2882 页。

名列第二，授通判淄州，景祐元年（1034）迁开封府推官。在他二十九岁时也就是景祐三年（1036）刚刚任命为右司谏。

欧阳修治学之勤奋，世所罕见！记得在夷陵时他尚与尹师鲁书信往来，商谈合作史书事宜，而于宝元元年（1038）岁终，《新五代史》已经草稿初就了。该作采用"春秋笔法"，史实过程叙述简约，较之旧史删减十之五六；关乎"义理"处则不惜铺陈。但它只是"初稿"，还需大处提纲挈领，通统本纪、列传、表、志等诸部分；小处也需修改文章气韵，字斟句酌。欧公修改文章十分严格，后来养成一种习惯，文章写出后贴在墙上，反复吟诵，调整字句，十句改成五句。

除了《五代史》，修还撰写了《诗解统序》《本末论》《时世论》等十多篇非常"专精"的学术论著。当然有些文章是欧公后来较晚的时候才通体完成的，乃非宝元中的作品。

欧公的《诗经》学可谓庞大精深，研究透彻，拜读令人震撼！一是他对《诗经》之"本体论"具有高屋建瓴的阐述；二是其针对毛苌《诗》及郑玄《诗》做了公允而独到的批判，具有"惊世骇俗"的学术价值。当然，后世对之评价不一，对其失误处也有所纠正。我们知道，"毛诗"和"郑诗"都是被百世遵循的儒家"经辅"大作，尤其毛氏《诗大序》，其诗学理论沿袭孔子美学和伦理学，而令人难以挑剔；但是欧公能够指出其"二学"共同的误谬，也是令世人敬佩的。

首先，他们在"诗三百"篇目时序归属上确有些"张冠李戴"之嫌。欧公的《本末论》开篇即说："《关雎》《鹊巢》，文王之诗也，不系之文王而下系之周公、召公。召公自有诗，则得列于本国；周公亦自有诗，则不得列于本国，而上系于豳。豳，太王之国也，考其诗，则周公之诗也。……《何彼秾矣》，武王之诗也，不列于《雅》，而寓于《召南》之风（召南，乃文王受命作邑处）。《棠棣》，周公之诗也，不列于《周南》，而寓于文王之《雅》。卫之诗，一（同为）公之诗也，或系于邶，或系于鄘，或系于卫。诗述在位之君，而风（国风）系已亡之国。晋（晋国）之为晋久矣，不得为晋，而谓之唐……"[1]

① 〔宋〕欧阳修：《本末论》，李逸安点校：《欧阳修全集》，中华书局2001年版，第3册，第891—892页。

我们从中看到，"二学"的问题的确不少。另外，欧公在《时世论》中指出其"诗义"即诗的内容解释方面也问题很多，均列出具体篇目予以论说："今考之于诗义，皆不合，而其为说者又自相抵牾。"尤其对于郑氏《诗谱》颇多责难，指出其言"得圣人之化"方面的错谬，"盖《谱》谓先公之德教者，周、召二公未尝有所施，而二《南》（《周南》《召南》）所载文王、太姒之化，二公亦又不得与（参与），然则郑《谱》左右皆不能合也"。特别对"后妃之德"见于多篇多处的解释，欧公诘问："何其过论欤？夫王者之兴，岂专由女德，惟其后世因妇人以致衰乱，则宜思其初有妇德之助以兴尔。"

欧公就"诗义"方面的批判内容广博，我们无法胪列详呈。该篇末尾说："夫毛、郑之失，患于自信其学而曲遂其说也，若予（我）又将自信，则是笑奔车之覆而疾驱以追之也。然见其失不可不辩，辩而不敢必（不敢自视为定论），使余（我）之说得与毛、郑之说并立于世，以待夫明者而择焉可也。"①欧公并非认为自己就一定正确，但愿意将其论述奉于世人评说。这当然是一位学者治学应有的谦逊态度。

就该篇"诗义"批判略作总结，欧阳修之精湛论述起码打破了"疏不破注"的章句训诂传统，纠正了世代遵循的毛、郑之说的"穿凿附会"。使《诗经》阐释不能脱离"诗"本身。这正是上篇《本末论》所说的"惟是诗人之意也，太师（采诗官）之职也，圣人之志也，经师（《诗经》研究者）之业也"，这"四者"才能发挥功效。欧公进一步说："今之学《诗》也，不出于此四者而罕有得焉者，何哉？劳其心而不知其要，逐其末而忘其本也。何谓本末？作此诗，述此事，善则美，恶则刺，所谓诗人之意者，本也。正其言，别其类，或系于此，或系于彼，所谓太师之职也，末也。察其美刺，知其善恶，以为劝诫，所谓圣人之志者，本也。求诗人之意，达圣人之志者，经师之本也。"（《本末论》）

这些富有"春秋笔法"之简约的语言非常到位，掷地有声，其精湛论述富有逻辑，从而为我们归置出"诗学"本体论的阐释。但它没什么

① 〔宋〕欧阳修：《时世论》，李逸安点校：《欧阳修全集》，中华书局 2001 年版，第 3 册，第 893—896 页。

"玄虚深奥"的，它依然是对于六经一以贯之切近"人情"和"人事"的学术要求。

是的，读到欧公这样的文章，笔者会感觉自己在美学的阶梯上得到升华！欧公说："吾之于《诗》，有幸有不幸也。不幸者远出圣人之后，不得质吾疑也。幸者《诗》之本义在尔。《诗》之作也，触事感物，文之以言，美者美之，恶者刺之，以发其揄扬怨愤于口，道其哀乐喜怒于心，此诗人之意也。"（《本末论》）

这些文章第一个读者就是梅尧臣，还有谢希深。欧公接到致书，得悉他俩同时迁官了，梅圣俞迁为襄城令，谢希深迁知邓州。梅圣俞头一次做地方主宰，是可庆贺的事！欧公给梅圣俞致书庆贺的时候即把文章呈上了。梅圣俞邀请欧阳修如有可能，盼来邓州一聚，说他跟谢希深同行，先抵邓州看看。乾德距离那里百余里。梅圣俞书信也呈上一篇诗作《代书寄欧阳永叔四十韵》。其"四十韵"长诗中，有这样的句子："问传轻何学，言诗诋郑笺。飘流信穷厄，探讨愈精专……"

梅尧臣不愧为宋代诗歌宗师，能把如此"枯燥"的事体化为诗句。"问传"当然是指欧阳修之作《易或问》，并感叹所做学问之深，轻易怎能学得，而且它是在"飘流"贬谪中作的；至于"精专"的含义，笔者相信我们的上文已经把"精专"表述到位了！

这已是宝元二年（1039）五月，欧公向光化军知军告假十余日，准备不避百余里路程，去会见二位贤君。确实，自西京一别，他们很少会晤了。西京，那里有他生命的记忆和怀念！

十余日后，欧公满载世间友情而归，又勤奋于乾德县政务，以补偿假日所失。但是不多天，欧阳修接到朝廷于是年六月二十五日颁布的敕文，起复他原有的馆职，即"馆阁校勘"，"权武成军节度判官厅公事"。判官，就是节度使副，不再是"县令"了！

薛氏和母亲都很高兴，为了母亲高兴，欧阳修安排好舒适的车马，直接抵达南阳，并在南阳安排好居舍。南阳是大郡，生活条件优裕，毕竟距离京畿近了许多。他准备独自赴任所，武成军即在滑州，也就是越过东都以北，位于卫河之滨，路途较远。之所以让母亲和夫人留住南阳，还是因为，既已恢复了"馆职"，那么在滑州也不会时间过久了。

第四章　庙堂之高

第一节　南阳待次的日子

"待次"，即欧阳修须"待旧官任满往赴滑州"的等候次序。

南阳富庶，田亩广袤，街市繁荣。是年七月抵达后，欧阳修陪伴母亲月余日子，即想到应该去探望岳母。虽然南阳距离许昌尚有四五百里之遥，夫人未说什么，但是欧阳修想到她会怀念娘家母亲。此外，前者听说，内兄薛直孺（字质夫），因病已向朝廷告假，在家中将养。

这位内兄，欧阳修应该称呼"弟"的，欧阳修比他年长得多，薛直孺是年才二十四岁。欧公记起那年在府上，岳母和内兄陪其晚宴，直孺文质彬彬，颇有家教，他是薛府独撑门户的后人，欧阳修对他印象颇深。好在妹妹可以在南阳照看母亲，欧阳修向母亲禀告，薛氏仍不放心其姑，母亲则劝慰：宽心去吧！

欧公是年已三十三岁，薛氏则小他十余岁，一路上他对夫人格外爱护，怕她车马不适，因为夫人已经有身孕了。数日赶到家中，拜见岳母，四女儿自会向母亲洒落重逢的泪水。欧阳修在客堂没有见到内兄质夫，才知他病情尚未好转，便去其寝室看望。

见到质夫确是面色清癯，言谈气弱。他身边倒是不少人照顾，汤药、茶饭有人按时服侍。质夫年岁虽轻，但是已娶两房妻室，而两房均未能生子。金城夫人为此非常尽心竭力，但生育之事是不由人愿的！据岳母说，所请医生也是许州医术最好的郎中。

欧公在岳母府邸期间，遇见府上另一位女婿，二女儿之婿谢景初，他即是谢希深之子。欧公与他乃为"连襟"，再加上谢希深的关系，倍加亲切。聊不多时，谢景初说出一件让欧阳修身心阵痛的事情：你还不曾获知吗？哦，胥偃公病故了！乃八月初的事。我以为你早就知晓的，并会返京治丧。

而此时已是九月中旬了，欧阳修怎么会才得悉这一噩耗呢？若非这位连襟告知，尚不知还会延迟到何时去！这就是说，胥公府上并未讣告于欧阳修，而胥公病危时也未曾召唤过这个曾经的"女婿"！

这就难怪后世研究者刘子健先生，在其《欧阳修的治学与从政》一书中对欧公有这样的评语："公之发迹，实得力于胥偃。然胥恶范仲淹，公则善范仲淹，翁婿因而有隙。此公重政事而轻戚谊。胥去世，公从连襟谢景初处间接获讯。"①

刘子健先生所言，应该说是基本上属实的。在欧公大力支持范仲淹的时候，的确是没有旁顾的，或许存在着与胥公政见相左，而生嫌隙的可能。说欧阳修"重政事"也不啻为事实，倘若不重政事，他会带累得老母、胞妹流离失所吗？但若就此说欧公"轻戚谊"，不顾及亲戚人情，似乎又"狠"了点儿，于心不忍啊，起码在他"政治狂热"过后，听到这一噩耗，心里是真正痛苦的，乃至悔痛的！

一想到胥公当初的"知遇之恩"，一路陪同自己赴京师，他的身心可说被"四分五裂"了！似乎这才记起，当岳父胥偃屡次弹劾范仲淹时，自己确实与之生分了，这么多年没有往来，岳父临终都不再召唤他，悔痛自己怎么能这样，没有把"二者"分开来，这种迂腐所造成的伤害和损失，是他不能原谅自己的！笔者想这伤痛，会十倍于其对叔父欧阳晔

① 刘子健：《欧阳修治学与从政》，引自林逸：《宋欧阳文忠公修年谱》，台湾商务印书馆"民国"七十六年版，第57页。

所痛哭的："昊天之报，于义何阙？惟其报者，庶几大节！"

而这时胥公已经葬于故里广陵（今江苏扬州）了。他赴任在即，没有时间远途凭吊；想对其家人解释自己的"苦衷"与过错，又无法"解释"它！他给挚友刁约致书，做了一些"无言以说"的言说、"无力辩解"的解释，信中既不能说那"政见"的是非，也不能说自己"生隙"，哦，这封信只能折射出欧阳修情感天地的痛苦！笔者谨把《与刁景纯学士书》全文且作"白话"，或许对其痛心略有抚慰。

修叩头跪拜景纯学士台下：

最近我自乾德结束官任，迁徙居住于南阳，才得以见到谢景初舍人。是他告知，我岳父泰山、天子近臣翰林学士之凶讣，闻后惊恐大悲，长久不能自已。修的岳父，位高望重，然而平生也曾有过坎坷，数多年来，刚刚步上通达坦途，担任朝廷要职，距离"大用"近在咫尺之间！哪能知道，富贵并非人力所为，而乃天意赋予我们的多与少，皆为有限，是这样的吗，老天？凡是天赋予我们的，又以什么来度量其作为天意的尺度呢？此前的事既然不可诘问，只能是大恸、哀悼、惋惜而已。

修自弱冠成人而为学，最初没有一个人知道自己，直到修登上胥公府邸，而被先公怜爱过奖，循循善诱，启蒙开端，岳父辛勤教诲从未停息，直至看着修初获成功而后止。虽然后来修游学于诸贤、获教于多人，但他们虽富有知识，却都是"后来者"，而不在岳父之先啊！然而修也曾经心想，不必因袭效仿世俗学子，一经遇到看顾自己的人，就不再以天下"大公"为念，忘怀此正是前师之谆谆教导于己的；反而寸步不离前师门下，缩身低眉以利趋附，诌颜阿谀以备驱使，但这根本不是对前师的报德，而是以自卑亲昵来换取"自亲"，即换取前师对自己加倍厚爱。这种行为，名为"报德"，实则私己，真正是对待有恩于己者的不厚。所以修惧怕是这样，唯有清心寡欲于励志名节，让它泯灭似无闻，用以不辜负岳父大人先前对修的"所知"。修之愚诚，守志竟然如此之迂腐，虽然胥公胸怀浩荡，或许也未必体谅修这种用心啊！

自前年修贬谪夷陵，奔走万里，身世似更加穷困，自然行迹日益疏远了，故再没听到修的问候之音，似相隔于幽明之界，可叹啊！世俗之态既然不愿意为，而"愚诚所守"又没得到好的结果，唯有遥望胥公门第恸哭不止，就连临棺柩之前祭奠一下都未能做到，此之遗恨，让修怎么说啊！只能空言岳父之不永生、未曾"大用"，这种空叹与一般"过路的人"有何不同啊？！

修知道岳父已归葬于广陵，随后修准备奔赴京师探望岳父故居。朋友们却都说，命运已至此，这时候才赴京，很不方便，不如来年春天，我将赴任滑州，当路经京师的时候，尚可拜见一面，以尽区区之心。修身贱力微，此时本应该有所"表示"才对，可是修却无丝毫帮助于府上，惭愧之至！不多说了。修再拜。

（谨备原文，以正笔译之误）

修顿首启：

近自罢乾德，遂居南阳，始见谢舍人，知丈丈内翰凶讣，闻问惊怛，不能已已。丈丈位望并隆，然平生亦尝坎坷，数年以来，方履亨途，任要剧，其去大用尺寸间尔，岂富与贵不可力为，而天之赋予多少有限邪？凡天之赋予人者，又量何事而为之节也？前既不可诘，但痛惜感悼而已。

某自束发为学，初未有一人知者，及首登门，便被怜奖，开端诱道，勤勤不已，至其粗若有成而后止。虽其后游于诸公而获齿多士，虽有知者，皆莫之先也。然亦自念不欲效世俗子，一遭人之顾己，不以至公相期，反趋走门下，胁肩谄笑，甚者献谀谄而备使令、以卑昵自亲，名曰报德，非惟自私，直亦待所知以不厚。是故惧此，惟欲少励名节，庶不泯然无闻，用以不负所知尔。某之愚诚，所守如此，然虽胥公，亦未必谅某此心也。

自前岁得罪夷陵，奔走万里，身日益穷，迹日益疏，不及再闻语言之音，而遂为幽明之隔。嗟夫！世俗之态既不欲为，愚诚所守又未克果，惟有望门长号，临柩一奠，亦又不及，此之为恨，何可道也！徒能惜不永年与未大用，遂与道路之人同叹尔。

知归葬广陵，遂谋京居，议者多云不便，而闻理命若斯，必有以也。若须春水下汴，某岁尽春初，当过京师，尚可一拜见，以尽区区。身贱力微，于此之时当有可致，而无毫发之助，惭愧惭愧。不宣。某再拜。①

是夜，夜已深。这晚没有月亮，只有星光，透入轩窗纱幔。欧阳修躺在床上未眠，想到给谢景纯的那封信，知道那些"解释"是不能自圆其说的！亦是难以抑制心中悔痛的！不知不觉泪水顺面颊流下来。薛氏在他身旁，或许看见那夜色浸染的泪泽，柔软的身体向他依近，伸出纤细的手指给他擦拭。欧阳修轻轻抚摸她，薛氏也流泪了，并发出微弱的泣声。因为她的兄长质夫，病体未见好转，薛家的这炷"香火"，果然此后不多久就熄灭绝断了……

李元昊召集各部族首领，刺臂歃血，骷髅作碗，盛装血酒，令众人饮而约定，进攻鄜、延二州（今陕西富县、延安）。酋长有敢谏言的，当即杀死。史家李焘记载："山遇者，元昊从父也，数止元昊，不听。山遇畏诛……发部落内属，而挈其妻入野利罗、子呵遇及亲属三十二人，以珍宝名马来降。"②

景祐五年（1038）九月庚子，李元昊叔父山遇来归宋，到达宋之保安军。知军朱若吉，以及知延州郭劝，不敢做主接纳，上奏朝廷，朝廷也怕引发边防战乱，而令遣返。鄜延路钤辖李渭，则令监押韩周执山遇一行人送李元昊。山遇号哭喊冤！行至摄移坡，被李元昊的骑兵和射手全部屠杀了。李元昊并且说："延州诱我叛臣，我当引兵赴延州，于知州厅前受之。"可见李元昊有多么狂妄嚣张！是年十月甲戌，他"筑坛受册，僭号大夏始文英武兴法建礼仁孝皇帝"。

宋朝廷急忙调兵遣将，严阵以待，迁徙环庆路（今甘肃环县、庆

① 〔宋〕欧阳修：《与刁景纯学士书》，李逸安点校：《欧阳修全集》，中华书局 2001 年版，第 3 册，第 1006—1007 页。
② 〔宋〕李焘：《续资治通鉴长编》，中华书局 2004 年版，第 5 册，宝元元年九月第 8 条，第 2880 页。

阳）副部署、邕州观察使刘平，为鄜延路副部署。紧接着，命三司使、户部尚书夏竦，为奉宁节度使、知永兴军（宋称京兆府，今陕西西安）。另外命资政殿学士、吏部侍郎、知河南府范雍，为振武军节度使、知延州。稍后又加夏竦、范雍西边诸路都部署，提举各路军马。

朝廷知道李元昊必反无疑，但还是善待他，善待他派遣的使臣，其所呈"国书"有曰："臣祖宗本后魏帝赫连之旧国，拓跋之遗业也。……"自他李元昊开始，已经改废大汉衣冠，而着自己的国服，并革新礼乐、创立文字；并且所辖疆土也早有拓展，吐蕃、鞑靼、张掖、交河（西域之国），莫不服从。"军民屡请愿建邦家，是以受册即皇帝位。伏望陛下许以西郊之地，册为南面之君。"

该书不啻为"战书"，已经说他"即皇帝位"了，莫过让你认可这位"南面之君"！而宋朝廷，仍觉得该书中尚有其以"臣"自许，或许还有"和平"的希望。西夏使者要返回了，连宋朝的诏书和赐物都拒绝接受，有朝臣欲杀来使，而立即被制止了，并且把"赐物"送至边境上。①

按说夏竦也还是有不少才华，守边应该是有靠的。而且为官老到，真宗朝即得重用，其父亲即为朝廷侍禁，于景德（1004—1007）中契丹侵犯河北的时候殉难于王事，夏竦年岁不大即"荫恩"润州（今江苏镇江）丹阳主簿。而他幼年就颇具才学，师从姚铉，所写诗非常老到，不像一个孩童："渡口人稀黯翠烟，登临尤喜夕阳天。残云右倚维杨树，远水南回建业船。山引乱猿啼古寺，电驱甘雨过闲田……"被人誉为有"甘霖润物"之志。写这首《渡口》诗的时候，他年岁尚很小，跟随着父亲，父亲官任监通州狼山盐场。

时人惊奇，故意拿他不可能有感知的题材难为他，让他作《放宫人赋》。他既不是皇室，又非生在后宫，且年仅十二岁！夏竦竟然也当即命笔："降凤诏于丹陛，出蛾眉于六宫。夜雨未回，俨鬌云于帘户；秋风渐晓，失钗燕于房栊。"还有精彩的："莫不喜极如梦，心摇若惊。跐蹰而玉趾无力，眄睐而横波渐倾。鸾鉴重开，已有归鸿之势；凤笙将罢，

---

① 〔宋〕李焘：《续资治通鉴长编》，中华书局 2004 年版，第 5 册，宝元二年正月第 10 条，第 2893—2894 页。

皆为别鹤之声。于时银箭初残，琼宫乍晓。星眸争别于天仗，莲脸竞辞于庭沼。行分而掖路深沉，步缓而回廊缭绕。嫦娥偷药，几年而不出蟾宫；辽鹤思家，一旦而却归华表。"[1]

笔者所以赘述这些"闲笔"，是想让读者鉴赏宋代人才之多，的确好生了得！也获得片刻逃离那个野蛮凶残的战争贩子的安宁。

是的，夏竦尚且非为北宋名臣，但他已被其师当成一个人物，其师姚铉极力向朝廷推荐，大中祥符元年（1008）夏竦试"制科"获中，授予台州通判。从那时至今，夏竦已为三司使、户部尚书、知京兆府，此时临危受命，仁宗用他为陕西诸路都部署也是很自然的事。

但是我们在前文说过，历史多有"野蛮战胜文明"，谁能战胜得了"战争贩子"呢？用骷髅碗喝酒，歃血为誓，杀自己的叔父！我们在"曩霄七娶"中早已见识了这个强敌的心性残暴，他连自己的亲生子和妻子都动辄"沉河"处死，难道对宋廷还会有什么信誉可言？尽管宋朝把大批"赐物"送到边境上！宝元二年（1039）十一月李元昊即开始攻打保安军，与鄜延钤辖卢守勤部展开激战，西夏又以三万骑兵围困承平寨，鄜延部署许怀德率劲旅数千人突围破敌。至康定元年（1040）初，李元昊大举进攻保安军，并设伏于三川口，诱敌深入。我们不好说在这场会战中鄜延路副部署刘平有失智慧或进兵欠当，也不能说总管夏竦节度失误；只说宋军败了，大败了，刘平战死。李元昊乘胜又夺金明县，其都监李士彬，与其子左班殿直李怀宝，一起战死。这就是著名的三川口之战。

刘平乃是很有战争经验立有战功的将领，否则仁宗不会在第一时间把他从环庆路调遣到鄜延路来。所以整个京师为之大震。仁宗与枢密院急忙集结兵力，乃至从京东、淮南、两浙诸路调集禁军，下诏并代（今山西太原、代县）副部署孙廉率部赴鄜延界击敌。时恰值起居舍人、知制诰韩琦自蜀地返朝，韩琦论奏西兵形势甚为全面详尽，朝廷即命韩琦出任陕西安抚使。

<hr>

[1] 周勋初：《宋人轶事汇编》，上海古籍出版社2014年版，第2册，《夏竦》第1—4条，第790—791页。

我们也不能说仁宗不勤朝政而导致战争失败。朝廷财用紧张，刑部员外郎、知制诰宋祁，上疏"三冗、三费"，指责仁宗理政的弊根，仁宗也都接受了；时任宰相张士逊，说后宫须节俭费用，仁宗于宝元二年（1039）四月，放宫女二百多人；说到以往对武官重视不够，仁宗即把时任鄜延路都巡检司指挥的狄青，授予朝廷右班殿直。总之仁宗十分"听话"，十分小心谨慎。哦，根子不在这里，若说财用紧张，那么西夏的财用远不如当朝，可是这个蛮凶，他就是胜啦！

这些，欧公都在邸报上见到了，他心急如焚。

康定元年（1040）初春，滑州来人迎接欧公赴任，备有车马。因为此时欧公已为节度使副。笔者见到欧阳修的《祭谢希深文》中有这样的句子，"滑人来迎，修马当北"，而得悉这种"礼遇"。否则，其囊中羞涩，哪里还有赴任的盘缠。至于母亲和妻子薛氏，得以居住南阳，那也是出于友人的无偿"赞助"，这是笔者依据欧公《与梅圣俞》第九封书信所说："南阳之居，依贤主人，实佳事。"但他不能在友人宅舍居住过久，须乘这次车马之便，把母亲和妻子接到襄城去，那里尚有"吾儿置的一处寒舍"。总之，笔者完全相信并同情欧公，实无经济能力给予胥公府上"毫发之助"，他说的那些令人落泪的话，是事实。

某日，欧公把他的爱妻薛氏小心翼翼地扶上马车，因为她不仅已有身孕，且更遭遇了兄长薛质夫病逝的痛苦打击。襄城不远，距离许昌以西数十里，欧阳修还须赴南阳接母亲和胞妹……

第二节 起用范仲淹

武成军乃为距离京师最近的北门户。由东都北上二三百里即是滑州。其东邻数十里，是富庶之地濮阳；由滑州再往北百余里，则是安阳。武成军可谓防范北虏契丹的最后一道防线，并负有随时"勤王"的要务。这块地域处于卫河河谷平原，阴阳地利谐和，少有水旱，知军常以朝廷重臣来担任。故这位知军知道欧阳修乃为名士，为其到任安排的居舍宽敞，且配有护兵、马弁。

知军亲迎于营外，笑容可掬，与几位幕僚一起设宴接风。看得出，他对欧阳修十分敬重，称呼为"欧阳馆阁"。欧阳修恢复"馆阁"的感觉在这里体会到了。欧公落榻后，觉得没有偕同妻子和母亲俱来，还是对的，虽然居舍宽展，但兵营秩序井然，确乎不宜携带家眷。

武成军着实驻扎禁军三万余人，其中尚不计算厢兵，算上厢兵近趋十万兵马。它在滑州、濮阳、安阳三地均有驻扎，设置钤辖司，三镇互为掎角。知军已经安排了欧阳修作为"节度判官"前往三镇的巡察。知军如此对待一名"副手"，的确大有"君子之风"！

在滑州已月余日子，时值国家"多事之秋"，武备、兵演，操练持续，不敢懈怠。知军已陪同欧阳修观看了驻滑骑兵、弓箭操演，那种万马奔腾之势，尘埃弥空……欧阳修唯在这里胸襟犹如气贯长虹，感觉身临戎马、边陲，而于沙场点兵！是的，倘若知军委派欧阳修领军西向，增援鄜延，他绝对会身先士卒、面迎锋镝，死而后已。

数日后，欧公乘坐一驾四马单车，往濮阳巡察。知军命一位幕僚陪同。这里的下属都很懂规矩，该幕僚只坐在车辕前，与车夫并列。欧阳修邀请他一起乘于单车帷幄内，他却谢绝了。抵达濮阳钤辖司，由幕僚负责通报、引荐，一路食宿歇脚也由其安排。沿途路上，欧公卷起车轩帘幔张望，见原野麦田葱绿，麦穗已经灌浆饱满，日趋熟稔渐黄，人家村落宅舍整齐，炊烟袅袅，宅前院后树荫密蔽，鸡犬相闻；仍有旧岁麦草谷垛堆积，而知此地丰年富庶，食用充裕。

夕阳未落，单车已抵濮阳街市，足见这里驰道也平坦快捷。欧阳修下车歇息，见其繁华不亚于江南重镇，茶楼饭庄亦不逊色于东都。他与幕僚缓步走进一家酒楼，准备即在这里领略风土。幕僚呵呵一笑，说再往东行两程即是军营，钤辖那里已备好餐宴。欧公笑笑说：不妨，我们就在这里吧，明日再叨扰他们。欧公与这位随从不仅在这里安闲地吃了晚饭，还在濮阳城留宿歇息了。至次日艳阳三竿，单车抵钤辖司。

在濮阳三五日，欧公真正感觉到自身为军职，并且觉出胸臆不乏将兵的才华。这与该司下属对他的恭敬相关。这里驻扎着清一色的禁军，不愧"王师风范"，阵容整齐，兵力强悍，以往所闻"禁军已成骄兵"，竟然一扫而为"妄言"。欧阳修观看了万余人马的布阵、厮杀、伏兵合围等操演，情怀大受感染激发，他很想于军列之中拔剑而振臂一呼：杀——！

铃辖等将领，随在他身后，让他检阅方阵、队列，并聆听训导；队列士卒高声呼喊着对他的称谓——"欧阳节度"，令欧阳修有生第一次心生军人的荣耀，乃至不舍得离开濮阳军营。次日他告辞，准备前往安阳的时候，这里的铃辖一再要求送他前去，他谢绝了，铃辖仍坚持起码送上几程。欧公怕他会组织三五车骑的"仪仗"，若传至知军耳边，将造成不良影响，故欧阳修力辞不受，才算作罢。

清晨，在大营外列队送别时，欧阳修喝干了铃辖捧上的那碗酒，登上单车，向西北方向的安阳进发了……

康定元年（1040），韩琦三十三岁。笔者前文说他上年岁末刚从蜀地返朝，紧接着又出任陕西安抚使。是的，仁宗信任他！韩琦做事稳妥，让人放心。前者，蜀地利州、益州路饥荒动乱，朝廷命他出任蜀地体量安抚使，韩琦在那里首先减免税赋，召集富户筹粮入粟，同时招募强壮者为厢兵、禁军，以换取军给钱粮，可谓"一人充军，数口之家得全活"。张贴檄文，准许剑门关流民向东移动，不加禁止。发放救济之后，结余枭粮款十六万，全部复入常平仓，并且发库存尽数给予四等以下灾荒户。这之后，韩琦向"贪残不职"的官吏"开刀"了，全都罢黜；并且罢免"冗役"七百六十人，用这份"官缗"钱广建舍饭，建立"粥棚"无数，救活饥民一百九十余万。蜀民说："使者之来，更生我也。"①

韩琦担任陕西安抚使，正值刘平全军覆没之际，韩琦直奔延安，欲自己领兵出战，而党项羌人已经撤走了。时宋军士气沮丧低落，许多将官称病，自己要求罢职；韩琦调整军队将领，选拔才武豪杰，安抚军心。此时范雍尚在任延州，韩琦知道他不称职，无军事头脑和才能，而罢免他需由朝廷决定。前者，就是这位知延州，竟然向朝廷奏请："向契丹追加每岁十万金缯，请契丹出兵相助。"这种"引狼入室"的方略他都

---

① 《韩忠献公年谱》，吴洪泽、尹波主编：《宋人年谱丛刊》，四川大学出版社 2003 年版，第 2 册，第 1225 页。

能想出来！

韩琦在这种情形下想到一个人，那就是范仲淹。

范仲淹是年已经五十二岁，他比韩琦整整年长十九岁，韩琦怎么会想到他？范仲淹的军事才能如何，这一点不好说，但起码他性格刚毅、坚韧、有血性，且遇事稳重，不会产生范雍那样的向契丹借兵的"权宜之计"。但是，向朝廷举荐范仲淹，是要担负政治责任及叵测后果的，因为此前已经闹得满朝沸沸扬扬，皇帝甚至下诏"戒百官朋党"。但是韩琦顾不得这些了，当即上疏：对范雍"愿留任以观后效"，而若边事彻底奏效，"无已则范仲淹为可。臣以国家计，非私仲淹也。若涉朋比（即朋党），误陛下事，当族"。即说：如果此荐有误皇帝的大事，臣甘愿受"满门抄斩"。

仁宗听从了韩琦的举荐，是年三月诏范仲淹由知越州（今湖南岳阳）离任返朝，恢复天章阁待制，知永兴军。时吕夷简已复为宰相，先前虽然与范仲淹有隙，此时则说："范仲淹乃贤臣也，若用，即当大用。请'超迁'之。"仁宗依据宰相建议，于七月晋升范仲淹为枢密直学士，与韩琦并为陕西经略安抚招讨副使，同管勾都部署司事。范仲淹到任永兴军之后，上疏言边事很积极尽职，八月，范仲淹取代范雍，兼知延州。至此李元昊不敢轻犯延州，党项羌人相互警戒说："无以延州为意，今'小范老子'（指范仲淹）腹中有数万甲兵，不比'大范老子'（指范雍）可欺也。"[1]

但是，韩、范二人所持对敌方略不同，相互又无管辖关系；不知为什么，总管夏竦也不能统辖。或许西边战线过长，具体用兵，朝廷给予他们各自"便宜行事"的相对独立的权力。韩琦主战，主张集中优势兵力速战速决。因为国家财用困难，拖沓不起。韩琦上疏说："元昊虽倾国入寇，众不过四五万人。吾逐路重兵（各）自为守，势分力弱，遇敌辄（时常）不支。若并出一道，鼓行而前，乘贼骄惰，破之必矣。"[2]

夏竦支持韩琦方略，夏竦、韩琦驻扎在泾原路（今甘肃平凉、宁

[1] 《范文正公年谱》，吴洪泽、尹波主编：《宋人年谱丛刊》，四川大学出版社 2003 年版，第 1 册，第 621—622 页。
[2] 《韩忠献公年谱》，吴洪泽、尹波主编：《宋人年谱丛刊》，四川大学出版社 2003 年版，第 2 册，第 1226 页。

夏固原）。仁宗也欲用攻策。但是驻守鄜延路的范仲淹，却只主张防御，反对主动攻击，认为主动攻击只能自取败亡。其所采取的方略有点像"游击队抗日"，坚筑城堡、边寨，使之"持久战"而养兵蓄锐，厚积粮草边备；敌来我守，守不住则"坚壁清野"后避开，候敌人疲惫扰之，敌"师老而退"时出击。但是，自范仲淹出任边帅，至他被罢免，他也没有候到一次敌人"师老而退"的机会，也就是说，他没有一次主动出击过。笔者并不是说范仲淹"积极防御"的方略有什么过错，但起码他与韩琦虽"齐心"却不能"协力"了。事实上，后来他看着泾原路孤军奋战，也未能出兵，并向皇帝上疏：留下鄜延一路作为给予西夏和好的"退路"，皇帝有条件地允诺了。直到他发兵增援时，泾原路副部署任福，已经全军战死于好水川许多日了，党项羌人已经撤军，范仲淹还是没能候到敌人"师老而退"的机会！

笔者是这样觉得，范仲淹可能被安置错了岗位，他的刚毅、坚韧或许并不表现在军事上，他是个很纯粹的儒生，或许对于"战功"本来就没有热心。笔者说这话需要一些证据。被后世誉为大哲学家的张载，康定元年（1040）用兵时，张载先生才十八岁，正当热血沸腾，而上书于范仲淹，并奔赴延州，慨然以建立军功自许，希望被征用；而范希文知道张载具有"远器"，"欲成就之，反责之"，说："儒者自有名教，何事于兵？"即说：想做一名真正的儒者，跟"兵"有什么关系？"事于兵"只能荒废你！于是范仲淹劝诫他好好地读《中庸》去吧！①

另有一证：时尹洙因战事而主动请缨，而被葛怀敏辟为权签泾原、秦凤路经略安抚司判官事。在与李元昊决战之前，韩琦上疏说："两路协力（指鄜延路与泾原路），尚惧未能大挫黠虏。若鄜延以牵制为名，则是委泾原孤军，当于贼手，非计之得。乞督促鄜延进兵同入。"韩琦一面上书皇帝，一面派遣尹洙前往延州向范仲淹做说服工作。尹洙在延州待了二旬时日，想通过私人友谊能够成功，可是尹洙失败了，范公执意不从。尹洙伤感地叹息说："公于此，不及韩公也。韩公言，大凡用

① 《范文正公年谱》，吴洪泽、尹波主编：《宋人年谱丛刊》，四川大学出版社 2003 年版，第 1 册，第 622 页。

兵，当置胜败于度外！"①

我们看到，范公的确稳重，不为所动。他不会有尹洙那样的激情和"冲动"。尹洙返回庆州，竟然私自发庆州部将刘政所辖的精锐士卒数千人，奔赴镇戎军（即好水川）救援。事后被夏竦奏劾，擅自发兵，被降职……

范仲淹稳妥，确乎很少有败绩，他采取的方略的确是先使自己强大起来。许多羌族部落复归顺朝廷，得到仲淹的安抚，筑起了坚固的堡寨，他不战却也能够收复失地。说到"出战"，朝廷旧有规定：部署领兵万人，钤辖领五千人，都监领三千人，敌寇到来则以官职卑微者先出。范仲淹治军首先废了这一规定，范公说："不量贼众寡，而出战以官为先后，取败之道也。"他把州兵分为六将，每将三千人，不论官职高下，视战况而出兵。范公于康定元年（1040）九月就已在延州北境筑起了清涧城，而责令兵士开垦营田，增加供给，并恢复了被敌人占领和烧杀废弃的承平寨、永平寨，安抚属羌部族归业者数万户。

这些事，都需要有一个都部署的"掌书记"，记录签书，随时上奏朝廷。可是现下范仲淹麾下尚无一位得力可靠的人手。他想到了欧阳修，正直、敢言，刀笔犀利，恰是最理想的人选！他如果能来，不仅做"书记"，还可在军中为僚属，运筹帷幄。我们猜想，当范公想到这一点时心情是异常兴奋的，连带会想到，那次他贬谪饶州，欧阳修为他送别于东都之郊，祥源东园，其情景至今记忆犹新。范公当即起草上疏：《举欧阳修充经略掌书记状》。该奏章中有这样的句子："臣访于士大夫，皆言非欧阳修不可，文学才识，为众所伏。……其人见权滑州节度判官，伏望圣慈，特差充经略安抚司掌书记。"②

这是康定元年（1040）五月末的事，其奏疏朝廷很快就收到了。尤其"边奏"，非常快捷。中书和皇帝都应允了，并下文通知武成军知悉。

① 《韩忠献公年谱》，吴洪泽、尹波主编：《宋人年谱丛刊》，四川大学出版社 2003 年版，第 2 册，第 1226 页。
② 〔宋〕范仲淹：《举欧阳修充经略掌书记状》，李勇先等点校：《范仲淹全集》，四川大学出版社 2002 年版，上册，第 432 页。

这对于欧阳修乃为加官晋擢，陕西经略安抚使、同管勾都部署司，分管数多路，乃是大节度使的概念。

欧阳修先已感觉自己在滑州不会太久，但也没想到来得这么快！他手捧敕文看了很久，心情复杂，好像自己当初作《与高司谏书》而今得到"报偿"！倘若真是"报偿"，那么自己就不敢从命了。它会让世人怎么看，有谁知道自己从未想过如此。欧公心中不禁重复吟着："是谓君子能同其退，未必能同其进也。"

他倒是不怕人们说"朋党"，当初他不惧，如今边事危机，赴国之难，此说就更为无稽之谈了！但倘若说范公正因前情而辞官，为此而受"箭矢中伤"，却是欧阳修无法躲避的。

此外，欧公隐隐地感觉到，"掌书记"一职，它不是自己曾感奋的振臂拔剑、面迎锋镝，只不过是"掌笺奏"，每日匆匆，记录边情战况而已。况且那种"四六"时文，一向是他所厌弃的。这对于欧阳修，无论怎么说，确实有点"大材小用"了！

欧阳修后来《与梅圣俞书》其十二中，并不避讳直言这一点："安抚见辟不行，非惟奉亲避嫌而已，从军常事，何害奉亲？朋党，盖当世俗见指，吾徒宁有党邪？直（真实原因是）以见召掌笺奏，遂不去矣。"[1]

这封书信乃是康定元年（1040）八月初写的，就是欧公已经返朝之后。而且我们从该书中知道，欧阳修已经把母亲和妻子接到京师居住了。并且对梅圣俞说：京师消费太高，不可住，它使得自己特别贫困，还是想谋求外任，以减轻生活重负。可见欧公对梅尧臣是无话不说的。

当然欧公很及时地上疏朝廷，免于迁官陕西擢用。笔者未能见到他的这一奏疏，不知是以怎样的理由辞谢的。朝廷竟然允许了。这就是仁宗朝，敕文下达，亦可以不从，尚有商量的余地。当然这是不多见的。

还有，欧阳修也很婉转地给范公致书，作《答陕西安抚使范龙图辞辟命书》。这封信笔者倒是很详细地看过了，但窃以为其中所说大多不够得体，乃至不够合适，这里就不摘录它了。有一点当指出，欧阳修对

---

[1] 〔宋〕欧阳修：《与梅圣俞书》其十二，李逸安点校：《欧阳修全集》，中华书局 2001 年版，第 6 册，第 2450 页。

范公所说的这些话，绝对不像对梅尧臣那样"无话不说"地坦然、挚诚；此外笔者认为，他的辞任"理由"是没有道理的！

这使笔者再次想到尹洙对于边事的那种热心、热血，尹洙因擅自发兵受到降职处分之后，他并未为自身感伤，却为好水川殉难将士作有《悯忠》《辨诬》（因为有说亡将刘平变节）两篇悼文，这些笔者在《宋史》卷二九五中都见到了。还有见梅尧臣，自边事一起，梅圣俞便撰著《孙子注释》，待进呈时，期盼自己能够效命疆场。梅圣俞为谋得这种机会，想到自己叔父梅询曾与夏竦有旧，作诗《寄永兴招讨夏太尉》，以毛遂自荐，而没有结果。又致书范仲淹，梅尧臣作《依韵和李君读余注孙子》吟道："信有一日长，可压千载魂；未涉勿言浅，寻流方见源。"这个"源"，笔者视它不仅为"兵法"之源，更看作为寻求从戎机会的"热血"之源！相比较，欧公辞绝仲淹，确有些不该啊！

康定元年（1040）六月二十八日，朝廷召欧阳修还京师，复任馆阁校勘，继续编修《崇文总目》。

第三节　东都金马门

金马门，庙堂也。所谓"玉堂金马登高第"之所。

挚友梅尧臣得悉欧公又回到"庙堂"，当即发来贺书《闻永叔复馆因以寄贺》：

> 东方有铩禽，已喜羽翰插。
> 重来金马门，莫忘黄牛峡。
> 黄牛无冬春，远水生鳞甲。
> 今非昔日忧，贺酒特新压。[①]

---

① 〔宋〕梅尧臣：《闻永叔复馆因以寄贺》，洪本健：《欧阳修资料汇编》，中华书局1995年版，上册，第7页。

这首诗真是棒啊，真是鼓舞人心啊！到底是大诗人梅尧臣之笔墨，得以把"夷陵"联系起来，让笔者联想到距离我们并不很远的"黄杨树子"。

是的，这个"黄杨树子"又返朝了，他已经于京师妥善安排了母亲和妻室的居住，妻子的身孕已经隆显，但愿妻子不会出现先前的不幸。东京，除了消费过高，似没有什么不好，那幅《清明上河图》似的繁荣，还是宜人、宜居的。而且天子脚下，秩序井然，知开封府稍有不慎就获罪了。三省六部官员云集，富商大贾满城，百姓衣裳净洁整齐，坦缓闲步街市。但是都知道这里的规矩多，等级森严，人们不能随意开店铺、做买卖，也不能随意盖房子、增馆舍，乃至日常器物家用都有限制。

景祐三年（1036）朝廷有诏命，就张榜在街市上："天下士庶之家，屋宇非邸店、楼阁临街市，毋得为四铺作及斗八（酒楼）。非品官毋得起门屋。非宫室、寺观毋得彩绘栋宇及间朱黑漆梁柱窗牖，雕镂柱础。凡器用，毋得表里用朱漆金漆，下毋得衬朱。非三品以上官及宗室、戚里之家，毋得用金扣（镶嵌）器具；用银扣者毋得涂金。非宫禁毋得用玳瑁酒食器；若纯金器，尝受上赐者，听用之。命妇（诰命夫人）许以金为首饰，及为钗、簪、钏、缠、珥、环，仍毋得为牙鱼、飞鱼，奇巧飞动若龙形者（因为龙形为皇家专用，牙鱼、飞鱼之图形乃皇帝赐予功臣的饰物）。其用银毋得涂金。非命妇之家，毋得衣珠玉。凡帷幔、帘幕、帘旌、床褥毋得纯用锦绣。宗室、戚里茶担（茶盘）、食盒毋得覆以绯红。贵族所乘车毋得用朱漆及五彩绘，许用黑漆，而间以五彩。民家毋得乘肩舆（轿子）及以银杖（银饰的轿杠）导从，肩舆毋得过二人。非四品以上官毋得服金带，尝受赐者听服。非五品以上毋得乘闹装银鞍（闹装：以金银珠宝装饰的马匹鞍辔）；其乘金涂银装绦子促结鞍辔者，自文武升朝官及内职禁军指挥使、诸班押班、厢军都虞候、防团副使以上听之，……"[①]

这道诏命，当然展示的是当朝对于皇家专一享用的尊严，及其对统

---

① 〔宋〕李焘：《续资治通鉴长编》，中华书局2004年版，第5册，景祐三年八月第4条，第2798—2799页。

治秩序的维护。但笔者所以摘录它，却是为了让读者观赏宋代东都的物质文明和繁荣！当时建造屋宇，雕梁画栋而彩绘，几乎成为民间普遍的事情，朝廷所以颁诏分一定等级而禁止，也是民间百姓具有这种奢华的能力，才会有禁止它。乃至房屋柱子的石础，都要进行一番石雕；人们的服饰，特别是那些贵夫人的衣着装饰，佩戴金银珠宝，"钗、簪、钏、珥"，足以让我们看到这样一个昌盛繁华的东都！

此外，这也正是欧公欲求"外任"的原因，因为这里的繁华更加凸显了自家的贫穷。当然欧阳修不会担心自己家眷在器物家用上，有违朝廷诏命的秩序规定，因为欧阳修不曾为薛氏等提供那样的奢华。

仁宗所以能够对欧公"网开一面"，允许他"择职"，也是看中了他的才能。八月一日到京师就职，十月初即转官太子中允，也就是先前尹洙所担任的具有言事权的角色。康定二年（1041）五月二日，又授予欧公权知太常礼院。然而欧阳修却又一次"择职"了，因为都知道"太常礼院"平时没有多少事情可做，不过让他负责寻常关于礼仪的皇帝咨询，大有"虚职"之嫌。欧公便以忙于编修《崇文总目》为由，辞而不就，仁宗就又允许了。

在他尚未完成编修《崇文总目》的时候，朝廷又命他参与编修《礼书》，这是自景祐四年（1037）三月即开始运作的另一部典籍的修订，后来名为《太常新礼》四十卷及《庆历祀仪》六十卷。同样欧公只参与编撰，并不列入编修之名。欧公不在意这个，因为署名惯例只署领衔编修，官职最高者，相当于今天的"主编"。命欧公与馆阁校勘刁约一起同修礼书。他非常高兴，当日便邀请刁景纯一起去酒楼坐了坐，叙叙友情。

这也是在京都不得不消费的一项，而当"京官"外任时，这一消费自然就由别处承担了。在京常会有一些宴集。次年二月许，欧阳修与刁景纯一起参加了宋祁召集的东园聚会，在座的有李淑、王举正、王洙、杨仪等学士，莫过一起叙旧赋诗，宋祁把众人诗作集纂起来，作有《春集东园诗序》。除此还有"迎来送往"的活动，许多青年学子的拜谒，均属事不得已。次年春，翰林学士胡宿赴湖州，欧阳修送行，作有《送胡学士知湖州》诗；青年才俊曾巩游学于太学，特意拜见欧阳修……

在庆历元年（1041）十二月，欧公完成了《崇文总目》六十卷的最后编纂，成书，而以"翰林学士王尧臣等上新修《崇文总目》六十卷"之呈文上呈。朝廷也知道欧阳修在这一编修中所起的扛鼎作用。该书编修方法和成就对于后世的目录学产生了至大影响，《文献通考》《经籍志》等分类方法及内容，大多因袭沿用《崇文总目》，都知道那方法是欧公所开创。此时该书虽然没列欧公署名，但他也得到朝廷奖掖——自馆阁校勘擢升为集贤校理。

欧阳修也借此在朝中崭露头角，显示才能，被不少朝臣看重。例如左正言孙沔，在免去谏官职务而出任提点两浙路刑狱之前，就曾上疏推荐田况、欧阳修、蔡襄等可任谏官以自代。虽然皇帝未应允。还有当朝名士宋祁，在朝廷授予他知制诰时，他却推荐欧阳修自代，他早已看中欧阳修的才识过人。宋祁可谓欧阳修的前辈，不仅年长，与其兄宋庠皆以文学知名当世。宋祁上疏《授知制诰举欧阳修自代状》，对他作这样的评价：

> 伏见太子中允、集贤校理欧阳修，志局沉正，学术淹该。栖迟怀宝，不诡所遇。措辞温雅，有汉唐余风。如得擢在禁垣，委之润色，必且粉泽王度，布于四方。观言责实，臣所不及。[①]

欧阳修没想到宋祁会评价自己如此之高！说他胸襟沉浑刚正，学术"淹该"——即淹通、该备，指其学术渊博通达，于经典完备而详尽。说到文采，则谓其具有"汉唐余风"；并且从不以非正道猎取"诡遇"。若以这样的人为皇帝近臣，必有助于"王道"广布天下！末了还说，他做知制诰而不如欧阳修。

这样挚诚的褒奖举荐，实不多见。虽然皇帝未允，但足以看到欧阳修的学术及人品，已经在朝臣中获得较广泛的认可。

欧公在繁重的典籍编修工作中，却未忘怀边事，时常会想到范仲

---

① 〔宋〕宋祁:《授知制诰举欧阳修自代状》,《景文集》卷三十,洪本健:《欧阳修资料汇编》,中华书局 1995 年版,上册,第 4—5 页。

淹、韩琦。笔者猜想，他至今记得自己未能赴鄜延任"掌书记"，而心存内疚。笔者做此推测，理由有两点：一是他于辞任掌书记的是年十二月，即作《通进司上书》，谈御敌三策，可作为欧公惦念边事的证明；二是如宋祁说的，欧阳修在"游玩休憩"中也不忘正事，欧公赴晏殊赏雪酒宴，所作的诗，亦可为证。

庆历元年（1041）十二月，欧阳修进擢集贤校理之后，晏殊时为二府政要枢密使，愈加爱慕他的才华。想想胥偃引荐拜谒，时光一晃！这日天降瑞雪，半尺而厚，馆舍素裹，林园雾凇，晏元献公雅兴大发，特邀请欧阳永叔、陆子履两位学士来府上赏雪赋诗。这位陆子履，就是欧阳修于天圣八年（1030）结识的"陈经"，当时送他赴绛州知县，子履原姓"陆"，因母亲带着他改嫁，而姓"陈"了。

晏公设宴于西园，酒过数巡，即开始作诗。这是晏公早就养成的高雅，每次歌女弹唱刚罢，晏公即说：好啦，你们献艺已毕，该我献艺啦！那就是赋诗开始。随从当即摆置笔墨纸砚。在晏公和子履赋诗之后，欧阳修自然也作了一诗，题目为《晏太尉西园贺雪歌》，原本是很助兴的事情，但不知不觉，该诗中就有了这样的句子："主人与国共休戚，不唯喜悦将丰登。须怜铁甲冷彻骨，四十余万屯边兵。"

晏殊公忙拿起永叔的诗笺观赏，他句来喜爱欧阳修的诗，但看着看着，脸色就阴沉下来。那诗句即说：枢密使理应与国家危难休戚与共，不该只贺"瑞雪兆丰年"，而今边事未息，西师未解，边塞将士四十万，在这大雪中受冻！该诗不仅是"扫兴"，而且带有指责的口吻。欧阳修看到晏公的脸色，也自觉到唐突了，但是有点"诗"不由己。

我们在前述天圣七年（1029），就已分析过晏殊与欧阳修诗词之不同，其中有一点就是永叔诗词大多关乎"宏旨"，亦就是其对吴充秀才所说的"道胜而文至"，这可能是他已养成的"习惯"吧！但是此后，晏殊与欧阳修的私人友情稍稍有些隔膜了。当然宋代士大夫讲究含蓄与大度，大面上总是能过得去的。不过后来晏殊曾与旁人说起此事，说欧阳修太像韩愈啦！"昔日韩愈亦能作诗词，每赴裴度会，但云（亦莫过说）：'园林穷胜事，钟鼓乐清时。'却不曾如此作闹。"

后来欧公求得外任的时候，便想起自己对晏公的过失，他毕竟是自己的老师、前辈！欧阳修便致书于晏公，表示歉意和修好关系：自己"出门馆（晏府）不为不旧，受恩知不为不深。然足迹不及于宾阶，书问不通于执事。岂非飘流之质，愈远而弥疏（乃因学生外任流动之故，间隔而显得疏远）……"而晏公没有回信。晏公的宾客说："欧阳公有文声，（不回复）似太草草（草率）。"晏公却说："答一知举时门生，已过矣。"①

这恐怕是欧公做京官以来首次呈递给皇帝的札子：《通进司上书》。

它有着欧阳修的诚惶诚恐，有着对于边事所以失败的分析和指责，有着为改善朝廷大政的深思熟虑、追根溯源。我们在这里看到，他对于边塞四十万将士更为深切的命运关怀！

> 十二月二十四日，宣德郎、守太子中允、充馆阁校勘臣欧阳修谨昧死再拜上书于皇帝阙下。臣伏见国家自元昊叛逆关西用兵以来，为国家言事者众矣。臣初窃为三策，以料贼情。然臣迂儒，不识兵之大计，始犹迟疑，未敢自信。今兵兴既久，贼形已露，如臣素料，颇不甚远。故窃自谓有可以助万一而尘听览者，谨条以闻。惟陛下仁圣，宽其狂妄之诛，幸甚！

欧公如此谦卑、恭谨，陈述所以上书的缘由。他说：或许臣不识兵，但从敌方所露形迹，即其采用的战略来看，的确与臣素日所预料的相去不远。接着欧公说：敌方所来，为什么"虽胜而不前，不败而自退"？那是因为"所以诱吾兵而劳之也。或击吾东，或击吾西，乍出乍入，所以使吾兵分备（兵力分散防备）多而不得减息也。吾欲速攻，贼方新锐；坐而待战，彼则不来。如此相持，不三四岁，吾兵已老，民力已疲，不幸又遇水旱之灾，调敛不胜而盗贼群起，彼方奋其全锐击吾困弊……今三十万之兵食于西者（西边塞）二岁矣，又有十四五万之乡兵不耕而自食其民，自古未有四五十万兵仰食而国力不困者也"。欧公胪列了这些

---

① 周勋初：《宋人轶事汇编》，上海古籍出版社 2014 年版，第 2 册，《晏殊》第 22—23 条，第 692—693 页。

基本战况和境遇，之后诘问："奈何彼能以上策而疲吾，吾不自知已困；彼为久计以扰我，我无长策而制之哉！"①

应该说，欧公建议应采取的战略，与范仲淹的方针大略十分相似，即不能让敌人牵着鼻子走，以致自己师老兵疲。如此便不能渴求"速战速决"，而必须经营自己得以"长久之计"。贼以忽东忽西之策，令宋朝分散布兵，贼却倾国之力出击，以多胜少。这样势必消耗宋朝四五十万兵力仰食于漫长的边塞，坐食山空、自弊待老。欧阳修采取的战略就是坚固"堡寨"，协调精兵相互配合，令贼不能"忽东忽西"地取胜。此外即是裁减大批的厢兵，使其归于农耕，自食其力地生产粮食。"夫兵，攻守而已，然皆以财用为强弱也。"宋朝没有财力，守不能持久，攻就更谈不上了。

欧阳修提出这样三点，以归置朝廷大政，增加财用："故臣以谓通漕运、尽地利、权商贾，三术并施，则财用足而西人纾（缓解西人攻击），国力完（完备）而兵可久，以守以攻，惟上所使。"即说，国力完备之后，该攻该守，就听主上自便了。而现下，这三点都未尽完善。

"今京师在汴，漕运不西（运输军粮的水路交通不能西抵），而人之习见者遂以为不能西，不知秦、汉、隋、唐其都在雍（其国都均在雍地长安），则天下之物皆可致之西也。"今漕运欠通达，"江淮之米岁入于汴者六百万石"，却不能顺利快捷地运抵关西；边塞兵士和地方官民多以绕道长途运输为苦。至于陆路交通，也有捷径未做开发利用，譬如经邓州、南阳，过郦州至武关、长安，乃为自古用兵往来之途径，"臣尝至南阳，问其遗老，云自邓西北至永兴军六七百里，今小商贾往往行之。初，汉高祖入关，其兵十万。夫能容十万兵之路，宜不甚狭而险也"。而这些，朝廷都未能去做！至于军装输送，道路艰远，辇运逾年，而今边州已寒，冬服尚滞于路。

我们看到欧阳修的关切程度，深思穷究的措施！

而"尽地利"，则更加凸显当朝失误，冗兵造成大批"游手好闲"

① 〔宋〕欧阳修：《通进司上书》，李逸安点校：《欧阳修全集》，中华书局2001年版，第2册，第637—643页。

者，使田亩荒芜失耕，今天下之土地不耕者多矣。"自京以西土之不辟者，不知其数，非土之瘠而弃也，盖人不勤农，与夫役重（徭役赋税过重）而逃尔。久废之地，其利数倍于营田，今若督之使勤，与免其役，则愿耕者众矣。"欧公尤为斥责那些"托云教习"的冗兵，实际做着"聚而饮博（饮酒赌博）"之事，可说而今"三夫之家一人、五夫之家三人为游手"。

第三条"权商贾"，欧公论述了允许商贾获利，以繁荣物市流通的道理，主张敞开盐、茶私人买卖之禁。因为获利是商人本性，国家不让利，商人就不来了。故大商不妒贩夫之分其利，"今为大国者，有无穷不竭之货，反妒大商之分其利，宁使无用而积为朽坏，何哉！"欧公希望朝廷调整经济政策，不较锱铢而思远大，使积物散而钱币通。

我们看到这三点都切入实际，诉诸实施即可获取财用。

此外，欧公焦虑"边州已寒，冬服尚滞于路"，非常令人感动，它与赴晏殊"雪宴"赋诗心情一致，可知他并非有意使晏公难堪。

曾巩来拜谒欧阳修的时候，年二十二岁，比欧公小十余岁。他所呈递的《上欧阳学士第一书》已十分有见识，并挑选自己得意之作《时务策》两篇，献于他面前，企盼指教。欧阳修看后非常赏识，为之惊讶。应该说曾巩此时尚无世名，不过为一名有才华的青年学子。

曾巩"十六七时，窥六经之言与古今文章有过人者，知好之，锐意欲与之并"。这是清代学者姚范所编《南丰年谱》的记载。"南丰"为地名（今属江西），乃曾巩的家乡故里，稍后世人便称呼曾巩为"南丰先生"；南宋大儒朱熹，也为他编撰《曾子固年谱》。曾巩，字子固，《年谱》记载他"尝从欧阳修学古文，又与王安石为密友。嘉祐二年（1057）进士，历（任）太平州司法参军，召为馆阁校勘、集贤校理……"曾巩在后世被称为"唐宋古文八大家"之一，其文更为清代桐城派作家奉为文章典范。

欧阳修一看中就免不了去"酒楼叙话"。曾子固也很吃惊，一位在学术上有成就者，会这样待人平易，全然不见为师之"尊"，张口即呼"子固"。话之相投，恰如杯中香醇！子固那张年小十余岁的端庄清秀的脸庞，亦顿生"忘年"之情，呼欧公为"永叔"了。笔者没有资料来描述他们原本丰富的对话，只能依据欧公稍后所作《送曾巩秀才序》揣度欧阳修可能的健谈。欧阳修会问及他太学之游的收获，子固已是国子监管辖的广文馆生了，次年正月将与试贡举。

欧公认定子固将会获得来年贡举的"魁垒"，即第一名，这是欧阳修从他的《时务策》中看出的。子固当然很感激永叔的信任和鼓励，但他会说自己初涉高门，不敢言定能及第或获得第一。因为子固知道自己距离先生甚远，先生在夷陵所撰道德文章，他一一拜读了，已经知道学海深浅。子固有幸的是，今日见到学士先生，"伏以执事好贤乐善，孜孜于道德，以辅助时政（辅助时政、栽培后学）为事，方今海内未有伦比。其文章、智谋、材力之雄伟挺特（挺拔突出），信（实为）韩文公以来一人而已"（曾巩：《上欧阳学士第二书》）。

欧阳修没有想到，这次贡举的"别头试"，朝廷竟然命自己为考官。《宋会要辑稿·选举一九》记载：庆历二年（1042）正月"十八日，以直集贤院知谏院张方平、集贤校理欧阳修考试知举官亲戚举人"[①]。

"别头试"，即朝廷为"知举官亲戚举人"等应当回避的考生所特设的单另考试。委托某一职能部门别设考场，令十中取三。

应该说欧阳修很高兴，说明朝廷对自己学识的认可。他当即想到曾巩，不知他是否在这一特设的考场，按说他没有亲戚在朝中，故应该列入普通正式的礼部贡举"锁院"中。但不管在哪里，子固都会出类拔萃，"状元"及第。别头试这边，试卷也是弥封的，判卷后交付"有司"，结果当下不能预知。

考试后等待张榜，欧公心情急切。但令人始料未及，曾巩落选了！欧公不可置信，"有司"这是怎么啦，判卷标准是什么，可有法？"有司敛群才，操尺度，概以一法，考其不中者而弃之……"这明显是判卷尺度不一，而造成的"失手"。"况若曾生之业，其大者固已魁垒，其于小者亦可以中尺度，而有司弃之，可怪也。"[②]他们怎会犯这种低级错误！

① 〔清〕徐松：《宋会要辑稿·选举一九》之一一，中华书局1957年版，第5册，第4568页。

② 〔宋〕欧阳修：《送曾巩秀才序》，李逸安点校：《欧阳修全集》，中华书局2001年版，第2册，第625页。

然而曾巩，一不非议与自己同举进士的考生，二不怪怨"有司"有什么不公，只是脸呈温和表情，来与永叔告别。他说：自己只思如何扩展学业而坚守志向，其他都是无所谓的。而欧阳修看子固就像"夫农不咎岁而菑播是勤，其水旱则已，使一有获，则岂不多邪？"即说：子固就像农民不会把歉收归错于天时和田亩，只是耕种、除草，做好自己该做的；那水旱灾荒总会过去。一旦收获，怎不丰收啊！

第四节　五十弦翻塞外声

南宋大文豪辛弃疾的词《破阵子》，那是令读者仰读而摄魄勾魂的！

醉里挑灯看剑，梦回吹角连营。八百里分麾下炙，五十弦翻塞外声，沙场秋点兵。　马作的卢飞快，弓如霹雳弦惊。了却君王天下事，赢得生前身后名。可怜白发生！①

尤其首句最出神采，塞外野营，除了挑灯，军帐漆黑，于灯下唯看这把剑。两眼染着酒晕，会想到明天对敌作战，不知是生是死，是胜是败。或想起这数多年的戎马生涯，亦不知是荣是辱，是功是过。它对于一位边关将士之未卜命运和复杂的内心，亦如听那"五十弦"的琵琶拨弄而翻云覆雨……

我们知道范仲淹不是懦弱，懦弱和畏惧不前，永远不属于他和韩琦这样的朝臣！他们也不会担心自身功过，而患得患失，当他于贬谪之所登上岳阳楼，眺望茫茫的洞庭水天一色的时候，就已许下捐躯于天下的誓言了。

自韩琦奏请会集四路兵马深入西夏腹地征讨，而得到二府和皇帝的支持以来，范仲淹显得十分被动和无奈，动彻脑筋，仍以为不可行。但

---

① 〔宋〕辛弃疾：《破阵子》，朱东润主编：《中国历代文学作品选》，上海古籍出版社1980年版，中编第2册，第83页。

是康定元年（1040）十二月乙巳，朝廷下诏，诏鄜延、泾原两路取正月上旬同进兵入讨西贼。又诏环庆、秦凤路同时进兵征讨。

十二月丁未，诏开封府、京东西、河东路括（搜集）驴五万，以备西讨运送军需辎重。又诏商人入刍（草）粟陕西并边。会河北谷贱，诏三司籴至二百万石。

已经势在必行，没有退路！二府唯有枢密副使杜衍反对，以为侥幸出师，非万全计，久为争论，而不听；杜衍自请罢职，也不从。恰是这时，欧阳修呈《通进司上书》，位卑言轻，就更不会有结果。

不是范仲淹不主战，必须在有望取胜的情况下为之。范仲淹八月兼知延州，八月八日即派遣右班殿直狄青、侍禁黄世宁攻打西界芦子平，城堡被攻破了，取胜了。九月壬申，仲淹又命令环庆路副都部署任福等，攻西贼白豹城，也攻克了，那是在了解敌情虚实的形状下获胜的。同月，范仲淹还命令鄜延部署葛怀敏，出保安军北木场谷、越嵬年岭，袭击西贼，也胜了。虽然都是些局部小战事，但大战就是这样一步步赢得的。

韩琦也知道时下边事之弊，军队将领调动频繁，造成"将不知士，士不知将"，军队欠缺演练，兵士不熟悉将领指挥，这些都需要时间来弥合完善。范仲淹思来想去，还是决定上疏皇帝。

范仲淹先说自己在延州的布防。延州东路，已令朱古与东路巡检驻军延安寨；西路，则委派王信、张建侯、狄青、黄世宁在保安军每日训练，还令西路巡检刘政在德靖寨、张宗武在敷政县密布探马，候敌人来，放他们入界，臣便会合兵力掩击。若敌人数路一起入侵，我就并众力御敌，或破其一处，立即邀别路共同出击。如环庆路，臣已派遣通判马端通知其部署司。如此，则我可顺利破贼。但是，如今皇帝诏令正月起兵，深入敌境，军马粮草动辄数以万计，入山川险阻之地，荒漠浩野，人迹罕至，塞外雨雪大寒，军马暴露无以遮盖，而使贼敌乘我之危，我伤亡必将惨重。何况我鄜延路现下已有会合次第准备，不怕贼敌先来入侵我。而等到春暖，且正值敌方马瘦人饥，我又可扰误敌方的农耕时节，纵令我出师无大获，也不至于有败亡的担虑。自刘平陷没之后，我方修城堡，运兵甲，积粮草，移士马，大为攻守全胜之策，非为小利而动，如果重兵不依天时地利而轻举妄动，万一有失，将何以为继！那将关乎朝廷安危，而非只是边患之谓了。……今天我若承顺朝旨，不能领王师而持重，造成日后的大患，虽然加倍处分我，却不足于谢罪于天下。且李元昊恶性养成，妄自尊大，说我朝太平日久，不知战事，又边城无备，所向必破，势必顿生傲慢；而我边备却逐渐完善，揣度他已于原先的希望有所丧失。况朝廷已颁诏敕，招降安抚蕃族首领，臣也遣人探问其情，而欲通达朝廷"柔远之意"。……今鄜延乃是其旧日进贡之路，蕃汉之人，颇相接近。愿朝廷敦厚于天地包容之量，存此一路，令诸将勒兵严备，贼敌到来则击，但是不行讨伐，容臣示以恩意，一年之间，或可招纳。如果朝廷先行攻掠，恐未能深据要害，徒劳抄劫，损王师之体，纵使能够屠杀其妻孥老幼，焚烧部落，如先前屠掠白豹城之功，而官兵一撤退，蕃族复聚集居住，并且专心伺机报复，增其怨忿，边患更加滋生，不复有闲暇日月。……臣近日又召张亢到延州，一起详细商议，张亢也愿意与戎人在边界上相见协议。臣所以乞请存此一路者，一则怕春初盛寒，士气愈加怯懦；二则恐与西人隔绝情意，致使收兵无日可待。若能实施臣之鄙计，或许会平定一时；如果逾年而无效，我再举重兵取绥、宥二州，选择其要害据点而占据，屯兵营田，作持久之计。①

范仲淹奏章真够啰唆、冗长的！多处重复，笔者已作删节，并作"白话"处理。完全不像欧阳修文章叙述简约、语句精练、逻辑严谨。范仲淹还有一段文字，内容很有必要告知读者，但此处不再摘录了。只说该奏章皇帝看后应允了，景祐五年（1041）正月"戊午，诏从仲淹所请"。但皇帝是有条件的，即如史家李焘所说："朝廷虽许仲淹存鄜延一路示招纳，仍诏仲淹与夏竦、韩琦等同谋，可以应机乘便，即不拘早晚出师。"（出处同上）就是说，该范仲淹出师时，还必须出师。之后仲淹

---

① 〔宋〕李焘：《续资治通鉴长编》，中华书局 2004 年版，第 5 册，庆历元年正月第 3 条，第 3079—3081 页。

又追加了一份上疏，以阐释自己不出师更能"牵制敌人"，有利于整个战局。

但是我们看到陕西经略安抚招讨使夏竦所呈上疏，他与范仲淹并未达成默契，只是看出他们协商过。夏竦说："仲淹亦奏称非是怯惧，候将来春暖大为攻取之计；又奏西界春暖马瘦人饥，易为诛讨，及可扰其耕种之务，与臣前所陈攻策并同，但时有先后尔。"问题实质恐怕不是这样，因为迟缓两个月待"春暖进攻"，与"存鄜延一路以示招纳"是根本矛盾的。笔者想范仲淹不过是"搪塞"，认为眼下进攻时机不成熟，尤其自刘平败没之后，军队士气低迷，普遍怯战，必须要有一个重新振作的过程。仲淹又说，若从他这里出兵过横山，抵达的是平沙，而那里却没有西人族帐可取。恐怕夏竦也看出他主意未变，于是夏竦上疏接着又说："臣所上攻策，自鄜延路、泾原路进兵，直取横山诸处族帐，鄜延（部）并取绥、宥等州，非令径趋平沙，况鄜延聚兵最重于诸路，而军气思奋，若差近上臣僚勒令出兵，恐不敢更持异议。"①

而对于敌方李元昊来说，这正是他所盼望出现的局面。宋朝若真是四路同时进攻，他还真担心自己招架不住。他根本不稀罕宋朝的"柔远之意"，宋朝廷送到边境上的"贡物"他都拒绝接受，还怎么"柔远"？他想的只是如何避其重兵围剿的锋芒，而能够分散宋朝的兵马，各个击破。就在犹豫未决出不出兵、怎样出兵的时候，并代（山西太原路）部署司上言："西贼寇麟、府二州，请发鄜延等路兵马入贼界，以牵制其势。"李元昊又一次"声东击西"，这麟、府二州即在陕西东北边，靠近山西境。他的本意却不在那里。"是月，元昊使人于泾原乞和，又遣寨主高延德抵达延州与范仲淹约和，言己卯至保安军。"

范仲淹见高延德也没有携带表章，察觉李元昊未必肯"顺事"，史书说范仲淹因故"不敢闻于朝廷，乃自为书谕以逆顺，遣监押韩周同高延德还抵元昊"。就是说，范仲淹私自致书并派使者去见李元昊，还是对"约和"抱有希望的，等候事成才敢上奏朝廷。

① 〔宋〕李焘：《续资治通鉴长编》，中华书局2004年版，第5册，庆历元年正月第8条，第3084页。

范仲淹给李元昊的书信，冗长拉杂，极不得体，数千字之长，莫过说了些太祖时如何、太宗时如何两家"亲和"的历史。在笔者看来，无论是"战书"还是"议和书"都不该是这么个写法，似犯了写作常识"应用文"体例上的错误！而且它像上面的奏章一样叙述重复、繁复，缺乏段落间的层次感和内在联系的逻辑。当然范仲淹劝说李元昊归顺的用心是真诚的，但就在此时，李元昊这个战争贩子已做好攻打渭州的全部战争部署准备。

时值康定二年（1041）二月，幸好夏竦按兵未动，并且再次上疏，内容与前番大致相同，"仲淹所议未同，……若只令泾原一路进兵，鄜延却以牵制为名，盘旋境上，委泾原之师以尝聚寇，正堕贼计。……乞早差近上臣僚监督鄜延一路进兵，同入贼界，免致落贼奸便"。朝廷只是把这封上疏转给了范仲淹，"诏以竦奏示仲淹"[①]。

然而范仲淹却仍沉浸在有望"约和"的企盼中。也是此时出战的确于朝廷不利，主要是宋军没有士气，几乎到了战而必败的程度。

这时陕西转运使庞籍，上疏所言十分中肯，说："去秋镇戎之战，（我军）依城壁，据根本，以主待客，而诸将或中伤而退，或闭城不出，其士卒绝无用命赴敌之心，使（敌）残毒人命，剽劫财物，从容进退，如入无人之境，（我方）可谓将不良、士不锐矣。"所以庞籍不赞成进兵，建议先选择精兵，训练将士，并具体分析道："幸即更张军政，比来士气渐振，倘复一出不利，则众意愈慑（愈加恐惧），心难再奋也。况出界之后，山川道路，我军素未经涉，须以蕃部为向导，则其奸诈不可不防。若至险隘之处，部伍辎重，首尾遥远，忽有伏兵抄掠，则必溃败。"[②]

陕西签书经略安抚判官田况，更加胪列七条"理由"以为不宜出师。主要认为韩琦、尹洙所建攻策，恐得不到诸路协力。此外敌方已经做好充分准备，"西贼境中生聚牛羊，皆迁徙远去，惟空闲族帐守者二三百

---

① 〔宋〕李焘：《续资治通鉴长编》，中华书局 2004 年版，第 6 册，庆历元年二月第 1 条，第 3093—3094 页。

② 〔宋〕李焘：《续资治通鉴长编》，中华书局 2004 年版，第 6 册，庆历元年二月第 3 条，第 3094—3095 页。

人"，等候宋军"深入"。田况指出，决策者还有一种说法："非欲深绝沙碛，以穷妖巢，但浅入山界，以挫贼气，如袭白豹城之比。"田况斥责道：这样就更不是出师的目的了！仅仅乘虚袭掠，既不能破戎首凶党，只是残戮其妇女孩童，以厚怨毒，这就不该是王师吊伐招徕之举，与大国国体不相符合。即使事出无策，为敌方所迫，也当快速袭击，掩其不备。今却兴师十万，擂鼓鸣金，声势大作而西，贼已巧为计谋，盛设堤备，清野据险，以待我师！田况末了建议中罢进讨，"乞召两府大臣定议，但令严设边备"。①

这样，韩琦的处境已相当尴尬了。前者，他日夜兼程奔赴朝廷，"求对进呈，乞赐裁决"，即求皇帝做出"攻守"选择。朝廷既已下诏主攻，就不该再有变动。但是，"今臣方归本司，而横议日腾，朝听已惑"。况且鄜延路范仲淹意在招纳，更不出兵。众臣多以去年两次战败说事，去岁秋末，镇戎之败，刘继宗部（即刘平部）分兵捍御，所领不满万人，我方常常失利于兵力分散，则贼常胜于聚势专攻。"今中外不究此失，遂乃待贼太过，（我）屯二十万重兵，只守界壕，不敢与敌。中夏之弱，自古未有。闻臣僚坚执守议，以为必胜之术者，臣恐数失寨堡，边障（屏障）日虚，士气日丧，贼乘此则有吞陕右之心。"韩琦更为担心的是，"臣恐一二年间，经费益蹙（更加紧迫），人情惶骇，师老思归，及期无代（兵役期满无人替代）。每虑至此，臣难尽言。望陛下省群臣之难一（难以意见统一），为大事之当谨，知其异议，已阻师期（已经延误出师日期）"。②

这就是笔者前文已经提及的韩琦上疏，且同样以为它不无道理，不该被视为决策失误。

这时一位颇具战功的副部署已由环庆路调入泾原路，即是任福。恰值谍报禀告，李元昊正在折姜会集结重兵，检阅誓师，即将寇渭州。韩琦立即奔赴镇戎军，尽出所有兵马，又于别部募得精锐"敢勇"

① 〔宋〕李焘：《续资治通鉴长编》，中华书局2004年版，第6册，庆历元年二月第6条，第3095—3098页。
② 〔宋〕李焘：《续资治通鉴长编》，中华书局2004年版，第6册，庆历元年二月第7条，第3098—3099页。

一万八千人，使任福将领以击贼。泾原都监、铃辖、行营都监、参军各领其部，分为先锋、断后、押运，悉听任福号令出师。除此韩琦还另有组织援军的准备。出师之前，韩琦还作了具体的进兵部署，以为必须遵守的节度：命令任福所领各部必须在一起，"并兵自怀远城趋德胜寨至羊牧隆城，出贼之后。（那里的）诸寨相距仅四十里，道近且易，刍粮足供。度势未可战（看形势而不可交战），则据险设伏，待其归然后邀击之"。史书特别强调："福等就道，琦亦至城外重（重复）戒之。"①

然而遗憾的是，任福未能听从节度，他认为韩琦年轻，一介书生！

那个败亡的过程，惨不忍睹！乃至使边塞将帅兵士的心都屈了！首先，任福刚至新壕外就"分兵"了，令轻骑数千先趋怀远城、捺龙川，与镇戎军西路包抄会合；韩琦令其"度势未可战"，他却战了，任福与贼兵一溜烟地战至张家堡南，斩首数百，贼兵丢弃马羊骆驼向北败逃，任福命令泾原都监桑怿率骑兵追击，任福则分兵接踵；又命朱观、武英分领一军屯龙洛川，隔山相距五里，约明日会兵，他则同桑怿同入好水川。他连连取得几战胜利，而至龙竿城北，这里距离韩琦所说令其设伏的羊牧隆城尚有五里之遥，他却已进入贼敌的伏兵圈套，直到遇贼大军循川而行，六盘山下敌兵列阵，才知中计诱其深入，但已经晚了……

史书记载，任福和他的儿子，以及所统各部将领，浴血奋战十分英勇，并未表现出"恐惧"，但他们全军覆没了！

韩琦随后派出的渭州都监赵律率骑兵二千二百为军后继，此时已与屯龙洛川的朱观、武英部会兵姚家川，李元昊转而迎战，竟然也神奇地取胜了。此外，韩琦派出的泾原部署王仲宝所领援军，此时距离任福败处只有五里，却未相闻，韩琦以为任福能够统领各部，或此时战斗正酣！是的，确有一支队伍"战斗正酣"，在整个好水川战役中接连取胜，无一败绩，那就是环庆路铃辖、供备库使杜惟序。杜惟序所率领的数千骑兵部队，从怀安路破贼三寨，斩首上千首级并获牛马千计。杜惟序部，是否可以告慰好水川之难呢？

① 〔宋〕李焘：《续资治通鉴长编》，中华书局 2004 年版，第 6 册，庆历元年二月第 10 条，第 3100 页。

此时笔者想征引范仲淹的一首词《渔家傲》，因为它确实悲壮；但同时也想问问范公，这种情况下他仍未出兵，真的对吗？

> 塞下秋来风景异，衡阳雁去无留意。四面边声连角起，千嶂里，长烟落日孤城闭。　浊酒一杯家万里，燕然未勒归无计。羌管悠悠霜满地，人不寐，将军白发征夫泪。[①]

在这里，笔者以为这首词应该是献给任福及所有殉难将士的！

而在是年二月，范仲淹派出的"约和"使者韩周，携带范公书信进入西界，才走了两天，韩周就听到山外诸将败亡的消息。就是说，李元昊是"边和边打"。韩周抵达夏州，由于战事拖延和道路阻塞，他在夏州逗留四十余天。我们也不能武断李元昊绝对没有"约和"的诚意，但他的基本目的已经达到了。起码渭州的胜利增添了他和谈的筹码。李元昊看过范公书信后，命令他的亲信野利旺荣致书回复仲淹，当然那书的言辞是傲慢的，不再自称什么"赵元昊"，更不会"称臣"，而自称"兀卒"，在党项羌人的语言中它即是"天帝"，而且汉人读此书时读到它即与"吾祖"谐音，真是奇妙之极！

接下来的事有点说不太"圆"，那就是范仲淹看了书信很愤慨，这样的书自然不能呈递于皇帝，自己没脸！不光是自己没脸，朝廷也没脸！范仲淹当着敌方使者的面，把该书就给焚烧了。但是这事必须得让朝廷知道，不能瞒着。上次高延德来，皇帝就从别的渠道闻知了，召其赴京师，可当时高延德早已被范仲淹打发西去，这次如果再隐瞒不报，朝廷定会生疑治罪的。史书说：范仲淹焚烧来书之前"潜录副本以闻，书凡二十六纸，其不可以闻者二十纸，仲淹悉焚之，余又略加删改"[②]。

笔者所以认为这不能自圆其说，是因为这个"副本"如何得以制作，笔迹真伪如何处置？且不说那"傲慢无礼"之辞并非集中在那

---

① 〔宋〕范仲淹：《渔家傲》，朱东润：《中国历代文学作品选》，上海古籍出版社 1980 年版，中编第 2 册，第 1 页。

② 〔宋〕李焘：《续资治通鉴长编》，中华书局 2004 年版，第 6 册，庆历元年四月第 4 条，第 3114 页。

"二十纸"内，其余"六页纸"怎么加以删改，那不成了"造假"，比隐瞒更为犯罪吗？范仲淹是年已五十三岁的人了，不会愚蠢到这样作茧自缚吧？

但事情真的就这样发生了，范仲淹向朝廷解释了自己把那些不堪入目者焚烧了。由他"删改"过的敌书送达之后，当然在朝廷众臣中引起"轩然大波"。范仲淹自然还是派遣部下韩周去送达的，因为自始至终他当事，好有个证人。大臣们一致认为，范仲淹不当私自与李元昊通书，又不当"辄焚其报"。宰相吕夷简当即诘问韩周：为什么"不禀朝命，擅入西界"？韩周说："经略专杀生，不敢不从。"但韩周还是当下被削职，降为监通州税。副宰相宋庠，或许误解了吕夷简的严厉，或许他自己本就认为这问题性质很严重，接下来皇帝问及范仲淹该怎样处置时，宋庠上奏："仲淹可斩也。"这一下，想来仁宗也震惊了！杀了范仲淹，还有谁比他更有能力戍边，还有谁比他更有能力建明于朝政？

枢密副使杜衍，当即上奏："仲淹本志（本意），盖忠于朝廷，欲招纳叛羌尔，何可深罪？"接着知谏院孙沔又为范仲淹辩护，上言十分激烈。仁宗把询问的目光斜向宰相，多亏了吕夷简此时还算公允，说他同意杜衍的意见，轻罪吧。于是仁宗紧绷的心弦，这才舒松了一下。

康定二年（1041）四月，韩琦上疏自劾，请求罢职。这时夏竦呈文上奏：韩琦曾以正式的檄文告诫任福，是任福违背节度才致败绩。该檄文是于收敛任福尸体时从其衣裹中发现的。仁宗知道取败罪不专在韩琦，但是，还是降了韩琦的陕西经略安抚副使、枢密直学士职，黜为右司谏、知秦州（今甘肃秦安）。同时任命陕西转运使、天章阁待制庞籍为龙图阁直学士、知延州兼鄜延路部署司事。以资政殿学士、右谏议大夫陈执中，为陕西都部署、兼经略安抚缘边招讨使。

四月，降范仲淹陕西经略安抚副使、兼知延州、龙图阁直学士、户部郎中，为户部员外郎、知耀州（今陕西铜川）。

这时，笔者又听到那首词吟着：羌管悠悠霜满地，人不寐，将军白发征夫泪……

第五节　醉里挑灯看剑

与西贼之战又败了，欧阳修心里很难过，思索战败的原因，这究竟是怎么回事？当下朝廷迫切需要取得一场对西夏的胜利，以制衡北虏契丹，契丹已经怀有"背盟"之虞，乘人之危，遣使来索"关南十县"了。

欧阳修不能说韩琦、范仲淹没有戍边才能，如果这二人不能戍边，只怕这个朝廷真的没人了！但他们被落职，换上庞籍、陈执中，欧阳修敢说他们不可能有胜于韩、范，更唯恐西边更无保障了。范仲淹虽未出师，却为朝廷保存了一支完好无损的军队实力，震慑在那里，令敌人不敢轻犯，边塞蕃部乃至西贼都呼他为"龙图老子"。时值泾原路吃紧，又调葛怀敏赴泾原擢为副都部署，而范仲淹说，葛怀敏不知兵，实无将才。

朝廷更担心北虏"一触即发"，担心到何种程度？前者曾派遣右正言、知制诰刘沆出使契丹，辽国派出的馆伴（即陪员）名叫杜防，杜防强迫刘沆饮酒，刘沆也是已经有些醉了，拂袖起身，说："我不能饮，何强我！"之后辽使把此事告知宋朝廷，就因为这点事，朝廷竟然罢黜了刘沆的右正言、知制诰之职，令出知潭州。皇帝还特为此下诏："奉使契丹及接伴、送伴臣僚，每燕会毋得过饮，其语言应接，务存大体。"[1]

而这次，契丹乘危索地，朝廷特为选择干练才智者出使契丹，而选择了知制诰富弼。且朝廷尚不知此去吉凶，及可否与北虏达成协议。朝廷加强北境防务，急忙调整军队将领，因为原先的将领多不堪用，正如知谏院张方平所上言："即戎骑敢越封略，使杨崇勋在镇、定（镇州、定州），夏守赟在瀛州，刘涣在沧州，张耆在河阳，陛下得高枕乎？虽愚夫童子亦知其必败事也。盖朝廷非不知崇勋等之不足使，迫于用人之常体（即迁官制度），慊然（使对方满足）而遣之尔。"张方平建议，不如把陕西的偏将狄青等人调到北境，擢升正职，令其独当一面。但这无

① 〔宋〕李焘：《续资治通鉴长编》，中华书局2004年版，第6册，庆历二年四月第12条，第3237页。

疑又是"拆西墙补东墙",庞籍在延州干得不错,夺回并修复了桥子谷寨,靠的就是狄青。庞籍使部将狄青将万余兵,筑招安寨于桥子谷旁,却敌数万。金明县西北有浑州川,川尾名桥子谷,为西贼出入隘道。很快,北境杨崇勋等皆被撤换。仁宗于是年,即庆历二年(1042)五月召见狄青、范全等有功的西边将领,询问方略……①

欧阳修对于这些边情战况全都了解,并且知道朝廷以往用人的弊端,的确问题凸显,只看"迁官"年限,任期无大错,到年限即迁转进擢,而少于闻问其才能和实绩。由于仁宗的宽容施政,好心而办坏事,虽知道某人不足使用,却也"慊然而遣之",乃致朝廷吏治严重存在着"不明赏罚""不责功实"的恶果,那就是边将无人奋勇,屡屡失败。

好在只要仁宗能够纳谏,吏治就有希望得到改善。仁宗也看到自边事失败以来,朝政衰落,有欠建明,庆历二年(1042)五月十二日,"诏三馆臣僚上封事及听请对"。"听请对"就是皇帝单独召见,面谈时弊和问题;"上封事"即欢迎朝臣上封札子言事。欧阳修很及时地写成了《准诏言事上书》。

该上书条列朝廷的"三弊五事",数千字之长,而笔者拜读却无任何一处冗长的感觉。笔者不知道若派遣欧阳修往边塞领兵会怎样,却知道欧公几乎每一篇文章都是精彩的,言之有据,逻辑绵密,耐读而脍炙人口的!就连"前言"段落也"开宗明义",极其简约。笔者视欧公这篇雄作,同为"醉里挑灯看剑"!

> 月日,臣修谨昧死再拜上书于皇帝陛下。臣近准诏书,许臣上书言事。臣学识愚浅,不能广引深远,以明治乱之原,谨采当今急务,条为三弊五事,以应诏书所求,伏惟陛下裁择。
>
> 臣闻自古王者之治天下,虽有忧勤之心,而不知致治之要,则心愈劳而事愈乖;虽有纳谏之明,而无力行之果断,则言愈多而听愈惑。故为人君者,以细务而责人,专大事而独

① 〔宋〕李焘:《续资治通鉴长编》,中华书局2004年版,第6册,庆历元年四月第23条,第3239—3240页。

断，此致治之要术也。纳一言而可用，虽众说不得以沮之，此力行之果断也。知此二者，天下无难治矣。

仅此两个"自然段"，就已把读者的阅读趣味死死抓住。笔者不相信谁能指出，它的内在逻辑不是绵密精致的，语言及叙述不是简约而精彩的！

而且欧公每给出一个结论或说观点，都不作"无的放矢"，都能摆出实据，有所证明，它构成文章"推理得出"、极具说服力的品质。例如下文对于"用心虽劳，不知求致治之要"的论证步骤；对于"听言虽多，不如力行之果断"的立论得出，都显现出文章内在魅力的精确理路。再如，其"五事"的提出就已为"三弊"做好了叙述铺垫，即做好了"推理得出"的步骤，"伏思圣心所甚忧而当今所尚阙者，不过曰无兵也，无将也，无财用也，无御戎之策也，无可任之臣也。此五者，陛下忧其未有，而臣谓今皆有之"。因为这个原因就在于"不知求致治之要"，其五者，"陛下皆不得而用者，由朝廷有三大弊故也"。

欧公所提三弊，即朝廷不慎号令、不明赏罚、不责功实。这三者都有着各自的原因"背景"，即牵涉到更深层的原因"系统"。譬如不责功实，它牵涉到朝廷的吏治制度、用人标准、授官原则、皇帝的"恩荫"法则；再譬如不慎号令，它联系着皇帝和二府对朝政的认识程度，还联系着现有职能部门的渎职懈怠，及执政对于本该有准确认知对象的失察。

这封上书所提问题相当系统而尖锐，它不仅是"就事论事"，而还是在一个高标准的理论层面上来看朝廷的那把"利剑"是否锋利，应该说，它就是"庆历新政"的前奏和理论准备。

我们看到尹洙紧随其后，于庆历二年（1042）九月壬午上书，与欧阳修观点极为近似，它说明了欧公文章的影响和召唤力。此时尹洙仍为太子中允、集贤校理，而通判秦州，我们先看看尹洙上书的主要内容：

今命令数更，恩宠过溢，赐予不节。此三者，戒之谨之，在陛下所行耳，非有难动之势也。而因循不革，敝坏日甚。臣是以谓陛下未以宗庙为忧、危亡为惧者，以此。

夫命令者，人主所以取信于下也。异时民间，朝廷降一命令，皆竦视之，今则不然，相与窃语，以为不久当更，既而信然，此命令日轻于下也。命令轻，则朝廷不尊矣。……

近时贵戚、内臣以及士人，或因缘以求恩泽，从中而下，谓之"内降"。臣闻唐氏衰政，或母后专制，或妃主擅朝，结恩私党，名为"斜封"。今陛下威柄自出，外戚、内臣贤而才者，当与大臣公议而进之，何必袭"斜封"之弊哉。且使大臣从之，则坏陛下纲纪；不从，则沮陛下德音。坏纲纪则忠臣所不忍为，沮德音则威柄日轻。且尽公不阿，朝廷所以责大臣。今乃自以私昵挠之，而欲责大臣之不私，难矣。此恩宠过滥之弊也。……①

我们看到舆论逐步走向对皇权的限制、对"大臣不私"的执政要求。尹洙重在指出，其"因循不革，敝坏日甚"。而就不慎号令这一点，欧阳修则强调："今出令之初，不加详审，行之未久，寻又更张。""详审"即要求着执政者对于朝政及朝廷命官的认知程度，恪尽职守的表现，而非渎职失察；其执政质量，必不能如今所呈现的："旦夕之间，果然又变。至于将吏更易，道路疲于送迎；符牒（诏命）纵横，上下莫能遵守。中外臣庶，或闻而叹息，或闻而窃笑，叹息者有忧天下之心，窃笑者有轻朝廷之意。号令如此，欲威天下，其可得乎？"

欧阳修实际上指出的是其执政素质和能力的缺陷，不能产生正确的决策。

不过对这一点，我们须以孔子"执两用中"的待事方法来看它。不能说"专权"就对，也不能说"朝令夕改"就绝对错误；我们从这两点的另一端看，"朝令夕改"恰是仁宗宽容政治、许臣上书言事的必然结果。远的不说，刚下达"符牒"命欧阳修任陕西经略部署司"掌书记"，

---

① 〔宋〕李焘：《续资治通鉴长编》，中华书局2004年版，第6册，庆历二年闰九月第8条，第3296—3298页。

就又依照欧公个人意见改任了，如果皇帝专权的话，这是根本不可能的！事实上，欧阳修在馆阁的作用远大于那个掌书记，这是由眼下的这篇雄作所证明了的。再说范仲淹，康定二年（1041）四月罢免了他陕西经略副使兼知延州，降为知耀州，当时不罢免行吗？笔者以为不行，朝臣都有人提出斩杀他，皇帝连降职都不做，能摆平"私焚敌书"的事情吗？可是仁宗，康定二年（1041）五月壬申，就又把范公改为知庆州、兼管勾环庆路部署司事。刚刚隔月呀，可是不让仁宗改迁他，李元昊借机闯进来谁负责？是的，赏罚是不明了，但边防保障是第一位的，韩琦、范仲淹的降职符牒上都写着"官职如故"的字样，就是说经略副使的"原职"并未废掉。事实上，仁宗心里清楚戍边该依靠谁，庆历二年（1042）十一月就又恢复了范仲淹陕西四路都部署、经略安抚招讨使，韩琦也复职了，朝廷命范仲淹、韩琦和庞籍分领各路。当然这样的"朝令夕改"是必要的，而在这两点论的另一端，即欧公言及旦夕之间、频繁变更的问题也严重存在着，并非都为合理必要。

再譬如，欧公贬夷陵、范公谪饶州时，仁宗下诏，"戒百官越职言事"，不仅下诏，还把敕文榜于朝堂，即作为铁的禁令。但后来，富弼为谏官上言废除它，仁宗听从了。这就不是必要与否层面上的问题了，它应该视为仁宗作为一个皇帝的真正公心和大度，恰是其高于他朝帝王之素质能力的表现！乃至眼下，仁宗又"诏三馆臣僚上封事及听请对"。才会有欧公的《准诏言事上书》及其他朝臣的踊跃谏言。在我们谈论"不慎号令"的时候，尤其不可否定这两端中的"那一端"！因为它对于不知"言论自由"为何物的中国数千年沉沦、昏暗和困顿，所呈现出的人类"曙光"之意义，远大于"专权"所换取的功利效益！

笔者尤为看重欧公所谈"不责功实"，指出的问题十分到位而令人发指，其中"练兵"乃至"制造器械"的有名无实，乃为导致战败的源头，更是朝廷大臣的失职所在。是所谓："臣故曰三弊因循于上，则万事弛慢废坏于下。"

> 自兵动以来，处置之事不少，然多有名而无实。臣请略言其一二，则其他可知。数年以来，点兵不绝，诸路之民半为

兵矣，其间老弱病患、短小怯懦者不可胜数，兵额空多，所用者少，是有点兵之虚名，而无得兵之实数也。新集之兵，所在教习，追呼上下，民不安居，主教者非将领之材，所教者无旗鼓之节，往来州县，愁叹嗷嗷，既多是老弱小怯之人，又无训齐精练之法。此有教兵之虚名，而无训兵之实艺也。诸路州军分造器械，工作之际已劳民力，辇运般送又苦道途。然而铁刃不刚，筋胶不固，长短大小多不中度。造作之所但务充数而速了，不计所用之不堪，经历官司又无检责。此有器械之虚名，而无器械之实用也。以草草之法教老怯之兵，执钝折不堪之器械，百战百败，理在不疑，临事而悟，何可及乎！故事无大小，悉皆鲁莽，则不责功实之弊也。①

它让我们看到中国人的"老毛病"：练兵草草了事，制造兵器也草草了事。为什么制造"两弹一星"没有出这样的差错呢？因为上方当作"命根子"一样重视，而未渎职懈怠。

下面，欧公所谈五事，主要说"用兵"和"选择将领"上的失误。欧公强调兵要精，而不在多，"攻人以谋不以力，用兵斗智不斗多"。列举历代以少胜多的战例，指出："今沿边之兵不下七八十万，可谓多矣。然训练不精……不当七八万人之用。""今不思实效，但务添多，耗国耗民，积以年岁，贼虽不至，天下已困矣。"欧公尤其强调现下选将之路太狭窄，讲究"资品"，讲究"弓马一夫之勇"，而把"智略万人之敌（者）皆遗之矣"。有些英豪之士在下位者得不到器重，"以其贫贱而薄之，不过与（给予）一主簿借职，使其怏怏而去"。欧公建议在选择将领上，"有贤豪之士，不须限以下位；有智略之人，不必试以弓马；有山林之杰，不可薄其贫贱"。

欧公更加痛责朝廷在任命"可用之臣"上的弊端，它比选择边塞将领的问题更为凸显！在这个"善良"朝廷的眼里，似乎没有"不材之人"，

① 〔宋〕欧阳修：《准诏言事上书》，李逸安点校：《欧阳修全集》，中华书局 2001 年版，第 2 册，第 645—652 页。

即虽无过错但没有才能的人，欧公认为这种不材之人要比贪赃之吏更为有害、误事！他直接的恶果，就是该他作为时他不作为，或没有能力作为！这样的人却在当朝连连进擢，是可谓："上自天子，下至有司，无一人得进贤而退不肖者。所以贤愚混杂，侥幸相容，三载一迁，更无旌别（甄别）。平居无事，惟患太多，而差遣不行，一旦临事要人，常患乏人使用。自古任官之法，无如今日之缪（谬误）也。"说到这里，欧公义愤填膺，因为它是当朝吏治不治的根蒂。在后来"庆历新政"时，欧公得到重用，他首先要治理的就是吏治！此时欧公则进一步说："至于不材之人不能主事，众胥（小官）群吏共为奸欺（相互蒙蔽），则民无贫富，一时（一同）受弊。以此而言，则赃吏与不材之人为害等耳（等同）。今赃吏因自败者，乃加黜责，十不去一二。至于不材之人，上下共知而不问，宽缓容奸。其弊如此，便可为退不肖之法乎？贤（与）不肖既无别，则宜乎设官虽多而无人可用也。"

欧公议事，一向不避讳得罪人的，毕竟"不材之人"在官吏中所占比例众多，而且"三载一迁"的"常体"也算是当朝给予众吏的一种"仁政"。但我们能够理解欧公所言是中肯、无私的，为的只是庙堂之"高"！

第五章

庆历新政

第一节　已故战将与当朝兵状

庆历二年（1042）九月，欧公确实因为东都消费过高，而要求外任。只有外任方可节省生活费用，将俸禄留给居住京师的母亲和薛氏。《神宗实录本传》有载：欧阳修"以贫求补外，得通判滑州"[1]。

哦，又是滑州！不过此番与武成军无干系，"通判"只是协助知州签署公事。欧公于十月初到任了。

欧公很快投入工作，赴民间走访。这里乡间尚居住着那位"已故战将王彦章"的后裔，其孙王睿，欧阳修于康定元年（1040）来滑州时就已结识。在其家中得到一本《家传》，有见对其先祖的记述。欧公此番来，踏看了该乡一座庙宇，名为"铁枪寺"，寺内绘有"战神"王彦章的画像，但墙垣残破，画像多有剥落。欧公从知州那里求得一些资助，遣人寻来工匠、画师修补，且令他们保持原貌，不得添加。欧公之所以如此看重这幅画像，是因为当朝缺少的就是这种"神武"！王彦章，乃

---

[1]　引自刘德清：《庐陵欧阳文忠公年谱》，吴洪泽、尹波主编：《宋人年谱丛刊》，四川大学出版社 2003 年版，第 2 册，第 1064 页。

后梁时之宣义军节度使，民间为纪念他的不朽战功和神武，才为之立庙画像。

庆历三年（1043）正月，当画像修复竣工的时候，欧公写出了《王彦章画像记》。在当朝西边战事屡战失败的境况下，欧公撰此大作，其良苦用心显而易见。

欧阳修首先是一位政治家，其次是文学家。这篇记述文，乃为中国文学史上的传世名篇，它不再是《上胥学士偃启》那种"时文"的面貌了，没有任何"浮艳艰涩"，而是一篇"韩、柳古文"，并呈现出宋代散文自身风貌，及欧阳修古文之独到的风范导向。在内容处理上，其与韩愈的《张中丞传后叙》虽然同为轶事表彰，却不同于韩文注重史传的全面，而只择其"善战"和"忠节"两点，以突出、增强它对现实的感召作用；就人物刻画，欧文不作"静态的描绘"，只将作者亲历感受、对画像残剥脱落的历史感觉，与人物的神武精神对照映衬，诉诸"相得益彰"的铺陈，这种手法也是柳宗元的《捕蛇者说》所未备的，它更以质朴、真切的情感浸透人心。

"宣义军"自唐肃宗时就建制了，治所就在滑州。至五代后梁太祖朱全忠时，王彦章就在这里统领禁军与晋军作战，其使用一杆铁枪，善出奇兵。欧公主要记述了他的"德胜之战"，德胜北城就是濮阳县治，其南城恰是欧公于康定元年（1040）视察濮阳驻军的地方。欧公所著《新五代史·死节传》也记载了德胜之战："是时，晋已尽有河北（黄河北），以铁锁断德胜口，筑河南北为两城，号夹寨。"王彦章"阴（暗下）遣人具舟于杨村，命甲士六百人皆持巨斧，载冶者（冶炼者），具韝炭（类风箱，鼓风吹火用具），乘流而下……引精兵数千，沿河以趋德胜，舟兵举锁烧断之，因以巨斧斩浮桥，而彦章引兵急击南城，浮桥断，南城遂破"[1]。

欧公或会想起此前自己《准诏言事上书》所说"攻人以谋不以力，用兵斗智不斗多"的主张，可以看出欧公对这位"善出奇兵"的战将之

---

[1] 〔宋〕欧阳修：《新五代史·死节传》第二十，中华书局2016年版，第2册，第396—397页。

所以崇慕。怎么彦章公能够这样作战，而宋朝将领就不能呢？并且痛定思痛地记起就在前不久，庆历二年（1042）九月，李元昊领十万兵马再寇渭州。时韩琦、范仲淹已被降职离任，而泾州观察使、知渭州王沿，命令泾原路副都部署葛怀敏将兵出战。于是又一场悲剧"定川寨"之役就再次铺开在欧公眼前了：

这次葛怀敏出战规模大于任福出征。瓦亭寨都监及环庆路都监所领部队为其中军左翼，天圣寨都监所领为其殿后，进屯五谷口之后，知镇戎军曹英、泾原路都监赵珣、西路都巡检李良臣和孟渊所领各部皆自山外来会。更以沿边都巡检使向进、刘湛所领部队为先锋。赵珣曾向葛怀敏建议："宜依马栏城布栅，扼贼归路，固守镇戎以便饷道（粮饷通道），竢（等待）其衰击之，可必胜。"葛怀敏不听，而命诸将分兵四路共取定川寨。数日间，诸路军马接连获胜，向定川寨云集，探马报贼敌已列阵定川寨北，不日又报定川寨主已经拔栅逾壕，即弃寨逃走。葛怀敏遣其子葛宗晟与赵珣部先行，遂进入定川寨。然而这时"贼毁版桥，断其归路，别为二十四道以过军环围之。又绝定川水泉上流，以饥渴其众"。而"贼自偏江川、叶燮会出，四面俱至"。就这样，葛怀敏和其子，以及诸部将领全部战死了；贼军长驱直抵渭州，幅员六七百里，焚荡庐舍，屠掠居民而去……①

我们不难看出这种阵痛，是促使欧阳修写出《王彦章画像记》的根本动力！

太师王公，讳彦章，字子明，郓州寿张人也。事梁，为宣义军节度使，以身死国，葬于郑州之管城。晋天福二年，始赠太师。

公在梁以智勇闻。梁、晋之争数百战，其为勇将多矣，而晋人独畏彦章。自乾化后，常与晋战，屡困庄宗于河上。及梁末年，小人赵岩等用事，梁之大臣老将多以谗不见信，皆怒

① 〔宋〕李焘：《续资治通鉴长编》，中华书局2004年版，第6册，庆历二年九月第16条，第3300—3301页。

而有怠心。而梁亦尽失河北，势事已去，诸将多怀顾望。独公奋然自必，不少屈懈。志虽不就，卒死以忠。公既死而梁亦亡矣。悲夫！

五代终始才五十年，而更十有三君，五易国而八姓。士之不幸而出乎其时，能不污其身得全其节者鲜矣。公本武人，不知书，其语质。平生尝谓人曰："豹死留皮，人死留名。"盖其义勇忠信，出于天性而然。予于《五代书》，窃有善善恶恶之志。至于公传，未尝不感愤叹息。惜乎旧史残略，不能备公之事。

康定元年，予以节度判官来此，求于滑人，得公之孙睿所录家传，颇多于旧史。其记德胜之战尤详。又言敬翔怒末帝不肯用公，欲自经于帝前。公因用笏画山川，为御史弹而见废。又言公五子，其二同公死节。此皆旧史无之。又云公在滑，以谗自归于京师，而史云召之。是时梁兵尽属段凝，京师羸兵不满数千，公得保銮五百人之郓州，以力寡败于中都，而史云将五千以往者，亦皆非也。

公之攻德胜也，初受命于帝前，期以三日破敌。梁之将相闻者皆窃笑。及破南城，果三日。是时庄宗在魏，闻公复用，料公必速攻，自魏驰马来救，已不及矣。庄宗之善料，公之善出奇，何其神哉！

今国家罢兵四十年，一旦元昊反，败军杀将，连四五年，而攻守之计至今未决。予尝独持用奇取胜之议，而叹边将屡失其机。时人闻予说者，或笑以为狂，或忽若不闻；虽予亦惑，不能自信。及读公家传，至于德胜之捷，乃知古之名将必出于奇，然后能胜。然非审于为计者不能出奇；奇在速，速在果，此天下伟男子之所为，非拘牵常算之士可到也。每读其传，未尝不想见其人。

后二年，予复来通判州事。岁之正月，过俗所谓铁枪寺者，又得公之画像而拜焉。岁久磨灭，隐隐可见，亟命工完理之，而不敢有加焉，惧失其真也。公善用枪，当时号王铁枪。公死已百年，至今俗犹以名其寺，童儿牧竖皆知王铁枪之为良将也。一枪之勇，同时岂无？而公独不朽者，岂其忠义之节使然欤!

　　画已百余年矣，完之复可百年。然公之不泯者，不系乎画之存不存也。而予尤区区如此者，盖其希慕之至焉耳。读其书，尚想乎其人；况得拜其像，识其面目，不忍见其坏也。画既完，因书予所得者于后，而归其人使藏之。①

　　该文尤其凸显的是，作为一员将帅，只要他具有神武、智谋的素质，还有"忠义"的人品，就够了，就是一位将军的一切! 欧公特别讲述了彦章公"本武人，不知书，其语质"。笔者想他不会口若悬河地演讲兵法战术，也并非只有"一枪之勇"；他作为武臣，上朝时只会在笏板上"画山川"，但他就是会作战，有计谋，能够做到出敌意料。这种智慧不是人人都具有的，它带有"天赋"的性质，非擅长于为计者不能出奇。欧公还说："公独不朽者，岂其忠义之节使然欤! "即说只有那天赋的军事才能，显现神武，才使其流芳百世。这让笔者想到《准诏言事上书》欧公关于"择将"的建议，不要立门户，不要看他职位高下，不要问他《孙子》如何，"骑射"怎样，只要他有智谋，能够"出奇制胜"，就授予他高官，边将、副都部署! 因为这种"神武"才是一位边帅最应有的素质!

　　欧公的"读其书，尚想乎其人"，正是要求当朝须以古人彦章公为师友，学习研究其《家传》和谋略。恰如《孟子·万章章句下》所言："天下之善士斯友天下之善士。以友天下之善士为不足，又尚论古之人。颂其诗，读其书，不知其人，可乎? 是以论其世也。"②我们把孟子语粗译白话，即为：天下真正有识之士必以天下之贤才为师友，倘若这样学习借鉴尚且不够的话，那么就请去研究古人吧! 吟其诗、研究其著作，不了解其为人和作为，是不行的，那么就进而探究其所处的历史吧! 欧公所做的，正是遵循着孟子的教诲。

　　欧公这篇散文正是与其作为历史研究的《新五代史》遥相呼应的。

① 〔宋〕欧阳修：《王彦章画像记》，李逸安点校：《欧阳修全集》，中华书局 2001 年版，第 2 册，第 570—571 页。
② 杨伯峻：《孟子译注·万章章句下》，中华书局 1960 年版，上册，第 251 页。

但它作为文学，又精致地展现了"画像"的"岁月磨灭，隐隐可见"，"不敢有加焉，惧失其真"的神武精神！以亲历性的修复画像记述，对照映衬人物百年传承的"不朽"，这种细节运用与勾勒，让笔者想到韩愈的《圬者王承福传》，对一位泥瓦匠人的记述。王承福是一个有战功的人，"天宝之乱，发人为兵（发动百姓为兵），持弓矢十三年，有官勋。弃之来归。丧（失）其土田，手镘衣食（镘为抹墙工具，即靠做泥瓦匠为生）"，"圬之为技（以涂抹、粉刷墙壁为技能），贱而劳者也。有业之（以此为业），其色若自得者。听其言，约而尽（简约而周全）。"①韩文记述笔触之细致，有似王彦章于笏板上"画山川"，传神微妙，异曲同工。韩文"手镘衣食"，"其色若自得者"，更似"画像"精神升华，"公之不泯者，不系乎画之存不存也"。令我们感慨欧公文章既沿袭韩愈，又超越前贤的艺术造诣！

仁宗何尝不希望获得王彦章这样的边将啊！但选择这种神武之将需要朝廷各部门荐才，尤其是边塞的重臣们去发现，现下仁宗能想到的只有狄青，还有就是鄜延钤辖王信、泾原都监兼知原州景泰，三人都有破贼之功，均可进擢，但谈不上"神武"。

狄青确有战功，后来擢进他至枢密使，那是后来的事。狄青初为骑御马直，选为"散直"；宝元初从边，为殿侍、延州指挥。从边十多年，经历二十五战，八次身受箭矢、刀创，却活下来。破金汤城，深入西境，夺略宥州。协助庞籍建立边塞桥子谷寨，又独自收复筑建招安寨、丰林堡等四座堡寨。据说，安远之战，狄青受重伤，但闻贼至，挺身而起，散发，戴青铜面具，勇不可当！

经略判官尹洙非常看重狄青，向韩琦、范仲淹推荐重用。范仲淹赠予《左氏春秋》，据说狄青也喜好读书，常与尹洙一起谈兵。仁宗授予他西上阁门副使、秦州刺史、泾原路副都总管、经略招讨副使。在北虏边情危机时，仁宗召见他，徙狄青为真定路（北边境）副都总管，侍卫

① 〔唐〕韩愈：《圬者王承福传》，阴法鲁主编：《古文观止译注》，吉林人民出版社1982年版，第636—637页。

步军殿前都虞候、眉州防御使，兼保大军、安远军节度观察留后。富弼出使归来，与北虏关系趋缓，又迁狄青重返西塞。

狄青人品也很质朴，召见时看他脸上尚有"面涅"，即充军时刺面墨印，仁宗诏敕狄青可"敷药除字"。但是狄青却奏曰："陛下以功擢臣，不问门地（门第），臣所以有今日，由此涅尔，臣愿留以劝（鼓励）军中，不敢奉诏。"[①]

但是当朝，像狄青这样的将士太少了！每次战败，仁宗都要追封一批阵亡将士，恩荫其家属妻、子，好长一列为国捐躯的名单啊，令人痛不忍睹！这次定川寨之败，追封葛怀敏为镇西军节度使、兼太尉，谥号"忠隐"；其子宗晟、宗寿、宗礼、宗师，皆迁官；其妻寿宁郡王氏赐封为"河内郡夫人"……

仁宗想改变这种现状，这一时期朝臣们上疏也多言及边事问题。笔者推测仁宗定会这样苦思：朕已经把该想的办法都想尽了，把最强的兵将、智谋之士几乎都充往边塞！十月许就下诏恢复了韩琦、范仲淹的所有原职，令其作为西边全权统帅，范、韩与庞籍分领西塞诸路。又以翰林学士兼龙图阁直学士王尧臣为泾原路安抚使，并令朕身边脑瓜子极聪睿的内侍副都知蓝元用为王尧臣之副；见北边境形势趋缓，诏定州路禁军两万二千人屯泾原路，调拨内库银，赐装备钱每人一千五百，朕的确不知道还该怎样了！

仁宗还会细心回顾朝臣们的上疏，分析事态及其根源：是的，御史中丞贾昌朝上疏，所言是有道理的，说到这把双刃剑其另一"刃"所造成的弊端，即以往"削藩镇兵权过甚之弊"。为防范兵权旁落，所命将帅，率多攀附旧臣亲姻贵胄，那是太祖初有天下，当时以为"万世之利"。如今情况变了，可问题延续下来，那些可信任的皇室贵戚，不过是为他们自己快速迁官，追逐厚俸，怎能指望他们御侮平患？他们从来不知道练兵，兵卒不练、将未得人，岂能避免屡次更换将帅？以屡次更换的将帅来指挥素常不练之兵，故战必致败。贾昌朝说：今命将帅，必先疑其有无二心，非近幸不信，非姻旧不予委任。赐予金帛巨万，他们

---

① 〔元〕脱脱等：《宋史·狄青传》，中华书局1977年版，第28册，第9718—9719页。

都心无感悦，以为例所当得也！

仁宗知道，其所言多为先朝的做法，本朝已经不再这样用将帅了，但为时已晚矣！贾昌朝还说：请自今命将，去疑贰，推恩意，舍其小节，责其大效，爵赏威刑，允许将帅根据情况自主从事。本地专管的赋税及府库之物，皆得而用之。此外，边将不应依从"旧例三年转员"来委派，而应该于军队中择实有才勇可任将者授之。对于边界上的羌族蕃部，做好安抚工作。择其族中享有盛名者授为酋帅。这一点与范仲淹的做法相同。①

这些都证明以往范仲淹的做法没错，同时还证明，当朝政治该改一改了！

仁宗感觉到朝政的因循守旧，气势低沉，二府大臣不尽如人意。以往自己所以有些"麻木"，或是为了"稳妥"，总觉得吕夷简在相位二十余年，没出过大错。吕夷简有一点好，从来不会以宰相权力制衡皇帝。但是若说朝气和建明，他确实不如那些新派的人物，思路开阔，敢想敢做。

譬如新任泾原路安抚使的王尧臣，到任就尽心履职，他体量定川寨之败的四点原因，都很准确。近日又奏泾原防务问题，比及鄜延、环庆路其地皆险固而易守，唯泾原则不然，自镇戎军至渭州，沿泾河大川直抵泾、邠，略无险阻。虽有城寨，多居平地，贼径交属，难以扞防。乞朝廷加强军力部署。此外，王尧臣还提出"经略使"重叠的问题，诸路并带经略使名者多至九人，其各置司行事，造成"所禀非一"。建议除了韩琦、范仲淹、庞籍既为陕西四路都部署、缘边经略安抚招讨使之外，其他并罢"经略"之名。②

可见王尧臣是勤政尽职而有建树的，所言都被采纳了。

仁宗反复思考的是宰相之任，究竟得力与否？因为没有人替代，觉得颇费思量：

① 〔宋〕李焘：《续资治通鉴长编》，中华书局 2004 年版，第 6 册，庆历二年十月第 28 条，第 3316—3319 页。

② 〔宋〕李焘：《续资治通鉴长编》，中华书局 2004 年版，第 6 册，庆历三年正月第 5 条、第 19 条，第 3338—3345 页。

吕夷简是康定二年（1041）五月第三次入相的，仁宗直接下诏，授予右仆射（官一品）、兼门下侍郎、平章事。而未关报御史台，没有依照规章"每迁官则必奏免正衙"，当即引起非议。左正言孙沔上疏说：这种擢升有损朝廷纲纪，且鼓励朝臣不作为，而安于庸常。这使得士大夫以无过犯为能，庸愚不肖之人，不十年间，坐致员外郎！这正是吕夷简为相所造成的"平庸"风气。

孙沔更对"荫子"授官也指弊严厉：凡文官员外郎，武职诸司副使以上，每遇到"南郊祀"奏报恩荫；更有皇亲、母后外族皆奏荐，有一家多至一二十人，少不下五七人，不限才愚，尽居禄位。其子尚在襁褓之中，已列簪绅；或自田亩而来，或从市井而起，官位却已卓著。将国家有数之品名，给人臣无厌之私惠。这些子弟缺失教养，不修艺业，使其从政，徒只害民。孙沔还指出内侍宦官的"奔竞"和滥用，致使阍人（内宫守门人）多与文武官员同事，争列名衔。试问皇帝，岂宜阉寺之人，更居侯伯之上？[①]

皇帝心想，应该承认孙沔所言朝政问题确实严重存在，在后来仁宗的反思中，才被认为是正确的。当时宰相以孙沔过于忤逆，罢免了他的"左正言"，而外任了。

吕夷简所推荐的二府班子，大多是顺从其政见的老派人手，如户部侍郎、平章事章得象，枢密使、同平章事晏殊，参知政事王举正，御史中丞贾昌朝……孙沔说他们为"颇邪之辈"！为达到"巧宦进身，求左右之容，假援中闱（借助内宫之力），玷污朝直"。并说近年这种"惟务奔趋，不顾廉耻"的行为已经成为当朝风化！

仁宗在思索吕夷简用人问题的时候，不禁记起宝元年间一件事：御史中丞一职空缺着，仁宗说了尽快补缺，却迟迟未见动静。当时参政为李淑，一日仁宗偶然问及"宪长（掌管'风宪'的总管）久虚之故"，李淑奏曰：夷简相公欲用苏绅，臣闻夷简已许诺绅矣。哦，原来是与朕所择人选不同。苏绅是个阿谀逢迎者，一直追随吕夷简。可能吕夷简暖

---

① 〔宋〕李焘：《续资治通鉴长编》，中华书局 2004 年版，第 6 册，庆历元年五月第 8 条，第 3124—3126 页。

昧，也不便在朕面前提及。改日再问宰相："何故久不除（擢）中丞？"吕夷简奏说："中丞者，风宪之长，自宰相之下，皆可弹击，其选用，当出圣意，臣等岂敢铨量之？"仁宗这才有所释然。^①

还有一事，就让仁宗费解了：前不久，即庆历二年（1042）七月富弼第二次出使契丹。朝廷已经依据富弼首次协商的条款敲定了二次的议和内容，即或议婚则无金帛；若契丹能令夏国复纳款，则岁增金帛二十万，否则十万（以抵关南索地）。除此还于誓书中增加三条，即第一次协定所定内容：一、两界塘淀毋得开展；二、各不得无故添屯兵马；三、不得停留逃亡诸色人（即不得接受对方叛降者）。中书也同意，写入誓书中。富弼便携带国书、誓书及副本，以张茂实为副，启程。富弼已行致中途乐寿，多了点心思，怕书中所写，与自己所言异同，遂密拆封副本查看，果然如其所料，书中没有那三条，而写着"奏疏待报"！人们都知道，使者言与国书不一致，会遭杀身之祸！富弼令张茂实与出使车马在原地等候，他则日夜兼程地奔回京师了。

富弼面见皇帝，张口即说："执政固为此（故意这样），欲致臣于死地，臣死不足惜，奈国事何？"仁宗急忙召吕夷简等人诘问，吕夷简神色从容，只回答说："此误尔，当改正。"富弼不能容忍，更加厉声斥责吕夷简用心叵测！晏殊在旁边劝言，说吕夷简决不会这样，恐怕真出于一时之误。富弼顾不得岳父的脸面，当即怒骂道："（晏）殊奸佞，党夷简以欺陛下！"^②

仁宗在想，国书怎么能"误"呢？！怪不得当初有人言：因富弼为右正言、知制诰，在中书常忤逆吕夷简，所以执政才遣他出使契丹。仁宗还记起，当时集贤校理欧阳修曾上疏留富弼于朝廷，并且"引颜真卿使李希烈事"作比（颜真卿为唐朝大臣，德宗时淮宁节度使李希烈叛乱，颜真卿出使欲说服，被李希烈杀害）。

至庆历三年（1043）正月，工部员外郎、提点两浙路刑狱孙沔，已

① 周勋初：《宋人轶事汇编》，上海古籍出版社2014年版，第2册，《李淑》第1条，第818—819页。
② 〔宋〕李焘：《续资治通鉴长编》，中华书局2004年版，第6册，庆历二年七月第10条，第3286—3287页。

经迁为陕西转运使。也就是说，他很快恢复为节度使正职。仁宗朝就是这样，并未真的惩罚言官。孙沔到任之后除了关顾西事，而再次上书，这次便是直接弹劾吕夷简了。

此时吕夷简已经数次自己要求罢相，大凡做宰相者，政治敏感度都很高，从皇帝平日言谈表情中即可察觉。但是仁宗心里很矛盾，一是尚没有替代者的人选，曾经试过了，王随、陈尧佐、张士逊，都不如他；二是仁宗终还是有些不舍，念记吕夷简的许多稳妥、持重，应该说仁宗从十三岁即位，平稳过渡至亲政，是依靠了这位大臣的！夷简毕竟有他"大度"处，范仲淹曾把他比作汉成帝所信任的佞臣张禹，说他专权徇私，阴窃人主之柄，那的确是过分了。可是当恢复范仲淹原职以令戍边的时候，吕夷简却能够说："范仲淹贤者，朝廷将用之，岂可但除（仅授予）旧职邪？"即说，应该比原职更有进擢。这件事很令人感动，国家危难当头，吕夷简想的是"大处"。所以仁宗并未应允吕夷简告退相位。

而这时孙沔的弹劾宰相的上书到了，它主要说"宰相多忌而不用正人"：

> 自吕夷简当国，黜忠言，废直道，及以使相出镇许昌，乃荐王随、陈尧佐代己。才庸负重，谋议不协，忿争中堂，取笑多士，政事寝废，即岁罢免。又以张士逊冠台席，士逊本乏远识，致隳国事，戎马渐起于边陲，卒伍窃发于辇毂。舍辔徒行，灭烛逃遁，损威失体，殊不愧羞，尚得三师居第。此盖夷简不进贤为社稷远图，但引不若己者为自固之计，欲使陛下知辅相之位非己不可，冀复思己而召用也。陛下果召夷简还，自大名入秉朝政，于此三年，不更一事，以姑息为安，以避谤为知。西州将帅，累以败闻，北敌无厌，乘此求赂，兵歼货悖，天下空竭；刺史牧守，十不得一；法令变易，士民怨咨，隆盛之基，忽至于此。……[①]

[①]〔宋〕李焘：《续资治通鉴长编》，中华书局 2004 年版，第 6 册，庆历三年正月第 20 条，第 3346—3347 页。

而且还说：皇帝，你"若恬然不顾，遂以为安，臣恐土崩瓦解，不可复救"，那真可谓"是张禹不独生于汉，李林甫（唐玄宗朝败政奸佞）复见于今也"。

仁宗看到了，不能说孙沔奏章完全言无根据，尤其所说吕夷简推荐的王随、陈尧佐、张士逊都是些不堪用的人，以及现在所处的局面。末了的告诫，也并非全然"危言耸听"。

仁宗把该上书令宰相阅，吕夷简看后对旁人说："元规（即孙沔）药石之言，但恨闻此迟十年尔。"呵呵，应该佩服吕夷简的容人气量……

第二节　西夏求和与改政伊始

李元昊接二连三战胜，却突然遣使提出议和，应该说是契丹的"劝和"生效了。为此契丹每岁多获得十万金帛。西夏或许看上了议和而获的"甜头"，连年征战国力匮乏、将士死伤，自身也需要养兵蓄锐。而宋朝廷，刚刚调整好边备部署，是否就真的需要这种以金帛换取的"买静求安"呢？

仁宗已赐予陕西四路招讨使韩琦、范仲淹、庞籍各百万军费，做好两手准备，即使议和也不能松懈军备。仁宗顺从了大臣及边将，大多希望"息肩以休士卒"的朝议，准备接受议和。

朝臣中确有人提出"不如不和"，此时余靖早已恢复馆职，为集贤校理。余靖说："吾数年之辱，而契丹一言解之。"定会引起北敌对宋朝轻视，"若契丹又遣一介有求于我，以为之谢，其将何词以拒之？"如果宋朝不答应，北敌必会兴师问罪。再者，契丹"自言指呼之间，便令元昊依旧称臣。今来贼昊不肯称臣，则是契丹之威不能使西羌屈伏"，若宋朝答应其不称臣，与之结盟，则又授与契丹问罪理由。"故臣谓今之不和，则吾虽西鄙受敌，而契丹未敢动也。"更何况，即使与西贼和好，也权在敌国，中国之威尽丧。[①]这些分析是中肯而有道理的。

庆历三年（1043）二月十七日，韩琦、范仲淹很及时地发来边奏，谈他们对与西夏议和的意见。上书以"臣等"自称，当为韩、范二人的共同意见。从文章风格来看，乃范仲淹执笔。令人欣慰的是，范公一反往常奏疏多言出战困难的色调，而以"不足畏"的应战姿态，鼓励朝廷于"议和"时应该坚守的原则和底线。

韩、范担虑，元昊"以累世奸雄之志，而屡战屡胜，未有挫屈，何故乞和？"以为敌人莫过"乃求息肩养锐，以逞凶志，非心服中国而来也"。就此建议朝廷有三点不可许：一是"鸿名大号，天下之神器"，不可许敌；即西贼不改僭号，不称臣，朝廷不宜开许为鼎峙之国；二是"天都山，所居已逼汉界"，陕西戍兵边人负过必逃归那里，"彼多得汉人，则礼乐事势，与契丹并立，交困中国"，故该地界不可许敌；三是彼如割横山一带属户（即所属蕃族），不可许；又及彼若求至京师，依照往昔出入商贾，不可许，"只于边界上建置榷场，交易有无"。

更值得提及的是，二位边帅已经做好"应敌"准备。即使不议和，我们已经能够应对了！即说：只需厚遣敌方使者，善词回答，迁延往来，而逾过四月，贼再举兵而来的时候，宋"则城寨多固，军马已练，或坚壁而守，或据险而战，无足畏矣。臣等已议一二年间训兵三四万，使号令齐一，阵伍精熟，又能使熟户蕃兵与正军参用，则横山一带族帐，可以图之。……然乞朝廷以平定大计为念，当军行之时，不以小胜小衄（败），黜陟（罢黜或擢升）将帅，则三五年间，可集大功"。并说，不要把往昔战败当一回事，那是很正常的，"国家太平日久，将不知兵，兵不习战，而致不利也。非中国事力不敌四夷，非今之军士不逮古者，盖太平忘战之弊尔。今边臣中有心力之人，鉴其覆辙，各思更张，将有胜敌之计"。

应该说韩、范拿出了男儿血性，其上疏是感人的，鼓舞人心的。末了说："西事以来，供国粗使，三年塞下，日劳月忧，岂不愿闻纳和，

---

① 〔宋〕李焘:《续资治通鉴长编》，中华书局 2004 年版，第 6 册，庆历三年二月第 9 条，第 3354—3355 页。

少图休息？非乐职于矢石（兵戈）之间，盖见西贼强梗未衰，挟以变诈，若朝廷处置失宜，他时悖乱，为中原大祸，岂止今日之边患哉。臣等是以不敢念身世之安，忘国家之忧"①

仁宗最终还是选择了"议和"，他不能看着边将们一个接一个地殉国，也不敢奢望一年半载能改变战将的军事素质和国家强悍的军力，或许那是本质上的无可改变，它不可能变成秦嬴政的"上首功之国"！"买静求安"，买就买吧，给予百姓安静，给予将士们安静，让他们不再悲吟"羌管悠悠霜满地，人不寐，将军白发征夫泪"！让他们活着！

仁宗思谋着变更朝政，留意于朝臣们的舆论。朝臣们普遍看好韩琦、范仲淹，以为西塞在此二人手里是安全的、放心的。除此还看好那些青年学士，馆阁之臣，对他们寄予厚望。枢密使、兼平章事晏殊，已在皇帝面前多次美言欧阳修、余靖，认为他们有生气、肯担当……

庆历三年（1043）三月，当宰相吕夷简再次辞位，仁宗同意了。仁宗御延和殿召见，敕令吕夷简可乘马至殿门，这是皇帝恩赐的一种礼遇。命内侍取其子陪同搀扶，无须参拜，赐座。罢相仪式很是隆重。虽已罢相，仁宗还是迁吕夷简为司徒、监修国史，军国大事与中书、枢密院同议。仁宗问吕夷简，可有推荐的人选，史家李焘留于《长编》中的注释文字说："《附传》云：夷简再辞，荐富弼等数人可大用，《正传》已削去。恐夷简未必能荐富弼也，今从《正传》。"笔者把它引录在这里，以为它或许是吕夷简"真实"的心情，即他真的推荐了富弼，因为他的确伤害过富弼的缘故！

仁宗更新朝政，首先想到扩充谏院、增设谏官。没有人说话，新政从哪里来呢？而命三馆臣僚和二府大臣集议，看谁合适。人们一向认为，谏官当由品学兼优者来任职。朝臣们热议之下，首选之人竟是欧阳修！并且新老朝臣竟然异口同声。

此时欧阳修尚在滑州，似乎离开我们太久了！笔者更记起他初涉仕

---

① 〔宋〕李焘：《续资治通鉴长编》，中华书局 2004 年版，第 6 册，庆历三年二月第 8条，第 3348—3354 页。

途时所作《上范司谏书》，谏官在其眼里的神圣地位，可谓"诚以谏官者，天下之得失、一时之公议系焉。……"这是一个有良知的士大夫对于"谏官"的理喻，而非徒有虚名。

是年三月二十六日，朝廷诏欧阳修还朝，任命其为太常臣、知谏院。这时谏院新任命的谏官已有兵部员外郎王素（即真宗朝宰相王旦之子），太常博士、集贤校理余靖为右正言，稍后还有一位，那就是著作佐郎、馆阁校勘蔡襄，擢为秘书丞、知谏院。

仁宗此一举措惊动朝野，因为此四人都是人品正直、敢言之人。例如蔡襄，刚刚进士甲科及第、充西京留守推官的时候，就能够作《四贤一不肖》诗，评议朝廷政事，并且明言："朝家若有观风使，此语请与封人诗。"不怕自己失去进擢的机会。

仁宗为充实二府实力，已召夏竦为枢密使，认为他边任多年而熟悉边塞；另外，毕竟他少年时英姿勃发，富有才智。此时夏竦尚外任于蔡州（今河南汝阳），正在奔赴还朝。

可是刚刚上任的谏官们却看不上夏竦，欧阳修、余靖等连连上疏弹劾。主要认为他在边塞帅任上没有政绩，并且畏懦苟且，不肯尽力，每论边事，只是罗列众人之言，及至朝廷派遣使臣督临，他始才陈述十策。而其中军帐内备有歌妓侍女，寻欢作乐，几乎导致军队哗变。李元昊针对朝廷以高昂的悬赏购捕他首级，也张贴悬赏文告，得夏竦首级者赏钱三千，故意以钱少言其所轻如此！①

反对夏竦擢枢密使的声音不光来自谏院，御史台也交相奏章："（夏）竦挟诈任数，奸邪倾险，与吕夷简不协，夷简畏其为人，不肯引为同列，既退而后荐之，以释宿憾。"即说，吕夷简退位时为补偿"宿憾"才推荐夏竦的。看来吕夷简荐人的确带有某种"补偿"目的。侍御史沈邈还说：夏竦阴交内侍刘从愿，内济险谲欺诈，外专要职机务，奸党得计，人主之权去矣！

这时夏竦返朝已至国门。仁宗仍未决断，或许他想，边事无功，不

① 〔宋〕李焘：《续资治通鉴长编》，中华书局 2004 年版，第 6 册，庆历三年四月第 9 条，第 3364—3365 页。

是哪一个人无功，而是整体的失败，不能仅责怪一位边帅。余靖又言：夏竦"及闻召用，即兼驿而驰。若不早决，竦必坚求面对（皇帝召对），叙恩感泣，复有左右为之解释，则圣听惑矣！"

新任命的御史中丞王拱辰，对皇帝极言，力主罢黜夏竦。仁宗不高兴了，不等他话尽起身要走，王拱辰竟然一把牵住皇帝的衣袖，要求把话说尽。仁宗想想，台谏前后上疏已有十余疏，台谏是自己亲立的台谏，遂下诏罢黜夏竦，而任用谏院提名的枢密副使、吏部侍郎杜衍为枢密使。

夏竦急匆匆赶到朝廷的时候，朝廷已改授他为宣徽南院使、忠武节度使仍旧知蔡州。他所有的激情一下冷却下来，惊呆了一样，头晕目眩，耳际似也听到自己少年时颇怀"甘霖润物"之志的诗句，然而那顿时演变为不堪凄凉的意境了："残云右倚维杨树，远水南回建业船。山引乱猿啼古寺，电驱甘雨过闲田……"

青年学者石介非常振奋，看来仁宗是要大干一场了！前不久，即庆历二年（1042）十一月甲申，朝廷召"泰山处士"孙复为试读书郎、国子监直讲。石介便是孙复的门人，视先生为学界泰斗。"处士"就是什么官职、学位都没有的人。孙复只是个著名的私人讲学的先生，他曾试贡举，但落选了。范仲淹、富弼皆言孙复有经术，遂被仁宗召用。孙复为治学，四十岁不娶，先朝宰相李迪把自己弟弟的女儿许以为妻，他尚犹豫是否接受，后经石介与诸位弟子劝说，才答应了婚事。管勾翰林院和国子监的大臣孔道辅召见，石介很骄傲地陪伴在先生身侧。石介早已是朝廷命官，天圣八年（1030）进士甲科出身，授予郓州推官，后迁南京留守推官。景祐中御史中丞杜衍荐他做御史台主簿，因故未成。庆历三年（1043）六月，新谏院王素、欧阳修、余靖、蔡襄四人力荐石介加盟为谏官，而被范仲淹否了。理由是石介若为谏官，"必以难行之事，责人君以必行"。算是范仲淹看对了人。

石介并不在意这些，他仍竭力支持新政，而作四言体长诗《庆历圣德颂》，赞美仁宗重用贤良，罢黜奸佞。笔者估计该诗出手较晚，当在朝廷二府人选初备的时候，因为它对新任朝臣一一作了评价。该诗以皇帝"自述"的叙事手法铺陈，传播甚广，连身在蜀地、尚且年少的苏轼都见到了。笔者仔细阅读全文，并未发现它太多过激或说狂热，只不过未指名地把夏竦称为"大奸"。孙复看后很担心，告诫石介：只怕你的灾难自此始矣！范仲淹看后则在韩琦面前指责说："大事要坏在这些'鬼怪'之辈手中！"这"鬼怪"一词摘自该诗"昆虫蹢躅，妖怪藏灭"一语，不过反其义而用在石介身上。

我们说，范仲淹这种担虑过激会引来"不测"的预感，或许是忧患的、不无道理的，但是谁又能够防范将后到来的那种"灾难"呢？那种带有历史必然性的到来，它不会因为此一诗的有无，就不到来了。激进固然不好，但它讴歌新政的功绩却是无可置疑的。笔者出于同情，必须对石介先生的长诗略作摘引评述：

长诗开篇即以磅礴气势，言仁宗"躬揽（亲择）英贤，手锄奸孽。大声汹汹，震摇六合（天地四方）"。听到皇帝就像明道元年（1032）亲政时那样恳恻、忧戚地说："予父予祖，付予大业，予恐失坠，实赖辅弼。"作者以这种"自述"来谈现任二相章得象、晏殊，辅佐为时已久，就继续为相吧；原先的御史中丞贾昌朝，现为参知政事，可佐于二相。贾昌朝早先为翰林侍读学士，"学问该洽，与予论政，传以经术"。

石介重笔浓墨谈的是范仲淹、富弼、韩琦、杜衍，以及欧阳修、余靖等新人。记述他们正直、果敢的人品和为政功绩，不惜篇幅。这种笔墨的分配，让我们感知到石介实际上的心之所向。如说范仲淹：朕早就察觉到汝的真诚，在"太后乘势，汤沸火热"的时候，汝尚为小臣，就已经"危言巢巢（所言高大伟岸）"；知开封府时，又为朕指明政弊；在边陲，"六月酷日，大冬积雪，汝暑汝寒，同于士卒。予闻辛酸，汝不告乏"。说到富弼，则说：朕相知恨晚，富弼每次见朕，从未为私事拜谒，总是以"道"劝朕，辅佐之言甚为深切。"予不尧舜（我不为尧舜之处），弼自笞罚。（其为）谏官一年，奏疏满箧。"言及富弼使契丹之功，授予枢密副使而坚辞不就；富弼秉承皇帝的旨令，远涉沙碛万里，死生一节。仅看其面颊皮肤，已被塞北长途奔劳，霜剥风裂。末了仍吟："惟仲淹弼，一夔一契（指虞舜之贤臣夔、商族帝喾之子契）。天实赍予（上天赐我），予其敢忽（我怎敢忽视）。"

长诗尤其讴歌知谏院诸公，认为他们"左右正人，无有邪孽"，这是自皇帝嗣位二十二年来"神武不杀"所必然幸遇的"默契"，它是天下"有望太平"的真正保障。

为了纪念这位豪杰石介先生，笔者特将下面这一四言诗段翻作现代散文（并备原文）：

唯有欧阳修、余靖二位学士，能够立于当朝谏职而现出清正、高大的身姿！因为他们的人品、言行，乃是光明磊落的；且手持朕所颁玉璋，更是独行而通达，无处不到的！他们的品格体态，恰如唐人皮日休之诗所吟："碌砢（磊落）千丈松，澄澈万寻碧！"他们虽然俸禄微薄，贫困不足以养亲，官职不高，地位欠隆，但他们志向浩然深远，亦如鸿鹄，英勇而无卑怯。曾经言诋大臣，遭遇贬谪外任。而万里返朝，其刚直与气节却不见受挫；相反上疏直谏连续不断，为的是以其卑位而补庙堂圣门之阙失。我们再说王素，乃先朝宰相王旦之后，其清廉洁净如月皓白，认真履职尽责胸怀忠义，昔日王素为御史，有奏章不及待明日早朝，而叩内宫来到朕的卧榻前言事，朕深受感动，那封谏疏，至今仍珍藏在我的箱匣内。而著作佐郎蔡襄，虽然官职有待进擢，但他的声名却早已震动遐迩，彻朕耳鼓。皆因为他积极献言，告诫规劝朕之过失。蔡襄的这种纯洁而不杂、坚守刚直而恭谨、诚实，实可与欧阳修相匹偶，成伴结双。朕的过错，诸位谏官就尽管说吧！朕期盼你们，切莫缄默！

> 惟修惟靖，立朝谳谳。言论碌砢，忠诚特达。禄微身贱，其志不怯。尝诋大臣，亟遭贬黜。万里归来，刚气不折。屡进直言，以补予阙。素相之后，含忠履洁。昔为御史，几叩予榻。至今谏疏，在予箱匣。襄虽小臣，名闻予彻。亦尝献言，箴予之失。刚守粹悫，与修俦匹。并为谏官，正色在列。予过汝言，无钳汝舌。[1]

---

[1] 〔宋〕石介：《庆历圣德颂》，洪本健：《欧阳修资料汇编》，中华书局 1995 年版，上册，第 13 页。

第三节　碌砢千丈松

欧阳修看到，现下二府人选实际上是不能任事的！除了杜衍之外，几乎还是吕夷简的旧有"兵马"。现在一遇要事，他们就被召到吕夷简的家中议事。因为这是皇帝给予吕夷简司徒之职"军国大事与二府同议"的权力。欧阳修知道，此事不能操之过急，急了会彻底"翻船"，需要循序渐进地过渡。

欧公团结谏院诸公，利用各种渠道和朝见机会，把舆论逐渐引向"韩、范"的返朝重用。自然会遇到二府大臣那里的阻力，御史台王拱辰亦不会持这种主张，他的这位连襟，根蒂上是亲吕夷简的，在"百官图"事上就极力反对范仲淹。之所以于夏竦事能够协力，是因为夏竦以往品质过于险谲了。

石介先生的长诗有一点好，就是对"韩、范、富"评价极高，皇帝自会考虑，中书当由什么样的人来主事。此前皇帝曾任命富弼为枢密副使、右谏议大夫，但是富弼坚辞不受，数次辞绝，无奈改任他为资政殿学士、兼翰林侍读学士，乃为皇帝近臣。他仍旧辞。他不认为出使契丹为"功"，更怕授官与此牵连，一旦北虏悖盟，富弼将会获罪。应该说富弼此举是聪明的。后来经中书大臣劝说，所授"侍读"与使契丹事无关，他才勉强接受了。

事态确如欧阳修所愿望的，仁宗出手诏，令内侍赴边塞宣谕韩琦、范仲淹、庞籍："候边事稍宁，当用卿等在两地（指朝廷与边关两处），已诏中书札记。此特出朕意，非臣僚荐举。"又令他们上奏可代替处边任者。但是韩、范等言，李元昊虽约和，诚伪未可知，他们愿尽力于塞下，不敢拟他人为代。

至是年四月甲辰，朝廷颁诏了，擢韩琦、范仲淹并为枢密副使，召令返朝。同时任命知永兴军、资政殿学士郑戬，以及陕西转运使孙沔代替韩、范的职务，即为陕西四路马步军都部署、兼经略安抚招讨使，驻军泾州。这是欧阳修、富弼等朝臣积极建言献策，推进新政，所取得的成果。

　　这事在朝臣中引起不小的反响，主要是担虑韩、范二人同时离开边任，怕于边事不利。对此欧阳修也想到了，并非他二人"有来无还"，先进入二府再说！一有边情重返边任是不难做到的，何况上方允许"两地兼职"。否则，边备持久，何时宜于返朝？若不趁热打铁，恐怕失去机遇，谁知道皇帝哪天会怎样！

　　朝中除了上述担虑，还有言，依据规章，枢密副使不能带职外任。这似乎杜绝了韩、范"两地任职"的可能。这意见即来自中书章得象和贾昌朝，使问题顿趋紧张。

　　富弼当即上疏："臣伏闻近降敕命，韩琦、范仲淹并授枢密副使，仰认圣意，只从公论，不听谗毁，擢用孤远。天下之人皆谓朝廷进用大臣，常如此日，则太平不难治也。"只是因边患未绝，或恐阙事，群论皆愿一名召来，使处于内，一名带枢职且令在边。然而近日又闻有异议者，说枢密副使不可令带出外任，恐他时武官援此为例，深为不便。此乃横生所见，巧为其说，目的是阻止陛下独断之明，害天下至公之论。立此异议者，是欲惑君听，抑贤才。奸邪用心，一至于此。富弼还指出，先朝即有大臣带二府职任应急出外的，并未闻有武臣"援此为例"。①

　　欧阳修于五月二十九日，上《论韩琦范仲淹乞赐召对事札子》。欧公汲取教训，不要让人又说他们"朋党"！所以他没有紧追富弼之后即刻上疏，而是相隔一段时日的。另外，也很策略地避开说"授枢密副使和返朝"的事，而仅就边事说韩、范二臣的重要，乞皇帝赐予"召对"。我们看到，欧公为了新政的有效推进，是相当谨慎的。

　　　　臣伏见自西鄙用兵以来，陛下圣心忧念，每有臣僚言及西
　　事，必皆倾心听纳。今韩琦、范仲淹久在陕西，备谙边事，是
　　朝廷亲信委任之人。况二臣才识不类常人，其所见所言之事，
　　不同常式言事者，陛下最宜加意访问。自二人到阙以来，只是

---

① 〔宋〕李焘：《续资治通鉴长编》，中华书局 2004 年版，第 6 册，庆历三年四月第 6
　　条，第 3363—3364 页。

逐日与两府随例上殿，呈奏寻常公事，外有机宜大处置事，并未闻有所建明，陛下亦未曾特赐召对，从容访问。况今西事未和，边陲必有警急，兼风闻北虏见在凉甸与大臣议事，外边人心忧恐。伏望陛下于无事之时，出御便殿，特召琦等从容访问，使其尽陈西边事宜合如何处置。今琦等数年在外，一旦归朝，必有所陈，但陛下未赐召问，此二人亦不敢自请独见。……①

欧公用心良苦，唯有"召对"可加深皇帝对二臣的了解，面谈不仅使其所谈问题深入，还能增进君臣的感情。很快仁宗接受了欧公建议，召对了他们。

我们仅从韩琦所言边事，可以看出面谈的深入。韩琦说："而臣窃睹时事，谓可昼夜泣血，非直痛哭太息者，何哉？盖以西、北二虏祸衅已成，而上下泰然，不知朝廷之危，宗社之未安也。"这正是臣等所以五次奏表不予返朝的原因。西贼"今乘定川全胜之气，而遣人纳和，则知其计愈深，而其事可虞也。议者谓昨假传导之力（借助契丹劝和），必事无不合，岂不思契丹能使元昊罢兵，不能使元昊举兵乎？况比来（近来）殊未屈下。北虏之言无验，亦恐有合纵之策，夹困中原。傥（倘若）契丹隳（毁）其誓约，驱犬羊之众直趋大河，复使元昊深寇关辅，当是时，未审朝廷何术以御之？"②韩琦说了许多边塞存在的问题及所需对策，笔者省略不赘。

但笔者必须摘引的是，此前韩、范的五次上疏，表明他们确实不愿意此时从命返朝，这的确是有损边事的！他们一点儿都不稀罕自身的进擢，一心想把边塞治理停当，所言坚决，可谓"泣血"：

《除枢密副使召赴阙陈让第一状》：右（上），臣等各准中

---

① 〔宋〕欧阳修：《论韩琦范仲淹乞赐召对事札子》，李逸安点校：《欧阳修全集》，中华书局2001年版，第4册，第1492页。

② 《韩忠献公年谱》，吴洪泽、尹波主编：《宋人年谱丛刊》，四川大学出版社2003年版，第2册，第1229—1230页。

书札子，奉圣旨，令臣等交割本职公事与郑戬管勾讫，乘递马疾速发来赴阙者。臣等未立边功，忽承诏命，必虑别有进擢，实不遑宁。伏缘臣等自领经略之任，竭心戎事，其于边上利害，军中情伪，年岁之后，方能谙悉。至若仓卒之际，贼谋百端，熟于见闻，始可料度。且朝廷举天下之力应付西事，于今累年。贼气尚骄，屡为边患，是朝廷责臣等立效之秋，臣等尽节报国之日。况贼界虽来讲和，或恐盟约未合，进复却有点集事宜，将来倍须御备。今去防秋，只是百余日间，夙夜经营，犹恐阙漏。臣等若更离去，或致疏虞，不惟上误朝廷，愈长寇孽，显是臣等自贪宠异，移过后人，虽当万死，何以塞责！兼近蒙差降中使宣谕臣等，候边事稍宁，用在两地。臣等寻具奏闻，且乞依旧陈力。此由衷之请，天鉴可明，即非今来虚有陈让。伏望圣慈念边事至大，不可差失，特降中旨，允兹至诚，许臣等且在本任，庶竭疲驽，得裨万一。臣等无任。

《第五状》：右，臣等近者忽承诏旨，俾赴阙廷，继上奏封，且乞在任，未量圣慈，果悉愚诚？夙夜震遑，若无所措。

伏念臣等自西寇猖獗，久当戎事，虽才不逮志，未有成绩，若其裁处军政，审料敌情，既逾岁年，粗亦详练。故边防忧患之急，臣等去就之分，前奏备列，不敢烦陈。今所切者，昊贼累次盗边，必先伪达诚款，伺我稍懈，随机奔冲。……而朝廷当经营防秋之际，动易帅臣，送故迎新，众情自扰。则于御捍之事，不无废缺。贼如乘我不备，适足遂其奸谋，则是朝廷以西事为轻，而以进擢微臣为重。或因此有误大计，更滋寇孽，则臣等贪冒宠异，情何以安！

臣等所以知远在朝廷，不若亲临疆场，盖耳目所接，指踪为便，庶于仓卒，不失事机。况今干戈未宁，民力渐屈……宜拔非常之才，待以不次之位，使其恢宣贤业，讲求庙算。臣等自当奔走塞下，奉行胜略。如此则内资帷幄之议，外期节制之行。……伏望圣慈察臣等忠荩之悃，素有本末，实不以内外之职，轻重于心，早赐允俞，使尽臣子之节。臣等无任。①

韩、范二公的上疏真够坚决、真诚的！但是仁宗的态度，比两位朝臣还要坚定不移。皇帝似抱定了目的，要依从众望，更新朝廷，革除时弊，给予天下真正太平！边界安宁，为时尚远；而使这架国家机器得以高效率的运作这一目的，却迫在眉睫！欧阳修说得对，《准诏言事上书》，皇帝仔细看过了，天下之弊巨大，有司不能任事，导致国力羸弱，边事怎不败衄。

人们都说，官家怀柔有余，而刚断不足。这次，皇帝就做出个刚强、果断的样子来吧！官家不能总是拘泥先朝故事，枢密使不能带职外任，武官不得重用入枢府，才俊也得因循吏制次序，这能不自缚手脚，坐以待毙吗？

但是二府旧臣，也不宜"一刀切换"，他们有一点好处，可维系平稳过渡。例如晏殊，的确少有建树，是个安于自身享乐、过日子的人，但是却知道该用什么人。范仲淹最初入朝廷，就是晏公举荐的；今天的谏官欧阳修、余靖，也是晏公一再提名。再如翰林学士、知制诰王举正，康定二年（1041）五月授予右谏议大夫、参知政事，此人虽能力不强，但人品温和，从无险谲。

应该说贾昌朝能力不错，他为翰林侍读学士的时候，讲解《春秋左氏传》，每至诸侯淫乱事，就避开不讲，怕污染了皇帝。皇帝还说："六经载此，所以为后王鉴戒，何必讳？"原先有一侍读，名叫林瑀，教唆仁宗饮乐，他自言于《周易》得圣人秘义，绘制一卦图，说："陛下即位，于卦得《需》，象曰'云上于天'，是陛下体天而变化也。其下曰'君子以饮食宴乐'，故臣愿陛下频宴游，务娱乐，穷水陆之奉，极玩好之美，则合卦体，当天心，而天下治矣。"仁宗把这话告诉了贾昌朝，贾氏斥责道："此乃诬经籍以文（文饰）奸言，真小人也。"仁宗认同，当即就驱逐了林瑀，并命终身不再录用。②

① 〔宋〕范仲淹：《除枢密副使召赴阙陈让第一状》《第五状》，李勇先等点校：《范仲淹全集》，四川大学出版社 2002 年版，上册，第 439 页、第 444 页。
② 周勋初：《宋人轶事汇编》，上海古籍出版社 2014 年版，第 1 册，《仁宗》第 95 条、第 24 条，第 89 页、第 72 页。

贾昌朝为御史中丞时多次谏言。庆历二年（1042），葛怀敏战败之后，贾昌朝上疏罢免陕西经略使王沿，认为他节度无状。仁宗诏罢王沿边职及龙图阁直学士，降为天章阁待制。同年贾昌朝上疏弹劾皇室亲族，武成军节度使、同平章事、驸马都尉柴宗庆，前在郑州贪污不法，不能再令其赴本镇，恐更加害民。仁宗依从，诏柴宗庆罢职，不再赴任。①

所以不能说贾昌朝"不任事"。但是现在他为参知政事，仁宗却没有听到他言及朝臣们热议的"韩范"。

再说御史中丞王拱辰，对富弼颇有微词。一日拱辰应皇帝召对竟说："富弼亦何功之有？但能添金帛之数，厚夷狄而弊中国耳。"当然仁宗不会强迫臣僚之间的认同，且知道其新、旧之异，存有隔膜。仁宗仅就"金帛"说话："不然，朕所爱者土宇生民耳，财物非所惜也。"王拱辰说："财物岂不出于生民耶？"使得皇帝哽塞有顷，才说："国家经费，取之非一日之积，岁出以赐夷狄，亦未至困民。"王拱辰仍旧不舍诘问："犬戎无厌，陛下只有一女，万一欲请和亲，则如之何？"仁宗知道其针对的仍是富弼之"屈己增币"，乃说："苟利社稷，朕亦岂爱一女耶？"王拱辰这才作罢，遂说："臣不知陛下能屈己爱民如此，真尧舜之主也。"②

所以说，仁宗知道不能"一刀切"，那会引起很多人反对，只能逐步输入"新鲜血液"。这样也有好处，相互有所制约，而避免"朋党"。既要必取众望，又要稳固皇权。

恰值武臣王德用，为内宫进献了两个女子。——王德用有过战功，十七岁时为先锋军出击西夏李继迁，率万人攻占铁门关。明道年间授保静军节度使、定州路都总管。人是个武人，不大知书。所献女孩儿姿色绝佳，仁宗已经接纳了，留在身边。

这事让仁宗记起前数年，自己身边有过两个心仪女子，即尚美人、

① 〔宋〕李焘：《续资治通鉴长编》，中华书局2004年版，第6册，庆历二年十一月第2条、同年四月第29条，第3321页、第3241页。
② 周勋初：《宋人轶事汇编》，上海古籍出版社2014年版，第1册，《仁宗》第29条，第73—74页。

杨美人。"美人"乃内宫之赐封。当时朝野多议论，司谏滕宗谅上疏说："陛下日居深宫，留连荒宴，临朝则多羸形倦色，决事如不挂圣怀。"仁宗感觉非常伤面子，而且他言过其实，自己何时"临朝羸形倦色"了？于是把滕宗谅贬谪了，出知信州。后来滕公知湖州，大兴学校，学徒数千人，深得人望。仁宗反思自己，是否贬谪错了？仁宗知道这一点不好，却又是人性难以克制的。但是尚、杨二美人，也未能留住，当时章惠皇太后（即真宗之杨淑妃）为"监国"，极言驱逐此二人，加上入内寺省都知接连督促，仁宗无奈出了她们。她二人哭泣，不肯走，还遭到入内都知的辱骂："宫婢尚复何言！"结果尚氏做了"女冠"（道士），杨氏为僧尼……①

而今又遇到王德用"进女口"，仁宗希望她两人能够平安。可是新谏官王素来了。

或许王素也记起"前车之鉴"，或许尚不知王德用的来头，怀有什么目的。王素性直，开口就问这件事，仁宗反问道："此宫禁事，卿何从知？"王素满面正色地说："臣职在风闻，有之则陛下当改，无之则为妄传，何至诘其从来也。"仁宗笑了，说："朕真宗子，卿王某（讳旦）子，与他人不同，自有世契。"仁宗是想套套近乎：你爹爹给我父亲当过宰相呢！接着说："（王）德用所进女口，实有之，在朕左右，亦甚亲近，且留之如何？"王素却不为所动，说："若在疏远，虽留可也。臣之所论，正恐亲近。"仁宗竟禁不住有些动容，心说：我这个皇帝做得怎么这么难！但是，新谏官是自己立的，新政伊始，王素刚刚谏言，自己就不从，这让谏官怎样去做？好吧，遂命内侍，令后宫出此二人，每人支钱三百贯。②

这时仁宗终抑制不住落下几滴眼泪，因为他记起尚、杨二美人出宫时的情景……

① 周勋初：《宋人轶事汇编》，上海古籍出版社2014年版，第2册，《滕宗谅》第1—2条，第974页。
② 周勋初：《宋人轶事汇编》，上海古籍出版社2014年版，第1册，《仁宗》第19条，第72页。

这是欧阳修任职谏官后首次上疏建明于朝政的论事札子。

所谓"建明"，即有所独到的"举措"。欧公建议朝廷选派得力干练的"按察使"，按察全国诸路州县官吏状况，以"澄汰"不称职者。无疑这是针对朝廷吏治的，被视为天下众弊的根源。所呈《论按察官吏札子》，一连三疏，因为朝廷未能及时行动，后来中书又予以"变通"，使它无法产生实效，才有了后来两疏。

第一疏言："臣伏见天下官吏员数极多，朝廷无由遍知其贤愚善恶。审官、三班、吏部等处，又只主差除月日（派遣的时限），人之能否，都不可知。……致使年老病患者，或懦弱不材者，或贪残害物者，此等之人布在州县，并无黜陟，因循积弊，冗滥者多，使天下州县不治者十有八九。""臣今欲乞特立按察之法，于内外朝官中，自三丞以上至郎官（指三省六部官员）中，选强干廉明者为诸路按察使。"①

这就是稍后的新政，范仲淹所言"十事"的纲领性内容之一。

前面我们说到了贾昌朝，有能力、有见识，他不会不认为这是一个带有根基性问题的恰当举措，中书内尚有晏殊会做出公允的评判。但是实施起来会在全国"伤筋动骨"，做不好整个旧有的官制体系就动摇了，乃至瘫痪了！正值边塞吃紧，敢这样做吗？再者，挑选二十余人六部郎中或员外郎做按察使，说起来轻巧，而真正"强干廉明"且无私者，可挑选得出？即使挑选出了，其与各路转运使、节度使立即形成对立，你去按察我的州县官，我要保他、你要罢黜，乃至连转运使也一同弹劾，局面不堪想象！末了贾昌朝拿出一个主意：令各路转运使副，兼任按察使。这样，它仍隶属在正职的辖下，保持相对的稳定。这个意见得到宰相章得象的极大赞成：好，这个意见好！没有白给皇帝当侍读学士，真是一位"才子"啊！

这一聪明的处置，是欧阳修始料未及的，这等于是让他们自己按察自己，这可能吗？况且诸路事无巨细都是由"使副"来具体做的，他能撇下转运使分内工作，去专注操作按察吗？到头来他没做，却说他"按

---

① 〔宋〕欧阳修：《论按察官吏札子》，李逸安点校：《欧阳修全集》，中华书局2001年版，第4册，第1505页。

察"过了，你又奈何？欧公急忙又上《论按察官吏第二状》。

初乞差遣按察使者，绝不是这种"以转运使自合察举本部官吏"的做法，因为那是不可能奏效的。若要必欲救弊于时，则必须由朝廷精选强明之士，另充按察使。因为现下所委任"兼职"的转运使，多为不称职者，"其间昏老病患者有之，懦弱不材者有之，贪赃失职者有之。此等之人自当被劾，岂可更令按察？"故而臣谓转运使兼按察使，不材者既不能举职，材者又没有闲暇尽心，致使按察措施"变通"化作"一纸空文"而已，决无实效。欧公更针对中书所言"选人"之难，申辩说：选人可有多种途径，譬如馆阁中的人才。今若是顾虑三丞至郎中内难得其人，则可于侍从臣僚、御史台官吏或馆职中差十数人，可说是不难做到的。他所痛思的却是，把本该能做到的却化为无效！"从来臣僚非不言事，朝廷非不施行，患在但著空文，不责实效。"说到这里，欧公痛心疾首！你说他不施行吗？他"施行"了。臣僚不言事吗？也"言事"了。可是落实在何处了？欧公末了说，自己身为谏官，这却不是为言事"以塞言责"的事！"今必欲日新求治，革弊救时，则须在力行，方能济务。臣所言者，生民之急也，天下之利也，不徒略行一二分以塞言责而已。"①

欧阳修怎样才能把此事与这样的中书掰扯清楚啊！

欧阳修不屈不挠，才有了第三疏之论述。言及罢黜"冗官"的六大好处，利民而固国，非此不能挽救国家危机！并且指名道姓地说出现任的数路转运使即是"四色之人"，必须罢黜。笔者本想把第三疏翻作现代文，但觉得不妥，因为它真正堪称"庆历新政"的历史文献，应该使其保持原貌风采。在这里，我们可以有见其文宛如江河奔泻的壮丽，其身亦如中流砥柱般的挺拔，其人格、道义确似千丈松样磊落！

《再论按察官吏状》：右臣自出忝谏官，于第一次上殿日，首曾建言，方今天下凋残，公私困急，全由官吏冗滥者多，乞朝廷选差按察使，纠举年老、病患、赃污、不材四色之人，一

① 〔宋〕欧阳修：《论按察官吏第二状》，李逸安点校：《欧阳修全集》，中华书局2001年版，第4册，第1613—1614页。

行澄汰，仍具陈按察之法，条目甚详。……凡臣所言者，乃所以救民急病、革数十年蠹弊之事，若非遭逢圣主锐意求治之时，上下力行之，不可也。奈何议者惮于作事，惟乐因循，只命诸路转运使就兼其职。命出之日，外论皆谓诸路之中，贪贼如魏兼，老病如陈杲，秽恶如钱延年，庸常龌龊如袁抗、张可久之辈，尽为转运使，皆自是可黜之人，必不能举职。臣亦再具论奏，其议格而不行。……然天下之事，积弊已多，如治乱丝，未知头绪。欲事事更改，则力未能周而烦扰难行；欲渐渐整顿，则困弊已极而未见速效。臣谓如欲用功少，为利博，及民速，于事切，则莫若精选明干朝臣十许人，分行天下……盖按察升黜，古今常法，非是难行之异事也。方今言事者，多以高论见弃，或以有害难行。……臣自谓于论不为甚高，行之有利无害，然尚虑议者未以为然，谨条陈冗官利害六事，以明利博效速而可行不疑。伏望圣慈，特赐裁择，如有可采，乞早施行。

欧阳修所陈"冗官利害六事"，我们谨作综述。其一乃说，去冗官，可使民之科条征收十分减九。自国家用兵以来，民之赋敛繁重，其中一大部分不堪负重乃是官吏为奸造成。因为"朝廷得其一分，奸吏取其十倍。民之重困，其害在斯"。其二则说，不材之人，危害深于赃吏。不材者身为朝廷命官却不作为或无材能作为，大者坏州，小者坏县，却不被朝廷过问追责，不像赃吏容易事发败露而受黜。但不材之人大多不能管束下属，而放纵群下共行盘剥于民，凡赃吏多是强横狡黠之人，所取在于豪富，而不材者的盘剥或更无贫富之别。其三，若外官不澄，则朝廷无由致治。因为朝廷号令的实施，多被四色冗官背离或变法乖张，乃至拖延滞留而废作空文。若能更替为良吏，"则朝廷所下之令虽有乖错，彼亦自能回改，或执奏更易（呈报朝廷改正），终不至大害"。其四，去冗官，可使吏员清简，差遣通流。即腾出大量职阙，以供进贤取材。而现在，"既不黜陟，冒滥者多，差遣不行，贤愚同滞（滞塞）"。其五，去冗官，可使中等才能者得到勉励自强和警惕，不敢因循。其六，去冗官，可迅速惠济于民。可说"一缪官替去，一能者代之，不过数日，民已歌谣"。"此臣所谓及民速、于事切者也。"①

是的！为了"民之科率十分减九"，为了朝廷有余力广惠于民，并且"及民速、于事切"，为了朝廷政令不被"弃作空文"，清除四色冗官，更改朝廷"本无黜陟、善恶不分"的吏治，就凸显为"新政"势在必行的核心内容了。即使仅为增强国力、加厚财用，"于别图减省细碎无益者"，也不如去冗官这一项"其利博矣"。它坚定地立论在"民本"的基石上，阐发朝政更新、天下求治的根本出路，所胪列的六项受益，是无可辩驳的。其中有一点非常醒目：澄汰吏治之后，即使"朝廷所下之令有乖错"，而清廉正直的官吏"亦自能回改"。就是说，官吏已经有了抵制错误旨令、建明朝政的能力。

第四节　澄澈万寻碧

"寻"，古代计量单位，一寻为八尺。皮日休的该诗句乃说：这块碧潭澄明透澈而渊深万寻。

新政的确在稳健地推进，这主要得力于仁宗"必欲更新政事"的意志。

庆历三年（1043）四月，三司使已经更换为知延州王尧臣，此前王尧臣即为翰林学士、兼龙图阁学士、兵部员外郎。为谏院欧阳修等非常看好的一位刚直之士。原先的三司使是姚仲孙，累借内藏库钱数百万，久不能偿还；在此后王尧臣为三司使的三年中，王尧臣不仅悉数偿还了前任所欠借款，而且"军国之费犹沛然有余，盖未尝加赋于民也"。更重要的是，前使姚仲孙并不主张新政，遇到"军国大事"还是去"请示"吕夷简。所以说王尧臣为三司使就至关重要了。

就在欧阳修与贾昌朝争议"按察官吏"事的时候，谏官蔡襄上疏：请罢吕夷简豫（参与）军国事，仁宗也依从了。蔡襄说：吕夷简罢相之

---

① 〔宋〕欧阳修：《再论按察官吏状》，李逸安点校：《欧阳修全集》，中华书局 2001 年版，第 4 册，第 1614—1617 页。

后仍能"专权",原因就在于至今"上宠遇之不衰"。并指责两府大臣遇事仍赴吕夷简家商议,极不得体!"臣窃谓两府大臣,辅陛下以治天下者,今乃并笏(手持笏板)受事于夷简之门,里巷之人,指点窃笑。"①

庆历三年(1043)国内"盗贼"蜂起,最大的一支就是山东沂州叛兵王伦,其势无可阻挡,发展到江淮,攻城掠民,官不能捕捉,"反赴贼召";要么就弃城逃跑,或打开城门迎接,犒劳贼军以酒肉、钱粮,免遭屠城。难为欧阳修等人,还要上疏"捕捉贼军"的事,余靖上言捕盗,措施非常具体。后来王伦转战至陕西,恰值范仲淹赴陕西为宣抚使,亲自领兵,终于剿灭了王伦贼部,斩获王伦首级。这也为范仲淹稍后进入中书铺平了道路。

同年七月,谏官欧阳修、余靖、蔡襄一起上疏,乞罢参知政事王举正,认为"王举正懦默不任职,枢密副使范仲淹有宰辅之才,不宜局在兵府,愿罢举正,以仲淹代之"。我们前文说过王举正为人平和,他觉得确为如此,自己也请求罢免。皇帝从其请,应允了谏院的意见。此前欧阳修已上疏《论王举正范仲淹等札子》,言辞中肯有力,详尽陈述推荐范仲淹的理由;同时论及王举正的不才,既不失其原则立场,又不掩饰臣僚间应有的坦诚,恰似碧潭"澄明透澈":

> 臣伏见朝廷擢用韩琦、范仲淹为枢密副使,万口欢呼,皆谓陛下得人矣。然韩琦禀性忠鲠,遇事不避,若在枢府,必能举职,不须更借仲淹。如仲淹者,素有大材,天下之人皆许其有宰辅之业,外议皆谓在朝之臣忌仲淹材名者甚众。陛下既能不惑众说,出于独断而用之,是深知其可用矣,可惜不令大用。盖枢府只掌兵戎,中书乃是天下根本,万事无不总治。伏望陛下且令韩琦佐枢府,移仲淹于中书,使得参预大政。……②

① 〔宋〕李焘:《续资治通鉴长编》,中华书局 2004 年版,第 6 册,庆历三年四月第 19 条,第 3367 页。
② 〔宋〕欧阳修:《论王举正范仲淹等札子》,李逸安点校:《欧阳修全集》,中华书局 2001 年版,第 4 册,第 1510 页。

欧阳修一面力荐才干之臣入二府，弹劾不才退出要职岗位；一面为推进新政，倡导"民主"议事。我们知道原先"军国大事"只允许二府大臣论议，再就是允许吕夷简参议。欧阳修反对这一现行规则，要求凡军国大事"不可秘而不宣"，应该"皆下百官廷议"，甚至可交付"庶官、寒贱、疏远"人士议论。恰值李元昊遣使来议和——因为"不称臣"，而称"兀卒"事迟迟未能签订盟约，这时，欧阳修上疏《论乞令百官议事札子》：

> 臣伏见祖宗时，犹用汉、唐之法，凡有军国大事及大刑狱，皆集百官参议。盖圣人慎于临事，不敢专任独见，欲采天下公论，择其所长，以助不逮之意也。方今朝廷议事之体，与祖宗之意相背，每有大事，秘不使人知之，惟小事可以自决者，却送两制定议。……至于大事，秘而不宣，此尤不便。当处事之始，虽侍从之列皆不与闻。已行之后，事须彰布，纵有乖误，却欲论列，则追之不及。
>
> 臣今欲乞凡有军国大事，度外廷须知而不可秘密者，如北虏去年有请合纵与不合纵，西戎今岁求和当许与不当许，凡如此事之类，皆下百官廷议，随其所见同异，各令署状，而陛下择其长者而行之。①

而现行规则却相反，大事不令众议，小事本可以中书自己决定的，却让"两制"官员来议定，造成大事乖误，追悔莫及。大事"皆下百官廷议"的好处，不仅慎重大事，广采众见，还可从中发现"其高材敏识者"，为国家所用。

欧阳修这一奏议，在当朝深得反响，起到带动作用。谏官余靖赞同欧公观点，上疏说：有些大事竟连侍从供奉之官，都不得闻知，纵使中书处置错误，也无由论列。"臣伏思国家建置侍从之官，以救阙失，盖欲举无过事（错事），谋无遗策（失策）。且书（《尚书》）不云乎？'谋

---

① 〔宋〕欧阳修：《论乞令百官议事札子》，李逸安点校：《欧阳修全集》，中华书局2001年版，第4册，第1514—1515页。

及卿士，谋及庶人，谋及卜筮。'是事有大疑，谋欲其广也。"①

知制诰田况言：现在给予谏官的地位尚不够高，使其"地势不亲，位序不正"，此时"王素、欧阳修、蔡襄皆以他官知谏院，居两省之职而不得预其列"。应当给予他们入列的"名分"，使谏官能够"日赴内朝"，以监督宰相奏事。田况例举唐朝故事说："有唐两省自谏议大夫至拾遗、补阙共二十人，每宰相奏事，谏官随而入，有阙失即时规正，其实皆中书、门下之属官也。今谏议大夫无复职业（今谏议大夫已不再为言官，仅隶属吏部），自司谏、正言、知谏院皆遗补之任，而朝廷责其言如大夫之职矣（朝廷授予他们言事权仅仅与普通大夫一样）。而地势不亲，位序不正，在朝廷间与众人同进退，非所以表显而异其分也（无法表显谏官与普通大夫的不同身份）。"仁宗听从采纳，于是年八月四日，"诏谏官日赴内朝"②。

此事在后来曾巩修撰的《御史台记》中评说道："一时谏官地位之高，为开国以来所未有。"

事后，仁宗对田况之说存有异议，皇帝"颇以好名为非"。田况闻知后没有退缩，上疏札子展开论争："名者由实而生，非徒好而自至也。"我们很难想象田况竟能书面驳斥皇帝！其口气强硬，以儒家"名教"来论证名、实关系，指出"陛下若恐好名而不为，则非臣之所敢知也"。并以皇帝作比说："陛下倘奋乾刚，明听断，则有英睿之名；澄冗滥，轻会敛（减赋敛），则有广爱之名；悦亮直（喜欢清明正直），恶谀媚，则有纳谏之名；务咨询，达壅蔽（破除堵塞蒙蔽），则有勤政之名；责功实，抑侥幸，则有求治之名。今皆非之而不为，则天下何所望乎？抑又闻圣贤之道曰名教，忠谊之训曰名节，此群臣诸儒所以尊辅朝廷，纪纲人伦之大本也。"

当然在笔者看来，田况有点歪曲"论敌"了，仁宗所说的"好名"之名，乃"追逐名利"者也，与其所说"名教"之名，不是一回事。但

---

① 〔宋〕李焘：《续资治通鉴长编》，中华书局2004年版，第6册，庆历三年七月第22条，第3404页。

② 〔宋〕李焘：《续资治通鉴长编》，中华书局2004年版，第6册，庆历三年八月第4条，第3415—3417页。

是笔者看重的则是他的"民主"意识，敢于同皇帝论辩。还有他的"新政"立场，他所说的"责功实""抑侥幸""澄冗滥"等等，都是欧阳修先已提出的问题，也是稍后范仲淹所言"十事"的核心内容。

欧阳修看到朝廷许官过于冗滥，尤其馆阁之职。馆阁应该是具有才学、经术成就优异者所居之处，用今天的话说，应具备相当"专业性"的水准才可授予馆职。可是朝廷，包括皇帝，并非时时注意留心这个"专业性"。馆职所授非人时有发生。譬如有些外任官员，派出外任需要一定的"补贴"，谓之"贴官"，一时找不到合适的职阙，便把"馆阁"贴上去了。再一个，大臣所荐通过考试进馆阁者，有时看走了眼，有时拉关系，也并非都是那块料。欧公上疏《论凌景阳三人不宜与馆阁奏状》说："自祖宗以来，崇建馆阁，本以优待贤材，至于（将达于）侍从之臣、宰辅之器，皆从此出，其选非轻。如凌景阳者，粗亲文学（只是粗略地靠近文学），本实凡庸。"即说，他不具备专业资质。"又闻夏有章、魏廷坚等亦皆得旨，将试馆职。此二人者，皆有赃污，著在刑书（被记录在《刑书》中），此尤不可玷辱朝化（朝廷教化）。"我们看到，馆职在欧公眼里视为"神圣"，就任者必须是清廉洁净的。欧公在另一篇《论举馆阁之职札子》中说："臣窃见近年外任发运、转运使、大藩知州等，多以馆职授之，不择人材，不由文学，但（只是）依例以为恩典。"这恐怕是中国历代政权为政者的"通病"！他们并不真正看重学术和专业，除了制造"原子弹"的岗位不敢马虎，其他都可以不去讲究，好端端一个学术殿堂被政治家们给毁了！"加又比来（以往）馆阁之中，大半膏粱之子（权贵纨绔子弟），材臣干吏羞与比肩（羞于为伍），亦有得之以为耻者。假之（借入）既不足为重，得者又不足为荣，授受之间，徒成两失。"①

可见朝廷授官冗滥严重，什么好事都被随意性的人事安排搞得"非驴非马"了，乃至"得者不足为荣"，反而"羞于比肩"！

---

① 〔宋〕欧阳修：《论凌景阳三人不宜与馆职奏状》《论举馆阁之职札子》，李逸安点校：《欧阳修全集》，中华书局 2001 年版，第 4 册，第 1612 页、第 1560 页。

这一年欧阳修上疏之多为历年之最，事关西北二虏及边备、国内盗贼、朝中吏事等诸多方面。边事不宁，新政很难进展。李元昊自称"兀卒"皇帝，遣使议和，尚未约盟；契丹又打听询问议和结果，在朝中引起惶恐，生怕北虏居心叵测。欧公上疏《论河北事宜札子》："臣伏见朝廷方遣使与西贼议通和之约，近日窃闻边臣频得北界文字，来问西夏约和了与未了。苟实如此，事深可忧。臣以谓天下之患，不在西戎，而在北虏……"欧公不能不揣度契丹："（与西贼）不和则诘我违言，既和则论功责报，不出年岁，恐须动作，苟难曲就（如果我方难以就范），必至（致）交兵。"

"以臣思之，莫若精选材臣，付与边郡。""惟有择人，最为首务。今北边要害州军，不过十有余处，于文武臣僚中选择十余人，不为难得。各以一州付之"，使其完备城垒，训练兵戎，熟悉山川，广蓄粮食。"至如镇定（镇州定州）一路，最为要害……臣欲乞陛下特诏两府大臣，取见在边郡守臣可以御敌捍城、训兵待战者留之，其余中常之材不堪边任者悉行换易。"[①]

中书在北边军备选材上不能尽如人意，出现纰漏。明显不具备军事才干者被安插在要地。欧公不能不弹劾那些不称职边任的人。林逸先生所著《宋欧阳文忠公修年谱》说："公素禀忠义，遭时逢主，自任言责，无所顾忌。横身正路，风节凛然。公每劝上乘间（乘方便的时间）延见，推诚咨访。"就是建议皇帝直接"召对"有识之士面谈。欧公一面呈递《论军中选将札子》，具体论述选择军事才干的方法；一面接连上疏《论郭承祐不可将兵状》《论李昭亮不可将兵札子》。

"右臣伏闻朝旨，用郭承祐为镇、定（路）部署。臣自闻此除改（擢授改任），夙夜思维"，以往战败，其失误在哪里？"患在朝廷拘守常例，不肯越次择材"。人们为此责问中书大臣，大臣则回答说：虽知其非材，舍此别无人也。"岂是天下真无人乎？盖不力求之耳！""臣谓朝廷非不知承祐非材，议者不过曰例当叙进（依官序当进），别更无人，此乃因

---

① 〔宋〕欧阳修：《论河北守备事宜札子》，李逸安点校：《欧阳修全集》，中华书局2001年版，第4册，第1517—1519页。

循之说耳。"总之中书不想打破吏治次序。①

从河东迁转李昭亮，任命为镇、定、高阳三路都部署，是这年十月的事情。看来朝廷真的拿不出人才了，可是"李昭亮不才，不堪为将帅，不可委兵柄"。欧公说，大凡朝廷若在小事上"致误乖错"也是可容忍的，但是"未有以天下大可忧患而上下共知之事，公然乖谬，任以非人如此者"。欧公这封札子意志执着，对二府问题穷追不舍："方今天下至广，不可谓之无人，但朝廷无术以得之耳。宁用不材以败事，不肯劳心而择材，事至忧危，可为恸哭。……臣累曾上言练兵选将之法，未赐施行，又曾言乞于沿边十数州且选州将，亦不蒙听纳。"②

仁宗当然知道欧公一片拳拳之心，而且知道吏治问题的严重程度，欧阳修三疏《论按察官吏状》，皇帝全都御览了。这三疏不是同时，第三疏迟至眼下的时间。而且欧公还担任着繁重的馆阁工作，只是兼知谏院。是年八月，诏命王素、欧阳修等详定《天圣编敕》，详定官还有翰林学士吴育、侍御史知杂事鱼周询等三人，由宰相晏殊、参政贾昌朝提举。欧阳修所详定的都是大部头，卷帙浩繁。是年九月四日，仁宗奖掖谏官，史书记载："赐知谏院王素三品服，余靖、欧阳修、蔡襄五品服；（皇帝）面谕之曰：'卿等皆朕所自择，数论事无所避，故有是赐。'"③

是年九月二十二日，又命欧阳修同修《三朝典故》（又名《祖宗故事》）。一起修撰者还有史馆检讨王洙、集贤校理余靖、秘阁校理孙甫。所以说，欧公承担着繁重的馆阁工作。

但是欧公并未因繁忙而须臾放弃关注朝廷大事，欧公接着上疏《论李淑奸邪札子》，及《再论李淑札子》，因为李淑直接有碍新政！

李淑二十余年来出入朝廷，奸险倾邪，害人不少；又是皇帝近臣，端明殿学士、兼翰林侍读学士。至今与吕夷简保持联系，利用给皇帝讲释史书的机会，一得消息，便给吕夷简"通风报信"，等于是吕夷简通

① 〔宋〕欧阳修：《论郭承祐不可将兵状》，李逸安点校：《欧阳修全集》，中华书局2001年版，第4册，第1522—1523页。
② 〔宋〕欧阳修：《论李昭亮不可将兵札子》，李逸安点校：《欧阳修全集》，中华书局2001年版，第4册，第1550—1551页。
③ 〔宋〕李焘：《续资治通鉴长编》，中华书局2004年版，第6册，庆历三年九月第9条，第3447页。

往内朝的"桥梁"。欧公试图改善中书现状，怎能不事先罢黜他呢？此前七月，欧阳修已经上谏罢黜了苏绅，苏绅也是皇帝近臣，官为翰林学士、礼部郎中、知制诰、史馆修撰，而依附于吕夷简。仁宗允从而罢黜苏绅，使他外任河阳。①

李淑的罢黜，则费了些周折，原因是中书不允，现任宰相、参政也还与吕夷简联系着。弹劾李淑，就是直接对抗中书。欧公在上疏札子之前，就已在延和殿当着朝臣直接面奏，宰相们和李淑都在当面，欧公揭发李淑在知开封府时的许多过错，奸险阴邪，不宜在侍从之列。接替知开封府的吴育，也告发他前在开封府时"多亵近吏人"，致使奸吏巨盗逍遥法外。欧阳修更在札子中说："（李）淑自来朋附夷简，在'三尸五鬼'之数"，欧公坦言自己的疑虑：惟恐李淑今在朝廷，"则害及忠良，沮坏政治，是为天下之害，故臣不可不言"。②

仁宗听从了欧阳修的告诫，决定让李淑外任。但是中书却不肯利落地执行，上言说："须得淑自己上章求出，方敢差除。"但是中书拗不过皇帝的旨令，又过了十多天，终于颁诏李淑贴职给事中、出知郑州。

这样，实际上欧公在为新政"清君侧"，一步步把中书应该有的人选推至"到位"。

前文已经说了，"欧公每劝皇帝乘间延见，推诚咨访"。即召对范仲淹等臣面谈。是的，仁宗依从了，庆历三年（1043）九月末，仁宗诏范仲淹、韩琦、富弼等进见，条奏当世要务。一次未能准备停当而尽言，再赐手诏督促："比（近来）以中外人望，不次用卿等，今（韩）琦暂往陕西（为宣抚使），仲淹、弼宜与宰臣章得象尽心国事，毋或有所顾避。其当世急务有可建明者，悉为朕陈之。"于是开天章阁，召对赐坐，范仲淹、富弼得以面呈新政方略……③

① 〔宋〕欧阳修：《论苏绅奸邪不宜侍从札子》，李逸安点校：《欧阳修全集》，中华书局2001年版，第4册，第1513页。
② 〔宋〕欧阳修：《论李淑奸邪札子》《再论李淑札子》，李逸安点校：《欧阳修全集》，中华书局2001年版，第4册，第1547—1548页。
③ 〔宋〕李焘：《续资治通鉴长编》，中华书局2004年版，第6册，庆历三年九月第5条，第3431页。

第五节　日月无私烛

《吕氏春秋》有曰："天无私盖，地无私载，日月无私烛也（日月并非单独照耀某一地方）。"

自天章阁召对之后，仁宗才真正体觉到欧阳修作为谏官的不可或缺！因为范、富所上奏的"当世急务"即"十事"，大多是往昔皇帝已在欧公上疏札子中见到的内容。所提"十事"，范、富经过慎重酝酿斟酌，凝聚朝政、时弊之重，而提纲挈领，我们仅从它的名目上即可领会其所涵的内容：一曰明黜陟；二曰抑侥幸；三曰精贡举；四曰择官长；五曰均公田；六曰厚桑农；七曰修武备；八曰减徭役；九曰覃（深思审慎）恩信；十曰重命令。

我们依从后世学者刘子健先生所说："其中（指"十事"中）以欧阳发明居多，当时欧阳真是左右时事。"①

此时，二府的形势已经有了"改观"：宰相章得象看到皇帝的意思，做出"顺从"的姿态；而晏殊，原本就是个"心知肚明"者，富弼是他的女婿，范仲淹、欧阳修原本就是他举荐的人，晏公当然是心存支持；贾昌朝或许顿觉失落，看到皇帝准备以范仲淹取代他了，而原先他是有望由参知政事擢进宰相的，且实际上已经在主政了。枢府，杜衍已获得正职重用，更加上有了韩琦的辅佐；范仲淹作为参知政事，已在实际执政的位置上，富弼则以枢密副使之职辅佐范仲淹于中书。仁宗已经把逐步实施"十事"，纳入日程。

朝廷最先实施的就是"十事"之第四条——"择官长"。

它的内容完全就是欧阳修的三疏《论按察官吏札子》，只有这时朝廷才实施它，精心挑选了清廉刚正的才干充任按察使，如今名为"转运按察使"。它就是历代由内置公卿、士大夫来充任的"助天子司察天下

---

① 刘子健：《欧阳修治学与从政》，引自林逸：《宋欧阳文忠公修年谱》，台湾商务印书馆"民国"七十六年版，第74页。

之政"者。古时称外置的岳牧、刺史、方伯、观察使、采访使、守宰，即是今天的"转运按察使"。用范仲淹的话说：它的职责就是纠察以往"不加选择，非才、贪浊、老懦者，一切以例除（黜）之"。因为是他们"使天下赋税不得均，狱讼不得平，水旱不得救，盗贼不得除。民既无所告诉，必生愁怨，而不思叛者，未之有也"。今民方怨而未叛之际，"救之之术，莫若'守宰'（即按察使）得人"。范公上奏皇帝请诏二府通选转运按察使，遣往诸路，"既得人，即委逐路自择知州，不任事者奏罢之，令权擢通判人"。逐州也自择知县。"凡权入者，必俟（等候）政绩有闻，一二年后方真授之。"还特别指出：对于"守宰""虽已精择，尚恐有不称职者，必行降黜，直俟人人称职而后已"。①

　　仁宗准奏，于庆历三年（1043）十月丙午，派遣了首批按察使，即盐铁副使、工部郎中张昷之，他为首选符合标准者，任命为天章阁待制、河北都转运按察使；兵部员外郎、知谏院王素，为天章阁待制、淮南都转运按察使；盐铁判官、兵部员外郎沈邈，为直史馆、京东转运按察使；馆阁之臣施昌言，为河东路转运按察使；度支判官、太子中允、直集贤院李绚，为京西路按察使……据悉后来，他们工作都很尽职，富有成效，按察出"四色人"着实不少，仅就京西路来看，时邵雍知河南府，王举正知许昌，任中师知陈州，任布知河阳，他们都是二府旧臣，可他们都被李绚按察为"不才"上奏了！在当朝引起巨大震动。

　　欧阳修时刻关注新政的进展，怕出意外，很及时地上疏了《论乞主张范仲淹富弼等行事札子》，意在坚挺仁宗不要动摇，不要听信谗言，防范"意外"的发生。我们看到欧阳修为此殚精竭虑，一丝不敢懈怠地挺身奋进。"臣伏闻范仲淹、富弼等自被手诏之后，已有条陈事件，必须裁择施行。臣闻自古帝王致治，须待同心协力之人，而君臣相得，谓之千载一遇之难。今仲淹等遇陛下圣明，可谓难逢之会；陛下有仲淹等，亦可谓难得之臣。陛下既已倾心待之，仲淹等亦又各尽心思报。上下如此，臣谓事无不济，但顾（只是看）行之如何。"

---

① 〔宋〕李焘：《续资治通鉴长编》，中华书局 2004 年版，第 6 册，庆历三年十月第 12、13 条，第 3480—3481 页。

欧阳修接下来说，皇帝赐手诏之后，"中外喧然，既惊且喜"，此盛事已被媒体"朝报京师，暮传四海，皆谓自来未曾如此责任大臣，天下之人延首拭目"。即天下人无不拭目以待，看皇帝和大臣下面的"文章"该怎么做。可谓"是陛下得失，在此一举；生民休戚，系此一时"，期盼施为"使上不玷知人之明，下不失四海之望"。

这种"鼓励""鞭策"，可说把心思用尽了！但欧公必须在皇帝面前谦虚，不能有任何逼迫或是"命令"的口吻；也不能有任何"无的放矢"或"未雨绸缪"之嫌，故欧公说："臣非不知陛下专心锐志，必不自怠，而中外大臣且忧国同心，必不相忌而沮难。"但是，这正是欧公言未"尽意"之处，眼下尚无大臣不同心而沮难，但谁知其后？所以欧公还是要做"未雨绸缪"的事情！欧阳修在这里，的确是"鞠躬尽瘁"了，好在它无关欧阳修个人的利害，一切为了国家和生民，"天无私盖，地无私载，日月无私烛也！"欧公接下来直言不讳地道出自己的担心：

> 然臣所虑者，仲淹等所言，必须先绝侥幸因循姑息之事，方能救数世之积弊。如此等事，皆外招小人之怨怒，不免浮议之纷纭，而奸邪未去之人，亦须时有谗沮，若稍听之，则事不成矣。臣谓当此事初，尤须上下协力，凡小人怨怒，仲淹等自以身当浮议奸谗，陛下亦须力拒，待其久而渐定，自可日见成功。伏望圣慈留意，终始成之，则社稷之福，天下之幸也。[①]

我们知道，欧阳修的《论按察官吏札子》第一疏，时间较前，是年五月时中书贾昌朝所采取的措施是，令原有的诸路转运使兼"按察使"，其结果几乎等于无效。当时的中书也发了诏敕节文，说得也很严厉："诸路转运并兼按察使，或贪残老昧、委是不治者，逐处具状闻奏。若因循不切按察，致官吏贪残，刑狱枉滥，民庶无告（民众无处申诉），朝廷察访得知，并当勘罪，重行黜降。"这就是贾昌朝执政所发诏敕，不能

---

① 〔宋〕欧阳修：《论乞主张范仲淹富弼等行事札子》，李逸安点校：《欧阳修全集》，中华书局 2001 年版，第 4 册，第 1553—1554 页。

说不严厉，但它只是"一纸空文"，诸路转运使并未真正去"按察"什么，朝廷也不追究"下文"。最典型的就是京西路转运使陈洎，其渎职触目惊心，朝廷至今不责不咎。欧公担心，新派出的转运按察使会以陈洎为"榜样"，不罢黜他，势必引来更多不作为者。于是欧公上疏《论京西官吏非人乞黜按察使陈洎等札子》，一一列出京西官吏的败绩和陈洎的渎职：

"窃见近日贼人张海（盗匪部队首领）等入金州，劫却军资甲仗库，盖为知州王茂先年老昏昧，所以放贼入城。及张海等到邓州，顺阳县令李正已用鼓乐迎贼入县饮宴，留贼宿于县厅，恣其劫掠，其李正已亦年老昏昧之人。京西按察使陈洎、张昇，自五月受却朝廷诏书后，半年内并不按察一人。……及光化军韩纲在任残酷，致兵士作乱，亦不能早行觉察。其陈洎等故违诏书，致兴盗贼，并合（应该）依元降诏敕，重行黜降。中书又不举行，使国家号令弃作空文。"在未见到朝廷动作的时候，欧公又呈《再论陈洎等札子》，着重指出"今诸路转运使不按察官吏者甚众"的事实，朝廷若不予追责，这等于"自废诏书"！并说："今若自废诏书，示人无信，则新转运（新任转运使）见朝廷先自弛废，言不足听，则更无凛畏，必效因循，虚烦更张，必不济事。"[1]

不数日，朝廷便罢黜了京西路转运使和副使二人，陈洎降为知怀州，张昇则为知邓州。欧公的札子言之确凿，论事雄辩，没有留给中书任何为之可辩的退路。欧公作为谏官有力地配合了新政措施的推行。

我们先已说过，吏治问题是新政举措的核心内容，范仲淹"十事"前数条都与吏治相关，所谓明黜陟、抑侥幸、精贡举、择官长，都关乎着朝廷将要造就和器用什么样的官吏！现下存在着一个矛盾，年轻有为者，资历浅、不够格；资深者，却又少作为、乏建明。正值朝廷至关重要的岗位——御史台缺人，需要补充之际，欧公上疏了《论台官不当限资考札子》。

欧公指出朝臣中虽有才干者，品质端正的好人，但是"多以资考未

---

① 〔宋〕欧阳修：《论京西官吏非人乞黜按察使陈洎等札子》《再论陈洎等札子》，李逸安点校：《欧阳修全集》，中华书局 2001 年版，第 4 册，第 1557—1559 页。

及";"乞不限资考，惟择才堪者为之"。并且指出现行的"举人法"之弊，"宁用不材以旷职，不肯变例以求人。今限以资例，则取人之路狭；不限资例，则取人之路广。广之犹恐无人，何况专守其狭？""臣见前后举台官者，多徇亲戚，举既非材。"旧法："凡台官举人，须得三丞已上，成资通判"，但是近年台官称职者却甚少。近日竟然发生，有弹劾台官中一位"教坊倭子郑州来者（来自郑州的教坊子弟）"，朝中传为笑话。或许这位子弟只会"吹拉弹唱"！教坊就是唐朝以来掌管乐舞艺人的官署。这却是"两制"官员所荐的"台官"！这就说明举官应当先择"举主"，欧公说：近来竟有被举荐者，以为"举主"不名誉而不肯就职的！"臣欲乞今后只令中丞（御史中丞）举人，或特选举主。"①

欧阳修所谏都是分量很重的问题，并且朝廷多给予采纳。《续资治通鉴长编》据《百官志》记载：庆历三年（1043）十一月，时御史中丞王拱辰得以举李京、包拯，就是因为欧阳修的上疏。"癸酉，太常博士李京、殿中丞包拯并为监察御史里行（里行之职即是浅资历者所充任的），中丞王拱辰所荐也。"②

新政确在稳步推进中，林逸《宋欧阳文忠公修年谱》据《历代纪事年表卷八四》记载：庆历三年（1043）十一月，仁宗用范、富言，诏令更定《磨勘法》（即吏治考核迁官的方法），同月还令范富更定《荫子法》（即恩荫授予官员子弟为官的方法）。这些法的更改，即关乎着范、富"十事"之"抑侥幸""覃恩信"等措施的实施；也关乎着欧公近日所上札子提及"举官之法"弊病的革除。

这时西边议和仍然未决，因为谏官欧阳修、余靖等反对丧失一定条件的急于议和，那样换来的不是安宁，而是"后患"！恰此时又发生陕西四路马步军都部署、兼经略安抚招讨使郑戬，奏劾边将知庆州滕宗谅，前在泾州时枉费公用钱十六万缗之贪污事件。此前九月丁亥，该事

① 〔宋〕欧阳修：《论台官不当限资考札子》《再论台官不可限资考》，李逸安点校：《欧阳修全集》，中华书局2001年版，第4册，第1555—1556页。
② 〔宋〕李焘：《续资治通鉴长编》，中华书局2004年版，第6册，庆历三年十一月第5条，第3496页。

就暴发了，监察御史梁坚上奏弹劾。朝廷遣派太常博士燕度，前往邠州查处此事。

我们前文说过滕宗谅曾为司谏，上言后宫荒宴而被贬谪，后来滕公知湖州大兴学校等事迹。再后边事紧急，他被迁往西塞，当时得到范仲淹重用。而现在，范仲淹上疏为他辩护：御史台梁坚所劾奏并非属实，"今来中使（后宫内臣）体量，却称只是使过三千贯，已有十五万贯是加诬。钱数物料是诸军请受，在十六万贯之内，岂可诸军请受亦作宗谅使过？"就是说那笔钱是用于军务的。并说："环庆一路四州，共二十六寨，将佐数十人，兵马五万。自宗谅勾当，已及八九个月，并未旷阙。边将军民，亦无词讼，处置蕃部军马公事，又无不了。若不才之人，岂能当此一路？"

这个时候，御史中丞王拱辰也极力弹劾滕宗谅，让我们感觉到那矛头似乎不仅是对着滕宗谅的！此时滕宗谅已被降官一资，而王拱辰仍认为惩罚过轻，要挟皇帝说："臣明日更不敢入朝，乞赐责降一小郡，以戒妄言。"就是说，皇帝不重黜滕宗谅，他就不干这个御史中丞了！监察御史里行李京，也弹劾滕宗谅，并且新近查出滕宗谅曾经差兵一百八十人赶驴车四十辆贩茶出引，因为"军运"，逐处不得收税。看来滕宗谅确有些问题，授人以柄。皇帝无奈，又降其一资，徙知岳州（今湖南岳阳）。

欧阳修在此事件中，看到燕度在边塞大兴狱讼，牵涉广泛，不仅涉及边将张亢、狄青，而且还敢劾问枢密副使韩琦！欧阳修上疏《论燕度勘滕宗谅事张皇太过札子》，告诫皇帝："臣伏虑陛下但知宗谅用钱之过，不知边将忧嗟骚动之事。"皇帝不能为了些许公用钱，坏了边防大事！认为滕宗谅"若果无大过，则必不须要求瑕疵"。乞皇帝"特降诏旨，告谕边臣以不枝蔓勾追之意；兼令今后用钱，但（只要）不入己外，任从便宜（听任自主），不须畏避，庶使安心放意，用命立功"。此时田况也累次奏状，说到燕度勘察边将的错误。田况时为韩琦的助手，陕西宣抚副使。欧公劝皇帝详尽览阅田况奏状，说："田况是陛下侍从之臣，素非奸佞，其言可信，又其身在边上，事皆目见，必不虚言。"

欧公《再论燕度鞫狱枝蔓札子》主要弹劾燕度："臣昨风闻燕度勘

滕宗谅事枝蔓张皇，边陲骚动；……今日又闻燕度辄行文牒劾问枢密副使韩琦议边事因依，不知燕度实敢如此否？若实有之，深可惊骇。窃以韩琦是陛下大臣，系国家事体轻重，今燕度敢兹无故意外侵陵，乃是轻慢朝廷，舞文弄法。臣每见前后险薄小人多为此态，得一刑狱，勘鞫（审问）踊跃，以为奇货，务为深刻之事，以邀强干之名。自谓陷人若多，则进身必速，所以虚张声势，肆意罗织。"①

我们从上述内容可以看到，御史台王拱辰等已经与新政诸公持有不同"立场"了。

这时，传来陕西宣抚使韩琦及副使田况的奏状，言边防有备，请朝廷不须怯畏，不要每事曲从于西贼。之后朝廷派赴西夏的议和使臣张子奭回来了，说赵元昊欲"称臣"，但是有条件，每岁西夏卖青盐十万石于中国。不要说十万石，就是五七万石，其值也不下十余万贯钱。何况此前朝廷已经应许岁给西夏之物二十万，合起来几乎与供给契丹的数额相当。除此还须答应"互市"，允许西夏商人赴京师。

就是在这种局势下，欧公又上疏《论西贼议和请以五问诘大臣状》，力言"急和"的谬误及祸患。笔者不再赘述。

新政在这种内外交困之际没有停止，庆历三年（1043）十一月壬辰，朝廷发诏限定职田。这就是范、富"十事"之第五条举措"均公田"。

应该说其本意，防止官吏土地侵占，把"职田"限定在一定数额之内，余出的田亩归还于民，这是好的。但是所限数额，却大大地"事与愿违"，竟然"比于旧数，三倍其多"。这是谏官余靖在第二年即庆历四年（1044）上疏中指出的。其职田数额的扩大化，是该举措失败的主要原因。它只是在官吏内部做到了某种"均田"，却丢失了"以民为本"。笔者不知道范仲淹是怎样造成了这一失误。其诏敕很具体详尽，从"大藩长吏"（即外任使相）、通判、幕僚，到县令、主簿、尉官，都有数额规定；即使那些山石多、土地少的郡县，未有职田处，官吏

---

① 〔宋〕欧阳修：《论燕度勘滕宗谅事张皇太过札子》《再论燕度鞫狱枝蔓札子》，李逸安点校：《欧阳修全集》，中华书局2001年版，第4册，第1496—1499页。

也将设法补足，而且凡外任官吏一一都有级别参照施行。笔者想会不会是范公在"明黜陟""抑侥幸"等举措上损害了官吏的利益，而在这里给予些"补偿"呢？

庆历时的谏官的确令人钦佩！余靖于次年上谏说："伏观去冬十一月敕，颁定天下职田顷亩数目，令三司指挥。无职田处，及有职田而顷亩少处，并元（原来）标得山石积潦（积雨水涝）之地不可耕植者，限三年内，检括（检查）荒田并户绝地土（绝户而无人耕种的土地），及五年以上逃田（逃避耕种）支拨添换，以庆历四年为始。斯盖陛下所以劝群臣、养廉吏之大惠也。然朝廷举事，当以民为本，民患未去，官吏何安！……且庶民惶惶，失其农业，而长吏以下各营其私，忧民之心有所未至。加之检括（土地检查），宁不骚扰？况今来所定顷亩，比于旧数，三倍其多，贪吏因缘，其害甚大。伏乞朝廷特降指挥，旧有职田处，即依庆历元年已前旧制外，其未有职田处，更候三二年，别取朝旨摽拨（分配）。"[①]

余靖所奏事实是令人触目惊心的！让我们看到那些原来无职田或少顷亩数额处，实际上开展了官吏的土地"兼并"，所谓检括"荒田"和"户绝地土"，正是"庶民惶惶，失其农业"的原因！由此可见，新政也并不是"一好百好"，它也不可能不犯错误！

仁宗不断御览欧阳修的札子，除了重视其政见，还看上了他的文采，的确与一般朝臣不同。记起宋祁曾荐欧公做知制诰，说公"志局沉正，学术淹该。措辞温雅，有汉唐余风"。是年十月十四日，仁宗擢进欧公为"同修起居注"。该职既是史馆的职务，也是皇帝身边近臣，记录皇帝每日的"起居"、言行。历代王朝，帝王的"起居注"即是撰著史书的底稿。

欧公自任起居注，即提出要求："自今起居注更不进本。"就是不让皇帝再看所注。皇帝看它，谁还敢记录真实？而让皇帝"回避"。仁

---

① 〔宋〕李焘：《续资治通鉴长编》，中华书局 2004 年版，第 6 册，庆历三年十一月第 21、22 条，第 3510—3511 页。

宗竟同意啦！《宋会要辑稿》职官二记载："庆历中，欧阳修为起居注，常论其失（即皇帝过失），云：自古人君不自阅史。今撰述既成，必录本进呈，则事有讳避，史官虽欲书而不敢也。乞自今起居注更不进本。仁宗从之。"①

好在仁宗明白，欧公自己没什么惧怕的，这不是私心，而是为了健全制度。

庆历三年（1043）十二月六日，仁宗再次奖掖欧阳修，"召试知制诰"。欧公却推辞了，并多次上疏《辞召试知制诰札子》，申诉自己"得进既速"，会带来许多负面影响。其中，未见诸书面表述的担虑是，怕它会影响新政。认为一个言官加封过速，定会引起小人非议。自己进擢事小，由此惹来对新政的责难就事大了，太不划算啦！尽管"知制诰"乃为"两制"官员，确有"诱惑力"，自己也该掂得来事情之"轻重缓急"，这是欧公内在的大节所使然。"伏念臣自忝（有愧地充职于）谏垣，言事无状，日月未久，恩渥已频（恩泽已多）。凡朝廷任用非人，侥幸干进，在于臣职，皆所当言，岂有自为侥幸，以冒荣宠？"②数日后，中书命令依旧，欧公再次上疏请辞。

但是仁宗不从，又诏命可不试，直接授予右正言知制诰。原本"入西阁，皆由中书召试制诰三篇"的，皇帝赐欧阳修免试了。欧公再次上《辞直除（授）知制诰状》，言辞更加挚肯。可是仁宗这次非常执着，欧公再若不从就是"抗旨"了。而我们无论从仁宗那里，还是欧公这边，领略到的可说都不是"私情"，而是"日月无私烛也"！

---

① 〔清〕徐松：《宋会要辑稿·职官二》之一一九，中华书局1957年版，第3册，第2381页。
② 〔宋〕欧阳修：《辞召试知制诰札子》，李逸安点校：《欧阳修全集》，中华书局2001年版，第4册，第1316页。

第六章

庆历铁血

第一节　内宫奢华或俭朴

在专制王朝内"改政"，只要有皇帝的应允和支持，天空就总是蔚蓝色的。

仁宗所好，尚勤于迩英殿讲读学习，对历史的"天空"有所观瞻。只是在西事烦心的时候，曾短暂地罢进讲，后来又恢复了。命天章阁侍讲曾公亮讲《毛诗》，史馆检讨王洙读《祖宗圣政录》——它就是上一年十一月诏命王洙、余靖、孙甫、欧阳修共同修撰的《三朝典故》尚未竣书的部分。还有翰林侍读学士丁度读讲《汉书》。

因为仁宗曾经"罢进讲"，所以崇政殿说书赵师民的上疏札子之篇名就叫《劝讲箴》。笔者读来很是受益，它行文隽永而超迈，似摆脱具体事例而在高层说"原理"，却于时弊针对性极强。所言"十五事"，关乎"咨辅相"（即如何用宰相）、命将帅、治军旅、修边防、求谏诤、延讲诵（即延续迩英殿讲读）、革贡举等诸多方面。[1]

---

[1] 〔宋〕李焘：《续资治通鉴长编》，中华书局 2004 年版，第 6 册，庆历四年二月第 24 条，第 3544—3548 页。

　　笔者所以提及赵师民和他的《劝讲箴》，一是可看出时下朝臣们普遍地思求进取的状态；二是，笔者虽不知这位赵师民的"来历"，却已嗅到其言中"党论"的火药味。他上疏"奇邪者其党常众，方正者其徒常寡；党众则进取易，徒寡则见用难"的议论，似乎有针对新政诸公之嫌！这封札子时为庆历四年（1044）初，全文未见一处提及新政举措，好像"新政"不存在似的，它在"另起炉灶"。此外，他所言的"容诽谤"，即是针对欧阳修的，说"近者无名人为诽谤者明旨购捕"，所指即庆历三年（1043）六月，京师流传无名氏诗，诋毁三司使王尧臣，欧阳修认为"来者不善"，于是上疏《论禁止无名子伤毁近臣状》，仁宗听从了，"敕出赏钱、官爵购捉"。但未能捉拿到。当然，欧公和仁宗的做法未必正确，而此时，赵师民所言就显出"高屋建瓴"了。

　　庆历四年（1044）针对这位财务大臣王尧臣还将有事，因为他是现任枢密使杜衍和参知政事范仲淹举荐的，他若犯事倒台意味着什么，乃是不言而喻的！

　　欧公自为谏官的确是满腔热血，而疏忽谨慎，凡有益于朝廷的事他必奏，不顾忌关系。是年二月他又上谏皇家亲戚的事情，此类事旁人都是不大敢说的。仁宗内宫有一位封号"美人"的妃子张氏，后来封为贵妃者，其父早年故世，而追封为清河郡王；母亲曹氏健在，封越国夫人。张美人有一叔父，即张尧佐，字子奭；两年前张美人入宫，得幸仁宗，张尧佐就成为京官了，后来他连连加官，恩赐过勤过速，朝臣们有议论。自然仁宗也差遣子奭一些事做，以显示其"有功"而奖掖，例如派遣他为西夏议和使臣，这么重要的事，也顾及不得他是否有才力充任。上一年八月欧公就曾上谏《论乞不遣张子奭使元昊札子》，但是仁宗没有听从。而今年又上《论张子奭恩赏太频札子》，这不是成心跟皇帝过不去吗！但是欧公却是为皇帝好，怕些许小事而误大事。新政艰难，不要为此而失人心。说：臣近日风闻，知汝州范祥迁转为相度（检查）陕西青白盐，（为的是腾出位置）敕差张子奭权知汝州。"子奭自选人二年（指内宫选人之年，即庆历二年）内迁至员外郎，朝廷之意虽曰赏劳，而天下物议（众议）皆云侥幸。盖以子奭宣劳绝少，止（只有）两次，而迁官、恩赐已数重。"欧公竟然一次次历数他的侥幸进擢："初自选人改京官，曰赏劳；未及二岁改秘书丞，又曰赏劳；赐以章服，又曰赏劳；秘书丞不久又转官，又曰赏劳；合得太常博士，超迁员外郎，又曰赏劳……"

这样连连"又曰赏劳"，无疑使皇帝尴尬！可见皇帝对这位爱妃张氏是"有求必应"的。据说张氏也是良家子女，其父张尧封乃天圣年中进士，曾为亳州军事推官，后来病故在官任上。所以张氏也还知书达理，并未太多"弄权"。后来她早逝，仁宗赐谥为"温成皇后"。而此时，她只是个"美人"，尚无贵妃称号。欧公或许少于关心皇帝的私己情感的需要，上疏只专注于朝政得失，进而指责以张尧佐代范祥知汝州说：况且范祥暂免知州，或许只令转运司自差人权，此于朝廷差人，已是失体！"今朝臣待阙在京者甚众，岂无一人堪权知州者？朝廷每用一人，必当使天下人服。今每一差遣，则物议沸腾，累日不息。"并且还说："今莫大之罪不过一刑而止，岂有劳者终身行赏而不已？亦乞今后有劳效之人，量其大小，一赏而止。若其别著能效，则拔擢自可不次，人亦自然无言。"[①]

即说，皇帝也不能把"授官"当成自家的私事！欧公对于美人张氏的宠幸失度，也敢干预，去年十二月许，欧公上疏《论美人张氏恩宠宜加裁损札子》，它与此前间隔很近的另一疏《论救赈雪后饥民札子》自然形成对照，可见欧公"以生民为本"的言事立场，不独是限制内宫的奢侈。

论美人张氏的札子说：臣近闻禁中因皇女降生，于左藏库取绫罗八千匹。染院工匠当此大雪苦寒之际，敲冰取水，染练供应（练，即白色熟绢）。臣伏思陛下恭俭勤劳，爱民忧国，以此劳人枉费之事，必不肯为。然外议相传，皆云见今染练未绝。臣忝为谏官，每闻小有亏损圣德之事，应该力言。臣窃见自古帝王所宠嫔妃，若能谦俭柔善，不求恩泽，则可长保君恩；否则，皆速致祸败。臣不知陛下欲爱惜保全张氏，或欲纵恣而败之？况此事不独为张氏，大凡后宫恩泽太多，宫中用度奢

① 〔宋〕欧阳修：《论张子奭恩赏太频札子》，李逸安点校：《欧阳修全集》，中华书局2001年版，第4册，第1582—1583页。

侈，皆是亏损圣德之事。①

赐予爱妃八千匹绫罗，的确过了，张美人怎样破费，只怕也用不了此数，还是送给了亲朋。而与民间疾苦相较，的确凸显了皇家的奢侈。欧公前一论雪后饥民札子，则说：京师大雪之后，民间饥寒之人甚多，至有母子数口一时冻死者，虽豪贵之家往往亦无薪炭，则贫弱之民可知矣。京师小民往常没有蓄积，只是朝夕周旋经营于口食，一日不营求，则顿至乏绝。今大雪已及十日，使市民十日不营求，虽经济状况中等的人家亦乏绝矣！日夕以来，民之冻死者渐多，未闻官司有所赈救。臣欲乞特降圣旨下开封府，或分遣使臣，遍录民间贫冻不能自存者，量散口食及柴炭，救其将死之命。②

仁宗对这种奏疏一般都是听从的，也知道欧阳修出于对朝廷的担负。笔者估计"染练八千"停止了。仁宗是一个明白事理的皇帝，自西事兴兵，他就诏命内宫，从太后到婕妤（妃嫔称号），自皇后至美人，连同皇帝在内，日常费用供给通通减少一半。至于裁出宫人，几乎隔年一行。

后宫，不过有一片花苑水池，天色一晚，其与宫外同样昏黑、寂寥，从不置"灯火辉煌"，更没有"丝竹管弦"之乐。仁宗不过与宫女要一要"博钱"，皇帝才出钱一千，临走，他还拿去一半。惹得宫女笑说："官家太穷相。输又不肯尽与。"仁宗也笑着说："汝知此钱为谁钱也？此非我钱，乃百姓者也。"那昏黑的宫墙之外，传来夜晚民间的丝竹歌笑之声，宫女说："官家且听，外间如此快活，都不似我宫中冷落。"仁宗朝那高墙外的酒楼张望两眼，说：是的，"因我如此冷落，故得渠（他）如此快活"。这是《北窗炙輠录》卷下所记载的一则小事。③

庆历四年（1044）三月，"十事"之第三条"精贡举"开始了。范

① 〔宋〕欧阳修：《论美人张氏恩宠宜加裁损札子》，李逸安点校：《欧阳修全集》，中华书局 2001 年版，第 4 册，第 1572—1573 页。
② 〔宋〕欧阳修：《论救赈雪后饥民札子》，李逸安点校：《欧阳修全集》，中华书局 2001 年版，第 4 册，第 1570 页。
③ 周勋初：《宋人轶事汇编》，上海古籍出版社 2014 年版，第 1 册，《仁宗》第 93 条，第 89 页。

仲淹召集九位于此有见地者研究具体方案，他们是谏官欧阳修，翰林学士宋祁，御史中丞王拱辰，知制诰张方平，殿中侍御史梅挚，天章阁侍讲曾公亮、王洙，右正言孙甫，监察御史刘湜等。

北宋科举，太宗太平兴国三年（978），始于殿试中加"论"（从经史中出题），从而以一诗、一赋、一论三题延续下来；真宗大中祥符元年（1008）开始，兼考"策论"（即时务对策）；仁宗宝元年间，以策、论、诗赋、帖经墨义等四场通考，来定举子去留。并实行弥封、誊录制度。而范仲淹的"精贡举"之主要主张，则是修改地方"发解试"办法，各地建立学校，考生必须是在校读书三百天者；"发解"举人以推荐为主；先考核士子操守履历，再考其才学；这样"重推荐"，就须废除弥封、誊录制度。因为仲淹看到以往所取考试成绩高者，而实际上并不理想，会有"高分低能""所选非人"的情况。可是范仲淹的提案，未能获得九人研究通过，群议认为不可行。事实上，要想施行真正公正合理的"荐举制度"，恐怕只能是一种空想。废除了弥封、誊录，就更加把"孤寒"之士拒之门外，也就是说，人们很难不把不才的权贵子弟"荐举"上来。应该说废除"弥封"，是一种倒退。此外，州县立学，士子就学三百天，虽然措施不错，但是"孤寒"之士三百日所需膏火食宿之费用，他是否有能力承担呢？倘若州县措施不能"配套"，学校不能给予资助，恐怕又是拒"孤寒"才学于门外的一大缺失。

九人能够达成共识处也还是不少，譬如对于全国州县立学，大家没有异议；对于先策、论，后诗赋，即以策论为主，也还可以欧阳修所建议的"旋考旋选"，即"策、论"未合格者即做淘汰，纳入实施。该主张改变"通考之法"，宽延考期日限，分作策、论、诗赋三轮，可逐场筛选。后来，欧公专为此上疏《论更改贡举事件札子》，认为贡举主要存在两点失误：一是举子之弊："先诗赋而后策论，使学者不根（植根于）经术，不本道理，但能（只能）诵诗赋，节抄《六帖》《初学记》之类者，便可剽盗偶俪，以应试格。而童年、新学，全不晓事之人，往往幸而中选。"其二为有司之弊："今为考官者，非不欲精较能否，务得贤才，而常恨不能如意，大半容于缪滥者，患在诗赋、策论通同杂考，人数既众而文卷又多，使考者（考官）心识劳而愈昏，是非纷而益惑，故于取舍往往失之者。"所以要改变"通考","宽其日限"。①

而在此时，欧阳修只能根据九人合议的综合意见，秉承上方令他拟稿，而撰写呈递了一份《详定贡举条状》，它不完全是欧公自己的意见：

> 臣等准敕差详定贡举条制者。伏以取士之方，必求其实；用人之术，当尽其才。今教不本于学校，士不察于乡里，则不能覈名实。有司束以声病，学者专于记诵，则不足尽人材。此献议者所共以为言也。臣等参考众说，择其便于今者，莫若使士皆土著，而教之于学校，然后州县察其履行，则学者修饬矣。故为学制合保荐送之法。夫上之所好，下之所趋也。今先举策论，则文辞者留心于治乱矣；简其程式，则闳博者得以驰骋矣；问以大义，则执经者不专于记诵矣。故先策论过落，简诗赋考式、问诸科大义之法，此数者其大要也。其诗赋之未能自肆者杂用今体，经术之未能亟通者尚依旧科，则中常之人皆可勉及矣，此所谓尽人之材者也。其通礼一有司之所习，及州郡弥封、誊录，进士诸科、帖经之类，皆细碎而无益者，一切罢之。凡其所为，皆申之以赏罚而劝焉。如此，则养士有素，取材不遗。苟可施行，望赐裁择。②

欧阳修文章真好！几乎篇篇如此，简单明了，干净利落！字数不多，即把九人意见、原因理由综述得条分缕析、具体而清晰。九人还是尊重了参知政事范仲淹的改革措施：天下立学，学子在学校获取举人资格，废除州试弥封、誊录之类"细碎而无益者"，健全真正德才兼备的地方"发解试"方法。这些在上述《详定贡举条状》中都得到突出而详尽的表述。

史书记载，庆历四年（1044）三月十三日，诏天下州县皆立学。欧

① 〔宋〕欧阳修：《论更改贡举事件札子》，李逸安点校：《欧阳修全集》，中华书局2001年版，第4册，第1590—1591页。
② 〔宋〕欧阳修：《详定贡举条状》，李逸安点校：《欧阳修全集》，中华书局2001年版，第4册，第1593—1594页。

阳修代朝廷撰写《颁贡举条制敕》，因为此时欧公已是隶属中书的右正言、知制诰，赐予三品服了。

第二节　祸起"党论"

我们知道江河奔泻，总是"泥沙俱下"的！它会冲击人们的既得利益。

我们回顾自上一年五月欧公上疏《论按察官吏札子》，至范仲淹"择官长"的举措实施，天下诸路派出转运按察使，亦如飓风席卷"残秋落叶"！欧公直接点名京西路转运使陈洎、张昪等为不任事者，还点名原转运使"贪赃如魏兼，老病如陈杲，秽恶如钱延年，庸常龌龊如袁抗、张可久之辈，皆自是可黜之人，必不能举职"者；加之范仲淹更定《磨勘法》《荫子法》，全面铺开了"明黜陟""抑侥幸"名目下的吏治改革，迄今被按察使所纠察者已达两千余人，沉重打击、遏阻了贤愚并进的因循势力和权贵"奔竞"之路。

一时朝野"物议"纷纭，毁谤日盛，是可以想到的事情。况且中书内尚有"讳莫如深"者。自然贾昌朝不希望新政真正成功，那或许即是他执政生涯的末路！这种心理使他与御史中丞王拱辰默默地"携手联袂"了。自然宰相章得象也不喜欢"残秋落叶"的局面，但他政治上的成熟老到，给予他足够的镇静和"作壁上观"的工夫，以待皇帝态度的"转机"。

我们在此时不能不蓦然回首欧阳修那"未雨绸缪"的札子，即《论乞主张范仲淹富弼等行事札子》，就特别惊心而伤感了！欧公何以想得那么"前瞻"而至深啊，如果不是出于心地深处的忧患，他怎会有此预见呢？他劝诫仁宗要拿定主意，不要为任何谗言所动摇："陛下得失，在此一举；生民休戚，系此一时"；"当此事初，尤须上下协力，凡小人怨怒，仲淹等自以身当浮议奸谗，陛下亦须力拒，待其久而渐定，自可日见成功"。我们看到欧公的心，也就看到新政能走到今天的不易！

我们知道夏竦，那个聪明过人的人，当时被罢黜枢密使，迁宣徽南院使、仍知本镇蔡州，后又迁转南京（今河南商丘）"守宰"。即因为他已获"宣徽使"的使相身份，南京是"陪都"，不会授职使相以外的人。但夏竦却耿耿于怀那个得而复失的"枢密使"！尤其憎恨石介，把自己说成"大奸"，与高若讷并列齐名。是新政"不义"，把他推向了"反面"！他纵使在大郡南京，也仍然日日惦记着返朝，那种抑郁的心绪，真可谓"残云右倚维扬树，远水南回建业船"，且一日也没有离开过他。他想新政的举措就是好，没有这些举措尚不会有如今的"物议"沸腾；他看透如今形势，对时下怨忿者恐非夏竦一人。他借助公事还朝的机会，求召对，并不惜联系"内宫"。此时朝中已经兴起了一股不胫而走的"党论"，笼罩宫阙上下。

在他终于获得进言机会的时候，夏竦简明扼要地向上陈述三点要义：其一，杜衍、范仲淹及欧阳修为"党人"，陛下只需回顾一下此三人"配合"之默契，就该明白他们是不是"朋党"。看看范、富"十事"与欧阳修所上札子，何等的"一唱一和"，不露间隙。早在西边败衄之时，圣上决意取攻，范仲淹却执意取守，而枢密院唯枢密副使杜衍从仲淹，而不从命于陛下，并以"去职"相要挟，非朋比何以至此？其二，他们为党人由来已久。陛下只看景祐三年（1036）仲淹上"百官图"事件，那时的余靖、尹洙、欧阳修，与今日何异？唯见他们欲结朋党更加奋不顾身。尹洙虽身在边塞，每议朝政上疏，而与欧阳修如出一辙，天衣无缝。不信，陛下请观其后，尹洙还将为"范欧同盟"更加卖力！余靖、欧阳修竭力拉扯蔡襄入谏院，蔡襄何许人，陛下清楚；此还不够，更欲拉扯石介入伙，多亏了范仲淹老谋深算，晓得不可"锋芒毕露"，才就此作罢，但石介依然是他们的死党。臣在边塞无功劳也有苦劳，对陛下忠心无二，何以就成了"大奸"？其三，朋党日益侵夺人主权柄。陛下仅看仲淹更定《荫子法》，那"恩荫"本是人主的权力，想怎么荫就怎么荫，岂容为臣者篡改？再看，陛下先已定夺诸路转运使兼为按察，范仲淹却敢于强行派出自己的"人马"，一旦天下官吏为之淆乱，陛下皇权何以保障？再看欧阳修近上札子，多谤毁内宫，使人主奖掖嫔妃也为之不得。事体不在于"八千匹绫罗"是否得当，而在于党人得以废止圣谕，宣扬后宫奢靡，以窃取天下生民拥戴之心！

我们不知道仁宗听到夏竦谗言将会如何对待，只知这些话还是在皇帝心中留下了很深的"刻痕"。后来仁宗曾疑惑地问及辅臣范仲淹："自昔小人多为朋党，亦有君子之党乎？"

就是说，仁宗还是认为范仲淹、欧阳修等人乃为君子，对于他们是否为"朋党"，而未置可否。"未置可否"也就是心存疑问。范仲淹则谨慎地回答皇帝说："臣在边时，见好战者自为党，而怯战者亦自为党。其在朝廷，邪正之党亦然，唯陛下所察尔。苟朋而为善，于国家何害也？"即说，朋党或许历来就有，正像自己在边塞见到的，好战与怯战的将士都分作两处为朋友，请皇帝自己斟酌，如果"朋而为善"，于国家无害，又何必怕它呢？①

不日，后宫内侍蓝元震竟然也上疏言"朋党"事，这是以往很少有的事！情知是受人唆使，即"为党论者"憎恶欧阳修等，勾结大内"用事"。按规定，此事绝不能允许发生，它绝对是"奸佞"的行为。但是仁宗不知出于怎样的心理需要，竟然也允许他禀奏了。史书记载，这个内侍蓝元震上疏说："范仲淹、欧阳修、尹洙、余靖，前日蔡襄谓之四贤。斥去未几（被逐不多久），复还京师。四贤得时，遂引蔡襄以为同列。以国家爵禄为私惠，胶固朋党，苟以报谢当时歌咏之德。今一人私党，止作十数，合五六人，门下党与已无虑五六十人。使此五六十人递相提挈，不过三二年，布满要路，则误朝送国，谁敢有言？挟恨报仇，何施不可？九重至深，万几至重，何由察知？"②

在对上述蓝元震谗言记述之后，史家李焘缀了一句："上终不之信也。"即说，仁宗终不信内侍的话。即五六个人经营朋党，其门下不用说也有五六十人，不出三两年，国家就完蛋啦！待到他们"九重至深，万几至重"的时候，皇帝还将怎样察知它的深浅啊！哦，用这种危言耸听的恶语，冠在为国忘私献身者的头顶，的确是够冤枉的！然而朝廷内外已经呼声四起了。

① 〔宋〕李焘：《续资治通鉴长编》，中华书局2004年版，第6册，庆历四年四月第10条，第3580页。
② 〔宋〕李焘：《续资治通鉴长编》，中华书局2004年版，第6册，庆历四年四月第10条，第3582页。

　　欧阳修不可能沉默，也不屑于为自己辩白什么，他只想到"新政"不能就此夭折，必须从理论上把"朋党"二字颠倒过来，给予它新的"正名"。是的，孔子有曰"君子不党"，但它却成为奸佞小人"用事"之最好的利器！尽管仁宗并未听信谗言，但也未见皇帝对谗言者绳之以法，力加罪黜。事实上皇帝多次动摇于"朋党"二字威胁之下，是"有史可鉴"的。

　　我们不能不惊叹欧阳修的政治果敢和理论才华，如此之速地拿出了雄辩力作《朋党论》，挺身于大江东去，面对淤积的泥沙！

　　臣闻朋党之说自古有之，惟幸人君辨其君子小人而已。大凡君子与君子以同道为朋，小人与小人以同利为朋，此自然之理也。然臣谓小人无朋，惟君子则有之，其故何哉？小人所好者禄利也，所贪者财货也。当其同利之时，暂相党引以为朋者，伪也。及其见利而争先，或利尽而交疏，则反相贼害，虽其兄弟亲戚不能相保。故臣谓小人无朋，其暂为朋者，伪也。君子则不然，所守者道义，所行者忠信，所惜者名节。以之修身，则同道而相益，以之事国，则同心而共济，终始如一。此君子之朋也。故为人君者，但当退小人之伪朋，用君子之真朋，则天下治矣。

　　尧之时，小人共工、讙兜等四人为一朋，君子八元、八凯十六人为一朋。舜佐尧退四凶小人之朋，而进元凯君子之朋，尧之天下大治。及舜自为天子，而皋、夔、稷、契等二十二人并列于朝，更相称美，更相推让，凡二十二人为一朋，而舜皆用之，天下亦大治。《书》曰："纣有臣亿万，惟亿万心；周有臣三千，惟一心。"纣之时，亿万人各异心，可谓不为朋矣，然纣以亡国。周武王三千人为一大朋，而周用以兴。后汉献帝时，尽取天下名士囚禁之，目为党人。及黄巾贼起，汉室大乱，后方悔悟，尽解党人而释之，然已无救矣。唐之晚年，渐起朋党之论。及昭宗时，尽杀朝之名士，或投之黄河，曰此辈清流，可投浊流，而唐遂亡矣。

　　夫前世之主，能使人异心不为朋，莫如纣；能禁绝善人为朋，莫如汉献帝；能诛杀清流之朋，莫如唐昭宗之世。然皆乱亡其国。更相称美推让而不自疑，莫如舜之二十二人，舜亦不疑而皆用之。然而后世不诮舜为二十二人朋党所欺，而称舜为聪明之圣者，以能辨君子与小人也。周武之世，举其国之臣三千人共为一朋，自古为朋之多且大莫如周。然周用此以兴者，善人虽多而不厌也。夫兴亡治乱之迹，为人君者可以鉴矣。①

欧公把这封上疏呈给仁宗了。直截了当地指出君子与君子以同道为朋，乃是自然之理，自古就是这样的。响亮地提出"臣谓小人无朋，惟君子则有之"！这是从根本上颠覆了传统的"朋党"概念，把它仅作为以道义、忠信和名节相投者，而"人以群分"的解释。事实上，"党"与"朋"在概念上是不能同一的，"党"特指"结党营私"；而"朋"可指"志同道合"。是可谓孔子曰"有朋自远方来，不亦说乎"，说的即是后一概念。但这里有一个逻辑：倘若令人不"以同道为朋"，舍弃道义、忠信乃至名节，而去交结小人，将是不可能的！尽管那样避免了"朋党"，也终是有名节的士大夫所做不到的。因为"小人所好者禄利也，所贪者财货也"，那恰是君子人格的反面。这便是欧公该文"立论"的根据，它也是小人所以"无朋"的原因。"当其同利之时，暂相党引以为朋者，伪也。"这种"以利为朋"，是不可能得出"朋"的真义并葆有长久的，它只会"利尽而交疏，虽其兄弟亲戚不能相保"。欧公文章在逻辑上乃是坚实的、挺立的！更主要的是它的政治功用，它雄辩强劲地征引汉献帝、唐昭宗，禁绝善人为朋，而导致国家败亡的史实，以论证君子之朋不是祸患，"以之事国，则同心而共济，天下治矣"的论点，使它能够坚挺地去支撑庆历新政！

有大臣奏章，宜于废弃麟州（今陕西神木）建制。因为麟州辖地已经被西贼掠夺得荒芜不堪，没有了居民和耕地。知并州杨偕，则建议

---

① 〔宋〕欧阳修：《朋党论》，李逸安点校：《欧阳修全集》，中华书局 2001 年版，第 2 册，第 297—298 页。

迁徙麟州于合河津，以解决运输粮草之困。当时麟州属于河东路，又值河东路转运使张奎在晋州铸铁钱，民多盗铸；再者，晋州盛产一种药石——矾，而"矾课岁亏"，即一年到头总是亏损。两件事，尤其前一件麟州废留问题，朝廷需要勘察计度之后才能作出决定。

庆历四年（1044）四月八日，朝廷乃命右正言、知制诰、知谏院欧阳修前往河东考察麟州废留，并与本路转运司同计置沿边粮草。

欧公已经出发了，西行抵达洛阳，凭吊挚友谢绛谢希深。谢绛于宝元二年（1039）知邓州不久就病故了，亏得那年欧公在乾德任上，特为告假往会谢希深、梅圣俞一面。欧公作《再至西都》及《谢公挽词三首》，以致怀念：

> 伊川不到十年间，鱼鸟今应怪我还。
> 浪得浮名销壮节，羞将白发见青山。
> 野花向客开如笑，芳草留人意自闲。
> 却到谢公题壁处，向风清泪独潺潺。[①]

我们好久没见到欧公作诗了，笔者替欧公感觉到离开朝廷那块"是非之地"之后的稍许轻松。虽然是暂时的，有"片刻偷安"也好！欧公还前去踏看了钱惟演相公的遗迹，自会想起当初相公的音容笑貌，是钱相公赐予诸多学士一段宽松怡人的生活，令人经久难忘。欧公也作诗《过钱文僖公白莲庄》，较之前一首，似乎这一首更加意味隽永、情感浑然：

> 城南车马地，行客过徘徊。
> 野水寒犹入，余花晚自开。
> 命宾曾授简，开府最多才。
> 今日西州路，何人更独来。[②]

---

① 〔宋〕欧阳修：《再至西都》，李逸安点校：《欧阳修全集》，中华书局 2001 年版，第 2 册，第 176 页。
② 〔宋〕欧阳修：《过钱文僖公白莲庄》，李逸安点校：《欧阳修全集》，中华书局 2001 年版，第 2 册，第 177 页。

但是欧公的心情没有轻松几日，就又"紧绷"起来，因为欧公在邸报上见到"陈留移桥"事件，那就是御史台的一员"干将"弹劾三司使王尧臣！

我们先回顾一下王尧臣是怎样一名大臣。即如我们已知的，王尧臣为翰林学士，曾被派往陕西为体量安抚使。正值边事败衄，韩、范降黜，王尧臣身在延州即上疏朝廷，为韩、范鸣不平，说：韩琦、范仲淹是"天下之选，其忠义智勇，名动夷狄，不宜以小故置之（降黜他们）"。王尧臣这封上疏，即已在当时吕夷简尚主政的中书大臣面前显示了自己的"新政"立场。庆历三年（1043）四月，尧臣上任三司使伊始，就以"择吏为先"，取得仁宗允俞之后，即着手整顿三司官吏，不到一个月，就把原来所选非才的副使、判官等十五人清洗掉了，荐用了一批有才干的人。当即就触怒了权贵，说他"更易官吏，专权侵政"，所以京师才流传"无名子诗"，对他恶意中伤。但是仁宗听从了谏官欧阳修的上疏《论禁止无名子伤毁近臣状》，榜出诏敕，悬赏捕捉"无名子"。也是仁宗认定新选三司使得人，确有才干！以往的三司，皆厚赋税而强暴敛，甚至借内藏库，率富人出钱，弊端明显；而王尧臣"推见财利出入、盈缩"，判别本末，分清急缓和先后，"去其蠹弊之有根穴者，斥其妄计小利之害大体者，然后一（统一）为条目，使就法度"。这是欧公对尧臣"财务干练"的评价。经过一年余的治理整顿，"民不加赋税而用足。明年，以其余，偿内藏所借者数百万。又明年，其余而积于有司者数千万"。

我们再看"陈留桥"迁移是怎样一回事。时权知开封府吴育，认为陈留桥所处位置不便交通，行船几次发生碰撞伤毁，作出迁移陈留桥决定。而桥下有一卢姓大户，居一座民宅，若移桥，民宅将俱毁。民宅户主与都官员外郎王洙有旧相识，求其说和免移桥；都官王洙或有求于三司使王尧臣。于是产生了三司对该桥是否迁移的勘察相度，差遣三司判官慎钺前往勘察。陈留桥，本就是先朝"真宗皇帝亲诏，为损舟船，遂遣使经度而迁之"的，就是说，它在真宗朝就有过迁址，而迁到现在的位置的。王尧臣考虑到该桥去年刚刚拨款整修添彩，今又拆毁，移址重建，必将破费国家财用不计其数，勘察后便做出不宜拆迁的决定。本来这纯属于普通的具体事务，拆与不拆都无关"政治"大事。但是此时夏竦正在鼓噪"党论"，它就"授人以柄"了！监察御史王砺弹劾"王尧臣与豪民有情弊"，收受贿赂，出卖公利，并把它扯向"政治"，妄称真宗"移桥不便，致民切齿"。并诬告王尧臣所遣三司判官慎钺"令凶吏潜行杀害"，一时间竟然导致狱讼，审刑院大理寺也做出错误裁决。

这一矛头指向是很清楚的！范仲淹顾忌不得朋党不朋党，而为王尧臣上疏辩白，分析事体过程具体详细，指责："审刑、大理寺奏断王尧臣以下公案，内有情理不圆，刑名未审之处。"王尧臣一没有受贿，"与豪民有情弊"，二没有责令哪个"凶吏潜行杀害"，大理寺勘察也没有此事。而"三司为去年新曾添修，今又破材料，遂奏乞差官相度，乃是举职"。即说，三司派遣人勘察是否宜于迁移该桥，恰正是履行职责。

欧公正在奔赴河东途中，笔者估计他也无心西行了！没有诏命他更无法返朝，估计欧公就停驻洛阳，连连撰写奏疏，上呈《论陈留桥事乞黜御史王砺札子》《论王砺中伤善人乞行黜责札子》。欧阳修丝毫不掩饰自己的爱憎立场，直斥监察御史王砺为奸佞！辨明"陈留桥"事实真相；揭露王砺谤黩先朝圣政等，犯有四罪：

> 臣伏睹朝廷近为王尧臣、吴育等争陈留桥事，互说是非，陛下欲尽至公，特差台官定夺。而王砺小人，不能上副圣意，挟公徇私，妄将小事张皇，称王尧臣与豪民有情弊，诬奏慎钺令凶吏潜行杀害，及妄称真宗皇帝朝移桥不便，致民切齿等事。及勘出事状，王尧臣元不曾受豪民请属，慎钺亦不曾令小吏潜行杀害，及据先朝《日历》内真宗皇帝亲谕王旦，为陈留桥损害舟船，特令修换。证验得王砺所言，悉是虚妄，上惑圣听。赖陛下圣明，慎于听断，不便轻信其言，别令吕觉根勘。今既勘出事状，方明王砺不公。伏以台宪之职，本要纠正纪纲，而砺但务挟私，欺罔天听，合行黜责。其罪有四：

欧公陈述王砺四罪，谨作简略叙述：一曰谤黩先朝圣政。先朝史书记载移桥一事，乃是先帝知民间利病，以彰圣政。今王砺却称移得此桥不便，民间至今切齿。臣不知国朝旧史可信，抑复王砺之谤言可凭？其二，王砺中伤有功大臣，不恤朝廷用人之际，因小事妄加陷害，致兴大狱，使日后"劳臣"得不到劝勉鼓励。其三，诬奏平人为杀人贼。及至勘察，并无行迹，纯属捏造诬陷。其四，原本开封府、三司省论列本司公事，所见异同，乃是常事；但王砺小人，妄思迎合朝中指使者的奸邪目的，张皇欺诳。①

我们看到这原本的确是例行公务的小事，不应该闹腾到如此地步，而它之所以被闹腾起来，因为它的"背景"重大！所幸的是，仁宗又听从了欧阳修的上疏。《宋会要辑稿》职官六四记载："（庆历四年四月）十九日，监察御史王砺降太常博士、通判邓州。砺既奏论陈留移桥事，而谏官欧阳修言其阴徇朋党，挟私弹事，故黜之。"②

应该说该事处置结果顺利，财务大臣王尧臣保住了。笔者想欧公这才安心地西行了。

第三节　出使河东

河东路，当指黄河"河套"由北向南，进入山西地界之黄河以东的地域。

欧公于是年四月下半月，已抵达晋南，铺展开察访工作。考察了晋州（今山西临汾）、绛州（今山西新绛）、慈州（今山西吉县）、隰州（今山西隰县），以及潞州（今山西长治）。该工作一直延续到五月下旬。欧公带了一个助手，名叫郭固，是向朝廷请允的。郭固"新授宁州军事推官，熟知沿边兵民利害，曾随韩琦奉使陕西"。挑选这样一名助手，想必是很得力的。此外，来之前已向朝廷奏请，"候臣到彼，不得令官吏及

---

① 〔宋〕欧阳修：《论陈留桥事乞黜御史王砺札子》，李逸安点校：《欧阳修全集》，中华书局 2001 年版，第 4 册，第 1604—1606 页。

② 〔清〕徐松：《宋会要辑稿》职官六四之四四，中华书局 1957 年版，第 4 册，第 3842 页。

诸色人出城迎送，及不得作乐筵席"。另请求"许臣采问官吏，就近召与相见，所贵询访兵民利病。仍虑有合行事件，亦乞于本路选择干事官员暂差勾当"。

欧公每到一地，发现问题，及时写成奏章，反馈朝廷。其所反馈的问题，不仅是朝廷先已交代的那几项任务，而且根据欧公所上札子，看出内容涉及北边军事、州县建置、民生财用、禁地复耕、官吏状况、人事更新等，每项都有具体事例，数据翔实，措施明确，可以看出欧公工作之务实深入，精细而无误。

笔者于经济学、统计学"一片漆黑"，无法准确评述欧公的《乞罢铁钱札子》和《论矾务利害状》。这两封奏疏，都是用严格的数据来说话的，逐年比较它的利弊得失，笔者为之惊讶，欧公不仅精通学术，而于"财经"竟然也不是"门外汉"！如果让欧公做三司使，一定会胜过旁人。笔者粗略看了《论矾务利害状》，看得头昏脑涨，似牵涉"官营"与"私卖"，哪个于国家有利。笔者一见长长的数字就蒙了，但相信欧公却得出了清晰的结论，并给予朝廷具体的建议，恕此处不再赘述。

至于"铸铁钱"是怎么回事，牵扯到其"本"与"利"的关系，及其与"铜钱"的比值关系，笔者就更加搞不明白了。但是欧公辛勤调研，颇费心血，"臣勘会河东十九州军，凡四十九处，创新开沽酒务，据转运司供到每月约收二万贯有余，计一岁合得二十四、五万贯"，它关乎着诸州军民用铁钱便与不便，欧公调查得一清二楚，提出废除大、小铁钱的五个理由。好啦，只要看到欧公一丝不苟的调研态度，我们也就"管窥蠡测"了。

欧公前期工作大多在晋西南，即汾河流域下游；而潞州，则位于晋东南，傍着浊漳河南源、长子壶关。欧公赴潞州考察须走不短的路程，发现那边"县置虚设"的问题，即一个县仅辖三百余户，或四五百户，造成"官多民少"，官吏、财用的浪费，可以把它们数县合一，而便于辖治。欧公及时上疏《相度并县奏状》和《相度并县牒》。五月中旬，欧公已"转战"到晋北部，即太原以北三四百里处的忻州（今山西忻县）、代州（今山西代县），代州距离忻州向北尚有三百里之遥，已依近雁门关了。因为欧公不仅要实地勘察粮道运输，还要考察军事设施和边备，及文武官员配置。在忻、代二州期间，欧公上疏了《倚阁忻代州和籴米奏状》。

由代州西向，五六百里之外，那里即是保德军，位于南北流向的黄河东岸。人们俗把东岸叫作"河内"，西岸谓之"河外"。那里即是欧公此行重点考察的地方。一是它与代州同样驻扎重兵；二是与保德军隔河相望，即是府州（今陕西府谷），乃为李元昊时常肆掠之地。府州便地处"河外"，而距离府州百余里处，就是麟州了！

《仁宗实录》记载："庆历四年四月己亥，上谓辅臣：上封者数请废麟州，以其馈粮劳民，利害如何？章得象曰：麟州四面蕃、汉户，皆为元昊所掠，今野无耕民，一路困于馈运，欲更（更改）为寨，徙其州稍近府州，以省边民之役。上曰：州不可废，但徙屯军马，近府州别置一城，亦可纾患（缓解运粮困难）。"之后才有了遣派欧阳修勘察相度。

麟州，起初笔者无法考知它所处地理位置，只知道欧公说："其至黄河与府州，各才百余里。"这只能告诉我们它距离府州"百余里"，并与府州保持着"掎角"关系，使敌人不能直接逼近黄河西岸，即拒敌于"河外"之"二三百里外"。这也告诉我们，麟州在黄河西岸。笔者查阅《辞海》麟州条，说它"唐开元十二年（724）置，置所在新秦（今神木北）"。又言"宋乾德初（乾德二年为964年），移治吴儿堡（今绥德西北）"。就是这后半条内容，让笔者找不到"北"了！因为今陕西绥德不可能与府州只相距"百余里"，更与之形不成"掎角"关系，它们相差至少八九百里路。所以，我们依据欧公所说，麟州只能是位于今陕西境的神木，只有神木"至黄河与府州，各才百余里"，并与保德军隔黄河相望。

欧阳修就在这块地域，由保德军至府州，自府州到麟州，勘察事体的诸多方面，掂量兵民利病得失，已经工作月把日子了。此前，已与河东转运使、麟州知州有过数次商谈，当然这是一个非常难以两全的问题，实可谓："今议麟州者，存之则困河东，弃之则失河外。"河东二十州军都在赡养供给二州、五寨（府州、麟州及其二州之间的五个寨堡），是谓"为河外数百边户而竭数百万民财"！那里的居民的确很少，尤其麟州，地处窟野河中段，再往西就是毛乌素大沙漠，今天我们看神木四周方圆七十余里，依旧少有居民村镇。欧公就在这里上疏了《论麟州事宜札子》。

欧公先集中辨析四种"众说"：或欲废州为寨，或欲迁址至河津，或欲抽兵马减省馈运，或欲增添城堡以招辑蕃汉。欧公明确表示对前两种说法的反对态度。认为如果废州为寨而不能减兵，则不若不废；如果能减兵而节省运粮及费用，则又何害为州？即说：不是州的建置存在为患，而是运粮困难和费用过大为患。欧公勘察认为：麟州"其城壁坚完，地势高峻，乃是天设之险，可守而不可攻"。所以我们没有理由"弃易守难攻之天险"。至于迁址河津，它原本就在距离黄河百余里处。如果舍弃边防，远距离地内迁，就更失去了迁改建置的意义。"以此而言，移、废二说，未见其可。"而关于兵冗问题，其弊不独为麟州存在，主要存在于五寨，从麟州到府州之间，一百二十五里之地，分布有镇川堡、建宁寨、中堠寨、百胜寨、清塞堡，欧公比较二者的费用说："臣勘会庆历三年一月用度，麟州用粮七万余石，草二十一万余束。五寨用粮一十四万余石，草四十万余束，其费倍于麟州。"当减损五寨兵员和费用。至于众说之第四"招辑蕃、汉之民"，这当然"最为实边之本"，但是它不是朝廷"一举而成"的，"必须委付边臣，许其久任，渐推恩信，不限岁年，使得失不系于朝廷之急，而营辑（经营招集）如其家事之专，方可收其远效，非二年一替（替换）之吏所能为也"。

欧公在厘清基本事实之后，重点说"较存废"："今河北之兵（指'河外'之兵），除分休（轮换休息的）外，尚及二万。大抵尽河东二十州军以赡二州、五寨，为河外数百户而竭数百万民财，贼虽不来，吾已自困，使贼得不战疲人之策，而我有残民敛怨之劳。以此而思，则似可废，然未知可存之利。今二州、五寨虽云空守无人之境，然贼亦未敢据（占据）吾地，是尚能斥贼于二三百里外。若麟州一议移废，则五寨势亦难存，兀尔（独剩下）府州便为孤垒，而自守不暇。是贼可以入据我城堡，耕牧我土田，夹河对岸（隔河的西岸），为其巢穴。今贼在数百里外，沿河尚费于防秋，若使加岸相望，则泛舟践冰（或乘舟或履冰越河），终岁常忧寇至，沿河内郡，尽为边戍。以此而虑，则不可不存，然须得存之之术（但必须拿出一些保存麟州的措施）。"

欧公提供的措施主要是，大量减少五寨屯兵，使"除分兵歇泊外，尚有七千五百人"迁徙驻屯靠近府州的清塞堡，便于就近保德军请粮。其余堡寨，只驻守一千或五百兵马，以缓解运粮困难。使建宁寨仅屯兵一千，与清塞堡相互"掎角"支援。至于麟州的治理，欧公建议朝廷，宜于委任"土豪"做知州。"所谓土豪者，乃其材勇独出一方，威名既著，敌所畏服，又能谍敌情伪，凡于战守，不至乖谋。若委以一州，则其党自视州如家，系于休戚，其战自勇，其守自坚。又其既是土人（当地人），与其风俗情接，人赖其勇，亦喜附之，则蕃、汉之民可使渐自招集。"这个人才，欧公已经为朝廷选择好了，他就是王吉，"见在建宁寨、蕃、汉依吉而耕于寨侧者已有三百家"①。

关于麟州，欧公另呈两封上疏十分重要，即《请耕禁地札子》及《乞放麟州百姓沽酒札子》。在宋代，酿酒业乃属于朝廷专营专利，它与盐、铁、茶等物官家专卖相同。而欧公这封上疏则乞请把它归属麟州民间营业，以宜于巩固边民生计和边防。

《请耕禁地札子》，主要关乎与北虏相接的大面积"弃耕"土地，朝廷疑虑耕种这些边地会引发与契丹的争端。但这些"禁地"却都在宋朝领土界内。耕种它可以从根本上解决河东的军备供给，好处是显而易见的。但是这一举措未被朝廷允准，直到十余年后韩琦执政时，它才被实施。

> 臣昨奉使河东，相度沿边经久利害。臣窃见河东之患，患在尽禁沿边之地不许人耕，而私籴北界斛斗，以为边储，其大害有四。以臣相度，今若募人耕植禁地，则去四大害，而有四大利。河东地形山险，辇运不通。边地既禁，则沿边乏食，每岁仰河东一路税赋、和籴、入中，和博斛斗支往。沿边人户既阻险远，不能辇运，遂赍金、银、绢、铜钱等物，就沿边贵价私籴北界斛斗。北界禁民以粟、马马入我境，其法至死。今

边民冒禁私相交易，时引争斗，辄相斫射，万一兴讼，遂构事端。其引惹之患一也。今吾有地不自耕植，而偷籴邻界之物以仰给，若敌常岁丰及缓法不察，而米过吾界则尚有可望。万一虏岁不丰，或其与我有隙，顿严边界禁约，而闭籴不通，则我军遂至乏食。是我师饥饱系在敌人，其二患也。代州、岢岚、宁化、火山四州军，沿边地既不耕，荒无定主，虏人得以侵占。……是自空其地，引惹北人岁岁争界，其害三也。禁膏腴之地不耕，而困民之力以远输，其害四也。

臣谓禁地若耕，则一二岁之间，北界斛斗可以不籴，则边民无争籴引惹之害；我军无饥饱在敌之害；沿边地有定主，无争界之害；边州自有粟，则内地之民无远输之害。是谓去四大害，而有四大利。今四州军地可二三万顷，若尽耕之，则其利岁可得三五百万石。①

该札子所揭示的问题是触目惊心的！如果没有欧公具体分析其得失利害，我们很难想象河东人民为缴纳、运输军粮所经历如此困苦！为避免远途运输，而携带金帛身赴边境与北界边民交易粮食，支付"贵价"。交易中时常发生争斗，殃及性命。还有经受不住过重"科配"而逃亡的民户，欧公另外上疏《乞减放逃户和籴札子》："臣伏见河东百姓科配最重者，额定和籴粮草五百万石。"空置着四州军二三万顷"膏腴之地不耕，而困民之力以远输"，这种"远输"造成的特殊供给方式，使宋朝边军的"饥饱"实际掌握在敌人手中！一旦北虏卡死边境贸易，边军就断粮了。何况这些"禁地"时常引惹北虏觊觎、侵占，发生"争界"。欧公的奏疏可说勘察透彻。

西北边事，是欧公勘察河东的一大"科目"。据欧公《论宣毅万胜等兵札子》，我们知道朝廷给予欧公这一"军务"调研任务。该札子说："臣昨准敕差往河东。续准（又接到）枢密院札子：'奉圣旨，所到州

① 〔宋〕欧阳修：《请耕禁地札子》，李逸安点校：《欧阳修全集》，中华书局2001年版，第5册，第1762—1763页。

军，体量诸军指挥自来习学武艺并教阅战阵次第精与未精，缓急堪与不堪阵敌使唤者。'"就是说，是枢密院后续发来的朝旨，命欧公勘察诸军习武、练兵等军队状况。

故欧公每到一处，首先关注领兵的人，及官员任职情况。发现干才，即刻上书推荐，例如《举孙直方奏状》《举刘义叟札子》等。更上疏《条列文武官材能札子》，把沿路所勘察的材能者二十七人，全都列出姓名、职官，分别为"战将八人，缓急可以使唤"；"武臣中材干者四人"：岢岚军使米光溽，知保德军刘承嗣，建宁寨主陈昭兼，岢岚军五谷巡检夏侯合；"通判中五人，可以升陟差使"；"知县令、州县职官中，材干可用者十人"，工作细致入微。同时也上呈《论不才官吏状》，点出他们的名字和所在岗位，所谓"臣所见官吏内有全然不任其职，须至替移者"。

欧公上疏《论西北事宜札子》，指出诸军存在的问题，包括主将练兵不精，军队兵士不精，装备器械不精。虽然现下北虏与西夏正逢战事，但我边境不可无备。欧公尤其重视以下数州的屯兵，战时可相互支援，"于并、忻、岚、宪，屯结以俟"。主将的练兵教习存在严重不足，方法陈旧，"阵法"不新，实效性差。那些阵法"大抵只是齐得进退，不乱行伍而已。其阵法则皆未可用"。再者兵士不精，需要减少冗员，以增强战斗力。"其诸军禁兵九万五千余人，内驻泊兵三万余人，惟万胜（军）最多最不精。本路就粮禁兵六万余人，惟宣毅（军）最多最不精。"①

欧公勘察诸军，发现"器械"问题严重："河东沿边州军器械，全然不堪。臣昨到彼，见逐处弓弩无十数枝可施用者。问其何故，云为省司惜筋、胶（说三司配发制作弓弩的材料数量不足），支请不得。纵支得，即角短筋碎（不足长度），不堪使用，久无物料修治，是致废坏。"欧公了解情况之细微，具体到"物料"的合格与否。并且现场考察兵械实用功能，"其诸州木羽箭，臣曾逐色用草人被甲（披挂铠甲），去三十步以硬弩射之，或箭干飞掉不至，或箭头卷折不入甲。此乃临阵

---

① 〔宋〕欧阳修：《论宣毅万胜等兵札子》，李逸安点校：《欧阳修全集》，中华书局2001年版，第5册，第1750—1751页。

误事之物，十无一二堪者"。这些问题却不被知州、知军发现，欧公当即弹劾他们渎职。譬如知代州康德舆，老懦不济事。由于知州不才，所以"代州诸寨主、监押三十余员，内无三四人能干而晓事者，伏乞早行替换"①。

欧公勘察河东结束的时候，已是是年七月上旬，从札子中可以看到，欧公足迹几乎遍及河东诸州军。可以说他的认真负责，世所罕见！此时他由来时的路线所经驿站，返回。在汾河河谷，离开汾阳，不几日已至绛州（今山西新绛）。他谢绝了官员的迎送，只有数几文友陪着他和他的助手郭固。

在绛州稍作休息游览，登临了富公嵩山，这里松柏参天，嵩峰三十六耸，使欧公心境和精神才"转换"到诗意上来了。最令人高兴的是，文友帮助他获得一本《诗谱》残本，首尾都残缺了，不见著者姓名，经过翻阅才知道，这正是欧公寻觅多年一直未得的郑玄《诗谱》！欧公的《诗经》研究非常需要这个版本。欧公在嵩山上吟诗，作《登绛州富公嵩巫亭示同行者》，那诗句仿佛仍在勘察工作中，具有宏观、群览之势："嵩峰三十六，终日对高阁。阴晴无朝暮，紫气常浮泊（弥漫不散）。雄然九州中，气象压寥廓。"欧公脑际不可能猝然退出西北边境的军事，正所谓"至今清夜思，魂梦辄飞愕"！

又一日夜晚，欧公在返途中，宿于"水谷口"。或因为阅读那一残本《诗谱》思绪劳累，或因为怀念诗文挚友过于用心，欧公失眠了，是夜作有《水谷夜行寄子美圣俞》。

欧公想起梅尧臣和苏舜钦，赞美两位当世贤才，这首诗同样携有"河东勘察"的气派！

寒鸡号荒林，山壁月倒挂。
披衣起视夜，揽辔念行迈。

① 〔宋〕欧阳修：《论西北事宜札子》，李逸安点校：《欧阳修全集》，中华书局 2001 年版，第 4 册，第 1749—1750 页。

216

我来夏云初，素节今已届。

……①

这首长诗主要言及苏舜钦、梅尧臣两位学士之诗文人品"举世惊骇"，但他们的仕途道路均不为平坦，他们如"百鸟之嘉瑞"，在烟云中翱翔，每一振飞，都会羽翼摧伤。随此感伤，欧公还有一种"预感"，即为该诗首句"寒鸡号荒林，山壁月倒挂"所描绘的意境，那种黎明前的寒冷和黑暗，面对"荒林"的"鸡鸣不已"，或许正是欧公将要经历的情境。

它在欧公潜意识中流动，而未忘怀。但是欧阳修在任何情境下都不会追悔自己所做的，亦如山壁上那一弯"倒挂"的明月，是皎洁于胸襟的。

第四节　力挽狂澜

欧公于庆历四年（1044）七月末返回朝廷。而在是年六月上旬，朝廷已经"潜移默化"了！因为内侍蓝元震、使相夏竦上疏"党论"，在仁宗心中终留下不浅的"雕刻"痕迹。

执政范仲淹、富弼都不是木头人，而是有感情知觉且体察敏觉的人。他们察觉到皇帝感情上"微妙"的变化和朝廷"物议"日益为盛所带来的压力。范、富数次提出罢政而外任戍边，皇帝未应允。这使我们记起后来苏辙关于"小人必胜，君子必败"的论断：

> 臣近面论，君子小人不可并处，圣意似不以臣言为非者。……未闻以小人在外，忧其不悦而引之于内，以自遗患也。故臣谓小人虽不可任以腹心，至于牧守四方，奔走庶务，无所

---

① 〔宋〕欧阳修：《水谷夜行寄子美圣俞》，李逸安点校：《欧阳修全集》，中华书局2001年版，第1册，第28—29页。

偏废可也。若遂引之于内，是犹患盗贼之欲得财，而导之于寝室；知虎豹欲食肉，而开之于垌牧，无是理也。且君子小人，势同冰炭，同处必争。一争之后，小人必胜，君子必败。何也？小人贪利忍耻，击之则难去；君子洁身重义，沮之则引退。古语曰："一薰一莸，十年尚犹有臭。"盖谓此矣。[①]

"薰"乃一种香草，"莸"即有臭味的水草。苏辙此言很有趣味，比喻恰切而奥妙。二者一经接触，即使香草也会染上十年犹存的臭气。并说：臣没听说过，怕小人在外不高兴而引他入内朝的事。这就像担心盗贼想得到财物，却引导他进入自己的寝室；知道虎豹惦记着吃肉，而打开牧群栅栏，任其啖食牛羊。无是理也！

这是后来，苏辙于哲宗朝初年，对临政的宣仁后所说的。但它针对当今仁宗朝却很恰切。君子小人同处必争，"一争之后，小人必胜，君子必败"。似乎留给正人君子的只有一条路，就是"引退"。

我们看到"众议日盛"的原因，来自多方，有较公允的论者，如《正传》所说：仲淹及富弼"更张无渐"，即说他们"改弦易辙"的时候没有循序渐进；而且其更张"规摹阔大，论者以为不可行"，"谤毁稍行，而朋党之论浸闻于上，会塞下有警，仲淹因与富弼请行边"。而李焘《长编》还具体说到："及按察使多所举劾，人心不安；任子恩薄，磨勘法密，侥幸者不便；于是谤毁浸盛，而朋党之论，滋不可解。"恩荫子弟比往昔"刻薄"了，"磨勘法"即迁官制度也变得严厉了，这些都是"侥幸者"所不容的。

六月辛卯，辅臣韩琦、范仲淹仍一起奏疏陕西、河北利害事宜，即当下必须办的急务：陕西八事、河北五事。因为西、北二虏正在运兵，不知其真实意图。

所奏河北五事，其中第一事就是"遣才臣权领河北转运使，密令经度边事"，其他四事，笔者就不赘言了，都是些应急的措施。[②]

① 〔元〕脱脱等：《宋史·苏辙列传》，中华书局 1977 年版，第 31 册，第 10829 页。
② 〔宋〕李焘：《续资治通鉴长编》，中华书局 2004 年版，第 6 册，庆历四年六月第 2 条，第 3623—3634 页。

　　而就在韩、范上疏之后，仁宗下手诏，询问辅臣："合（应当）用何人，镇彼西方？"范仲淹却推荐了他自己，说："臣久居边塞下，诚无寸功，如言'镇彼西方'，保于无事，则臣不敢当，但稍知边情，愿任驱策。虽无奇效可平大患，惟期夙夜经画（惟能做到日夜筹划）、措置兵骑财赋；及指纵诸将同心协力，以御深入之虞。今防秋事近，恐失于后时，愿圣慈早赐指挥，罢臣参知政事，知边上一郡，带'安抚'之名，足以照管边事。"

　　随后，富弼也做了"同样的"上疏和乞请外任。富弼主要谈契丹，而认定契丹必不会入侵河北、河东，但是边备不可松弛。富弼条列河北守御十二策。

　　对待这样的辅臣，是否真的需要"外任"他们，仁宗尚未拿定主意。直至是年八月，也就是欧阳修返朝不久，范、富先后被外任了。范仲淹宣抚陕西、河东，富弼宣抚河北。他二人外任，都是身带原职的，即担任着参知政事、枢密副使之职。

　　据苏辙《龙川别志》记载：范文正公"自睦州返朝，出领西事，恐申公（吕夷简）不为之地，无以成功，乃为书自咎（致书夷简，承认自己有过错），解仇而去。后以参知政事，宣抚陕西，申公既老，居郑（居住郑州），相遇于途（范公赴陕西的途中前去探望夷简），文正身历中书，知事之难，有悔过之语。于是，申公欣然相与语终日"。接下来苏辙记述了他们不多几句对话，似对于我们颇具人生变故的意味。

　　申公问："何为亟去朝廷？"文正言："欲经制西事耳。"申公曰："经制西事，莫如在朝廷之便。"文正为之愕然。①

　　范仲淹岂能不知，在朝廷"经制西事"更为方便的道理。这个"愕然"不是蓦然醒悟到什么，而仅仅是回答不了吕申公的一种"尴尬"。事实上，时值明年三月，范仲淹尚在边任上，就已被罢免参知政事之职

① 〔宋〕苏辙：《龙川别志》，〔宋〕李焘：《续资治通鉴长编》，中华书局 2004 年版，第 6 册，庆历四年六月第 19 条注释文，第 3637—3638 页。

了，富弼也被罢枢密副使。范仲淹此次离开朝廷，竟然是"最后一次"，此后他再也未能返朝。

当笔者准备叙述个中深层的利害时，却有点为难了。因为接下来的史料有点像"小说"了，史料就石介的"废立诏草"提供不了具体内容和细节，笔者感觉它不可信，有"人为编造"的痕迹，似乎在给仁宗的变故添加"驱动力"。其实，我们应该想得通，一朝帝王想要改变什么，是不需要任何理由或"驱动力"的，说变也就变了，那是最方便不过的事！

但是笔者又不能撇开史料而换一种"说法"，只好把史料及笔者的分析一并呈现出来：

李焘《长编》记载于庆历四年（1044）六月壬子第19条下的一则"先是"，即早于该条目时间的内容为：著名学者石介呈递于枢密副使富弼有一"奏记"，是暗中操作，人所不知的。据夏竦言，石介还为其草拟了一份废除皇帝诏敕的札子，即所谓《废立诏草》。但这一草稿被夏竦拿到了，并且进行了"篡改"，使其成为可治罪的"证据"。以下是李焘对该事体的记录：

> 石介奏记于弼，责以行伊、周之事，夏竦怨介斥己，又欲因是倾弼等，乃使女奴阴习介书，久之习成，遂改"伊、周"曰"伊、霍"，而伪作介为弼撰废立诏草，飞语上闻。帝虽不信，而仲淹、弼始恐惧，不敢自安于朝，皆请出按西北边。①

当然，以此来达到夏竦的目的似乎"水到渠成"，因为石介的确牵连新政人物十分广泛，若问罪，即可"一锅端"。杜衍早在任御史中丞时就荐举石介入御史台，但未成，于庆历二年（1042）杜衍又荐石介为国子监直讲，一年后再荐为太子中允。庆历四年（1044）三月，韩琦又举荐石介为直集贤院。至于欧阳修与石介关系之近，就不必说了，二人

① 〔宋〕李焘：《续资治通鉴长编》，中华书局2004年版，第6册，庆历四年六月第19条，第3637页。

常有学术交往。

但是史料却未顾及我们传记文学所需要的可信的细节。笔者无从得知这封"草稿"是怎样落入夏竦手中的，不光是笔者要问这一问题，恐怕朝廷和皇帝在接受这一"罪证"之前都要问这一问题。此外，最重要的一点失实是：受诬陷者，不管是富弼本人还是范仲淹，都不可能置自身清白于不顾，不予辩白！即使范、富"懦弱"，朝中尚有杜衍、韩琦、欧阳修、余靖等众多耿直之士，也不可能集体"缄默"。他们在"陈留桥"细事上尚能挺身而出，怎能在事关新政命运、自身清白之重大"诬陷"面前不予辩白呢？所谓"仲淹、弼始恐惧，不敢自安于朝，皆请出按西北边"就有失逻辑了，有这样以自己的"恐惧"退出来证明"诬陷"为实的吗？我们只有在较晚的时候即是年八月富弼宣抚河北之后，乃至更晚，即庆历五年（1045）七月石介病逝之后，才看到《富弼年谱》载有一封富弼的《叙述前后辞免恩命以辩谗谤奏》对该事做了简略的否定和申诉。我们说，倘若没有夏竦伪造"废立诏草"，而推进仁宗变故，那情节倒是更为可信的。皇帝变故本不需要任何"驱动力"，一旦怀疑"朋党"，构成对"皇权"的威胁，就是最大的动力了！

这里，原"立诏"为何，所"废"而草的又为何，笔者未能获得粗略的、基本的内容，不能解释"责以行伊、周之事"究竟是个什么事体。更难想象一旦"伪造"败露，朝廷不治罪于夏竦的可能性。史料却对后一点没有任何表述。更蹊跷的是，时石介已为直集贤院之职，他竟然也没有任何"辩白"！许毓峰编撰的《石徂徕年谱》记载：庆历四年（1044）十月，石介请出，通判濮州。就这样悄悄默默地"一走了之"。但他尚未赴任，便于次年七月因疾病卒于家中。想再查证该事"虚实"已无可能。我们只能从中得出一种解释，或许夏竦所言"废立诏草"是属实的？

史料更为"戏剧性"的是，石介已去世一两年后，夏竦再生波澜，说石介没死，阴图进一步加害。《石徂徕年谱》载：恰值此时有狂人孔直温谋叛，搜其家，从孔直温家中却意外得到石介先生的书信，这才引起夏竦进一步"伪造"。"（夏）竦欲因以报复，且欲中伤富弼与杜衍等，因言先生（石介）不死，弼阴使（富弼暗中差使石介）入契丹谋发兵，弼为内应。"这种"天方夜谭"之论，夏竦竟然也能伪造出来！我们不管夏竦如何为奸，先说富弼等朝臣是否为谋叛之臣，仁宗该有起码的认识，像范仲淹、欧阳修、韩琦、富弼这样的朝臣，恐怕一生至死都不会干这种事！如果听信这种无中生有的陷害，那么我们就该问问仁宗究竟是怎样的人了！可是笔者有见的史料，《续资治通鉴长编》《宋史》《通鉴长编纪事本末》等，都对该事有所记载，《欧阳修全集》之《重读徂徕集》，也证明该"荒诞"事体的确存在，是历史真实发生过的！所谓"已埋犹不信，仅免斫其棺"。即说石介已埋入墓穴，仍不信其死，这是实有其事的，并且这就是仁宗所干的！

可见当时仁宗对夏竦的信任，不以为其诬陷谗言乃为"天方夜谭"。史书记载仁宗下诏了，"时有诏下兖（兖州，今山东泰安，为石介原籍，其葬在这里），核（查石介）先生死虚实"。此时杜衍已经外任，知兖州，恰遇朝廷遣使臣来"掘墓验尸"。"知州杜衍会官属（议）之，众莫敢对。掌书记龚鼎臣独曰：'介平生直谅，宁有是耶？愿以阖族保其必死。'衍竦然（肃然起敬，挺身而出），探怀中旧稿（先已草就的文稿）示之曰：'老夫既（已经决定）保介矣，君年少（指龚鼎臣尚且年轻，怕他担罪），见义必为，安可量哉（岂知后患）！'（此时朝廷）仍羁管先生（石介）妻子于他州。"这就是《通鉴长编纪事本末》卷三七的记载。由于杜衍的挺身正义，才"仅免斫其棺"[1]！

这一下把我们熟识的仁宗"形象"推远了！让我们感觉到这位皇帝对于"朋党"是打心底憎恨的，他根本不会顾忌，掘一个朝臣的坟墓是什么性质，掘开后如果尸体在那儿，将向世人如何交代？这就是一个帝王只为自己的政治和皇权着想，其他无所顾忌！

《石徂徕年谱》记载：石介先生既殁，他的妻、子冻馁不自胜，即生活无靠，韩琦、富弼分出俸禄，为其买田以助活命。直至庆历七年（1047）六月，也没见石介往契丹"发兵"（借兵）返回的消息，看来那是不实之言，被朝廷羁管于他州的石介先生的妻、子始得放还。欧阳修作于庆历七年（1047）的《重读徂徕集》，读来令人落泪，既为悼念

---

[1] 《石徂徕年谱》，吴洪泽、尹波主编：《宋人年谱丛刊》，四川大学出版社 2003 年版，第 2 册，第 889 页。

石介先生，也是对当朝的有力控诉！

> 我欲哭石子，夜开《徂徕》编。开编未及读，涕泗已涟
> 涟。勉尽三四章，收泪辄欣欢。切切善恶戒，丁宁仁义言。如
> 闻子谈论，疑子立我前。乃知长在世，谁谓已沉泉。昔也人事
> 乖，相从常苦艰。今而每思子，开卷子在颜。我欲贵子文，刻
> 以金玉联。金可烁而销，玉可碎非坚。不若书以纸，六经皆纸
> 传。但当书百本，传百以为千。或落于四夷，或藏在深山。待
> 彼谤焰熄，放此光芒悬。人生一世中，长短无百年。无穷在其
> 后，万世在其先。得长多几何，得短未足怜。惟彼不可朽，名
> 声文行然。谗诬不须辨，亦止百年间。百年后来者，憎爱不相
> 缘。公议然后出，自然见媸妍。孔孟困一生，毁逐遭百端。后
> 世苟不公，至今无圣贤。所以忠义士，恃此死不难。当子病方
> 革，谤辞正腾喧。众人皆欲杀，圣主独保全。已埋犹不信，仅
> 免斫其棺。此事古未有，每思辄长叹。我欲犯众怒，为子记此
> 冤。下纾冥冥怨，仰叫昭昭天。书于苍翠石，立彼崔嵬巅……①

只有当石介抑郁病逝，欧公才痛彻地感知到其对于新政的难能可贵！翻开"石子"著作，先已涕泗涟涟。"如闻子谈论，疑子立我前"。欧公以为"金石"或易熔化，或易粉碎，不足传世，唯有石介的著作，这种"纸质"文章是千古不朽的，欧公愿意把它刻印百本，或落于境外，或藏于深山，等待那谤毁的烈焰熄灭，它自会如日月高悬放出光芒！

欧公如泣如诉地告慰先生在天英灵，人生莫过百年，不论何人都是"无穷在其后，万世在其先"，先生一生已经足够荣耀了。公议自会辨识丑陋与美丽，亦如孔孟一生蹉跎，倘若世不公正，那么至今都不会有圣贤了！欧公直言呐喊，石介是冤枉的，无所畏惧地说："此事古未有，每思辄长叹。我欲犯众怒，为子记此冤！"

---

① 〔宋〕欧阳修：《重读徂徕集》，李逸安点校：《欧阳修全集》，中华书局2001年版，第1册，第46—47页。

　　而这些，都是后来两三年的事，现在让我们还是回到欧公刚从河东返朝的时候吧，即回到庆历四年（1044）八月许。

　　对于范、富带职外任，欧公有所觉察，但以为边事告急，未过于在意。紧接着八月十四日，朝廷又命欧阳修外任，授予他龙图阁直学士、河北转运按察使。欧公尚在整理河东事宜的一些准备上呈的札子，才觉察到皇帝的"转向"！也是此时北虏盛兵云州，征讨西夏，朝廷疑其有谋，议选文武才臣，前往经画。欧公知道这个"一石两鸟"的决策，很难非议，便准备启程赴河北了。时谏官蔡襄、孙甫交章上疏，谏言挽留欧公在朝廷，以备大用。欧阳修再外任，朝廷就空了！据说是"晏殊不许"，欧阳修心里明白，他们把晏殊推在前面！

　　欧公没有及时启程，因为御史台开始弹劾新政派出的"按察使"，是由监察御史刘湜、包拯上疏的。欧公早已知道御史中丞王拱辰在积极配合贾昌朝。包拯几乎全盘否定按察官吏的成绩，说：自诸路派出转运按察使以来，审刑院、大理寺奏案倍于往年，况且多无大罪，不辨虚实。莫过苟图振举之名，而取阿谀进用之速，"遂使天下官吏各怀危惧。其廉谨自守者，则以为不才；酷虐非法者，则以为干事。人人相效，惟恐不逮，民罹此患，无所诉告。非陛下委任之本意也"[①]。

　　欧阳修绝对不相信这种指责是事实！如果说个别按察使有问题，也是在所难免，但包拯是对整个按察举措的否定。更令人吃惊的是，仁宗发诏了，开始纠正"按察使"的所谓过错。皇帝对辅臣章得象说："如闻诸路转运、按察、提点刑狱司，发摘（揭发）所部官吏细过（小错），务为苛刻，使下无所措手足，可降敕约束之。"

　　一时间，按察不才官吏的有功之臣，反倒成为被弹劾的对象。《宋史》卷三百《王鼎传》载：当时按察江东的转运按察使杨纮、判官王绰、提点刑狱王鼎，均以揭发贪吏"至微隐罪无所贷"为著名，此时竟然被朝廷诬称为"三虎"。这种颠倒黑白，欧阳修怎能沉默！他及时上疏《论台官上言按察使状》，力斥御史台的错误，劝诫朝廷追寝纠查按察使的诏敕：

---

① 〔宋〕李焘：《续资治通鉴长编》，中华书局 2004 年版，第 6 册，庆历四年八月第37 条，第 3689 页。

右臣伏睹近降朝旨，约束诸路按察使，备载台官所上之言，意谓按察使所奏之人多不实，或因迎送文移之间有所阙失，挟其私怒，枉奏平人，朝廷都不深思，轻信其说。

臣自闻降此约束，日夕忧嗟。窃思国家方此多事难了之时，正是责人展效之际，奖之犹恐不竭力，疑之谁肯尽其心？昨大选诸路按察之际，两府聚厅数日，尽破常例，不次用人。中外翕然，皆谓一时之极选。凡被选之人，皆亦各负才业，久无人知，常患无所施为。一旦忽蒙擢用，各思宣力，争奋所长，不惟欲报朝廷，岂不更希进用？岂可顿为欺罔，便徇私情？料其心必未至此。苟或如台官所说，则是两府聚厅数日，选得不公之人。其或不至如斯，何必更加约束。窃以任人之术，自古所难，常能力主张，犹或有沮者，何况更生疑异，使其各自心阑，如此用人，安能集事？

况按察之任，人所难能，或大臣荐引之人，或权势侥幸之子，彼按察使者下当怨怒，上忤权势，而不敢避者，只赖朝廷主张而已。今按察者所奏则未能施行，沮毁者一言则便加轻信，皆由朝廷未知官吏为州县大患，而按察可以利民，委任之意不坚，故毁谤之言易入也。所可惜者，自差诸路按察，今虽未有大效，而老病昏昧之人望风知惧，近日致仕者渐多，州县方欲澄清，而朝廷自沮其事。臣欲乞圣慈令两府召台官上言者至中书，问其何路按察之人因挟私怒。苟有迹状，乞下所司辨明。若实无人，乃是妄说，其近降札子乞赐抽还，不使四方见朝廷自沮按察之权，而为贪赃老缪之吏所快。谨具状奏闻，伏候敕旨。[①]

文章漂亮，痛快，雄辩之极！只有欧公能写出这种文章，没有一句

---

① 〔宋〕欧阳修：《论台官上言按察使状》，李逸安点校：《欧阳修全集》，中华书局2001年版，第4册，第1620—1621页。

赘言和废话，逻辑严密，句式强力，逼迫对方归于荒谬的田地。笔者相信从皇帝至二府大臣，看后没有辩驳的可能。

欧公诘问：哪一个被越级擢用的官吏不感恩戴德，奋力报效朝廷，而会在这个时候"顿为欺罔，便徇私情"？如果是台官说的那样，那就是说，两府聚厅数日，精心挑选的原本就是不公之人；如果不是台官所说那样，朝廷又何必诏敕约束？究竟是普遍现象，还是个别如此？按察之任，本来就难为，各地官吏多为大臣引荐，或权势侥幸之子，致使按察使"下当怨怒，上忤权势"，他们之所以不敢回避，只是赖于朝廷的主张，而如今朝廷"委任之意不坚，故毁谤之言易入"，那么按察使还有依赖吗？就在诸路州县方欲澄清之时，朝廷却"自沮其事"！这些皆由于朝廷并不真正知晓冗吏赃官实为州县大患，而按察可以利民的道理！

读至此，我们会为欧公心痛，因为他在泣血！我们会联想到欧公自庆历三年（1043）五月，上疏第一封《论按察官吏札子》的时候，所寄予的那种热望、不遗余力和心血，连上三疏，唯有新政才使之实施，刚刚初见成效，即毁于旦夕！

我们会意的是，这才是执政者一味令欧阳修外任的真正原因！

这之后，欧阳修该赴河北了，启程之前，他将做"陛辞"，也就是向皇帝道别。

我们很容易揣测此时欧公的心境，既知道皇帝已经"转向"，又希望他能够回头。所呈弹劾"台官"、追寝诏敕的奏疏，亦未见皇帝回复，作为朝臣又不能"穷追不舍"，那么，还将说什么呢？只能说：皇帝，臣将赴命了，走了。

笔者想仁宗见到他，自己是有愧色的。别人不知谁是君子、忠义之士，仁宗不会不知道，皇帝在去年授予欧公知制诰，而屡次辞不就时，就曾对辅臣说过：精忠谋国如欧阳修者，朕哪里可得？这些话犹在耳边。欧阳修为了新政，不愿意自己进擢过速，那些事尚历历在目。

仁宗望着欧阳修，不禁说："不久当还，勿为久居计。有事第言之。"

这也许是仁宗真心的话吧。即说，有事，还像往日那样，只管奏来。可是，欧阳修心里明白，自己就此已不再是"谏官"了，也不再是知制诰了。敕文未说欧阳修"带原职外任"。

欧阳修只能回奏："谏官乃得风闻（风闻言事），今在外使事有指，越职罪也。"

即说：我已不是谏官了，再奏疏就犯"越职言事"罪了。

仁宗很尴尬，没有回答是不是"谏官"的事，只说："事苟宜闻（事如果当奏），不可以中外为辞。"[①]

笔者想欧阳修再也说不出别的了，只能眼含泪花，点点头而已。

第五节　中流砥柱

"砥柱"，乃屹立于黄河激流中的一座山峰，名为"砥柱山"。

仁宗朝可说是有本事的大臣才干，都集中在两处：一是在内，一是在边。正像是年六月，韩、范所奏"河北五事"，第一事就是"遣才臣权领河北转运使，密令经度边事"。所以朝廷选派了一向办事一丝不苟的欧阳修，应该说是对"北虏盛兵云州"的重视。

此时仅河北就集中了这样一些才干，宣抚使富弼，统领河北诸路；知大名府程琳，领有重兵，坐镇北京（今河北大名）；我们已熟知处事不俗的知制诰田况，此时为知成德军，领镇定路兵马，李昭亮为他的助手。欧公出任河北转运使此行即是镇州（今河北正定），领有枢密院敕文，与田况、李昭亮共议兵事。至次年正月，朝廷又诏敕欧阳修权知成德军事。

我们这样说，为了表明朝廷是把他们作为大臣、重臣来用的，才委任以"边事"，当他们犯错误、遭降黜的时候，才会迁转无战况的内地州县。

富弼乃是年八月五日宣抚河北的，早于欧公的外任。富弼到任恰遇上"保州兵变"，当时田况、程琳都发兵征讨叛军。保州驻扎有广信军和安肃军，分别领兵万人，从太祖时即设置为缘边都巡检司，待遇优

---

① 〔宋〕李焘：《续资治通鉴长编》，中华书局 2004 年版，第 6 册，庆历四年八月第 17 条，第 3684 页。

厚。其军分三部出巡，职能是"援邻道"，即见何处有军情即刻援助。每次出巡，另赐钱粮以示优待。可是随着朝廷财用紧张，这项"传统"的优待就有些供给不起了。保州通判石待举，便向该州的都转运使张昷之出主意：合三部为一，并且更改为一季度一出巡，这样其他费用就可罢免了。还有，皇帝派来的内侍杨怀敏为副都，每次出巡都是他领兵，也更改为由武臣来代内侍，就更加节省了。为此，杨怀敏对巡检司非常不满，只是他还不至于促使"兵变"。促成兵变的是一位都监，即地位低于钤辖的领兵，他名叫韦贵。一日韦贵与通判保州石待举弯弓赌酒，就借酒撒泼地谩骂通判："你徒能以减削兵粮为己功！"用来激发兵众。知州刘继宗看着来头不对，便命令全部收缴私置的教习兵器，可是为时已晚，次日（恰是八月五日）他们就反了。刘继宗、石待举组织兵力对抗却战不过叛兵，刘继宗渡城濠溺水而死，石待举藏在鹿角（粮仓）中也被搜到杀害。叛兵逼迫缘边巡检都监王守一为首领，王守一不从也被杀，之后拥举韦贵，据城以叛。

仁宗担忧的是这个要命的时候！所以很快诏命"招安"，只要听从劝降就不杀。先是知定州王果引兵攻城——后来因为所攻南关，兵士伤亡过多，及纵兵掠夺南关人户财物，王果被降知密州。欧阳修上疏保举王果，认为如果朝廷"罪先登效命之将，使冒矢石中伤者被责，而避贼不战偶无伤中者得迁（升迁），窃虑赏罚失中，无以劝戒"[1]。叛兵占据城池有十多日之久，企图从南关突围，欧公说因为有王果率部奋战，才阻绝了叛兵流窜他地。被围困的叛军在城楼上呼喊：要"李步军"出面，才肯降。"李步军"即是成德军步兵副都部署李昭亮，看来他还是有些名声的。经过劝降，城楼缒下来两千多名降兵，之后城门打开，而田况手里拟有"名单"，命杨怀敏率兵入城，将"其造逆者四百二十九人，悉坑杀之"。是年九月辛酉，田况上奏保州平定。

那两千多名降兵，已分别押送到诸州隶属。据欧公说，掠夺城内人户财物的不只是王果部士卒，可以想见保州城内一片狼藉的景象。更有

---

① 〔宋〕欧阳修：《保举王果》，李逸安点校：《欧阳修全集》，中华书局 2001 年版，第 5 册，第 1789—1790 页。

甚者，李昭亮还"掠夺"女人，以叛军家属"女口"分隶诸军，一时间私入叛兵家中者蜂起，定州通判冯博文等人纷纷效仿，以抢占女人为便宜。都转运使欧阳修下令逮捕了冯博文，把他下狱了。李昭亮惶恐，急忙把自己占有的叛兵子女放出了。但是欧公还是上疏《奏李昭亮私取叛兵子女》，弹劾了他。

我们从欧公奏疏中看到，如此对待叛军家属子女，那么叛军还有"回头路"吗？这不是朝廷自己找死吗，把他们全都"逼上梁山"！可朝廷并未重视欧公的这封札子，也许以为李昭亮毕竟平叛功大，抢几个女人不算啥事，《长编》记载："修因劾昭亮，上置不问。"而把王果降黜了，定州位置空下来，反倒把李昭亮迁官为淮康军（即驻扎定州的军队）留后、知定州。

这日欧阳修巡察诸州，恰值走到内黄，与宣抚使富弼相遇了。两位见面自然很亲热，但同时感到"朝廷"离他们远了！富弼曾说过，北虏必不会来，这是他出使契丹亲眼体量到的，其与宋朝还是有"守盟"诚意的。看来北虏与西贼"内讧"是真，北虏希望与宋朝"连纵"以制衡西夏，而富弼和欧阳修都上疏朝廷"要坚守中立"，否则会陷自身于祸患。

富弼说：邸报上见到，《三朝政录》（也就是《三朝故事》）成书上呈了，皇帝特赐奖谕修撰者。这部典籍正是富弼统修，由王洙、余靖、孙甫及欧阳修编撰完成的。而此时，富弼和欧公却都在北边效命。欧公笑笑说："奖谕"与否不是大事，大事者，只怕你我都已不能像往昔那样建明于朝政了！回想庆历三年（1043），似乎"时过境迁"。

二人一直谈到晚间掌灯的时候，富弼屏退厅内侍从，向欧公说了一件"要事"：前面已经分隶诸州的那两千多名降兵，富弼怕他们还会滋事，引发河北诸路动乱，近日思定，"欲委诸州同日诛杀"。当即欧公一怔，问及，事已进行到哪一步？富弼说：正在草拟文书，而与欧公商量切磋。欧公当即说不可！

我们可以想见那盏厅灯随风晃动，晃动映照着欧公严肃的面影。欧公以无比认真负责的态度劝说："祸莫大于杀降。昨保州叛卒，朝廷许以不死招之（招安他们），今已戮之矣（今却又杀戮他们）。此二千人本以胁从，故得不死，奈何一旦无辜就戮？且无朝旨，若诸郡不肯从命，事既参差（事既已参差不齐），则必生事，是趣（取）其为乱也。且某至镇州，必不从命。"①

灯影下，富公沉默有顷，之后点点头，作罢了。

我们由此事看到，欧公处事是谨慎、稳重的，并且明确坦承个人态度：我已知镇州，我必不从命。都说在当面了。好在富弼并不固执己见，听从了劝告。这样不仅挽救了那两千多降兵的性命，也为富公免除了大祸。是的，他只顾河北诸路局势安危，却未能顾及违反诏命而授人以柄，人家正在寻找他的罪过尚未得手呢！

当然，欧阳修也并非事事都考虑周全。庆历四年（1044）十月，契丹国的驸马、宣徽使，名叫刘三嘏，逃亡来河北投宋。刘三嘏在辽国与其妻不和睦，憎恨妻淫乱，故逃至广信军，知军刘贻孙接待了他，准备听任他自己再回契丹去。不久契丹国燕京留守耶律仁先传话来要求遣返，言他在汉界已经累日。于是这位辽国驸马又携其子与一婢女从间道走到定州，藏匿在望都民户杨均庆家。这之后北虏便发来正式的国文给宋朝廷督取。

《长编》记载：宋朝廷辅臣有议应该留刘三嘏，厚待于馆驿，以诘问契丹的阴事。值得我们关心的是，此时河北转运使欧阳修也上疏"请留刘三嘏"。或许欧公上呈这封《论刘三嘏事状》的时候并不知契丹已发来国书，而谈留下这个辽国宣徽使的种种好处：

> 臣伏见契丹宣徽使刘三嘏挈其爱妾儿女等七口，向化南归，见在广信军听候朝旨。窃虑朝廷只依常式，投来人等，依例约回不纳。国家大患，无如契丹，自四五十年来，智士谋臣昼思夜算，未能为朝廷出一奇策，坐而制之。今，天与吾时，使其上下乖离，而亲贵臣忽来归我，此乃陛下威德所加，祖宗社稷之福。窃虑忧国之臣，过有思虑，以为纳之别恐引惹。臣

---

① 〔宋〕欧阳发：《先公事迹》，李逸安点校：《欧阳修全集》，中华书局 2001 年版，第 6 册附录，第 2633 页。

请略陈纳之、却之二端利害，伏望圣慈裁择其可。

其一，欧公陈述李元昊叔父山遇来归顺被拒绝，而遭到李元昊杀害的事，由此断绝了西人弃暗投明的路；而宋朝也未能买得西贼的好，他照样入侵中国，朝廷后悔莫及。其二，北虏君臣离心，是其国内丑闻，他未必明言求我。其三，既无踪迹和追寻，契丹没有理由向我索人，恐怕他难以为辞。其四，刘三嘏为彼之贵臣，彼国之事无所不知，留下他，彼之动静虚实我尽知之。"若使契丹疑三嘏果在中国，则三四十年之间，卒无（反倒没有）南向之患。"其五，若留三嘏，可使契丹疑心幽燕之人从中作祟，使其"半国离心"。总之，切不可使其重蹈"山遇之祸"，"则幽燕之间，四五十年来，心欲南向之人尽绝其归路"，反而"思为三嘏报仇于中国"！欧公末了说："伏望速降密旨与富弼，令就近安存，津遣赴阙。"①

我们感觉欧公这封札子陈述了一方面的利弊，仅具片面的道理，是思考欠妥的。因为它太容易引起契丹寻衅，说宋朝悖盟违约，朝廷将无话可说。是的，"山遇之祸"是悲惨的，应当引以为鉴，但是国朝为结盟每岁拿出四五十万金帛纳贡，一旦为此而毁坏，就更为惨重！在这件事上仁宗未听从欧公之言，窃以为仁宗是对的。皇帝就此事询问宰相杜衍，杜衍说："中国主忠信，若自违誓约，纳亡叛，则不直（理屈）在我。且三嘏为契丹近亲，而逋逃（逃亡）来归，其谋身（谋取自身官位利益）若此，尚足与（他）谋国乎！纳之何益？不如还之。"仁宗听从了杜衍的意见，是年十月六日"诏河北缘边安抚司械送契丹驸马都尉刘三嘏至涿州（出境）"②。

当朝名士苏舜钦是杜衍的女婿。景祐元年（1034）他二十七岁时进士及第。其父苏耆，曾为陕西转运使，但在景祐二年（1035）就病故了，

① 〔宋〕欧阳修：《论刘三嘏事状》，李逸安点校：《欧阳修全集》，中华书局2001年版，第4册，第1622—1623页。
② 〔宋〕李焘：《续资治通鉴长编》，中华书局2004年版，第6册，庆历四年十月第5条，第3707页。

同年苏舜钦的前妻郑氏也病故了。庆历元年（1041）他弟弟苏舜宾病故，母亲悲伤过度又于同年逝世，苏舜钦奔丧于会稽。给我们的印象，苏舜钦这多年总是"居丧守制"，命运坎坷。那是景祐四年（1037），父亲原籍在长安，苏舜钦在长安为父亲"守制"秩满后回到京师，杜衍公爱才，把女儿嫁给苏舜钦了。苏舜钦好酒，除了"好酒"没有别的不好，人品正直，政见新锐，勇于担当。在岳父家中读书也喝酒，读《汉书·张子房传》至"张良与客狙击秦皇帝，误中副车"，舜钦遂拍案曰："惜乎！击之不中。"说着满饮一大杯。又读至张良说："始臣起下邳，与上会于留，此天以臣授陛下。"苏舜钦又拍案曰："君臣相遇，其难如此！"就又饮一大杯。用人见到告诉杜公，杜公哈哈大笑，说："有如此下物，一斗诚不为多也。"

前述，仁宗为刘三嘏事询问杜衍，是因为自范仲淹外任后，仁宗便用杜衍主持朝政为宰相了。可以看出仁宗内心的矛盾，他知道新政的人物们有建明，处事果断可用，可是又惧怕"朋党"。那种"君子亦有朋"似乎处处可见。杜衍的女婿苏舜钦，庆历三年（1043）八月为参知政事范仲淹推荐召试馆阁，授集贤校理、权知进奏院事。一时间苏舜钦非常活跃，庆历四年（1044）五月还作有《上范公参政书》，提出许多改政主张。

苏舜钦所掌管的"进奏院"，就是诸路官吏至京师见皇帝或办理公务落脚的地方。其职能是负责向朝廷呈递各路表文、奏章，又向各路传达朝廷诏令、文牒。汉唐建置时，它属于地方的在京师机构，从宋太祖始，进奏院改为朝廷的建置，由朝廷委任官员，管理这种"上传下达"。其所收、发的制版印刷的文件是成批的大量的，故产生了许多"故纸"（废纸）。每年秋末，京师各有司部门都要举办祀神酒会，类似年终的一次犒劳性的娱乐活动，其费用，"各以本司余物货易（剩余之物变卖），以具酒馔"。进奏院便把那些"故纸"卖了，用以筹措祀神酒会。进奏院往年也是这样做的，没出过差错，可是苏舜钦忘记了这是一个"多事之秋"，比不得往年！

苏舜钦自己还拿出了十两银钱，受邀请的参与者也多少有些"醵金"（大家凑钱）。苏舜钦邀请的都是馆阁名士，所谓志同道合者，有当朝大诗人梅尧臣，工部员外郎、直龙图阁学士兼天章阁待制、史馆检讨王洙，太常博士、集贤校理刁约，殿中丞、集贤校理江休复，殿中丞、集贤校理王益柔等数十人之多。他们多为新政人物推荐的"后备才干"，如王益柔，乃前宰相王曙之子，也是范仲淹推荐的。也有个别人愿意"醵金"参与，而被拒绝接纳，这位即是太子中舍李定，遂甚为衔恨。后来梅尧臣作诗《客至》说："客有十人至，共食一鼎珍。一客不得食，覆鼎伤众宾。"说的就是这位李定，他添油加醋地告发了进奏院挥霍公款。当时不过就是吃了一餐，酒喝到高兴处，还召了"两军女伎"陪酒。我们前面说过，宋代每置酒宴必以歌舞奏乐的女子助兴，本为常事，不足为奇。或许他们过于张狂滥饮，王益柔作《傲歌》，其诗句更授人以柄："欹倒（倾倒）太极遣帝扶（让皇帝来扶我），周公孔子驱为奴。"时为庆历四年（1044）十一月七日事，这位太子中舍李定，就把这些事告到御史台了。

御史中丞王拱辰细心做了一番部署，密令监察御史刘元瑜等弹劾此事。而王拱辰还亲自出马面见皇帝，特意把那几句醉酒的狂傲诗句读给仁宗听，说这些人依仗杜衍、范仲淹肆无忌惮，谤讪圣贤、轻蔑皇帝，挥霍公用钱烂醉仰卧无形，召妓女陪酒作乐。仁宗一听就大怒了，即令中官（后宫宦官）捕捉，不数日缉拿下狱。御史刘元瑜为了希合王拱辰，上疏弹劾状，准奏，事下开封府穷治。再加上中书章得象、贾昌朝等不会轻易放过这一有利"时机"，极力促成狱讼的重判，知进奏院苏舜钦及他的助手监进奏院右班殿直刘巽，二人都被判以"监主自盗"论处，并削籍为民。即不仅是罢官，而是"削掉官籍"，永不录用，也叫作"除名勒停"。这种治罪，显然与其所犯过错不相符合，不成比例，明显地是在"报复"。只怕连宋仁宗也心里明白，是在报复"朋党"，还以颜色。实际上沉重打击的是这些新政"后备才干"的举荐人！凡参加进奏院祀神酒会的名士，都被降黜了馆阁之职，出任偏远小州的监税。馆阁为之一空，王拱辰兴奋地宣称："吾一举网尽矣！"

王益柔原本也被重判，经韩琦一再上言而改判为监复州税；王洙刚刚参与修撰完成《三朝政录》受到皇帝奖谕，此时便黜落天章阁待制、史馆检讨，出知濠州。刁约降通判海州，江休复监蔡州税，同修起居注吕溱知楚州，集贤校理章岷通判江州，馆阁校勘宋敏求签书集庆军节度判官事……等等，无一不被黜降。

李焘《续资治通鉴长编》这样记载此事过程：

> 杜衍、范仲淹、富弼等同执政，多引用一时闻人，欲更张庶事。御史中丞王拱辰不便其所为。而舜钦仲淹所荐，其妻又衍女也，少年能文章，议论稍侵权贵。会进奏院祠神，舜钦循前例鬻故纸公钱召妓女，开席会宾客。拱辰廉得之，讽其属鱼周询、刘元瑜等劾奏，因欲动摇衍。事下开封府治。于是舜钦及（刘）巽俱坐自盗，（王）洙等与妓女杂坐，而（江）休复、（刁）约、（周）延隽、（周）延让又服惨未除，（王）益柔并以谤讪周、孔坐之，同时斥逐者，多知名士。世以为过薄，而拱辰等方自喜曰："吾一举网尽矣！"
>
> 狱事起，枢密副使韩琦言于上曰："昨闻宦者操文符捕馆职甚急，众听纷骇。舜钦等一醉饱之过，止可付有司治之，何至是！陛下圣德素仁厚，独自为是何也？"上悔见于色。[①]

我们看到只有韩琦敢于如此挺身直言，说得皇帝很是尴尬难堪，所谓"悔见于色"。这种质问，使仁宗无法回答！苏舜钦等不过是"一醉饱之过"，一顿餐的过错，皇帝却派遣内宫宦官出动缉拿，何至于如此啊！你交给有司处置也对，可你事下开封府，置狱讼，陛下素日仁厚，怎么独在这件事上下得去手啊！

李焘《长编》接着叙述："自仲淹等出使，谗言益深，而益柔亦仲淹所荐。拱辰既劾奏，宋祁、张方平又助之，力言益柔作《傲歌》，罪当诛，盖欲因益柔以累仲淹也。章得象无所可否，贾昌朝阴主（暗中支持）拱辰等议。"这时韩琦又义愤上言说："益柔少年狂语，何足深治。天下大事固不少，近臣同国休戚，置此不言，而攻一王益柔，此其意有

---

① 〔宋〕李焘：《续资治通鉴长编》，中华书局 2004 年版，第 6 册，庆历四年十一月第 5 条，第 3715—3716 页。

所在，不特为《傲歌》可见也。”

韩琦斥责这些皇帝的近臣，宋祁、张方平乃知制诰、翰林学士，他们理应与国家命运同休戚，天下大事不少，却不见他们置言，唯能攻击一个胥官小吏，其意所在根本不是为了一首"狂诗"！

仁宗究竟知道不知道这股"复辟"势力的目的呢？肯定知道！但是他并未从根本上理喻韩琦，而是甘愿借助该势力来彻底根除"朋党"问题，以为这才是他这个皇帝的"天职"。可见他根本不认可范仲淹、欧阳修所说的"君子之朋自古有之"的论调，并把它视为真正的深层隐患，即宦官内侍蓝元震所谓的"九重至深，万几至重"！孔子早就告诫过了："君子矜而不争（庄严而不争执），群而不党"；"君子周而不比（普遍一式对待，而不结朋），小人比而不周"。[1]

仁宗的决心就在这里下定了，颁诏直接针对欧阳修曾经上疏的《朋党论》，让人一看即知是针对欧阳修的，因为他的奏章影响广泛，几乎朝臣必读。

> 诏曰："朕闻至治之世，元、凯共朝，不为朋党，君明臣哲，垂荣无极，何其德之盛也。朕夙食厉志，庶几古治。而承平之弊，浇竞相蒙，人务交游，家为激讦，更相附离，以沽声誉，至或阴招贿赂，阳托荐贤。又按察将命者，恣为苛刻，构织罪端，奏鞫纵横，以重多辟。至于属文之人，类亡体要，诋斥前圣，放肆异言，以讪上为能，以行怪为美。自今委中书、门下、御史台采察以闻。"[2]

我们有必要把这道诏敕翻成白话，以看仁宗的彻底"转变"。它不仅批驳《朋党论》，内容还涉及新政核心举措"派遣按察使"，几乎是对新政的全盘否定。当然，这并非仁宗亲笔撰著，想必出自贾昌朝、王拱

[1] 《论语·卫灵公》《论语·为政》，《四书白话注解》，长春古籍书店1991年影印版，第129页、第51页。
[2] 〔宋〕李焘：《续资治通鉴长编》，中华书局2004年版，第6册，庆历四年十一月第10条，第3718页。

辰之手，言辞尖刻，下笔狠毒！

诏曰："朕只听说尧舜盛世，高阳氏元、高辛氏凯等十六贤人共朝，不为朋党，绝不会有某些人所言的'一朋'之说！因此天子明慧、朝臣贤哲，而能够垂范于后世无极，故其德才是盛大的。朕于太阳西斜无暇进餐，惟严格铭记，怎样才能因袭这样的古治。而看如今的弊病，侥幸奔竞者相互承蒙，人人学会这样一种'要务'，那就是'师从及游学'，不过是打着从学的幌子，而做揭发旁人阴私、自己结帮攀附的事情，以此沽名钓誉，暗中授受贿赂，明处托词为'荐贤'。又：遣派按察使的目的，也与朋党相关，恣肆放纵其党徒大行苛刻，罗织罪端，致使鞫查奏章纵横朝野，目的是为了多罢黜，也就能够多任用，即重新辟用。至于撰写这类文章的人（如《朋党论》《按察官吏》等文），罔顾事体切实与否，诋斥前圣，放肆制造异端言论，以诽谤上方为能，以行施怪异为美。自今日起，朕委托中书、门下、御史台采察此类行为以奏闻。"

我们翻作白话之后，就更加醒目地看到该诏敕的针对对象，重在欧阳修！尤其"至于属文之人"以下言辞之恶语中伤，可谓前所未有！诽谤欧公"诋斥前圣，放肆异言"，不仅谤毁欧公的时政建明，还攻击欧公的学术，是什么"以讪上为能，以行怪为美"。由"朋党"拉扯得何其远矣！

尽管诏敕如此严厉，势头凶险，可是这并未吓倒有志之士，此时身在外任的知潞州尹洙，及时上疏而为"朋党"辩，为欧阳修辩！文章精彩而感人，题目即为《论朋党疏》，笔者不能不录它：

> 臣闻知贤而不能任，任之而不能终，于治国之道，其失一也。去年朝廷擢欧阳修、余靖、蔡襄、孙甫相次为谏官，臣知数子之贤且久，一旦乐其见用，又庆陛下得贤而任之，所虑者，任之而不能终尔。以陛下知臣之明，修等被遇之深，岂能任之而不能终哉？盖闻唐魏玄成既薨，文皇亲为撰碑文以赐之，后有言其阿党者，遂覆其碑。近世君臣相得，未有如唐文皇与魏玄成者，间言一入，则存殁之恩不终，臣未尝不感愤叹息而不能已也。以是而论，则知之任之为易，终之实难，可不

虑哉。属闻欧阳修领使河北，臣以边事为重，故不复以内外为疑。今又闻蔡襄出知福州，……则襄不当出明矣。陛下优容谏臣，在唐文皇帝。修等之才，虽不愧古人，然所施为，未能少及于魏玄成，则间毁之言，不必待其殁而后发也。伏惟念知之之已明，任之之已果，而终之之甚难，则天下幸甚。然臣爱修等之贤，故恤其去朝廷而不尽其才。如陛下待修等未易于初，则臣有称道贤者之美，如其恩遇已移，则臣负朋党之责矣。

夫今世所谓朋党，甚易辨也。……昔之见用，此一臣也，今之见疏，亦此一臣也，然或谓之公论，或谓之朋党，是则公论之与朋党，常系于上意，不系于忠邪，此御臣之大弊也。臣既为陛下建忠谋，岂复顾朋党之责，但惧名以朋党，则所陈之言不蒙见采，此又臣之深虑也。惟圣明裁察。①

尹洙真可谓铁骨铮铮，一腔男儿热血！在这种大势已去、皇诏已颁的情形下，仍不畏惧顶风逆流，敢于质问皇帝的"恩遇"是否如初，变或未变。如果已经改变，"则臣负朋党之责矣"！该上疏开篇，即抵着诏敕诉其要害："臣闻知贤而不能任，任之而不能终，于治国之道，其失一也。"并说：在欧阳修等贤臣任职之初，臣即已为陛下担虑了！现在欧阳修出使河北，莫过"臣以边事为重，故不复以内外为疑"，但是皇帝，你当真"初衷"未改吗？朝臣们有目共睹，欧阳修等之才，不愧于古人，对朝政的建明和贡献，不少于唐朝宰相魏征！自然他们所受到的不公正对待、攻击毁誉，也不会"逊色"于魏征，"不必待其殁而后发也"！其实公论还是朋党，全系于你皇帝的心目中，臣既为陛下建忠谋，就不会惧怕"朋党之责"，若要说有所惧，只是惧陛下以此为名，不蒙见采臣所陈之言。

欧阳修，能够得到正直无私的有识之士如此之高的评价，可以说已经足以抵御任何一种不公正和恶毒的毁誉了！

---

① 〔宋〕尹洙：《论朋党疏》，《河南先生文集》卷十八，洪本健：《欧阳修资料汇编》，中华书局 1995 年版，上册，第 5—6 页。

第六节　历史铭记

仁宗对"进奏院事件"的不公正处置，致使青年才俊苏舜钦等走投无路，同时置新政大臣们无措手足。大臣们知道"大势已去"，进奏院事件实际上标志着新政的败落和结束。苏舜钦在与欧阳修致书中说："二相（指杜衍、范仲淹）恐栗畏缩，自保其位，心知非是，不肯开言。"笔者想，不是不肯开言，"开言"还有用处吗？

可怜欧公，依旧像在河东那样一丝不苟、扎实工作于河北！撰写札子数十封之多，关乎河北经济、财务、漕运、军事、地界、官吏等等，如《乞置御河催纲》《论河北财产上时相书》《论契丹侵地界状》《访问涿州利害牒》《乞罢郭承祐知邢州》《乞将误降配厢军依旧升为禁军》……欧公所深入的具体事项诸多方面，我们根本不胜胪列，只知其所费的心血！

但是当其接到苏舜钦的致书，欧公心里多么沉痛啊！是的，他能够写那些札子，怎么就不能上疏申辩苏舜钦等的冤屈？记起出使前"陛辞"的时候，皇帝嘱咐："不久当还，勿为久居计。有事第言之。"……如今想想，那些话都十分遥远了！

苏舜钦的信函开头即说：自己犯了一个幼稚的错误，带累了那么多新政人物，"舜钦不晓世病，蹈此祸机，虽为知己者羞，而内省实无所愧。自杜丈入相以来，群公日相攻谤，（事）非一端也"。就是说苏舜钦知道"群公"把进奏院事当作一条得利的"导火索"，而殃及新政。

笔者想欧公心里明白，这事怪不得苏舜钦，"导火索"最易得，即使没有进奏院事，也会在别处引发，该来的它终会到来！苏舜钦自辩于欧公这里，也是怕"流言蛊惑"，使欧公信以为实。进奏院神会，往年皆如此，卖废纸钱，也不是苏舜钦为先"发明"的，往年亦尝上闻，盖是公宴。而且京师别的有司部门亦如此，御史台还说它"去端闱（皇宫正门）不远"，请问，若与榷货务院相比较，谁家距离宫门更近？榷货务院也在祀神酒宴，可是没事。若说费用过当，那么以商税院比之，谁的花费更多？可是商税院也不被追究。再说，苏舜钦并非会集了一帮阿狗阿猫的下三流，聚会的都是朝廷尊用之人、馆阁之臣！读至此，欧公心说：正因为你们不是一群阿狗阿猫，而是一伙当今名士、"尊用之人"，才要"一网打尽"啊！苏舜钦更诉说：况且卖故纸钱，舜钦分毫没有私囊，"本院自来支使，判署文记，前后甚明"，但是开封府下狱，"今以'监主自盗'定罪，减死一等科断，使除名为民，与贪吏掊（聚敛）官物入己者一同。阁下观其事，察其情，岂当然乎（岂为得当）？舜钦虽不足惜，为国计者，岂不惜法乎？"

苏舜钦实际上是请求欧公能够出面申诉，才言及杜、范二相的胆怯退缩，并且列举当初滕宗谅等三人触犯私贪公用钱，就是范公挺身上言，才得以轻罪。而今，苏舜钦所用卖故纸钱细小得简直不能相比，所获之罪重得又不能相提并论！"今一旦台中（御史台）蓄私憾，结党绳小过以陷人，审刑持深文（重判）以逞志，伤本朝仁厚之风，当途者得不疾首而叹息也？舜钦年将四十矣，齿摇发苍，才为大理评事，廪禄所入不足充衣食，性复不能与凶邪之人相就近。今得脱去仕籍，非不幸也。自以所学教后生，作商贾于世，未必至饿死，故当缄口远遁，不复更云。但（只是）以遭此构陷，累及他人，故愤懑之气不能自平，时复峥嵘于胸中，一夕三起。茫然天地间，无所赴诉……"[1]

不知为什么，欧阳修未能挺身而出为苏舜钦等上疏申诉。或许他已经见到那道诏敕，那矛头直对自己，此时纵使上疏，还能够奏效吗？而且等于是提供仁宗以"证据"。欧公预感到后面还有更大的事端，等待着他"破釜沉舟"！一旦救助苏舜钦于不得，并加深仁宗"朋党"之嫌怨，再作别的挣扎、努力都将是徒劳了。

欧公垂头再看舜钦的致书，不禁洒落一行冷泪，执笔在舜钦书尾，痛苦地写了一句话："子美可哀，吾恨不能为之言。"泪水滴在墨迹上，使字洇湿模糊。另起一行，仍写："子美可哀，吾恨不能言！"

时值庆历五年（1045）正月，范仲淹在宣抚陕西、河东的任上，得

---

① 　周勋初：《宋人轶事汇编》，上海古籍出版社 2014 年版，第 3 册，《苏舜钦》第 8 条，第 1078—1080 页。

悉朝中的变故，知道那是向他开刀了！便奏疏乞罢自己参知政事之职，同时富弼也乞请自罢枢密副使。仁宗想就此应允他们，而宰相章得象说："仲淹素有虚名，一请遽罢，恐天下谓陛下轻黜贤臣，不若且赐诏不允，若仲淹即有谢表，则是挟诈要君（携着虚假要挟皇帝），乃可罢也。"仁宗按照章得象说的做了，不久，仲淹果然呈上了"谢表"。仁宗在这个时候，还试探他们"自罢"的虚实干什么呢！

富弼等朝臣，可说是最精忠谋国的朝臣了！其先后上疏的关于北边事札子，真是煞费苦心，颇有见地。稍后富弼被罢职，欧公上疏力言这个河北宣抚使的尽职和政绩，欧公说："近因仲淹等出外与朝廷经画边事，谗嫉之人幸其不在左右，百端攻击。只此事，朝廷不暇审察，便与施行。臣昨见富弼自至河北，缘山傍海，经画勤劳，河北人皆云自来未有大臣如此。其经画所得，事亦不少。归至国门，临入而黜，使河北官吏军民见其尽忠而不知其罪状。"①

我们仅看上年十二月朝廷与西夏建盟"册封元昊"事，即可见富弼的真诚耿直。当时契丹在与西夏之战中已败衄，宋朝廷欲结盟李元昊又怕得罪契丹，先已委任余靖出使契丹，尚未见北虏使臣到来；这边李元昊使臣催促宋廷建盟，愿意"称臣"，朝廷已派张子奭携国书使西夏。张子奭行至途中，仁宗却又担心契丹使未至，恐万一有失，便急诏张子奭暂停途中，等待契丹的"意愿"。富弼就此上言：

> 若敌使未至而张子奭先去，则天下共知事由我出，不待契丹许而后行也。今若候敌使至，别无难意，而后方令子奭遂行，则是自以讲和之功归于契丹。直待得契丹许意，方敢遣使封册，中国衰弱，绝无振起之势，可为痛惜。万一敌使知我尚未封册，词稍不顺，不可却拒元昊而曲就契丹。如此，则是朝廷不敢举动，坐受契丹制伏，而又前后反覆，大为元昊所薄矣。……伏惟朝廷，据天下之大，四方全盛，若每事听候契丹

① 〔宋〕欧阳修：《论两制以上罢举转运使副省府推判官等状》，李逸安点校：《欧阳修全集》，中华书局 2001 年版，第 4 册，第 1624 页。

指挥，方敢施为，使陛下受此屈辱，臣子何安？臣忝预枢辅之列，实为陛下羞之，亦为陛下忧之。①

随后，仁宗没有再等候契丹使到来，而与西夏签盟了。这就是笔者前文说过的"庆历四年（1044）十二月乙未，宋朝廷册命元昊为夏国主，更名曩霄"。而富弼在该事进行中，不仅关注边事之实际利弊，更看重中国的自尊和脸面。

就是这样一位朝臣，身负夏竦中伤不予辩白，经画河北而不遗余力，于庆历五年（1045）正月二十八日，返朝未入"国门"即被罢免枢密副使了，即欧公上疏所谓："归至国门，临入而黜。"使臣候在宫门外即宣诏了：迁富弼为京东西路安抚使、知郓州（今山东东平）。同时范仲淹被罢参知政事，出知邠州（今陕西彬州）兼陕西四路缘边安抚使。

次日，杜衍被罢相，为尚书左丞、知兖州。不多日，韩琦为他们上疏辩白，仁宗不仅不从，还把韩琦的枢密副使也罢黜了，而外任知扬州。来势何其速，迅雷不及掩耳！

欧公不再顾忌什么"有指越职罪"，已经到了他必得"破釜沉舟"的时候了！是年欧公三十九岁，也已是苏舜钦所说的"齿摇发苍"的年龄，也知道自己上疏未必能改变什么，反而会引祸于身，但他还是毫不犹豫地上呈了《论杜衍范仲淹等罢政状》。

这封奏疏，比及庆历三年（1043）他初为谏官时所作，更加锋芒犀利，锐不可当，给予我们的不单是对事体的辩驳，而感觉它更是让"历史铭记"的评说和笔墨。事实上该札子回顾了庆历新政的始末，似把这段短暂如"白驹过隙"的光辉，镌刻在历史的碑石上。

笔者谨把它试作"白话"：

臣听说士大夫若不忘怀自身就不为忠义，若言不逆耳也算不得谏

---

① 〔宋〕李焘：《续资治通鉴长编》，中华书局 2004 年版，第 6 册，庆历四年十二月第 3 条，第 3724 页。

言。所以臣不想避讳那些奸邪之人的切齿之恨而祸及于我，敢于涉足"一人难犯众怒"的事体。只是有赖于皇帝省检、明察。鄙臣浅陋所见杜衍、韩琦、范仲淹、富弼等，都是陛下往日亲择委任之臣，想不到他们旦夕之间相继罢黜，窃以为天下志士仁人无不素知他们可用的贤德，却不知他们何以罢黜的罪过！臣虽然奉职河北，不会尽知事体过程，但是臣知道自古小人以谗言恶语陷害忠贤，此等下作行为距离我朝并不遥远！但是小人们，怎样一举倾陷为数众多的忠贤，撼动皇帝身边信任的大臣？其必须采用的伎俩、手段就是诬指众贤为"朋党"，谗言大臣为"专权"。什么原因呢？因为除掉一个好人，而众多好人还在那儿，不可能令小人立时获利；想要全部除掉，而好人又少于过错，很难为其提供瑕疵和口实，唯有诬指"朋党"，则可立竿见影，尽行驱逐。至于大臣，已承蒙皇帝知遇之恩和信任，难以其他说词动摇，唯有指其"专权"，乃是皇帝最为厌恶的，故小人必然如是说，方可倾陷奏效。臣料想杜衍等四人均无大过，而骤然被逐，尤其富弼和仲淹委任至深，竟然也遭遇离间，所以臣说小人必然以朋党、专权之说蛊惑圣聪！

回顾往年，仲淹以他忠义正直的论议和建明使中外朝野知道了这个臣子的名字，天下贤士竞相称赞并仰慕他，当时奸佞就已经诬作朋党，很难辨明。时至近年，陛下擢用这数人于两府，观察他们的执政能力和品质，可说是容易辨识了……

臣以为国家权柄，原本就不是臣下所能独专的。据臣回顾，仲淹等自入二府以来，不仅未见其专权的行迹，反而多有躲避权柄的作为。权者，得到名位才可行施，所以"好权力之臣"必然贪图名位。可是陛下，您可曾记得，当初您召韩琦、范仲淹于陕西，他二人竟然五六次辞让不就，陛下也执着地五六次复召他们。陛下曾经三次任命富弼为翰林学士，两次授予富弼枢密副使，每一次富弼都无不恳切地辞让，坚决不就，这些事，都是满朝和天下之人所共知的！臣只见到他们避让太多了，有失尊于圣上，而不见他们好权贪位。直到陛下坚决不允许再辞，他们方敢接受，但依旧不敢盲动作为。陛下见其畏缩，乃特开天章阁召对，赐予座位、授予纸笔，使其条陈要务，而富弼等还是不敢仓促下笔。为此几日后圣上又特出《手诏》，指名道姓地命富弼、范仲淹条列当今可行施的大事急务，富弼等徘徊近一月时间，为不辜负陛下厚望，才略条那一"十事"。陛下不会忘记吧？仲淹老成持重，知道所陈难于立即更张，而志在远大，需要循序渐进，只要持之以恒，愿景必能实现。富弼虽然性格刚锐，也不敢自出意见，只是列举祖宗故事，乞请陛下选择行施。自古君臣得遇相知，一是因为道合，二是不容推辞避讳。臣这才怪怨富弼等，承蒙陛下如此意志坚决地委任，督责叮咛，若是再迟疑延缓，做事不能果断，就是臣子的罪过了。然而小人花言巧语把这样的事体过程，谓之"专权"，岂不是诬陷吗？至于富弼等做宣抚使的事，……富弼、范仲淹见中国累年备受侵凌，各自请行戍边，跋山涉水，不计安危劳苦，力思洗雪国家前耻，使武备再修，国威复振。臣见富弼等的用心，唯尊陛下的威权以抵御四方劲敌，未见他们侵权而做错什么！

臣见陛下向来睿智聪明，有知人之圣，臣下能与不能、才与不才，皆有洞见。所以能够于"千官百辟"之中选择了此数人，擢进重用。实可谓："正士在朝，群邪所忌；谋臣不用，敌国之福也。"但是而今，这数位大臣一旦罢去，致使群邪相贺于内，四边夷狄相贺于外，这正是臣所以为陛下痛惜的啊！唯望陛下圣德仁慈，保全忠义之士，使他们退去之际，恩礼优惠，今仲淹出任陕西四路安抚使之职，担子也不算轻，愿陛下今后拒绝群邪诽谤，委任就当信任不疑，使仲淹尽其职责所为，尚可于朝廷增益补阙。……

谨备原文于下。

臣闻士不忘身不为忠，言不逆耳不为谏。故臣不避群邪切齿之祸，敢干一人难犯之颜。惟赖圣明，幸加省察。臣伏见杜衍、韩琦、范仲淹、富弼等，皆是陛下素所委任之臣，一旦相继罢黜，天下之士皆素知其可用之贤，而不闻其可罢之罪。臣虽供职在外，事不尽知，然臣窃见自古小人谗害忠贤，其说不远。欲广陷良善，则不过指说朋党；欲动摇大臣，则必须诬以专权。其故何也？夫去一善人而众善人尚在，则未为小人之利；欲尽去之，则善人少过，难为一二求瑕；惟有指以为朋，则可一时尽逐。至如大臣已被知遇而蒙信任，则难以他事动摇，惟有专权，是上之所恶，故须此说，方可倾之。臣料衍等四人各无大过，而一时尽逐，弼与仲淹委任尤深，而忽遭离间，必有以朋党、专权之说上惑圣聪。臣请试辨之。

昔年仲淹初以忠言说论闻于中外，天下贤士争相称慕，当时奸臣诬作朋党，犹难辨明。自近日陛下擢此数人，并在两府，察其临事，可以辨也。……

臣闻有国之权，诚非臣下之得专也。然臣窃思仲淹等自入两府以来，不见其专权之迹，而但见其善避权也。权者，得名位则可行，故好权之臣必贪名位。自陛下召琦与仲淹于陕西，琦等让至五六，陛下亦五六召之。至如富弼三命学士，两命枢密副使，每一命未尝不恳让，恳让之者愈切，而陛下用之愈坚，此天下之人所共知。臣但见其避让太繁，不见其好权贪位也。及陛下坚不许辞，方敢受命，然犹未敢别有所为。陛下见其皆未作事，乃特开天章，召而赐坐，授以纸笔，使其条事。然众人避让，不敢下笔，弼等亦不敢独有所述。因此又烦圣慈，特出手诏，指定姓名，专责弼等条列大事而施行。弼等迟回，近及一月，方敢略条数事。仲淹老练世事，必知凡事难遽更张，故其所陈，志在远大而多若迂缓，但欲渐而行之以久，冀皆有效。弼性虽锐，然亦不敢自出意见，但举祖宗故事，请陛下择而行之。自古君臣相得，一言道合，遇事便行，更无推避。臣方怪弼等蒙陛下如此坚意委任，督责丁宁，而犹迟缓自疑，作事不果，然小人巧谮已曰专权者，岂不诬哉！至如两路宣抚，……弼等见中国累年侵凌之患，感陛下不次进用之恩，故各自请行，力思雪国家之前耻，沿山傍海，不惮勤劳，欲使武备再修，国威大振。臣见弼等用心，本欲尊陛下威权以御四夷，未见其侵权而作过也。

伏惟陛下睿哲聪明，有知人之圣，臣下能否，洞见不遗。故于千官百辟之中，亲选得此数人，骤加擢用。夫正士在朝，

244

群邪所忌，谋臣不用，敌国之福也。今此数人一旦罢去，而使
群邪相贺于内，四夷相贺于外，此臣所以为陛下惜也。伏惟陛
下圣德仁慈，保全忠善，退去之际，恩礼各优。今仲淹四路之
任亦不轻矣，惟愿陛下拒绝群谤，委信不疑，使尽其所为，犹
有裨补。……①

这块碑石上镌刻着最响亮的一句话就是欧公所言："天下之士皆素
知其可用之贤，而不闻其可罢之罪。"如果说还有一句历史的叹息，也
还是欧公所言："此臣所以为陛下惜也。"

清代学者杨希闵，深深地会意欧公这句话之历史的分量和内涵，其
著《欧阳文忠公年谱》有这样几句按语，表达出对这一短暂"光辉"的
"古今同慨"！杨希闵说："当时增谏院四员，公之外，则蔡公襄、余
公靖、王公素也。合二府范杜富韩四公，真极时之选，乃不久即为党议
所倾。吾不为诸臣惜，深为仁宗惜也。"②

上文提到余靖，我们在这里也说说。自新政大臣们被罢，余靖不再
谏言了，似小心谨慎地维系着，余靖此时已为知制诰、知谏院。但是年
五月，他终还是被罢知制诰、谏院之职。罢职的"理由"竟然是极为琐
细的事，在他出使契丹的时候作了"契丹语诗"，真可谓欲加之罪，何
患无辞！看来仁宗抱定决心，对新政"朋党"一个不留！史书记载："知
制诰余靖前后三使契丹，益（日益）习外国语，尝（曾经）对契丹主为
蕃语诗，侍御史王平、监察御史刘元瑜等劾奏（余）靖失使者体，请加
罪。元瑜又言余靖知制诰，不当兼领谏院。庚午，出靖知吉州（今江西
吉安）。"③

欧公不会不预感到自己的"祸事"也迫近了，那就让它来吧！事实
上此时此刻新政人物唯剩下他一个人了，尽管在外任，而仍保留着右正

---

① 〔宋〕欧阳修：《论杜衍范仲淹等罢政事状》，李逸安点校：《欧阳修全集》，中华书
　局2001年版，第4册，第1626—1628页。
② 〔清〕杨希闵语，引自林逸：《宋欧阳文忠公修年谱》，台湾商务印书馆"民国"
　七十六年版，第70页。
③ 〔宋〕李焘：《续资治通鉴长编》，中华书局2004年版，第7册，庆历五年五月第
　12条，第3772页。

言、知制诰兼转运按察使之职，仍有上疏言事权力，为群邪们视为"当道"而嫉恨。只要他尚未去职，在时下这愈演愈烈的政治斗争的激流中，就必会遭到"切齿之祸"，这是一个孩子都可以想到的。

唯有此时，欧公特别想念自己的母亲，还有妻子和儿女。前日收到薛氏夫人的信，说母亲生病了，但请宽心，汤药、饭食都服侍得很好，而近日妻也略有感疾卧床。欧公在河北边任上，很难离开，写了一封家书给妻子，因为倍加思念，而写成了一首古诗，抒发与薛氏相依不弃的感情，回想他俩一起在夷陵的经历，联系今天在朝廷的境遇，把自己和妻子比作一对"谷谷"啼鸣会话的鸟禽，意厚情深，题为《班班林间鸠寄内》。笔者谨录原文，并试作白话：

> 班班林间鸠，谷谷命其匹。迨天之未雨。与汝勿相失。春原洗新霁，绿叶暗朝日。鸣声相呼和，应答如吹律。深栖柔桑暖，下啄高田实，人皆笑汝拙，无巢以家室。易安由寡求，吾羡拙之佚。吾虽有室家，出处曾不一。荆蛮昔窜逐，奔走若鞭抶。山川瘴雾深，江海波涛飓。跬步子所同，沦弃甘共没。投身去人眼，已废谁复嫉。山花与野草，我醉子鸣瑟。但知贫贱安，不觉岁月忽。还朝今几年，官禄沾儿侄。身荣责愈重，器小忧常溢。今年来镇阳，留滞见春物。北潭新涨绿，鱼鸟相聱耴。我意不在春，所忧空自呷。一官诚易了，报国何时毕。高堂母老矣，衰发不满栉。昨日寄书言，新阳发旧疾。药食子虽勤，岂若我在膝。又云子亦病，蓬首不加髢。书来本慰我，使我烦忧郁。思家春梦乱，妄意占凶吉。却思夷陵困，其乐何可述。前年辞谏署，朝议不容乞。孤忠一许国，家事岂复恤。横身当众怒，见者旁可慄。近日读除书，朝廷更辅弼。君恩优大臣，进退礼有秩。小人妄希旨，论议争操笔。又闻说朋党，次第推甲乙。而我岂敢逃，不若先自劾。上赖天子圣，必未加斧锧。一身但得贬，群口息啾唧。公朝贤彦众，避路当揣质。苟能因谪去，引分思藏密。还尔禽鸟性，樊笼免惊怵。子意其谓何，吾谋今已必。子能甘藜藿，我易解簪绂。嵩峰三十六，苍

翠争耸出。安得携子去，耕桑老蓬荜。①

　　林间的布谷鸟，羽翼斑驳，我发出求偶的鸣啼。《召南·雀巢》曰："维雀有巢，维鸠居之。"是说喜鹊筑窝，被鸠占居。我没有占居别人的意思，只想与你同建一所暂避风雨的家室，趁着天还没有下雨的时候，与你永不相弃。雨后的春野洗浴一新，碧绿的树叶遮挡着烈日，你我的鸣声相呼相和，你的应答如管弦丝竹般悦耳。你倚着柔软而暖和的桑枝，想去啄食那不易够到的高处的果实。鸟们都笑你笨拙，说你尚无以为家。是啊，安能改变这一寡求，羡慕一种生存的逃逸？我虽然也有"巢"，但它却像以"四海为家"。记起昔日流逐荆蛮之地，似受到鞭笞驱我行走，山川弥漫着瘴气雾霭，江天骤起大浪疾风，然而有你同在，跬步不离，共沦没、相休戚。想就这样离开世人眼睛，既已罢黜，谁还会嫉恨？我们犹如山花、野草，我陶醉于你丝竹般的鸣啼，安于贫贱，不觉岁月匆匆。但上方又召我还朝了！我也为了俸禄养亲，身负责任日益加重，犹如盆钵太小不胜容纳，溢出钵外。自出使镇州，滞留今年春时，哦，春季，春季是一个"春潮涨满"的季节，"北潭"水深可谓万重碧绿，见到内中万物蠢动，听到"鱼鸟声聒"众声齐鸣。我并不在意那众声、蠢动，所忧者是我的上疏，只怕是空自咄叱。舍弃一官容易，而报国没有了期。母亲老了，白发稀疏不满于梳子栉齿。信悉高堂有疾，虽则贤妻服侍甚为周到，但终不如我在老母膝下、榻边。又听妻子也生病，不暇梳洗蓬发秀颊。妻之书原本为安慰我，呵呵，我怎能不思家更切，方寸顿乱，梦绕凶吉！因而想到夷陵作囚，而那却是我最快乐的日子！去年辞退了谏院，朝臣们多不愿意我离开。孤忠一旦许国，家事必难顾恤。前些日我的上疏，实可谓横身众怒，令见者不寒而栗。近日见授官文敕，朝廷已经更换了辅臣，君恩如是"进退有秩"，致使小人纷纷阿谀奔竞，争相操笔，论议"朋党"。而我岂能逃遁，不如自己弹劾乞罢。一旦得贬，我想群邪的议论声就会停息，同时亦可还你我鸟禽

---

① 〔宋〕欧阳修：《班班林间鸠寄内》，李逸安点校：《欧阳修全集》，中华书局 2001 年版，第 1 册，第 32 页。

的生活和天性，脱离这樊笼的拘困和惊扰。不知爱妻意愿如何，而我已谋定。妻日后可愿意用粗劣的茶饭，我倒是容易解去官服"簪缨"。嵩山三十六峰，一峰比一峰苍翠耸立，盼能携你同去，桑田终老，茅屋归宿。

　　欧公还是向有司告假，回京师看望病中的母亲和妻子。庆历五年（1045）四月，欧公有《与尹师鲁书》其五，说到这件事："修一春在外（整个一个春季都在外任上），四月中还家，则母病妻皆卧在床。"但是他在家中只待了十余日，就又返回镇州了，不敢贻误边塞工作。欧公陪伴母亲的时候，都是亲自煎药、奉汤。隔数日，请来京师名医复诊，自然也对妻子的病情非常照看。叮咛儿子服侍奶奶和妈妈千万不要大意粗心。直到薛氏病体痊愈。欧阳修这时会想起自己的胞妹，她已经改嫁数多年了，曾想让叫妹妹回娘家来帮忙，妻子未允，怕麻烦妹妹分身。至于那个小女张氏，年岁也不小了！她于五六年前许配了人家。舅爹爹把小女介绍给欧阳氏的一个远房侄子，名叫欧阳晟，也为州县的官员。

　　欧公于是年五月中回到镇州，依然勤奋于边务，他的《论契丹侵地界状》就是这个时候写成上疏的。主要说了北虏在边界上添加建设城寨，引起纠纷时北虏拘捕了我方定州巡兵汤则，羁押为囚。北虏还侵过我方地界银坊、冶谷两地。可是边将和官员没有朝廷命令，不能够作为，怕惹引事端。朝廷好像也不以为意，安之若素。无论是对于缉捕的我方巡兵，还是对侵占地界，都置若罔闻，似乎处在"自我放弃"的状态。欧公认为这样极不应该，这等于诱惑北敌侵略、来犯！欧公说："今未有分明严切指挥，令边臣以理争辩。窃料朝廷之意，必谓争之恐有引惹之虞，此乃虑之过而计之失也。夫虏性贪狠，号为犬戎，欺弱畏强，难示以怯（我方不宜示以怯懦）。今杜之（杜绝他）于早而力为拒绝，犹恐不能（犹恐不能济事）；若纵之不争而诱其来侵，乃是惹引。"欧公把什么才是"惹引"说得很清楚。并指出朝廷不知敌方当下的军力实情，盲目地畏惧，他西征败衄，国力虚弱，且内斗加剧，"内恐国中之复叛，外有西夏之为虞，心自怀疑，忧我乘虚而北袭。故于界上勉强虚张囚我巡兵，侵我地界。盖其实弱而不强者，用兵之诡计"。这就是欧公对当下北虏的军事国力的基本判断。欧公还细致分析了敌方的动机和心理，敌方在察看中国的动向，"臣闻虏人侵我冶谷，虽立寨屋三十余间，然尚迟延，未敢便贮兵甲，更伺我意紧慢。若不及早毁拆而少缓纵之，使其以兵守之，则（日后）尤难争矣，此旦夕之间不可失也。至于汤则（即巡兵），亦闻因而未敢杀，此亦不可不争"①。

从而看到，欧公对河北边事是尽心竭力的。但是就在是年八月，朝中奸佞小人们弹劾欧阳修开始了，并借助于那样一件琐细不堪言说的偶然案子，施展了他们的无耻伎俩！

要说这一案子——笔者权且叫它"张氏案"，即小女张氏被其夫欧阳晟扭送官司，就羁押在开封府。

小女也够不幸的，是年她才十七岁。她的父亲张龟正，于景祐二年（1035）七月病故了，那年她年仅七岁。在舅爹爹家长到尚未"及笄"（用簪子束起成年女人的头发）的年龄，即不到十四五岁，就出嫁了。我们从中也能看出，当时欧阳修家境贫困的状况。当时欧阳修一直谋求外任，说京师令其愈加贫困不能养亲。所以小女张氏出闺阁过早，也是能够理解的事。不满十四五的女孩出嫁自然尚不懂得爱是什么，遂发生张氏略成年之后而有了"外遇"。就是这样一件再简单不过的事，在古代伦理中却得不到起码的人性理解。时欧阳晟乃在千里之外的虔州（今江西赣州）为司户参军，秩满返朝时有仆人陈谏同行，小女张氏便与这一仆人私通了。

案子鞫于开封府右军巡院，原本与"舅爹爹"欧阳修毫无干系，可是朝中的贾昌朝、陈执中之流奸佞尽其可能地把"案子"往欧公身上拉扯。他们对于一个普通"奸案"本就没有兴趣，兴趣所在就是要为其所用！贾昌朝知道，此时的知开封府杨日严，恰正是欧公为谏官时弹劾过的。那时杨日严知益州贪赃，此时贾昌朝与其私寻报复可说无话不能入。他们责令办案官员审讯时一句一句地往其所谓"要害"上牵扯，逐渐使张氏会意。张氏或许天真地以为，舅爹爹乃朝廷大臣，会有面子使自己免罪，当然一个无依靠的弱女子这样思想是可以理解的。"张惧

---

① 〔宋〕欧阳修：《论契丹侵地界状》，李逸安点校：《欧阳修全集》，中华书局2001年版，第5册，第1822—1824页。

罪，且图自解免，其语皆引公未嫁时事，词多丑异。"这种不幸就发生了，它一步步契合了贾昌朝等奸佞的意愿。起初，办案者为军巡判官、著作佐郎孙揆，明白上方意图阴暗，审讯时只问及张氏与陈谏的事，偏偏"不复枝蔓"。宰相贾昌朝大为恼怒！遂指派御史台钱明逸出面——钱明逸即是弹劾范仲淹、富弼的干将——令他会同三司户部判官苏安世，根据张氏"供词"坐实案宗。贾昌朝仍不放心，又差内侍王昭明前往监劾——因为王昭明此前与欧公有隙，欧公勘察河东时朝廷曾派遣王昭明为副，被欧公拒绝了。我们可以看出贾昌朝用心之阴暗，可谓无所不用其极，就是为了"盖以公前事，欲令释恨也"。但是王昭明还算有良知，他来到开封府看了案宗，自己先就惧怕了。这种"欲加之罪"太龌龊，一旦坐不实翻过来，你我就不是个人样子了！王昭明对苏安世说着。史书《续资治通鉴长编》有载："昭明至狱，见安世所劾案牍，视之，骇曰：'昭明在官家（皇帝）左右，无三日不说欧阳修；今省判所勘，乃迎合宰相意，加以大恶，异日昭明吃剑不得。'"苏安世也才害怕了，"竟不敢易（改变）（孙）揆所勘，但劾欧公用张氏资买田产立户事奏之。宰相大怒"。

苏安世遂不敢再秉承宰相旨意，改案宗为欧阳修侵占张氏所继承的张家财产，向仁宗回奏了。所以贾昌朝再次大怒。

朝中两制官员赵概、张方平都看不惯了，二人站出来为欧公说话。据司马光《涑水记闻》卷三记载，赵概说："修以文学为近臣，不可以闺房暖昧之事，轻加污蔑。臣与修踪迹素疏（素日疏远），修之待臣薄（并不厚道），所惜者朝廷大体耳。"即说，朝廷拿这种事来指责皇帝近臣，合乎国体吗？

稍后，名士曾巩从遥远的江西致书，题为《上欧蔡书》，深表对欧阳修和蔡襄二公之遭际的愤懑，对新政失败的感慨："二公相次出，两府亦更改，而怨忌毁骂谗构之患，一日俱发，翕翕（纷纭）万状！至于乘女子之隙，造非常之谤，而欲加之天下之大贤，不顾四方人议论，不畏土地鬼神之临己，公然欺诬，骇天下之耳目，令人感愤痛切，废食与寝，不知所为。噫！二公之不幸，实疾首蹙额之民之不幸也！"①

　　欧公自己对此诬陷没有过多辩白，而被以"侵占张氏田产"贬谪滁州（今安徽滁县、来安及全椒）了。直至二十余年后，即已为神宗朝的时候，欧公才于其他事件中提及今日这事，略有分辩："适会臣有一妹夫张龟正前妻女，嫁臣一疏族不同居侄晟，于守官处与人犯奸。是时钱明逸为谏官，遂言臣侵欺本人财物，与之有私。既蒙朝廷置狱穷勘，并无实状，事得辨明。而当时执政之臣恶臣者众，其阴私事虽已辩明，犹用财物不明降臣知滁州。今惟赵概知此事甚详。若非仁宗至圣至明，察臣无辜，为臣穷究，则臣岂复更有今日？仁宗岂有用臣至此？……"②

　　我们读二十年后欧公这段诉说，会有一股人世的苦楚，更会有对于那段历史咀嚼的况味！！

---

① 〔宋〕曾巩：《上欧蔡书》，引自刘德清：《庐陵欧阳文忠公年谱》，吴洪泽、尹波主编：《宋人年谱丛刊》，四川大学出版社 2003 年版，第 2 册，第 1085 页。

② 〔宋〕欧阳修：《乞辨明蒋之奇言事札子》，李逸安点校：《欧阳修全集》，中华书局 2001 年版，第 4 册，第 1378—1379 页。

第七章

明镜白发

第一节　明月高峰巅

欧阳修于庆历五年（1045）十月二十二日抵达贬所滁州。

应该说仁宗对欧公并不是特别"忍心"，还是留有一些"怜悯"的。即使是五尺孩童也会知道，用这种"琐细"治罪是卑鄙的！况且"侵占张氏遗产"也属子虚乌有。故令欧公仍保留原职右正言、知制诰，知滁州军州事。

欧公到任后上呈《滁州谢上表》，这是臣子必须做的。除了谢恩之外，欧公稍说了两句对该事的解释："伏念臣生而孤苦，少则贱贫。同母之亲，惟存一妹，（妹妹）丧厥夫而无托，携孤女以来归。张氏此时，生才七岁。臣愧无著龟（占卜）前知之识，不能逆料其长大所为，在人情难弃于路隅，缘臣妹遂养于私室。"这数语既令人心酸，又有据理反诘的刚硬，即说，自己愧无"未卜先知"之明，预见小女长大成人之后的事情，也不能当时就把她丢弃路旁，不养育一个年仅七岁的孩子！欧公所以被诬，乃因"臣自蒙睿奖，尝列谏垣（谏院），论议多及于权贵，指目不胜于怨怒。若臣身不黜，则攻者不休，苟令谗巧之愈多，是速倾危于不保"。即说，若不罢黜自己，他们绝不会善罢甘休，只能使小人谗巧倍增，加速倾害。欧公替皇帝找台阶下，所以说罢黜自己是对的。①

欧公只身赴任，没有携母亲和家眷，因为不了解那里的生活状况。公作有《自河北贬滁州初入汴河闻雁》诗，即知他是自河北由水路而来。我们前文说过，要职都在西、北边任，只有当官员犯过错贬谪时，才被迁转内地。此后不久，即庆历六年（1046）七月之后，范仲淹又罢陕西四路安抚使，富弼也被罢京东西路的军职，迁往内地了。因为庆历五年（1045）七月石介先生病逝后，夏竦说他没死，被富弼遣往契丹发兵，富弼将领一军为"内应"。仁宗听信后很快罢了范、富的兵权，以免"兵变"。可见仁宗那根神经是多么脆弱，对"朋党"忧患之深！

再说尹洙，不要把这个"朋党"中坚落下！尹洙于庆历五年（1045）三月被旧事重提，私用"公使钱"而入狱。而那件"旧事"，是他尚在西边知渭州时，与滕宗谅、狄青三人一起被弹劾，后得到参知政事范仲淹的上疏救助的事。此时尹洙已在河东路知潞州的任上，又横遭狱讼。而那笔"公使钱"的原委是：泾原路有一军校，名叫孙用，孙用在京师的时候借贷息钱，无力偿还，已被民告而吃官司；尹洙与狄青惜其才可用，担心他恐以犯法罢去，于是便借用公使钱为他偿还，又以公使钱不足，再借军资钱回易充用，而月取其俸禄归还于官。就是这么个事体，在今天可叫作"挪用公款"罪。庆历五年（1045）狱讼之后，尹洙被降知随州。这随州就是欧阳修少年生活的地方，属汉东郡治。尹洙在给先已贬谪的江休复学士书中诉说道："盛夏就狱，穷治百端，卒无毫发自润之污（自己没有贪污），遂得在外听旨。只用不合贷与部将钱，以赦不改正催收，徒流三千里，私罪当追二官（当降黜两级），遂有汉东之命。"②

① 〔宋〕欧阳修：《滁州谢上表》，李逸安点校：《欧阳修全集》，中华书局2001年版，第4册，第1321页。
② 《尹洙年谱》，吴洪泽、尹波主编：《宋人年谱丛刊》，四川大学出版社2003年版，第2册，第803页。

　　滁州，地处淮南、江北之间，即今天安徽的东部，濒临江苏。管辖清流、来安、全椒三县。它虽然"环滁皆山"，不比大郡繁荣，但也不会算作偏僻、寂静的州郡，而是一块已受吴越的经济、文化影响浸染的富庶地域，它距离江宁府和扬州都不算远了。但这里还是属于风土民情十分纯朴的乡间，在笔者的印象中，淮南大部分土地都是宜于人居的，天气温和，树木植被繁茂，湖泊、河塘产鱼养鸭，稻谷一年两熟，舂米、酿酒香味扑鼻，农夫们田间耕作，哼唱着"黄梅戏"的曲调。

　　欧公在这里施政注重"宽简"的政策，即注意"务大体，简细事"，不以琐细扰民，给予百姓宽松。有人问欧公："为政宽简，而事不弛废者"，是什么道理呢？欧公回答说："（我本不是）以纵为宽，以略为简，则弛废而民受其弊矣。吾之所谓宽者，不为苛急尔；所谓简者，不为繁碎尔。"即应该务的"大体"不会被略掉（朱熹：《考欧阳文忠公事迹》）。譬如练兵，在欧公看来就是必须做的大事，他作为"知滁州军州事"，绝不会忘记抓紧教场的演兵，时常集结州兵、弓箭手，操演骑射。丰年以警惕防备饥荒年景的"盗匪"。他不能像那些被自己弹劾的州官县令，当盗匪来时弃城逃跑。

　　欧公在这里与通判滁州杜彬，关系甚协洽相得，杜彬常陪同太守访察民生、踏看乡野，遇有燕饮，杜彬弹得一手精巧的琵琶，演奏助兴。除此，这位通判还引导欧公去登临名山揽胜，滁州城四面环山，山峦碧绿，泉水瀑泻，山间建有庙宇和祠堂。宋太宗朝名臣王禹偁，字元之，于至道元年（995）也曾贬官于滁州。王禹偁在此任期近两年时间，颇有善政，深得民心，百姓为他立祠奉祀，祠堂就在琅琊山上。王禹偁时为翰林学士，于真宗朝革新诗文，盛名当世，是一位不畏权势，直言勇谏的刚正之士，所作《三黜赋》气节高亢："屈于身兮不屈其道，任百谪而何亏！吾当守正直兮佩仁义，期终身以行之。"欧阳修登临拜谒，祠内绘有王禹偁画像，他作《书王元之画像侧》：

　　　偶然来继前贤迹，信矣皆知昔日言；
　　　诸县丰登少公事，一家饱暖荷君恩。
　　　想公风采常如在，顾我文章不足论。

名姓已光青史上，壁间容貌任尘昏。①

　　欧公即在祠堂外台榭之上，与杜彬把盏饮酒，聆听琵琶，也算是对前贤的祭祀了。

　　欧公在这里还有一位挚友，名叫谢缜，字通微，也为滁州判官。或许他是后任的判官，欧公在这里任职两年又六个月时间。刘德清《欧阳修年谱》记载：庆历七年（1047）公已四十一岁的时候，而与判官谢缜在一起，那时欧公已对这座琅琊山非常沉醉了，曾命判官谢缜带领工匠，于深山幽谷中种植花卉，他乐意常去那里看花。说来非常凑巧，这位判官谢缜正是已故的挚友谢希深的堂弟，梅尧臣来信，也称谢缜为"内弟"，真是"亲上加亲"！谢缜向太守请示，于幽谷都种植什么品种、颜色的花？可见此时欧公诗性正浓，提起笔就在呈文尾后书写数语："浅深红白宜相间，先后仍须次第栽。我欲四时携酒去，莫教一日不花开。"谢缜遵命一笑，"四时都能见到花开"，那就是应该栽种的花色品种了。

　　庆历六年（1046）春，欧公与游居苏州的苏舜钦互致书信，他邀请苏舜钦来滁州游玩些日子，请苏舜钦赋诗，镌刻石碑，立于名山之上。我们从欧公《与梅圣俞》其十七书有见："《琅琊泉石篆诗》只候子美诗来。已招子美自来，书而刻之。游山六咏等，即欲更立一石，不惜早见寄也。"可知欧公也邀请梅圣俞作诗，他要用这二位名家之作"装点琅琊"！苏舜钦很快寄来一首古诗《寄题丰乐亭》，"丰乐亭"乃欧公在琅琊山所建"二亭"之一。苏舜钦的诗，豪迈而气蕴饱满，篇幅较长，我们谨摘录数句："把酒谢白云，援琴对孤松，境清岂俗到，世路徒冲冲（旅途冲冲不定）。"自然诗中含有悲愤的心绪，后来苏舜钦因故未能来滁州，他若是见到此时的欧公，定会大受感染，焕发出遭难后的生命活力！

　　欧公此时的诗性，更突显其阅世的通达豁朗，寄于山水之间的气节和志向，尤其在这首《游琅琊山》中，几乎抵达"登峰造极"，令人读之可忘乎一切人生坎坷：

① 〔宋〕欧阳修:《书王元之画像侧》，李逸安点校:《欧阳修全集》，中华书局2001年版，第2册，第181—182页。

南山一尺雪，雪尽山苍然。

涧谷深自暖，梅花应已繁。

使君厌骑从，车马留山前。

行歌招野叟，共步青林间。

长松得高荫，盘石堪醉眠。

止乐听山鸟，携琴写幽泉。

爱之欲忘返，但苦世俗牵。

归时始觉远，明月高峰巅。①

  那种"雪尽山苍然"的坦荡胸襟，唯愿与山民"野叟"结伴同行的傲然和自信，都给予我们政治风波之后的超脱境界，唯把那长松"高荫"留与人们。末句"明月高峰巅"，更是欧公一以贯之的表述，它作为人生信念，始终高悬在我们唯美的会意的眼前！

  苏舜钦的诗文，一向为欧公所盛赞。苏舜钦自罹难之后，就携妻子乘船南下，流徙到苏州了。苏州俗称"吴中"。抵达吴中后半年之中曾三次迁徙居所，靠租赁居舍度日。笔者试图在《苏舜钦年谱》等史料中寻找其以何种职业为生，譬如教书、经商等，但未能找到。只见苏舜钦继续专攻经书，不丢弃诗文写作。后来他在距离州学很近的三面环水的地方，花销四万钱买了一处居地，改建为"沧浪亭"，与妻子定居下来。就是这个时候，苏舜钦与欧公致书，邀请欧公为其"沧浪亭"撰写诗文。除此苏舜钦还接受友人们相邀，赴润州（今江苏镇江）、湖州（今浙江吴兴）等地游览做客。笔者估计，正是这次他先已接受了知润州李绚之邀，而未能来滁州。

  苏舜钦于庆历五年（1045）末，作诗《离京后作》："春风奈别何，一棹（船桨）逐惊波。去国（离开朝廷）丹心折，流年白发多。脱身离网罟（网罗），含笑入烟萝（指江南烟景）。穷达皆常事，难忘对酒歌。"

① 〔宋〕欧阳修：《游琅琊山》，李逸安点校：《欧阳修全集》，中华书局 2001 年版，第 1 册，第 42 页。

苏舜钦诗作,与上面欧公的古诗颇多契合,那种高昂的气节,那种"古雅"而"平淡"的美感,"含笑入烟萝"的流徙失所,视"穷、达"都不过为人生的寻常经历。他在致范仲淹书中,这样说到自己不得已而南下:"又以世居京师,坟墓亲戚所在,四方茫然无所归,始者意亦重去(远远地离开谓之'重去'),不得已遂沿南河,且来吴中。既至(抵达后才知道它)则有江山之胜,稻蟹之美,……郡中假(租借)回车院以居之,亲友分俸,伏腊似可给,岂敢更求赢余,以足所欲。"可知苏舜钦依靠亲朋分赐俸禄,以度过伏天和腊月。苏舜钦还作有《苏州洞庭山水月禅院记》,可知他除了租借"回车院以居之",还借居过"月禅院"。末了才有了"沧浪亭"。

经过这样一番迁徙,苏舜钦自然就把沧浪亭视为"天堂"了,描绘得十分美好,他自作《沧浪亭记》云:

> 予以罪废无所归,扁舟南游,旅于吴中,始僦舍以处。时盛夏蒸燠,土居皆褊狭……一日过郡学,东顾草树郁然,崇阜广水,不类乎城中,并水得微径于杂花修竹之间,东趋数百步,有弃地,纵广合五六十寻,三向皆水也,杠之南,其地益阔,旁无民居,左右皆林木相亏蔽。访诸旧老,云钱氏有国,近戚孙承之池馆也。坳隆胜势,遗意尚存,予爱而徘徊,遂以钱四万得之,构亭北碕,号沧浪焉。前竹后水,水之阳又竹,无穷极,澄川翠干,光影会合于轩户之间,尤与风月为相宜。[①]

庆幸我们读到苏子美的这样一篇美文!

庆历六年(1046)春贡举,曾巩因为生病耽误了科试。这真不巧,欧公十分惋惜,致书慰勉曾巩学士。留得才华学识,日后有的是贡举机会!并说到往日友情,多次收到子固书信问候、慰藉,在欧公遭遇不白贬谪中,子固给予公正和道义支持,实令欧阳修欣慰而仰瞻!欧公原话

---

① 〔宋〕苏舜钦:《沧浪亭记》,《苏舜钦年谱简编》,吴洪泽、尹波主编:《宋人年谱丛刊》,四川大学出版社 2003 年版,第 2 册,第 1289 页。

为:"虽久不相见,而屡辱书及示新文,甚慰瞻企。"并盼望子固继续积蓄才智,养志致远,以待来日夺魁,这是他所企盼的。①

曾巩很快回信了,非常感慨先生能这样谦恭、挚诚地对待门生。并呈上一首古诗,题名也为《游琅琊山》,一看便是唱和先生之作,会意至深,志同浩瀚!让我们有幸来欣赏才子曾巩之大作:

> 飞光洗积雪,南山露崔嵬。
>
> 长淮水未绿,深坞花已开。
>
> 远闻山中泉,隐若冰谷摧。
>
> 初谁爱苍翠,排空结楼台?
>
> 轇轕架梁栋,辉辉刻琼瑰。
>
> 先生鸾凤姿,未免燕雀猜。
>
> 飞鸣失其所,徘徊此山隈。
>
> 万事于人身,九州一浮埃。
>
> 所要挟道德,不愧丘与回。
>
> 先生逐二子,谁能计垠崖?
>
> 所怀虽未写,所适在欢咍。
>
> 为语幕下士,殷勤羞瓮醅。②

后半阕所言格外动情感人,先生追随圣贤之路谁知尽头啊!这些胸怀虽然没有镌刻于碑文,碑文所载皆是欢笑。但是它必有知者!为了告知您的学生和幕僚,那么就让子固殷勤地献上一瓮"未经筛洒过滤的"浊酒吧!

好!曾巩真是一位大家,难得他给予欧公所建的亭阁如此之深的理解。那丰乐亭旁,还建有一亭,名曰醒心亭。都是凌空而筑,姿态如鸾似凤,近旁山泉涌泻,如裂冰河。有谁去推想,它们像圣贤一样失其归

---

① 〔宋〕欧阳修:《与曾舍人》其一,李逸安点校:《欧阳修全集》,中华书局 2001 年版,第 6 册,第 2468 页。

② 〔宋〕曾巩:《游琅琊山》,洪本健:《欧阳修资料汇编》,中华书局 1995 年版,上册,第 38 页。

所，苦闷徘徊于蜿蜒曲折的山边险要处，衬托着高天云霞的背景！

庆历六年（1046）贡举进士及第的状元为贾黯，字直孺，张榜后授予将作监丞、通判襄州（今湖北襄樊）。状元贾黯与欧公无师从关系，昔日也没见过面，却于及第后致书欧阳修以表拜谒和感谢。当然是依例：凡进士及第甲科前数名，须拜谒两府大臣，以谢栽培、提携。但是欧公既不是二府大臣，又远在贬所滁州。而我们不难理解，贾黯所以拜谒欧公，是出于对其特殊地位的景仰，贾黯早有闻知，欧公的道义担当，是真正的"正直之士"秉立当朝的！后来贾黯获得直集贤院、迁左正言的职位的时候，他首先论议的就是谏官欧阳修、宰相杜衍等无罪，不知他们因何遭贬谪！而那时"新政"早已时过境迁，贾黯却不避"忤逆执政意"。依据《宋史·贾黯传》载："（贾）黯自以年少遭遇，备位谏官，果于言事。首论韩琦、富弼、范仲淹可大用。"①

笔者想贾黯正是出于这种见识，才致书于欧公的。再者就是，贾黯拜读过先生的道德文章，认同欧公的学术。欧公的回信，自是秉承对待后学一向谦恭、挚诚的态度。所作《回贾状元启》，我们略作摘引，以看欧公的长者风范："伏以状元廷评，行久著于乡书，声素驰于文闱（文苑），果先群彦（果然才德领先于众贤），荣中甲科。英雄入于彀中（箭矢能够中的），众称妙选；风采倾乎天下，争仰余光……"

欧公在滁州，常有一些学士慕名而来，欧公都是很热情地接待，给予从容的攀谈切磋。欧公自西京为留守推官时就是如此，从来不会傲慢学子，那种傲视他人的处世态度在一位大家身上是绝对看不到的！

是年十二月，荥阳主簿魏广，不远千里特来滁州拜谒欧公。欧公会想，但凡能于远途来看望一个贬官者，这种精神就足以令自己崇敬！他们或为文章，或为道义。欧公都会不吝惜时日，畅谈尽怀，使其有所收获。待到送别时还会赠以诗文，作为纪念。因而许多学子与欧公分手时，不免动容。魏学士捧读欧公赠诗《送荥阳魏主簿广》，所见挚情跃然眼帘："卓荦（显耀）东都子，姓名闻十年。穷冬雪塞空，千里至我门。子足未及阈，我衣惊倒颠。"即说：足下尚未到我的门前，我急忙着装，

① 〔元〕脱脱等：《宋史·贾黯传》，中华书局1977年版，第29册，第10014页。

把衣裳都穿颠倒了！并说："受知固不易，知士诚尤难。"说到两人的会心畅谈："破石出至宝，决高泻长川。光晖相磨晻（切磋），浩渺肆波澜。"[1]即谓：语出石破天惊，思结大川奔泻；探讨学问，尤于浩瀚处恣肆波澜。欧公的诗句精辟洗练，表意澄澈深远，情感真挚，宛若童心！那些门生学子目睹，怎不潸然泪下。次年，更有著名学者胡瑗的得意门人章生，亦千里迢迢来滁州求教于欧公。

欧公贬谪后，正是出于这种境界——"明月高峰巅"，才写出了传世名篇《醉翁亭记》。

凡认真拜读了上文欧公《游琅琊山》者，即会知道它乃是《醉翁亭记》所由诞生的"母体"！是那一境界铺排了其后更为从容的叙述，它不是一般的放情山水的悠闲之作，亦如名家曾巩所说："所怀虽未写，所适在欢呀"，"谁能计垠崖"？《醉翁亭记》是有着饱满的意蕴"悬置"的，即它的深层表述置于言外。欧公自己也说："然而禽鸟知山林之乐，而不知人之乐；人知从太守游而乐，不知太守之乐其乐也。"是的，我们唯愿探触欧公"之乐其乐"的内涵，好在即使笔者探求无获，它也依然有着无比亮丽的景物和"醉翁之意"，可供我们迷醉！

> 环滁皆山也。其西南诸峰，林壑尤美。望之蔚然而深秀者，琅琊也。山行六七里，渐闻水声潺潺，而泻出于两峰之间者，酿泉也。峰回路转，有亭翼然临于泉上者，醉翁亭也。作亭者谁？山之僧曰智仙也。名之者谁？太守自谓也。太守与客来饮于此，饮少辄醉，而年又最高，故自号曰醉翁也。醉翁之意不在酒，在乎山水之间也。山水之乐，得之心而寓之酒也。
>
> 若夫日出而林霏开，云归而岩穴暝，晦明变化者，山间之朝暮也。野芳发而幽香，佳木秀而繁阴，风霜高洁，水落而石出

---

① 〔宋〕欧阳修：《送荥阳魏主簿广》，李逸安点校：《欧阳修全集》，中华书局 2001 年版，第 1 册，第 68—69 页。

者，山间之四时也。朝而往，暮而归，四时之景不同，而乐亦无穷也。

至于负者歌于途，行者休于树，前者呼，后者应，伛偻提携，往来而不绝者，滁人游也。临溪而渔，溪深而鱼肥；酿泉为酒，泉香而酒洌；山肴野蔌，杂然而前陈者，太守宴也。宴酣之乐，非丝非竹，射者中，弈者胜，觥筹交错，起坐而喧哗者，众宾欢也。苍颜白发，颓然乎其间者，太守醉也。

已而夕阳在山，人影散乱，太守归而宾客从也。树林阴翳，鸣声上下，游人去而禽鸟乐也。然而禽鸟知山林之乐，而不知人之乐；人知从太守游而乐，不知太守之乐其乐也。醉能同其乐，醒能述以文者，太守也。太守谓谁？庐陵欧阳修也。①

大作一显欧阳修超凡越俗的文学神采，乃至神来之笔。笔者从未见过如此细腻、精致而又富有"意味"的叙述！如此简约，即把"环滁皆山"、琅琊山尤其深秀，及醉翁亭的由来写得具体明了而富有情趣，非古文高手不能到！那种山间景物的细微描述，山岚岫烟、林霏雾气，朝夕变幻的天光日色；背负山柴的歌者、树下歇脚的人们、临溪垂钓的渔翁；乃至溪深鱼肥、泉香酒洌、山肴野蔌、觥筹交错，无不栩栩如生、出神入化；唯取一个"乐"字而全篇贯通，一气呵成，不令觉察其言外"意蕴"的层层深入之"别有洞天"。它的艺术造诣，令当朝和后世文人、学者无不捧读、研究，其与苏轼的《赤壁赋》可谓互为辉映的千古绝作，无愧居于"纯文学"的殿堂！

但是笔者这里想说的是，我们纵观欧公的文学作品，他并未很单纯地选择沿袭屈子及梁昭明太子之《文选序》所开辟的纯文学之路。我们前文说过，欧公所有人生节点上的巨作闳篇，无不是"道胜而文至"的，即充满道义和精神之内蕴的。故其不必负有清代学者阮元那种"'文''笔'之分"的非议之责。在阮元看来：自唐宋，韩、苏诸大家，

① 〔宋〕欧阳修：《醉翁亭记》，李逸安点校：《欧阳修全集》，中华书局2001年版，第2册，第576—577页。

"求其合于昭明《序》所谓文者鲜矣"。认为其作"非经即子，非子即史"，严格地说，它们不属于"文"，而属于"笔"（即杂文学）。阮元就以此批评了欧阳修文章。①

但是笔者不以为欧公的《醉翁亭记》当于此类批评之列，它恰恰没有直接言说"非经即子"的内容。文学需要自身的血肉，但它更需要自己的灵魂，一旦文学失去了思想，它就什么都不是了！故我们说，"象外之旨"正是思想的"家园"、文学的本位。故此我们领悟到了那"树林阴翳，鸣声上下，游人去而禽鸟乐也"，留下的那片空落的世界，亦如新政败后，只有"禽鸟"的叫声了！看到欧公不无苦闷的身影，那样离开山林，"已而夕阳在山，人影散乱，太守归而宾客从也"。于是那一贯通全篇的"乐"字便有了一个全新的概念和理解，它是一个对立着欢乐世界的悲情和痛苦的表述！故而"醉翁之意不在酒"，亦不在"山水之间"。

"山间四时"的转换，给予我们那样一种"意味"，亦如人生况味，道路坎坷的咀嚼。它诉诸的则是"四时之景不同，而乐亦无穷也"，我们自会咀嚼这种"乐亦无穷"。这种"象外"意蕴，都是一种"所怀虽未写"的悬置，但我们却能于艺术的"象内"生动地目睹"日出而林霏开，云归而岩穴暝"的晦明变化，让我们会意到人之命运的朝夕迁演。故我们能够联想，人在挫折和罹难中的人格和品质的凸显，即谓"风霜高洁，水落而石出"！

清代学者方东树，著有《昭昧詹言》，这样评论欧阳修文章的"意"、叙述方法及情感，说欧公"下笔不犹人（不同于旁人），读者往往迷惑。又每加以事外远致，益令人迷"，"一时窥之，总不见其底蕴；由于意、法、情俱曲折"。方东树尤其强调了欧公这种"事外远致"之曲折的表达，可谓一矢中的。这一"事外远致"也就是我们说的"象外之旨"了！至于是否令人"迷惑"，我想不会，因为欧公文章的"事内"依然是活脱生动的，亮丽悦目的。欧公行文所采取的以一个"乐"字贯通全篇的方法，也就是以"意"统摄它的结构和段落衔接，并使之层层深入，也

① 〔清〕阮元:《研经室三集》第2卷，四部丛刊本。

被方东树先生所言中。他说："古人文法之妙，一言以蔽之曰：语不接而意接。血脉贯续，词语高简，《六经》之文皆是也。俗人接则平顺骎塞（愚笨蹩脚），不接则直是不通。"①

我们还必须指出，大凡"象外之旨"，其"旨蕴"都不可能是清晰明确的，而必得是多义的模糊的，令人思味的。否则它不能悬置。令读者有此思味或得出多种解释，恰是文学艺术之魅力所在！故清代另一位学者过珙，其著《古文评注》论及欧公该作说："……如累叠阶级，逐级上去，节脉相生妙矣。尤妙在'醉翁之意不在酒'及'太守之乐其乐'两段，有无限乐民之乐意，隐见言外。若止认作风月文章，便失千里。"②

《醉翁亭记》初成，便天下争相传诵，几近家喻户晓，一时为之"纸贵"。当朝翰林学士、知制诰宋祁，得到副本，读之数遍，仅对题目略提出商榷，说："只目为《醉翁亭赋》，有何不可？"还有记载说：书成，刻石，远近争传，疲于模打（即从碑石上拓印摹本）。山上寺庙的僧人说："寺库有毡，打碑用尽，至（直到）取僧堂卧毡给用。凡商贾来供施，亦多求其本，所过关征，以赠监官，可以免税。"这是《方舆胜览》卷四十七引《滁阳郡志》的记载，可见当时大作引起的轰动效应！③

此去十年之后，太常博士沈遵，读了欧公文章念念不忘，好奇而特为来滁州游览，实地感受仍生感慨，爱其山水秀绝，抚琴作乐，写成乐曲《醉翁吟》。之后又请欧公为其乐曲配词，不仅让人聆听琴声，还想使其听到歌声。沈遵也算是迷上《醉翁亭记》了！但是欧公所作，却"词不主声"，这或是音乐行道的"术语"，即不能入曲，为知琴者遗憾。又三十年过去，那时欧公已故去了，"音乐家"沈遵也已去世，但是庐山道人崔闲，当初乃为琴家沈遵的门客，其时尚保留着先生的乐谱《醉翁吟》，而且执着于完成沈遵遗愿，故而请了一位大家作词，

① 〔清〕方东树：《昭昧詹言》，人民文学出版社 1961 年版，第 28 页。
② 〔清〕过珙：《古文评注》第 8 卷，清刊本。（以上注释，引自刘越峰：《庆历学术与欧阳修散文》，商务印书馆 2013 年版，第 358 页、第 312 页、315 页）
③ 周勋初：《宋人轶事汇编》，上海古籍出版社 2014 年版，第 3 册，《欧阳修》第 46、47 条，第 1040 页。

那就是苏东坡。苏轼真正是一位大家，其词不仅"主声"，而且声声似在告慰欧公：

> 琅然。清圆。谁弹。响空山。无言。惟有醉翁知其天。月明风露娟娟。人未眠。荷蒉过山前。曰有心也哉此弦。　醉翁啸咏，声和流泉。醉翁去后，空有朝吟夜怨。山有时而童巅，水有时而回渊。思翁无岁年，翁今为飞仙。此意在人间，试听徽外两三弦。[1]

第二节　梦似杨花千里飞

我们上文说了，尹洙被贬谪随州。此前朝廷赐予尹洙的头衔也算不少：朝奉郎、起居舍人、直龙图阁学士、知潞州军州事、轻车都尉、赐绯鱼袋、借紫臣，等等。而贬谪的真正原因仍是"朋党"之嫌。明知皇帝已经发诏，尹洙仍上《论朋党疏》，为欧阳修等辩白；在进奏院事件上，又上疏《论朝政宜务大体》，我们仅从题目即可知晓，尹洙指责朝廷处置该事是有失国体的，置国法于不顾！不是他不知道"大势已去"，上疏只会带来自身祸患，但他的铁血刚毅，是其人格秉性使然，无法回避的命运。在他被以"公使钱"下狱之前，我们定能听到他对"进奏院事"的辩白："臣尹洙昧死再拜，上疏皇帝陛下：……近闻（进奏院事）诏狱所治，类多善士（贤士），因醉饱之失，发暧昧之罪，臣窃以为过矣！"尹洙指责朝廷所酿就的不是一般过错，而是发"暧昧"之罪，治罪如此之众的名士贤臣，仅为一"醉饱之失"，难道不晦暗暧昧吗？！

尹师鲁贬知随州，是庆历五年（1045）三月的事情。而到庆历六年（1046）十二月的时候，师鲁再次被贬，徙为监均州酒税。而此时，范仲淹也被削去陕西四路安抚使，而知邓州。尹师鲁还致书仲淹，表示

---

① 周勋初：《宋人轶事汇编》，上海古籍出版社 2014 年版，第 4 册，《苏轼》第 100 条，第 1614 页。

慰问。觉得均州（今湖北丹江口市均县镇）距离邓州不远，自己在其近旁，感到荣幸。但是不幸的是，尹洙抵达均州仅百余日，便身染重病。均州荒僻穷困，无医救治，为了就医方便，被人抬着赶赴邓州。邓州近依南阳，医疗条件优越，范仲淹急忙接应，求医救护。可是庆历七年（1047）四月十日，尹洙病故了！

范仲淹有《与韩魏公书》，此时韩琦在扬州任上。该书详记尹洙病故的经过：

> 师鲁去赴均州时，已觉疾作。至均，寝食或进或退，仅百余日。得提刑司文字，舁疾来邓，以存没见托，至五日而启手足。苦痛，苦痛！至终不乱。初相见时，却且着灸，不谈后事。疾势渐危，遂中夜诣驿看他，告伊云："足下平生节行用心，待与韩公、欧阳公各作文字，垂于不朽。"他举手叩头。又告伊云："待与诸公分俸赡家，不令失所。"他又举手云："渭州有二儿子。"即就枕，更不他语。来日与赵学士看他，云："夜来示谕，并记得，已相别矣。"顾家人则云："我自了当，不复管汝。"略无忧戚。又两日，犹能扶行，忽索灌漱讫，凭案而化。众人无不悲泣，无不钦服其明也。……初九日夜四更有事，十日晚殡于西禅，送终之礼甚备，官员举人无不至者。家且寄此，候秋凉归洛。已去安州之翰处作《行状》，待送永叔作墓志。——某不敢作，恐知他当年事不备故也。却待作文集序，此中士人多收得他文字。明公可与他作墓表也。看他永诀时，实无不足意。今录众人祭文挽诗上呈。草草。①

一位英雄豪杰、当朝著名古文家，就这样逝世了！年仅四十七岁。

欧公得悉，非常震痛，认为这是朝廷使其颠沛流离、路尽途穷的结果！欧公身在贬谪任上，获知不幸已经比较晚了，只好遣人奉上"分

---

① 〔宋〕范仲淹：《范文正公尺牍卷中·韩魏公》，李勇先等校点：《范仲淹全集》，四川大学出版社 2002 年版，中册，第 666—667 页。

俸"，告慰亡灵，资助其妻子存活。知道尹师鲁的家人尚在范仲淹那里，候至秋天凉爽时方可扶棺柩归洛阳。如今新政志士们，一个个居地分散，遇事难以顾及，况且遭际非命！悲伤中欧公撰写了《祭尹师鲁文》，悲情苦楚，哀思痛悼，宛如千里杨花！之后另作有师鲁墓志。笔者谨把该这篇祭文翻作白话：

系于是年月日，充数而不称其职的"具官"欧阳修，谨以清酒素肴奠怀亡友师鲁之灵！

吾悲啊，师鲁！兄之才学论辩可穷万物，却不能抵御一个狱吏的诬判；兄之鸿志可使四海变得狭小，却无措于自己一身之安危。竟然被奸佞置于穷山之崖、野水之滨，猿猴洞穴、麋鹿群中。小人仍觉不足泄愤，乃致师鲁于非命，而与万鬼为邻居。吾泣啊，师鲁！世上憎恶你的人固然不少，但是未必有爱你的人那样众多。倘若不是脚下路尽途穷，致兄如此，那么，难道是天意不公，由不得善人自己？才会驱逐颠沛，艰辛困厄。举世都认为师鲁冤屈，兄自己却不置一言半语的辩驳；穷困直到故去，妻与子女亦见不到你任何悲伤或欣慰的流露。兄之大度，真正是能进能退，可直亦可曲，全然沉默不语。是什么力量使如此？回答是，兄之醇饱的学识使然之。师鲁能够临危无惧，与亲友握手告别，端坐于几案，以待终结，笑容不改，言语从容。处于生死之间，既已通达性命之本；忧患再深，亦不能累赘你的心胸。自兄仙逝，众多好人为你致哀；你既如此通达，修又何必过于悲呢？可是修怎能忘记洛阳，你我师友之谊，使我获益匪浅，此旧情新谊平生难忘，是修的语言不能表达的！

吾叹啊，师鲁！人生自古谁无死，都将泯灭为他物。但是唯有圣与贤不会跟随身骨而殁。尤其兄之文章，灿如星河，将垂范后世令人崇仰学习。兄不必担心妻孀子幼，未能留下财产以赡养，世人自会使其无所坠失。承蒙师鲁与众人，往昔错爱修之文章，那么今日，修就以拙辞寄于千里，劝兄满饮一尊！盼能告慰于你，师鲁之灵可听到了吧？请饮酒！

谨备原文如下。

维年月日，具官欧阳修谨以清酌庶羞之奠，祭于亡友师鲁十二兄之灵曰：

嗟夫师鲁！辩足以穷万物，而不能当一狱吏；志可以狭四海，而无所措其一身。穷山之崖，野水之滨，猿猱之窟，麋鹿之群。犹不容于其间兮，遂即万鬼而为邻。嗟乎师鲁！世之恶子之多，未必若爱子者之众。何其穷而至此兮，得非命在乎天而不在乎人！方其奔颠斥逐，困厄艰屯。举世皆冤，而语言未尝以自及；以穷至死，而妻子不见其悲忻。用舍进退，屈伸语默。夫何能然？乃学之力。至其握手为诀，隐几待终，颜色不变，笑言从容。死生之间，既已能通于性命；忧患之至，宜其不累于心胸。自子云逝，善人宜哀；子能自达，予又何悲？惟其师友之益，平生之旧，情之难忘，言不可究。

嗟乎师鲁！自古有死，皆归无物。惟圣与贤，虽埋不殁。尤于文章，焯若星日。子之所为，后世师法。虽嗣子尚幼，未足以付予；而世人藏之，庶可无于坠失。子与众人，最爱予文。寓辞千里，侑此一尊。冀以慰子，闻乎不闻？尚飨！①

拜读《祭尹师鲁文》，我们突出地感受到两点：一是欧公对于师鲁的感情真挚充沛，而毫无虚饰；二是，对尹洙的古文成就及功绩、地位，欧公崇仰敬重，并给予很高评价。虽没有单列专评，仅就"尤于文章，焯若星日。子之所为，后世师法"数语，已足够分量。尤其在短小"祭文"中，似不宜"单列专评"，那样会"跑题"的。

之后至次年，欧公遵从范仲淹嘱咐，撰写出《尹师鲁墓志铭》。这篇墓志的撰写，不比其他，欧公会记起尹洙一生崇尚"古文"，曾教诲其说："大抵文字所忌者，格弱字冗。"这篇写给尹师鲁英灵观瞻的文字，则必须符合其生前的崇尚，行文"简约"并携"春秋笔法"的风范。

或许正是出于诸多谨慎、考虑，该墓志写出后却未获得其家属满意，认为没有突出尹师鲁的业绩功德，多有遗漏。富弼看后也致书欧

① 〔宋〕欧阳修：《祭尹师鲁文》，李逸安点校：《欧阳修全集》，中华书局2001年版，第2册，第694页。

公，批评严厉，认为不应以"笔法"伤害记述丰满和清晰！富弼原话为："岂当学圣人作《春秋》，隐奥微婉，使后人传之、注之，尚未能通，疏之又疏之，尚未能尽，以至为说、为解、为训释、为论议，经千余年，而学者至今终不能贯彻晓了？"①

笔者以为，这恐怕就是刻意追求"古文"的过失了！我们知道"简约"自会有所"遗漏"，从来简约都难免于此"利弊"。富弼所以连用排比"以至为说、为解、为训释、为论议"，足以表达出对这种过失的愤懑程度。其政绩、事迹在记述中不够具体突出，此"遗漏"之失恐怕确实存在；此外对尹师鲁古文的评价也有欠凸显，但后一点，有涉学术观点，欧公有其难处，似不宜强求。

例如，范仲淹所作的《祭尹师鲁舍人文》，尤对其古文成就评价甚高，如说："天生师鲁，有益当世。为学之初，时文方丽。子师何人（你能师从于谁啊），独有古意。韩柳宗经，班马序事。众莫子知（前贤都不知师鲁这般独特的古文），子特弗移（你却能特立独行，坚定不移）。是非乃定，英俊乃随（英俊乃跟随尹洙之后）。圣朝之文，与唐等夷（才使得宋文与唐文齐名相等）。系子之功，多士所推（在众多学子中当推尹洙为首功）。……"②固然这样评价甚高，但这有违文学史之事实。仅本朝其前，既有柳开、王禹偁、穆修等"复古鼎新"者，更遑论唐朝韩、柳等大家对古文的开辟之功，我们能够理解，在这里给予师鲁古文"开创地位"，有一定难度。亦如我们说："疑古惑经"乃庆历学人之主流行为，就不能不追溯爬梳唐大历（766—780）前后之刘知几、啖助、赵匡、陆淳、吕温等一批学者开此先河。所以它有一个尊重史实的问题。如欧公此后所作《论尹师鲁墓志》对该事的解释："及有大宋先达甚多，不敢断（断言）自师鲁始也。"此外，在欧公看来，若"单列专评"古文，还有其他不便，即牵涉对于"时文"的功过评价，这属于学术观点不同，欧公并非全盘否定时文，如说："偶俪之文苟合于理（如果处理得当），

① 〔宋〕富弼：《与欧阳修书一》，曾枣庄：《全宋文》第608卷，上海辞书出版社 安徽教育出版社2006年版，第29册，第20页。
② 〔宋〕范仲淹：《祭尹师鲁舍人文》，李勇先等校点：《范仲淹全集》，四川大学出版社2002年版，上册，第277页。

未必为非，故不是此而非彼也。"①

之后范仲淹致书韩琦，委婉地提出了对欧公所作墓志的意见："近永叔寄到师鲁墓志，词意高妙，故可传于来代，然后书事实处，亦恐不满人意，请明公更指出，少修之（稍加修改）。永叔书意，不许人改也。然他人为之虽备，却恐其文不传于后。或有未尽事，请明公于墓表中书之，亦不遗其美。"

范仲淹也确实费心负责，为了不至遗失尹师鲁的美德，又能借助欧公名望使其墓志传于后世，而让韩琦补遗于《墓表》中。这一小小的波折，在后世也引起不小的议论。

当代学者刘越峰先生，所著《庆历学术与欧阳修散文》对这一事的评述笔墨浓重，多言中肯，但也有可待商榷之处。刘越峰先生认为欧公所作墓志的主要"阙失"乃为三点：一是未能胪列出尹洙作为"忠义之节，处穷达，临祸福，无愧于古君子（欧公语）"的具体事迹和功绩；二是"尹师鲁与欧公早在洛阳幕府中即相识相知，感情不可谓薄，但在墓志铭中非但不及尹师鲁创作古文之事，而且也无一语论及其在洛阳幕府中事"，"就尹师鲁对古文的贡献一事竟只字未提"；三是，认为整个墓志铭为"没有情感的平直叙述"，"仿佛欧公与尹师鲁是素昧平生的路人"。②

笔者先就第三点说，"形同路人"之说只怕过了，只要认真拜读了欧公《祭尹师鲁文》者，都不可能怀疑欧公对师鲁的感情，这也是笔者上文所以把该祭文翻作白话的原因。更重要的是，欧公之《尹师鲁墓志铭》亦是情感谆挚充沛的，与"没有情感的平直叙述"相去甚远。至于刘越峰先生所论第一、二两点，指出墓志少具体事迹，笔者以为是属实的，并且也怀有遗憾！所以前文笔者不惜篇幅，记述尹洙《论朋党疏》及上疏进奏院事《论朝政宜务大体》。尹洙的历史功绩是突出的，相比较，墓志铭的记述嫌弱了！但是情有可原的是，作为一篇精短的"春秋笔法"之作，难以承载"庆历新政"的宏大背景，我们知道，任何一个具体事例的背景叙述都颇费笔墨，占有篇幅；更何况，欧公撰此墓志的

_____

① 〔宋〕欧阳修：《论尹师鲁墓志》，李逸安点校：《欧阳修全集》，中华书局2001年版，第3册，第1046页。
② 刘越峰：《庆历学术与欧阳修散文》，商务印书馆2013年版，第294—296页。

时间，仅为庆历八年（1048），或许这个"背景"正是需要回避的！此外就尹师鲁"古文贡献"一事，墓志叙述未见饱满，也是事实；但除了上文我们已表述的原因之外，窃以为洛阳幕府时期尹师鲁本就少有突出的事迹，而当时其于古文，墓志也并非"只字未提"，如墓志说："师鲁当天下无事时独喜论兵，为《叙燕》《息戍》二篇行于世。"这两篇大作，恰是欧公于洛阳幕府拜读了的。至于使相钱惟演命谢绛、尹洙、欧阳修三人作文，尹洙夺魁之事，若写入墓志，笔者以为也过于琐细了。而在其边塞事迹中，令笔者最为感动的是尹师鲁前往说服范公发兵未成，遂擅自发兵被治罪，可谓笔者眼中的"亮点"，但笔者就更不知该事若记入墓志当与不当了。除此，北宋整个战事处于败衄。

当然，笔者不想掩饰欧公所撰《墓志》确有"平直叙述"的地方，但以为这一"缺失"只关乎"墓志铭"文章体例所致，它应当与一般文章有所区别，侧重于"客观纪实"的生平履历、业绩功德，包括"世家"及妻室子女，都须记述，而不宜更作情感抒发。并非关乎欧公"没有情感"！即使就墓志体例限制来看，或囿于"笔法"过失以观，窃以为也还是其悲情难掩，感人至深，给予尹师鲁评价颇高。

笔者认为，欧公这篇墓志或有"阙失"与不足，但确与一般墓志有别，独到而获《春秋》之功。我们谨备原文，供读者鉴别：

师鲁，河南人，姓尹氏，讳洙。然天下之士识与不识皆称之曰师鲁，盖其名重当世。而世之知师鲁者，或推其文章，或高其议论，或多其材能。至其忠义之节，处穷达，临祸福，无愧于古君子，则天下之称师鲁者未必尽知之。

师鲁为文学，简而有法。博学强记，通古至今，长于《春秋》。其与人言，是是非非，务穷尽道理乃已，不为苟止而妄随，而人亦罕能过也。遇事无难易，而勇于敢为，其所以见称于世者，亦所以取嫉于人，故其卒穷以死。

师鲁少举进士及第，为绛州正平县主簿、河南府户曹参军、邵武军判官。举书判拔萃，迁山南东道掌书记、知伊阳县。王文康公荐其才，召试，充馆阁校勘，迁太子中允。天章阁待制范公贬饶州，谏官、御史不肯言，师鲁上书，言仲淹臣之师友，愿得俱贬。贬监郢州酒税，又徙唐州。遭父丧，服除，复得太子中允、知河南县。赵元昊反，陕西用兵，大将葛怀敏奏起为经略判官。师鲁虽用怀敏辟，而尤为经略使韩公所深知。其后诸将败于好水，韩公降知秦州，师鲁亦徙通判濠州。久之，韩公奏，得通判秦州。迁知泾州，又知渭州兼泾原路经略部署。坐城水洛与边臣异议，徙知晋州。又知潞州，为政有惠爱，潞州人至今思之。累迁官至起居舍人、直龙图阁。

师鲁当天下无事时独喜论兵，为《叙燕》《息戍》二篇行于世。自西兵起，凡五六岁，未尝不在其间，故其论议益精密，而于西事尤习其详。其为兵制之说，述战守胜败之要，尽当今之利害。又欲训土兵代戍卒，以减边用，为御戎长久之策，皆未及施为。而元昊臣，西兵解严，师鲁亦去而得罪矣。然则天下称师鲁者，于其材能，亦未必尽知之也。

初，师鲁在渭州，将吏有违其节度者，欲按军法斩之而不果。其后吏治京师，上书讼师鲁以公使钱贷部将，贬崇信军节度副使，徙监均州酒税。得疾，无医药，舁至南阳求医。疾革，凭几而坐，顾稚子在前，无甚怜之色，与宾客言，终不及其私。享年四十有六以卒。

师鲁娶张氏，某县君。有兄源，字子渐，亦以文学知名，前一岁卒。师鲁凡十年间，三贬官，丧其父，又丧其兄。有子四人，连丧其三。女一适人，亦卒。而其身终以贬死。一子三岁，四女未嫁，家无余资，客其丧于南阳不能归。平生故人无远迩皆往赙之，然后妻子得以其柩归河南，以某年某月某日葬于先茔之次。余与师鲁兄弟交，尝铭其父之墓矣，故不复次其世家焉。铭曰：

藏之深，固之密。石可朽，铭不灭。[①]

① 〔宋〕欧阳修：《尹师鲁墓志铭》，《欧阳修全集》，中华书局 2001 年版，第 2 册，第 432—433 页。

读者，拜读后感觉如何？尤其"边事"段落，述有具体事迹和功绩，并说元昊称臣、西兵解严之后，"师鲁亦去而得罪"，指责朝廷不啻为卸磨杀驴！欧公充满义愤。因为尹洙的许多"兵制""边策"朝廷"皆未施为"，所以师鲁之才能，世人"亦未必尽知之也"。此外，记述师鲁临终，"凭几而坐，顾稚子在前，无甚怜之色，与宾客言，终不及其私"，也非常动情，刻画其不向朝廷言私乞求，"无愧于古君子"的刚毅人格。再有，欧公于文中解释说："余与师鲁兄弟交，尝铭其父之墓矣，故不复次其世家焉。"即为免于重复作师鲁"世家"。从而也看出，为了"笔法"简约。总之，如果读者阅读上述墓志确有憾意，那当仅仅关乎"笔法"之失，而无关欧公情感或有负师鲁。

也好，我们在辨析欧公文章得失的时候，也奠怀了名士尹洙。

曾巩来滁州看望欧公，他非常高兴！

曾巩陪同父亲前往京师，从江西南丰而来，途经金陵（今江苏南京）歇息的时候，自己来拜会师长。欧公对其父有所了解，因为上一年即庆历六年（1046），欧公为其祖父曾致尧先生撰写了《神道碑》文。子固的父亲很看重欧阳修所作碑文，子固以父命请于欧公。子固祖父为太宗、真宗朝尚书户部郎中、直史馆，后赠右谏议大夫。其父为本朝太常博士，赠光禄卿，自贬谪十余年未入朝，今有起用赴京。子固此来正好，可为琅琊醒心亭撰写记文。

时庆历七年（1047）八月中旬，曾巩与欧公欢聚，亲如一家！一起畅谈、交游，谈及文章、政事，踏遍琅琊、幽谷，是那样开怀而投合。曾巩一住二十日，盘桓忘返。虽然他比欧公年小十余岁，却无"代沟"隔膜。除了谈到尹师鲁不幸故世，及石介故后仍遭诬陷的事，二人悲愤交集，思绪沉重，此外便都是快乐的！欧公一扫昔日孤闷。子固阅读欧公近来所写《重读徂徕集》诗作，感慨至深。

曾巩还带来王安石的文章，拜托欧公赐教，子固与王安石为同乡、挚友，那年科举时结识。欧公说：何不一起来游玩数日？子固很兴奋，当即致书王安石，邀请他来滁。曾巩《与王介甫第一书》说："巩至金陵后，自宣化渡江来滁上，见欧阳先生，住且二十日。……欧公甚欲一见足下，能作一来计否？”这年王安石知鄞县（今浙江宁波），忙于兴水利和贷谷，未能抽身。子固书中还说："欧公悉见足下之文，爱叹诵写，不胜其勤。……又尝编《文林》者，悉时人之文佳者，此文与足下文多编入矣。"欧公凡遇到后学之佳作，全都选录入册，起名为《文林》。

王安石的父亲也为官，恰是知庐陵县，后为太常博士、尚书都官员外郎。景祐四年（1037）王安石十七岁，跟随父亲入京师"谒选"，正是这一年与曾子固结识、交友，同为家居临川。但是该年曾子固、王安石科举都落第了。曾子固赠王安石诗云："忆昨走京城，衡门始相识。疏帘挂秋日，客庖留共食。纷纷说古今，洞不置藩域（洞见不设藩篱）……"王安石后来也以"忆昨"为题，作诗云："端居感慨忽自瘳（梦醒），青天闪烁无停晖（太阳不会停下来）。男儿少壮不树立，挟此穷老将安归？吟哦图书谢庆吊（无须空吟慰藉之辞），坐室寂寞生伊威（只须寂寞中生长鸿志）。材疏命贱不自揣，欲与稷契遐相希（敢与尧舜时之稷、契二贤媲美才能）。"足见王安石少年时即气魄不小。他于庆历元年（1041）再赴京师就礼部试，被留在太学，庆历二年（1042）三月通过了贡举和皇帝殿试，进士甲科及第。授予签书淮南判官。所以其作《忆昨》有吟："母兄呱呱泣相守，三载厌食钟山薇（其父时为江宁府判官，家居金陵，家属以'钟山采薇'顾及生活）。属闻下诏起群彦，遂自下国趋王畿。刻章琢句献天子，钓取薄禄欢庭闱。"

王安石诗文的确颇具才华，他也被后世誉为"唐宋八大家"之一。但是有一事见于《王荆公年谱》，似乎安石心胸并不很豁达。当时韩琦知扬州，王安石初及第为签判，说他每晚读书达旦，略作假寐，不及漱洗，急忙赶到公堂。韩公疑他夜饮放纵，一日劝诫说："君少年，毋废书，不可自弃。"王安石当下不作解释，退后却说："魏公（韩琦）非知我者。"后来韩魏公知道他有才，欲收之门下，安石终不屈从。年谱说："故荆公《日录》（安石的著作）中短魏公为多，每曰：'韩公但形相好耳（只是表面上与人为善）。'作《画虎图》以诋之。（韩）公薨，荆公挽诗云：'幕府少年今白发，伤心无路送灵辀（灵车）。'犹不忘少年之语也。"①

---

① 《王荆公年谱》，吴洪泽、尹波主编：《宋人年谱丛刊》，四川大学出版社 2003 年版，第 3 册，第 1949—1951 页。

虽然王安石未能来滁，而曾子固与欧公还是不减欢聚热情。子固文思畅达，很快写出了《醒心亭记》。我们只摘录该记文"介绍事因"的开篇数语，其古文风格与欧公的《醉翁亭记》极相似："滁州之西南，泉水之涯，欧阳公作州之二年，构亭曰丰乐，自为记（指欧公自作）以见其名之意。既又直（面对）丰乐之东几百步，得山之高，构亭曰醒心，使巩记之。"

至于曾子固在这山水间的感受，心胸所获，我们看他的另一大作《幽谷晚饮》，可说出手非凡，子固真是不虚此行！

> 先生卓难攀，材真帝王佐。
>
> 皎皎众所病，蜿蜿龙方卧。
>
> 卷彼天下惠，赴此一郡课。
>
> 幕府既多暇，山水乃屡过。
>
> 旌旗拂蒙密，车马经坎坷。
>
> 爱此谷中泉，声响远已播。
>
> 槎横势逾急，雨点新绿破。
>
> ……
>
> 觥筵已得月，金纨尚围坐。
>
> 心如合逍遥，语不缀招些。
>
> 一时耸传观，千载激柔懦。
>
> 《甘棠》诗之怀，岘首泪尝堕。
>
> 况此盛德下，襦袴人所荷。
>
> 不假碑刻垂，栋牖敢隳挫。
>
> 当今甲兵后，天地合辙轲。
>
> 先生席上珍，岂忍沟中饿？
>
> 毋徐黑镭召，当驰四方贺。[1]

---

[1] 〔宋〕曾巩:《幽谷晚饮》，洪本健:《欧阳修资料汇编》，中华书局 1995 年版，上册，第 38—39 页。

该诗言及朝廷对欧公的责难，亦如皎洁的月亮被众人"所病"，使它从九重天际坠落，其躯体蜿蜒，"如龙困卧"。断绝了欧公原本惠济天下的大任，而出守此一"郡课"。然而欧公在这幽谷之中，就像遭际"槎横"砍伐的老树，逢雨又破出新绿。子固一日聆听先生讲解经传，胜得千载教诲，激发刚毅而克制柔懦。子固感慨，士大夫应具有《甘棠》诗的胸怀，即周成王时的名臣召公奭，与周公旦共同辅政，所怀贤德，乃是天下穿着短衣裤的百姓心知肚明的，即谓"襦袴人所荷"，足令高山白雪堕泪。诗曰："蔽芾（幼小的）甘棠，勿剪勿伐，召伯所茇。"即说召公奭筑草舍居住于此处。①子固来滁，拜谒的正是这种"草舍"！

曾巩对欧公不仅赞扬，也有提醒和批评。当今兵戈将罢未息，想必民间生活困苦，而先生席上珍馐，岂忍沟中百姓的饥饿？即使为招待学生，也不该这样丰盛。盼公日后勿允官车召纳，废止四方纳礼庆贺。为官一任名声要紧，这"名声"不赖于碑刻垂世，政绩到了，纵使屋宇经年，"栋牖"都不会朽毁。

曾巩真可谓有"古君子"之风，作为学生亦不避告诫先生。当然他们心心相印，无话不说。从该诗还可看到，欧公的确于燕饮游乐时也不忘正事，他与曾子固及在座宾客讲经说史，非常尽心投入，忘乎朝夕匆匆，健谈而无须邀请，即如子固所谓"语不缀招些"是也。笔者想，欧公还说到当今文章，古文妙手苏舜钦……

苏舜钦买了那处风景如画的宅地，建成了"沧浪亭"，那即是他人格和精神的象征。但是，苏舜钦生活困顿，精神是苦闷的。苏舜钦的诗文流传很广，且传递甚速，有时他也以此挣些"润笔"，也就是稿酬。欧公后来这样记述他的诗文成就和生活："君携妻子居苏州，买水石作沧浪亭，日益读书，大涵肆（潜心致力）于六经，而时发其愤闷于歌诗。至其所激，往往惊绝。又善行草书，皆可爱，故其虽短章醉墨，落笔争为人所传。天下之士，闻其名而慕，见其所传而喜，往揖其貌而竦听其论而惊以服，久与其居而不能舍以去也。"末两句即说，人们读了苏舜

---

① 杜若明注释:《诗经·甘棠》, 华夏出版社 1998 年版, 上册, 第 22 页。

钦的诗文就想见到他本人，前往求见其貌风采，更惊竦聆听他的论述，无不服膺，与他居住数日不舍得离开。可见苏舜钦诗文影响之大！尤其传神的是"短章醉墨"四个字，描绘出苏舜钦当时的精神状态。庆历七年（1047）丁亥，苏舜钦应知湖州（今浙江吴兴）唐询的邀请，前往访问。不过是游玩数日，却能够获得苏舜钦的诗文。苏舜钦作有《和彦猷（唐询）晚宴明月楼二首》《游雪上何山》等作，湖州有"雪溪"，很著名。

庆历八年（1048）戊子，苏舜钦四十一岁，他给现任宰相文彦博上书，希望文彦博能够给自己洗涤冤屈。而呈递《上集贤文相书》说道："阁下以英伟之量，押领魁柄，必以康济民物（以慷慨救济民众疾苦），渊涤（洗雪）冤滞为己任，故某不避冒渎（冒犯），以铺此言。况某者，潜心策书，积有岁月，前古治乱之根本，当今文武之方略，粗通一二，亦能设施（施展）。"①

可见苏舜钦是渴望恢复官身的！自被削职为民，他希望朝廷有一日认识到自己被错待了！并且表示自己"潜心策书，积有岁月"，满腹经纶可为朝廷效力。不多久，朝廷总算是发慈悲，他复官为湖州长史。恰正是他此前游访过的地方！但是苏舜钦十分失望，"长史"连个知县都不是，而是个辅佐知县的小官，长史也叫作"别驾"。无论怎么说苏舜钦原先已为馆阁之臣，集贤校理，掌管着朝廷的一个部门，苏舜钦的才学能力是做"别驾"的吗？甲科进士授官都不会授予此等！苏舜钦没有去赴任。

苏舜钦依旧游闲作诗，更加抑郁苦闷。一日他为僧人"秘演法师"作诗："垂颐（垂面）孤坐若痴虎，眼吻开合无光精。"这写一个"痴虎"样的僧人确实很形象，或许也与自己的心境十分暗合。却被僧人秘演拿起墨笔，狠狠地把"无"字涂掉，改为"犹"字，遂为"眼吻开合犹光精"。老和尚斥说："吾尚活，岂当曰'无光精'耶？"苏舜钦无奈一笑。又写一联，僧人自制药物向民间出售，遂云："卖药得钱只（恰好）沽酒，

① 《苏舜钦年谱简编》，吴洪泽、尹波主编：《宋人年谱丛刊》，四川大学出版社2003年版，第2册，第1291页。

一饮数斗犹惺惺（清醒）。"又被秘演执笔抹掉。苏舜钦不禁说："吾之作谁敢点窜（窜改）耶？"秘演说："君之诗出则传四海，吾不能断荤酒，为浮图（佛门）罪人，何堪更为君诗所暴？"苏子美也笑了，答应他涂改吧！苏子美或许以诗文换取"润笔"，维持生活。[1]

就这样，苏子美抑郁、困顿，终于病倒了，作《春睡》诗："身如蝉蜕一榻上，梦似杨花千里飞。"

第三节　莫教弦管作离声

欧公要离开滁州了！

这其中的原因，我们必须回叙到上一年，即庆历七年（1047）十二月来说。它与仁宗的"悔意"或说矛盾心绪相关。

宋制，每三年一"亲郊"，也叫"南郊祀"。用来祭祀祖宗、大赦天下，赏赐百官和军兵，这是一项极大的财政花销，也是皇帝的负担。"新政"时，这些都被大加限制，"明黜陟""抑侥幸""减徭役"，更改《磨勘法》《荫子法》，而今各项新法均已废弃，旧制又都恢复了。笔者推想，仁宗在这一"折腾"的过程中自会反思利弊，庆历七年（1047）十一月二十八日又一轮"亲郊"开始了！

它的弊病是很明显的，正直的朝臣无不看在眼里。朝臣赵思诚上疏说："寒士在部（在六部属下），须待数年之阙，今亲祠之岁任子（即荫子）约四千人，十年之后须万二千人。则寒士有三十年一得选者。是郊祀恩荫，已极冗滥。"时谏官范镇也上疏道："赋役繁重，转运使又于常赋外进羡钱以助南郊，无名敛率（没有名目地收取租税），不可胜数。然则南郊之费大概出于外僚（外任官员）科敛所进之羡余，是又因百官之滥恩，而朘（剥削）万民之财力，立制抑何谬耶？"[2]是的，我想这时仁宗

① 周勋初：《宋人轶事汇编》，上海古籍出版社 2014 年版，第 3 册，《苏舜钦》第 14、16 条，第 1081—1082 页。

② 〔宋〕赵翼：《二十二史札记》卷二五，宋郊祀之费用条，引自林逸：《宋欧阳文忠公修年谱》，台湾商务印书馆"民国"七十六年版，第 101 页。

会想起新政的大臣们，尤其是谏官欧阳修之屡次上疏。他们除了"朋党"，究竟错在哪儿?

可是"南郊"祭祀已经开始，加上真宗谥号，朝飨景灵宫、飨太庙、奉慈庙，祭祀土地于园丘，大赦。其仪仗、鼓乐、祀文、拜神仪式，规模盛大，花销靡费。花费多用于赏赐禁军和厢兵。再就是封赏加恩百官，是年十二月戊申，枢密使王贻永封遂国公，枢密使夏竦——他终成为枢密使了——封英国公，镇南节度使、同平章事章得象封郇国公，保静节度使、同平章事王德用封祁国公。旧制，将相食邑万户，即封"国公"。这一年南郊，中外将相唯有夏竦满万户，因而特诏节度使带平章事未满万户皆得封赐。①

是年南郊祀，不知怎么仁宗便"眷顾"到欧阳修! 欧公远不是"平章事"，亦不为节度使了，而加上都尉，进封开国伯，加食邑三百户。

笔者想，欧公贬谪滁州两年过去之后，仁宗是否有些悔悟了，意识到欧阳修确实遭受谤毁和冤屈，竟用那样不堪的"事由"贬谪了他，的确有失公道。仁宗或许记起他为谏官时是那样恪尽职守，精忠谋国，尤其出使河东，几乎是泣血! 所以才借南郊祀来施恩。欧公后来也意识到了这种施恩，在其谢表中说："有以见圣君之意，未尝忘言事之臣。"

欧公公会记起庆历元年（1041）十一月二十日南郊祀，自己仅为馆阁校勘，因南郊祀而加摄太常博士，引终献；十二月一日，加骑都尉。那时欧公对郊祀的破费已有所知，但是所谓旧规难除。真宗朝景德年间，郊祀之费仅六百多万缗，仁宗朝增至一千二百万。其中赏赐给内外禁军和各地厢军占极大比例。当时韩琦就曾上言："夫赏者所以酬劳也。今以大礼之故，不劳之赏，三年而一遍，所费八九十万，有司不敢缓日月之期。兵之得赏不以无功知愧，乃称多量少，比好嫌恶，小不如意，即持梃而呼（反叛），群聚欲击天子之命吏。无事之时犹如此，以此知兵骄也。"②

---

① 〔宋〕李焘：《续资治通鉴长编》，中华书局 2004 年版，第 7 册，庆历七年十二月第 7 条，第 3892 页。
② 《文献通考》卷一五二，载韩琦本论，引自林逸：《宋欧阳文忠公修年谱》，台湾商务印书馆"民国"七十六年版，第 62—63 页。

真是被韩琦早先所言言中了，庆历七年（1047）十二月郊祀，同时发生了贝州（今河北清河）的王则兵变，叛兵守城为战，持续了六十多天！但是它不关乎笔者的叙述，笔者所关注的只是仁宗在哪些地方产生了"悔悟"。

与贝州兵变相关的是，被夏竦诬陷"唆使石介赴契丹发兵"的富弼，时贬知青州(今山东青州)，恰值齐州(今山东济南)禁军准备呼应。齐州禁兵马达、张青等得到贝州"妖帅"王则赐发的"剑印"，准备起兵屠城以策应。而被素有仇隙者杨俊悄悄地告发了。告到知青州富弼那里，或许是二州距离较近的原因，再者毕竟富弼尚为资政殿学士、给事中，职位高。但是齐州并非富弼管辖，又担心自己动作会事泄变生，更不堪收拾！上奏已经没有时间，情急之中，恰逢中使（皇帝的内侍）张从训携命至青州，富弼见张从训办事稳妥可靠，即把该事密告并托付于张从训，令他火速奔赴齐州，进城后如何举措，细致安排，谕守臣发兵取之，令叛贼无得逃脱。并说，自己承担擅自遣中使之罪。结果，事竟顺利告成。之后富弼上书自劾，仁宗非但没有怪罪他擅自遣中使，反而嘉奖富弼为礼部侍郎。①

笔者想，仁宗自会判断：看来夏竦所言确为诬陷！

当然一个思想的认识过程不会那样简单、单纯，时至庆历八年（1048）召对御史中丞鱼周询谈时弊，鱼周询仍在说范仲淹、欧阳修为"互为表里者"。不过周询是在谈朝政阙失，指弊皇帝至今不能信任执政大臣而言的。他说："所谓今之阙失者，陛下聪睿高出前古，然圣虑所未至，臣下所难言者，惟责任不专、用人猜疑为大也。"笔者以为这一点是他说对了的，但他接下来所举例证却难说有所"建明"。"自昔年二府大臣及台谏官有互为表里者，圣聪觉悟，已行黜典（《长编》在此处插入李焘按语：二府及台谏互为表里，已行黜典，周询盖指范仲淹、欧阳修等也），遂以谓人皆朋比，即皇帝便以此认为人都是要搞朋党的，无复忠信。今中外之臣，每进对于前，但（仅仅）敢攻人过失，即为

———————————

① 〔宋〕李焘：《续资治通鉴长编》，中华书局 2004 年版，第 7 册，庆历八年二月第 8 条，第 3935 页。

公论（正确的言论）。若言及忠良才能，云可任用，则虑圣意疑为朋党。故使忠邪未尽分，善恶未尽闻也。所谓责任不专者，今执政大臣，心知某事可行，某法可罢，但拱默自安，不肯为朝廷当事，致文武大政，因循弛废，此又阙失之大者。"可见新政大臣罢黜后造成的恶果之深！[1]

当然朝臣们对于"昔年往事"并非持此一种声音，同为御史台的殿中御史何郯及侍御史知杂事张昇，则认为范、富等无罪，夏竦为奸佞！于庆历七年（1047）六月即上书为其辩白：

> 伏闻朝廷近降指挥，为疑石介，遍根问旧来曾涉往还臣僚，以审存没。中外传闻，颇甚骇异。……臣闻此事造端全是夏竦。始初阴令人摹拟石介书迹，作与前来两府臣僚简尺，妄言事端，欲传播入内，上惑聪明。夏竦岂不知石介已死，然其如此者，其意本不在石介。盖以范仲淹、富弼在两府日，夏竦曾有枢密使之命，当时亦以群议不容，即行罢退。疑仲淹等同力排摈，以石介曾被仲淹等荐引，故欲深成石介之恶，以污忠义之臣。皆畴昔之憾，未尝获逞。昨以方居要位，乃假朝廷之势有所报尔，其于损国家事体，则皆不顾焉。伏望圣慈照夏竦之深心，素来险诈，亮仲淹、弼之大节，终是忠纯，特排奸谋，以示恩遇。[2]

何郯于庆历八年（1048）五月再次弹劾夏竦，胪列其罪多端，勾结内臣杨怀敏作祟，言辞激越高亢："伏见枢密使、平章事夏竦，其性邪，其欲侈，其学非而博，其行伪而坚，有纤人（即纤手，交易人）善柔之质，无大臣鲠直之望，事君不顾其节，遇下不由其诚。肆己之欺诬，谓可以蔽明；任己之侧媚，谓可以矫正。犯纪律之所戒而不耻，冒名教之所弃而无疑。聚敛货殖，以逞贪恣，不可格以廉耻之行；比周（勾结、

---

① 〔宋〕李焘：《续资治通鉴长编》，中华书局 2004 年版，第 7 册，庆历八年二月第 6 条，第 3933 页。

② 〔宋〕李焘：《续资治通鉴长编》第 7 册，庆历七年六月第 9 条，第 3877—3878 页。

聚合）权幸，以图进取，不可语以中正之方。……"①以上是对其人品质的概说，具体罪状很长，我们就不摘引了，已可"不言而喻"了。是年五月辛酉，夏竦终于被罢枢密使，出判河南府。授予给事中、参知政事宋庠加检校太傅、行工部侍郎、充枢密使。另外，迁枢密副使、左谏议大夫庞籍，为参知政事，以补阙二府。

我们看到仁宗的矛盾心理和处境，周游了这么一圈儿，回到他自身过错的原点上，但他已经无法返回"庆历新政"了！

庆历八年（1048）正月末，仁宗再次擢进欧公，转起居舍人，仍旧知制诰、徙知扬州。

扬州乃大郡重藩，一般都授予宰臣、使相。自庆历五年（1045）四月韩琦离开朝廷，便一直由韩公知扬州，贝州兵变之后，担心北边不稳，而任韩琦知定州。看得出仁宗心里，还是认为新政人物得力啊！

欧公在滁州，昨日不久刚上呈了《谢加上骑都尉进封开国伯加食邑三百户表》，很快又接到诰敕，转"起居舍人"、知扬州。起居舍人即皇帝近臣，欧阳修很难揣度皇帝的意思，是"回心转意"了？前谢表即说："训辞深厚（指制诰所言），恩典优隆。祗服以还（恭敬惶恐地回复），战兢无措。"欧公或许真心认为，自己才疏学浅，辱没重用，说："伏念臣材非世用，行与时违（所行不合于时），过蒙奖擢之私，忝居（辱没居位）侍从之列。"②

欧公没有及时赴任，知道那又会引起朝内群议和嫉恨。他不会忘记夏竦等奸佞如何陷害忠良，石介、尹洙都已经故世了！他记起自己初来滁州，梅圣俞即寄来慰藉书函，声声告诫滁州之"祸福"。梅圣俞确实是当朝大诗人，高瞻远瞩，情谊甚笃，还曾劝诫欧公的诗文，莫要消沉于山水、儿女情长之间，须有道义和圣德的坚守。这些挚情告诫都是欧公铭记不忘的，是它伴随了自己的滁州岁月！那些诗句，时时映现在欧阳修的眼前，如《寄滁州欧阳永叔》：

① 〔宋〕李焘：《续资治通鉴长编》，中华书局2004年版，第7册，庆历八年五月第3条，第3950页。
② 〔宋〕欧阳修：《谢加上骑都尉进封开国伯加食邑三百户表》，李逸安点校：《欧阳修全集》，中华书局2001年版，第4册，第1325页。

昔读韦公集，固多滁州词，

烂漫写风土，下上穷幽奇。

君今得此郡，名与前人驰。

君才比江海，浩浩观无涯，

下笔犹高帆，十幅美满吹，

一举一千里，只在顷刻时。

寻常行舟舻，傍岸撑牵疲。

有才苟如此，但恨不勇为。

仲尼著《春秋》，贬骨常苦笞。

后世各有史，善恶亦不遗。

君能切体类，镜照嫫与施。

直辞鬼胆惧，微文奸魄悲。

不书儿女书，不作风月诗。

唯存先王法，好丑无使疑。

安求一时誉，当期千载知。

……

慎勿思北来，我言非狂痴。

洗虑当以净，洗垢当以脂。

此语同饮食，远寄入君脾。[①]

可见当时形势严峻，在梅圣俞看来，将会更危及欧阳修！所以劝他"慎勿思北来，我言非狂痴"，即不要去想返朝的事。梅圣俞用很大篇幅言及滁州的美好，山珍野味丰足，以安慰欧公。对于是非曲直，后世自有公论，千载共知！所说"不书儿女书，不作风月诗"，梅圣俞更是以此来喻阿谀献媚的文章，勉励欧公矢志不渝自己的方向，"下笔犹高帆，十幅美满吹"，即张满风帆。梅尧臣此书，多么珍贵啊！

---

① 〔宋〕梅尧臣：《寄滁州欧阳永叔》，洪本健：《欧阳修资料汇编》，中华书局1995年版，上册，第8页。

欧公在滁州，与州民百姓亲近和睦，体察风土人情。曾与韩琦在书信中谈到：这里的山民也喜欢遨游，今春寒食，见州人穿着漂亮的服装，只在城里游走一番，就是"春游"了。后来是欧阳修的感染，把州人带到州城西南丰山之谷，在那里郊游"踏青"了。欧公在那里种植了"佳木美草""芍药十种"，山上建有小亭，"自此得与郡人共乐，实出厚赐也"。欧公亦不会忘记，在那山下不远处，即是他开辟的教场，督察练兵演武，即致书中所说："又理其傍为教场，时集州兵、弓手，阅其习射，以警饥年之盗。"[①]此外，公与州府同僚也有了感情，通判杜彬，判官谢缜等，都令人难舍难忘，送别时，杜彬再次为欧公演奏琵琶，所以欧公作诗《别滁》有吟："我亦且如常日醉，莫教弦管作离声。"

直到欧公离开滁州之后，谢缜还致书与公，说他怀念欧公，曾自己踏青去了西南丰山幽谷，亦如见到公一样。欧公也深情地回复，作《答谢判官独游幽谷见寄》。该诗情谊笃厚，表达深沉，而且作为"律诗"，工而精致："闻道西亭偶独登，怅然怀我未忘情。新花自向游人笑，啼鸟犹为旧日声。因拂醉题诗句在，应怜手种树成荫。须知别后无由到，莫厌频携野客行。"[②]末两句乃说：我已经少有机会再陪伴君同踏幽谷了，唯愿你多去，并且不要厌倦与山民同行，因为那里有君与我共建的"醉翁亭"啊！

欧公是庆历八年（1048）二月二十二日抵达扬州任上的。

扬州乃大都督府，管辖三个富庶的大县：江都、天长、高邮。居长江、淮河之漕运大动脉间，又有运河贯通南北，乃东南路水陆交通便捷、通达的要镇。在唐朝它就是淮南道首府，节度使驻地，十里长街迤逦不绝，南北商贾汇聚云集。其繁华有胜于京师东都。欧公想到把母亲和妻儿迁来团聚，但是庆历七年（1047）十月许，薛氏生下欧公的第三子棐，婴儿幼小，只怕不宜迁转。欧公只感慨时光荏苒，记起二十年

① 〔宋〕欧阳修：《与韩忠献王稚圭》其四，李逸安点校：《欧阳修全集》，中华书局2001年版，第6册，第2333页。
② 〔宋〕欧阳修：《答谢判官独游幽谷见寄》，李逸安点校：《欧阳修全集》，中华书局2001年版，第2册，第185页。

前，自己尚跟随恩公胥偃赴京路经这里，那时欧阳修初睹"天地世面"，并闻知杜衍公在此颇有政绩，爱民如父母；一晃，自己竟成为这里的太守。韩琦刚刚离任不久，赴河北统兵镇边。欧公与韩琦公时常书信往来，可谓志同道合者，言犹未尽，书信多达四十余通。

欧公第一天出堂"厅事"，即对通判等一应同僚约定，一切政行均依照韩公任时所定制的执行，"莫敢有逾"。韩公离开时未尽事宜，将由其本人接替完成。至于处置新临公务，欧公仍依照滁州的经验，施行"宽简"而不扰民，繁荣商业而不增加税赋的政策。仅仅才三个月，街市和各县乡村一片赞誉声。后来名臣苏辙，曾说到欧阳修知扬州，"其政察而不苛，宽而不弛（弛废），吏民安之，滁、扬之人，至为立生祠（为活着的人立祠庙）"①。

欧公在这里，时常会想起苏舜钦，或许因这里已距离苏州不很远了的缘故。但是说不远，也仍有数百里水路，他在太湖之滨。想到邀请苏舜钦来游玩，但是现下不行，"厅事"当紧，逾年再说吧！公常记起舜钦的"短章醉墨"，及其人品风采，不少学士崇拜他，揖求会面赐教，聆听高论，不舍得离开。欧公记起苏舜钦曾给宰相文彦博致书，而获得了一个"别驾"的官职，苏舜钦清高自重，舍弃了！欧公不禁心存惋惜，苏舜钦本该忍一忍，以图日后迁升，好歹它恢复了"官籍"，可是苏舜钦不为苟得矣！

欧公更记起他的"沧浪亭"，曾约自己为之撰写记亭诗文，欧阳修当即命笔以复。只可叹欧阳修已不为谏官，无力为苏舜钦谋取"复职"。这股抑郁，一直在欧阳修心里。正像欧公所写的《沧浪亭》不无阴郁一样：

> 荒湾野水气象古，高林翠阜相回环。
> 新篁抽笋添夏影，老蘖乱发争春妍。
> 水禽闲暇事高格，山鸟日夕相啾喧。
> 不知此地几兴废，仰视乔木皆苍烟。

---

① 〔宋〕苏辙：《欧阳文忠公神道碑》，洪本健：《欧阳修资料汇编》，中华书局1995年版，上册，第109页。

堪嗟人迹到不远，虽有来路曾无缘。

穷奇极怪谁似子，搜索幽隐探神仙……

崎岖世路欲脱去，反以身试蛟龙渊。

岂如扁舟任飘兀，红蕖绿浪摇醉眠。

丈夫身在岂长弃，新诗美酒聊穷年。

……①

　　欧公就这样沉吟自己的旧作，怀念才子苏舜钦，不知他现下如何！

　　一日"厅事"完毕，通判知道欧阳太守喜欢诗文，从怀内取出一帧旧日韩琦所作的《琼花》，说自己保存日久，请欧公教正。欧阳修展开拜阅，正是昔日与韩琦书信往来中已读过的那首诗，大作云："维扬一株花，四海无同类。"说的即是扬州独有的这种花，人们叫不出它的名字，只叫它"琼花"，淡黄色，格外雅致，色香袭人。据说数年前朝廷中使来扬州，赏花之后曾分枝带回禁中苑，种植栽培，但是该花在他地不活，不几日就枯萎了。因此韩琦公的诗吟它"独此琼瑶贵""自守幽姿粹"，以喻该花孤洁高傲的品格，此时，欧公突然想到，这倒是很像苏舜钦啊！欧公很是赞同、喜爱，还知道前朝名臣王禹偁，也曾出知扬州，而作有《后土庙琼花诗七首》，其序云："扬州后土庙有花一株，洁白可爱。且其树大花繁，不知实何木也。俗谓之琼花。"聊起来，通判说：昔日韩公想在后土庙院内建立一亭，以示纪念，而未能如愿。还说：韩公还在蜀冈之上建"平山堂"，都已动土奠基，却因后来调任未能顾及。欧公当下问："这后土庙在哪儿？"通判说，就在府城东门外。蜀冈呢？通判答：哦，蜀冈踞城西北山上，地势高，谓之"蜀冈"。登临，举目四野开阔。

　　后来欧公在这两地，分别建立了"无双亭"和"平山堂"，算是继承韩公的未竟之业。所以命名"无双亭"，就是取其"四海无同类"的意思。扬州是一座园林名胜历史遗存众多的大都市，也算是欧阳修为官

---

① 〔宋〕欧阳修：《沧浪亭》，李逸安点校：《欧阳修全集》，中华书局 2001 年版，第 1 册，第 48—49 页。

一任，造福一方吧！

　　欧阳修实地勘察了城西北蜀冈，登临，的确一目千里，似乎可览江南数百里之遥，金陵三州隐约若见。这蜀冈上原有南朝时所建大明寺遗址，已是废墟一般，院内开阔，确有韩公开工所打地基，一旁堆积砖瓦、栋梁之类建材。欧公是年五月动工，不数月就立起殿堂，焕然一新。平山堂周边，原有古木、翠竹衬托，十分秀美壮观。还在寺院西侧修筑了厅堂，作为宾客燕饮之所。此外欧公还在堂前亲手栽种一株垂柳，后人称它为"欧公柳"。

　　欧公在致韩琦书中说道："广陵（即扬州）尝得明公镇抚，民俗去思未远，幸遵遗矩（谨遵照韩公留下的规矩），莫敢有逾。独平山堂占胜蜀冈，江南诸山一目千里，以至大明井、琼花二亭，此三者，拾公之遗，以继盛美尔。"欧公于书后加注："大明井曰美泉亭。琼花曰无双亭。"①

　　多年之后，当朝著名学士刘敞知扬州的时候，欧公早已别任了，但却仍在怀念平山堂，而作《朝中措》词，赠予好友刘敞：

　　　　平山阑槛倚晴空，山色有无中。手种堂前垂柳，别来几度春风？　　文章太守，挥毫万字，一饮千钟。行乐直须年少，尊前看取衰翁。②

　　这句"山色有无中"，太传神了！那种眺望"金陵三州隐约若见"的苍茫，就全都蕴含了。笔者还喜欢末句，"尊前看取衰翁"，那时欧公或许已步入晚年，记起自己在平山堂把酒望着月夜！后来文豪苏轼作《水调歌头》，仍在思味欧公此情："长记平山堂上，欹枕江南烟雨，杳杳没孤鸿。认得醉翁语，山色有无中。"

　　欧公因公务，结识了发运判官许元，许元乃宣城（今属安徽）人。

---

① 〔宋〕欧阳修：《与韩忠献王稚圭》其八，李逸安点校：《欧阳修全集》，中华书局2001年版，第6册，第2334页。
② 〔宋〕欧阳修：《朝中措》，李逸安点校：《欧阳修全集》，中华书局2001年版，第5册，第1995页。

此人家境清贫，为人很朴实，在海陵南郊居住，置一小园林。后来欧公为他撰写《海陵许氏南园记》。从该文中我们得知，许元为官很尽职，前数年西边用兵，漕运供给不畅，京师和西边顿时困厄，由参知政事范仲淹推荐许元为江淮、两浙、荆湖发运判官，协助淮南转运使吕绍宁督办东南漕运，很快便使得漕运畅通，京师供给充足。朝廷特赐予许元"进士出身"。笔者推想，正是这位判官在欧公建造无双亭和平山堂时，助了一臂之力。这位能臣干吏于诗文并无所长，而欧公愿意与其结为好友，中秋佳节请他为座上宾。欧公却从不攀附那些达官贵人，扬州过往的朝廷权贵非常多而频繁，欧公很少接待，更不会"超规格"地接待他们。

是年五月许，梅尧臣协同新夫人刁氏回宣城探亲，道过扬州特看望欧公。梅尧臣的前妇谢氏（即谢希深之妹）于庆历五年（1045），即欧公为河北转运使的时候就已病故了，二人曾书信说过，那时亦是欧公的长女欧阳师病逝了，故时间记得准确。欧公接待梅圣俞很用心，宴席邀请两位好友许元、王琪作陪，王琪即是欧阳修的同僚通判扬州。这位刁氏夫人，正是刁约的小妹。而许元，与梅尧臣早已为熟识的同乡。如此欢聚一堂！

宴后，众人歇息的时候，梅尧臣却不顾路途疲劳，毫无睡意，与欧公交谈通宵达旦。他们不是在平山堂，那里还远未竣工，就在州府公所，所谓"进道堂"，后来梅圣俞作有《永叔进道堂夜话》诗，依然是激情澎湃。当晚二人聊得内容很多，言及《易》学、史学、时政，自然更少不了文学。倘若不健谈，便不可能"通宵达旦"。欧阳修很感激梅圣俞，每致书必推心置腹，有告诫和提醒，也有批评，言必中肯，使他获益。尤其不能忘记梅圣俞的《寄滁州欧阳永叔》之大作，那种语重心长，伴随自己的滁州岁月，"不书儿女书，不作风月诗"，"洗虑当以净，洗垢当以脂。此语同饮食，远寄入君脾"。真是浸透心脾啊！

聊到时下生活，欧阳修说：刁景纯为人非常好，豁达开朗，尊夫人性格定会从其兄长。梅圣俞说，此番回宣城，乃父尚在那里。须待个把月日再返陈州任。现下梅圣俞已为陈州判官（今河南淮阳）。欧公叹息，唉，这么多年，你始为判官，真是屈才啊！梅尧臣说：官职大小，我从不在意。朝廷是非之地，还是远离它为好。最近，张方平落职了，出知滁州，知道吧？欧公说知道，自己还给他致书，方平也有回复。呵呵，梅圣俞一笑说：让他也去一试"醉翁之乐"吧！张方平原为翰林学士、兼资政殿学士、右谏议大夫、史馆修撰，说落就落了。此时，欧公就再次想到苏舜钦，不知他现在如何？

大概在梅尧臣抵达宣城不久，他的大作《永叔进道堂夜话》就寄来了：

> 海风驱云来，池雨打荷急。
> 虚堂开西窗，晚坐凉气入。
> 与公话平生，事不一毫及。
> 初探《易》之奥，大衍遗五十。
> 乾坤露根源，君臣排角立。
> 言史书星瑞，乱止由不戢。
> 巨恶参大美，微显岂相袭。
> 陈疏见公忠，曾无与朋执。
> 文章包元气，天地得嘘吸。
> 明吞日月光，峭古崖壁涩。
> 渊论发贤圣，暗溜闻鬼泣。
> 夜阑索酒卮，快意频举挹。
> 未竟天已白，左右如启蛰。[①]

从中看到，那日二人彻夜交谈之酣畅尽兴，滋味正酣，天竟然亮了。他们谈的与所谓"朋党"毫无关系，乃是能够包容"天地元气"并使之"嘘唏"的文章大业。

无双亭、平山堂等胜景竣工落成，正当欧公打算邀请苏舜钦，作为

---

① 〔宋〕梅尧臣《永叔进道堂夜话》，洪本健：《欧阳修资料汇编》，中华书局 1995 年，上册，第 8—9 页。

享受它们的第一位贵客的时候，欧公却不幸听到"晴天霹雳"：苏舜钦病逝了！时为庆历八年（1048）十二月，而且欧公看到苏舜钦临终之作，那首《春睡》诗："身如蝉蜕一榻上，梦似杨花千里飞。"

欧公惊呼："子美可念！"便流下痛泪。吟出为其所作的《沧浪亭》："荒湾野水气象古，高林翠阜相回环。新篁抽笋添夏影，老蘖乱发争春妍……"

当即，欧公作《祭苏子美文》，沉痛悼念。后来，为之编辑《苏氏文集》并作序文。此去八年之后，即到了嘉祐元年（1056），欧公又作《湖州长史苏君墓志铭》。之所以时间间隔这么久，是因为其家属安排葬期较晚的缘故。该作详细记载了苏舜钦生平，尤其把进奏院事昭雪告白于天下。本书略作删节征引在这里：

> 故湖州长史苏君有贤妻杜氏，自君之丧，布衣蔬食，居数岁，提君之孤子，敛其平生文章，走南京，号泣于其父曰："吾夫屈于生，犹可伸于死。"其父太子太师以告于予。予为集次其文而序之，以著君之大节与其所以屈伸得失，以深诮世之君子当为国家乐育贤材者，且悲君之不幸。其妻卜以嘉祐元年十月某日，葬君于润州丹徒县义里乡檀山里石门村，又号泣于其父曰："吾夫屈于人间，犹可伸于地下。"于是杜公及君之子泌，皆以书来乞铭以葬。
>
> 君讳舜钦，字子美。……君少以父荫补太庙斋郎。调荥阳尉，非所好也，已而锁其厅去。举进士中第，改光禄寺主簿、知蒙城县。丁父忧，服除，知长垣县，迁大理评事，监在京楼店务。
>
> 君状貌奇伟，慷慨有大志。少好古，工为文章。所至皆有善政。官于京师，位虽卑，数上疏论朝廷大事，敢道人之所难言。范文正公荐君，召试，得集贤校理。……小人不便，思有以撼动，未得其根。以君文正公之所荐而宰相杜公婿也，乃以事中君，坐监进奏院祠神奏用市故纸钱会客为自盗除名。君名重天下，所会客皆一时贤俊，悉坐贬逐。然后中君者喜曰："吾一举网

尽之矣。"其后三四大臣，继罢去，天下事卒不复施为。

君携妻子居苏州，买木石作沧浪亭。日益读书，大涵肆于六经。而时发其愤闷于歌诗，至其所激，往往惊绝。……居数年，复得湖州长史。庆历八年十二月某日，以疾卒于苏州，享年四十有一。君先娶郑氏，后娶杜氏。三子：长子曰泌，将作监主簿；次曰液、曰激。二女，长适前进士陈绂，次尚幼。

初，君得罪时，以奏用钱为盗，无敢辨其冤者。自君卒后，天子感悟，凡所被逐之臣复召用，皆显列于朝。而至今无复为君言者，宜其欲求伸于地下也，宜予述其得罪以死之详，而使后世知其有以也。既又长言以为之辞，庶几并写予之所以哀君者。其辞曰：

谓为无力兮，孰击而去之？谓为有力兮，胡不反子之归？岂彼能兮此不为。善百誉而不进兮，一毁终世以颠隮，荒孰问兮杳难知。嗟子之中兮，有韫而无施。文章发耀兮，星日光辉。虽冥冥以掩恨兮，不昭昭其永垂。①

笔者谨把原文的末段"其辞曰"，即有似"楚辞骚体"的部分，试翻作"白话"：

至于"天子感悟"及其采取的改正措施，哦，我们就很难说它了！若说它为"无力"，那么是什么使攻击谤毁者退却的？但若说其为"有力"，那么又为什么不让舜钦及时返朝呢？岂能是皇帝想做而做不到吗！上谏的善言不为少，可说"百誉"有之，但皇帝听不进去，而令臣子一次被诬陷，则终世坠落，这荒谬的人世，有谁对此诘问，我们杳无所知。唯叹息君所受到中伤，有宽容、包涵，而无改正的施为。安息吧，舜钦！好在君之文章放射出日月光辉，虽于此昏冥之中，但我们可以掩恨了，无碍于舜钦及其大作昭昭，永垂万世！

---

① 〔宋〕欧阳修：《湖州长史苏君墓志铭》，李逸安点校：《欧阳修全集》，中华书局2001年版，第2册，第454—456页。

第四节 "飞盖桥"与"照天蜡烛"

欧公不想在扬州待下去了，这里公务繁忙、接待颇多，他已经厌倦了。

此外，他看到这里不便接母亲和妻儿来居住，太扎眼，好像他贪图这里的安逸享乐。他向朝廷请求迁转一小郡——颖州（今安徽阜阳），他曾路经那里，感觉安静而宜居。再者是苏舜钦不能来"平山堂"做客了，对他精神上刺激极大。

还因为欧阳修近来双目不适，记得父亲就因阅读官牍过于劳累而患眼疾，似乎也"遗传"与他了。他看过郎中，郎中让他"行内视之术"。我们不知道这"内视之术"是怎样一种诊疗方法，欧公行后反而损伤了眼睛，酿成日后常犯的"宿疾"。欧公在《与王文恪公乐道》书中说到自己的病症和担忧："某近以上热太盛，有见教云：'水火未济，当行内视之术。'行未逾月，双眼注痛如割，不惟书字艰难，遇物亦不能正视，但恐由此遂为废人。"这真够不幸！好在它不是持续的，而是间断发作的。欧公也怕贻误扬州公务，才乞请知颖州。

皇祐元年（1049）正月十三日，朝廷敕文到了，应允了其自请。不多日他便启程，途经寿州（今安徽凤台），停歇数日，给家里写信，除了谈及生活安排的事宜，还写给夫人一首诗，题为《行次寿州寄内》。从该作看可能薛氏来扬州探望过欧公吧，因有"紫金山"之吟，寄托他夫妇的情感。即谓："紫金山下水长流，尝记当年此共游。今夜南风吹客梦，清淮明月照孤舟。"诗意纯朴，吟出对妻子的思念，迁官旅途中感受的孤独。我们早先说过欧公与薛氏"情笃"至深，薛氏夫人"通诗书，娴礼仪，善弹琴"，而又柔情脉脉，故分别一久，欧公会特别想念夫人。但是公务常使其孤身独处，亦如出使河北，整整一个春季至夏，都无房事之欢，那种思念是人性难耐的！欧公记得自己作有《班班林间鸠寄内》，把自己和妻比作鸟禽，并描绘其"鸣声相呼和，应答如吹律。深栖柔桑暖"，向往回到"夷陵"的生活，而"还尔禽鸟性"。它隐晦地表述了欧公之难以抑制的渴望。笔者想，欧公于迁徙途中，夜不成寐，会在青灯之下拿出旧作《班班林间鸠寄内》来复读的。

恰是在寿州，欧公又见到了梅尧臣，梅圣俞也是途经寿州，回宣城奔丧，老父亲去世了。故二人不能久聚，不日便匆匆道别。

欧公一路是沿淮河而行的，由寿州再行百余里水路才进入颍河，颍州位于颍河上游之西北端，尚需数百里水路，属于淮北地域。皇祐元年（1049）三月中旬欧公抵达任所。获知已故宰相吕夷简的儿子吕公著，为颍州通判。欧公想，吕公著自然知道自己与其父曾经的"隔膜"，不知这位后人是否怀有"嫌隙"呢？

不想吕公著对欧公却十分敬重，心中无存芥蒂，不仅公务听从安排，而且私下也喜欢跟随欧公游学。古人的"游学"就是在出游、燕饮、攀谈中完成的。《宋史·吕公著传》载："吕公著……通判颍州，郡守欧阳修与为讲学之友。"这里的郡府幕僚，刘敞、王回、判官张器、推官张洞，似乎都乐意跟随欧公游学。当地秀才焦千之，乃至做了欧公的"门生"，黄宗羲著《宋元学案》卷四记载："焦千之，字伯强，颍州焦陂人也。从欧阳公学，称上弟。"这位刘敞，即是见长经史的当朝名士，后来成为欧公的挚友。无疑，这使得欧公心情豁朗，一扫孤独苦闷，颍州立时成为一块"福地"。

此后不久，即是年四月，朝廷发来敕诰，转欧公为礼部郎中。是年八月十一日，又恢复欧阳修龙图阁直学士，欧公连连上呈谢表不及。

从这些谢表中不难看出欧公复杂的心情，也可以看出仁宗确有"悔意"了。欧公在颍州谢表中言及所以辞大郡扬州，自己不该无功进擢，"然而进未有纤毫之益（于公于私都没有益处），已不容于怨仇；退未知补报（报效）之方"。遂谈到自己的眼疾，"盖积忧而自损，信（实为）处世之多危"。感谢皇帝应允他乞知颍州。

是年四月所呈《谢转礼部郎中表》，亦情感复杂，折映曲衷，叙述自外甥女"张氏案"自己被诬以来的心绪经历：

蒙恩授臣礼部郎中、知制诰，依旧知颍州者。恩出非常，荣逾始望。人以臣为宠，臣以喜为忧。伏念臣自小无能，惟知嗜学，常慕古人而笃信，不思今世之难行。而自遭遇圣明，骤蒙奖拔，急于报国，遂欲忘躯。结怨仇者，皆可畏之人；所违忤者，悉当权之士。既将行己，又欲进身，惟二者之难兼，虽至愚而必达。况臣粗知用舍，颇识廉隅。故其自被谗诬，迫于降黜。当举朝沸议，未尝以寸牍而自明；及累岁谪居，不敢以半辞而自理。其后再经宽赦，移镇要藩。曾未逾年，遽求小郡。盖臣知难当之众怒，尚未甘心；思苟免之善谋，惟宜退迹。则臣于荣进，岂敢侥求？……①

该文申诉自己之所以结怨至深，既坚持"行己"之道义担当，"又欲求进身"，是两难的，但是他知道应该舍弃什么。所以自被诬陷降黜，自己不曾以寸牍、片言申诉辩白。如今他已知颍州，也不宜再接受别的官职了。唯宜退迹是其上策。他明白，朝廷所以连续发敕进擢与他，乃是陛下"日月照临，乾坤覆载，不忘旧物"，"特示甄收之意"。

而在八月的《谢复龙图阁直学士表》内，还含有对皇帝过失，错待苏舜钦的指责。借言自己受诬陷而"特蒙甄录，牵复宠名"之际，而说："臣伏见前世材贤之士身结主知，勋德之臣功施王室（此语即指苏舜钦之祖苏易简，太宗时承旨翰林学士、参知政事，官至礼部侍郎；舜钦之父苏耆，官至工部郎中、直集贤院），然尚或一遭谤毁，欲辨无由，少忤权要，其祸不测。"相比较，自己却获得"甄录"，"顾如臣者，何足道哉！臣材不迫于中人，功无益于当世，用之未见其效，去之无足可思"。"以臣之愚，岂比前人而独异；推其所幸，盖由圣主之亲逢。"②

不难觉察文中的"抱怨"情绪，这种"曲衷"的表述，让我们感觉到含着对于往事"旧物"的深深遗憾，一种事不可追，逝而不复的叹惋。其叹惜的不是自身，而是苏舜钦、尹洙，乃至"新政"。尤其读到"急于报国，遂欲忘躯"之类的句子，我们自会联想到庆历三年（1043）欧

① 〔宋〕欧阳修：《谢转礼部郎中表》，李逸安点校：《欧阳修全集》，中华书局2001年版，第4册，第1328页。
② 〔宋〕欧阳修：《谢复龙图阁直学士表》，李逸安点校：《欧阳修全集》，中华书局2001年版，第4册，第1329页。

公的身影，那作为新政中坚的奋不顾身，想到他的《论按察官吏札子》，一连三疏，想到《论台官上言按察使状》，想到《论杜衍范仲淹等罢政事状》，那不仅令我们回顾，还令人哭泣！纵使欧阳修个人再获得怎样的殊荣，而那些，却一去不复返了！所以欧公终将叹惜："常慕古人而笃信，不思今世之难行！"

　　而在皇祐元年（1049）正月，范仲淹由邓州迁知杭州，赴任时途经颍州。那时欧阳修正在来颍的路上，尚未到任，很可惜他们未能见面。范公过颍，看望了吕公著，公著是年三十岁，为太常博士、通判颍州。两人谈起来，自然会说到即将到任的郡守欧阳修。范公便以长辈的关切嘱咐说："太博，近朱者赤，近墨者黑，欧阳永叔在此，太博宜近笔砚（指文章）。"公著的夫人正在庭后，听到此话，日后便常以此教导他们的长子王希哲。

　　我们由此亦可看出范公的拳拳之心，为欧公来此就任铺一铺路。而这时欧公已经名闻天下了，文章声誉颇高。宋代著名学者叶梦得，在其《避暑录话》卷上有言："庆历后，欧阳文忠以文章擅天下，世莫敢有抗衡者。"①

　　吕公著与王安石为同年进士，即庆历二年（1042）贡举，甲科及第。后来又同入馆阁。公著少年时就很朴素，父亲吕夷简为宰相，他并不以此炫耀或"作威作福"，相反给人一副寒士的模样。《曲洧旧闻》及《何氏语林》记载他，往来于"书铺"（书店），身着"敝衣"，骑一匹"蹇驴"（跛足的），遇到人恭敬谦让，"见者虽爱其容止，亦不异（于寒素）也"。他走后，见者问书店家，才知他是吕夷简之子。②

　　后来在仁宗嘉祐年间，王公著与王安石、司马光及韩维同在侍从职位，相互特别友好，闲暇时聚会于僧坊，燕饮聊天而终日。至神宗朝，由于所持政见不同，才生嫌隙分手的。时值王安石新政，不容人异

---

① 〔宋〕叶梦得：《避暑录话》卷上，洪本健：《欧阳修资料汇编》，中华书局1995年版，上册，第164页。
② 周勋初：《宋人轶事汇编》，上海古籍出版社2014年版，第3册，《吕公著》第4条，第1471页。

议，凡反对"新法"者都被其罢黜，即吕公著上疏所说的："夫士之邪正、贤（与）不肖，既素定矣（即素来就已定了的）。今则不然，前日所举，以为天下之至贤；而后日逐之，以为天下至不肖。其于人才既反覆无常，则于政事亦乖戾不审矣。"王安石这一点也够可笑的，只要你反对"新法"，他就说你"不肖"。不过友好的时候王安石也曾说："晦叔（公著）为相，吾辈可以言仕（仕途）矣。"司马光亦看重王公著，说："每闻晦叔讲（讲学），便觉己语为烦（烦琐）。"①

笔者这样介绍吕公著是想说，愿意跟随欧公游学的都不是阿狗阿猫！譬如拜做欧公门人的焦千之，虽尚为"白衣"秀才，但是王公著肯拜托焦先生来教习自己的长子王希哲，可见焦秀才也尚有学识。

"厅事"之余，王公著、刘敞、王回等跟随欧公出游西湖，这是颍上的一大景观，不是两浙的西子湖。颍上可说是河湖港汊四布，相对也带来一些民众交通的不便，后来郡守吩咐多造些石桥或木桥，予民便利。吕公著立即安排去做，仅用了两个来月，就竣工了三座桥。欧公高兴地分别踏看，为它们命名，曰"宜远""飞盖""望佳"。我们虽不尽知该名目的含义，但是听起来十分悦耳而美好。激情之下，欧公作《飞盖桥玩月》，这首诗纯净之极，极具欧诗的"平淡""古淡"特征，有"田园"与"人文"合璧之美，不愧为叶梦得谓之"文章盖世"的高论！读来景致动人，意绪牵远，而且表述独特，恰如胡仔《苕溪渔隐丛话》所说："欧公作诗，盖欲自出胸臆，不肯蹈袭前人，亦其才高，故不见牵强之迹尔，如《六月十四夜飞盖桥玩月》云云。"②

> 天形积轻清，水德本虚静。
> 云收风波止，始见天水性。
> 澄光与粹容，上下相涵映。
> 乃于其两间，皎皎挂寒镜。
> 余晖所照耀，万物皆鲜莹。

---

① 〔元〕脱脱：《宋史·吕公著传》，中华书局 1977 年版，第 31 册，第 10777 页。
② 〔宋〕胡仔：《苕溪渔隐丛话》卷二十三，洪本健：《欧阳修资料汇编》，中华书局 1995 年版，上册，第 225 页。

矧夫人之灵，岂不醒视听。

而我于此时，翛然发孤咏。

纷昏欣洗涤，俯仰恣涵泳。

人心旷而闲，月色高愈迥。

惟恐清夜阑，时时瞻斗柄。^①

　　欧公再来西湖，便在湖内种植了瑞莲，在岸边堤坝栽种黄杨树子，他一直怀有夷陵"心结"，不曾忘记黄杨树！欧公日益喜欢上了颍州这个地方，宜于人居，物产丰美。他在给扬州那方的淮南转运使吕绍宁、发运判官许元，致书谢忱时曾有如是诗句："柳絮已将春去远，海棠应恨我来迟。"可以看出公对颍上的满意程度匪浅。继而，欧公有了在这里安家的意思，此去二十年后，他于《思颍诗后序》中说："皇祐元年春，予自广陵（扬州）得请来颍，爱其民淳讼简而物产美，土厚水甘而风气和，于时慨然已有终焉（卜居终老）之意也。"^②

　　所以此时欧公郊游兴致颇佳，与判官张器在西湖泛舟，两人荡桨闲话，夕照清波。后来张器迁知蕲水县（今湖北蕲春），欧公为他送行，赠诗。而此时，公亦作有《酬张器判官泛溪》。州府幕僚以获得欧公诗作为荣幸，非常感谢。这首律诗同样堪为上乘，工而精致，意蕴深含：

园林初夏有清香，人意乘闲味愈长。

日暖鱼跳波面静，风轻鸟语树阴凉。

野亭飞盖临芳草，曲渚回舟带夕阳。

所得平时为郡乐，况多嘉客共衔觞。^③

① 〔宋〕欧阳修：《飞盖桥玩月》，李逸安点校：《欧阳修全集》，中华书局2001年版，第1册，第66页。
② 〔宋〕欧阳修：《思颍诗后序》，李逸安点校：《欧阳修全集》，中华书局2001年版，第2册，第600—601页。
③ 〔宋〕欧阳修：《酬张器判官泛溪》，李逸安点校：《欧阳修全集》，中华书局2001年版，第2册，第192页。

欧公与幕府所有同僚都相处和睦，对推官张洞也很器重，常把重要公务交给张洞办理。故而分手时都对欧公依依不舍。欧公给仲通（即张洞）手书五幅，张洞当作文墨珍品一直保存。是年深秋，滁州判官谢缜——就是那位独步幽谷，而怀念欧公者，他从滁州数百里外来颍州探望，在颍州陪伴欧公数日。因为谢缜将要远任了，怕再见面不方便，是年他由光禄寺丞转太子中舍、知余姚县（今属浙江）。欧公为谢缜送行作诗多篇。

仁宗朝迁官特别频繁。时为皇祐二年（1050）五月，刘敞已在开封府任大理院评事。他致书欧公，针砭宋初的旧《五代史》之阙失，重点谈及欧公所著《新五代史》的优长，因为他在颍州时已经受托阅读了大作初就的草稿。但是该史书尚算不得"终稿"，撰写该作，前后用了十八年时间，直至皇祐五年（1053）才作"杀青"，且还有些"注释"未能撰就。欧公之所以草稿就请刘敞赐阅，是非常诚心地想听他的批评意见的。欧公自己非常看重这部著作，在朝廷时忙于馆阁的撰著和自己本职的公务，没有时间顾及它，只有外任抽出闲暇才能铺开写它。至嘉祐五年（1060），在馆阁重修《唐书》告竣之后，同为唐书编修官的知制诰范镇，上疏建议，将欧阳修之《新五代史》付诸唐书局缮写上进。欧公仍觉得该书未最后告成，尚需"精加考定，方敢投进"。乃上疏《免进五代史状》请免。而在皇祐五年（1053）的时候，欧公《与梅圣俞书》（其二三）曾说："闲中不曾作文字，只整顿了《五代史》，成七十四卷，不敢多令人知。深思吾兄一看，如何可得极有义类？（尤其关于该书之义理方面），须要好人商量。此书不可使俗人见，不可使好人不见。"[①]

那么，可见欧公认为刘敞乃是人品才学兼备的"好人"了！刘敞，字原父，庆历进士，乃获得殿试第一，因为翰林学士、三司使王尧臣是其"内兄"，即其妻的兄长，时为贡举"编排官"，担心"以亲嫌自列，乃以为第二"。后来刘敞官至度支判官、三司使，中书为"温成皇后追加册封"事，降黜言官吴充等人，刘敞则上疏谏言："陛下宽仁好

---

① 〔宋〕欧阳修：《与梅圣俞》其二三，李逸安点校：《欧阳修全集》，中华书局 2001 年版，第 6 册，第 2455 页。

谏，而中书乃排逐言者，是蔽君之明，止君之善也。臣恐感动阴阳，有日食、地震、风霾之异。"朝臣常以"天谴""灾异"说制约皇帝和皇权，是很普遍的事。但由是可见刘敞正直不阿。①

欧公还敬重刘敞的史学之长，经常与之切磋、请教，《宋史·刘敞传》记载："欧阳修每遇书（撰写五代史）有疑，折简（致函）来问，对其使挥笔答之（刘敞当着来使的面即刻作答），不停手，修服其博（博学）。"

刘敞的这封书《观永叔五代史》，是以诗为书的，视野开阔，宏论古今，从"大均运元和，万物分一气"说起，以"《春秋》曰笔削，天地复经纬。大法初粲然，乱臣以为畏"为基本史观，说到司马迁、班固之后史书的阙失，尤其五代，其状况可谓："儒术骇中绝，斯民迟攸墜（指'道义'只好停息）。纷纭混朱紫，清浊谁泾渭？"正是在这种情形下，欧公才作五代史的。接下来便是他对欧公及其大作的品评：

> 天意晚有属，先生拔乎汇。
> 是非原正始，简古斥辞费。
> 哀善伤获麟，疾邪记有蜚。
> 处心必至公，拨乱岂多讳？
> 何必藏名山，端如避罗罥。
> ……②

刘敞充分肯定欧公从"简古"、重"义理"的治史特点，因而"是非曲直"的历史辨析由此开始了。末了言及该书应尽快面世，何必藏之名山？至于与旧史不同，自然会引起一些人的非议，但是"拨乱岂多讳"，鸿鹄之高远是不避"罗网"的！

欧公阅后当然大受鼓舞，但是他本想听到批评指正，继续修改撰写的，可是只听到这般赞扬。欧公有回书《答原父》，除了感谢之外也说

---

① 〔元〕脱脱等：《宋史·刘敞传》，中华书局1977年版，第30册，第10384页。
② 〔宋〕刘敞：《观永叔五代史》，洪本健：《欧阳修资料汇编》，中华书局1995年，上册，第46页。

到"指弊甚少"的憾意。回书说：修欣慰的是，能与原父有共同的"好恶"，遂企盼多指出拙作"瑕玷"，但是"反蒙华衮褒（华贵粲烂的褒奖），如誉嫫母艳（如同把丑女说成艳丽）"。欧公更希望："救非（挽救错误）当在早，已暴何由敛。苟能哀废痼（重病），其可惜针砭。"[①]

或许欧公对原父的要求过高了，指出一部史书的"废痼"，即不易治愈的病症，是颇费思量的。后世史学家大多对该作之"以治法而正乱君"的部分多有褒奖，没有异议；佢对该史的过程叙事，过于"简古"而致史料阙失，起码有失丰满这一点，是多存异议的。笔者以为，这可能确为一个缺陷。这与欧公"立说"宗旨的执着相关。

皇祐二年（1050）六月二十六日，通判吕公著返朝了，改同判吏部南曹。走时，焦千之随同王公著离开颍州赴京，因为他已获聘王公著之子王希哲的教书先生。欧公特赠焦千之秀才送别诗。

仁宗朝迁官之速，真如"走马灯"一般。是年七月一日，欧公接到诰敕，改知应天府（今河南商丘）、兼南京留守司事。欧公再次被进擢，南京乃为"陪都"，历来是"使相"留守的重藩。笔者想，欧公在颍州尚未待够呢，且已把母亲和妻室接到颍州了。这又要举家迁徙南京，母亲和妻儿愿意陪伴他在官任上。七月二十四日，欧公抵达应天府，呈谢上表。

商丘，旧称宋州，是宋太祖赵匡胤发迹之地。大中祥符七年（1014）升格为陪都，始称南京。与京师相隔不到三百里。这里的风土民情已与江淮地域有别了，馆阁建筑、民宅村落已是北方"中原"风格，而与江南淮北的秀气纤巧的屋檐翘角，大异清趣了。应天府街市，四通八达，较之扬州城市规模更大，有不少宋初遗留的府邸馆舍、牌楼、祠堂，琉璃瓦顶，屋宇连绵。欧公已在颍州购买土地，建造宅邸了。他还是喜欢那里的屋脊青瓦的颜色，似折映着"飞盖桥"下的水色天光，那里的僻远、宁静是很难得的。他在给梅圣俞的书信中，约梅圣俞也来颍州买田

---

① 〔宋〕欧阳修：《答原父》，李逸安点校：《欧阳修全集》，中华书局 2001 年版，第 1
册，第 77 页。

置宅，也好结伴终老，书说："及身强健始为乐，莫待衰病须扶携。行当买田清颍上，与子相伴把锄犁。"可见欧公已在安排"退身"。

　　欧公自贬谪外任，已经六年时光过去，迁徙三地，算上南京已是第四地了。欧公对这种流徙迁转的官场已不无厌倦。况且，南京的应酬事务繁多，比扬州更甚，从宋初就是如此，这里的留守官吏本职工作干得怎样，另作别论，有一点必须做的，就是"厨传"工作，即供应过客食宿、车马的"驿站"工作，尤其是接待那些权贵。欧公对此深感厌烦，他在给朝廷的《南京谢上表》中就事先"申明"了这一点："惟此别京（陪都），旧当孔道（大通道）。簿领（留守）少勤于职事，厨传取悦于路人（即过客）。苟循俗吏之所为，虽能免过（免遭过错）；非有古人之大节，未足报君。"即说，他事先告知皇帝，自己会在这方面得罪权贵的！非此不能"报君"，做好留守的"职事"。①

　　朝臣苏颂，时为南京留守推官，欧公认为他有才干，委以政事，尤其是"厨传"一般都由苏颂出面接待，均按照普通规格处置，欧公则回避了。遇有过路的权贵定会说：这位"大尹"好大架子啊！欧公却情愿为已经告老致仕、卜居南京的杜衍公设宴，杜公于庆历末年就已退休了。苏颂有诗题云："某顷为南都从事，值故相杜公与王宾客焕、毕大卿世长、朱兵部贯、冯郎中平，同时退居府中，作五老会。一日，大尹庐陵欧阳公作庆老公宴。"我们可见欧阳修并不巴结当权者，却恭敬前辈。此外，苏颂也很感念欧公的"知遇"，还是在题跋中说："余皇祐庚寅岁为南都从事，会乐安公（欧阳修后来所赐封号：乐安郡开国公）来守留司，以余乃昔所举进士，待遇特厚。府中之务，皆以见属（嘱托）。"乃至后来，苏颂与欧公也常有诗书往来。

　　是年十月，仁宗飨明堂大礼，赏赐官员，欧公接到进奏院发来的诰敕，为他转尚书吏部郎中，加轻车都尉。仍旧依前龙图阁直学士、知应天府兼南京留守司事。欧公呈谢上表。十二月，韩琦公自定州寄来古碑文拓片数幅，韩琦知道欧公喜欢搜集古物，不间断作《集古录》，从上

────────────

① 〔宋〕欧阳修：《南京谢上表》，李逸安点校：《欧阳修全集》，中华书局 2001 年版，第 4 册，第 1329—1330 页。

古先秦至汉唐，每搜集到一件碑石铭文都给予考证，撰写序跋，为的是于史学有所裨补。在颍州时，韩公也寄来几幅。欧公与韩琦常有书信。《与韩忠献王稚圭》其十说："前在颍，承示碑文甚多，愧荷之恳，已尝附状。今者人至，又惠《宋公碑》二本，事迹辞翰，可令人想慕。《张迪碑》并《八关斋记》，此之所有。聊答厚赐，某皇恐。"①

欧公带领幕府同僚常赴乡间，了解民生。遇有生活困苦者，即设法周济，从府内拿出钱粮救助。倘若遇到大片灾情，则立即呈报朝廷，申请专款。还察看各县乡官吏履职状况，有盘剥、肆意加赋者，立即罢黜。这已经成为欧公在各地任职的一项必做的工作，深得民心。

欧公见到农民耕田劳苦，收成糯米交给官府，官府以之酿酒赚钱，而农民所得甚微，乃至无米为炊。不得已向官家买酿酒剩下的酒糟以充饥，养家糊口。欧公心里深受创痛！即刻吩咐推官苏颂，更改征收比例，限制酒司取利数额，并亲览更改后的条例，发放各县执行。事后，仍久久心绪难平，乃作《食糟民》，以自责：

田家种糯官酿酒，榷利秋毫升与斗。酒沽得钱糟弃物，大屋经年堆欲朽。酒醅瀺灂如沸汤，东风来吹酒瓮香。累累罂与瓶，惟恐不得尝。官沽味醲村酒薄，日饮官酒诚可乐。不见田中种糯人，釜无糜粥度冬春。还来就官买糟食，官吏散糟以为德。嗟彼官吏者，其职称长民。衣食不蚕耕，所学义与仁。仁当养人义适宜，言可闻达力可施。上不能宽国之力，下不能饱尔之饥。我饮酒，尔食糟，尔虽不我责，我责何由逃！②

这种感悟，乃是一个有良知的官吏体察民情后的自觉生发，人不能这样不平等，一个"食糟"，一个喝酒！这酒是由"食糟民"辛勤耕耘的糯米酿制的，而官吏却以"散糟"为施德！欧公对官吏的针砭诘问是

① 〔宋〕欧阳修：《与韩忠献王稚圭》其十，李逸安点校：《欧阳修全集》，中华书局2001年版，第6册，第2335页。
② 〔宋〕欧阳修：《食糟民》，李逸安点校：《欧阳修全集》，中华书局2001年版，第1册，第71—72页。

严厉的，为官者自称是在"养民"，可是他们"衣食不蚕耕"，唯剩下"所学义与仁"了。百姓虽未责我，我却逃脱不了自责。该诗与唐代诗人白居易的《观刈麦》、皮日休的《橡媪叹》，一脉相承，承载着正直的士大夫的良知与自问。

皇祐三年（1051）八月许，欧公终因为未能迎候朝廷过往的权要，给予高规格接待，而获得罪。据其长子《先公事迹》记载："（公）一失迎候，则议论蜂起。先公在南京，虽贵臣权要过者（过往者），待之如一（一律对待），由是造为语言，达于朝廷。"所谓"造为语言"，无非造谣指责欧公在这里"政务阙失、渎职"之类。恰值御史陈旭，字升之者，时为京东安抚使，朝廷则令陈旭审察是否属实。安抚使陈旭走访的地方很多，包括乡间也去了，暗中访察的结果却是，得到民间一句俚语，称呼欧公为"照天蜡烛"。即说：欧公在此居官清正，天空也为之"烛照"了！陈旭还朝，就以此上奏了。①

第五节　千古名篇《泷冈阡表》

欧公初到南京就带领僚属登门拜望退休的杜衍公。

杜公清廉俭朴了一辈子，此时没有自己的府邸，而租宅居住在驿站馆舍里。欧阳修问候杜公生活，有需要办理的事，他自会妥善安排。之后欧公就常登门拜谒，两人聊得甚为投机。欧公不忘请教前辈，如何守郡治民，说自己尚未步入仕途就听到贤师治大郡有法。

自然说起许多往事，庆历新政，欧阳修对此深有"反思"。认为历史条件尚不成熟，大多数官吏不以为有"病"，而嗜好"因循"，是新政败落的主要根源。杜公默契地点头，是啊，百姓病已久，一言难遽陈！这就是欧阳修的诗作所说的"天下久无事，人情贵因循"，人们舍弃不得既得利益。而今看来，那病根依旧，只有澄汰"冗滥"，才能致治啊！但是

---

① 〔宋〕欧阳发：《先公事迹》，李逸安点校：《欧阳修全集》，中华书局 2001 年版，第 6 册附录，第 2634—2635 页。

这个道理易知而难行，做起来相当艰难，石介、尹师鲁、苏子美都为之
"去"了，这是以他们的鲜血证明了的经验教训！杜公一叹，不说它了，
说点高兴的吧。

欧阳修说：高兴的也有，学生这次来，给师长奉上拙作二首，乞请
赐教。杜公忙说：不敢当啊，永叔大作如今好生了得，天下为之服膺！
欧阳修说：杜公莫要过谦，修与师鲁、舜钦，都出自杜公门下。师长为
政清廉，教导了一代朝臣，并垂范后世。杜衍公展开欧阳修的诗作，题
目为《纪德陈情上致政太傅杜相公二首》，是特为杜公写的。所谓"纪
德陈情"，就是纪念公之贤德，陈述自己的情感：

俭节清名世绝伦，坐令风俗可还淳。
貌先年老因忧国，事与心违始乞身。
四海仪刑瞻旧德，一尊谈笑作闲人。
铃斋幸得亲师席，东向时容问治民。

事国一心勤以瘁，还家五福寿而康。
风波已出凭忠信，松柏难凋耐雪霜。
昔日青衫遇知己，今来白首再升堂。
里门每入从千骑，宾主俱荣道路光。①

杜公的确是为国鞠躬尽瘁，"貌先年老"了，也是因为"事与心违"
才自请退位的。尤其这两句，杜公看后非常感动，似写尽了他的心志曲
衷。宋代学者叶梦得撰《石林诗话》说："欧公尝和公（杜衍）诗，有云：
'貌先年老因忧国，事与心违始乞身。'公得之大喜，常自讽诵。当时
以为不惟曲尽公志，虽其形貌亦在摹写中也。"②

之后，欧公在南京期间就经常与杜公作诗唱和。皇祐三年（1051），

---

① 〔宋〕欧阳修：《纪德陈情上致政太傅杜相公二首》，李逸安点校：《欧阳修全集》，
中华书局2001年版，第2册，第194页。
② 〔宋〕叶梦得：《石林诗话》卷上，洪本健：《欧阳修资料汇编》，中华书局1995年
版，上册，第173页。

江南饥馑，所幸的是京东受灾不是很重，欧阳修可以减轻些压力。八月，朝廷派出体量安抚使、户部判官、太常博士、直集贤院韩绛，前往安抚江南东西两路，过南京，欧公不仅盛情接待，而且还作诗赠送，嘱咐韩绛此行的重要，即谓："百姓病已久，……良医将治之，必究病所因。"史家李焘说："是时，诸路艰食，而长吏多非其人，又转运司颇肆科率（税赋过重），民不聊生，上因命中书择使者按之（按察）。"就是因为这种原因，欧公才盛情款待他的。

由此可见欧公对民之疾苦的深切同情，不仅写出《食糟民》，而且处处表现出救治民生的真诚。欧公在给杜衍公的和诗《依韵和杜相公喜雨之什》中，表现出与民休戚与共、企盼丰年的迫切希冀。该律诗工而精致，读来令我们叫绝！似乎它不是出于艺术的造诣，而是出自胸臆的挚情：

> 岁时丰俭若循环，天幸非由拙政然。
> 一雨虽知为美泽，三登犹未补凶年。
> 桑阴蔽日交垂路，麦穗含风秀满田。
> 千里郊原想如画，正宜携酒望晴川。[①]

一场雨水使得杜公和欧阳修同时兴奋起来，怀着丰收在望的惊喜和期盼，欧公说：这是"天意"恩泽与民，不是修的拙政使之然，盼望丰收稍稍补偿民的疾苦吧！一想到桑树成荫、田野麦穗摇曳，他就想携酒前去观赏！

欧公在颍州的时候，曾致书晏殊相公，叙旧情，"修伏念曩者（昔日）相公始掌贡举，修以进士而被选抡（选拔）；及当钧衡，又以谏官而蒙奖擢。（修）出门馆不为不旧，受恩知不谓不深"。除此还向晏公推荐了任颍州推官的张洞，认为他有才干，盼得到晏公提携。晏殊时为使相知开封府。皇祐三年（1051）春，张洞自颍州来南京看望欧公，说他

---

① 〔宋〕欧阳修：《依韵和杜相公喜雨之什》，李逸安点校：《欧阳修全集》，中华书局2001年版，第2册，第196页。

已被晏殊公辟入永兴军经略司，即日赴长安。欧公很高兴，作诗《送张洞推官赴永兴经略司》为他送行。

是年夏秋之间，得知梅圣俞那里饥馑较严重，欧公托付过路的人携带了一些粟米赈助梅尧臣的生活。而这年冬天，母亲的身体欠安，欧公心情不佳，请郎中诊治，抓药，薛氏也勤于侍奉。

也就是这个冬天，欧公从杜公那里获得苏舜钦遗稿，开始为苏氏编辑文集，并作序。欧公精力真充沛，公务在身，母亲生病，自己的眼疾也时而发作，但还是要做自己应该做的、值得做的事情。杜衍公本亦可做这件事，只是考虑由欧阳修编辑成书更易于流传广播。至皇祐五年（1053），即此去一年多后，欧公《与梅圣俞》书说："近为子美编成文集十五卷。"我们今天看到的《苏学士集》十六卷，应该是后世人又有续入。

皇祐三年（1051），欧公心血之作《苏氏文集序》，从唐宋古文运动的发展、衰落至再次振兴，来看苏舜钦诗文的杰出贡献。探究何以"古文始盛于今"，其发展之艰难，当今"治世"而"文章或不能纯粹"，告诉我们人才的"贵重"，即古文复兴运动所以发展迟缓，"岂非难得其人欤"？欧公认为，古文成其"气候"需要两个条件，一是遭逢"治世"，而非乱世；其二就是涌现人才。正是苏舜钦等天赋人才的出现，才使当今古文得到振兴。欧公说：舜钦师从穆修习古文先于自己，舜钦"于举世不为之时，其始终自守，不牵世俗趋舍"。这是欧阳修很早就已获知的事实，远在他尚未举进士，尚且跟随胥公赴京师，途经扬州时，欧阳秀才即已读过苏舜钦的"少年文章"了。笔者的那一叙述在第一章，正依据于此。此时欧公极高地评价苏舜钦诗文成就和地位，并论及其人品的优秀、奇伟，心性坚韧而自守，所谓"特立之士"，亦是他能够成就于今的内在原因。欧公还痛定思痛，抨击朝廷不贵重爱惜人才，使其英年早逝。

这是一篇精美而厚重的序文，我们希望得到完整的展示和拜读：

予友苏子美之亡后四年，始得其平生文章遗稿于太子太傅杜公之家，而集录之以为十卷。子美，杜氏婿也，遂以其集归之，而告于公曰：斯文，金玉也，弃掷埋没粪土，不能销蚀。其见遗于一时，必有收而宝之于后世者。虽其埋没而未出，其精气光怪已能常自发见，而物亦不能掩也。故方其摈斥摧挫、流离穷厄之时，文章已自行于天下，虽其怨家仇人及尝能出力而挤之死者，至其文章，则不能少毁而掩蔽之也。凡人之情忽近而贵远，子美屈于今世犹若此，其申于后世宜如何也！公其可无恨。

予尝考前世文章政理之盛衰，而怪唐太宗致治几乎三王之盛，而文章不能革五代之余习。后百有余年，韩、李之徒出，然后元和之文始复于古。唐衰兵乱，又百余年而圣宋兴，天下一定，晏然无事。又几百年，而古文始盛于今。自古治时少而乱时多，幸时治矣，文章或不能纯粹，或迟久而不相及，何其难之若是钦？岂非难得其人钦？苟一有其人，又幸而出于治世，世其可不为之贵重而爱惜之钦？嗟吾子美，以一酒食之过，至废为民而流落以死。此其可以叹息流涕，而为当世仁人君子之职位宜与国家乐育贤才者惜也。

子美之齿少于予，而予学古文反在其后。天圣之间，予举进士于有司，见时学者务以言语声偶摘裂，号为时文，以相夸尚。而子美独与其兄才翁及穆参军伯长，作为古歌诗杂文，时人颇共非笑之，而子美不顾也。其后天子患时文之弊，下诏书讽勉学者以近古，由是其风渐息，而学者稍趋于古焉。独子美为于举世不为之时，其始终自守，不牵世俗趋舍，可谓特立之士也。

子美官至大理评事、集贤校理而废，后为湖州长史以卒，享年四十有一。其状貌奇伟，望之昂然，而即之温温，久而愈可爱慕。……其击而去之者，意不在子美也。赖天子聪明仁圣，凡当时所指名而排斥，二三大臣而下，欲以子美为根而累之者，皆蒙保全，今并列于荣宠。虽与子美同时饮酒得罪之人，多一时之豪俊，亦被收采，进显于朝廷。而子美独不幸死矣，岂非其命也？悲夫！庐陵欧阳修序。[1]

① 〔宋〕欧阳修：《苏氏文集序》，李逸安点校：《欧阳修全集》，中华书局 2001 年版，第 2 册，第 613—614 页。

该文可谓大气恢宏，思接高远，以其博学鸿远的文学史观，考前世文章政理之盛衰，臧否有宋百年蹉跎之得失。感慨世道文心，担当凛然正义。借助"古文始盛于今"的原因探讨，申诉"特立之士"不幸遭遇的历史追责。文章情感充沛而愤懑，直言苏舜钦仅因"一酒食之过"流落致死，欧公质问那些"仁人君子"，可真是"宜与国家乐育贤才"吗？

该序文与其墓志铭文，即《湖州长史苏君墓志铭》，可谓"双璧"，文意相得益彰。明白无误地指责了皇帝，天子虽然有所感悟，朝臣也有不少赞誉苏舜钦的上疏，但终未蒙听纳。即说："善百誉而不进兮，一毁终世以颠隮。"这里，序文也说：赖天子聪明仁圣，凡当时所指名而排斥者，今皆并列于荣宠，进显于朝廷。而子美独不幸死矣！这种天子感悟的"施为"，便不啻为讽刺了！即其墓志铭所质问的："谓为无力兮，孰击而去之？谓为有力兮，胡不反子之归？"

欧公心绪不好，是因为母亲的病久治不愈。母亲就居住在官邸，这里公务繁杂，常会有官吏汇报请示"厅事"，欧公很难静心侍奉母亲。他与颍州一官吏书信中说："某自至此，以亲疾厌厌（情绪低落），无暇外事。欲求一僻地（僻静的地方）以便侍养。"可是远处，医疗条件不行，也不便迁徙、迎侍母亲；而近处，即京畿地带的安静、适宜处，"又多为'清要'所居"，即已有官吏镇守，不便向朝廷陈乞。

恰这时，有朋友刘焕，官为太子中允，辞官"归隐"南康（即虔州，今江西赣州。唐天宝时曾改虔州为南康郡），路过南京拜谒欧公。欧公很感慨，他说辞官就辞官了！一副轻松、不屑一顾的样子。为他送行，欧公作《庐山高赠同年刘中允归南康》。该文超出"送别"的意义，多于景物描写中寓意寄托。我们知道南康在"庐陵"以南百余里处，赣江自庐山脚下、大泽鄱阳之畔，由北向南奔泻而下。欧公的思绪，似借助"庐山高"讴歌故土之超拔耸立的精神貌态。

该诗后半部分赞美刘焕的决然选择，不为"宠荣声利"苟且屈从，气节高耸。在他被降黜的时候，辞官归隐。似君如此"丈夫"者俗世少有，唯叹息，怎样使自己这支拙笔巨大修长，才可书写刘君庐山之高。

我们可见欧公不仅有对官场的厌倦，而且与朝廷的对立情绪日益增加着。心底确在羡慕、寻觅一种如白鹤双飞，"幽寻远去"！

皇祐四年（1052）三月十七日，母亲郑氏夫人薨于应天府官舍，享年七十二岁。

欧阳修悲痛欲绝！不断记起母亲辛劳的一生，二十九岁携带自己和胞妹投奔叔父，那场景历历在目，母亲省吃俭用，"以荻画地"，抚养其成人，跟随不孝的儿子奔波夷陵，尚且说："吾儿不能苟合于世，俭薄所以居患难也。"哦，母亲啊，您未能享受几日清福，又跟随儿子薨于官任，让儿子痛不欲生啊！！欧阳修在给自己的异母兄弟欧阳焕报丧致书中说："某罪逆深重，不自死灭，祸罚上延太君，以三月十七日有事，攀号冤叫，五内分崩。"（《与十四弟焕》）又给挚友韩琦致书："昨大祸仓卒，不知所归，遽来归颍，苟延残喘。"（《与韩忠献王稚圭》其一三）

欧阳修此时想，前所撰《庐山高赋》，就是为母亲写的！母亲仙逝，亦如白鹤"幽寻远去不可极"，他将会择吉日扶母亲灵柩归庐陵，奔赴那"上摩青苍以晻霭，下压后土之鸿庞"的故里。为她丧"守制"三载，他已经向朝廷辞去南京职务，即日启程归颍州，那里有修置的宅舍，就是母亲安居的"家"了。

欧阳修与妻薛氏，在颍上的宅舍中生活，守着母亲的灵堂。晚间，薄暮月初照时，欧公会独自出户走一走，散一散胸内苦闷，而步上"飞盖桥"。此时月光正皎洁，可谓之"皎皎挂寒镜"，记起母亲，在此颍州任上，与儿子度过了一段安适的生活，心里或得到些慰藉。欧公还是面颊挂泪了，腑内沉吟着："澄光与粹容，上下相涵映。"

是年五月二十日，范仲淹卒于徐州，年六十四岁。稍后欧公得悉，非常震痛！据悉，范公是在知青州任上，因患疾病自请知颍州，而在赴颍之途中便病逝了。他们本可以即将会面的，可是却永别了，欧公此时正在颍州啊！

欧公犹为记得范公知邓州的时候为尹洙置办丧事，好像那是刚发生不多久的事。范公在邓州一驻三年，朝廷诏他迁徙别处时，邓州民众上书请留，自己也愿意，就又留任一年。据说，其施政非常得民心，使民仓廪丰满。范公在致《邓州谢上表》中，是那样如泣如诉，略许回顾自己的经历：

> 臣某言：伏奉敕命，授臣给事中，依前资政殿学士、知邓州军州事，已礼上讫。琐闱清品，穰都善地。处之甚重，惴然若惊。
>
> 窃念臣志意本微，才力素寡。……持一节以自信，历三黜而无悔。顷以氏羌犯塞，朝廷旰食，起臣思过之地，授臣御戎之策。往罄死力，敢图生还。夙夜一心，首尾四载，仅免舆尸之祸，终无克敌之勋。一旦召还，五章陈让。惟求守塞，不敢入朝。再烦诏音，促登枢右。改参大政，俾竭微才。革姑息之风，则谋身者切齿；尚循默之礼，则忧国者寒心。退孤上恩，进敛群怨。（臣）诚难处于要路，复请行于边鄙。方陈豫备之策，俄睹绥怀之事。乃宣霈泽，以安黎元。臣以患肺久深，每秋必发，求去沍寒之地，以就便安之所……[1]

为了纪念范公，我们再次聆听他的声音吧！文中有范公的委屈和遗憾，有他为国鞠躬尽瘁，所患疾病。范公一生没有为自己谋求什么。在杭州时，他的门生子弟以为范公有"退志"，劝说他可在洛阳置办宅邸，树植园圃，作为养老的地方。范公叴说："人苟有道义之乐，形骸可外，况居室乎？吾今年逾六十，生且无几，乃谋治第（置宅邸）树园圃，顾何待而居乎？吾之所患在位高而艰退，不患退而无居也。且西都士大夫园林相望，为主人者莫得常游，而谁独障吾游者？岂必有诸己而后为乐耶？"即说：西都洛阳旁人建造的园林很多，主人并不常去游玩，有谁妨碍我去那里游玩呢？为什么非要自己具有才能作乐呢？[2]

欧公还记得，皇祐元年（1049）范公在赴杭州之任时，假道颍州而见吕公著，所嘱咐公著的话，即为欧阳修来此郡守铺设道路。那时

---

① 〔宋〕范仲淹：《邓州谢上表》，李勇先等校点：《范仲淹全集》，四川大学出版社2002年版，上册，第419页。

② 《范文正公年谱》，吴洪泽、尹波主编：《宋人年谱丛刊》，四川大学出版社2003年版，第1册，第635页。

修本该有机会与范公幸会的，却无缘错过了！而今想想，那竟然成为永生的遗憾啊！

皇祐二年（1050）八月，范仲淹向朝廷力荐著名学者李觏，授试太学助教。范公说："李觏能研精经训，会同大义……斯人之学，上契圣作。"遂奏呈上李觏的著作，皇帝诏送两制看详，审后称其学业优博。遂得到朝廷录用。

皇祐三年（1051）范公六十三岁，以尚书户部侍郎迁知青州，兼充衮州、淄州、潍州等地安抚使。与前任富弼交接政务，正值青州饥馑，到任即开展赈灾。是年十月尚因官吏问题向朝廷上疏。后来肺病发作，实在身体难以支撑，才乞请颍州之任。次年五月，行至徐州，病危之际尚作《遗表》。该奏章所言内容仍是吏治问题，仍然没有自己的任何私求。即《范文正公年谱》所谓："《遗表》无所请，（皇帝）遣使就问其家所欲。"他的家属也没有提出任何抚恤要求。

欧阳修的心情，我们可想而知，他在为母亲"守制"之时，撰写《祭资政范公文》，并设"清酌"沉痛祭奠："月日，庐陵欧阳修谨以清酌庶羞之奠，致祭于故资政殿学士、尚书户部侍郎范文正公之灵。"赞颂范公"学古居今，持方入圆。丘、轲之艰，其道则然"。即具有孔子、孟子之艰辛，所持道义却与之相同。并且为范公鸣不平说："公曰彼恶，谓公好讦（好揭人短）；公曰彼善，谓公树朋（又诬公结交朋党）。公所勇为，谓公躁进；公所推让，谓公近名（以功邀宠）。谗人之言，其何可听！"但是范公却能够做到"毁不吾伤，誉不吾喜。进退有仪，夷行险止"。①

是年七月，欧公又接受其家属托付而作范公神道碑铭。欧公以为该文极不易作，因为范公事迹，均牵涉"重大背景"，评价其崇高的道义坚守，必然否定朝廷重臣乃至皇帝之诸多"不义"，必须稳重、稳妥行事。欧公在《与孙威敏公元规（孙沔）》书其二中说："昨日范公宅得书，以埋铭见托。……某平生孤拙，荷范公知奖最深，适此哀迷，别无展力，

① 〔宋〕欧阳修：《祭资政范公文》，李逸安点校：《欧阳修全集》，中华书局2001年版，第2册，第697页。

将此文字，是其职业（是我的职责本分），当勉力为之。更须诸公共力商榷，须要稳当。"这一神道碑铭于一年后欧公才拿出来。

皇祐五年（1053），欧公已四十七岁。葬母的日子已经择定，积极筹备扶柩南下。给十四弟欧阳焕致书，嘱咐照管庐陵祖坟事宜，还有欧公的子侄，须先行前往吉安。欧公在守制期间，依然不忘整理、审读、编辑苏舜钦文集，正是这年编成了该文集十五卷。除此，欧公还倾力修撰《五代史》初稿，成七十四卷，我们不能不惊讶欧公的精力和强悍的意志力！他的眼疾，就在这种劳累中使病情加重了。

恰这时，祸不单行，得悉岳母金城夫人患病。欧公当即呆傻了！泪珠顺两颊滚落。当即望见岳母待己彬彬有礼、和蔼可亲的面容，怎会在这个时候，岳母也病重了！他焦急万分，恨无分身之术！岳母府邸已从许昌迁回京师了，他正在思谋，自己身服重孝怎样奔赴京师，夫人薛氏轻轻摇头说：不便两处耽搁。只有含泪请夫人带着长子欧阳发，急忙回京师看望。一切都托付夫人了！薛氏流泪而别，深憾自己不能随夫千里安葬其姑！

七月十五日，欧公扶护母亲灵柩沿颍河泛江南下。十六日在舟上又致书《与临池院主》，叮嘱那边接洽，说："某今谋奉太夫人神柩南归，将遂相见，因（由）小侄先行。"沿途歇脚，自会有些官吏迎送，行经临江军清江县（今江西樟树），著作佐郎、知临江太守李观，不仅于码头迎接，还事先作有祭太夫人文，特为奠怀。笔者推想，当朝学士都贵欧公诗文，想获得一首珍藏，或许以此会"换取"。但是欧公此时扶护灵柩，恐怕心情难于作诗。太守李观请欧公就以母丧略说几句，也是祭奠。欧公从命了，但极为简约，令太守惊讶其短小，而再细阅，就又觉"如获至宝"了，其内容意义抵得上成文之篇幅了！该小文曰："昔孟轲亚圣，母之教也。今有子如轲，虽死何憾！尚飨。"

皇祐五年（1053）八月中旬，欧公抵达故土庐陵（今江西吉水），并奔赴祖坟地，即吉州吉水县沙溪镇泷冈。又择一吉日，将母亲之柩与父亲合葬。同时将胥氏、杨氏二夫人之灵柩祔葬。二位夫人同时备有碑文墓志铭，铭刻着"从其姑葬于吉州吉水县沙溪之山"。

当欧公把母亲的墓碑培土立好之后，他禁不住哭泣了。《泷冈阡表》，欧公作于熙宁三年（1070），笔者谨征引在此：

　　呜呼！惟我皇考崇公卜吉于泷冈之六十年，其子修始克表于其阡。非敢缓也，盖有待也。

　　修不幸，生四岁而孤。太夫人守节自誓，居穷，自立于衣食，以长以教，俾至成人。太夫人告之曰："汝父为吏，廉而好施与，喜宾客。其俸禄虽薄，常不使有余，曰：'毋以是为我累。'故其亡也，无一瓦之覆，一垄之植，以庇而为生。吾何恃而能自守邪？吾于汝父，知其一二，以有待于汝也。自吾为汝家妇，不及事吾姑，然知汝父之能养也。汝孤而幼，吾不能知汝之必有立，然知汝父之必将有后也。吾之始归也，汝父免于母丧方逾年。岁时祭祀，则必涕泣曰：'祭而丰，不如养之薄也。'间御酒食，则又涕泣曰：'昔常不足，而今有余，其何及也！'吾始一二见之，以为新免于丧适然耳，既而其后常然，至其终身未尝不然。吾虽不及事姑，而以此知汝父之能养也。汝父为吏，尝夜烛治官书，屡废而叹。吾问之，则曰：'此死狱也，我求其生而不得尔。'吾曰：'生可求乎？'曰：'求其生而不得，则死者与我皆无恨也；矧求而有得邪！以其有得，则知不求而死者有恨也。夫常求其生，犹失之死；而世常求其死也。'回顾乳者剑汝而立于旁，因指而叹曰：'术者谓我岁行在戌将死，使其言然，吾不及见儿之立也，后当以我语告之。'……呜呼！其心厚于仁者邪！此吾知汝父之必将有后也。汝其勉之！夫养不必丰，要于孝；利虽不得博于物，要其心之厚于仁。吾不能教汝，此汝父之志也。"修泣而志之，不敢忘。

　　先公少孤力学。咸平三年，进士及第。为道州判官，泗、绵二州推官，又为泰州判官，享年五十有九。葬沙溪之泷冈。太夫人姓郑氏，考讳德仪，世为江南名族。太夫人恭俭仁爱而有礼，初封福昌县太君，进封乐安、安康、彭城三郡太君。自其家少微时，治其家以俭约，其后常不使过之，曰："吾儿不能苟合于世，俭薄所以居患难也。"其后修贬夷陵，太夫人言笑自若，曰：“汝家故贫贱也，吾处之有素矣。汝能安之，吾亦安矣。”

　　自先公之亡二十年，修始得禄而养。又十有二年，列官于朝，始得赠封其亲。又十年，修为龙图阁直学士、尚书吏部郎中，留守南京。太夫人以疾终于官舍，享年七十有二。又八年，修以非才，入副枢密，遂参政事。又七年而罢。自登二府，天子推恩，褒其三世。故自嘉祐以来，逢国大庆，必加宠锡。皇曾祖府君累赠金紫光禄大夫、太师、中书令。曾祖妣累封楚国太夫人。皇祖府君累赠金紫光禄大夫、太师、中书令兼尚书令。祖妣累封吴国太夫人。皇考崇公累赠金紫光禄大夫、太师、中书令兼尚书令。皇妣累封越国太夫人。今上初郊，皇考赐爵崇国公，太夫人进号魏国。

　　于是小子修泣而言曰：“呜呼！为善无不报，而迟速有时，此理之常也。惟我祖考，积善成德，宜享其隆。虽不克有于其躬，而赐爵受封，显荣褒大，实有三朝之锡命，是足以表见于后世，而庇赖其子孙矣。”乃列其世谱，具刻于碑。既又载我皇考崇公之遗训，太夫人之所以教而有待于修者，并揭于阡。俾知夫小子修之德薄能鲜，遭世窃位，而幸全大节，不辱其先者，其来有自。

　　熙宁三年岁次庚戌四月辛酉朔十有五日乙亥，男推诚保德崇仁翊戴功臣、观文殿学士、特进、行兵部尚书、知青州军州事、兼管内劝农使、充京东东路安抚使、上柱国、乐安郡开国公，食邑四千三百户，食实封一千二百户，修表。[①]

　　该表文是欧公晚年之作，根据前碑文修改重撰。文中说“非敢缓也，盖有待也”即等待皇帝赐封自己的考妣。后来欧公官位显隆，获得“褒其三世，庇护子孙”。看来欧公很看重这一点，当其如愿以偿，还是很自豪欣慰，深以为荣的。欧公作为一个封建社会的士大夫，不可能超拔

---

① 〔宋〕欧阳修：《泷冈阡表》，李逸安点校：《欧阳修全集》，中华书局 2001 年版，第 2 册，第 393—395 页。

历史赋予的意识。欧阳修泣曰："虽不克有于其躬，而赐爵受封，显荣褒大，实有三朝之锡命，是足以表见于后世，而庇赖其子孙矣。"但是欧公绝对没有个人希图"奔竞"，均为朝廷政务的需要和皇帝极力录用。我们在后面数章可详见这一事实。

而笔者所看重该文的，是其对于父亲欧阳观、母亲郑氏二人传记式书写，达到相当高的艺术造诣和人性情感境界。人物事迹丰满，情节具体生动，仅仅在一千六百余字的篇幅中完成，也只有欧阳修的笔力能为之！欧阳修幼小丧父，所以许多内容采用"母亲讲述"的笔法来叙事，关于父亲，是后来母亲告诉他的，这也符合生活真实。其父亡后，其家"无一瓦之覆，一垄之植，以庇而为生。吾何恃而能自守邪"？尤其这一句，道出了这位母亲的艰难不易。母亲挺过来了，并且以其父为"榜样"教导了他之终身做人。所记父亲的情节，的确令人难忘，那盏台烛，照着父亲夜读官牍，余光映见乳母怀抱中不满四岁的孩提，父亲说："求其生而不得，则死者与我皆无恨也。"不仅展现了一个良吏的恪尽职守，更揭示出人性应有的伟岸与光明，用母亲的话说："其心厚于仁者邪！此吾知汝父之必将有后也。"这句话意在说出：我知道你父必将有一个与其品质一样的后人。母亲虽出身"江南名族"，却治家始终俭约，他遭贬夷陵，母亲能够说："吾儿不能苟合于世，俭薄所以居患难也。"该文把母亲的朴实、生活于患难的坚韧、人性之最光彩的一面，都给予了感人至深的记述。让我们看到的不仅是一阕墓表，而更是一篇千古传诵的美文。

古人安葬有许多事要做，立祠，托人守护，拜托地方官员，等等。欧公在吉州沙溪葬母期间，获悉岳母金城夫人赵氏不幸故世了！欧公作《祭金城夫人文》，派遣表弟郑兴宗，即母亲娘家的晚辈，代表他前往岳母家祭奠。欧阳修说："修遭罹酷罚，方在哀疚，护丧归葬，千里之外。忽承（岳母）凶讣，情礼莫申（不能顾及应尽的大礼，非常痛苦），聊陈薄奠，致诚而已。"

欧公直到是年冬天，才由陆路回到颍州，继续为母亲守制。转眼已是至和元年（1054）了，欧阳修四十八岁，他在与人书信中说："某自去秋扶护南归，其如水往陆还（即水路前往、陆路回到颍州），奔驰劳苦。"

就在如此劳苦之中，获悉南京留守推官苏颂返朝，召试馆阁校勘、同知太常礼院的消息，欧公尚致书祝贺，作《与苏丞相子容》，说："因书批及见解榜，喜贤弟被荐。岁杪（年末）多爱，某再拜。"又得悉自己的门生焦千之，科考预试失利，欧公致书慰藉，约他回颍州，为其补习经术。我们已说过，欧公待人总是与人为善的，即使在自己服丧奔劳之中。

朝廷官员也有人致书安慰欧公的丧事，晏殊公时知河南府、兼西京留守，遣使臣前来颍州吊唁，并携晏公书信。他很感激，作《与晏元献公同叔》致谢。时知颍州太守张瓖，候到欧公守制期满的时候，设宴于去思堂，慰欧公节哀。欧公赴宴了，作诗《去思堂会饮得春字》："世事纷然百态新，西冈一醉十三春。自惭白发随年少，犹把金钟（酒杯）劝主人。……"是的，笔者未考这"十三春"是从何时算起的，但欧公此时确是"白发"两鬓了，他离开朝廷已接近十年。

至和元年（1054）五月，欧公丧服期满。也接到朝廷敕文，复旧官，令他返京师。

公赴京途中，经陈州（今河南淮阳），受到镇安军节度使程琳的挽留，设宴款待。至六月一日，欧阳修抵达京师而朝见，见到了似乎面颜已经生疏了的仁宗！

仁宗犹为望着欧公白发如雪的两鬓，半晌问道：公在外几年了，现今多大年岁。似不禁恻隐关怀。欧公回答后，说："臣乞请补外。"仁宗却说："此中（朝中）见人多矣，为小官时，则有肯尽言；名位已高，则多顾藉。"意思说，自己身边已没有言事的人了。遂未允其"补外"的请求，而劝欧阳修说："如卿且未要去。明日以责大臣，即以公判流内铨。"①

仁宗目光再次扫视那鬓发，欧公心想：哦，这白发，唯"高堂明镜"知道它！

① 〔宋〕欧阳发：《先公事迹》，李逸安点校：《欧阳修全集》，中华书局 2001 年版，第 6 册附录，第 2635 页。

第八章

翰林青云

第一节　流内铨之任

至和元年（1054）七月十三日，中书颁下敕文，欧阳修权判流内铨。

"流内铨"即掌管节度判官以下官吏磨勘功过之事。也就是官吏迁转的审查工作。新政失败之后，这个工作尤其难办，因为授官越来越滥。

时任朝廷宰相陈执中，实际上是不称职的，素质很低，贾昌朝看不上他，嫌弃他没经过科举进士身份，不学无术；此外，他在私邸随意致死家奴，引起朝臣颇多非议，以为有失大臣品德体统。陈执中就是仁宗"滥恩"提拔的，他尚在官位不显的时候及早上言"建储"，仁宗念顾，进擢至今。大约在范仲淹去职后，陈执中即进入中书了。

庆历七年（1047）三月，由于与陈执中不和，贾昌朝罢相，为河北安抚使。后来梁适任宰相，刘沆任参知政事。仁宗或许也苦恼，大臣们的执政能力不是皇帝满意的，像范仲淹那样的，只怕是再也遇不到了！仅就财务大臣三司使来看，王尧臣罢职之后就没见一个如尧臣一样能干的，那样"军国之费犹沛然有余，又未尝加赋于民也"。庆历六年（1046）

王拱辰接替三司使，但他财务上不行，是年十一月就撤换掉了。调整张方平为三司使，欧公做扬州太守的时候，张方平即被弹劾了。之后才有了仁宗任命皇亲，即张贵妃的叔父张尧佐任三司使，就更引起朝臣"物议"！台谏官上谏可说从此不绝，仁宗总得给其叔父一个官做吧，于是授予张尧佐安抚使、宣徽南院使，这就暴发了更加剧烈的反对"风潮"，何郯、包拯、唐介连番上疏……至皇祐五年（1053）九月，用翰林学士、兼龙图阁学士田况为礼部侍郎、三司使，才算是稳定下来。

至和元年（1054）正月，张贵妃薨，仁宗很伤痛，追封她为皇后，谥号"温成"。仁宗怀念其诸多情谊，昔日有盗贼于深夜入内宫，张贵妃不顾自身安危，从别寝赶来护卫皇帝，以己身抵挡血刃；皇帝祈雨的时候，张氏以刀刺臂，写血书助皇帝祈祷，等等。所以其薨后，仁宗需要厚待之。后来皇帝对内侍杨怀敏又给予信任，皇祐元年（1049）十一月欲恢复其职务，翰林学士、知制诰胡宿却拒绝草制，"封还词头"，上奏说："怀敏先为入内副都知、管勾皇城司，以宿卫不谨，致逆徒窃入宫闱，其士卒又不能生致之（活捉暴徒），议者谓其欲灭奸人之口，罪在怀敏及杨景宗二人，而陛下不忍加诛，止（只是）黜于外。况旧制，内臣都知、副都知以过罢去者，不许再除（擢用）。"[1]

仁宗不得已而收回成命。时至这年，追封张氏为温成皇后及丧葬过厚的事，也引起朝臣非议。御史中丞孙抃三奏请罢追册，枢密副使孙沔竟然拒绝诏命宣读哀册，孙沔说："章穆皇后（即郭后）丧，比（昔日）葬，行事皆两制官。今温成追谥，反诏二府大臣行事，不可。"其陈述祖宗朝的故事，且说："以臣孙沔读册则可，以枢密副使读册则不可。"然后把册书一掷，退去。宰相陈执中急忙拿起册书朗读起来。出殡，百官至西上阁门进名奉慰。那之后，孙沔的枢密副使就被罢黜了，而外任知杭州。[2]

张氏葬礼规格过高，开封府推官刁约见到就与人私议，说"墓穴陈

---

[1]〔宋〕李焘：《续资治通鉴长编》，中华书局 2004 年版，第 7 册，皇祐元年十一月第 10 条，第 4022 页。

[2]〔宋〕李焘：《续资治通鉴长编》，中华书局 2004 年版，第 7 册，至和元年正月第 4 条，第 4250—4251 页。

设过于奢侈华丽"！结果被内侍告密，刁约便遭罢黜。谏官范镇当即为之上书辩白："刁约无过，不当出。乞明降所犯，以解群惑。"自然仁宗说不出道理。另有知太常礼院、集贤校理吴充，及太常寺臣鞠真卿，也私议张氏葬礼的规格，被内侍密奏，而遭罢黜。谏官范镇又上疏："吴充等无罪，不当黜。"太常臣冯京，因极言吴充无罪，并且指责宰相刘沆，而获罪。这时知制诰刘敞上疏，言吴充、冯京落职外任之事，以"灾异""天谴"戒皇帝。仁宗却对逢迎自己、厚葬张氏有功者，大加恩赐，内侍石全彬加官宫苑使、利州观察使；宰相刘沆之子刘瑾，赐予馆阁。知制诰刘敞拒绝为石全彬授官草敕，退还中书词头。还有内官王守忠罢内职迁外，仁宗眷顾旧情，许以节度使之重任，遭到宰相梁适、枢密使高若讷等大臣反对，而作罢。我们看到，仁宗确实好"以官许情"。

我们回顾了欧公离朝之后的朝廷大致状况，尤其是二府大臣的官任状况，也好使欧公任职"流内铨"获得一个朝廷"背景"，更可看出，宋朝面临的吏治问题依然如故，乃至比新政之前更加不堪。朝内正直敢言的士大夫，自然会把改善朝廷吏治的希望寄于欧公之任。

欧公到任所属吏部的审官院，迅速摸查了近年"选人"状况，特别是那迁转京官的花名册，很大比例地违例《磨勘法》，多有"滥恩"，施与"权贵"关系。欧公很快上疏了《论权贵子弟冲移选人札子》。问题牵涉两个徇私舞弊的来头，一是中书滥权；二是大内宦官的奔竞。历史多有相似之处，当二府大臣失利、非处强势的时候，大内势必"得势"。欧公上疏并未点明"宦官作祟"，但是所指"权贵"是很清楚的。该札子说：臣勘察铨司近年进擢官员倍增，致使朝廷的位置"空缺"常少。待阙者多是"孤寒贫乏之人"，孤寒之士驻京等待动辄数年，遇到合入的阙次，却不能入，多被权贵把自家子弟、亲戚陈乞于皇帝，便行"冲改"。原本该到具有才学的孤寒入阙的，却"冲改"为关系户的庸才！臣见到官册上，已经注册授官者，这种记录极为普遍，由是可知中书"只就权贵勾当家私，不问孤寒便与不便"。所以臣乞请：自今日起，凡恩泽陈乞者，不论何人，必须经过铨司勘会。而已经入注的才学寒士更不改注，已到任者更不被"冲移"；凡大臣权贵不许连并陈乞两任。

最后说:"如允臣所请,乞下铨司遵守施行。"①

仁宗看后,自然知道这是对的,有利于选入真才实学,以往自己的种种"顺从"是政治上的软弱。仁宗很快允从了,并作御批:"依奏,并下三班院审官并依此。"

就是这封札子,很快引发朝廷多方瞩目议论。反对者有之,拥护者也不少。而反对者则知道自此陈乞"恩泽"不可能了,大有一种"庆历"又回来了的感觉!这个人啊,十年磨难,一丝未改呀!倘若任其行事,用不了多时他就不只是"流内铨"这么个位置啦,他肯定会得到皇帝复用。

我们一时摸不清这种"非议"和随之而来的反击来自哪位,现任二府官众多,陈执中、梁适、刘沆、文彦博等,还有外任的使相,贾昌朝等重臣,他们都做事稳重、隐蔽,欧公离朝近十年,根本摸不清他们的"动向"。而又听到关于欧阳修的"谣言",据李焘《长编》记载:自欧公"命判流内铨,小人恐修复用,乃伪为修奏,乞汰内侍挟恩令为奸利者,宦官人人忿怨"。就是说,奸佞再次采用夏竦的手段,"伪造"。

虽则此时夏竦已经故世了,人们却汲取经验,这种手段是有效的。伪造欧阳修的上书,奏议澄汰内侍宦官。欧阳修没有辩驳,他根本没写过这样一封奏疏,看来伪造者知道当下哪里最得势,那就是"大内",连皇帝都惧怕那里不安定、起风波。但是,欧阳修未做任何申辩,认为纵使自己撰写了那样一封奏疏,也并不为过,那或许正是欧阳修将要上疏而未及上疏的,堂堂的士大夫,难道要惧怕一群宦官不成?就算是他们说对了吧!

随之发生宦官杨永德弹劾欧阳修案,据说他抓住了龙图阁直学士、吏部郎中欧阳修的一个"把柄",那就是与翰林学士胡宿徇私情,并剥夺人主权力。在欧公知流内铨勘会的选人中,有知常州张俅与常州推官胡宗尧二人为例改京官者,推官胡宗尧就是胡宿之子。但此二人因曾犯法，皇帝批旨不令例改，而命继续磨勘，即叫作"循资"。所犯过错为，知州以官舟借给私人使用，而胡宗尧仅因为身为推官未能制止，遭受连坐。欧阳修请求召对，向仁宗面奏胡宗尧过错较轻，盼皇帝施恩，赦免其过，于法当迁转京官。仁宗允奏了，欧阳修就照此办理了。原本是不存在问题的，可是宦官杨永德却说欧阳修胆敢为一己私情，更改皇帝批旨，剥夺人主权力。一时间在大内引起公愤，说欧阳修所以庇护胡宿之子，皆因为他两家关系亲近、过从甚密。这倒是不假，他的次子欧阳奕，自少年即拜胡宿为师，教习诗文，欧阳奕文章豪放，尤长于诗。后来欧阳奕做了胡宿的女婿（周必大：《盖公题跋》卷二）。

欧公无话可说了，人的私情不可能一点没有，但是常州推官胡宗尧当初被"连坐"本身是过当的，纠正它实出于公心，与胡宿之友情没关系。况且这是乞请皇帝允诺才做的事。欧阳修是否"徇私枉法"，请皇帝看着办吧！

仁宗面对这件事非常为难，衰政必然导致宦官"强势"，后宫已经众怒群起，他不想使大内人心涣散，许多政务还需要身边内侍去做。譬如厚葬温成皇后，没有内侍将不堪设想。再譬如平齐州兵变，没有派遣中使赴青州富弼处，便不可能平叛那般利落。身边人得罪不得啊！仁宗能够看见欧阳修的面庞神色似的，他刚刚丁母忧秩满返朝，见到的模样，两鬓白发了，凭良心，皇帝不想贬谪他，并且还想重用他，可是这次，即使为权宜之计，也要暂且委屈他了，罢黜他的"流内铨"吧！也好，杜绝日后的"徇私"。

于是，至和元年（1054）七月二十七日，颁诏罢黜欧阳修流内铨，出知同州（今陕西大荔）。以欧阳修庇护私情，夺人主权力而贬谪出守。"修在铨曹，未浃旬也（未满十日）。"

朝臣都为之震惊，这么快就被内侍弹劾了？看来朝廷真是"阴盛阳衰"了，大内厉害啊！八月二日，判吏部南曹、太常博士、集贤校理吴充，上疏为欧阳修辩白；同判吏部南曹、太常丞、直集贤院冯京，也上疏为欧阳修辩白。但是辩白未果，因为吴充与欧阳修乃儿女亲家关系，即其女乃欧阳修的长子欧阳发之妻。相反，二人皆因为胡宗尧故，易任，被罢判吏部南曹，吴充改任知太常礼院，冯京改判登闻鼓院。八月十六日，知谏院范镇再次为欧阳修申辩，上疏说："铨曹承禁中批旨，疑则奏禀，此有司之常也（有疑点则禀奏，这正是铨曹的职分）。今谗人以为挠权，窃恐上下更相畏，谁敢复论是非。请出言者主名（请皇帝点出谗言者的名字），正其罪，复修等职任。"而且范镇上疏之后，仍陆续有人上言为欧阳修辩白。

原本罢免欧阳修就不是仁宗的本意，此时仁宗心里似得到宽解，也为内侍们挣足了面子，幸亏欧阳修尚未及外任同州，谏官们正好给了他一个"台阶"可下。作为宰臣的刘沆非常会"察颜观色"，也及时地请留下欧阳修在朝中，说自己正主持修撰《唐书》而缺少人手。仁宗当即说："那好吧，卿可召修谕之。"刘沆诚惶诚恐，说："修明日陛辞，若面留之（皇帝当面留他），则恩出陛下矣。"我们看到，刘沆多么会"做官"啊！

八月十七日，诏欧阳修参与修撰《唐书》，具体负责撰写该书的纪、表、志。欧阳修很遗憾，不能畅快地去外任同州了。他更不会琐细地揣度到仁宗的心理，正是这一"波折"，帮助仁宗解除了一次大内的危机，又保留了他并不情愿贬出的欧阳修。

事实上，仁宗的这种懦弱的"聪明"，是不难看出的，仅仅时至九月一日，仁宗就加封欧阳修为翰林学士。九月二日，命他兼史馆修撰，又差勾当三班院。三班院的职能，仍然是管理官吏迁转的审查工作。欧公自然知道翰林学士的"含金量"，乃为皇帝侍从近臣。欧阳修想起庆历三年（1043）的赐封，同修起居注、又有旨不试而加封知制诰，那也同为皇帝侍从近臣。可是这种回想绝非令人愉快！而会唤醒一种伤感。欧阳修连忙上书《辞翰林学士奏》：

　　臣今日准阁门告报，蒙恩除臣翰林学士，所降敕告，臣未敢祗受。窃以内制之职，选用非轻。臣以庸虚，缪尘侍从，岁月虽久，能效无闻。居外任不历烦难，在朝廷未有补益。见居学士之职，已甚厚颜，岂敢更希荣进？况臣屯蹇之迹，忧患所侵。齿发凋残，心志衰耗。向侍老母，久缠疾恙；寻丁忧制，仅有余生。累岁以来，学业荒废，诏诰之任，尤非所当。欲望圣慈，察臣衰拙，所有恩命，特赐寝停。臣无任。[①]

欧公的辞呈是恳切的，绝非一般的"谦让"。言语间含着往昔的伤感记忆，是真心不想干这个"侍从近臣"。几乎说出，自己的激情已经在昔日消磨尽净了！在艰难蹉跎之际，他已经"齿发凋残，心志衰耗"，而且多年以来，学业也荒废了。还盼圣慈"寝停"恩赐吧！

但是皇帝不允，仁宗知道欧阳修不可能"学业荒废"，只要他一息尚存。作为臣子，在不断的"波折"中有些"怨气"，也是情理之中的。

皇帝坚持，欧阳修只能从命了，又呈谢上表。

欧阳修初入翰林院，仁宗赐予对衣（官服）、金带、鞍辔马，欧公再上《谢对衣金带鞍辔马状》。带着时而发作的眼疾，开始修撰《唐书》。是的，像欧阳修这样的士大夫，你不让他尽忠守职，也是不可能的，只要他一息尚存。我们看到，是年九月他兼职三班院，依旧抓住吏治问题不放手，这是"三班院"的本分工作，再上《论臣僚奏带指使差遣札子》：

"臣等勘会本班见管使臣（受三班管理的外任朝臣）至八千余人。其入仕之源，即已冗滥，及差遣之际，又多有因缘，附（攀附）权贵者侥幸多门，致孤寒者怨嗟不已。"欧公还是前论的"腔调"不改。这封札子所谈官吏冗滥的另一原因，即凡外任者大多携带随从，到了地方州郡，便将自己的随从擢进为官，过不多久便向朝廷奏乞"监押""巡检"名目的官职。再过些时日，就把这些人遣往一州县独自治民。朝廷则依从外任使臣之奏请，"更不勘会差遣资序、路分远近、合与不合入得，便行差除（进擢）"。这种做法乃是"侥幸多门"途径，相继成"例"。此法必须革除。"臣今欲乞今后臣僚奏带随行指使之人，及三年已上，并只与理为一任，候归班依例差遣外，更不得陈乞差遣"。[②]

欧公在竭力阻塞这些攀附权贵的侥幸者的"入仕之源"，尽其可能地澄汰业已冗滥的吏治，能做到哪一步算哪一步吧！

---

① 〔宋〕欧阳修：《辞翰林学士奏》，李逸安点校：《欧阳修全集》，中华书局2001年版，第4册，第1332—1333页。

② 〔宋〕欧阳修：《论臣僚奏带指使差遣札子》，李逸安点校：《欧阳修全集》，中华书局2001年版，第4册，第1633页。

欧公对于有才学的臣僚却竭力推荐，盼他们能够成为朝廷的有生力量。是年九月，上《荐王安石吕公著札子》，力推他们任谏官。此时王安石仅为殿中丞，官位很低，欧公推荐他召试馆阁得到皇帝允诺，但是王安石一直很孤傲，力辞召试，后来朝廷擢用他为群牧判官，王安石犹力辞不就。经过欧公劝说，王安石才就任群牧判官。我们前文说过他的胸襟比较"曲折"，不是那么豁达。庆历二年（1042）殿试，王安石原本获名第一，因为他的卷子中有"孺子其朋"一语，而犯忌讳被拿下，发榜名列第四。按例，前十名进士须拜谢二府主要官员，晏殊时为枢密使，见到王安石后，十分珍爱其才，又都是原籍江西临川的老乡，倍感故里的荣耀，便邀请王安石于休沐日（休假日）一起用餐。餐后，晏公说了许多赞美的话，如说："乡人（对其称呼）他日名位如殊坐处，为之有余矣。"末了而以前辈身份告诫了一句，希望他勉励："能容物者，物亦容矣（即：能包容别人的人，也会被别人所容）。"也许晏公观察到他的孤傲神色，才有此语。王安石略微应之，回到馆舍却对旁人叹说："晏公为大臣，而教人者以此，何其卑也！"①

叶梦得《避暑录话》卷上有记：王安石初不认识欧公，曾子固力荐之，王安石也愿意得到游其门的机会，却"终不肯自通"。就是说，王安石很矜持，不想自己奔上门去。至和元年（1054）九月许，欧公在朝中见到了王安石，这是他们首次相见。为了保持联系，欧公主动赠诗，诗中有这样的句子："翰林风月三千首，吏部文章二百年。"窃以为此诗句不过是泛泛地称赞其诗文能够在翰林及朝廷产生影响的意思。而王安石接读后并不惊喜，叶梦得说："然荆公（即安石）犹以为非知己也，故酬之曰：'他日倘能窥孟子，终身何敢望韩公。'"王安石这两句应酬诗之意思为：倘若说有一天鄙人能够被视为孟子，却是终身不敢期望与韩愈公攀比的！笔者以为这也是泛泛地赞美欧公的意思，并无贬义，乃用夸张的修辞手法说，即使自己能成为孟子，也不敢怎样。这一语的逻

① 周勋初：《宋人轶事汇编》，上海古籍出版社2014年版，第2册，《晏殊》第25条，第693页。

辑和表意都是没错的。而叶梦得却说：安石"自期以孟子，处公（指欧公）为韩愈，公亦不以为嫌"。梦得先生的逻辑是：孟子自然高于韩愈。窃以为这样的解释是不够准确的。王安石虽然孤高，尚不至于在此时自己羽翼未丰、欧公一片热心的情况下，来贬低对方。①

至和二年（1055）正月二十八日，晏殊在京师逝世了。

欧阳修很悲痛，急忙前往晏公府邸吊唁。他即刻记起自己与晏公最后的相互致书，不承想竟成了"绝笔"！那之前他在颍上，晏公知陈州，欧阳修尚致书请安。他对晏公还是非常怀念的，常思念庆历中晏公实际上的"新政"立场，不过性格使其表面上"中庸"而已。晏公做西京留守时，还遣使吊唁自己的母丧。

刘德清《欧阳修年谱》记载：欧阳修吊唁时作有《晏元献公挽词三首》，而笔者未能见到。倒是记起在有生中欧公对晏殊诗词非常喜爱，看重晏公高超的艺术造诣，不断地学习追随，致使后世误把欧词认作晏殊词。譬如欧阳修所作《渔家傲二十首》，其中第十一首"粉蕊丹青描不得"，就被归入晏殊的《珠玉词》中了。我们曾经征引过晏词的《破阵子》："燕子来时新社，……疑怪昨宵春梦好，元是今朝斗草赢，笑从双脸生。"的确清新明丽而无华，朴实"古淡"有似欧词。欧公所作《清商怨》一首，也被误作晏殊词，见诸晏殊《词品》卷一。该词意绪饱满、意境浑厚，确含晏词高雅之风，我们就用它来奠怀晏公吧！

关河愁思望处满，渐素秋向晚。雁过南云，行人回泪眼。双鸾衾裯悔展，夜又永，枕孤人远。梦未成归，梅花闻塞管。②

古代士大夫借儿女之情、香草美人而言胸襟心绪者，颇为普遍，亦如《离骚》。"梅花"或为古曲《梅花三弄》，"塞管"则说来自荒凉边塞的笛笳之声。

① 〔宋〕叶梦得：《避暑录话》卷上，洪本健：《欧阳修资料汇编》，中华书局 1995 年版，上册，第 165—166 页。
② 〔宋〕欧阳修：《清商怨一首》，李逸安点校：《欧阳修全集》，中华书局 2001 年版，第 5 册，第 2001 页。

欧公深怀挚诚，精心撰写了《观文殿大学士行兵部尚书西京留守赠司空兼侍中晏公神道碑铭》。该文很长，内容详尽，几乎没有遗漏地记述了晏公一生的功业及其"世家"。晏公为"神童"少年，从七岁到十四岁，文采飞扬，震动朝廷上下，情节具体而生动，湛射光辉。如说："公世家江西之临川。年始十四，一日起田里，进见天子（真宗），时方亲阅天下贡士，会廷中者千余人，与夫宫臣、卫官，拥列圜视（拥挤围观）。公不动声气，操笔为文辞，立成以献。天子嘉赏，赐同进士出身，遂登馆阁，掌书命，以文章为天下所宗。"碑铭展现晏公深受两朝天子厚爱器重，记述仁宗对其逝世的震痛："其月丁亥，以公薨闻，天子震悼，亟临其丧，以不即视公为恨。赠公司空兼侍中，谥曰元献。有司请辍视朝一日，诏特辍二日。以其年三月癸酉，葬公于许州阳翟县麦秀乡之北原。"

碑文强调晏殊振兴国朝教育的历史功绩："公留守南京，大兴学校，以教诸生。自五代以来，天下学废，兴自公始。"

欧公尤其详记晏公于仁宗朝荐才育能的可贵，及作为宰相的人品道德：

公为人刚简，遇人必以诚，虽处富贵如寒士，尊酒相对，欢如也。得一善，称之如己出，当时知名之士如范仲淹、孔道辅等，皆出其门，及为相，益务进贤材。当公居相府时，范仲淹、韩琦、富弼皆进用，至于台阁，多一时之贤。……

公享年六十有五。自少笃学，至其病亟，犹手不释卷。有文集二百四十卷。尝奉敕修《上训》及《真宗实录》，又集类古今文章，为《集选》二百卷。其为政敏，而务以简便其民。其于家严，子弟之见有时，事寡姊孝谨，未尝为子弟求恩泽。……①

笔者的情感，与欧公同休戚，谨摘引该神道碑铭，奠怀晏殊！

① 〔宋〕欧阳修：《观文殿大学士行兵部尚书西京留守赠司空兼侍中晏公神道碑铭》，李逸安点校：《欧阳修全集》，中华书局2001年版，第2册，第350—353页。

第二节　朝内影响与域外声望

关于宰相陈执中，我们略说说。早先即被弹劾过，但是仁宗用他似乎有点执迷不悟，二次起用。至和元年（1054）十二月，殿中侍御史赵抃，乃至御史中丞孙抃再次劾奏，仁宗不予采纳。

而早在庆历八年（1048）殿中侍御史何郯就已弹劾他。何郯是一位非常正直、谠言的御史，可谓新政败落之后最杰出的一位有建树者。凡朝廷大是大非都逃不出他的眼界和论奏，譬如奏论限制大臣乞子弟授馆职，迫使诏命所乞者仍行学士院考试，合格者方能授予。庆历八年（1048）八月，何郯弹劾陈执中说："臣昨于六月内曾具奏论，为今岁灾异为害甚大，陈执中首居相位，燮理无状，实任其责，……况执中所举事，多不副天下人心，怨嗟盈耳，虽执中以公道自任（自许），然迹其行事，亦多私徇。"例如向传式不才，不可任以重要职位，却被私恩用至三司副使；吕昌龄曲事（奴颜事奉）陈执中宠嬖之兄弟，被擢为三司判官。何郯劝诫皇帝："执中昧经国之大体，无适时之长材，当四方多事之秋，陛下欲倚之使致太平，固不可望也。今陛下用执中则失天下人心，退执中则慰天下人望。"[①]

我们说仁宗"执迷"嘛，却又能辨识言官的刚直正义。是年十一月仁宗进擢何郯为礼部员外郎、兼御史知杂事。"知杂事"是一个很有权力的位置，而这个"台阙"，陈执中本是留给他的"党羽"的，皇帝却坚持"越次"授予何郯。后来仁宗还面谕何郯："卿不阿权势，故越次用卿。"所以我们搞不清楚仁宗的"思路"，究竟因何执迷而用陈执中。明知其才干不行，是担虑"伤一执中"？直到一年后，即皇祐元年（1049）八月，黄河决口，万民流离，灾异数见，陈执中不仅没有采取救灾措施；相反再次用人徇私，越次用不学无术的李中师为府界提点。人们说

---

① 〔宋〕李焘：《续资治通鉴长编》，中华书局 2004 年版，第 7 册，庆历八年八月第 14 条，第 3966—3967 页。

他"喜进无学匪人，不协众望者"，因为他自己是个没有"学历"的。不得已陈执中被罢免平章事，以兵部尚书出知陈州。但后来，他竟然返朝再次入相。

陈执中的"素质过低"，在家中捶打致死女奴。这个女奴名叫"迎儿"，开封府纠察此事，一说是陈执中亲手持杖打死的，另一说是其嬖妾阿张酷虐致死。殿中侍御史赵抃说："臣谓二者有一于此，执中不能无罪。""岂宜肆匹夫之暴，失大臣之体，违朝廷之法，立私门之威！"但是我们不知道仁宗痛惜在哪儿，就是舍不得他罢相！

这就到了至和二年（1055）六月，笔者所要说的正题上来了：欧公终于站出来声援台谏，上疏《论台谏官言事未蒙听允书》，请求罢免陈执中政事。该上书篇幅较长，不是"就事论事"的，而是从"帝王之道"说起，指出皇帝不该"好疑而自用"，不乏"教诲"之意：

> 臣闻自古有天下者，莫不欲为治君而常至于乱，莫不欲为明主而常至于昏者，其故何哉？患于好疑而自用也。夫疑心动于中，则视听惑于外。视听惑，则忠邪不分，而是非错乱。忠邪不分而是非错乱，则举国之臣皆可疑。尽疑其臣，则必自用其所见。夫以疑惑错乱之意而自用，则多失；多失，则其国之忠臣必以理而争之。争之不切，则人主之意难回；争之切，则激其君之怒心而坚其自用之意，然后君臣争胜。于是邪佞之臣得以因隙而入，希旨顺意，以是为非，以非为是，惟人主之所欲者从而助之。夫为人主者，方与其臣争胜，而得顺意之人，乐其助己而忘其邪佞也，乃与之并力以拒忠臣。夫为人主者拒忠臣而信邪佞，天下无不乱，人主无不昏也。……

欧公泛说"一般规律"，"自用"将会"忠邪不分"，乃是导致"昏、乱"的必然结果。欧公劝诫仁宗勿做这样的皇帝。接下来才说皇帝好心却适得其反，严厉指出朝政阙失和存在的问题："陛下忧勤恭俭，仁爱宽慈，尧舜之用心也。推陛下之用心，天下宜至于治者久矣。而纲纪日坏，政令日乖，国日益贫，民日益困，流民满野，滥官满朝。其亦何为而致此？由陛下用相不得其人也。"

这样严厉尖锐的措辞，会激怒皇帝的！说得朝廷和皇帝一无是处：纲纪日坏，政令日乖，国日益贫，民日益困，流民满野，滥官满朝。这种措辞之犀利，是需要对方具有一定"承受力"的！但是欧公没有顾忌。接着又以较长的篇幅，论述宰相陈执中的过错及皇帝的姑息养患。我们只摘引其中一段：

> 故宰相虽有大恶显过，而屈意以容之；彼虽惶恐自欲求去，而屈意以留之；虽天灾水旱，饥民流离，死亡道路，皆不暇顾，而屈意以用之。其故非他，直欲沮言事者尔。言事者何负于陛下哉？使陛下上不顾天灾，下不恤人言，以天下之事委一不学无识、谄邪狠愎之执中而甘心焉。言事者本欲益于陛下，而反损圣德者多矣。然而言事者之用心，本不图至于此也，由陛下好疑自用而自损也。……①

看来，欧公的这种无所顾忌的"极谏"，的确是惹怒了皇帝。数多日过去，皇帝没有反应。欧阳修知道得罪了！他这个刚刚授予翰林学士的"近臣"，只怕是在皇帝近旁待不住啦！

欧公便上疏，自请出知蔡州（今河南汝南）。仁宗心说：朕诚心诚意想用你，你却这样跟朕唱对台戏，说得满朝"一无是处"，好吧，那就外任蔡州吧！仁宗允奏了。

为支持欧公，那年的科举状元贾黯，此时为知制诰，竟然也自请外任。似乎确实出现了"其国之忠臣必以理而争之"的局面。仁宗不无痛心，心想这些有点儿才学者，竟然都追随欧阳修！

笔者推测，仁宗心里依然是矛盾的、心痛的。亦如上文所说，仁宗"执迷"嘛，却又能辨识言官的刚直正义。即在心底知道欧阳修所言是对的，而且其在朝廷刚正之臣中享有威望。中书刚刚颁布了欧公外任

---

① 〔宋〕欧阳修：《论台谏官言事未蒙听允书》，李逸安点校：《欧阳修全集》，中华书局 2001 年版，第 4 册，第 1634—1636 页。

蔡州的诏敕，殿中侍御史赵抃及知制诰刘敞便交相上书，乞请留欧阳修于朝廷。赵抃说："天子南面之尊，左右前后须得正人贤士，为之羽翼。……窃见近日以来，所谓正人贤士者，纷纷引去。朝廷奈何自剪除羽翼，臣未见其能致远也。忧国之人，莫不为之寒心。……又闻欧阳修乞知蔡州，贾黯乞知荆南府。侍从之贤，如修辈无几。今坚欲请郡者非他，盖杰然正色立朝，既不能曲奉权要……而去尔。"

刘敞则极力掰扯"邪正"之分，请皇帝须看清"邪臣正臣进退之分，正臣常难进而易退，邪臣常易进而难退，愿陛下参伍观之（比较观看）。吕溱、蔡襄、欧阳修、贾黯、韩绛皆有直质，无流心，议论不阿执政，有益当世者，诚不宜许其外补，使四方有以窥朝廷启（开启）奸幸之心"①。

外任欧阳修，仁宗本就不忍，这里又递来一个"台阶"让他下，于是欧阳修、贾黯留在身边了。仁宗终于想通了，令陈执中罢相，为镇海节度使外任。我们说，能够这样"反省自咎"，应该说就算是"好皇帝"啦！

至和二年（1055）六月十六日许，文彦博、富弼并为宰相。同时命龙图阁直学士张昇，为右谏议大夫、权御史中丞。此时，仁宗终于又重用"庆历"辅臣了！《长编》记载：富弼为相，张昇做御史中丞，欧阳修复为翰林学士，"士大夫咸谓（盛赞）'三得人'也"。

每年，与契丹国互贺生辰、正旦，总是很当事、很隆重的。遣派有地位名望的朝臣出使，八月末即启程，路途漫长，及至到达对方国都就已是来年正月了。至和二年（1055）八月二十八日许，朝廷命欧阳修为契丹国母生辰使，将持送仁宗画像，由四方馆使向传范为副使。除此还派遣其他名目的使臣。尚未启程，雄州发来契丹国主宗真薨丧的奏报，于是朝廷又改命欧阳修为贺契丹（新主）登宝位使。遣龙图阁直学士、兵部郎中吕公弼（吕夷简之子）为契丹祭奠使；右正言、知制诰刘敞为契丹国母生辰使，等等。

---

① 〔宋〕李焘：《续资治通鉴长编》，中华书局 2004 年版，第 7 册，至和二年六月第 5 条，第 4350—4351 页。

九月初日，欧公已移居高桥（即驿站所在地），这里距离薛家很近。但这里不是岳父薛奎的家，而是其弟薛塾的家。薛塾生有二子：仲孺、宗孺。因为岳父薛奎膝下少子，早先便把其弟长子仲孺字公期，过继于自己为嗣，欧阳修称呼仲孺为"九哥"。宗孺则排行第十。欧阳修来这里是要拜托"九哥"仲孺，照管家小。恰值公期在家，待欧阳修很亲热，献茶问餐。聊起来也十分投合，关心妹夫在朝廷的处境状况，因为知道他总是不能"苟合于世"嘛。欧阳修说了些近况，还算好吧。只是此番他出使契丹，往返须百余日。他还给门生焦千之也致书托付了，"某恐不久出疆，欲且奉托，与照管三数小子"。公期说：永叔就放心赴命吧，妹妹那儿自有我照看，或过那边居住数月，均很方便。

欧公远去，心里这才有所安顿。因为母亲故世了，金城夫人也故去了，家中只有薛氏独自生活，拉扯孩子。

> 身躯汉马踏胡霜，每叹劳生只自伤。
> 气候愈寒人愈北，不如征雁解随阳。[①]

读这首诗，即知道欧公车旅已经临近寒冷的边塞了。欧公感叹旅途的诗作，竟也那样精致；观察生活，视角细微而独到。请再欣赏一首五言诗《边户》，即可深感欧公的"眼光"所及：

> 家世为边户，年年常备胡。
> 儿童习鞍马，妇女能弯弧。
> 胡尘朝夕起，虏骑蔑如无。
> 邂逅辄相射，杀伤两常俱。
> 自从澶州盟，南北结欢娱。
> 虽云免战斗，两地供赋租。
> 将吏戒生事，庙堂为远图。

___

① 〔宋〕欧阳修：《过塞》，李逸安点校：《欧阳修全集》，中华书局 2001 年版，第 3 册，第 811 页。

　　身居界河上，不敢界河渔。①

　　欧公抓住了"边户"的习常特征，"儿童习鞍马，妇女能弯弧"，仅此二句已是形象逼肖。末尾更为生动出彩，欧公看到边民为遵守朝廷敕命，避免生事，不敢在界河上捕鱼为生。

　　欧公行至恩州，也就是那年王则兵变的贝州，平叛后即更名了。行至恩州与冀州（今属河北）之间，他会见了这里的知县沈遵。沈遵就是笔者说过的那位太常博士、"音乐家"，酷爱《醉翁亭记》而为之谱写琴曲者。沈遵非常高兴，能见到欧公！笔者想，酒宴后他自会演奏古琴，那支曲名为《醉翁吟》，欧公作了同名散文以回赠。待沈遵兴致未艾更谈及文学，欧公笑着摇摇头，却问起此地黄河段的河事，并请求县令介绍几位当地知水文者，以便他求教访问。沈遵不无感慨，欧公真是饮乐休憩时都不忘正事啊！

　　行途中，欧公也没有忘记自己馆阁的修撰《唐书》的差事，记着完成它还需要做许多工作。是年十月二十六日公上疏：请遣《唐书》编修官吕夏卿赴西京查检唐以来的奏书档案，西府的书库藏书欧阳修熟悉，因为最早他做那里的推官。欧阳修上疏说："自汉而下，惟唐享国最久，其间典章制度，本朝多所参用。所修《唐书》，新制最宜详备。然自武宗以下，并无《实录》，以传记、别说考证虚实，尚虑缺略。闻西京内中省寺、留守御史台及銮和诸库，有唐朝至五代已来奏牍、案簿尚存，欲差编修官吕夏卿诣彼（到那里）检讨。"仁宗即刻就听从了，并且还感慨，欧阳修在那样寒冷的塞外，尚惦记这里的事，难怪他"发衰齿摇"啊！

　　欧公与挚友刘敞受命出使，不是同时的，行期分别先后，但是他们有"快马"书信往来。欧公作有《奉使契丹道中答刘原父桑干河见寄之作》，这些书信很能慰藉旅途中的疲劳和孤闷。这封答书是欧公抵达松山后写的：

① 〔宋〕欧阳修：《边户》，李逸安点校：《欧阳修全集》，中华书局 2001 年版，第 1 册，第 87 页。

忆昨初受命，同下紫宸朝。

问君当何之，笑指北斗勺。

共念到几时，春风约回镳。

……

前日逢吕郭，解鞍憩山腰。

童仆相问喜，马鸣亦萧萧。

出君桑干诗，寄我慰寂寥。

又喜前见君，相期驻征轺

……

归路践冰雪，还家脱狐貂。

君行我即至，春酒待相邀。①

　　该诗折映出艰辛、寂寞的旅途生活场景，冰封雪飘的塞外，每遇朝廷使者，倍感亲热，随从的仆人都相互问候，连驾车的马见面也萧萧嘶鸣。复取出刘敞的《桑干》诗阅读，以慰寂寥。而幻想到返程，回家脱掉皮裘，与君"春酒相邀"。

　　是年十二月二十七日欧公抵达契丹境内松山（今内蒙古赤峰）。契丹国母及新主听说南朝（契丹对宋朝的称谓）名士、股肱辅臣欧阳修来啦！为"贺契丹登宝位使"，非同小可啊，急忙遣大臣远迎，受到契丹破例接待。及至迎接到辽之国都上京（今内蒙古巴林左旗），时已是至和三年（1056）正月了。

　　契丹国选择"押宴"的也都是皇家贵臣和学者，空前隆重。有皇叔陈留郡王宗愿、惕隐大王宗熙、宰相萧知足，及太皇太后弟、尚父中书令晋王萧孝友，这是辽国接待宋使从来没有过的。辽方明确宣称："非常例也，以公（欧公）名重故尔。"

　　自然欧公也拜见了契丹国母及新主，献上仁宗皇帝画像。欧公为

---

① 〔宋〕欧阳修：《奉使契丹道中答刘原父桑干河见寄之作》，李逸安点校：《欧阳修全集》，中华书局 2001 年版，第 1 册，第 91 页。

宋辽盟好做出了重大贡献。使命完成，欧公即踏冰卧雪地返程了。欧公心情舒畅，所吟诗作也明丽豁朗，有《奉使契丹回出上京马上作》曰："紫貂裘暖朔风惊，潢水冰光射日明。笑语同来向公子，马头今日向南行。""向公子"乃辽国太子，作为送行首领，其与欧公并肩勒马，笑语同行。[①]

返程途经北京（今河北大名），时贾昌朝作为使相，为大名府留守，而迎接欧公设宴款待。欧公对贾昌朝于"庆历"时的执政是不能不心存隔膜的，但是朝臣之间大面上还得过去，自然也会不失礼节。酒宴规格很高，伴有歌妓，丝竹演唱。听了一阵，欧公才听清，歌女所唱皆是欧词，哦，难得使相如此费心！

至和三年（1056）二月二十二日，欧公回到汴京。古代的信息传递真是神奇，像生有翅膀，欧阳修出使契丹大获成功，京师已经有声闻了。

欧阳修到京未多歇息，看顾了一下家中，家中一切都安好，"九哥"公期正在家中照应。欧公没敢多歇息，很快就投入到《唐书》修撰工作中去。名士江休复著《嘉祐杂志》记述："欧阳永叔修《唐书》，求罢三班院，乞一闲慢差遣（以便为修《唐书》腾出时间）。俄除（俄顷授予）太常礼院，因巡厅言朝廷将太常礼院作闲慢差遣耶。"这是三月五日事。

是月九日，知制诰刘敞在朝中为避亲嫌，自请出知扬州。因为此时，枢密副使、给事中王尧臣，已迁官为户部侍郎、参知政事。而刘敞，乃王尧臣其姑之子，所以须回避亲嫌。欧公忙丢下著述工作，为刘敞送行，叫上几位馆阁同僚，酒楼一叙。欧公不能忘怀，其在颍州时即相互切磋，坦诚备至，尤其感念原父赐教于《五代史》草稿，颇费心思。在冰封雪冻的使契丹旅途中，唯捧出原父所赠的《桑干》诗可慰藉寂寥。挚友只能多把酒几巡而已，就这样又要分手了！欧公呵呵笑着说：去吧原父，那里有我为你建造的平山堂，院内还有我亲手栽种的一株柳树，枝条发芽正绿，代替我踏游一番吧！末了欧公作词赠送。而这首词，就

---

① 〔宋〕欧阳修：《奉使契丹回出上京马上作》，李逸安点校：《欧阳修全集》，中华书局2001年版，第2册，第204页。

是我们前文已经征引的那首《朝中措》，内有一语后为苏轼赞不绝口的"山色有无中"。

欧公一边忙于修撰《唐书》，一边不忘朝廷大事。当下最大的事就是"修河"，黄河水患成为宋朝一个"老大难"事。此时至和三年（1056）二月末，欧公已上《论修河第三状》。所呈第一状、第二状都于至和二年（1055）。朝廷曾命学士院集两省台谏官就此事商讨，而争论激烈，陈执中执政时支持北京留守贾昌朝的意见：堵塞商胡，而打开横垅，使其回黄河故道。而此时宰相文彦博、富弼则支持另一方案，即勾当河渠司事李仲昌提出的：开六塔河口，以全河汇入，恢复横垅故道。欧公则对这两种方案都极力否定。欧公出使契丹往返，特对河北数州河段留心勘察，咨询了解水文有知者，获得实地情况资料，就更加以为"开六塔、复横垅"荒谬而为患了。

> 臣前已具言河利害甚详，而未蒙采听。今复略陈大要，惟陛下诏计议之臣择之。臣谓河水未始不为患，今顺已决之流，治堤防于恩、冀者，其患一而迟。塞商胡复故道者，其患二而速。开六塔以回今河者，其患三而为害无涯。自河决横垅以来，大名金堤埽岁岁增治，及商胡再决，而金堤益大加功。独恩、冀之间，自商胡决后，议者贪建塞河之策，未尝留意于堤防，是以今河水势浸溢。今若专意并力于恩、冀之间，谨治堤防，则河患可御，不至于大害。

请注意，这就是欧公的建议：加大恩、冀间的堤防建筑，而不做人为改道。欧公又具体指出"堵塞商胡"与"开六塔河口"二役的为害：

> 今欲塞商胡口使水归故道，治堤修埽，功料浩大，劳人费物，困弊公私，此一患也。幸而商胡可塞，故道复归，高淤难行，不过一二年间上流必决。此二患而速者也。
> 又开六塔河道，治二千余里堤防，移一县两镇，计其功费，又大于塞商胡数倍。其为困弊公私，不可胜计，此一患

也。幸而可塞，水入六塔而东，横流散溢，滨、棣、德、博与齐州之界咸被其害。此五州者，素号富饶，河北一路财用所仰，今引水注之，不惟五州之民破坏田产，河北一路坐见贫虚，此二患也。三五年间，五州凋弊，河流注溢，久又淤高，流行梗涩，则上流必决，此三患也。所谓为害而无涯者也。

欧公态度坚决地认为此二役均不可行，并说自己曾实地勘察和咨询，所提建议符合实际，盼望朝廷给予重视。要求速罢六塔之役，差替李仲昌等不用：

> 臣前未奉使契丹时，已尝具言故道、六塔皆不可为，惟治堤顺水为得计。及奉使往来河北，询于知水者，其说皆然，虽恩、冀之人今被水患者，亦知六塔不便，皆愿且治恩、冀堤防为是。下情如此，谁为上通？臣既知其详，岂敢自默？伏乞圣慈特谕宰臣，使更审利害，速罢六塔之役，差替李仲昌等不用。……①

但是朝廷未能听从。没有听从仅在恩、冀州河段加筑堤防的方案，更未能听从"速罢六塔之役，差替李仲昌等不用"的建议。欧阳修该论奏细致洽切，剖析"开六塔河"之为患多种，可谓将前比后，不厌其详地比较利害；五州原本富饶，若遭此"三患"势必变为"贫虚"，并且"后患无涯"！如此振聋发聩，遗憾的是朝廷竟未能听从。

宰相富弼仍旧支持李仲昌一意孤行，皇帝也从其议，结果祸出不远。李焘《长编》记载：至和三年（1056）"夏四月壬子朔，李仲昌等塞商胡北流，入六塔河，隘不能容，是夕复决（黄河又决堤），溺兵夫、漂刍藁（百姓）不可胜计"。当时李仲昌被劾，流放英州（今广东英德）。朝廷"修河"以惨败告终。

---

① 〔宋〕欧阳修：《论修河第三状》，李逸安点校：《欧阳修全集》，中华书局2001年版，第4册，第1651—1652页。

而欧公心情更加伤痛的是，当初富弼在"庆历"中尚能积极合作，而今他却陷于李仲昌谬误之中，与欧阳修"针锋相对"了。但是欧阳修还是看重富弼的，谁也不是"水利专家"，判断难免失误。此前他与文彦博拜相的当儿，欧阳修即致书富弼深表庆贺。

看来仁宗到了"回归"的时候，一步步在起用"庆历"的贤臣。也是这一年天灾水旱频繁，民不聊生，朝廷需要走出困境。至和三年（1056）年七月二十三日，武康军节度使、知相州（今河南安阳）韩琦，被任命为工部尚书、三司使。

欧公非常欣喜，及时写了贺书，《与韩忠献王稚圭》其十八。该书说："某顿首启。秋暑尚繁，不审三司尚书尊体动止何似（问候其近况）。伏睹制书（制诰），以天下之计资天下之才，虽未足以施夔、稷之业，致尧、舜之道，以兴至治，以副具瞻。而天灾水旱之时，民困国穷之际，上有以宽旰食之忧，下有以救饥寒之急。此缙绅之君子、闾巷之愚民，所以闻命之日欣欣鼓舞，而引首北望，惟恐来朝之缓也。……"①

欧公视韩琦为夔、稷那样的贤臣！说无论是朝中士大夫还是街市民众，听到这则消息都欣欣鼓舞、翘首盼望。因为此时正是"天灾水旱之时，民困国穷之际"。

是年七月，京师水灾尤其严重，大雨倾盆，民宅官邸均被淹没。我们可以想见，繁华的东都竟成一片汪洋。欧公的宅院和屋内，也洪水没膝，不能居住了！欧公在馆阁修书，急忙把家眷妻小搬到《唐书》局暂居避难，却被皇城司不容，赶出来，十分狼狈。他在《与赵康靖公叔平（即赵概）书》中说："某为水所淹（淹），仓皇中搬家来《唐书》局，又为皇城司所逐。一家惶惶，不知所之。欲却且还旧居，白日屋下，夜间上筏子露宿，人生之穷，一至如此。"即说，白天在屋里挑拣个没水的地方奈何，夜间就睡在漂浮的竹筏子上。

但就在如此困境中，欧公想到的却是朝廷的困境！借此"天谴"劝诫，而为朝廷荐贤任能，上疏《再论水灾状》，举荐包拯、张璟、吕公

---

① 〔宋〕欧阳修：《与韩忠献王稚圭》其十八，李逸安点校：《欧阳修全集》，中华书局2001年版，第6册，第2339页。

著、王安石四贤"亟加进擢"。该奏章说:

> 伏见龙图阁直学士、知池州包拯,清节美行,著自贫贱,谠言正论,闻于朝廷。自列侍从,良多补益。方今天灾人事非贤罔乂之时,拯以小故,弃之退远,此议者之所惜也。……祠部员外郎、崇文院检讨吕公著,故相吕夷简之子,清静寡欲,生长富贵而淡于荣利,识虑深远,文学优长,皆可过人而喜自晦默,此左右顾问之臣也。太常博士、群牧判官王安石,学问文章,知名当世,守道不苟,自重其身,议论通明,兼有时之才用,所谓无施不可者。……[1]

欧公之公而忘私的品质和精神啊,在这种洪灾无处安身的时候!

第三节 荐苏洵与罢狄青

至和三年(1056)六月,苏洵来拜谒欧阳修的时候,他已经四十七岁了,仅比欧公年少三岁。他率二子苏轼、苏辙一起抵达汴京。

此时其二子年轻,"白衣"秀才,没有时名。苏洵字明允,蜀地眉州人。眉州(今四川眉山),是个出才子的地方。苏洵读书较晚,据他自己说,二十五岁始知读书,二十七岁才竭力发愤。景祐四年(1037)参加礼部考试,庆历七年(1047)又举进士、试"制科",皆不中,回家后尽焚此前所写文章,闭门苦读,遂通诸子百家之说。后来苏洵文章波澜壮阔,胸臆恣肆,曾巩称其文:"烦能不乱,肆能不流。其雄壮俊伟,若江河而下也;其辉光明白,若引星辰而上也。"(《苏明允哀词》)真正是"大器晚成"者!其"二子"所以出落为当世文豪,肯定是受益于父亲的教导熏陶。苏洵文章极擅长政论,大有荀子之风,欧公此前就

---

① 〔宋〕欧阳修:《再论水灾状》,李逸安点校:《欧阳修全集》,中华书局2001年版,第4册,第1663页。

已读过，那是欧公的故友，殿中丞、巫山县令吴几复携带其文来京师，拜请欧公赐读的。其《权书》《几策》《衡论》等篇，论述对辽、夏战事，及庆历新政败落的历史教训，表述自己的政治见解，那时欧公既已看好苏洵文章了。从庆历七年（1047）至今，已有十年过去，而这仅仅是苏洵第二次来汴京。

来之前，苏洵拜谒了原翰林学士兼资政殿学士张方平，时张方平为益州（今四川成都）镇守。同时还拜访过知雅州（今四川雅安、名山等地）的雷简夫。曾请他们二人赐教。张方平很高兴当地名噪一时的老秀才的拜谒，睹其文更觉得其才非凡，当面即说："左丘明《国语》、司马迁善叙事，贾谊明王道，君兼之矣。"（《无为集》卷十三）雷简夫也认为苏洵有王佐之才，"皇皇有忧天下之心"，"岂惟西南之秀，乃天下之奇才尔"（邵博：《邵氏闻见后录》卷十五）。正因为如此，张方平担虑自己荐才力量不够，非常诚恳地说到欧阳修。其实，自庆历时起，由于政见相异，张方平与欧阳修"素不相能"，但此时张方平没有顾忌这一点，而提笔给欧公致书了！宋学者叶梦得《避暑录话》卷下记载："张安道（即张方平）与欧阳文忠素不相能。……嘉祐初，安道守成都，文忠为翰林。苏明允父子自眉州走成都，将求知安道。安道曰：'吾何足以为重？其欧阳永叔乎？'不以其隙为嫌也。乃为作书办装（为苏洵致书于欧公，还为其置办服装），使人送之京师谒文忠。文忠得明允父子所著书，亦不以安道荐之非其类，大喜曰：'后来文章当在此。'即极力推誉，天下于是高此二人（赞扬张方平与欧阳修）。"①

苏洵当然知道欧阳修的分量！急忙整理近作《洪范论》《史论》等七篇自己最高水准的文章，并精心撰写了《上欧阳内翰第一书》。该书前半部大段篇幅谈庆历新政盛衰，似笔墨冗长而欠当。后半部论及孟子、韩愈、欧阳修文章成就和各自风格，兼及唐代李翱、陆贽之优长。所以言这些，并非为"誉人以求其悦己"，而是为了让欧公了解，自己确有见地。苏洵对前贤文章评价，中肯而具宏观博览之识。又谈自己治

---

① 〔宋〕叶梦得：《避暑录话》卷下，洪本健：《欧阳修资料汇编》，中华书局 1995 年版，上册，第 166—167 页。

学修道的心得体会，行文真切而无虚饰，情感曲折，表达缜密。我们谨作摘录：

> 执事之文章，天下之人莫不知之；然窃自以为洵知之特深，愈于天下之人。何者？孟子之文，语约而意尽，不为巉刻斩绝之言，而其锋不可犯。韩子之文，如长江大河，浑浩流转，鱼鼋蛟龙，万怪惶惑，而抑遏蔽掩，不使自露；而人望见其渊然之光，苍然之色，亦自畏避，不敢迫视。执事之文，纡余委备，往复百折，而条达疏畅，无所间断；气尽语极，急言竭论，而容与闲易，无艰难劳苦之态。此三者，皆断然自为一家之文也。惟李翱之文，其味黯然而长，其光油然而幽，俯仰揖让，有执事之态；陆贽之文，遣言措意，切近的当，有执事之实；而执事之才，又自有过人者。盖执事之文，非孟子、韩子之文，而欧阳子之文也。夫乐道之人善而不为谄者，以其人诚足以当之也；彼不知者，则以为誉人以求其悦己也。夫誉人以求悦己，洵亦不为也；而其所以道执事光明盛大之德，而不自知止者，亦欲执事之知其知我也。
>
> 虽然，执事之名，满于天下；虽不见其文，而固已知有欧阳子矣。而洵也不幸堕在草野泥涂之中，而其知道之心，又近而粗成。而欲徒手奉咫尺之书，自托于执事，将使执事何从而知之，何从而信之哉？洵少年不学，生二十五岁，始知读书，从士君子游。年既已晚，而又不遂刻意厉行，以古人自期，而视与己同列者，皆不胜己，则遂以为可矣。其后困益甚，然后取古人之文而读之，始觉其出言用意，与己大异。时复内顾，自思其才，则又似夫不遂止于是而已者。由是尽烧曩时所为文数百篇，取《论语》《孟子》、韩子及其他圣人、贤人之文，而兀然端坐，终日以读之者，七八年矣。方其始也，入其中而惶然，博观于其外而骇然以惊。及其久也，读之益精，而其胸中豁然以明；若人之言固当然者，然犹未敢自出其言也。时既久，胸中之言日益多，不能自制，试出而书之。已而再三读之，浑

浑乎觉其来之易矣，然犹未敢以为是也。近所为《洪范论》《史论》凡七篇，执事试观其如何？嘻！区区而自言，不知者又将以为自誉以求人之知己也。惟执事思其十年之心如是不偶然也而察之。①

好！后半部文章非常棒！堪为洵文力作。尤其末段叙述自己治学经历，生动具体，细节感人，袒露心胸淋漓尽致。由是可见一个读书治学者的艰难跋涉。苏洵可贵、可敬处，绝无暧昧和虚饰，丝毫不遮掩自己作为后学"入其中而惶然"，但又于人的自尊高亢不卑，"不知者又将以为自誉以求人之知己也"，震慑着读者心灵；"惟执事思其十年之心如是不偶然也而察之"，又深引同情。我们虽未征引《洪范论》《史论》，相信大作会比该书更为"波澜壮阔"。

欧公看重洵文"不为空言，而期于有用"，这正与欧阳修以往为文"切于事实"的主张相契合。此外，洵文恰表现出一个"寒士"安贫乐道、不营仕进的治学精神，它与那些追逐功名富贵者之奔竞、侥幸截然不同，因而才能写出这样的非凡之作。欧公绝无虚夸、过奖，而是拜读洵文所获的心灵碰撞，由衷地说出："后来文章当在此！"苏洵同时奉上其"二子"的习作，请一并赐教，欧公才慧眼看到"三苏"文章于后来文坛的璀璨前景。

欧公当即决定举荐苏洵，并给张方平、雷简夫分别致书回复，感谢他们对自己的信任托付，称赞二公"所荐得人"。此后欧公极力推崇苏氏父子的文章，提携延誉，"一时后生学者皆尊其贤，学其文，以为师法"（《故霸州文安县主簿苏君墓志铭》）。欧公胸襟豁达，愿为新人才俊铺路，倡导宋代文学流向。

欧公很快向仁宗上疏《荐布衣苏洵状》，并将苏洵大作共计二十篇一并上呈乞请御览。我们只要看看该上疏所用词语，即知欧公推荐的诚心和力度：

① 〔宋〕苏洵：《上欧阳内翰第一书》，朱东润：《中国历代文学作品选》，上海古籍出版社1980年版，中编第2册，第268—269页。

布衣苏洵，履行淳固，性识明达，亦尝一举有司，不中，遂退而力学。其论议精于物理而善识变权，文章不为空言而期于有用。其所撰《权书》《衡论》《机策》二十篇，辞辩闳伟，博于古而宜于今，实有用之言，非特能文之士也。其人文行久为乡闾所称，而守道安贫，不营仕进，苟无荐引，则遂弃于圣时。其所撰书二十篇，臣谨随状上进。伏望圣慈下两制看详，如有可采，乞赐甄录。①

欧公言简意赅，把苏洵人品风采及其学以致用、裨补当朝，言到极致。笔者想，尽管苏洵仅为一乡间布衣，也应该引起朝廷摒弃"俗见"而刮目相看了。但是朝廷并非都如欧阳修一样，热衷才学，结果他们还是以鄙俗目光来看一个乡野"孤寒"了！

欧公怕两制官员不认真审视洵文，或有眼无识洵文，连忙又给宰相富弼、时三司使韩琦致书荐才。但是限于关系，欧公的上宰相书不能畅所欲言，而言辞拘谨，须表现尊重对方的"权柄"。可是富弼，并未尊重欧公对于才学的见识，更不要说去理解欧公那种无俗见、豁达大度的胸襟！加上富弼在"修河"事上的挫败，欧公与其针锋相对，他或许须顾忌个人的颜面和"自尊"，富弼即使看到洵文不凡，也未必就认可。宋学者叶适，著《习学记言序目》卷四十八引，记述欧阳修关于富弼的一段话："（富）弼明敏而果锐，此初时也。作相后则不然矣。……古之贤相因忧患而益明（更加明达），周公是也；弼因忧患益昏，而犹欲自以为贤。非余所知也。"②

而韩琦，倒是很看重洵文，但并不主张举荐苏洵。所以欧公举荐虽然力度强劲，却未能"立竿见影"。直到嘉祐三年（1058）十月，仁宗才下达诏命，命苏洵赴阙应试舍人院。从欧公上疏推荐，到该诏命下达，竟然过去了两年时间，即七百余日。苏洵因为自尊心，称病没有赴诏。

① 〔宋〕欧阳修：《荐布衣苏洵状》，李逸安点校：《欧阳修全集》，中华书局2001年版，第4册，第1698页。
② 〔宋〕叶适：《习学记言序目》卷四十八引，四库全书本。

苏洵对"考试"已不予信任了！说自己那些文章，都是平日积累的所思所云，如果朝廷以为其言可信，又何必考试呢？考试仅为"一日仓卒之言，又何足信邪！"苏洵在《上欧阳内翰第四书》中说："始公进其文，……凡七百余日而得召。朝廷之事，其节目期限如此之繁且久也！使（倘若）洵今日治行，数月而至京师，旅食于都市以待命，而数月间得试于所谓舍人院者；然后使诸公专考其文，亦一二年；幸而以为不谬，可以及第而奏之，从中下相府，相与拟议，又须年载间，而后可以庶几有望于一官。如此，洵固已老而不能为矣！"

当然，这是苏洵出于义愤故意把这种宕延夸张了！但无论如何，中书和皇帝还是慢待了这样一位真才实学者，还是以鄙俗见识看待"孤寒"了！欧公也很义愤而无奈。直到嘉祐五年（1060），朝廷才任命苏洵为试秘书省校书郎，这是不用考试的，参与修纂《太常因革礼》。

而在当年，即嘉祐元年（1056）九月，欧公上《举梅尧臣充直讲状》，推荐梅圣俞做国子监直讲，仁宗却很快通过并授予了。那是因为梅尧臣已有世名声望。梅圣俞也是没有贡举学历的，迟迟得不到重用。我们可见世俗观念，是与正统思想有着内在的紧密联系的！

宋朝廷缺少得力的武臣，可是好不容易有了，却又惧怕他！这位不幸的武臣就是狄青。

知制诰刘敞外任扬州，离开朝廷之前，总觉得有一事没能为皇帝尽到责任，惴惴不安，就是谏罢狄青，皇帝未允。刘敞临行陛辞，当面皇帝又奏说："今外说纷纷，虽不足信，要当使无后忧，宁负青（狄青），无使负国家。"宰相也在旁边，刘敞见仁宗面色未置可否，又对宰相叮嘱："向者天下有可大忧者，又有可大疑者。今上体平复（皇帝病体已康复），大忧去矣，而大疑者尚在！"刘敞说的这个"大疑"就是狄青仍担任着枢密使。

士大夫们迷信"天象"，是年所以灾异频繁，皇帝身体也欠安。京都水灾这么厉害，朝臣们议论，京师民众也在窃窃私语，狄青在西府（即枢府）已经四年了。狄青每次出入街市，民众围观，以致道路阻塞。听说皇帝生病，狄青就更被京都人指目，说：看，枢密使面上烙印着"面涅",看上去有"凶相"。还说,狄青府邸养的家犬,头上生角,也多露光怪。再有,发大水的时候,狄青为避灾,把家暂时搬进相国寺,枢密使狄青就坐在大殿上,众人议论,这都是不祥之兆啊![①]

恰在这时欧阳修也以此理由上疏罢免狄青,仁宗就听从了。嘉祐元年(1056)九月许,狄青罢枢密使,以同平章事、知陈州。

狄青对自己罢职想不通,他这个"枢密使"来得太不容易,受到太多的摧折磨难!西边、北塞的战事就不必说了,行伍十多年,立战功无数。皇祐四年(1052)六月,有幸被擢进为枢密副使,当时御史中丞王举正、左司谏贾黯就以种种理由反对。狄青也知道,有宋自祖宗以来,不用武臣入西府,可是仁宗皇帝破例用了。皇帝还赐予狄青敷药除去脸颊"面涅",回想起这些,会令狄青感动落泪!当时自己不敢从命,乃说:"陛下以功擢臣,不问门地阀阅,臣所以有今日,由此'涅'尔,愿留此以劝军中,臣不敢奉诏。"

皇祐四年(1052),广源州蛮夷侬智高反叛,攻陷邕州(今广西南宁),接连破数寨,逼近广州,官兵不能挡,所向披靡。侬智高又破昭州,杀众官;回马复入邕州,知州宋克隆弃城逃跑,而且责命兵士妄杀逃民,以诈充剿杀的侬贼首级。朝廷派遣几路兵马都无力取胜。当时的兵马副总都余靖,竟然上疏建议向交趾国(今越南)借引援兵,而不惜"引狼入室"!末了朝廷才任命狄青。狄青反对引外兵,怕反倒生乱,乃上表请罢枢密副使,因为祖宗朝例,不允许枢密带职领兵在外。而仁宗皇帝授予狄青宣徽南院使、荆湖南北路宣抚使,都大提举广南东西路经制盗贼事。狄青出奇制胜,经历数月,身当锋镝,平定岭南。返朝后迁官护国节度使,接着拜枢密使。当时宰相庞籍以为不可,力谏,而作罢。但后来仁宗再次授予狄青西府,而与庞籍以及参知政事梁适均发生了曲折的争执,哦,这个"枢密使"之职啊!

狄青没想到四年过去,他终归还是被罢了!

欧阳修在京都那场大水洪灾中,除了举荐"四贤",还干了这样一

---

① 〔宋〕李焘:《续资治通鉴长编》,中华书局 2004 年版,第 8 册,嘉祐元年八月第 8条,第 4435 页。

件"得力"的事，上疏《论狄青札子》：

臣窃见枢密使狄青，出自行伍，号为武勇，自用兵陕右，已著名声，及捕贼广西，又薄立劳效。自其初掌机密，进列大臣，当时言者已为不便。今三四年间，虽未见其显过，然而不幸有得军情之名。推其所因，盖由军士本是小人，面有黥文，乐其同类，见其进用，自言我辈之内出得此人，既以为荣，遂相悦慕。加之青之事艺实过于人，比其辈流又粗有见识，是以军士心共服其材能。国家从前虽得将帅，经略招讨常用文臣，或不知军情，或不闲训练。自青为将领，既能自以勇力服人，又知训练之方，颇以恩信抚士。以臣愚见，如青所为，尚未得古之名将一二。但今之士卒不惯见如此等事，便谓须是我同类中人，乃能知我军情而以恩信抚我。青之恩信亦岂能遍及于人，但小人易为扇诱，所谓一犬吠形，百犬吠声，遂皆翕然，喜共称说。且武臣掌机密而得军情，不唯于国家不便，亦于其身未必不为害。然则青之流言，军士所喜，亦其不得已而势使之然也。

臣谓青不得已而为人所喜，亦将不得已而为人所祸者矣。为青计者，宜自退避事权，以止浮议，而青本武人，不知进退。近日以来，讹言益甚，或言其身应图谶，或言其宅有火光，道路传说以为常谈矣，而惟陛下犹未闻也。且唐之朱泚，本非反者，仓卒之际，为军士所迫尔。大抵小人不能成事而能为患者多矣，泚虽自取族灭，然为德宗之患，亦其小哉？夫小人陷于大恶，未必皆其本心所为，直由渐积以至蹉跌，而时君（指德宗）不能制患于未萌尔。故臣敢昧死而言人之所难言者，惟愿陛下早闻而省察之耳。如臣愚见，则青一常才，未有显过，但为浮议所喧，势不能容尔。若如外人众论，则谓青之用心有不可知者，此臣所不能决也。但武臣掌机密，而为军士所喜，自于事体不便，不计青之用心如何也。伏望圣慈深思远虑，戒前世祸乱之迹，制于未萌，密访大臣，早决宸断，罢青机务，与一外藩，以此观青去

就之际，心迹如何，徐察流言，可以临事制变。……①

欧公该上疏对于皇帝及朝廷统治利益，是有说服力的。它朴实无华地说出，武臣掌军情机密，"势在必然"地要酿就祸患，即祸患是其必然结果，几乎不以人的意志为转移。即所谓"不计青之用心如何也"，狄青个人有无反叛之心，都不由他。因为军队将士们，天性地喜好出身于行伍与自己"同类"的人在西府握有权柄，而拥戴他、听从他。以往就受到他的"恩信抚恤"。这种"必然性"是否能经得住科学证伪是一回事，而其所征引唐朝武臣朱泚，被动地被拥戴称帝的事例，却是一个事实存在的历史证明。我们不能不钦佩欧公的论述和雄辩的能力，能把一个原本无辜、无过错的武臣说成一个将会"身不由己"的必然为患者！此外欧公行文把握"分寸"，言语无过激、偏颇，也增加了其论述的缜密和"说服力"，如说："若如外人众论，则谓青之用心有不可知者，此臣所不能决也。"即说，他不能依据众论和那种种不祥的"征兆"就断定狄青之"用心不可知"，那将是他的误谬；然而，"小人陷于大恶，未必皆其本心所为"，倘若政局形势发展到那一步，本无"用心"者也会"为军士所迫尔"。因此皇帝应该深思远虑，"戒前世祸乱之迹，制于未萌"。这些都是言辞中肯，而无过激的。另外，欧公对狄青的评价也还客观、公允，没有无端贬斥，如说：狄青"事艺实过于人，比其辈流又粗有见识，是以军士心共服其材能"，"自青为将领，既能自以勇力服人，又知训练之方，颇以恩信抚士"，等等说词，都是符合客观事实的。欧公强调的只是，"臣谓青不得已而为人所喜，亦将不得已而为人所祸者矣。为青计者，宜自退避事权，以止浮议"。这样，该上疏就在皇帝及执政大臣的心灵深处产生了"震慑"！

然而欧公这些论述却阐发自一个错误的"基点"上，即所谓"盖由军士本是小人"的基本观点。笔者称它为基本点，乃由于欧公认为它是能够"推其所因"的。凡"军士"即当兵的、出身于行伍的，都是

---

① 〔宋〕欧阳修：《论狄青札子》，李逸安点校：《欧阳修全集》，中华书局2001年版，第4册，第1656—1657页。

"小人"。当然它是另一特殊概念,不同于"君子小人"之辨中的"小人",含有奸佞、邪恶内涵;这里的"小人",仅仅泛指没文化的、不知忠义的粗人,即普通百姓。由是我们看到欧公的思想局限,其紧密依从于"惟上智与下愚而不移"的古训。认为"军士"均来自乡野农夫,自然没有受过儒家教育,只能是普通"愚民",故而他们"乐其同类",不问忠义与否,仅视"我辈之内出得此人,既以为荣",并推崇、拥戴他,跟着他走。只认识利益,"便谓须是我同类中人,乃能知我军情而以恩信抚我"。我们认为,这种给予"军士本是小人"的基本定性,是怀有统治者的传统偏见的,并非是于情理妥当的认识。故而在这一基点上得出的"军士必然为患"的结论也是悖谬的!我们说,军士虽为乡野农夫,没有教化,但并非全然不知道义和公正。远的不说,仅就朝廷命监察御史勘察欧公于南京应天府,倘若"愚民"全然无知,即不会赠与欧公"照天蜡烛"的绰号!所谓"水能载舟,亦能覆舟",正是民众在道义和公正的认知上所做的选择;而不是简单盲从地"一犬吠形,百犬吠声,遂皆翕然"!我们更得不出狄青"不得已而为人所祸"的必然和绝对。然而狄青却被欧公上疏参倒了,我们不能不说这是欧公在其众多举荐和弹劾中出现的一个错误!正如清朝学者汪懋麟于其《百尺梧桐阁集》卷二说:"嗟乎!勇敢如青,立功名如青,贤而知大义如青,尚不免欧阳公之疑,则后之为将者,又孰肯出死力以捍社稷乎?"[1]

或许欧公出于好心,所谓"为青计者",在这汹涌而来的朝野物议之下,让他外任一郡,对于狄青不啻为免灾而获平安,但是欧公更多的"好心"是给予皇帝和朝廷的!真正是为效忠于皇帝,为朝廷统治的安危着想。时皇帝患病,皇储未立,大水灾异不断,京都街谈巷议汹涌,一旦生变,不堪设想,宋太祖赵匡胤兵变的"阴影"即在眼前!这些都迫使欧公不得已而做出了这一上疏。但是想想,欧公早在庆历二年(1042)所作的《准诏言事上书》,关于"择将"的建议,不要立门户之见,不要看他的职位高下,不要问他《孙子》如何,个人的"骑射"

---

[1] 〔清〕汪懋麟:《百尺梧桐阁集·书欧阳公论狄青札子后》,洪本健:《欧阳修资料汇编》,中华书局1995年版,中册,第771页。

怎样，只要他有智谋，能够"出奇制胜"，就授予他高官，边将、副都部署。而此时，为维护皇权、朝廷统治，却与那时的主张整个背道而驰了！

距欧公上疏，仅过去月余，狄青就被罢免枢密使，出知陈州了。是的，狄青出身行伍，至今面有黥文，但他想不通的是，上疏参罢他的竟然是欧公，当朝最正直的道义担当者，欧公都在弹劾青，看来是狄青的确该罢了！嘉祐二年（1057）三月，狄青在陈州任所抑郁而死。

笔者猜想，狄青之死对于欧公应该是不无震痛的！狄青毕竟是"未有显过，但为浮议所喧"，受到如此参罢是有失公正的！此外，他毕竟是当朝名将，多立战功，就这么抑郁而亡了，人心自会发出扪问的，该不该如此啊！我想欧阳修会远远地回想到天圣八年（1030），那时他参加皇帝殿试，而恭候在待漏院的时候，即听到莘莘学子们愤懑不平的议论：枢密使曹利用自杀了。当时他才二十余岁，也为之不平，而今，又一位枢密使去了，却联系着欧阳修的身心、责任，乃至联系着他的忏悔和自责，因为狄青的一生作为，较之曹利用应该说更加光辉而伟大，更不该就这么去了！……

第四节　人间挚情与嘉祐贡举

人生短暂，如白驹过隙。欧公辞扬州赴任颍州途中与梅尧臣相遇，那时梅圣俞奔父丧，一晃，已是近十年过去。而今梅圣俞的母亲也故世了，梅圣俞刚刚守制期满，回到汴京。

欧公亲临汴河码头迎接。这码头，欧阳修熟悉，天圣间随胥偃公赴京"谒选"，船就在这里靠岸；贬谪夷陵，他扶携母亲和妹妹又是在这里乘船启程。如今欧公与梅圣俞都过了"知天命"之年，其友谊的风帆，更加张满。细想想，它不为才、不为名，更不为富贵，欧公就在这码头恭候而吟道："才多名高乃富贵，岂比金紫（即金兰，牢固的友情）包愚痴。贵贱同为一丘土，圣贤长如星月垂。道德内乐不假物，所须朋友并良时。"

欧公即说：真正的内心欢愉无须借助身外之物，它只关乎友人间的真挚情感。这与官职高低就更没有关系了，因为那更是一种"俗物"，实可谓之身外之物、心外之物。对于人生，"贵贱同为一丘土"，只有挚情作为精神，是长存的。不因人生结束而化为"一丘土"。

当梅圣俞乘舟泊岸，立于舱外前甲板上，风拂两鬓衰发，已是满面沧桑了！唯两目放光，深情望见岸边的永叔，其心头喜悦可知。有夫人刁氏，携带简陋的行李，永叔雇用车马乘坐装载，把挚友接到下榻处。

梅尧臣此时的住处很贫寒，宅舍近旁的水池也是污浊的。他刚办完母丧，肯定生活拮据，又携家带口。永叔遣人送来锦绢二十匹。梅圣俞记起，那年旱灾，永叔守南京，也遣人赠送粮食！梅尧臣心绪难抑，作《永叔赠绢二十四》：

> 昔公处贫我同困，我无金玉可助公。
> 公今既贵我尚窘，公有缣帛周我穷。
> 古来朋侪义亦少，子贡不顾颜渊空。
> 复闻韩孟最相善，身仆道路哀妻童。
> 生前曾未获一饱，徒说吟响如秋虫。
> 自惊此赠已过足，外可毕嫁内御冬。
> 况无杜甫海图坼，天吴且免在褐躬。
> 瘦儿两胫不赤冻，病妇十指休补缝。
> 厨中馁婢喜有望，服鲜弃垢必所蒙。
> ……①

梅圣俞借杜甫救助的"瘦儿""病妇"来喻自己的生活困窘和得到永叔的资助。杜甫脱下大氅送给孤寒，使得瘦儿两腿不再赤裸受冻，其生病的母亲也可免除缝补那褴褛破衣了。梅圣俞当然是言不尽感激之情。

永叔数次探望梅尧臣，并作《答圣俞》诗：

① 〔宋〕梅尧臣：《永叔赠绢二十四》，洪本健：《欧阳修资料汇编》，中华书局1995年版，上册，第10页。

翁居南方我北走，世路离合安可期。

汴渠千艘日上下，来及水门犹未知。

五年不见劳梦寐，三日始往何其迟。

城东赚河有名字，万家弃水为污池。

人居其上苟贤者，我视此水犹涟漪。

入门下马解衣带，共坐习习清风吹。

湿薪荧荧煮薄茗，四顾壁立空无遗。

万钱方丈饱则止，一瓢饮水乐可涯。

况出新诗数十首，珠玑大小光陆离。

他人欲一不可有，君家筐箧满莫持。

……①

永叔赞美了梅尧臣安贫乐道的精神，虽然居住在城东简陋处，亦如颜回"在陋巷"，其畔即是"万家弃水为污池"的地方，但是有贤者居其上，永叔看那池水便是清澈澄明、碧波荡漾的。欧公多次拜会梅圣俞，其屋舍四壁空立，潮湿的柴火烹茶品茗，但是欧阳修在这里解衣带而款坐畅谈，如遇习习清风吹拂，十分自如。或许欧公还在这里与梅圣俞共餐，才会有"万钱方丈饱则止"的感叹。"万钱方丈"，指富贵奢靡的宴饮，也莫过一饱。典出《孟子·尽心下》："食前方丈，侍妾数百人，我得志，弗为也。"可见欧公对梅圣俞之贤的真心景仰。

就是于此两个月后，我们前面说了，欧公上疏举荐梅尧臣为国子监直讲，仁宗很快应允。欧公所上《举梅尧臣充直讲状》，可看出欧阳修不仅出于私人情感，更出自对于朝廷的责任，如此有似颜回者，若欧阳修不举，则是他"咎在蔽贤"；若朝廷不纳，更是有损"朝廷育材之美"。该上疏对梅尧臣评价甚高而中肯：

"右臣等忝列通班（指通管三班院事），无裨（裨补）圣治，知士

---

① 〔宋〕欧阳修：《答圣俞》，李逸安点校：《欧阳修全集》，中华书局 2001 年版，第 1 册，第 95—96 页。

不荐，咎在蔽贤。伏见太常博士梅尧臣，性纯行方（方正），乐道守节，辞学优赡，经术通明，长于歌诗，得风雅之正。虽知名当时，而不能自达。窃见国学直讲，见阙二员，尧臣年资（即按例考核年限），皆应选格，欲望依孙复例，以补直讲之员。必能论述经言，教导学者，使与国子诸生歌咏圣化于庠序（学校），以副朝廷育材之美。如后不如举状，臣等并甘同罪。"[1]

李焘《长编》记载，至和三年（1056）八月，狄青罢枢密使之后，韩琦即由三司使、工部尚书迁为枢密使。知益州张方平则返朝授命三司使。韩琦一步步被重用，是件可喜的事，此去两年后，即嘉祐三年（1058）六月许，欧公则举荐梅尧臣入馆阁，上《与韩忠献王稚圭》第十九书，想得到韩琦的鼎力支持。但该事未果，没能办成，欧公又引荐圣俞入《唐书》局，同修撰《唐书》，却成功了。此为后话，笔者只是想说，欧公举荐梅尧臣是尽心竭力的。

关于"枢密使"，我们再说一说。仁宗朝不知出于何种考虑，枢密使总是起用两人并列担任。《长编》记载：是年十一月，朝廷诏命山南东道节度使、兼侍中、判大名府贾昌朝，返朝为枢密使。

欧阳修见到朝廷制诰，心里顿觉突兀，怎么他又回来了！仁宗正在逐步起用"庆历"干臣的时候，贾昌朝回来会怎样呢？不禁记起庆历新政败落之际，范、富、韩、杜相继被罢，那些事就是贾昌朝所为，当时晏殊受到排挤，已经说不上话了。今天，欧阳修还指望韩琦有望执政，可是这个获有"侍中"头衔的人，返朝后必排名在韩琦之上。

朝臣们对贾昌朝也不无议论，正直之士都说他是依靠内宫关系"起家"的，善于为奸作邪，陷他人于水火，听说他回来多少都怀有战兢和担虑。

贾昌朝字文元，赐进士出身，担任晋陵县主簿，后为国子监说书。应该说他确有些学术，当初的国子监判监孙奭孙宣公很看好他，自贾昌朝试讲，孙宣公就请老了。仁宗创崇政殿，即以说书命名的，人们也都知道，崇政殿说书自贾昌朝开始。但是他得到重用，的确得助于内宫的

① 〔宋〕欧阳修：《举梅尧臣充直讲状》，李逸安点校：《欧阳修全集》，中华书局2001年版，第4册，第1671页。

"贾婆婆"，即是张贵妃的乳母，贾昌朝称其为"姑姑"。据《宋人轶事汇编》记载："贾昌朝娶陈尧咨（前宰相）女，女尝逐（跟随）母夫人入宫，遂识朱夫人。昌朝既贵，又因朱夫人而识贾夫人，谓之贾婆婆。昌朝在府，政事多内相关应，故主恩甚隆。"当时即遭到御史台的激烈弹劾，即说："台谏论其奸，吴春卿（即吴育）欲得其实而不可。近侍有进对者奏曰：'近日台谏言事，虚实相半，如贾姑姑事，岂有是哉！'上默然久之，曰：'贾氏实曾荐昌朝。'"（苏轼：《东坡志林》卷三，王称：《东都事略》卷六十五并载）①

虽然贾昌朝对欧阳修大面上还过得去，欧公出使契丹时贾昌朝还于大名府盛情宴请，但是，这不是欧公能够徇私情的事情。慎重思考之后，欧阳修还是上疏了《论贾昌朝除枢密使札子》，请罢其任，追寝诏命。

臣伏见近降制书，除贾昌朝为枢密使。旬日以来，中外人情，莫不疑惧，缙绅公议，渐以沸腾。盖缘昌朝禀性回邪，执心倾险，颇知经术，能文饰奸言，好为阴谋，以陷害良士。小人朋附者众，皆乐为其用。前在相位，累害善人，所以闻其再来，望风恐畏。……

陛下常患近岁以来大臣体轻，连为言事者弹击。盖由用非其人，不协物议而然也。今昌朝身为大臣，见事不能公论，乃结交中贵，因内降以起狱讼，以此规图进用。窃闻台谏方欲论列其过恶，而忽有此命，是以中外疑惧，物议喧腾也。今昌朝未来，议论已如此，则使其在位，必不免言事者上烦圣听。……②

这封札子作为文学作品也实属力作精品！语言朴实无华，内容锋芒

① 周勋初：《宋人轶事汇编》，上海古籍出版社2014年版，第2册，《贾昌朝》第4—5条，第711—712页。
② 〔宋〕欧阳修：《论贾昌朝除枢密使札子》，李逸安点校：《欧阳修全集》，中华书局2001年版，第4册，第1667—1668页。

毕露犀利尖锐；逻辑严密，层次分明。先就摆明贾昌朝的过错，而后进入皇帝所以"用非其人"，在于未能"知听察之要"。称誉贾昌朝者，乃宦官、宫女、左右使令之人；而立朝忠正之士，则无不以其为非。欧公质问："今陛下之用昌朝，与执政大臣谋而用之乎？与立朝忠正之士谋而用之乎？与左右近习之臣谋而用之乎？"进而问："陛下用昌朝，为天下而用之乎？为左右之人而用之乎？"欧公知道，当下二府大臣文彦博、富弼、韩琦等人，绝对不会举荐贾昌朝的，台谏范镇等也不会荐他！那么，推断仁宗仅仅谋之于"左右使令之人"，就是犯了未知"听察之要"的过错。欧公尤其强调立朝忠正之士的品质，他们恰是贾昌朝及其左右小人的对立面："今有毅然立于朝，危言谠论（刚正直言），不阿人主，不附权臣，其直节忠诚，为中外素所称信者，君子也。"这也正是欧阳修一向秉承的品质人格。我们只听欧公愤懑言辞"掷地有声"，而不见任何含糊胆怯、虚与委蛇。

但是这封札子，皇帝没有听从。不久贾昌朝即到西府枢密使任上。

这时欧公记起，父母安葬于泷冈，数年未及修缮墓地，企盼能够知洪州（今江西南昌）一任，兼顾这一私事。此前已有乞奏，但朝廷未允。而今再上《乞洪州札子》："臣去冬曾有奏陈，乞差知洪州一次，寻（接着）以差入贡院，无由再述恳私。……"这封札子正是嘉祐二年（1057）欧公被"差入贡院"之后呈递的，我们知道它仍未获应允。却在札子中提及："臣乡里在吉州，昨于丁忧持服时归葬亡母，荒迷之中，庶事未备。……"

嘉祐二年（1057）正月六日，朝廷诏欧阳修知礼部贡举。

是年欧公已经五十一岁了。朝廷把贡举视为"立国之本"的大事，有宋以来，每隔三年一贡举，后因为应试学子众多，积压或恐贻误人才，曾改作"间岁"贡举。每择知贡举的首席主考官必为翰林学士，即"以通经有道之士为之师"。仁宗每授予该权柄也格外隆重——仁宗自少年在后宫，就喜好书法，习得一手狂草，人们呼为"飞白"。此时仁宗精心御书"文儒"二字，郑重赠予欧公。

这二字，一般学士恐难当之无愧，它含有孔门儒学之正道的称誉，又不无当今文章之魁首的意味。皇帝御笔钦赐，说出欧阳修于文学、经学"通经有道"的极高造诣。这幅墨宝"文儒"，装裱精美，押有皇帝落款和玉玺。

诏命同知贡举者还有其他学士，《宋会要辑稿》选举一记载："嘉祐二年正月六日，以翰林学士欧阳修知贡举，翰林学士王珪、龙图阁直学士梅挚、知制诰韩绛、集贤殿修撰范镇并权同知贡举。"①此外，诸位考官还共同推荐国子监直讲、《唐书》局编修梅尧臣为试院的参详官，主管复查点检试卷官所定试卷等第。上方允诺了。

至于嘉祐二年（1057）贡举方法，诸位考官与上方也达成了默契，即赞同欧公以往的主张及措施。那就是庆历四年（1044）欧公所上疏的《论更改贡举事件札子》言及的内容，十余年过去，如今要实施它了。

庆历时，欧公认为，自宝元年间实施的以策、论、诗赋、帖经墨义，四场通考，决定考生去留，并且先考诗赋的贡举方法，主要存在两点问题：第一点可概括为"先考诗赋"之弊。先考诗赋，使许多"童年、新学、全不晓事之人，往往幸而中选"，因为考生很容易做到"节抄《六帖》，剽盗偶俪，以应试格"。第二点概括为"四场通考，决定去留"之弊。这一点"患在诗赋、策论通同杂考，人数既众而文卷又多，使考者（考官）心识劳而愈昏，是非纷而益惑，故于取舍往往失之者"。考官只有五六人，考生若以两千人计，那么前三场考卷就有六千卷，从中精选五百，而且限期紧迫，必然"使考试之官殆废寝食，疲心竭虑，因劳致昏，故虽有公心而所选必滥"。欧公提出革除此弊的两点对策：即先策、后论，再考诗赋；并施行"随场去留"，即在第一场"策"试后即行淘汰，"择其文辞鄙恶者，文意颠倒重杂者，不识题者，不知故实（典故出处）、略而不对所问者，误引事迹者，虽能成文而理识乖诞者，杂犯旧格不考式者（不符合'考式'者），凡此七等之人先去之"。这样有一大利处，可减轻判卷压力；另外，到第三场考诗赋时，所留考生"皆是已经策论，粗有学问、理识不致乖诞之人，纵使诗赋不工（不够完善），亦足以中选矣"。②

---

① 〔清〕徐松：《宋会要辑稿·选举一》之一一，中华书局1957年版，第5册，第4236页。

② 〔宋〕欧阳修：《论更改贡举事件札子》，李逸安点校：《欧阳修全集》，中华书局2001年版，第4册，第1590—1591页。

礼部考试的"锁院"开始了，考期宽限五十天。除了与外界隔绝，另有"封弥""誊录""严禁夹带"等措施，以保障公正。对于淘汰何人，上文"凡此七等之人"已看得很清楚，但在选择文章的标准上，我们还需再说说。

经历数十年的古文倡导，学子们已经不再以"时文"唯尚；但是新问题来了，当下流行追崇的"太学体"，所谓"上古"之文，似乎"学古"走向极端，其文艰涩难读、简而怪异，不仅文体猎奇，文意也不切当朝实际；主张继承柳开，跨越汉唐，上追"三代"。欧公早就"安民告示"晓谕学子们，这种文章我们不取。欧公早在明道二年（1033）《与张秀才棐第二书》就强调学以致用、要"切于事实""述三皇太古之道，舍近取远，务高言而鲜事实，此少过也"。欧公力排"太学体"无疑是正确的。这太学体，源自石介、孙复等学者长期教学、主持国子监太学的影响，尤其学者胡瑗主张该文体，在以往贡举中，其门生中第者多达四五成。有一名太学学业优秀者叫刘几，我们试看他的卷文句子："天下轧，万物茁，圣人发。"可谓简约到连文意都看不懂了！刘几一向排名"国学第一人"。虽然卷首"封弥"，考官们也能从其"新奇"中认识，传阅而笑，竟为之又续了两句："秀才剌（误谬），试官刷。"遂执红笔打叉了。（沈括：《梦溪笔谈》卷九）

笔者想，欧公所推崇倡导的那种文章文风，大家早已熟知了。不仅思想内容要"切于事实"，还须做到既不一味排斥"时文"之偶俪优长，又能语言简约、明晰畅达。这种文章标准上的冲突，已为时不短了。《长编》记载庆历六年（1046）翰林学士张方平权同知礼部贡举，就曾上疏说到这种文格倾向："尔来文格，日失其旧，各出新意，相胜为奇。至太学盛建，而讲官石介益加崇长（助长），因其好尚，浸以成风，以怪诞诋讪为高，以流荡猥烦为赡（以追逐风尚故作"琐碎"为充足），逾越绳墨（规矩），惑误后学。朝廷恶其然也，屡下诏书，丁宁戒饬，而学者乐于放逸（放荡），罕能自还（已很难返回了）。"[1]

---

[1] 〔宋〕李焘：《续资治通鉴长编》，中华书局 2004 年版，第 7 册，庆历六年二月第 12 条，第 3821—3822 页。

张方平所言恰与欧公观点契合。笔者所以征引张方平是为了证明，并非欧公仅因个人文章喜好而排斥"太学体"，而是该文体确存在公论的弊端。

试院的大致情况：院内设有供考官和考生住宿的屋舍，供给膳食；大厅考堂，或有数处，堂内布置帐幕、毡席、几案，考生座位有所间隔。考试前有简短的仪式：焚香，拜孔子牌位，考官与举子们互拜。进入考场，尚有许多防范"夹带"作弊的措施。

笔者的描绘是根据考官范镇后来的记述："礼部贡院试进士日，设香案于阶前，主司与举子对拜，此唐（唐朝）故事也。所坐设位供帐甚盛（间隔的帐幕很繁盛），有司具茶汤饮浆。至试学究，则悉撤帐幕、毡席之类，亦无茶汤，渴则饮砚水，人人皆黔其吻（保持缄默）。非故欲困之，乃防毡幕及供应人私传所试经义，盖尝有败者（曾经有过败露），故事为之防。欧文忠公诗：'焚香礼进士，撤幕待经生。'"[1]

我们不知道该科是否已采取"随场去留"的淘汰方法，只知考官们认真判卷、审议试卷品次之余，尚有时间自己赋诗述怀。四场考试下来，六位考官都写了不少诗作，欧公把它们编纂成集，作序说："凡锁院五十日，六人相与唱和，为古律歌诗一百七十余篇，集为三卷。"我们谨录欧公《礼部贡院阅进士就试》，来看"锁院"的生活场景：

> 紫案焚香暖吹轻，广庭清晓席群英。
>
> 无哗战士衔枚勇，下笔春蚕食叶声。
>
> 乡里献贤先德行，朝廷列爵待公卿。
>
> 自惭衰病心神耗，赖有群公鉴裁精。[2]

可见考场秩序井然，鸦雀无声，如同兵士行军，禁止喧哗，缄口"衔枚"；只听到笔锋画过卷面，如同春蚕吞食桑叶发出微细的声音。

---

[1] 〔宋〕范镇：《东斋记事》卷一，洪本健：《欧阳修资料汇编》，中华书局1995年版，上册，第17页。

[2] 〔宋〕欧阳修：《礼部贡举阅进士就试》，李逸安点校：《欧阳修全集》，中华书局2001年版，第2册，第205页。

这是欧公对于考场秩序庄严肃穆的切身感受。

梅尧臣的诗，则道出考官夜晚挑灯判卷的辛苦，那工作如同"力搥（雕刻）顽石""寒沙淘金"。"白蚁（指考生之多）战来春日暖，五星明处夜堂深（夜晚考官判卷）。力搥顽石方逢玉，尽拨寒沙始见金。"（《较艺和王禹玉（即王珪）内翰》）

第二场"论"题为《刑赏忠厚之至论》，卷文又堆积下来，分摊到各考官手中待判。谁也不认识谁，欧公只知道曾巩尚在锁院内，他相信，无论考哪一场、怎样澄汰，子固都不会被落选出院。但直至此时欧公都没有与子固见面招呼，子固也回避着。

梅尧臣精心审阅试卷，一份又一份，把文章尚可的放在一边准备二次细阅。忽发现一份卷子，使他第一遍审读就爱不释手，当即看第二遍，又拍案叫绝！考官们都独自在自己的屋舍内判卷，梅圣俞竟禁不住朗读该卷文的段落句子，认为它大有《孟子》风骨：

> 《传》曰："赏疑从与，所以广恩也；罚疑从去，所以慎刑也。"当尧之时，皋陶为士，将杀人，皋陶曰"杀之"三，尧曰"宥之"三。故天下畏皋陶执法之坚，而乐尧用刑之宽。四岳曰："鲧可用。"尧曰："不可，鲧方命圮族。"既而曰："试之。"何尧之不听皋陶之杀人，而从四岳之用鲧也？然则，圣人之意，盖亦可见矣。……①

梅圣俞朗读仍兴奋不已，拿着卷文就去了欧公的屋舍，恰值翰林学士王珪等人也在，就又把该文朗朗上口地读了几句，一面称赞好文章、好文章！一面把它呈递给欧公。欧公读毕很是惊喜，竟说：该举子"窃以为'异人'矣"！接着又给王珪等人传阅，则都有赞美之词。欧公只是提出"皋陶三次请杀"的典故，《尚书》未曾见，又出自哪里呢？在座的却都回答不出，确令人略生疑惑。梅尧臣当即说："何须出处！"

① 〔宋〕苏轼：《省试刑赏忠厚之至论》，孔凡礼点校：《苏轼文集》，中华书局1986年版，第1册，第33页。

竟然也有赞同梅圣俞的，说：未必一定要出处，只要故事主干本于《尚书》就可。此外，欧公当即想到了曾巩，推测定是子固的卷文！心想，子固乃自己的门生，这是众人都知道的，不要为此惹起非议，就让该卷为第二名吧，再说它毕竟那"三杀、三宥"出处有欠明确。

及至诗赋、帖经等第三、四场均已考完，判出各场卷子综合次第，依然是该"论题"答卷者名列前茅，而让位在第二名。谨慎斟酌两日，又经朝廷派出的监察看详，便拆封发榜了。

发榜后才得知，那位"第二名"竟然是苏轼！

除此，考生曾巩、苏轼、苏辙、程颢、张载、朱光庭、吕大钧等当世名家皆中高第。史家称赞该年贡举得人之盛，独绝前后！当朝周必大在其《葛敏修圣功文集后序》中说："欧阳文忠公知嘉祐贡举，所放进士，二三十年间多为名卿才大夫。"及至南宋，宋高宗绍兴二十四年（1154）进士杨万里，官至太常臣、广东提点刑狱、尚书左司郎中，其著《诚斋集》说："欧阳公作省试知举，得东坡之文惊喜，欲取为第一人。又疑为其是门人曾子固之文，恐招物议，抑为第二。坡来谢欧，……欧退而大惊曰：'此人可谓善读书，善用书，他日文章必独步天下。'"[①]

苏轼后来，成为继欧阳修之后又一名文坛领袖，唯有苏轼堪称高高擎起宋代文学旗帜者！宋哲宗元祐年间（1086—1094），迁官翰林学士；绍圣二年（1095）许，以诗文讥斥先朝的罪名贬谪惠州（今广东惠阳），又远谪儋州（今海南）。但他文学上的造诣成就是杰出的、不朽的，其文、赋可与欧阳修并称"欧、苏"，诗歌与黄庭坚并列"苏、黄"，词则与辛弃疾媲美称为"苏、辛"。苏轼气魄之大，真正谓"大江东去"！视野广阔，胸臆豪放，其诗文享誉当世，垂范后代。笔者尤其看重他的散文论文，例如写于仁宗嘉祐间的《教战守策》《留侯论》《喜雨亭记》，作于神宗元丰五年（1082）的《前赤壁赋》《后赤壁赋》，以及于哲宗朝贬谪后创作的《韩文公（即韩愈）庙碑》《答谢民师书》，均堪称传世名篇。

我们由是可见欧公的慧眼，及其胸襟、气度！

---

① 〔宋〕周必大：《葛敏修圣功文集后序》；〔宋〕杨万里：《诚斋集》卷九十八，洪本健：《欧阳修资料汇编》，中华书局1995年版，上册，第298页，第314—315页。

欧公听从了梅尧臣"何须出处"的建议，拔其为高第，发榜后仍然抑制不住兴奋，在《与梅圣俞》第三十书中写道："读（苏）轼书，不觉汗出，快哉快哉！老夫当避路（避开路），放他出一头地也。可喜可喜。"①

苏轼先后拜谢了梅尧臣、欧阳修。苏轼言谈谦逊，朴实无华。在《上梅直讲书》中，写自己与梅公、欧公非亲非故，而被器重，言及梅圣俞为人品德，安贫守道，与那些"苟于富贵"者截然不同。谨摘录原文如下：

> 轼七八岁时，始知读书，闻今天下有欧阳公者，其为人如古孟轲、韩愈之徒。……（轼）非左右为之先容，非亲旧为之请属，而向之十余年间，闻其名而不得见者，一朝为知己。退而思之，人不可以苟富贵，亦不可以徒贫贱。有大贤焉而为其徒，则亦足恃矣！苟其侥一时之幸，从车骑数十人，使闾巷小民聚观而赞叹之，亦何以易此乐也！《传》曰"不怨天，不尤人"，盖"优哉游哉，可以卒岁"。执事名满天下，而位不过五品。其容色温然而不怒，其文章宽厚敦朴而无怨言，此必有所乐乎斯道也。轼愿与闻焉！②

从中亦可见苏轼为人处世，对于权贵的轻蔑，对于梅公这样的寒士的由衷敬重。

苏轼拜谒欧公，两人攀谈十分投合。攀谈中，青年苏轼已很有见地，甚得欧公赞许。欧公本着"知之为知之，不知为不知"的治学态度，"不耻下问"那一"出处"，恐怕是自己读书未到吧！竟然，苏轼回答与梅圣俞一致："何须出处！"再问，才说"事在《三国志·孔融传》注"（杨万里：《诚斋诗话》）。欧公退而查阅，却没有。后人为之解释说，那实出于《礼记·文王世子》。由此观之，它的确并不重要！重要的倒是，

① 〔宋〕欧阳修：《与梅圣俞》其三十，李逸安点校：《欧阳修全集》，中华书局2001年版，第6册，第2459页。
② 〔宋〕苏轼：《上梅直讲书》，孔凡礼点校：《苏轼文集》，中华书局1986年版，第4册，第1385页。

苏轼对于当今文章、世态的看法。我们谨征引苏轼的《上欧阳内翰书》，其中有他对宋初以来的古文运动的认识：

> 右轼启：窃以天下之事，难于改焉。自昔五代之余，文教衰落，风俗靡靡，日以涂地。圣上慨然太息，思有以澄其源、疏其流，明诏天下，晓谕厥旨。于是招来雄俊魁伟敦厚朴直之士，罢去浮巧轻媚丛错采绣之文，将以追两汉之余，而渐复三代之故。士大夫不深明天子之心，用意过当，求深者或至于迂，务奇者怪僻而不可读。余风未殄，新弊复作。大者镂之金石，以传久远；小者转相模写，号称古文。纷纷肆行，莫之或禁。盖唐之古文，自韩愈始。其后学韩而不至者为皇甫湜，学皇甫湜而不至者为孙樵。自樵以降，无足观矣。伏惟内翰执事，天之所付以收拾先王之遗文，天下之所待以觉悟学者，恭承王命，亲执文柄，意其必得天下奇士以塞明诏。轼也远方鄙人，家居碌碌，无所称道。及来京师，久不知名，将治行西归，不意执事擢为第二。惟其素所蓄积，无以慰士大夫之心，是以群嘲而聚骂者，动满千百。亦惟恃有执事之知，与众君子之议论，故恬然不以动其心。犹幸御试不为有司之所排，使得搢笏跪起，谢恩于门下。闻之古人，士无贤愚，惟其所遇。盖乐毅去燕，不复不战；而范蠡去越，亦终不能有所为。轼愿长在下风，与宾客之末，使其区区之心，长在所发。夫岂惟轼之幸，亦执事将有取一二焉。[①]

苏轼的《上欧阳内翰书》，中肯、得体。对于前世文评，也很恢宏大气。但依笔者拙见，其与欧公文章相比较，还是有一定差距的。就此文所用"乐毅去燕"（战国时燕国战将，后去燕投赵）、"范蠡去越"（春秋时越国大夫，去国后不再有作为）作喻，来比自己愿不离欧公"门

---

① 〔宋〕苏轼：《上欧阳内翰书》，洪本健：《欧阳修资料汇编》，中华书局 1995 年版，上册，第 88 页。

下"，就有欠贴切。这种牵强的用典，在欧公文章中几乎没有。当然这仅为笔者个人管窥。苏轼该文，主要言及对那些"古"过了头的所谓"古文"的批评，即"求深者或至于迂，务奇者怪僻而不可读。余风未殄，新弊复作"，却是非常精到，而与欧公观点相契合的。

至于该书所提到的"群嘲而聚骂者，动满千百"，确有此事。苏轼说它因为自己获得高第，"无以慰士大夫之心"，也可以这样说吧，但更是怨怒于欧公贡举的选、黜标准！欧公激怒了那些原本在太学学业优秀的举子们，他们围攻谩骂欧公，使其凌晨上朝困在街口，走不过去，街司巡察人员都驱散不了他们。李焘《长编》记载："及试榜出，时所推誉（当时推崇的佼佼者），皆不在选。嚣薄（轻狂傲慢）之士，候修晨朝，群聚诋斥之，至街司逻吏不能止，或为《祭欧阳修文》投其家，卒不能求其主名置于法（又不能求其《祭文》的匿名，诉诸法律追究他）。然文体自是亦少变。"[1]

欧公被围攻辱骂一下，问题不大，重大的是末了一句："文体自是亦少变。"即说，欧阳修由此改变了那种"险怪奇涩"的文体、文风！

第五节　奠怀杜衍公权知开封府

欧公尚在试院的时候，就从邸报上见到杜衍公逝世的消息，令他非常震痛。是年二月五日杜衍病逝于南京，享年八十岁。欧公悲叹道："余将老也，阅世久也，见时之事，可喜者少而可悲者多也！"

"锁院"结束后欧公顾不得别的事，先就撰写了《祭杜祁公文》，设祁公灵位，"以清酌庶羞"奠怀。想起自己守南京时尚聆听杜公教诲，诗书唱和，一晃却"送不临穴，哭不望帷。衔辞写恨，有涕涟洏"。

是年十月十八日，杜衍次子太常博士杜䜣，葬公于应天府宋城县之仁孝原。欧公撰写了《太子太师致仕杜祁公墓志铭》，我们谨摘录部分

---

[1] 〔宋〕李焘：《续资治通鉴长编》，中华书局 2004 年版，第 8 册，嘉祐二年正月第 1 条，第 4467 页。

段落于下：

> 庆历之初，……公尤抑绝侥幸，凡内降与恩泽者，一切不
> 与，每积至十数，则连封而面还之，或诘责其人至惭恨涕泣而
> 去。上尝谓谏官欧阳修曰："外人知杜某封还内降邪？吾居禁
> 中，有求恩泽者，每以杜某不可告之而止者，多于所封还也。
> 其助我多矣，此外人及杜某皆不知也。"
>
> ……
>
> 公以布衣至为相，衣服饮食无所加，虽妻、子亦有常节。
> 家故饶财，公以所得悉与昆弟之贫者。俸禄所入，分给宗族，
> 周人急难。至其归老，无屋以居，寓于南京驿舍者久之。自少
> 好学，工书画，喜为诗，读书虽老不倦。推奖后进，今世知名
> 士多出其门。居家见宾客必问时事，闻有善，喜若己出；至有
> 所不可，忧见于色，或夜不能寐，如任其责者。凡公所以行之
> 终身者，有能履其一，君子以为人之所难，而公自谓不足以名
> 后世，遗戒子孙无得纪述。呜呼！岂所谓任重道远，而为善惟
> 日不足者欤？[①]

欧公撰写该墓志饱含深情，杜公一生不敛财，唯致力并关注朝政。
欧公尤其记述，杜公听到好事，喜若己出；闻知败迹，忧形于色，就像
自己应担负责任。杜公奉之终身的诸多善行，一般的君子履行其一，都
很难做到。杜公退休后居住在驿舍内，笔者在有宋的宰相中只见到此一
人！《宋史·职官十一》记载："宰相、枢密使，月三百千。春、冬服
各绫二十匹，绢三十匹，冬绵百两。"俸禄并不薄，这与我们第一章所
说留守推官欧阳晔之月俸比较，就算是非常优厚了，欧阳晔的月俸仅有
"十五千。春、冬绢五匹，冬绵十两"。所以我们想想，这位叔父是在
何种困窘中，拉扯抚养欧阳修长大成人！而杜公，却把自己的俸禄分

---

① 〔宋〕欧阳修：《太子太师致仕杜祁公墓志铭》，李逸安点校：《欧阳修全集》，中华
书局 2001 年版，第 2 册，第 468—469 页。

给宗族，周济穷困和急难。至杜公薨，其妻倾匣而支付房租钱三千缗。这亦是一般君子做不到的！让我们记住这样一位枢密使、宰相吧，他六十九岁时自请退休了，亦如欧公诗作所颂的："俭节清名世绝伦，坐令风俗可还淳。貌先年老因忧国，事与心违始乞身。"当时杜公读后很激动，一有闲暇便拿出来朗读；而我们，唯有告慰杜公一生的时候，读此诗就更感觉贴切了！

欧公还收集杜衍公遗稿，编辑成书十卷，并作《跋杜祁公书》，跋文说："公以疾薨于家，予既泣而论次公之功德而铭之，又集在南都时唱和诗为一卷，以传二家之子孙。又发箧，得公手书简尺、歌诗，类为（分类作）十卷而藏之。"这一工作是于嘉祐八年（1063）完成的。①

嘉祐二年（1057）三月，传来名将狄青在陈州病逝的消息。朝廷为之震动，据胡柯《庐陵欧阳文忠公年谱》载："三月癸卯（二十八日），仁宗为狄青发哀苑中，欧公摄太常卿。"皇帝十分挽痛，"发哀"即是设灵堂，举行祭奠仪式，由欧公主持仪式，引领文武官员致哀。笔者推想，欧公对自己此前上疏罢免狄青，心情可想而知。笔者翻阅欧公著作《全集》目录，很想查找到一篇公为此而撰的"祭文"，但是很遗憾。这场祭奠，仁宗亲临，"发哀苑中"，笔者未能考究"苑中"为何处，它不可能是皇帝内宫的苑中，有可能是"翰苑"，由于欧公为翰林学士，又担任该祭奠太常卿的缘故。

是年六月，欧公为在"进奏院事件"中遭贬的名士宋敏求上疏，呈《举宋敏求同知太常礼院札子》，获得恩准。因为此时欧公已官礼部侍郎。然而这仍是一个"多事之秋"。是年七月，京师又一次遭遇连日大雨，把欧公家中的屋舍都要淋塌了，屋顶四处漏水，一家人通宵不能寝睡，用大盆小盆盛接不及，很快雨水就把盆子注满，倒掉再接，往复不止。古人把这种接屋顶漏雨叫作"庌水"。好在欧公已经经历过一次了，这次就不是很怕它了。欧公在《与梅圣俞》第三十八书中说："自入夏，闾巷相传，以谓今秋水当不减去年。初以为讹言，今乃信然。两夜家人

---

① 〔宋〕欧阳修：《跋杜祁公书》，李逸安点校：《欧阳修全集》，中华书局2001年版，第3册，第1058页。

皆庤水，并乃翁达旦不寐。街衢浩渺（街道灌满雨水），出入不得。更三数日不止（大雨不停），遂复谋逃避之处。"你说不信那些"天谴""谶纬"之说吧，可是这"天意"就是这么邪乎！是年七月二十一日，欧公兼判尚书礼部，礼部管辖主要是教育，国子监、太学、学校及贡举，而七月二十四日，管勾太学的学者孙复先生故世于官任了；九月一日，与欧阳修同在馆阁编撰《祖宗故事》的史馆检讨王洙，如今为翰林侍读侍讲学士，也卒于官任。人们都以得到欧公所撰墓志铭为其后事的妥善安顿，是年十月，欧公刚刚撰写了《孙明复先生墓志铭》，又连忙撰写《翰林侍读侍讲学士王公墓志铭》。这时眼病加剧，身体日衰，欲哭泪干，真可谓"见时之事，可喜者少而可悲者多"啊！

好在这个秋天，水灾之中，收到了王安石于外任常州寄来的《上欧阳永叔书》，王安石在书中感怀欧公的知遇之恩，的确给予欧公不少慰藉。此时王安石诗文已经很有世名了，欧公回书很谦逊、客气："自拜别，无日不瞻企。秋气稍凉，伏惟尊候万福。毗陵名都（指安石家所在的金陵），下车之始，民其受赐，然及侍亲为道之乐，日益无涯矣。某快快于此，素志都违（指自己乞洪州未得），诸公特以外议为畏（朝臣多以欧公外任为欠妥），勉相留，古之君子去就乃若是也。"①

笔者想，欧公所以加礼部侍郎，又权判尚书礼部，是因为是年贡举欧公确实做出了非同凡响的成绩，被朝廷格外看重。而尚书省，是监察刑狱和纪律的地方，就是说，礼部若有官吏违法犯纪，你欧阳修只管处置。可见诸公对嘉祐贡举的满意程度。而这样，欧公想兼顾一下修缮父母坟茔的想法就再次落空了，这个冬天他接连上奏数多次乞洪州札子。他的眼疾和身体因劳累而日衰，也是实情，他确实想外任休息一下，还想着赴江西时途经扬州刘敞那里，去"平山堂"看一看，自建成它之后，自己似乎没怎么享用过。欧公在《与刘侍读原父》书中说："某启。专介辱书，承此严寒为政外尊体休裕（问候），实慰企想。某以衰病，当此烦冗，已三请江西，要在正月初必可得。舣舟亭次（泊船停留），寓目平山

① 〔宋〕欧阳修：《与王文公介甫》其三，李逸安点校：《欧阳修全集》，中华书局 2001 年版，第 6 册，第 2368 页。

（留宿平山堂），奉贤主人清论（聆听刘敞高论），岂不豁然哉！"①

想得够美好啊！但是，是年十二月又命欧公权判三班院。这一官职原先就曾授予，欧公为了获得时间修《唐书》而辞掉了，今又恢复。判三班院，就是监察"流外"官员磨勘迁转的纪律。《宋史·职官》载，说它主要管理武臣的迁转，由官职最低位的三班借职，直至迁转为最高位的节度使，通通属于"三班院"的事。再具体说，就是由西班擢升一级，而进入东班；由东班若再升级，则进入横班；等等，其间"台阶"不下百阶之繁多！

欧公不仅"当此烦冗"，而且自从欧公出使契丹大获声望，每遇契丹来使，都要差使欧公"押伴"，也就是陪伴，以示宋廷的隆重。这又到寒冬年末了，契丹的庆贺正旦使来了，皇帝赐御宴，须欧阳修来陪伴主持。嘉祐三年（1058）二月，契丹国母薨，遣使来报丧，还是请欧公做"馆伴"。

不仅乞洪州未允，嘉祐三年（1058）六月十一日，朝廷又诏翰林学士欧阳修，兼龙图阁学士、权知开封府。

但是欧公的身体的确需要休息了，不得已上《辞开封府札子》。这封札子说得很诚恳、实在，既说了自己身体患病、精力不济，又陈述所撰《唐书》即将告竣，不宜中途贻误或另择他人修撰，看得出所言确属实情，并非考虑自己的私事。而且说到"治民临政"非自己所长，这也符合欧公自身资质的实际，他是个"学问型"的人才，似乎仅擅长于"脑力"，在高层谋策；若说具体的行政措施，我们在欧公多次外任中，似少见"亮点"。

用欧公札子中的原话说：

> 盖以臣久患目疾，年齿渐衰，昏暗愈甚。又自今年春末，忽得风眩。昨于韩绛入学士院敕设日，众坐之中，遽然昏踣，自后往往发动。缘臣所修《唐书》，已见次第，所以盘桓，欲

---

① 〔宋〕欧阳修：《与刘侍读原父》其一，李逸安点校：《欧阳修全集》，中华书局2001
年版，第6册，第2418页。

俟书成，便乞补外。岂期圣造，委以治烦。臣素以文辞专学，治民临政既非所长，加以早衰多病，精力不强，窃虑旷官败事，上误圣知。①

朝廷新诏韩绛为翰林学士，韩绛入学士院颁发诏敕的那天，学士们都在座，欧公竟突然昏眩跌倒在地，因为自今年春末以来患有"风眩"症。此后该病就时常发作。欧公就这样不厌其详地叙述具体病症和发作经过。

但是皇帝仍未应允欧公的辞呈。皇帝的意思，就是要"历练"欧阳修，以备日后之用！这个意图在授知开封府的敕文中，有一段文即说得很清楚明白："欧阳某，道德仁义，固其深蕴，文学政事，矧（况且）乃兼长。老于词禁之中，未惬缙绅之望。"就是说，仁宗看到了欧公"自身资质"的实际状况，他不该"老于词禁之中"，执政能力需要历练，"文学政事"需要"兼长"，否则日后怎么大用啊。不大用，欧阳修的"道德仁义，固其深蕴"岂不可惜啦？这一制诰词虽然是知制诰吴奎撰的，但其旨意却为皇帝钦此，且每份制诰都是经皇帝御览确认的。该制词接着说："今详试以烦剧，命允厘（厘清）于浩穰（官员众多、责任重大的地方）。"②

按说欧公已经留守过南京应天府，它们的"架构"大体相同，但只是规模和政务远远不如开封府庞大、繁杂而已。知府，原则上以"待制"以上官员充任，但实际上充任者多为"使相"。掌管"畿甸"之事，"以教法导民而劝课"。这个"畿甸"，乃指京城周围五百里以内的土地。这个概念就大了去啦，领十八个县，二十四个镇。中央朝廷的官司狱讼，皆由它来受理而听，小事专决，特大事则禀奏，它所断的案子，刑部、御史台不能纠察。所以这里的知府，最头痛的一件事不是别的，而是从大内直接下达的"内降"，干预这里的狱讼。此外，这里机构的庞大、

① 〔宋〕欧阳修：《辞开封府札子》，李逸安点校：《欧阳修全集》，中华书局2001年版，第4册，第1336—1337页。
② 〔宋〕胡柯：《庐陵欧阳文忠公年谱》，李逸安点校：《欧阳修全集》，中华书局2001年版，第6册附录，第2611页。

官吏之多，俨然一个"小朝廷"。我们据《宋史·职官六》载，仅朝廷命官就二十余人；至于派出管理辖区的小官吏们，即令佐、训练、征榷、监临、巡警等职员，均隶属知府统领下，共计六百员。不必太担心这会把欧公劳累趴下，他手下人马分工细致：其属下有判官、推官四人，各有侧重地担任每日常务的判定和审问，也就是知府日常工作的辅佐；另有"领南司"一人，督察使院，负责非刑狱的诉讼，也就是一般民事诉讼；再另"司录参军"一人，专管户籍和婚姻诉讼，还负责与六曹的通书及案牒来往；至于六曹，功曹、仓曹、户曹、兵曹、法曹、士曹还各设参军一人负责；还有左右军巡使、判官各二人，只分管京城争斗和审讯；还有左右厢"公事干当官"四人，则分管官员渎职和争斗诉讼，凡事轻者听其论决。①

我们只看这只麻雀的腹内"五脏"，即知这里与那西、南陪都不能相比，欧阳修不可能再像于西京为推官时那样休闲自在了，尽管下属辅佐不少。西京悠闲，是因为西京的事都让开封府干完了，没事可干啦！而这里，直接在皇帝眼皮下面，真可谓"试以烦剧"！

欧公也不宜再像留守南京那样，把大小公务都交给苏颂去做，自己则找杜衍公聆听教诲，赋诗唱和。而今则必得多用心于政务，每日"厅事"认真听取判官、推官、司录参军等幕僚的汇报议事；辖区需要踏看，有要事须临场处置，欧公还得亲往县、镇。若遇到违纪犯法的、不尽职守的官吏，欧公还是老样子，照例罢免他，上奏弹劾他。有一点，欧公很执着，依然是"宽简"施政，不扰民，不增加税赋；尽可能使诸事从简，当行或可不行的政令就不行颁布，可做或可不做的公事即行废除。及至诉讼，也尽力减少立案审讯，能调解的而不予问罪，可判或可不判的均予赦免。欧公才临政两月时间，开封府就顿时清静多了，京都街衢似也"悠悠闲哉"起来，少见巡警、皂隶穿梭，只有市井商贩徜徉，妇女童稚信步。奇怪的是，往日街痞盗贼竟也不见了踪影！一时间，人们以为龙图阁学士包拯"包青天"又回来了。可是包龙图喜欢带领左右人

① 〔元〕脱脱等:《宋史·职官六·开封府》，中华书局1977年版，第12册，第3941—3942页。

马和仪仗穿街过市，威风八面，而今却见不到这位新任知府的任何身影呢。他咋变得"鸦雀无声"了呢？

府中同僚，判官、推官都与欧公关系和睦，相处亲近，说这样是清闲些，可是"公简易循理，不求赫赫之誉，或以少风采为言"。即说，公如此"简政"，只怕是惠民而不买好啊！谁去获知你的政绩呢？欧公笑笑，知道人们会拿自己与包拯比较，于是说："人材性各有短长，岂可舍己所长，勉强其所短，以徇俗求誉？但当尽我所为，不能则止。"即说，如果"简政"不能奏效，那就算了吧！①

可是它偏偏非常奏效，虽然施政"宽简"，照样事无不治。欧公只有一点严厉，就是罢黜贪官和不才者，除此皆为宽松的，简约而似"不着笔墨"。为此后世在开封建有二贤祠，同样祭祀包拯和欧阳修，莫过把前者呼为"包严"，而将欧公称作"欧宽"。这个称呼亦如"照天蜡烛"，同是黎民百姓赠予的美绰。

东都开封，官吏密集，外地高官在这里显得位卑。你所罢黜的官吏，说不准哪个就能"通天"，粘连着皇亲国戚。但是维系人际关系，遇事考虑利害，向来不是欧公的品行和擅长！好在欧公处置政务，不徇私情，很难给谁非议的把柄。时任开封府推官的吴充，恰是欧公的儿女亲家，我们前文介绍过《答吴充秀才书》，那是远在景祐中的事，正是那位字冲卿者，当年不满十八岁。后为集贤校理、判吏部南曹，如今任开封府推官。两人关系一直非常融洽，府中要务多依靠吴充去做。吴充的女儿品貌端秀，举止温文尔雅，早已是欧公长子欧阳发之妻。稍后朝廷考虑到"避嫌"，吴充迁官入朝，为户部判官。

但是令欧公"头痛"的不是自己徇私，而是朝廷"徇私"。欧公临政不及两个月，接到"内降"竟不下十次之多。你若拖延不予理睬，他就内降不停！欧公一件也没答应，而拒绝执行。近日有个内臣梁举直，为自家私事劳役官兵，触犯国法，治罪下开封府右军，他竟然也能寻求获得内降！而且仅他一人就内降三次。欧公以为这些宦官从来不干好

---

① 〔宋〕欧阳发：《先公事迹》，李逸安点校：《欧阳修全集》，中华书局2001年版，第6册附录，第2637页。

事，最没有自尊、人格的就是他们。又遇上当今这么个"心慈手软"的皇帝，不能说一套而做另一套。皇帝曾对他说过内降出于不得已，杜衍帮了大忙；而今杜公已经故世，可是这个问题还在啊！这个"老问题"必须根除，不是欧阳修一人说它，朝臣们已经对它"物议"匪浅。有些事根本值不得皇帝如此，"至于婢妾贱人犯奸滥等事，亦敢上烦圣聪"，这是何等的辱没朝廷！

别的事欧阳修都可以"宽简"，唯独此事他将执拗到底。他维护的是朝廷纲纪和法律，对于寻求内降者不仅不能赦罪，而且要罪加一等。欧公毫不迟疑地上疏《请今后乞内降人加本罪二等札子》：

> 臣伏见谏官陈旭起请，侥求内降之人，委二府劾奏干请者之罪。蒙朝廷依奏施行。寻闻李璋因内降责罚，自后罕闻敢求内降以希恩赏者。以此见至公之朝，必信之法，可以令行而禁止也。然……臣自权知开封府，未及两月之间，十次承准内降，或为府司后行，或为宫院姨媪，或为内官及干系人吏等。本府每具执奏，至于再三，而干求者内降不已。至于婢妾贱人犯奸滥等事，亦敢上烦圣聪，以求私庇。宦竖小臣自图免过，反彰圣君曲法之私。……臣今欲乞今后应有因事敢干求内降者，依旧许本府执奏外，更乞根究因缘干求之人，奏摄下府勘劾，重行责罚。如本人自行干请者，亦乞一就勘鞫，加元犯本罪二等断遣。其情理稍深及干求不已者，亦许本府一面牒报御史台，弹纠勘劾施行。①

看来欧公够严厉，对于"干求不已者"，请许可本府牒报御史台，弹劾罢黜他的官职，还要根究其"关系网"的上线人。可见欧公的"简政"在这里并不"简"。

嘉祐三年（1058）八月二十一日，当朝名臣王尧臣去世了，年仅

---

① 〔宋〕欧阳修：《请今后乞内降人加本罪二等札子》，李逸安点校：《欧阳修全集》，中华书局 2001 年版，第 4 册，第 1686—1687 页。

五十六岁，卒于参知政事任上。欧公非常悲痛，眼看着庆历功臣一个接一个地逝世，心里何等滋味。欧公会记起自己出使河东的途中，为保护这位有才干的三司使，上呈《论陈留桥事乞黜御史王砺札子》，往事历历在目。次年，当王尧臣安葬的时候，欧公为他撰写了《尚书户部侍郎参知政事赠右仆射文安王公墓志铭》。

而是年八月，内弟薛宗孺通判并州（今山西太原）——读者切记，他不是那位"九哥"薛仲孺字公期者。公期为人十分淳厚。这位宗孺，却时而计较利益。而欧公还是厚待宗孺的，为他饯行赴官任，并赠诗《送水部通判并州》。他已为水部郎中，掌管田间水道沟渠、江河桥梁、舟楫漕运之事，官也算不小了。因与欧公的友情，梅尧臣也赠宗孺一首诗《送薛十水部通判并州》，这非常不容易，大诗人梅尧臣的诗很珍贵。"薛十"的称呼，我们前文说过，他是"九哥"仲孺的弟弟，排行为十。他应该记住"堂姐"薛氏和姐夫欧阳修的这份友情才是。

嘉祐四年（1059）二月，欧公尚在开封府任上，因身体状况欠佳，颇感政务劳累难当，而上《乞洪州第四札子》。"臣近两曾陈乞差知洪州一任，未蒙恩许。盖以臣衰病不支，难当任使，素心所切，苟于便私，非敢自图外州，以就优逸。臣年虽五十三岁，鬓须皓然，两目昏暗……以此贪冒荣禄，兼处剧繁（指知开封府），实知难济。矧（况且）自权行府事以来，三致台谏上言，两烦朝廷起狱……"①欧阳修就以这种"理由"自请罢免开封府之任。也是上方"头痛"了，他知开封府确实有些事不便了！朝廷免去了欧公的府职，却仍不允其"乞洪州"，诏他回朝廷转官给事中，同提举在京诸司库务。

从一个"烦剧"迁转为另一个"烦剧"！给事中，为门下省要职，官位在侍中及门下侍郎之下，"掌驳正政令之违失"，分治六房之制，每房设给事中一人。但相对比知开封府轻松些。欧公两次上疏《辞转给事中札子》，但两次都未能辞掉，朝廷不允。欧阳修执拗地上疏说："臣近曾陈乞外任差遣，伏蒙圣慈许臣解罢府事，兼授臣给事中。臣本以庸

---

① 〔宋〕欧阳修：《乞洪州第四札子》，李逸安点校：《欧阳修全集》，中华书局2001年版，第4册，第1338页。

369

虚，误蒙奖任，不能陈力。况未及期（指开封府未到任期），遽以衰病自求罢去，理当黜责，以励不才，……岂可又转一官？虽圣恩优厚，过宠衰残；而臣自揣量，无容滥受。所有恩命，乞赐停寝，只许令臣归院（归翰林院）供职，所贵少（稍）安疲病。"①

看来欧公真是不想干了，想离开朝廷。而仁宗和二府阁僚就是不放他走。此时，由于参知政事王尧臣已经故世，仁宗还把知制诰刘敞从扬州诏回身边。仁宗是瞅准了哪些人应该重用，所以不允欧阳修外任。

欧公紧接着上疏《举吕公著自代状》，想着后学才干已经起来了，吕公著比自己这一老病衰残强多了，朝廷重用吕公著不是更好吗？该上疏说："臣伏见司封员外郎、崇文院检讨吕公著，出自相门，躬履儒行。学赡文富（才学丰富充足），器深识远（器量容深、见识高远）。而静默寡欲，有古君子之风。用之朝廷，可抑浮俗；置在左右，必为名臣。非惟臣所不如，实当今难得之士。臣今举以自代。"②

仁宗仍不予应允，心说：吕公著自会得用，在后面；而用你即在当下！

嘉祐四年（1059）三月，皇帝在崇政殿御试礼部所进进士，诸科及第与"出身"共计三百三十九人。命翰林学士欧阳修充御试详定官，仁宗再次恩赐欧阳修御书："善经"二字。意为皇帝看重并称誉欧阳修的经学造诣。同为御试详定官的还有知制诰韩绛、集贤校理江休复二人。此次殿试，已距离欧阳修知礼部贡举两年过去了，文坛风气已经发生了变化和改观。

皇帝所出试题为《尧舜性仁赋》，详定官在众多试卷中选出满意的，呈仁宗御览。其中有一篇格外打眼，文风朴实，文意上乘，读来声韵朗朗："故得静而延年，独高五帝之寿；动而有勇，形为四罪之诛。"欧公大加赞赏，评说通篇明快畅达，毫无晦暗、险怪奇涩之风，当擢为第一人。遂呈于圣上钦定。皇帝审后也深以为然，恰如该文所说的"主上收精藏明于冕旒之下"。

---

① 〔宋〕欧阳修：《辞转给事中札子》，李逸安点校：《欧阳修全集》，中华书局2001年版，第4册，第1339页。
② 〔宋〕欧阳修：《举吕公著自代状》，李逸安点校：《欧阳修全集》，中华书局2001年版，第4册，第1340页。

等到整个阅卷结束，拆启弥封，才见到那"第一人"名叫刘辉，字之道。唱名时才对上号，此"刘辉"恰正是两年前礼部贡举时被黜汰的"国学第一人"刘几，他改名为刘辉了！不仅"改名"，文章亦一改原貌，不再是那"天下轧，万物茁，圣人发"之文了，自然也不会再发生"秀才刺，试官刷"之类的笑谈了。欧公惊讶而又欢喜，这个刘几，当初是欧阳修淘汰了他，今又是欧阳修选择他为殿试状元！"由是场屋（科场）传诵，辞格一变。议者既推欧阳公有力于斯文，而又服之道（刘辉）能精敏于变也。"（《无为集》卷十三）

第六节 《秋声赋》与仁宗放宫女

嘉祐四年（1059）九月，欧公作《秋声赋》。

该赋是一种夹杂骈偶、四六韵句的变体文，它好像与欧公久违了，怎么今天又突然命笔呢？该文以秋声发端，渲染暮秋山川、草木凋零的寂寥萧条，不无"玄思"、苦吟，抒发胸臆于人事的忧劳，形神日渐衰老的悲情，而与其以往"明月高峰巅"的精神格调完全不谐。我们不知其故。此外，仁宗于嘉祐四年（1059）六月、七月，两次放逐宫女五百余人，把许多往昔相好甚是无辜者都放逐出宫了，一时也说不出所以然。或说"月食几尽，修阴教以应天变"。应该说这是皇帝的一种自我追责，因而其心绪也不无萧瑟。此外，仁宗至今仍无子嗣，有朝臣上言早日"建储"，皇帝始终未允，夜晚想起来，却听见他发出喑哑的呜咽。

笔者感觉此一君一臣，胸臆心绪，似乎有着某种"同步"的"秋声"之吟，试观《秋声赋》：

> 欧阳子方夜读书，闻有声自西南来者，悚然而听之，曰："异哉！"初淅沥萧飒，忽奔腾而砰湃，如波涛夜惊，风雨骤至。其触于物者，鏦鏦铮铮，金铁皆鸣；又如赴敌之兵，衔枚疾走，不闻号令，但闻人马之行声。余谓童子："此何声也？汝出视之。"童子曰："星月皎洁，明河在天。四无人声，声在树间。"

余曰："噫嘻，悲哉！此秋声也，胡为而来哉？盖夫秋之为状也，其色惨淡，烟霏云敛；其容清明，天高日晶；其气栗冽，砭人肌骨；其意萧条，山川寂寥。故其为声也，凄凄切切，呼号愤发。丰草绿缛而争茂，佳木葱茏而可悦；草拂之而色变，木遭之而叶脱；其所以摧败零落者，乃其一气之余烈。夫秋，刑官也，于时为阴；又兵象也，于行为金；是谓天地之义气，常以肃杀而为心。天之于物，春生秋实。故其在乐也，商声主西方之音，夷则为七月之律。商，伤也，物既老而悲伤；夷，戮也，物过盛而当杀。

嗟乎！草木无情，有时飘零。人为动物，惟物之灵，百忧感其心，万事劳其形，有动于中，必摇其精。而况思其力之所不及，忧其智之所不能，宜其渥然丹者为槁木，黝然黑者为星星。奈何以非金石之质，欲与草木而争荣？念谁为之戕贼，亦何恨乎秋声！"

童子莫对，垂头而睡。但闻四壁虫声唧唧，如助余之叹息。①

是的，该赋表述了欧公对自己日益衰老的感伤，所谓人非草木，对于飘零无所知觉；人是个灵长类动物，自会于"百忧感其心，万事劳其形"，况且在这个"思其力之所不及，忧其智之所不能"的时候。但是该文在其隐晦的深层，却依旧不是纯粹"一己"的感伤，而是一曲仍然关乎"时政"的咏叹调！末尾两句"宜其渥然丹者为槁木"，典出《诗经·秦风·终南》："颜如渥丹，其君也哉！"②欧公引用该典，着重意在称誉当初那一有志于仕途和朝政的锐气方刚的少年，而不在于说他"变为枯槁"。那一少年，前往胥偃府上游学，于"秀野颁春，过蘅皋而倦目"，欧阳修作为这春光万物的主人，走来了！使其"帝已嗟于见晚"。该文的浓墨在于"反诘自问"，那一锐气少年哪里去了？而呼唤他的存在。否则末段文意我们很难自通，《庄子·齐物论》说："形固可使如槁

① 〔宋〕欧阳修：《秋声赋》，李逸安点校：《欧阳修全集》，中华书局2001年版，第2册，第256—257页。
② 杜若明注释：《诗经·终南》，华夏出版社1998年版，上册，第203页。

木，而心固可使如死灰乎？"①回答自然是不能，这也正是欧公文意深层意蕴。所以后文才有："奈何以非金石之质，欲与草木而争荣？"

当然感伤是有的，毕竟身体日益衰病。但它绝不是"心如死灰"，放弃人生奋进，而是对于这"秋杀"的愤搏抗争，思考自身在这秋风强劲、草木凋零的时候该如何作为，即"念谁为之戕贼"！

自从温成皇后（即张贵妃）去世之后，仁宗于后宫宠幸过的有十人，所谓"十阁"，多少都给予些恩赏。而若正式封赐内宫官位，则必须通过东府行政上授命，也就是中书吏部批准。多时仁宗难以获得批准，就采取"手诏"的形式，自己给予她们封赐。这种"封赐"是得不到朝廷认可的，也难与"月俸"待遇兑现的。据李焘《长编》记载，这"十阁"中只有皇帝最宠爱的两人周氏、董氏得到进秩，由东府赐封周氏为"美人"，董氏原为"闻喜县君"而此时封为"贵人"，因为她们两人生了皇女。在两人妊娠时，内外都盼望能生皇子，内侍省准备了许多金帛、器皿、杂物以用于赏赐；又修缮了潜龙宫，以作皇子寝舍，耗费颇重，所赏数额数倍于皇帝出嫁衮国公主的费用。结果，董氏生的是皇帝第九女，周氏生的是第十。总之"皇储"问题还是没个盼头！

《长编》说：嘉祐四年（1059）六月"周、董既以生皇女进秩，诸阁（十阁中其他数人）皆求迁改，诏中书出敕诰，中书以其无名，覆奏罢之。求者不已，乃皆以手诏授焉。温成之妹（即已薨张氏之妹）独固辞不受。初，进才人（内封），加赐银五千两，金五百两，（温成妹）固辞不受。上曰：'乡也（向来，你的）月俸二万七千，今也二十万，何苦而辞退？'对曰：'二万七千妾用之已有余，何以二十万为？'卒辞之"②。

温成妹要的是"名分"，而不稀罕钱财！看来女人多了也够麻烦。我们看到两点：其一，仁宗赏赐不薄，后宫确有靡费；其二，仁宗并未强迫中书破坏规矩，中书亦可否决皇帝的诏命。仁宗就这点好，不搞强权，肯听从上谏。他从未真正治罪于谏官，我们前文说过的殿中侍御史唐介，曾被贬谪，此时又复官天章阁待制、知谏院了，稍后还擢进为右

① 陈鼓应注释：《庄子今注今译·齐物论》，中华书局1983年版，第33页。
② 〔宋〕李焘：《续资治通鉴长编》，中华书局2004年版，第8册，嘉祐四年六月第3条，第4567—4568页。

谏议大夫。所以言官们敢于说话无须避讳。

就后宫事，知谏院范师道又上疏了："窃闻诸阁女御以周、董育公主，御宝白制（平白置办了皇子礼遇规格），并为才人，不自中书出诰，而掖庭（嫔妃居处）觊觎迁拜者甚多。周、董之迁可矣，女御何名而迁乎？才人品秩既高，古有定员，唐制止七人而已，祖宗朝宫闱给侍不过二三百，居五品之列者无几。若使诸阁皆迁，则不复更有员数（限额）矣，……一才人之俸，月直（月薪）中户百家之赋，岁时赐予（尚）不在（其内）焉。况诰命之出，不自有司，岂盛时之事耶！恐斜封墨敕（暗箱操作敕诰）复见于今日矣。"

谏官的言语真厉害！指责皇帝所自封的"才人"，月薪抵得上经济水准中等人家"百家之赋"，况且此诰命未得到中书认可，这等"斜封墨敕"，岂是盛世该做的事啊！

我们由是可见仁宗朝的"民主"及言论自由的尺度，官员们思想无禁锢的程度！

仁宗裁减宫人，在谏官范师道上疏之前就已开始，因为范师道的上疏中有这样的句子："近以宫人数多出之，此盛德事也。"即证明该上疏在仁宗第一次放宫人之后。就是说，此前仁宗对后宫靡费已经有所意识，但不好把自己已经授予的"才人"再罢掉，于是想以放逐宫人挽回些"补偿"。这仅为笔者的推想。《长编》记载是年六月"己卯，放宫人二百一十四人"。仁宗以后宫大幅度裁员，来保障其所爱的嫔妃封赐，的确有点"秋声"风雨萧飒的味道了！董氏、周氏，乃至温成皇后，没有被裁员放逐，"董氏开封人，四岁入宫，稍长为御侍，性和厚，喜读《国史》，能道本朝典故，侍帝左右未尝有过失"。尤其上一年，仁宗患病，时常精神恍惚，"夜持宝刀自乡（自向），董氏在侧，遽前争得之，几至断指（几乎被刀割断手指）"。所以是年五月乙未，赐封董氏为"贵人"，其父董安原为禁卫，擢进内殿崇班。

笔者想仁宗知道自己这些不够圣德之处，所以他不接受朝臣所奏徽号，已达二十余年。是年宰相富弼等再奏请加尊号"大仁至治"，上表五次之多，仁宗终还是诏命不许。或许觉得自己够不上"大仁至治"的尊号。在范师道上疏之后，他的确觉察后宫靡费问题，《长编》载：嘉祐四年（1059）秋，"七月丁未，又放宫人二百三十六人"。其中包括"十阁"内的刘氏、黄氏，都放逐了。此时，笔者的确听到那"秋声"：

> 噫嘻，悲哉！此秋声也，胡为而来哉？盖夫秋之为状也，其色惨淡，烟霏云敛；其容清明，天高日晶；其气栗冽，砭人肌骨……

是年秋天，朝政和财务税收都不够景气，仁宗困惑的两件当务之急，一是新茶法的实施，另一是方田均税法的推行，都不顺利。本想它既便民，又能增加财政，可是并未如愿。茶户困于输钱纳税，商贾利薄，贩卖者少，州县征税日蹙，经费不充足。

欧阳修则在辞去知开封府后，就紧着撰写《唐书》，唯盼尽快完成这一工作，也好返故里知南昌。欧公心中，的确"秋声"渐紧、秋风日益凛冽。好在是年十二月末，《唐书》编成，杀青了。怀着一场劳累后的轻松，给王懿敏公致书说："《唐书》已了，只候写了进本，遂决南昌之请，自此可图一'作茧处'矣（指退身歇息的地方）。"

可是《唐书》"进本"一直难以拿出来，欧公没有估计到杀青之后的校对竟如此费人精力，直到嘉祐五年（1060）六月末仍在无比劳累的校对中。在与他人书信中说："以《唐书》甫了，初谓遂得休息，而却送本局写印本，一字之误，遂传四方，以此须自校对。其劳苦牵迫，甚于书未成时，由是未遑及他事。"

说没有闲暇顾及他事，可是在这个岁暮寒冬，欧公却想起了挚友尹洙。笔者推想，这与"秋声"大有关联。欧公记起自己还有一件很重要的事没做，就是尹洙的遗孤儿子，尚未安顿。其子名叫尹构，需要朝廷赐予一官，以养家生活。欧公即刻上疏《乞与尹构一官状》。该上疏言辞恳切，陈述理由充足，当皇帝应允之后，欧公欣慰地落泪了。这才意识到，似乎这是他自身的归宿，即"可图一作茧处"的一部分，不觉吟出：

> 故其为声也，凄凄切切，呼号愤发。丰草绿缛而争茂，佳

木葱茏而可悦；草拂之而色变，木遭之而叶脱；其所以摧败零
落者，乃其一气之余烈。夫秋，刑官也……

　　翻过年去，到了春暖的时候，即嘉祐五年（1060）三月。欧公一
面辛劳地校对《唐书》，一面顾念仁宗的难处，由不得挤出时间，撰写
上疏《论茶法奏状》。欧公十分诚恳地说："臣于茶法，本不详知，但外
议既喧，闻听渐熟。""臣窃闻议者谓茶之新法既行，而民无私贩之罪
（即允许民自行买卖），岁省刑人甚多，此一利也。然而为害者五焉。
江南、荆湖、两浙数路之民，旧纳茶税，今变租钱，使民破产亡家，怨
嗟愁苦，不可堪忍，或举族而逃，或自经（自缢）而死。此其为害一
也。……"
　　我们不再摘引那"五害"了。欧公从当下民生考虑，认为宰相富弼
等所推行的新茶法确实存在着弊大于利的问题。其间，知制诰刘敞也与
欧公观点相同，交替上疏，勒停新法。欧公主要说新法不成熟，应该广
泛听取意见，有错必纠，允许人们指责其害。"古之为国者，庶人得谤
于道，商旅得议于市，而士得传言于朝……今虽欲减放租钱以救其弊，
此得宽民之一端尔，然未尽公私之利害也。"①
　　实施怎样的茶法于公私都有利，欧公也未能拿出一个具体的方案
来。这个问题很复杂，困扰朝廷时日已久。最初茶叶施行专卖制度，
全国茶农每岁输租折税以后，其余产茶由榷货务统购统销，称为"榷
茶"。但这为贪官污吏取利造成方便，也抑制了商业流通。早在康定元
年（1040）欧阳修上《通进司上书》，就提到了它的危害，要"使商贾
有利而通行，则上下济矣"。但是并非"通商"就能奏效，就能惠民、
增加财政；嘉祐三年（1058），三司提出通商，"园户之种茶者官收租钱；
商贾之贩茶者，官收征算（按价抽税）"。即对于茶农按照官府实得金额
平均分摊到户。这样既可限制商贾牟取暴利，又能减轻茶农负担，增加
朝廷收入。当时欧公对这一茶法也是赞同支持的，可是没有想到，实施

---

① 〔宋〕欧阳修：《论茶法奏状》，李逸安点校：《欧阳修全集》，中华书局 2001 年版，
　 第 4 册，第 1701—1702 页。

中却出现诸多问题，主要是茶农无力承受金额过重的"租钱"。欧公转而不再支持这一新法，所谓有错必纠，哪怕是当初自己建言错了，今也愿意承担责任，以利于纠正！当下的确需要"不护前失，深思今害，黜其遂非之心，无袭弭谤之迹，除去前令，许人献说，亟加详定，精求其当"。

夫秋，常以肃杀而为心！哦，真正的"肃杀"到来了！

嘉祐五年（1060）四月二十五日，宋诗开山鼻祖梅尧臣病逝了！此噩耗真正震痛摧杀了欧公的精神世界！笔者能够听到欧公的哭吟：胡为而来哉？

初淅沥萧飒，忽奔腾而砰湃，如波涛夜惊，风雨骤至。其触于物者，铮铮铮铮，金铁皆鸣……

我们前文说过，梅尧臣居住贫寒，城东赚河，可谓"贫民窟"，即欧公答诗所说的"城东赚河有名字，万家弃水为污池"，这里更易感染疾病，况且是年汴京有疫情流行。欧公痛作《哭圣俞》，当即回忆起西京洛阳的岁月："昔逢诗老伊水头，青衫白马渡伊流。滩声八节响石楼，坐中辞气凌清秋。一饮百盏不言休，酒酣思逸语更遒……"该诗还遗憾自己未能把梅圣俞推荐到应有的位置上，使其"晚登玉墀侍珠旒"①。

欧公还作了《祭梅圣俞文》，"具官欧阳修谨率具官吕某、刘某，以清酌庶羞之奠，致祭于亡友圣俞之灵"。笔者推测这"吕某、刘某"或就是吕公著、刘敞。欧公感念昔日洛阳同辈，零落至今已经不多了。之后月余日子，欧公多方奔走致书，筹集善款，捐助梅圣俞的丧事，为其家属购置田产。并且乞请皇帝录用其子梅增。

至次年梅圣俞安葬的时候，欧公又倾心撰写了《梅圣俞墓志铭》。该墓志全面记述梅尧臣生平、家世，高度评价其文学造诣及品质人格。

---

① 〔宋〕欧阳修：《哭圣俞》，李逸安点校：《欧阳修全集》，中华书局2001年版，第1册，第133—134页。

为奠怀这位大诗人，我们谨摘录该文：

嘉祐五年，京师大疫，四月乙亥，圣俞得疾，卧城东汴阳坊。明日，朝之贤士大夫往问疾者，骈呼属路不绝。城东之人，市者废，行者不得往来，咸惊顾相语曰："此坊所居大人谁邪？何致客之多也！"居八日癸未，圣俞卒。于是贤士大夫又走吊哭如前日益多，而其尤亲且旧者相与聚而谋其后事，自丞相以下皆有以赙恤其家。粤六月甲申，其孤增载其柩南归，以明年正月丁丑葬于宣州阳城镇双归山。

圣俞，字也，其名尧臣，姓梅氏，宣州宣城人也。自其家世颇能诗，而从父询以仕显，至圣俞遂以诗闻。自武夫、贵戚、童儿、野叟，皆能道其名字，虽妄愚人不能知诗义者，直曰此世所贵也，吾能得之，用以自矜。故求者日踵门，而圣俞诗遂行天下。其初喜为清丽闲肆平淡，久则涵演深远，……其应于人者多，故辞非一体，至于他文章皆可喜，非如唐诸子号诗人者僻固而狭陋也。

圣俞为人仁厚乐易，未尝忤于物，知其穷愁感愤，有所骂讥笑谑，一发于诗，然用以为欢，而不怨怼，可谓君子者也。……

圣俞初以从父荫补太庙斋郎，历桐城、河南、河阳三县主簿，以德兴县令知建德县，又知襄城县，监湖州盐税，签署忠武、镇安两军节度判官，监永济仓，国子监直讲，累官至尚书都官员外郎。尝奏其所撰《唐载》二十六卷，多补正旧史阙缪。乃命编修《唐书》，书成，未奏而卒，享年五十有九。……

圣俞学长于《毛氏诗》，为《小传》二十卷，其文集四十卷，注《孙子十三篇》。余尝论其诗曰："世谓诗人少达而多穷，盖非诗能穷人，殆穷者而后工也。"圣俞以为知言。铭曰：不戚其穷，不困其鸣。不踬于艰，不履于倾。养其和平，以发厥声。震越浑锽，众听以惊。以扬其清，以播其英。以成其名，以告诸冥。①

该墓志写法独特，从其眼下病卧，朝臣士大夫络绎不绝地探望写起，其病故所引起的震痛、反响，轰动京师，来显现圣俞的声望和文学成就。他不是一般的诗人，乃是有宋以来的大成就者。乃至"唐诸子号诗人者"亦不能与圣俞相比，比较会显出他们的"僻固和狭陋"。接下来言其诗文赢得当朝家喻户晓，"自武夫、贵戚、童儿、野叟"无不珍贵喜爱之，因为它具有高超造诣和艺术特色，"清丽平淡，涵淹深远"。之后说圣俞的君子人格，再后才谈他的生平、世家。这种写法，可见欧公行文是不拘一格的，情之所至的！在笔者摘录所省略的部分中，欧公还非常痛憾地提到，圣俞的学识和才能，不该是现在的官职，自己曾多次荐其入馆阁，而有司几次"不报"，将此遗憾深存于欧公心头！

该墓志情感之深切，语言之超拔，令人震慑心灵，"铭曰：不戚其穷，不困其鸣。不踬于艰，不履于倾"，这种排比句之掷地有声，乃是世间没有比它更为切意得力的了。欧公语言的精致、简约、深奥，只有在这种挚情中更加抵达完美的境界："震越浑锽，众听以惊。以扬其清，以播其英。以成其名，以告诸冥。"该句式激情澎湃、大气恢弘，真正可垂之不朽，告慰了圣俞在天英灵！

嘉祐五年（1060）七月二十日，欧公完成了《唐书》二百二十五卷之全部校对工作，上呈进本。并呈《进新修唐书表》，欧公所撰该表文题目下即注释"嘉祐五年七月戊戌为提举编修曾公亮作"，即为提举官代笔而作。表文开头即写有"臣公亮言：……"，只是文中末段才提到："于是刊修官、翰林学士臣欧阳修，端明殿学士臣宋祁，与编修官、知制诰臣范镇，臣王畴，集贤校理臣宋敏求，秘书丞臣吕夏卿，著作佐郎臣刘义叟等，并膺（承当）儒学之选，悉发秘府之藏，俾之讨论，共加删定，凡十有七年，成二百二十五卷。"表文前段主要言新修《唐书》

① 〔宋〕欧阳修：《梅圣俞墓志铭》，李逸安点校：《欧阳修全集》，中华书局2001年版，第2册，第496—498页。

的重大意义，有唐近三百年，"其君臣行事之始终，所以治乱兴衰之迹，与其典章制度之英（之精华），宜其粲然著在简册"。但是旧史有其弊端，尤其经过五代战乱轶失，其"纪次无法，详略失中，文采不明，事实零落。盖百有五十年，然后得以发挥幽昧，补缉阙亡，黜正伪谬，克备一家之史，以为万代之传"①。笔者想，这样的史学见地和笔着表述，只怕唯欧公才具备。

设置《唐书》局已经早了，乃是庆历五年（1045）五月，当时由王尧臣、宋祁、张方平等人重修《唐书》；欧公说自那时至今日"凡十有七年"。欧公是至和元年（1054）八月入局的，从欧公入局至此时也有六年了，《唐书》撰写主要是在欧公入局之后加快了进度。其中宋祁修撰《列传》一百五十卷，一直未停息；欧公则撰写了《本纪》十卷、《志》五十卷、《表》十五卷。莫过据相关文献记载，志、表乃范镇、宋敏求等五人分撰，宋敏求在其《春明退朝录》卷下说："梅圣俞入局，修方镇、百官表。"应该说志、表成于众手，但都经过欧公的修改定稿。

无论怎样说，"修改定稿"也是非常不易的，工作量极大的。须校对得无一字之误，更是颇费精力的。朝廷审后怕该书"体不一"，皇帝又诏欧公再次"统稿"，把宋祁所撰的列传，删改为一体。欧公虽受命，但没有那样去做，退而说："宋公于我为前辈，且人所见不同，岂可悉如己意。"欧公对《列传》"一无所易（改动）"。至于《唐书》修撰的署名，依照旧制，仅署名官职最高者一人，即欧阳修。据欧阳发《事迹》记载，欧公也没有这样做，而上奏坚持同署宋祁之名。欧阳修说："宋公于《传》，功深而日久，岂可掩其名，夺其功？"上方应允。宰臣宋庠不禁感叹说："自古文人好相凌掩（掩盖他人之长），此事前所未有也！"②

李焘《长编》记载：嘉祐五年（1060）七月"戊戌，翰林学士欧阳修等上所修《唐书》二百五十卷，刊修及编修官皆进秩或加职，仍赐器币

① 〔宋〕欧阳修：《进新修唐书表》，李逸安点校：《欧阳修全集》，中华书局2001年版，第4册，第1340—1341页。
② 〔宋〕欧阳发：《先公事迹》，李逸安点校：《欧阳修全集》，中华书局2001年版，第6册附录，第2629页。

有差"①。

笔者不甚详知此番欧公得到何等"进秩"和器币赏赐，只知道欧公又信心十足地开始乞请外任了。连续上《乞洪州第五札子》《第六状》《第七状》，上方均未从。欧公又致书王懿敏公说："某自罢府（罢开封府职），又一岁有余，方得《唐书》了当，遽（即刻）申前请，恳乞江西。前后累削（都被否决），辞极危苦，而二三公若不闻（指中书大臣就像不知道这回事似的）。"

欧公也莫错怪富弼、韩琦了，看来是仁宗不放他外任！嘉祐五年（1060）十一月十六日，拜欧阳修为枢密副使，加食邑五百户，食实封二百户。

仁宗重新调整了二府班子，这时的韩琦已经与富弼并列宰相了，原先的参知政事曾公亮充枢密使。右谏议大夫张昇，礼部侍郎孙抃并为参知政事。与欧公同拜枢密副使的还有原右谏议大夫陈旭、御史中丞赵概。

而且不容欧公再做推辞！欧公拜枢密副使之后，夫人薛氏入内宫谢恩，拜见了曹皇后。苏辙在后来的文章中说：薛夫人年幼时曾随其母金城夫人朝见于禁中，面赐诰命冠帔。及文忠公为枢密副使，薛夫人入谢，曹皇后依然一见识之，曰："夫人薛家女邪？"夫人进对明辩。自此每入辄被顾问，遇事阴有所补。

① 〔宋〕李焘:《续资治通鉴长编》，中华书局 2004 年版，第 8 册，嘉祐五年七月第 8 条，第 4635 页。

第九章

人性扪问

第一节　为安稳民心社稷

此时欧阳修的声望处于"鼎盛"时期，对于他擢进为枢密副使，朝臣们多以为"得人"。这也是仁宗不允其外任的原因，而且皇帝还将重用他，须一步步来。在授予欧公枢密副使的诰敕中即说得明白：

> （修）学通古今之宜，性符履道之直。议论明正，怀负高爽。久居禁近之从，屡更中外之事。选所践试，悉著声实。今枢筦之地，筹胜是经。擢贰大猷，适伫休绩。惟公忠可以成务，惟寅亮可以就功。往其慎哉，无废朕命。①

这份诰敕是翰林学士王畴草拟的。我们说，能得到朝臣们这样看重和拥戴是不容易的。

而朝臣们对其他进擢官员的"满意度"就并非如此了。譬如对于同

---

① 〔宋〕胡柯：《庐陵欧阳文忠公年谱》，李逸安点校：《欧阳修全集》，中华书局2001年版，第6册附录，第2613—2614页。

擢枢密副使的陈旭，嘉祐六年（1061）四月，先是右正言王陶弹劾之；紧接着礼部郎中、天章阁待制、知谏院唐介，以及右司谏赵抃，再次弹劾陈旭；之后兵部员外郎兼侍御史知杂事范师道，及殿中侍御史吕诲，就又行弹劾。认为陈旭阴结宦官史志聪、王世宁等，才得到枢密副使之任。

所谓"阴结宦官"，恐怕失实，皇帝说："凡除拜（授予）二府，朕岂容内臣（宦官）预议耶！"皇帝很愤怒，以为这是对自己的污蔑。

唐介等交章论列：陈旭初为谏官时，"因张彦方事阿附贵戚，已不为清议所与。及知开封府，尝贱市富民马（贱买贵卖民间马匹取利），纳外弟甄昂于府舍，恣行请托。……"仁宗把这些奏章拿给陈旭看了，陈旭苦苦地上书解释，他的解释也还"言之有据"。之后他便在家"待罪"，仁宗出手诏召他也不来了。仁宗义愤下罢黜台谏官，王陶、唐介、赵抃、范师道，以及吕诲，全都外任了！末了把陈旭的枢密副使也免了，以资政殿学士出知定州。①

等到事态稍许冷却一下，到了是年五月末，欧公开始劝谏，上疏《论台谏官唐介等宜早牵复札子》，劝言人主应有的"纳谏之圣"，及"忠邪之辨"。欧公说："唐介前因言文彦博（即言张尧佐事），远窜广西烟瘴之地，赖陛下仁恕哀怜，移置湖南，得存性命。范师道、赵抃并因言刘沆，罢台谏，受外郡，连延数年，然后复。今三人者，又以言枢臣罢黜，然则（唐）介不以前蹈必死之地为惧，（范）师道与（赵）抃不以中滞进用数年为戒，遇事必言，得罪不悔，盖所谓进退一节、始终不变之士也。至如王陶者，本出孤寒，只因韩绛荐举，始得台官。及绛为中丞，（王）陶不敢内顾私恩，与之争议，（韩）绛终得罪。夫牵顾私恩，人之常情尔，断恩以义，非知义之士不能也。以此言之，陶可谓徇公灭私之臣矣。此四人者，出处本末之迹如此，可以知其为人也。"欧公这样细致掰扯，可谓深入浅出，末了说："斥逐谏臣，非朝廷美事，阻塞言路，不为国家之利，而介等尽忠守节，未蒙怜察也。"②

① 〔宋〕李焘：《续资治通鉴长编》，中华书局 2004 年版，第 8 册，嘉祐六年四月第 9 条，第 4666 页。

② 〔宋〕欧阳修：《论台谏官唐介等宜早牵复札子》，李逸安点校：《欧阳修全集》，中华书局 2001 年版，第 4 册，第 1713—1714 页。

皇帝还是听从了欧阳修的劝谏，至嘉祐七年（1062）三月，先召回了王陶和范师道。仁宗是打心里认同欧公的人品，即如制诰所说："议论明正，怀负高爽。"

仁宗朝爱护和看重人才，所以有才学者会源源不断涌现。上一年春，欧阳修上疏《举苏轼应制科状》，说："臣今保举，堪应'材识兼茂、明于体用'科，欲望圣慈召付有司，试其所对。"同时由其他臣僚推荐苏辙应制科，结果，他兄弟两人皆中选。而嘉祐六年（1061）五月四日，朝廷又命"试遗逸"，也就是召试那些被遗漏者。诏欧阳修为考官。《宋史·颜复传》载："嘉祐中，诏郡国敦访遗逸，东京以复言（上奏）。凡试中书者二十有二人，考官欧阳修奏（颜）复第一，赐进士。"

除了这些繁杂事，欧公供职枢密院已有半年多时间，协助枢密使曾公亮革除往昔枢院宿弊，整顿纲纪，考查核准天下兵数，主要核实西北边防三路的屯戍，调配兵力部署和地理远近。派出要员，对边防久阙屯守者，大加搜捕、惩处，并补员充实。数月之间，军机要务得到全面治理，安顿就绪。曾公亮不能不佩服欧阳修工作的一丝不苟。

仁宗听了曾公亮的汇报甚为惊喜，是年八月二十一日，转欧公为户部侍郎、参知政事，进封开国公，加食邑五百户，食实封二百户。希望更大地发挥欧阳修的才干。但是欧公的身体确实出现了问题，他在《与王懿敏公仲仪》十二书及十三书中说："昨日以疾病发动（发作），请告家居。""近以口齿淹延，遂作孽，两颊俱肿，饮食言语皆不能，呼四医工并来，未有纤效（一点不见效）。"欧公只好辞官，上方考虑之后，只允许辞去户部侍郎，仍坚持其为参知政事。

欧公本想再行力辞，可是看到这时富弼的母亲病故，富弼已经告假离开朝廷了，须三年"守制"。欧公不好再言说个人的疾痛。

自嘉祐元年（1056）仁宗患病，痊愈后一直不是很利落。其实皇帝的年龄不算长，比欧阳修尚还年轻些许，但是忠义有心的朝臣士大夫已经为这事忧心忡忡了。对于封建王朝来说，能否"顺利交接"皇权就是其国家存亡、社稷稳固或是分崩离析的根本，搞不好就由此战乱了、改朝换代了。

我们先说说吕诲，吕诲已被贬谪江州，可是他没有唐诗人"江州司马青衫湿"的怨愤，身在贬所想的却是"建储大事"。仁宗心头却"忌讳"或说尴尬提及这个话题，总是希望后宫会有"子嗣"闪亮登场。嘉祐六年（1061）七月甲辰贵人董氏又生了，可生下的乃是第十三皇女，皇帝很无奈，又为董氏进位为"婕妤"（正三品），连董氏自己都垂泪，辞而不受。越是这样，就越敲响了这一议题进程的锣鼓点。

知江州吕诲上言说："臣窃闻中外，屡有密疏，以圣嗣未立，请择旁继，指斥祖宗，分别裔绪。臣子之心，讵当（岂能）如是？"吕诲指出有一种议论，指责选择皇亲"旁继"为非，作为臣子怎能这样看问题呢？当然这种担虑"裔绪"是出于忠诚，可是就不怕"难以意料之失"吗？虽然宗属有亲疏，天资有贤愚，委付亲贤，当出圣虑。并言："惟陛下思祖宗造宋之艰难，监成、冲隳汉之基祚（借鉴汉成帝延续国统、汉冲帝毁坏基业的经验教训。汉冲帝刘炳两岁登基三岁病故，而由外戚梁氏把持朝政），窒奸臣附会之渐，绝后世窥觎之患，早为定断，慰安人心，天下大幸！"[①]

在吕诲之前，已数次建言"旁继"的人，即是司马光。司马光于嘉祐六年（1061）七月始迁起居舍人、同知谏院。此前，其官职一直很低。

司马光为景祐五年（1038）进士及第甲科，时二十岁。其父亲司马池，为天章阁待制、知杭州的时候，身体不好，司马光辞去自己的官位陪父亲赴任，并且代替父亲撰写奏状，当时文章就很有见地了。至皇祐元年（1049）经枢密副使庞籍推荐，司马光召试馆阁校勘、知太常礼院。至和二年（1055）宰臣庞籍外任河东路经略安抚使、知并州时，推荐司马光为通判并州事，那时他已上言"建储"的事。但一个通判，职卑言轻。直到嘉祐三年（1058）迁开封府推官，官职仍不高。

此时司马光为起居舍人、知谏院，而所上的札子，都篇幅巨大，窃以为有点不够合乎札子"一事一议"的体例，读起来像读一篇万余字的论文，且不是"专题"，而是包括许多问题。好在其内容并不空泛。

① 〔宋〕李焘：《续资治通鉴长编》，中华书局2004年版，第8册，嘉祐六年九月第8条，第4723—4724页。

譬如，嘉祐六年（1061）七月壬寅，其所上的《三札子》，既谈论君德，又言致治之道，更兼养兵之术。开篇即说："臣窃惟人君大德有三：曰仁，曰明，曰武。""武者，非强亢暴戾之谓也，惟道所在，断之不疑，奸不能惑，佞不能移，此人君之武也。"是不是文章不俗？但笔者以为该札子谈三件事还是冲淡或淹没了其主要想说的。

再如，嘉祐六年（1061）八月丁卯的上书，又是分作"五规"：《保业》《惜时》《谋远》《重微》《务实》，引经据典，论证绵密，尤其《重微》篇谈得精彩，教习人"见微知著"。如说："《虞书》曰：'兢兢业业，一日二日万几。'何为万几？几之为言，微也，言当戒惧万事之微也。""故治之于微，则用力寡而功多；治之于盛（等到事态发展盛大了再治理），则用力多而功寡。是故圣帝明王，皆销恶于未萌，弭（消除）祸于未形。"怎么样？的确精彩吧！诸篇像是给皇帝侍读的"讲义稿"，却不像奏章和札子。

我们回到"建储"事上来，司马光作为谏官于是年八月丁未上言，却是"一事一议"的："臣昔通判并州，曾三上章乞陛下早定继嗣，以遏乱源。当是时，臣疏远在外，犹不敢隐忠爱死，数陈社稷至计，况今日侍陛下左右，官以谏诤为名！切惟国家至大至急之务，莫先于此，……"①

但这"旁继"的话，是很难说出口的，"惟在陛下一言而已"！

此后《长编》记述的一段，很能见出臣子与皇帝的心理曲折。司马光已上札子，未见回复，心里不安，又找机会面奏。好在他已是起居舍人，皇帝近臣。皇帝听奏后沉默不语，良久才开口说："得非欲选宗室为继嗣者乎？此忠臣之言，但人不敢言尔。"司马光说："臣言此自谓必死，不意陛下开纳（不料陛下却给予宽恕）。"皇帝曰："此何害（这怕什么）！古今皆有之。"于是又沉默了。稍刻，皇帝命司马光把所言付中书，司马光则说："不可，愿陛下自以意谕宰相。"按说司马光退去，这事就该到此为止啦，可是他却借言"江淮盐贼事"来中书陈奏。笔者推想他并非陈奏什么"盐贼事"，而是来中书看看，皇帝是否已有"动

---

① 〔宋〕李焘：《续资治通鉴长编》，中华书局 2004 年版，第 8 册，嘉祐六年八月第15 条，第 4719 页。

作"。结果没见到"动作"。宰相韩琦也知道他是为别的事而来，问道：今天你究竟想说什么，就说吧！"光默计（默想），此大计，不可不使琦知，思所以广上意者，即曰：'所言宗庙社稷大计也。'琦喻意（会意），不复言。"

可见司马光对此事的执着。是年九月丁丑，他索性上疏直言了：

> 臣前乞拣会臣并州所上章，早定继嗣事，陛下即垂听纳，凡所宣谕，皆非愚臣所能及，乃天地神祇保佑皇家，实万世无疆之休也。臣意陛下朝夕发德音，宣告大臣施行此事。今甫一月，未有所闻，岂陛下以兹事体大，精选宗室，未得其人；将左右之人，有所间沮，荧惑圣听？臣皆不得而知也。臣闻为之后者，为之子也，著于礼律，皆有明文。汉成帝即位二十五年，年四十五岁，未有继嗣，立弟子定陶王欣为太子。今陛下即位之年及春秋皆已过之，岂可不为宗庙社稷深思虑哉！臣愚亦不敢正东宫之名，但愿陛下自择宗室仁孝聪明者，养以为子，官爵居处，稍异于众人，天下之人，皆知陛下意有所属，以系远近之心。他日皇太子生，复使之退归藩邸，有何所伤？此诚天下安危之本，愿陛下果断而速行之。[①]

司马光的上疏，对皇帝和中书大臣触动很大，才把这件事纳入了议事日程。

欧阳修说是年秋，自己从枢密院转到东府，见到皇帝降下来的谏官司马光言立皇子事的奏章，还有知江州吕诲的论疏。是的，自皇帝患病那年，不少朝臣上疏此事，至今五六年过去了，皇帝始终未允。那么这天内降奏章于中书，看来是有"动议"了。两份奏章认真读毕，欧公与宰相韩琦、枢密使曾公亮商议此事，来日早朝须拿出中书的意见。韩公说："若上稍有意，即当力赞成之。"曾公、欧公也说："此吾侪素所愿

① 〔宋〕李焘：《续资治通鉴长编》，中华书局2004年版，第8册，嘉祐六年九月第8条，第4722页。

也。"只有"继嗣"上意有所属，才能杜绝四方奸邪非分之想，防患于未然。即使他日后宫真的诞生了皇子，也没有关系，再让他退归藩邸就是了。

明日奏事垂拱殿，散朝后大臣们留步，才向仁宗奏及此事。仁宗沉吟一时才说："朕有意多时矣，但未得其人。"欧公在后来的《奏事录·又三事》中记述道：欧公好像二十年来头一次听到仁宗以"朕"自称，往日"进对"都是很随便的，可见这时的气氛之紧张、严肃。仁宗又左右顾盼一下，说："宗室中孰为可？"韩琦惶恐地回答："不惟宗室不接外人，臣等不知，此事岂臣敢议，当出自圣择。"仁宗说："宫中尝（曾经）养二子，小者甚纯，然近不惠（不够仁爱宽厚，或不够聪明），大者可也。"韩琦问："（大者）其名为何？"仁宗即说出他的名字"宗实"，今已三十岁。他就是后来的英宗。及至下殿的时候，诸臣又奏："此事至大，臣等未敢施行，请陛下今夕更思之，臣等来日取旨。"到了次日朝奏，仁宗说："决无疑也。"诸臣又说："事当有渐，容臣等商量所除（授）官，来日再奏。"这样是为了给足仁宗思考的时间，以防反悔莫及。其实皇储应授予何官是不用商议的，首先即是知宗正寺，也叫作"判宗正"，只要得此职，朝野既已知道继嗣所属了。此时宗实尚在其父亲濮王丧事守制时日中，而议"起复"（就是不限于"守制"而起用）。原先宗实官为大将军、遥郡团练使，今授予泰州防御使、判宗正寺。仁宗很欣慰，说："如此甚好。"这时二位宰臣及欧阳修又奏："此事若行，不可中止，乞陛下断在不疑。仍乞自内中批出，臣等奉行。"仁宗说："此事岂可使妇人知？只中书行可也。"时为嘉祐六年（1061）十月。[1]

濮王赵允让，乃太宗第四子商王赵元份的第三子，仁宗皇帝的堂兄。于嘉祐四年（1059）十一月庚子薨，去世时尚为汝南郡王，后赠太尉、中书令，追封濮王，谥号"安懿"。所以后人也称谓他"濮安懿王"。据说赵允让为人不错，"天资浑厚，内仁外庄"，而且心性至孝。其母楚国太夫人病故时，赵允让为夫人丧事"过自哀毁"，不久自己才故世的。

---

① 〔宋〕欧阳修：《奏事录·又三事》，李逸安点校：《欧阳修全集》，中华书局 2001 年版，第 5 册，第 1839—1840 页。

而且他的家境不是很富有，也就是他并不贪图财富，太夫人故时仁宗临奠，捐赠白金三千两，允让伏拜廷下哭泣，推辞不受，说："臣无劳，月享大国俸，财余于室，衔愧日久。今以亲丧受重赐，是为子终不能以己力办丧而负诚孝也。"此外还有载，允让心性向善，其为大宗正二十年，在宗族中享誉威望；族中有少妇丧夫的，按规矩虽无子也不许改嫁。濮王认为"此非人情"，而为这一少妇"请使有归"。

宗实就是濮王赵允让的第十三子，少小寄养在后宫。郭皇后被废之后，立曹氏为皇后。曹皇后有一外甥女，小名叫滔滔，自幼也养在禁中。十三与滔滔"两小无猜"地玩耍，这个滔滔就是后来英宗的高皇后。及至"两小"成人的时候，仁宗与曹皇后为其主婚，"姻上联姻"，当时宫中传为笑话说："天子娶妇，皇后嫁女！"笔者想，那时仁宗听到也自会哈哈一笑，因为当时皇帝只把"十三"当作侄儿。谁知一晃，竟然，竟然到了今天！

其父的一些品性，自然为宗实所继承，譬如濮王并不贪图财富。亦如欧公所记述："今上（指英宗）自在濮邸，即有贤名。及迁入内（遵诏由濮邸迁入内宫），良贱（连同仆人）不及三十口，行李萧然，无异寒士，有书数厨而已。中外闻者相贺。"

至此也许读者对宗实有了一点儿印象。然而宗实内迁，不在当下，最早也是嘉祐七年（1062）八月以后的事了。宗实竟多达十余次辞让不就，连"判宗正寺"的官职也拒绝，惧怕招来祸患，躲避在家，卧床称疾，后来竟真的病倒了。先是以父丧守制未满为理由，至七年二月，"服除"期满，就开始称病。

欧公记述："至七月，韩公议曰：'宗正之命始出，则外人皆知（其）必为皇子也。不若遂正其名，使其知愈让而愈进，示朝廷有不可回之意，庶几（或许就）肯受。'"但是任命其判宗正之后，宗实仍然累上辞让表，仁宗问该如何，韩公不能对。这时"余（欧公）即前奏曰：'……今不若遂正其名，命立为皇子。缘防御使判宗正，降诰敕，御名得以坚卧不受。若立为皇子，只烦陛下命学士作一诏书，告报天下，事即定矣，不由御名受不受也。'仁宗沉思久之，顾韩公曰：'如此，莫亦好否？'韩公力赞之。仁宗曰：'如此，则须于明堂前速了当。'遂降诏书，立为皇子",并御赐更改今名为"曙"。

我们从中听出仁宗犹豫不决的口吻,是的,事已至此,皇帝心里还是有不够情愿和"痛感"的。立嗣之后,皇帝常独自泪泣,只有回到内宫,见到心爱的董氏或周氏亦如"家人",说:"我今日已有交代。"这话,即是把这件事看得很沉重,并且还说:"是他韩琦,已处置了!"事后,每遇真宗庙讳日,群臣拜慰,定会听到仁宗的恸哭。还有,宗实侄儿的名字,已经由御赐改为赵曙了,可是仁宗游后苑,会禁不住心头的"忌讳",见一亭子名"迎曙亭",便命把亭名改作"迎旭",不一会儿,仍觉得它意思是一回事,又改作"迎煦"……①

但是这只能说,人都有脆弱的一面、脆弱的时候。当仁宗面对朝廷、朝臣、国家大事,而非他个人之事时,却是坚定不移的。

正像他的"纳谏之圣",嘉祐七年(1062)三月丙辰,从欧阳修之言,召回了右正言、知蔡州的王陶,赴谏院供职。同时召回知福州的范师道。是年七月甲子,又召回右司谏、知虔州的赵抃,复官为礼部员外郎兼侍御史知杂事。

皇帝如此纳谏,势必极大地鼓舞了谏官们的建明,推进朝廷文明进程。嘉祐七年(1062)五月丁未,司马光已进擢为起居舍人、天章阁待制兼侍讲,仍知谏院,他再次上疏那种像"讲义稿"似的"长篇大论",比此前上疏篇幅更长,仍是谈许多问题。

譬如谈到"随材用人而久任之",指出三司省欠缺"专业性",及任职不能持久的弊端。"故财用之所以匮乏者,由朝廷不择专晓钱谷之人为之故也。"近年三司使、副使、判官,大率用文辞之士为之,以此仅为官吏进阶的途径,不复问其习与不习于钱谷。固然有些是习知者,然不能专也。于是乎有以簿书为烦而不省,以钱谷为鄙而不问者矣。再加上居官者迁徙频繁,或未能尽识该部门吏人的面孔,搞清楚该职位所主,就又调离了。

所谈农事,深刻尖锐,力显谏官的"民本"立场:"夫农,天下之

---

① 周勋初:《宋人轶事汇编》,上海古籍出版社 2014 年版,第 1 册,《仁宗》第 66—68 条,第 82—83 页。

首务也，古人之所重，而今人之所轻。岂独轻之，又困苦莫先（空前未有）焉！彼农者，苦身劳力，衣粗食粝，官之百赋出焉，百役归焉，岁丰贱贸其谷，以应官私之求，岁凶则流离冻馁，先众人填沟壑。如此而望浮食之民转而缘南亩（归附土地），难矣！……故以今天下之民度之，农者不过二三，而浮食者常七八矣，欲仓廪之实，其可得乎？"

再如所谈"官吏奢靡"，尤与农民困苦形成对照："然左右侍御之人，宗戚贵臣之家，第宅园囿，服食器用，穷天下之珍怪，极一时之鲜明，惟意所欲，无复分限。以豪华相尚，以俭朴相訾（訾议诋毁），恶常而好新，月异而岁殊。是以费用不足，则求请无厌，匄贷（乞求）不耻。甚者或依凭诏令以发府库之财，假托供奉以靡县官之物（借供奉朝廷之名贪污州县贡物）……"①

司马光乃至明言当今不是"唐虞之治"——唐、虞乃为尧、舜的封号和封地。即说："今陛下所以有唐虞之德，而无唐虞之治者，其失在于不忍而好予（嗜好赏赐）。不忍则不诛有罪，好予则不待有功。"

故我们说，一方面，仁宗朝的台官和谏官恪尽职责是普遍的，极少有渎职的。同时从另一方面看，也是仁宗宽恕"不忍"的政治，培育了这样一代谏官。

嘉祐七年（1062）八月丙子，宗实又一次辞中书的任命泰州防御使、知宗正寺，而上疏皇帝。皇帝允许了。我们看到，即使是对自己的亲侄子，仁宗也不给予强迫，更不会因晚辈敢于三番五次地违命而动怒。而只是询问大臣该怎么办。我们前文在欧阳修的记述中已经说了：这才将直接授予"皇子名分"提上日程。亦如前说，当仁宗面对朝廷、朝臣、国家大事，而非他个人之事时，却是深明大义的。皇帝同意了，他没有再想一旦后宫真的诞生了皇子该怎么办。韩琦劝皇帝出"手诏"，仁宗答应了；韩琦令枢密副使张昇代行，张昇畏惧，说自己必须面见皇帝，直接得到口谕，才敢行文。召对时张昇问："陛下不疑否？"仁宗说："朕

① 〔宋〕李焘：《续资治通鉴长编》，中华书局 2004 年版，第 8 册，嘉祐七年五月第 1 条，第 4752—4758 页。

欲民心先有所系属，但姓赵者斯可矣。"

这就是说：为了安隐民心和社稷，朕是在所不惜的！

当手诏也未能奏效，宗实仍卧床称疾的时候，才有了欧阳修谏言，由朝廷正式发诏书。当知，这的确就没有"退路"了！八月丁丑，由翰林学士王珪草诏，正如王珪面见皇帝所言："此大事也，后不可悔。外议皆云执政大臣强陛下为此，若不出自陛下，则祸乱之萌未可知。"这时仁宗指着自己胸襟说："此决自朕怀，非由大臣之言也。不如此，众心不安。卿何异焉？"

八月己卯，诏曰：

> 人道亲亲，王者之所先务也。盖二帝之隆治由兹出，朕甚慕之。右卫大将军、岳州团练使宗实，皇兄濮安懿王之子，犹朕之子也，少鞠于宫中，而聪知仁贤，见于凤成。日者选于宗子近籍，命以治宗正之事，使者数至其第，乃崇执谦退，久不受命，朕默嘉焉。朕蒙先帝遗德，奉承圣业，罔敢失坠。夫立爱之道，自亲者始，固可以厚天下之风，而上以严宗庙也。其以为皇子。①

之后仁宗召宗室所有人入宫，晓谕立皇子之事。次日，诏入内侍省、皇城司，于内香药库之西偏，营建皇子位（即住处）。笔者想不是大兴土木，而是就原来的宫室装修一下而已，即不费时日的。八月丁酉，又赐皇子袭衣、金带、银和绢各一千。诏令宗室中的从古、宗谔二人，前往濮邸劝说，迎接皇子宗室入内。从古，官为登州防御使、同判大宗正；宗谔则为沂州防御使、虢国公。并告诉他二人，如果皇子真的病倒了，则允许他乘坐肩舆（轿子）入内。

宗实的确是因惧怕、躲祸而病倒了，但是他没有乘轿子，而是撑持着病身步行，于八月辛丑，谦卑之至地走进内宫，其身影确如欧阳修之

---

① 〔宋〕李焘：《续资治通鉴长编》，中华书局 2004 年版，第 8 册，同年八月第 2—4 条，第 4773 页。

记述所说:"良贱不及三十口,行李萧然,无异寒士,有书数厨而已。"

第二节　为怀念追思或别具意味

仁宗终于办完了一件大事!嘉祐七年(1062),仁宗好像有一种"天时感应",祭祀活动非常之多。

欧阳修记得,这一系列活动从是年正月就开始了。仁宗命百官于大庆殿朝贺,自然是祝贺国朝正旦,比往年隆重,皇帝特命欧阳修摄侍中。"摄"就是在祭祀仪式中代替某一职务行事。三月乙卯,祈雨南郊,为的是这一年的风调雨顺,则又命欧阳修摄太尉行事。

欧公不禁记起庆历七年(1047)春,旱情严重,皇帝命翰林学士杨亿草"罪己诏",草就后仁宗看了不满意,"以为罪己之辞未至",命其重新撰写,嘱咐必须按照"词头"提示内容,言明皇帝的罪过。末了诏书以严词责己撰成,指出赤地千里,乃"天威震动,以戒朕躬。……冀高穹之降监,悯下民之无辜,与其降疾于人,不若移灾于朕"。随后采取多项自我惩罚措施:避殿减膳;许中外"实封言事";罢免宰相贾昌朝及枢密副使吴育;从此罢自己游猎,并罢南郊上尊号;远道徒步西太乙宫祈雨……这些事早已在朝野传为佳话。[1]

而今,即嘉祐七年(1062)九月庚戌,立皇子事后,又朝飨太庙,祭祀祖宗,命欧阳修摄司徒。九月辛亥,再大飨明堂,封赏有功之臣。而为欧阳修进阶的诰敕则曰:

> ……朝散大夫、守尚书礼部侍郎、参知政事、护军、乐安郡开国公、食邑二千三百户、食实封六百户、赐紫金鱼袋欧阳某:文章瑞时,议辩华国,进陪大政,时欲倚平。会资阅仪,赞成孝志,彻俎而命,宜先近班。功号崇阶,副之勋等,是惟

---

[1]　周勋初:《宋人轶事汇编》,上海古籍出版社 2014 年版,第 1 册,《仁宗》第 40 条,第 76—77 页。

典常。可特授正奉大夫，依前尚书礼部侍郎、参知政事，加柱国，仍赐推忠佐理功臣。封、食实封、赐如故。①

诰敕称赞欧阳修，能够以文章"瑞时"即裨补时政，以其刚正的"议辩"使国朝公议哗然，赢得声誉；且"进陪大政，时欲倚平"，即依仗欧公等大臣辅佐，处置政事，才得社稷稳固、天下祥瑞。其显著功绩，是可于神坛前告慰神灵，"蒙所劳矣"！

欧阳修是个重感情的人，是年欧公已经奔五十七岁了，这个年岁对于古人就大有《秋声赋》所言的"秋声"意味了，当听到这种奖谕，只有在皇帝晚年，才带着感伤的口吻说出来，欧公怎能不为此感动！

欧公真挚地作有《明堂庆成》诗，记述该祭祀的盛况：

> 辰火天文次，皋门路寝闳。
> 奉亲昭孝德，惟帝飨精诚。
> 礼以三年讲，时因万物成。
> 九筵严太室，六变导和声。
> 象魏中天起，风雷大号行。
> 欢呼响山岳，流泽浃根茎。
> 宝墨飞云动，金文耀日晶。
> 从臣才力薄，无以颂休明。②

该诗表达了欧公对仁宗的情感，他不在意自己加官进阶，而是被这一"奉亲昭孝德，惟帝飨精诚"所打动。该诗首句"辰火天文次"则说：这祭坛的香火、冉冉腾空的烟雾，乃是日月星辰的住所啊！为了迎接天光，慰藉祖宗神灵，王宫及寝宫大门昼夜敞开着，即"皋门路寝闳"之谓。"飨明堂"主要是祭祀祖宗。我们从中还可以看到祭祀活动的规模，

---

① 〔宋〕胡柯：《庐陵欧阳文忠公年谱》，李逸安点校：《欧阳修全集》，中华书局2001年版，第6册附录，第2615页。
② 〔宋〕欧阳修：《明堂庆成》，李逸安点校：《欧阳修全集》，中华书局2001年版，第2册，第224页。

"六变导和声"乃言祭祀音乐之六曲,充满闳浑的"和声"效果,如"风雷大号",震撼山岳。"象魏"则是宫廷外象征法令的高大柱石,冲天而立,矗在盛大香火的缭绕之中。

欧阳修重感情,对待同僚更如是。欧公至今与苏颂保持书信往来,那是自己守南京时结识的好友,而今其外任颍州,欧公致书中表示自己想告老回颍州去,全身而退。也与刘敞经常通信,刘敞于嘉祐五年(1060)十一月出知永兴军(今陕西西安),是年十二月,欧公上疏乞请以刘敞还朝为翰林学士,但是仁宗忙于各种祭祀,未及处置。

是年十二月二十三日,仁宗举行另一类"祭祀",算是怀念、追思,或是别具什么意义,我们暂且说不明白它;召群臣前往龙图阁、天章阁,观赏祖宗的藏书。这二阁金碧辉煌,宽敞宏大,能容纳众多臣僚。殿阶很高,一阶阶步入,会给予人一种神圣感。据《长编》记载,仁宗所召包括辅臣、近侍,翰林学士等,还有三司副使、台谏官、皇子、宗室、驸马都尉、主兵官。我们看不明白这是出于怎样一种"规格"和需要,笔者想仁宗或是借此机会,把大家都看望一下吧。仁宗临场作有《观书诗》,令群臣唱和。韩琦、欧阳修等臣作唱和诗,仁宗称赞很好,传诏翰林学士王珪撰诗序,"刊石于阁",也就是铭刻碑文。欧公除了唱和诗,还作有《观龙图阁三圣御书应制》诗。

天章阁除了藏书,还藏有三朝遗留的"瑞物",也一并令群臣观赏了。之后驾临宝文阁,这是往日仁宗研习笔墨、书写"飞白"的地方。仁宗自幼在内宫就喜好书法,一直研习至今,想必造诣很深。仁宗格外开恩,御书墨宝,分赠群臣。依据胡柯年谱记载,仁宗"双幅大书'岁'字,下有御押,加以御宝(即玉玺)。王珪夹题八字云'嘉祐御札赐欧阳修',仍于绢尾书'翰林学士臣王珪奉圣旨题赐名'"[1]。这是何等的郑重,珍贵!至此,我们还是不知道仁宗想表达怎样一种感情,或说"意味"。

十二月二十七日晚间,仁宗赐宴于群玉殿,招待群臣。皇帝就座御位上,群臣分列两厢几案坐垫上,宫人们摆上珍馐佳酿,皇帝说:"天

---

① 〔宋〕胡柯:《庐陵欧阳文忠公年谱·嘉祐七年壬寅》,李逸安点校:《欧阳修全集》,中华书局 2001 年版,第 6 册附录,第 2615 页。

下久无事，今日之乐，与卿等共之，宜尽饮勿辞。"就是说：请众卿开怀畅饮吧，喝醉了最好，朕不怪罪。席间还分赐禁中的花、金盘和香药。史料没说分赐欧阳修的是什么，但笔者想，那"香药"一定是赠给欧公的，因为皇帝早已见到欧公两鬓霜白，身体欠佳了，多次乞请外任，皇帝未能应允。此外，皇帝召韩琦至御榻前来，另赐酒一卮（一杯）。这晚群臣的确没有拘束，开怀尽饮，"从臣沾醉，至暮而罢"。欧公作诗《群玉殿赐宴》，描绘了该宴的盛况。欧公认为是皇帝崇尚儒学的缘故，才有此盛况，即云："盛际崇儒学，愚臣滥宠荣。惟能同舞兽（指醉饮狂欢），闻乐识和声。"[①]

　　岁末，契丹遣使来恭贺正旦了，仁宗又格外加恩赐御宴。但是皇帝身体欠安，不能出席，自然又命欧阳修为"押伴"以示规格。仁宗一生对与契丹国的关系非常看重，有一年，契丹国的重臣、大学士刘六符为使来朝，仁宗赐以"飞白"，御书"南北两朝永通和好"八字，据说，刘六符在其国知贡举时，便以此为赋题。并把该御书铭石立碑。这个岁末，欧阳修陪御宴于都亭驿。

　　仁宗仍坚持上朝。嘉祐八年（1063）正月己酉，诏翰林学士范镇知贡举。贡举是仁宗非常重视的事情，每次殿试，皇帝必亲临崇政殿并命题。而且喜欢给"甲科前十名"赠诗，记得景祐中所赠诗，末尾句云："寒儒逢景运，报德合如何？"当然仁宗会觉得，自己的诗不能与欧阳永叔的诗相比喽！

　　是年二月丙戌，天气尚且很冷，仁宗在福宁殿（即寝殿）之西阁早朝，听取中书、枢密院奏事。韩琦、欧阳修等臣不禁环视，这里的陈设全都是破敝不堪的，卧榻帷幄、御座垫子、褥子，全都薄而陈旧。韩琦当即就斥责内侍，仁宗说："朕居宫中，自奉止（只是）如此尔。此亦生民之膏血也，可轻费之哉！"[②]

　　想到皇帝这个人，自己克俭，赐予他人却大方！皇祐间，陈执中当

---

①〔宋〕欧阳修：《群玉殿赐宴》，李逸安点校：《欧阳修全集》，中华书局2001年版，第2册，第224—225页。

②〔宋〕李焘：《续资治通鉴长编》，中华书局2004年版，第8册，嘉祐八年二月第4条，第4790页。

政的时候，侍御史张伯玉上言："天下未治，未得真相（宰相非人）故也。"就此得罪了宰相，不得已让张伯玉外任太平州。仁宗心里不忍，加上张伯玉出身贫寒，而派遣小黄门登门慰劳，说："闻卿贫，无虑，朕当为卿治装（置办行装）。"遂由禁中颁旨三司，赐钱五万。陈执中得悉后不依，说此事没有先例，上曰："吾业已许之矣。"[①]

至三月甲辰，仁宗明显感觉不好。原先的医官宋安道等人所进药品，久服用不见效，听说前郓州观察推官孙兆，还有邠州司户参军单骧二人以医术而闻名，特召进宫，为皇帝把脉诊断。用了几服药，确觉好转些了。

三月戊申，以太子太师致仕的宰臣庞籍卒了。仁宗决定临奠，被大臣们劝阻。仁宗遂遣使吊唁，赙恤其家，追赠庞籍司空兼侍中，谥号庄敏。因为他有生长于吏事，持法严厉。

三月二十二日，仁宗亲临延和殿，御试礼部奏名进士。试后御赐进士许将等一百二十七人及第，六十七人同出身，另外"制科"诸科一百四十七人及第、若干同出身。仁宗很欣慰，该科状元为许将，乃福州闽人，算是蔡襄、吴育、吴充等臣的同乡。

欧公正在拜读这位嘉祐八年（1063）贡举第一人许将之赋，欧公读后称赞，的确不错，"君辞气似沂公（王曾），未可量也！"

却不知，嘉祐八年（1063）三月二十九日仁宗薨于福宁殿！年仅五十四岁。

欧阳修当即泪下。原先不知七年岁末，怎会举行如此多的祭祀活动，龙图阁观祖宗书籍，宝文阁御书"飞白"，分赠群臣，似乎现在明白了，那不仅是怀念、追思，还是向朝臣们"道别"的意思啊！

泪水滂沱中，欧公不敢相信这是实有发生的，以为仁宗尚在！皇帝怎会特赐自己那一双幅的"岁"字，那是告知于欧阳修，上"岁"之将尽的意思吗？圣上啊，自己愚昧而未察，此时泪水才如线穿珠，串连起

那一场场祭祀的"圣意"。每场必用欧阳修摄政执礼，似在给予他一种特殊的恩泽，可谓"流泽浃根茎"啊！然而当时他只以为那是皇帝崇尚儒学的缘故，不解皇帝更有深意所含。宝文阁御赐"飞白"之后，更赐宴群臣于群玉殿，欧阳修尚作诗吟着"盛际崇儒学，愚臣滥宠荣。惟能同舞兽，闻乐识和声"之浅薄的句子啊，而今感觉那晚盛宴，皇帝望着群臣醉饮狂欢，其心情，就不只是"闻乐识和声"了！

四月壬申，辅臣们再入后宫寝殿，也就是福宁殿，见到的景象凄凉，曹皇后在那里守着灵柩哭泣。此时曹氏已成为皇太后了。

韩琦等臣与皇太后商量，召皇子入内，正式登基吧。皇太后只是流泪点头。韩琦遂命殿前马步军副都指挥使、都虞候及宗室刺史以上的朝臣，至福宁殿前听旨。命翰林学士王珪草遗制。而当大臣们来到皇子宗实，也就是"今上"那里，只见宗实服一身孝服，惊惧战栗地说："某不敢为！某不敢为！"说着便朝反方向疾走。我们无须细说大臣们费了多少气力和周折才使其即位，他在皇位上只是哭泣，至百官朝拜，更失声痛哭了。

光会哭不行啊，许多丧葬大事亟待处置。只听英宗皇帝说："大行皇帝（仁宗），就'亮阴'三年吧。"韩琦等左右看看，都觉得不可。"亮阴"虽然是厚奠，但是三年下来朝政就全都耽误了。仁宗灵柩是嘉祐八年（1063）十月二十七日入"山陵"的。

起初，宗实虽然战战兢兢，但处理朝政还算有序，命韩琦为大行皇帝山陵使，即全权负责丧事；宣庆使石全彬提举制造梓宫（陵墓）；命引进副使王道恭前往契丹告哀，左藏库副使任拱之告哀夏国；三司使蔡襄奏乞调拨内藏库钱一百五十万贯、绸绢二百五十万匹、银五万两，助山陵及赏赐，英宗也允从，……可是就在这日晚间，英宗还是因为惧怕，忽然得病，不认识人了，语言失序、错乱，急忙召已经降黜的医官宋安道等人入宫侍疾。

四月己卯，行大敛，英宗疾病加剧，"呼号狂走，不能成礼"，韩琦急忙丢弃手中的丧杖，奔上前把"今上"拦腰抱住，呼叫内宫人，令加意看护服侍。这样，大臣们商议，只好请曹太后"垂帘听政"了，由参知政事欧阳修草诏书。不仅草拟了《请皇太后权同听政诏》，欧公还奉敕书写《仁宗皇帝哀册谥宝》及《英宗即位受命宝》。在国家危难之际，欧公再也没说过请辞或外任的话，由此担起辅佐宰相韩琦的重任，认真履职负责。

《长编》在后来的追记中说："初，英宗以疾未亲政，太皇太后垂帘，（欧阳）修与二三大臣主国论，每帘前奏事，或执政聚议，事有未同，修未尝不力争。台谏官至政事堂论事，事虽非己出，同列未及启口，而修已直前折其短。士大夫建明利害及所请，前此执政多婑阿（以前的执政大臣大多做出不能决定的样子），不明白是非（不直说是非），至修必一二数之曰：某事可行，某事不可行。"①

我们看看欧阳修够多么干脆，多么可爱！即说，欧公绝不会在朝臣言及利害的面前含糊其辞，畏事退缩，而是挺身直言，某事可行，某事不可行。明白告知之所以不可行者。一扫此前执政者"不明白是非"的样子。

以下有这样几件事，可见欧公踏实尽职，以报国家危难。时西府枢密使缺人，韩琦、曾公亮便向皇太后请示了，欲立即补充该职位。一日在待漏院中，韩琦、曾公亮二公在那里低声商议，欧公走来的时候恰听到"枢密使……"如何，便知道了二公的用心，想擢进欧公任枢密使。欧公问清二公的意图之后，当即说大不可，自己坚决不能从命，并劝说二公："今天子不亲政，而母后垂帘，事之得失，人皆谓吾辈为之耳。今如此，则是大臣二三相补置耳，何以镇服天下！"（《先公事迹》）二公这才点了点头，作罢。后来皇太后在帘幕时又正式提出任命，欧公仍旧力辞不受。枢密使即是宰相了，但是欧阳修绝不贪图，尤其在这危难之际，为己谋利，那不是欧公的品质！后来只好任命枢密副使张昇为枢密使。

欧公身负疾病，而任劳任怨，笔者推想其中渗入着对仁宗的奠怀情感。欧公在给自己的门生焦千之书信中说自己身体不好："遽而大热，病体殊不可当。"是的，这已是夏天了，欧公这封书信是为邀请焦千之

---

① 〔宋〕李焘：《续资治通鉴长编》，中华书局2004年版，第9册，治平四年三月第9条，第5082页。

赴家宴，庆贺焦千之授官于乐清。此外，欧公与亲家吴充的书信中还说到，自己繁忙得从春至夏，难以顾及家务，儿女也有病。书说："某自春涉夏，以小儿女多病，不无忧挠。加以待罪（指职务）碌碌，不知所为，情绪萧索，无复前日（身体不如以前了）。"

但就是这样，七月九日，又"押伴"契丹祭吊使，赐御宴于都亭驿。

上文说到，即使是执政大臣间议事，"事有未同，修未尝不力争"。七月中恰遇契丹皇太叔耶律重元，与其子涅鲁古合谋刺杀道宗耶律洪基，而自立，遣使求宋廷出兵为应。二府大臣中竟有人希图利用这一机会，想就此改变与契丹"纳贡"的关系，赞成出兵。欧公当即反驳而"力争"了！这事能这样轻率而幼稚吗？事成就不说了，事败呢？况且，"中国待夷狄，宜以信义为本，奈何欲助其叛乱？使（如果）事不成，得以为辞（又以何言告契丹国）。"宋廷这才作罢了。结果不出多日，那位皇太叔耶律重元果然事败而死（《先公事迹》）。

英宗的意外生病，在朝臣们心中引起恐慌，生怕"皇权"发生变化。在中书决定由皇太后"垂帘"的当日，也就是四月己卯，太常礼院就已奏请："其日皇帝同太后御内东门小殿，垂帘，中书、枢密院合班起居，以次奏事；或非时召学士，亦许至小殿；皇太后处分称'吾'；群臣进名起居于内东门。"这是什么意思呢？就是"垂帘"只能限制在内宫。皇太后处分朝政只能称"吾"，而不能称"朕"。我们看到朝臣们那种自觉地对于"正统"的维护，所显现的"井然有序"。也就是仁宗朝的朝臣，对于任何国事朝政都敢于奏议，表现出士大夫的担当！皇太后和中书大臣只能依从。曹氏垂帘，为了加强政局的稳固，四月甲申，加封宰相韩琦为门下侍郎兼兵部尚书，进封卫国公；曾公亮加中书侍郎兼礼部尚书；枢密使张昇、参知政事欧阳修及赵概并加户部侍郎；枢密副使胡宿、吴奎并加给事中。

而谏官司马光已经在防范某种"变化"，而以不无教诲的口吻和意图，上疏皇太后：

群生无福，大行皇帝奄弃天下。皇帝继统，哀毁成疾，未能亲政，恭请殿下同决庶务。臣愚，伏计殿下念宗庙社稷之重，为四海黎元之计，不得已而临之，非中心所欲也。若皇帝圣体不日康宁，殿下必推而不居，若药石未效，则殿下方且总揽万几，未暇自安。故凡举措动静，不可不谨戒留心焉。

方今天下之势，危于累卵，小大战战，忧虑百端。若非君臣同心，内外协力，夙夜勤劳，以徇国家之急，则祸难之生，岂可胜悔哉！夫安危之本，在于任人，治乱之机，在于赏罚，二者不可不察也。若中外百官各得其人，贤能者进，不肖者退，忠直者亲，谗佞者疏，则天下何得不安？（若）任职之臣多非其人，贤者退，不肖者进，忠直者疏，谗佞者亲，则天下何得不危？赏不因喜，罚不因怒，赏必有所劝，罚必有所惩，则天下何得不治？喜则滥赏，怒则妄罚，赏加于无功，罚加于无罪，则天下何得不乱？然则天下安危治乱不在于他，在于人主方寸之地而已矣。

……臣以为凡名体礼数所以自奉者，皆当深自抑损，不可尽依章献明肃皇太后故事，以成谦顺之美，副四海之望。大臣忠厚如王曾，清纯如张知白，刚正如鲁宗道，质直如薛奎者，殿下当信之用之，与共谋天下之事。鄙猥如马季良，谗诏如罗崇勋者，殿下当疏之远之。

臣闻妇人内夫家外父母家，况后妃与国同体，休戚如一。若赵氏安，则百姓皆安，况于曹氏，必世世长享富贵明矣。赵氏不安，则百姓涂地，曹氏虽欲独安，其可得乎！是故政者，正也，为政之道，莫若至公。……①

好严厉的教诫呀！明确要求太后必须以"夫家为内"，以"父母家为外"；并说"赵氏不安，则百姓涂地，曹氏虽欲独安，其可得乎！"这种言辞，笔者生怕一个女人的承受力是受不住的，但是谏官竟敢于如此。司马光点出名臣榜样给太后看，必须依靠忠厚、清纯、刚正等品德

① 〔宋〕李焘：《续资治通鉴长编》，中华书局2004年版，第8册，嘉祐八年四月第22条，第4799—4802页。

的大臣为辅佐，其中即有欧阳修的岳父，"质直如薛奎者"，是太后应该"信之用之"的。并且开篇即说：仅仅因为英宗皇帝哀毁成疾，才有"垂帘"之事，但相信，"若皇帝圣体不日康宁，殿下必推而不居"。这种以防不测的"教诲"语词，应该说是相当无畏而严厉的。倘若皇太后心地稍许窄小，那么势必会计较嫌怨的。

真宗的山陵名叫永定陵，于乾兴元年（1022）入土。故而"乾兴"也指代真宗陵墓。宰相韩琦担任仁宗的山陵使，把仁宗陵墓命名为"永昭陵"，是年四月乙酉，发诸路兵卒四万六千七百八十人修筑仁宗山陵，主张一切依照真宗葬礼行事。时三司使蔡襄也上奏："大行山陵一用'永定'制度。"可是这事谏官们又说话了！右司谏王陶上言："民力方困，山陵不当以'永定'为准。"应该说，厚葬不是仁宗的意思，仁宗有遗诏，令自己丧事从俭。接着，京西转运使吴充、楚建中，以及知济州田裴等臣，陆续上言："请遵先帝遗诏，山陵务从俭约，皇堂、上宫除明器（天下享有的宝器或冥器）之外，金玉珍宝一切屏去。"

这就是仁宗朝的朝臣，上言无所顾忌，没有丝毫的阿谀奉迎之"奴色"，可见他们思想解放的程度。但是韩琦没有听从这些上言，而诏礼院与少府（九卿）监议，只是省去真宗时所增加的明器，其他一切仍依照"永定陵"。而此时，谏官也不会轻易放弃言事权力，于是右司谏、直集贤院、同修起居注郑獬，再次上疏：

> 大行山陵依乾兴制度，虽未为过多，以今校昔，盖有不同。乾兴币藏充积，财力有余，故可以溢祖宗之旧制。今国用空乏，财赋不给，近者赏军，已见横敛，富室嗟怨，流闻京师。虽三路州郡颇能支吾，盖将累岁边备一日费之，不知何年复能充补。万一岁凶民饥，小有风尘之警，则将何策以善其后？岂可用乾兴为法也！夫俭葬之制，周公非不忠，曾子非不孝，以为褒君爱父，不在于聚财。此前世之极论，臣不复言。窃惟先帝节俭爱民，出于天性，无珠玉奇丽之好，无犬马游观之乐，服御至于浣濯，器玩极于朴陋，此天下所共知也。今山陵制度，乃取乾兴最盛之时为准，独不伤先帝节俭之德乎！臣

以为宜敕有司条具名数，再议减节。①

应该说欧阳修心里一定会认同谏官们的意见的，但是笔者没能于史料中见到欧公对此事的态度。笔者推想，或许欧公对此事"弃权"了，未置可否。这有些不够符合欧阳修以往处事的风格，以往正如笔者前述已引李焘所说的："台谏官至政事堂论事，事虽非己出，同列未及启口，而修已直前折其短"，"修必一二数之曰：某事可行，某事不可行"。但是世上任何事都不可能是纯然一色的，或会有其复杂的"色调"。欧阳修作为中书的参知政事，在此危难之际，他需要支持宰相的工作，不想再给韩琦增加政务的困难，这是其一；其二，那就是对于仁宗的感情，他好像怎样都说不出口"丧葬从俭"这四个字。尽管知道谏官说的是对的，完全正确的，但若让他说出"昭陵"不能如"定陵"的话，那是他情感上非常痛苦的。因为据笔者看，仁宗要比他的父亲真宗，对于中国历史文明进程的贡献，强过百倍！我们在前文评说仁宗时说过：人都有脆弱的一面、脆弱的时候，这也应该包括欧阳修的情感，他既不能指出谏官所言为过错，就只剩下沉默了。

是年十月二十七日仁宗入葬的前夕，欧阳修没有回家就宿，而是彻夜守在中书东阁，等于为仁宗守护灵堂了。欧公是夜作有《夜宿中书东阁》诗，笔者读来凄婉欲泪：

翰林平日接群公，文酒相欢慰病翁。
白首归田徒有约，黄扉论道愧无功。
攀髯路断三山远，忧国心危百箭攻。
今夜静听丹禁漏，尚疑身在玉堂中。②

笔者想这"东阁"也就是翰林院，它隶属于中书。欧公在这里想

---

① 〔宋〕李焘：《续资治通鉴长编》，中华书局2004年版，第8册，嘉祐八年四月第29—30条，第4803页。
② 〔宋〕欧阳修：《夜宿中书东阁》，李逸安点校：《欧阳修全集》，中华书局2001年版，第2册，第226页。

到往昔，东阁文友对自己的慰劳，把酒小酌而已。新进擢的翰林学士韩绛也在，他们相互约定"五十八岁退身致仕"，并把该约镌刻在厅堂柱子上。然而此约是徒劳的！欧公至今守在这里，乃至夜不成寐。痛奠仁宗已薨，自己真想"攀髯"而去啊！所谓"攀髯路断三山远"，乃说黄帝采铜于首山，铸鼎于荆山，鼎成而龙出，龙垂须髯供臣等攀援。但不幸，须髯断了，臣子不能随之远逝。典出《史记·封禅书》。

而这个夜晚，欧阳修静静地听着更漏声，似看见仁宗向自己走近了。听见皇帝说：欧阳某，卿为何不回家休息啊？

欧阳修回答：陛下，臣为你守灵，明天将送别皇帝赴昭陵。

皇帝叹息：哦，"白首归田徒有约"，是的，朕看见这玉堂厅柱上镌刻着文字，卿等约定五十八岁致仕归田。也早已见到卿两鬓如霜了，是朕的过错，未能让你歇息。

欧阳修答道：陛下英年早逝，臣已百箭穿心，怎敢再说"退身"的话呀！

仁宗说：朕在位四十余年，做过不少错事。卿可猜猜，朕心里最悔的是何事？

欧阳修一怔，只有恻隐之情，不敢猜测，说：臣不知，请陛下明示。

仁宗说：那就是"庆历"之事了！说时仁宗面颊流泪。它直到朕临终前夕还懊痛于心，但已无法补救了。卿可能意识到了吧，庆历的朝臣，朕都召回重用了。除了范公，因为他过早地去世，让我无法补过了……

第三节　英宗人品与台谏官的凛然正气

嘉祐末，英宗的疾病已经痊愈了。原本就是因为过于哀伤和心理恐惧造成的，平复起来也就比较容易。可是"两宫"即皇太后与皇帝情感上不够和睦。英宗总是觉得这位母亲对他不亲、不够厚道；而皇太后曹氏也觉得这个皇帝不乖顺，时不时地"犯上"，一副"皇权旁落"的逆反和不满情绪。加上内宫总管，即入内都知任守忠，不是居中调停，而是居心叵测，倚靠皇太后的权势行事，说些挑拨离间的话，使这母子就更加感情分裂了。据笔者估计，皇太后已经有废除英宗的心思，只是碍于先帝遗诏，不敢轻易出言而已；加上朝臣们维护正统的势力强大，唯仁宗遗诏是从，搞不好就会彻底"翻船"！

我们之所以这样估计这母子之间"裂痕"的程度，是有史料可依的。那就是嘉祐八年（1063）九月十九日，皇太后把所谓"韩虫儿案"告知了中书大臣。韩虫儿，即后宫一宫女，说自己怀有先帝的子嗣。我们可以分析皇太后曹氏之所以把这一事告知中书大臣的用意。可是这事，中书处置得非常谨慎，后来证实那只是宫女韩虫儿的造伪，把她严厉驱逐了。欧公的《奏事录·又三事》其中一事，就是说它的："今上即位于枢前，中外帖然（膺服），无一言之异，唯韩虫儿事籍籍不已，云大行（指仁宗）尝有遗腹子，诞弥当在八九月也。九月十七日，余以服药，请一日假家居，晚传内出宫女三人送内侍省勘，并召医官产科十余人、坐婆（接生婆）三人入矣。十九日，入对内东门小殿，帘前奏事，将退，太后呼黄门索韩虫儿案示中书。余等于帘前读之，见虫儿具招（招认）虚伪事甚详。……余等遂前奏曰：'虫儿事，外已暴闻。今其伪迹尽露，可以释中外之疑，然虫儿当勿留，庶外人必信也。'"

即中书大臣根据内侍省勘奏及产科医官的检验报告，下令驱逐造伪宫女韩虫儿，得到皇太后允诺，了结了此案。中书大臣只把这笔账算在内宫任守忠之流作祟者的身上。

随后，欧公辅佐宰相韩琦镇内安外，劝解两宫和睦，做了大量细致的工作。英宗因为逆反心理而拒绝服药，韩琦时常亲执药杯以进，结果把药汤泼洒在韩琦的袍服上。太后便拿出新袍服赐韩琦，韩琦不敢当，太后说："相公也真是不容易啊！"韩琦自然听得出太后的"言外之意"。此时皇子仲铖也在近旁，太后就又说："你该去劝一劝你父亲！"英宗瞅一瞅，也不顾忌。英宗皇帝忧、疑交加，举措多改常态，尤其对宦官"少恩"，而憎恶他们，左右人等也多不悦英宗，太后便把这些话常说给辅臣听。换个时间，韩琦不怕出"危言"，力劝皇太后说："臣等只在外见得官家（依照内宫的口吻来称呼皇帝），内中保护，全在太后。若官家失照管，太后亦未安稳！"曹氏一怔，惊说："相公是何言！自家更切用心（我本就是用心的）。"韩琦说："太后照管，则众人自然照管矣。"即说，左右宦官不以上为尊，乃是皇太后的过错！曾公亮、欧阳修等在旁边都为之流汗，怕太后翻脸。退后，欧阳修说："不太过否？"韩琦说："不如此不得。"

当时，暗地里传说着"废立之议"。太后遣中使持一封文书呈递给韩琦，打开一看，乃英宗所作歌词，言宫中过失事，肯定有些不中听的言语，韩琦即当着中使的面，把文书焚烧了。韩琦也够胆大！是的，他不怕太后治罪。及至帘前，韩琦奏说："太后每说官家心神未宁，则言语举动不中节，何足怪也！"太后便在帘幕后发出呜咽，说："老身殆无所容，须相公做主。"韩琦说："此病故耳，病已，必不然。子病，母可不容之乎？"

这时欧阳修进奏："太后事仁宗数十年，仁圣之德，著于天下。妇人之性，鲜不妒忌。昔温成（张贵妃）骄恣，太后处之裕如（处置有余），何所不容。今母子之间而反不能忍耶？"太后抽泣地说："得诸君如此，善矣。"我们可以听出太后无可奈何的语气，因为中书一再坚持"是可忍"，不存异议。欧阳修接着说："仁宗在位岁久，德泽在人，人所信服。故一日晏驾，天下禀承遗命，奉戴嗣君，无一人敢异同者。今太后深居房帏，臣等五六措大尔（五六人执掌大政），举动若非仁宗遗意，天下谁肯听从！"太后不说话了，心里疙瘩慢慢释怀。[1]

欧公的这些劝诫，是史家李焘所著《续资治通鉴长编》明文记载的。

欧公还陪同韩琦等臣面见皇帝，更是不住地劝诫。《长编》载："帝曰：'太后待我无恩。'对曰：'自古圣帝明王，不为少矣，然独称舜为大孝。岂其余尽不孝也？父母慈爱而子孝，此常事，不足道；惟父母不慈爱而子不失孝，乃可称尔。政（执政）恐陛下事太后未至，父母岂有不慈爱者！'帝大悟，自是亦不复言太后短矣。"该段所言帝舜少年时不被父母疼爱，且备受虐待，但是舜之仁孝不改。此事见诸六经，故而英宗深为醒悟。

此外，台谏官司马光、吕诲等臣也多次上疏皇太后，又上疏英宗，

① 〔宋〕李焘：《续资治通鉴长编》，中华书局 2004 年版，第 8 册，嘉祐八年十一月第 7 条，第 4838 页。

竭力调解两宫关系，言辞非常诚挚中肯。司马光上疏说：臣听说汉章帝刘炟原本是贾贵人之子，汉明帝刘庄则命明德马皇后抚养他，皇后非常尽心，劳粹有过于自己的亲生儿子。章帝刘炟也孝心笃实淳厚，恩性天至，母慈子爱，始终没有细微芥蒂。马皇后之三位舅舅，皆为卿、校、列侯；而贾贵人则自始至终不加尊号，贾氏亲族，亦无一个受宠荣者。这就是前世的美谈，今日所当效法者也。

吕诲上皇太后书说：往日臣闻流议传喧，皇帝染疾未愈，言语或有恍惚，对太后的礼节时有所缺，使殿下几乎不能容覆。外臣罔测，而如是说。然而臣担虑小人乘间，希图两宫失和，阴为交斗，以生他事。……惟殿下广开容纳之度，不予计较其惰慢之礼，亲阅汤药，力为调治，强之以严威，照之以恩爱，如此人神和悦，皇帝起居，必遂安适。否则恩礼中止，慈孝两失，人言不已，天下何观？如何对得起先帝！三十年保育之功，一朝而弃，臣窃为殿下惜之！[1]

司马光、吕诲等，均对朝政时局深怀忧患。司马光劝说英宗也很到位：臣闻近日陛下圣体甚安，奉事皇太后，早晚问安，未尝废缺。"陛下既为仁宗之后，皇太后即陛下之母，今濮王既没，陛下平生素养未尽之心，不施之于皇太后，将何所用哉！臣闻君子受人一饭之恩，犹不忍负之，必思报答，况皇太后有莫大之德三，陛下岂可斯须忘之！先帝立陛下为嗣，皇太后有居中之助，一也；及先帝晏驾之夜，皇太后决定大策，迎立圣明，二也；陛下践阼（即位）数日而得疾，不省人事，皇太后为陛下摄理万机，镇安中外，以候痊复，三也。有此一德者，则陛下子子孙孙报之不尽，况兼三德而有之！陛下所以奉养之礼若有丝毫不备，四海之人其谓陛下为如何？天地鬼神其谓陛下为如何？此不可以不留圣心也。……若万一有无识小人，以细末之事离间陛下母子，不顾国家倾覆之忧，而欲自营一身之利者，愿陛下付之有司，明正其罪。"[2]

治平元年（1064）五月，宰相韩琦力争皇太后"还政"。自然太后

---

① 〔宋〕李焘：《续资治通鉴长编》，中华书局 2004 年版，第 8 册，嘉祐八年十一月第 7 条，第 4834—4836 页。

② 〔宋〕李焘：《续资治通鉴长编》，中华书局 2004 年版，第 8 册，治平元年三月第 5 条，第 4853—4854 页。

会有一些不够情愿或拖延，但是韩琦很专注、尽力地完成了这事的顺利交接。五月十三日，欧阳修拿出先已草拟的《皇太后还政议合行典礼诏》。据《欧阳修全集》记载，该诏书乃欧公于先一年，嘉祐八年（1063）作，就是说其随时有备于英宗亲政。

　　该诏书行文非常得体，叙述周延而恰切。既给予英宗"感恩戴德"的心情描述，又对皇太后以"母道"赴国家艰难作出盛赞，对其"还政"的心胸美德予以高扬。让我们倍感欧公文章功力精到、表意超越，罕见企及。

　　太后也于东宫出"还政"手诏，自"是日遂不复处分军国事"。这时韩琦提出自己"退身"的事，认为自己使命已完成，请求外任，但是英宗不可能应允。此后欧阳修也因病接连上疏告退，就更加得不到允诺了！英宗需要这些大臣的辅佐。

　　英宗亲政后的大聪明有两点较突出：一是韩琦提出追封濮王名分的事，被皇帝按下未行，说须等候"大祥后议之"。笔者未知，这个"大祥"是指他自己的身体还是别的什么，但是起码英宗以为眼下不宜议它，有点不合时宜或"操之过急"。另一点是，富弼为母丧守制期满，返朝了，英宗用他为枢密使，而未以其原先宰相职务来取代韩琦。应该说这是英宗的聪明处。此外他于治平元年（1064）闰五月己丑，召被贬谪的知瀛州唐介返朝，授予右谏议大夫、权御史中丞。这是一件深得人心的事情。英宗面谕唐介说："卿在先朝有直声，今出自朕选，非由左右言也。"

　　此外还有一些"小聪明"，是笔者以为欠妥的。即英宗在"建储"事上，念记个人私情，明言恩谢。例如淮南节度使、兼侍中文彦博，治平二年（1065）七月，因边事吃紧，迁知永兴军。文彦博赴陕西之前受召见，英宗说："朕在此位，卿之力也。"文彦博忙说："陛下登储篡极，乃先帝圣意，与皇太后协赞之功，臣何与焉！"皇帝却说自己了解最初的情况，即说"备阅始议，公于朕盖有恩者"。并且说："暂烦西行，即召还矣。"文彦博到任永兴军才数日，就被任命为枢密使了。恰值枢密使张昇自请罢免而外任节度使、判许州；韩琦、曾公亮再次推荐欧公为枢密使，但是欧阳修再一次力辞不拜的时候。

　　而在治平元年（1064）闰五月，为了恩谢诸公，宰相韩琦迁右仆射

（正一品），曾公亮迁户部尚书，枢密使富弼迁户部尚书，参知政事欧阳修、赵概为吏部侍郎，等等。英宗御延和殿，召韩琦等入谢，韩琦因求"退身"，递交了辞呈，不敢入殿。富弼也奏辞所迁官职。

富弼尤对"恩命出于殊常"，授官制词中所言"尝议建储，而推今日之恩"提出非议：

> 臣伏为今来恩命出于殊常，面辞者三，上文字奏免者再，于今未闻报可。……臣窃闻制词叙述陛下即位时，以臣方在忧服，无可称道，乃取嘉祐中臣在中书日尝议建储，以此为效，而推今日之恩。此乃当直学士执笔之际不得其词，遂巧为之说，然迂远已甚矣。

> 臣事先帝亦三十余年，自布衣擢至首相，其恩德可谓至大，今日不忍见其孀后、幼女失所如此，而臣反坐享陛下迁宠，还得安乎？仁宗与皇太后于陛下有天地之恩，而尚未闻所以为报，臣于陛下不过有先时议论丝发之劳，何赏之可加？陛下忘天地之大恩，录丝发之小劳，可谓颠倒不思之甚也！大凡以仁恩道德感人者，其所感深；以爵位金帛感人者，其所感浅。深则人至死不忘，浅则人有时而移。惟愿陛下外则以仁恩道德训天下、结人心，内则以纯孝恭恪奉仁宗、事太后，则臣虽歠菽饮水，奔走陛下左右以死无悔；苟未然也，陛下虽日加爵位金帛之宠，臣终不感恩，亦万无可受之理。①

看来富弼等人对英宗已经有看法了！我们不能不赞许富弼的耿直、刚正不阿的骨气。此外，还可看到富弼、司马光、吕诲等，在那场"两宫之争"中所持的"道义"立场。也就是后来，他们之所以在"濮议"风波中与中书展开激烈的对抗。

而此时，我们只说说英宗，他确有点不如仁宗仁厚、胸襟宽阔的地

---

① 〔宋〕李焘：《续资治通鉴长编》第 8 册，中华书局 2004 年版，治平元年闰五月第 4 条，第 4878—4881 页。

方，这从其与曹太后闹矛盾中亦可见及。英宗计较私己的权力，他不仅念记某人在"建储"事上的"丝发小劳"，而且记得谁谁曾对自己为嗣有过异议。皇太后说过，朝内有"一二知名人"对立皇子有异议，后来得悉这知名人就是三司使蔡襄。到了治平二年（1065）二月，蔡襄终被罢免三司使，出知杭州了。英宗仅以蔡襄常告假照看母亲为理由，多次向中书提出三司换人，韩琦、欧阳修向皇帝解释："三司事无阙失，罢之无名，今更求一人材识名望过襄者，亦未有。"英宗立时变色，说："三司掌天下钱谷，事务繁多，而襄十日之中在假者四五，何不别用人？"欧阳修又奏："襄母年八十余，多病，襄但请朝假（只是早朝请假），不趁起居尔，日高后即入省，亦不废事（并未耽误工作）。"但英宗又以西夏李谅祚攻击泾原，边事将兴，而军需未备为由，迫使中书更换三司人选。①

英宗的这些做法，不能不引起耿直率真的谏官司马光、吕诲的非议和抨击，尤其对皇帝以"恩谢"为目的的二府迁官，对于迁官"制词"，批驳尖锐，不留情面。

吕诲说：臣闻韩琦等各已受新命，臣不敢更有论列，但取前降制词之害义者以闻。赐予韩琦的制词说："藩邸侧微，首议建储之策；宫车晚出，复推定策之忠。"曾公亮的制词则云："公旦（指周公旦）之辅佐成王，子孟之立宣帝，皆承统绪之正，且无疾疢之忧。"富弼的制词则云："往在至和之中，尝司冢宰之任，屡陈计策，请建国储，逮兹纂承，出于绪论。"

吕诲指出上述制诰词语皆有"害义者"。"藩邸侧微"，言皇帝尚在濮王府邸时地位卑微。《尚书》曰："虞舜侧微。"乃说舜本为庶人，普通百姓，故言"侧微"。但是皇帝是太宗之曾孙、濮王之子、仁宗之侄，官为宿卫，地居亲近，势在崇高；又被先帝自幼鞠育宫中，盖知继位秩序之所在，岂可言"侧微"之谓？至于把辅臣比作圣人周公旦，显见荒谬……"观今之草制，有若戏焉（如同儿戏）。且如建储定策，始议之，

① 〔宋〕李焘：《续资治通鉴长编》，中华书局2004年版，第8册，治平二年二月第2条，第4946页。

终立之，皆自琦等，则是大宝之位，系人臣之力，于义可乎？其如先帝之命何！其如皇太后之恩何！陛下绍德尊亲之道固若如是乎？成陛下之失者在此辞尔。臣非为陛下吝惜一官，薄辅臣功业，所惜者国体之重轻尔。臣所以向来不敢将顺于陛下者，迫公议之未允也。臣岂不知拂戾人主，罪在不测；容悦辅臣，身当有益？（但是臣）愚而自守者，知其职分也。"①

可怜这些大臣，被英宗的"小家子气"带累得也没个干净！

应该说吕诲坚守"国体之重"的立场，是义正辞严的！斥责皇帝授官不该出自"建储"恩谢。尤其末了所说，吕诲岂能不知忤逆皇帝罪在不测，更知道取悦辅臣有益于自身，可那样，他作为台谏官的"职分"就丢弃了。这种气节，足令我们今天的官员瞻望！

我们再说说富弼。富弼性格刚直倔强，可说是"一本正经"的样子。我们仅从前文他给英宗的上疏即可看出这一"样子"：如果皇帝能以仁恩道德训天下，"则臣虽歠菽饮水，奔走陛下左右以死无悔；苟未然也，陛下虽日加爵位金帛之宠，臣终不感恩，亦万无可受之理"。这几句话，足可勾画富弼的品质和形象了。他是嘉祐六年（1061）三月因母亲去世而辞宰相位的，至六月，仁宗依照旧例，"执政遇丧皆起复"，特允其带丧还朝执政，五次遣中使赴其家洛阳，富弼却终不从命。

到了嘉祐七年（1062）三月，欧阳修致书慰问富弼，劝节哀顺变。此外，还有点向宰相汇报工作的意思，因为此时欧公已在中书任参知政事，许多大事都已在韩琦主持下决定下来，譬如立皇子的事。通通气，以示对其尊重。但是该书信似乎缺乏笔者归纳的这么流畅的"表意"，笔者头一次于欧公文章中不知其想说什么！这封书信的中心意思是什么？若说是"汇报工作"吧，它却一点具体的事都没说；说它没说，却又说"时事多端"，"非笔墨可殚（可尽言）"者，全都指涉中书朝政。末了说，好在洛阳过客多，"必有能道其大概者"，即说，想必别人已经告诉你了。好像是对这一年朝廷发生的事做了一点"讳莫如

---

① 〔宋〕李焘：《续资治通鉴长编》，中华书局 2004 年版，第 8 册，治平元年六月第 16 条，第 4893—4895 页。

深"的指涉；此外就是过于谦卑地说了些"某自承乏（暂且充数）东府，碌碌无称"，想求退身又不得已，而且过分饶舌地拉扯到"不待弹劾，当自为计也"，似乎自己做错了什么，令人感觉这种谦卑的虚伪！①是的，笔者不明白这封书的中心意思，却明显感觉到他们之间关系的尴尬和疏远。

这原因我们知道，富弼、韩琦已经隔膜有隙，并且牵涉到欧公。

起初是性格上的不和谐，并不存在重大政见分歧，二人左右提携，图致太平，天下谓之"韩、富"。韩琦性格果断、质直；富弼严谨审慎，遇疑难事再三斟酌而蹉跎。韩琦嫌他絮叨，便粗话说："又絮耶！"富弼也知道自己犹豫不决的毛病，脸上难堪，变色说："'絮'是何言欤？"后来仁宗五次"起复"，富弼未从，韩琦有些不悦地说："此非朝廷盛典也！"而富弼在回复朝廷的谢表中也说："臣在中书，盖尝与韩琦论此。今琦处嫌疑之地，必不肯为臣尽诚敷奏，愿陛下勿复询问，断自宸虑（自己判断），许臣终丧。"韩琦见到这样的谢表，自然就更加不快了。

富弼为母亲守制的时候就听说了立皇子事，这么大的事也没见韩琦与自己通通气；后来参知政事欧阳修致书，也是"欲言又止"的样子，事已成，说不说的都没有意义了。若按富弼的想法，只能是确定"建储"的名分，而不能正式下诏"立皇子"不留退路。但是当时宗实十数次力辞判宗正寺，畏惧不从，这一具体过程富弼并不详知，事出于无奈。富弼是嘉祐八年（1063）五月十七日服除期满，返朝授予枢密使、礼部尚书、同平章事的，此时已是英宗朝了。

至于皇太后"撤帘"还政的事，韩琦竟然也没同富弼商量，富弼震惊了，且非常伤感。《长编》记载："自弼使枢密，非得旨令两府合议者，琦未尝询于弼也，弼颇不怿（不高兴）。及太后还政，遽撤东殿帷帷，弼大惊，谓人曰：'弼备位辅佐，他事固不敢预闻，此事韩公独不能与弼共之耶？'或以咎琦，琦曰：'此事当时出太后意，安可显言于众！'

---

① 〔宋〕欧阳修：《与富文忠公彦国六通》其三，李逸安点校：《欧阳修全集》，中华书局 2001 年版，第六册，第 2350 页。

弼自是怨琦益深。"①应该说,韩琦、欧阳修等在这件事上做得有些欠妥,而又"情有可原"。据《富弼年谱》载《韩魏公家传》卷五所说:"光献(即曹太后)对中书泣诉英宗疾中语言起居之状,继而枢密对,语亦如前。富公退而谓韩公曰:'适(刚才)闻得帘下所说否?弼则不忍闻。'盖富弼意以太后之言为然,而归咎于英宗。及(韩)公力劝太后撤帘,不敢令富公预闻。其后中书已得光献旨还政,枢密院犹未知也。"②这就是说,一方面还是怕"撤帘"事受到富弼阻挠吧。从另一方面看,韩琦遇事果断,也表现在这里。

太后还政在治平元年(1064)五月,之后韩琦便着手清除内宫入内都知任守忠,也表现出非常的果断。由于任守忠既离间两宫,又两面讨好,韩琦想清除他却迟迟拿不到敕令。

此前台谏官多次上疏弹劾任守忠,侍御史吕诲的奏章,说到任守忠的出身履历、奸佞之始末,我们由是得知其不可不清除:

> 所谓大奸者,任守忠是也。自昔遭遇先帝,以俳优畜之,天圣中勾当御药院,坐教坊使田敏公事,配岳州。章献太后令……杖守忠二十,监送配所。后因父文庆陈乞放逐便,只于街市鬻贩规利,深结御药江德明,遂援引再授高品。……昨嘉祐中,臣僚请立皇子,先帝与太后属意陛下日久,守忠百般沮议,幸在幼君,以邀后福。赖天意不移,宰臣韩琦等力赞成之。先是诬毁宗懿不孝,乃其本谋也。……陛下服药经年,守忠构造语言,交斗两宫,唯幸慈孝有所不至。暨迎先帝木主,下礼院定太后出入仪式,守忠坚用乾兴之例,非圣后贤明,几为守忠所误。今春揣知太后有罢同听政之意,因陈还辟之说,掠功于己,以奉陛下。……然反覆语言离间宫禁者非一,亦不出守忠朋党,众所共知。原其用情,诚国之贼。

---

① 〔宋〕李焘:《续资治通鉴长编》,中华书局2004年版,第8册,治平元年五月第4条,第4866页。

② 《富弼年谱》,吴洪泽、尹波主编:《宋人年谱丛刊》,四川大学出版社2003年版,第2册,第947页。

自先帝弃世，守忠于宫禁公取财货，其数不赀，近又取奉
宸库金珠数万两，献于中宫。不唯自邀厚赐，以固恩宠，其实
窥伺陛下，将以谗言狡计，乘间而入矣。……①

任守忠原为杂戏艺人，曾犯科受到章献太后刘氏的杖刑，发配岳
州。得到其父的乞请赦罪，在街市做商贩。后复得返宫，在内宫多行阴
邪。谏官司马光更弹劾任守忠犯有"十罪"，胪列其援引亲党，排抑孤
寒；专权据势，妄行威福，使宫禁之内侧足屏息，畏惮无比；盗窃官物，
受纳货赂，金帛珍玩溢于私家，第宅产业甲于京师，可谓令人发指！更
险谲的是，任守忠不仅敢于阻遏宗实立嗣，此前还谗言沮议宗懿，诬其
不孝，致使皇子宗懿抑郁而死。其唯幸两宫失和，构造语言，看风使
舵，用昔日谗言陛下之计，为今日谗皇太后之辞。又趋炎巴结中宫皇后
高氏，取奉宸库金珠数万两，献媚邀宠，而不禀告皇太后，置其"姑媳
之仪"全然无顾，使太后闻之涕泣，抑郁成疾。

就是这样一个邪恶奸雄，英宗尚在犹豫不决如何处置。至八月
二十三日，韩琦竟敢于出"空头敕"，先斩后奏。依据《邵氏闻见录》
记载，"英宗虽（有所）悟，未施行。宰相韩魏公一日出空头敕一道"。
笔者不甚明白这"空头敕"究竟是怎样一种敕令，只大概意会它是不合
手续、规则的，或假借皇帝已出的诏命来行事。"其意以为少缓则中变
也。"即怕皇帝犹豫中会改变主意。此时任守忠的官职不低，其为宣政
使、入内都知（后宫总管）、安静军留后。这样违反手续、规则行事，
是一般大臣不敢为的！而参知政事欧阳修却已在这道"空头敕"上签字
了，竭力辅佐韩琦成其事。参政赵概则有些为难，担心地问：这样，将
会如何？欧公说："第书之（你就依次签书吧），韩公必自有说。"接着
赵概也签字了。韩琦坐政事堂，数大臣分坐两厢，以敕命召任守忠到
堂，立于堂下，韩琦数其罪状，问："汝可知罪？汝罪当死！"但是从
仁宗朝至今，没有杀过朝臣，也不应该从韩琦这里破例。韩琦遂当廷宣

① 〔宋〕李焘：《续资治通鉴长编》，中华书局 2004 年版，第 8 册，治平元年八月第 2
条，第 4897—4898 页。

敕：任守忠此前所有官职全悉罢黜，责蕲州（今湖北蕲春）团练副使、蕲州安置。当即填写入敕，画押，差使臣即日押送贬所。

欧阳修深为韩琦果敢而震动，叹曰："呜呼！魏公真宰相也。"并说："吾为魏公作《昼锦堂记》，云'垂绅正笏，不动声色，措天下于泰山之安'者，正以此也。"[1]

第四节　西边战事与"濮议"之事

夏国主李谅祚，于治平元年（1064）八月对宋边境秦凤路、泾原路发动了侵略。掠夺归宋的蕃部熟户，袭击边寨弓箭手，杀掠人畜数以万计。起因极简单，其贺英宗登基使受了点宋方引伴的言语冲突或慢待，被视为"国辱"而起兵。具体些说，夏使至宋廷顺天门，坚持以"佩鱼"的服饰上朝（"佩鱼"乃皇帝御赐，若允许，等于允其对宋廷不称臣），并坚持自己携带"仪物"（进见礼物）。夏人的"仪物"或为牛羊之类，自携上殿不方便，还须增加朝见人数，被引伴禁止，并说了句："当用一百万兵遂入贺兰穴（指西夏）。"夏使说："此何等语也？"夏使向宋廷告状，朝廷却没有重视这事。

司马光上言说：臣当初即与吕诲上言，乞加引伴傲慢其使者之罪，朝廷忽略，不以为意。今谅祚窥边伺境，攻围堡寨，驱胁熟户八十余族，杀掠弓箭手约数千人，悖逆如此，而朝廷乃更遣使臣赍诏（赐诏）抚谕。彼顺从则侮之，傲很则畏之，无乃非文王所以令诸侯乎！[2]

即说：人家已经入侵，杀掠人畜无数，你却又诏命安抚。完全不似周文王之德，"诸侯傲很不宾则诛讨之，顺从柔服则保全之。不避强，不凌弱，此王者所以为政于天下也"。

但我们说西夏要起兵，只怕是怎样都起兵了！

[1]〔宋〕邵伯温：《邵氏闻见录》卷九，洪本健：《欧阳修资料汇编》，中华书局1995年版，上册，第145页。
[2]〔宋〕李焘：《续资治通鉴长编》，中华书局2004年版，第8册，治平元年八月第8条，第4905—4906页。

那个魔鬼李元昊，是庆历八年（1048）薨的。当时李谅祚只是个"遗腹子"，尚未出生，而今他已经十六七岁了。回顾那时西边的将帅，而今多已故世，夏竦、范仲淹、狄青、庞籍、田况等都不在人世了。唯有孙沔尚在，但也已致仕告老。

治平二年（1065）正月，欧阳修上疏《乞奖用孙沔札子》，建议起用孙沔统领西边战事。他毕竟熟悉边事敌情。英宗听从了，诏以孙沔为资政殿学士、知河中府。

对于西事，欧公另上疏《言西边事宜第一状》及《第二札子》，鼓励英宗不应该再胆怯、惧怕它了，双方国力兵状已经发生变化，"今非昔比"了。如果谅祚再行叛逆，朝廷恰可思考"以雪前耻"，主动出击，收取后功。欧公说："方今谋臣武将、城壁器械不类往年，而谅祚狂童不及元昊远甚。……苟其不叛则已，若其果叛，未必不为中国利也。臣谓可因此时，雪前耻，收后功，但顾人谋何如尔（只是看你怎样打算）。若上凭陛下神威睿算，系累谅祚君臣献于庙社，此其上也。其次，逐狂虏于黄河之北，以复朔方故地。最下，尽取山界，夺其险（险要之地）而我守之，以永绝边患。此臣窃量事势，谓或如此。"

欧公还进言皇帝，以五路兵分别出击，使敌疲惫。"臣所谓今日可用之谋者，在定出攻之计尔，必用先起制人之术。""凡出攻之兵，勿为大举，我每一出，彼必呼集而来拒，彼集于东则（我）别出其西，我归彼散，则我复出而彼又集。我以五路之兵番休（轮番）出入，使其一国之众聚散奔走，无时暂停，则无不困之虏矣。"

欧公唯不愿意看到今天这种局面，朝廷只能忍辱！"今者谅祚以万骑寇秦、渭两路，焚烧数百里间，扫荡俱尽，而两路将帅不敢出一人一骑，则国威固已挫矣。谅祚负恩背德如此，陛下未能发兵诛讨，但遣使者赍（携带）诏书赐之，（谅祚）又拒而不纳，使者羞愧，俯首（垂头）怀诏而回，则大国不胜其辱矣。"[1]

欧公说得很痛心。但是笔者推想英宗，刚刚亲政一年时间，不愿意就此发动兵戈，能忍就忍吧！不就是驱胁熟户八十余族，杀掠弓箭手数千人

---

[1] 〔宋〕欧阳修：《言西边事宜第一状》《言西边事宜第二札子》，李逸安点校：《欧阳修全集》，中华书局2004年版，第2册，第1722—1725页。

嘛，算不得什么大事。老将孙沔派去了，瞅瞅动静，此外，已诏开封府界及京东西、淮南路募兵，增加些厢军人数，防范防范算啦！至于参知政事欧阳修所说"先起制人之术"，好则好，但施行起来也是耗费国力和担当风险的，自己就免了这份"抱负"吧，或令谅祚君臣献于庙社，或逐狂敌于黄河之北，以复朔方故地，这种奢望仁宗都未能做到，何况我啊！

欧阳修还请英宗闲暇时御便殿，召集二府大臣就此事问询，商讨对策。还说，宰相韩琦只是把庆历中的"议山界文字"进呈了，那只是边事百端中之一端而已，需要商议应对的事很多很多。可是英宗没有再往前迈步。所幸，赵谅祚也没再大举进攻。

看来无事了，欧公提出辞政，请求外任。从正月二十三日至二十九日，连上三表和一封札子，乞请外任。认为自己年龄已高，少有新鲜活力和建明，不甘"尸禄终日，无劳可均"，应该辞出位置，让有作为的朝臣去做。欧公又说："臣所有诚恳，昨日获对（召对）便坐，已具敷述。盖臣自去年八月，丧一女子，凡庶常情，不免悲苦，因此发动十年来久患眼疾。……自深冬以来，气晕昏涩，视物艰难……"①

笔者想，倘若欧公就此获允外任，就好了，就可避免那场挫折磨难了，就是稍后的"濮议"之事。英宗登基，应该给自己的生父濮安懿王，及母亲以一定名分追封，怎样追封则需要朝廷相关部门商议，这事就简称为"濮议"。

原先英宗以为不可操之过急，而于这天，治平二年（1065）四月九日，把它提到议事日程上来。原先韩琦提出它，距此时刚刚一年时间：

> 伏以臣闻出于天性之谓亲，缘于人情之谓礼。虽以义制事，因时适宜，而亲必主于恩，礼不忘其本。此古今不易之常也。陛下奋乾之健，乘离之明，拥天地神灵之休，荷宗庙社稷之重，即位以来，仁施泽浃，九族既睦，万国交欢。而濮安懿王德盛位隆，所宜尊礼，陛下受命于先朝，躬承圣统，顾以

① 〔宋〕欧阳修：《乞外任第一表》《乞外任第一札子》，李逸安点校：《欧阳修全集》，中华书局 2004 年版，第 4 册，第 1357 页。

大义，后其私亲，钦之重之，事不轻发。臣等忝备宰弼，实闻
国论，谓当考古约礼，因宜称情，使有以隆恩而广爱，庶几上
以彰孝治，下以厚民风。臣伏请下有司议濮安懿王及谯国太夫
人王氏、襄国太夫人韩氏、仙游县君任氏合行典礼，详处其当，
以时施行。①

上文即是一年前宰相韩琦的奏疏。主张对英宗的"天性之亲"有所
封赐。

这件事应该说有点特殊，子登基为皇，给自己的生父母无任何表示
也非"人情"；若有所表示，又未必就正确，因为它牵涉着先帝仁宗的
名分可能遭受侵害。即，表示了不对，不表示也不对。缘因英宗乃"过
继"之子。但过继之子是不是就必定否认"出于天性之谓亲"，这是个
很难回答的问题。简单说，它牵扯到继承大统者是否就一定不能再认亲
生父母？但是认不认"亲生"，关乎的意义却重大，是谓"上以彰孝治，
下以厚民风"，即彰显什么样的孝治以教化天下。

而在此前，谏官们就已意识到、担虑到英宗皇帝或会有这一手。司
马光先已告诫这位皇帝不要追封自己的生父濮王赵允让，他已享受大
国，名望足够恩重显隆；再若追封，会伤害大统的。即说，皇帝已经过
继给先帝仁宗，就是仁宗之子，再若提及别的"名堂"就对不起先帝了。

而仅过了一年，英宗即记起了这件事，别看他对西夏边事不很上
心。治平二年（1065）四月九日英宗下诏了："诏礼官及两制以上，议
崇奉濮安懿王典礼以闻。"

一年前韩琦的奏章，当然是得到欧公的支持和认同的，欧公熟读经
史义理，这很重要。奏章以"臣等"自称，即是包括欧公的意见。如说
"臣等忝备宰弼，实闻国论，谓当考古约礼，因宜称情"，欧公认为这
事"因宜称情"，也就是要合乎人情为宜，人间一切经史礼仪、典章制

① 〔宋〕李焘：《续资治通鉴长编》，中华书局 2004 年版，第 8 册，治平元年五月第
11 条，第 4872 页。

度也是根据"人情"而来，不可能违反"人性之常"而诞生。即奏章所谓："臣闻出于天性之谓亲，缘于人情之谓礼。"

欧公的人性关怀，在这里或许有点儿"超前"，其与传统的世俗观念的议论不同，更强调"为人子者"的天性情感。即说，皇帝也是人，也是为人子者，凡为人子者就天性规定了其对生身父母的感情，并且天性赋予了这一感情的合理性。若相反，不承认其生身父母，否定亲生父母的存在，在"人性"上则是不可理喻的，或说根本违反人性的。欧公观点是，过继大统者，并不妨碍于"两处"都称亲。此外，既称亲，就要对其亲有所追封，当然要以不伤害大统为宜；而对于为人子者，怀有追封生父母的愿望，欧公观点也持肯定态度的。恰如自己在安葬生身父母时所作的《泷冈阡表》，希望自己能给生父、生母带来赐封和荣耀，不枉人生亲情一场，此乃人之常情、天性合理的事。故而欧阳修支持英宗"议崇奉濮安懿王典礼"事。

上述，仅为一种观点，并未在诏议濮王典礼之前提出。即说，一年前韩琦奏章并不含有"两处称亲"和如何"追封"的具体内容。只是建议皇帝就此事令相关部门议论。自四月下诏，命两制以上官员详议崇奉濮王典礼，朝臣们沉寂了两个多月的时间。朝臣们仅就诏议这件事即以为有过了，何况已大致揣度到中书的观点倾向和意图。它就像火山即将喷发。

四月十七日，英宗于景灵宫奉安仁宗的画像，行酹献祭祀大礼，命欧阳修摄侍中，掌管祭祀礼仪。欧公自不会感觉到那场火山熔岩的到来，因为中书尚未就"濮议"事发表任何意见。欧公只是沉浸在对仁宗的哀思中，并作诗《景灵宫奉迎仁宗皇帝御容有感》，记述该祭祀礼仪的盛大规模，及哀悼的沉痛："行殿峨峨出绿槐，琳房芝阙耸崔嵬（圣殿巍峨绿荫环绕，宫门高大满目仪仗）。管弦飘落人间去，幢节（旗帜）疑从天上来。基业百年传圣子，黔黎四纪乐春台。孤臣不得同缄虎，未死心先冷若灰。"[1]

---

① 〔宋〕欧阳修：《四月十七日景灵宫奉迎仁宗皇帝御容有感》，李逸安点校：《欧阳修全集》，中华书局 2001 年版，第 2 册，第 230 页。

末两句"孤臣不得同鍼虎，未死心先冷若灰"，深载欧公对先帝的感情。"鍼虎"就是景灵宫门前的石虎，欧阳修痛恨自己未能化作一尊石雕，早晚护卫在宫门两旁。

我们这里不妨先说说富弼对"濮议"事的看法：

枢密使富弼已经越来越无法与韩琦、欧阳修等人合作了，于上一年冬天告假居家，不上朝了，乞请外任上章二十余次。据《长编》记载：治平二年（1065）七月，"枢密使、户部尚书、同平章事富弼累上章以疾求罢，至二十余。上固欲留之，不可，癸亥，罢为镇海节度使、同平章事、判河阳"。窃以为个中主要原因，恐怕是他不能认同"濮议"事。另据《邵氏闻见录》记载："欧阳公为参政，首议追尊濮安懿王，富公曰：'欧阳公读书知礼法，所以为此举者，忘仁宗，累主上，欺韩公耳。'富公因辞执政例迁官，疏言甚危。"①

说欧公"忘仁宗"等语，只怕是诋毁过分了，但从中可知欧公于"濮议"事的主导作用，或许离事实较近。

在沉寂了这么多日子之后，朝臣们终于对"濮议"做出反应。

六月二十一日，翰林学士王珪、天章阁待制兼知谏院司马光、侍御史知杂事吕诲上书，亮出他们"议崇奉濮王典礼"的态度。起初王珪不敢先发，而由司马光奋笔立议，王珪便持司马光手稿为案，而呈奏。奏章前面谈了许多典故依据，之后说："以此观之，为人后者为之子，不敢复顾私亲，圣人制礼，尊无二上，若恭爱之心分施于彼，则不得专一于此故也。是以秦汉以来，帝王有自旁支入承大统者，或推尊父母以为帝后，皆见非当时，取讥后世，臣等不敢引以为圣朝法。况前代之入继者，……非如仁宗皇帝年龄未衰，深惟宗庙之重，祇承天地之意，于宗室众多之中，简拔圣明，授以大业。陛下亲为先帝之子，然后继体承祧，光有天下。濮安懿王虽于陛下有天性之亲，顾复之恩，然陛下所以负扆端冕（冠冕旒、坐皇位而倚天子屏风），富有四海，子子孙孙，万世相承者，皆先帝之德也。臣等愚浅，不达古今，窃谓今日所以崇奉濮

① 〔宋〕邵伯温：《邵氏闻见录》卷三，洪本健：《欧阳修资料汇编》，中华书局1995年版，上册，第143页。

安懿王典礼，宜准先朝封赠期亲尊属故事，高官大国，极其尊荣；谯国、襄国太夫人、仙游县君亦改封大国太夫人，考之古今，实为宜称。"①

上文所说的"先朝封赠'期亲'尊属故事"，其"期亲"即为"齐衰"，乃为降一等的丧服。这种降等级就证明不能再对"天性之亲"称亲了。其所对应的"斩衰"，为丧礼最高等级，为所后者披麻衣，斩衰三年，才是其子为亲所行。这种大礼只能施于一个父亲——仁宗。

至于濮王当称何亲，王珪奏章未能提及。中书询问，王珪等才回答说："濮王于仁宗为兄，于皇帝（英宗）宜称皇伯而不名（不呼出口而已），如楚王、泾王故事。"

但是称"皇伯"于典故无据。有议者认为，当称"皇伯考"，亦如真宗称呼宋太祖。天章阁待制吕公著当即回应说："真宗以太祖为皇伯考，非可加于濮王也。"真宗是太宗的第三子，太宗则是太祖的弟弟，真宗本就应该称太祖为伯父，亦即"皇伯考"。而英宗则是濮王之子，此二者不能相比。

但是王珪等的奏议，却是群臣普遍认同的。翰林学士范镇，时判太常礼院，率领礼官们上言，胪列汉代"乱统"故事，指出："然议者犹或非之，谓其以小宗而合大宗之统也。今陛下既考仁宗（以皇考称呼仁宗），又考濮安懿王，则其失非特汉宣、光武之比矣。凡称帝、称皇、若皇考，立寝庙，论昭穆（论及宗庙墓地的排列次序），皆非是。"范镇同时出具《仪礼》等典籍五篇奏上。

此时朝廷上下已经像一口开水锅样沸腾！而中书依旧坚持自己观点："《五服年月敕》云：'为人后者为其所后父母（过继的父母）斩衰三年，为人后者为其父母（生身父母）齐衰期，即出继之子于所继、所生父母皆称父母。'又：汉宣、光武（二帝均为过继之子，继承大统）皆称其父为皇考。今王珪等议称皇伯，于典礼未见明据，请下尚书省，集三省、御史台官议奏。"英宗皇帝自然是听从中书意见的。

时御史中丞，乃为贾黯。从贾黯到御史台所有的台官，却是同一个

① 〔宋〕李焘：《续资治通鉴长编》，中华书局 2004 年版，第 8 册，治平二年六月第 11 条，第 4971—4972 页。

声音："乞早从王珪等议！"

当朝士大夫多持此正统观念，也可称其为世俗观念，即过继之子不能再议生父为亲。持此论者可谓声势浩大，"前赴后继"！这样，中书的观点就难免陷于孤立了。

就在这时，皇太后曹氏自内宫出手书，指责韩琦等不当议称皇考！

请注意："皇考"一词，表述的仅仅是"父亲"，而不是"皇帝"，跟称皇没关系。

韩琦等没有惧怕，入内向皇太后禀奏说：王珪等议称皇伯，乃是根本没有典籍根据的，中书绝不能依从。但是此事急不得，须耐心等待皇太后的会意和理解。

但是太后手书却使英宗胆怯了，于六月甲寅，下诏罢议。诏曰："如闻集议议论不一，宜权（权且）罢议，当令有司博求典故，务合《礼》经以闻。"

皇帝已经罢议了，应该说这事也就暂且中止了。但是那口"开水锅"一时降不了温度，台谏官依旧"不依不饶"，上言不止，尤其吕诲、司马光，比较先前更加辩论激烈，因为他们看到中书的奏呈了。

侍御史知杂事吕诲上言："朝廷既知议论不一，当辨正是非，参合众意，明所适从，岂可事有未定，遽罢集议，还复有司？诏命反复，非所以示至公于天下也，臣辄徇愚见，敢以闻上。"这里，吕诲直接斥责皇帝不该"罢议"，诏命反复。"臣谨按《仪礼》'为人后者为其父母报'，盖为大宗斩，还为小宗期，不二斩，明于彼而判于此也。"

即说：该典章明明白白地判定，过继大统者为"大宗"而服"斩衰"礼，同时为其生父"小宗"服"齐衰"礼。虽然《五服年月敕》规定，出继之子于所生、所继皆称父母。但是"称父母者所以别其本生于后"，即后者只能服降服"齐衰"，这个意思是明确无误的！吕诲引典籍以强调的是"所以别其本生于后"这个次序，其逻辑在于，虽然对"所生"亦可称父母，那么又为何治丧不能行"斩衰"大礼呢？有对生父治丧不予守制三年的吗？所以此令的意思，归根到底不能再对"所生"称父母了！

吕诲接着说：臣以为皇帝所发诰敕的原本意思是，直欲加濮安懿王为皇考，与仁宗庙同称，如是则尊有二上，服有二斩，而与《礼》律之文皆相抵牾。

吕诲这里就有点歪曲"论敌"了，以自己的推断来"扩大"论敌的误谬。事实上，称皇考的目的是有的，除此英宗并未说要"与仁庙同称"，"尊有二上"。笔者想英宗再弱智，也不会这样做，更何况中书大臣韩琦、欧阳修等也不会支持这样做。中书从未说过有这种意图，正是在这种歪曲、扩大中，濮议之争才愈演愈烈。

"臣恭以陛下龙跃藩邸，入继大统，皆先帝之德也。甫终祥禫（刚刚结束仁宗丧事），尚未遑（尚未顾及）庙谒，遽有斯议，搢绅之士皆未谓然。方陛下躬勤孝养，上奉慈闱（指太后），承颜犹惧其不足，矧（况且）复顾私恩，别亲疏，而忘大义哉？就如有司徇情酌礼，以安懿王为考，仙游为妣，示于中外，得为安乎？臣窃惟兹事非出清衷，必佞臣建白，苟悦圣情，二三辅臣不能为陛下开陈正论，又将启其间隙，违背《礼》义，惑乱人情，忘先帝之眷倚，陷陛下于非正，得为忠乎？臣伏望陛下开广圣虑，精勤孝治，不作无益以害至公。"接下来吕诲要求英宗"以王珪等议为定"，并治罪于中书大臣。[①]

随后，天章阁待制、知谏院司马光又上言，在胪列典籍申辩大义之后说：

"今欲言为人后者为其父母之服，若不谓之父母，不知如何立文，此乃政府欺罔天下之人，谓其（众臣）皆不识文理也。又言：汉宣帝、光武皆称其父母为皇考。臣案（据臣考查）宣帝承昭帝之后，以孙继祖，故尊其父为皇考，而不敢尊其祖为皇祖者，以其与昭帝昭穆（宗庙序列）同故也。……今陛下亲为仁宗之子以承大业，《传》曰：'国无二君，家无二尊。'若复尊濮王为皇考，则置仁宗于何地乎？政府前以二帝不加尊号于其祖，以为法则可矣，若谓皇考之名亦可施于今日，则事恐不侔（不相等）。……今举朝之臣，自非挟奸佞之心欲附会政府误惑陛下者，皆知濮王称皇考为不可，则众志所欲亦可知矣。陛下何不试察群臣之情，群臣谁不知濮王于陛下为天性至亲，若希旨迎合，不顾礼义，过有

---

① 〔宋〕李焘：《续资治通鉴长编》，中华书局 2004 年版，第 8 册，治平二年六月第 11 条，第 4973—4974 页。

尊崇，岂不于自身有利而无患乎？所以区区（谨慎地）执此议者，但（只是）不欲陛下失四海之心，受万世之讥尔。……愿陛下上稽古典，下顺众志，以礼崇奉濮安懿王如王珪等所议，此亦和天人之一事也。"①

我们看到吕诲、司马光还是用心赤诚，持论执着的。只是他们所说理应称"皇伯"，恐怕很难拿出旧例故事或理论根据。当然它维护了皇权正统，然而却未曾关注人生、人性之心理创伤，及人类大爱所需的恻隐同情。他们只是从大宗、小宗之丧服差异作间接推断，认定过继之子不该再把生父称"皇考"了，而顺接得出"皇伯"这一称呼。不在于"皇伯"这一称呼自身是否有理，而在于过继大统者本不应再把所生称呼考妣的事实所需，乃是"顺理成章"的。这种持论所以能够赢得群臣认同，依据的就是人们头脑中既成的世俗观念，即传统伦理的逻辑。否则若两处称亲，就是背弃所继者，对先帝造成伤害。

既然皇帝已经下诏罢议，中书不可能再回答台谏官的辩论。这件事就这样暂作停息了。

英宗或许为了安稳群臣情绪，转移一下焦点，是年七月壬戌，"诏以冬至有事于南郊"，即举行南郊祀。这一祭祖活动规模较大，并赏赐群臣，包括"荫子"，所以它对于朝臣们是有慰藉作用的。

七月乙丑，已发诏命做出具体安排：右仆射、兼门下侍郎、平章事韩琦为南郊大礼使；翰林学士、谏议大夫王珪为礼仪使；给事中、权御史中丞贾黯为卤簿使；翰林学士、给事中范镇为仪仗使；端明殿学士、户部侍郎、权知开封府韩绛为桥道顿递使。命参知政事欧阳修撰南郊祀礼册文并书。欧公总是要承担文墨方面最重的工作。

七月辛卯，群臣为英宗上尊号曰"体乾膺历文武睿孝皇帝"，诏答不允。英宗想，南郊祀不是为自己上尊号。

我们说，欧公在文墨学识方面已经为满朝群臣公认为最高水平了，不管政见如何，在这一点上大家的认识都是一致的。十月二十八日，天

① 〔宋〕李焘：《续资治通鉴长编》，中华书局 2004 年版，第 8 册，同年月第 11 条，第 4975—4976 页。

章阁待制吕公著编撰《仁宗御集》一百卷成书以进，英宗命欧阳修"看详"并代作《仁宗御集序》。欧公虽患有眼疾，但是很高兴地承担了这项繁重的工作。欧公对吕公著的才华，充满信心。

欧公极为爱护、推崇有才华的学士，在是年九月的时候，前和川县令李清臣召试秘阁。此前欧公已读了李清臣的文章，极为看好，以为有似苏轼文。到他召试时，欧阳修料定清臣必为首选，并说："考官（若）不置清臣为第一，则谬矣。"考后试卷转至中书，均为弥封卷子，拆封发视，李清臣果然为第一！朝廷授予著作佐郎，即馆职。

但是有一点，欧公性直，遇事好争辩，即使在中书内大臣们之间，论议也经常一丝不苟，过于认真。就馆阁的人才建设问题，欧公非常强调它；而韩琦对此则比较粗枝大叶，欧公便争论不休。好在韩琦心胸也较宽大，争论过后并不在意。那尚是八月的时候，欧阳修于早朝之后独对皇帝于崇政殿，劝说英宗择人试馆职，以广开贤路。奏说："朝廷用人之法，自两制选居两府，自三馆选居两制，是则三馆者，辅相养材之地也。往时入三馆有三路，今塞其二矣。此臣所云（路）太狭也。"英宗笑了，并非他说得不对，是笑他太执着了。但是这才有了九月的召试馆阁。言后欧公告退，"公且留步"。英宗叫住了这位参知政事。

我们依据《先公事迹》记载："英宗面谕公曰：'参政性直不避众怨，每见奏事，与二相公有所异同，便相折难，其语更无回避。亦闻台谏论事，往往面折其短，若似奏事时语，可知人皆不喜也，宜少戒此。'"[1]当然，这是英宗的一片好意，对欧公倍加爱护，希望欧公在自己身边辅佐能够长久。

治平二年（1065）十一月十六日，英宗祭祀南郊开始了，诏命欧阳修摄司空行事。该祭祀之庄严肃穆、礼乐轰鸣之震荡人心，欧公作有《南郊庆成》诗可供描述：

"祀教民昭孝，天惟德是亲。太宫严大飨，吉土兆精禋。礼乐三王盛，梯航万国宾。恩沾群动洽，庆与一阳新（同庆新主）。奉册尊长乐，

---

[1] 〔宋〕欧阳发：《先公事迹》，李逸安点校：《欧阳修全集》，中华书局 2001 年版，第 6 册附录，第 2638 页。

均釐及众臣（把祭祀品分给众臣）。不须云物瑞，和气浃人神。"①

欧公的诗好极了！寥寥数语即把南郊祀的盛况描绘出来。首句即说，祭祀教诲万民昭明孝道。接着描绘太乙宫盛典，大地呈现出精诚的祭祀；所谓"梯航万国宾"，即说有域外国宾不远千里，长途跋涉而来；从这些宏大场面，说到皇太后受册，即曰"奉册尊长乐"。乃至祭祀品用后分发给众臣，都可见到。

祭祀中由中使宣读《尊皇太后册文》，这是欧公为英宗皇帝代笔之作，皇帝只称"臣"，句句不离称呼"仁考"和"圣母"。盛赞皇太后的养育之恩，及垂帘听政的丰功伟绩，浓墨铺陈英宗入继大统之感恩戴德。但该文篇幅较长，谨摘录段落，以示风采：

> 维治平二年岁次乙巳十一月丁巳朔十有六日壬申。嗣皇帝臣曙谨稽首再拜言曰：臣闻昔者明王之以孝治天下者，非家至而日见也，盖有要道焉。推所以行于己者为天下率，尽所以奉其亲者为天下先，而四海靡然而承风矣。……而小子获承之，以继我仁考之遗休余烈。方与群公卿士，夙夜以思，勉其不逮，庶几如我仁考付畀之意，以申罔极欲报之心。此固栗栗祇惧，不敢遑宁者已。顾惟眇末之质，提携鞠养，慈仁咮煦，至于有成。自我圣母嗣位之始，哀迷在疚，而忧劳艰难，……

我们还需摘引盛赞太后"垂帘"之处：

> 恭惟皇太后圣善明哲，柔闲静专。粤自正位中宫，内助先帝，阴礼修而教行，俭德著而下化。……逮夫玉几受遗，遭时多艰，勉徇勤请，权同听决。而明识远虑，动怀谦畏。深鉴汉家母后之失，讫不践于外朝。及归政冲人，合于《易》之进退

---

① 〔宋〕欧阳修：《南郊庆成》，李逸安点校：《欧阳修全集》，中华书局 2001 年版，第 2 册，第 234 页。

不失其正之圣。是惟全节钜美，固已超出前古而垂法后世。①

欧公所代笔的这封册文，叙事之得体、全面而周到，几乎达到无以复加的精致、完善。把皇家的册封文字提高到堪与历代各朝典藏媲美的精品高度，使其超越了一般应用公文水准，升华到文学之塑造人性、精神的层面。它从宗实自幼入宫得到仁慈养育、教导的历史追溯，引出无穷的鸿恩难以报偿的表述；从英宗"夙夜以思，勉其不逮"的励志心态，及至"此固栗栗祗惧，不敢遑宁者已"之心理揭示，都是切入人性、饱含人情的。尤其后半部，盛赞皇太后的美德，"深鉴汉家母后之失，讫不践于外朝"，"固已超出前古而垂法后世"的书写，显示出文章抓住了人的品质和精神高度，笔墨简约而表意丰厚，事迹具体而强化文学品位的独到。又以精致细腻的语言，动人情感："惟末小子，获奉温清（惟有儿子幸获事奉圣母的冷暖起居），殚九州之富以为养，未足尽于孝心"，叩人心扉。相信这封册文，英宗和皇太后都会珍藏的，每拿出来阅读，都会深深慰藉心灵的。

笔者推想，通过这场南郊祭祀活动，应该说"濮议"之事就会渐渐淡去了。英宗对其生父濮王称亲也好，不称亲也罢，都显得不是那么重要了。相信英宗绝对不会让生身父母"称皇称后"，使其坟茔入列太庙，而等同昭穆。赵曙似乎不是这种心性的人。

但是，是年十二月十九日，侍御史知杂事吕诲再次上疏，重兴"濮议"之争，因为他们迟迟未见中书给出最后的答复，皇帝更未采纳台谏官的意见，即把濮王称"皇伯"。既未纳谏，那么"称皇"之患就仍存在，吕诲上书直接弹劾宰相韩琦了！

---

① 〔宋〕欧阳修：《尊皇太后册文》，李逸安点校：《欧阳修全集》，中华书局 2001 年版，第 2 册，第 317—318 页。

第五节　波澜再起与人性扣问

事情严重的是，中书仍坚持称濮王为皇考，认为与称"仁考"不相冲突。群臣引为大患！恰值是年秋京师又遭大雨水灾，以为正是对于英宗的"天谴"。尚在九月丙子，权御史中丞贾黯就自请外任，撂挑子不干啦。英宗也执拗不回，你撂挑子，我就听从你所乞！贾黯此时身体染病，而带病出知陈州。"知陈州"这个差使，好像不够吉祥似的，我们记得枢密使狄青，就是在该任上抑郁而故世的。贾黯，年轻有为，似乎那年及第状元距今没有多久，仿佛一晃。弹劾宰相陈执中时，富有正义担当，为支持欧公，贾黯竟也自请外任。而唯独"濮议"事，其不能"同道"了，贾黯出任陈州不几日便病故离世！

此事唤起朝臣们更大的悲情！此前贾黯上疏，斥责中书简慢轻视宗庙，导致灾异，祸及百姓。其奏疏说："简宗庙，逆天时，则水不润下。今二三执政，知陛下为先帝后，乃阿谀取悦，违背经义，建两统、贰父之说，故七庙神灵震怒，天降雨水流杀人民。"我们看到，该奏章虽简短，却义愤填膺，言辞犀利。尤以"简宗庙，逆天时"之谓，哗然舆论，震慑人心。贾黯临终之前仍有上疏，斥责"濮议"事。

朝廷改命天章阁待制彭思永权御史中丞，而彭思永继任后，仍然持有前任的政见！

南郊祀刚一结束，侍御史吕诲就复申前议，说中书为达到自己的目的，把枢密院的决策权也剥夺了。吕诲寻求召对延和殿，直接面奏，英宗竟说："群臣虑我藩邸兄弟众多，将过有封爵，故为此言。"吕诲当即否定这种"转移话题"的说法，皇帝恩及天伦，谁也不否认那是应该的。吕诲想，自己前后七次上奏，如今竟连主要"议题"都被"转移"了，说不明白了！吕诲遂请求罢免自己的侍御史知杂事，又连上四奏，英宗不从。吕诲这才决定弹劾韩琦！

吕诲说：今韩琦自持勋劳，日益恣肆专权，广布朋党，毁坏祸乱法度。朝廷进一官，皆曰琦之亲旧，黜一官，皆曰琦之怨敌。呵呵，恐怕吕诲所列这种"罪状",就有些罔顾事实了!连他自己下文都说:"人言若是,未必皆然。"据笔者所知,韩琦极少有什么"怨敌",更没有什么"亲旧",只知前不久授予馆职的李清臣,是韩琦妻兄之子,而那是李清臣自己凭才学通过召试的。所以"广布朋党"就成了无的放矢。让我们且原谅吕诲,他的中心芥蒂还在于"濮议"事。即说,英宗刚刚即位数月,韩琦就已请下有司议濮王典礼;近来再下两制,用汉宣、光武二帝故事,欲称皇考。臣推测该诏旨本非陛下之意,乃为韩琦阿谀引导之过也。仁宗陵土未干,玉几(先帝卧榻)遗音犹在,而臣子之心已变!所以如此,乃韩琦为自己邀福于今日。

治平三年(1066)正月壬申,范镇以草制的错误,罢翰林学士,出知陈州。也就是前文曾被吕诲批驳的那些皆有"害义者"的制诰词,乃是范镇草制的。其中有以周公旦比喻辅臣的句子,英宗十分不满。而《长编》记录此事,却笔锋一转说:"或曰镇与欧阳修雅相善,及议濮王追崇事,首忤修意,修乘间为上言:'镇以周公待琦,则是以孺子待陛下也。'镇坐此出。"[1]

笔者头一次遇到这种事实,或是虚妄。即笔者不能说李焘所记这一笔即是史实!按照李焘说法,范镇乃因忤逆了欧阳修的主张,才被罢黜而外任的。这一点构成了欧公以往品质的异质性,也就是笔者所陌生、从未见过的!但我们知道,此前范镇率领礼官们坚定地支持王珪等臣的"濮议"意见,而如果欧公确为此排挤范镇,那么的确是欧公做错了!

我们看到上述弹劾韩琦之辞,很难落实,笔者相信,连吕诲自己都会感觉到其奏章空虚乏力。所以,台谏官就此改变了策略,矛头转向了参知政事欧阳修!

治平三年(1066)正月七日,台谏官几乎一起出动,工部员外郎兼侍御史知杂事吕诲,联名侍御史范纯仁、太常博士监察御史里行吕大防,上疏弹劾欧阳修,气势凶狠,竭尽蛮力,出言一步登顶:"豺狼当路,击逐宜先,奸邪在朝,弹劾敢后?"这就是该奏章的开篇措辞,完

---

① 〔宋〕李焘:《续资治通鉴长编》,中华书局2004年版,第8册,治平三年正月第1条,第5020页。

全是对待"首恶"。

他们认为中书作为"濮议"事的中坚堡垒,不可撼动,根源就在于得到欧阳修的理论支撑!奏章说:"伏见参知政事欧阳修首开邪议,妄引经据,以枉道悦人主,以近利负先帝,欲累濮王以不正之号,将陷陛下于过举之讥。朝论骇闻,天下失望。"这正是法典之所不赦,人神之所共弃。汉哀帝、桓帝之失,既难施于圣朝,褒、犹二奸佞固难逃于公论。至如宰臣韩琦,初不深虑,如今固欲掩过饰非,附会其辞,欺骗误导上听。

如此看来,真是"改变策略"了,突然原谅了韩琦,韩琦的"罪过"等级降为"初不深虑"而被奸邪利用,如今只好"附会其辞"。他的"广布朋党"之罪没有啦!这种口若悬河、信马由缰,我们只能把它认作对于"濮议"事愤怒的程度,达到了不顾忌公正。

奏章还说:儒学之臣、礼院学士辑议讲求,全都说称皇伯没错,而欧阳修等自知己失,却不认罪,作为大臣事君,岂能如是?曾公亮及赵概,备位政府,受国厚恩,苟且违心依从,倘若不治罪他们,谁执其咎?臣等位居言职,势不缄默。请尚方之剑,虽古人所难,举有国之刑,况典章犹在。伏请下欧阳修于大理寺,及正韩琦等之罪,以谢中外。

吕诲等要求皇帝问斩欧阳修,或将其下大理寺治罪。欧阳修,请沉住气吧,让人说话,不要反驳,大度一些吧!

正月十三日,台谏诸公再劾欧阳修,乃至给皇帝施加压力,出言胁迫说:自古人君御天下,民心不可失,"故曰民犹水也,可以载舟,可以覆舟"。况且欧阳修博识古今,精习文史,明知汉哀帝时大司马师丹之议为正,佞臣董宏之说为邪——董宏提议立定陶恭王后丁氏即哀帝生母为皇太后。利诱其衷,神夺其鉴,废三年不改之义,忘有死无贰之节。而先帝仁宗尚在祔祀,陵土未干,欧阳修等遽开越礼之言,欲遵衰世之迹,致陛下外失四海臣庶之心,内违左右卿士之议,欧阳修作为罪之源头,安得而赦!

正月十八日,吕诲等台谏官三劾欧阳修:修备位政府,不能以古先哲"王天下"出致治之术,开广上意,发号施令,号召人心,使亿兆之

民鼓舞神化。反而希意邀宠，倡为邪说，违礼乱法，不顾大义，将陷陛下于有过之地，……①

至此，欧阳修不能不为之辩驳了。再若缄默不言，只能加重所谓"迁延经时，致使大议不决"的诬罪，而且更激起台谏官的愤怒。欧阳修遂代表中书上了《论议濮安懿王典礼札子》。笔者推断，这份札子类似公开信，虽是上呈皇帝，但朝臣们均可看到。

我们不看这份札子，或会以为台谏官言之成理，看后即知他们确为误谬！不仅"称皇伯"为无稽之谈，而且其于典籍、史实也见地浅薄，有失详察，其论点根本无法立足。此外中书并未议及的"称皇"、入太庙扰乱"昭穆"（祖宗墓地次序）的事，就更是其强加与中书的诬陷之辞了。

中书札子有三点格外得力：一是欧公对典籍礼法的精通娴熟，使其在义理上立于不败之地；二是欧公对汉史的详知，使世人明辨历史真况，中书观点得到有力依据，即汉儒师丹等并未反对"称亲"，反对的只是后来"立庙京师"，欲去定陶藩国名号，干扰大统"昭穆"；其三是欧公对于"圣人亦不讳为人后者有父而生"的论述，是立于人性的基石之上的，是无可改变而天经地义的！

而后来，欧公更在自己著作《濮议卷二》中深刻、从容地斥责了那种世俗观念，堂堂士大夫是遵从圣人经典和礼法，还是依从于"俚俗"，这二者是有别天壤的！欧公说："今士大夫峨冠束带，立于朝廷，号为儒学之臣，为天子议礼，乃欲不遵祖宗之典礼，……而徇闾阎（闾巷）鄙俚之弊事，此非臣某之所敢知也。"欧公指出：对待不幸无子这一问题，"圣人之道"与"世俗之见"这二者的观念截然区别，"圣道"以其同宗之子为后者，圣人许之，著之《礼经》而不讳也。这就像"仁宗皇帝之至圣至明也！知立后为公，不畏人知而不讳也。故明诏天下曰，是濮安懿王之子也。然则，濮安懿王者为所生父可知矣。此仁宗先告于天下矣，所谓简易明白，不苟不窃，不欺不伪者，圣人之法

---

① 〔宋〕李焘：《续资治通鉴长编》，中华书局 2004 年版，第 8 册，治平三年正月第9—11 条，第 5023—5025 页。

也"。就是说仁宗诏敕对此事实毫无避讳，不忌讳其作为过继之子，对"大统"有无"专爱"，亦不剥夺其对生父的那份孝敬。这就是"圣人之道"的处世礼规。

我们再来看看"世俗观念"是怎样行事的。他们不仅讳忌承认"过继之子"有其生父的事实，而且不胜欺瞒、伪装、掩饰，以求其子"为我生之子"，并企盼达到"尽爱于我"，对我不存二心。这种否认其有生父而"造伪"的做法，正是世俗界的普遍做法。然而它是欺天、欺人而又"自欺"的，并违反人性的！欧公原文，将这种世俗心态揭示得淋漓尽致："间阎鄙俚之人则讳之，讳之则不胜其欺与伪也。故其苟偷窃取婴孩襁褓之子，讳其父母而自欺，以为我生之子，曰不如此则不得一志（一心）尽爱于我，而其心必二也。而为其子者，亦自讳其所生而绝其天性之亲，反视以为叔伯父，以此欺其九族，而乱其人鬼亲疏之序。凡物生而有知，未有不爱其父母者。使是子也能忍而真绝其天性欤，曾禽兽之不若也；使其不忍而外阳（佯，假装）绝之，是大伪也。夫间阎鄙俚之人之虑于事者亦已深矣，然而苟窃欺伪不可为法者，小人之事也。"

欧公进一步指出"二父"之说，"圣道"与"世俗"的不同："问者曰：'父有贰乎？'答曰：'何止贰也。父之别有五，母之别有八，皆见于经与礼。而父之别曰父也、所生父也、所后父也、同居继父也、不同居继父也。不同居继父者，父死而母再适人（嫁人），子从而暂寓其家，后去而异居矣，犹以暂寓其家之恩，终身谓其人为父。而所生父者，天性之亲也，反不得谓之父，是可谓不知轻重者也。'"①

我们看到欧公与群臣的冲突根本在于，其所秉持的人道主义，与包括世俗观念在内的传统伦理之间的必然冲突！"称亲"虽然符合人性，亦合于"圣道"，但所遇到的抵抗是顽强的，势力雄厚的！真难为欧阳修，能够在"间阎鄙俚"与圣人典籍之间发掘出一条如此艰难、窄促的"人性"通道！

---

① 〔宋〕欧阳修：《濮议卷二》，李逸安点校：《欧阳修全集》，中华书局 2001 年版，第 5 册，第 1857—1859 页。

那份《论濮安懿王典礼札子》，我们必须摘录如下，否则不能回复台谏官的论争，明辨是非。该札子条理分明，论述严谨而雄辩，几乎无懈可击，请读者试阅：

> 臣伏见朝廷议濮安懿王典礼，两制、礼官请称皇伯。中书之议以为事体至大，理宜慎重，必合典故，方可施行，而皇伯之称，考于经史皆无所据。方欲下三省百官，博访群议，以求其当。陛下屈意，手诏中罢，而众论纷然，至今不已。臣以谓众论虽多，其说不过有三：其一曰宜称皇伯者，是无稽之臆说也；其二曰简宗庙致水灾者，是厚诬天人之言也；其三曰不当用汉宣、哀（二帝）为法以干乱统纪者，是不原本末之论也。臣请为陛下条列而辨之。
>
> 谨按《仪礼·丧服记》曰："为人后者，为其父母报。"报者，齐衰期也。谓之降服，以明服可降，父母之名不可改也。又按开元、开宝《礼》、国朝《五服年月》《丧服令》皆云："为人后者，为其所生父齐衰，不杖期。"盖以恩莫重于所生，故父母之名不可改；义莫重于所继，故宁抑而降其服。此圣人所制之礼，著之六经，以为万世法者，是中书之议所据依也。若所谓称皇伯者，考于六经无之，方今国朝见行典礼及律令皆无之，自三代之后秦汉以来，诸帝由藩邸入继大统者亦皆无之，可谓无稽之臆说矣。夫《仪礼》者圣人六经之文，《开元礼》者有唐三百年所用之礼，《开宝通礼》者圣宋百年所用之礼，《五服年月》及《丧服令》亦皆祖宗累朝所定、方今天下共行之制。今议者皆弃而不用，直欲自用无稽之臆说，此所以不可施行也。……

上述，我们已经看到"称伯"无论于圣人六经、汉唐典籍，还是当朝礼法，都是没有依据的。欧公条分缕析地证明了它实为"无稽之臆说"的性质。

下面我们省略了驳斥"简宗庙致水灾说"。因为中书尚未议及"立庙"，所谓"两统二父以致天灾"，就是厚诬了！

> 其三引汉宣、哀之事者。臣谨按《汉书》宣帝父曰悼皇
> 考，……皇考者，亲之异名尔，皆子称其父之名也，汉儒初不
> 以为非也。自（汉）元帝以后，贡禹、韦玄成等始建毁庙之议，
> 数十年间，毁立不一。至哀帝时，大司徒平晏等百四十七人奏
> 议，……惟其立庙京师，乱汉祖宗昭穆，故晏等以谓两统二父
> 非礼，宜毁也。定陶恭王初但号共皇，立庙本国，师丹亦无所
> 议。至其后立庙京师，欲去定陶，不系以（藩）国，有进干汉
> 统之渐，（师）丹遂大非之。故（师）丹议云定陶恭皇谥号已
> 前定议，不得复改，而但论立庙京师为不可尔。然则称亲、置
> 园，皆汉儒所许，以为应经义者，惟去其国号、立庙京师则不
> 可尔。今言事者不究朝廷本议何事，不寻汉臣所非者何事，此
> 臣故谓不原本末也。

> ……方议名号犹未定，故尊崇之礼皆未及议。而言事者便
> 引汉去定陶国号、立庙京师之事厚诬朝廷，以为干乱大统，何
> 其过论也！夫去国号而立庙京师，以乱祖宗昭穆，此诚可非之
> 事。若果为此议，宜乎指臣等为奸邪之臣，而人主有过举之失
> 矣。其如陛下之意未尝及此，而中书亦初无此议，而言事者不
> 原本末，过引汉世可非之事以为说，而外庭之臣又不审知朝廷
> 本意如何，但见言事者云云，遂以为欲加非礼干乱统纪，信为
> 然矣！……

欧公至此已把史实，即汉朝"称亲"的事实掰扯清楚了。指明汉儒师丹等称许的是什么，反对的是什么。初始，汉儒并未反对称亲及"置园"，而其"皆汉儒所许"。只是后来，他们去除定陶藩国称号、立庙于京师，干犯汉统昭穆，才遭到师丹等激烈反对。而当朝奏议者不明史实详细经过，把本不存在于今的"干犯"，强加于中书所为，其行为不仅是于史实"不原本末"，更是"指臣等为奸邪"的无的放矢了！读者也由是看清，欧公于史实的详尽娴熟，是与那些于此"只知其一，不知其

二"者，截然不同的。还看清中书所提"称亲"，不仅不为过错，而且是有历史先例即"故事"可依的。

接下来欧公更阐明于礼典中，圣人所以允许"称亲"的道理：

> 夫为人后者既以所后为父矣，而圣人又存其所生父名者，非曲为之意也。盖自有天地以来，未有无父而生之子也，既有父而生，则不可讳其所生矣。……此圣人所以不讳无子者，立人之子以为后，亦不讳为人后者有父而生，盖不欺天、不诬人也。……至于丧服，降而抑之，一切可以义断。惟其父母之名不易者，理不可易也，易之则欺天而诬人矣。
>
> 伏惟陛下聪明睿圣，理无不烛，今众人之议如彼，中书之议如此。必将从众乎，则众议不见其可；欲违众乎，则自古为国未有违众而能举事者。臣愿陛下霈然下诏，明告中外，以皇伯无稽，决不可称，而今所欲定者正名号尔。至于立庙京师干乱统纪之事，皆非朝廷本议，庶几群疑可释。若知如此而犹以谓必称皇伯，则遂孔、孟复生，不能复为之辨矣。[1]

我们看到欧公的态度已够坚定，坚如磐石了！理在欧公，不在别处。尽管欧公知道"自古为国未有违众而能举事者"，但是这种"两难"就摆在欧公和英宗的眼前了，不容回避。我们前文说了其势汹涌而雄厚，这就是历史的惰力！在此后依然有重臣司马光等人的奏疏，恰如欧公说："知如此而犹以谓必称皇伯，则遂孔、孟复生，不能复为之辨矣！"

但是没料到"濮议"事突发转机，"急转直下"了！

据《长编》记载，是中书争取曹太后转变了态度。但据欧公《濮议卷一》所记，中书根本没有做说服皇太后的工作，乃至中书没有人知道太后为什么会出这样的手书，摸不清皇太后的真实意图是什么！这手书内容颇给予中书几分尴尬、惊慌和不知所措，手书曰："吾闻群臣请

---

① 〔宋〕欧阳修：《论濮安懿王典礼札子》，李逸安点校：《欧阳修全集》，中华书局2001年版，第5册，第1867—1870页。

皇帝封崇濮安懿王，至今未见施行。吾再阅前史，乃知自有故事。濮安懿王、谯国太夫人王氏、襄国太夫人韩氏、仙游县君任氏，可令皇帝称亲，仍尊濮安懿王为濮安懿皇，谯国、襄国、仙游并称后。"此是治平三年（1066）正月二十二日事。

据欧公所记，早在南郊祀之前中书就已给皇帝拿出了一个方案，乞依此降诏说："濮安懿王是朕本生亲也，群臣咸请（力请）封崇，而子无爵父之义（儿子无授爵于父的道理），宜令中书门下以茔（坟茔）为园，即园立庙（即濮王坟茔不入太庙），令王子孙岁时奉祠，其礼止（只是）如此而已。"英宗览后，略无难色，说："只如此极好，然须白过太后乃可行，且少待之。"之后，中书大臣还催促过皇帝。却不料这日向晚，大内忽遣内侍高居简至曾公亮宅邸，降出皇太后手书。及至此时，中书且无一语进言慈寿宫皇太后。而英宗皇帝也只云"白过太后然后施行"，亦不云请太后降手书。所以"此数事皆非上本意，亦非中书本意"。

接到太后手书，中书大臣"相顾愕然，以事出不意，莫知所为。遂同（韩琦）上殿，琦前奏曰：'臣有一愚见，未知可否？'上曰：'如何？'琦曰：'今太后手书三事，其称亲一事可以奉行，而称皇、称后，乞陛下辞免。别降手诏止称亲，而却以臣等前日进呈诏草以茔为园、因园立庙、令王子孙奉祠等事，便载于手诏施行。'上欣然曰：'甚好。'遂依此降手诏施行"[1]。

以上所述太后手书，及中书与英宗处置的过程，即为欧公记述，出自公作《濮议卷一》。

英宗在太后手书事上做得不错，听从了韩琦的意见，很快就出示了皇帝手诏：

朕面奉皇太后慈旨，为议濮安懿王典礼，久未施行，已降手书付中书。……朕以方承大统，惧德不胜，称亲之礼，谨遵

① 〔宋〕欧阳修：《濮议卷一》，李逸安点校：《欧阳修全集》，中华书局2001年版，第5册，第1850—1851页。

慈训，追崇之典，岂易克当（是否能说有欠妥当）？且欲以茔
为园，增置吏卒守卫，即园立庙，俾（使）王子孙主奉祠事。
皇太后谅兹诚恳，即赐允从。宜令中书门下，依此施行。

英宗同时诏命濮安懿王之子宗朴，擢为节度观察留后，改封濮国
公，主奉濮王祭祀事。应该说英宗做得没有什么地方是不妥的。

宰相韩琦也及早给皇太后上呈了《奏慈寿宫札子》，汇报了中书的
意见和做法。附带概述了"濮议"事基本过程，以免太后偏听受遮蔽。
我们从这一奏章的语气上，亦可看出韩琦摸不清太后手书的本意究竟如
何。但笔者估计，曹太后不会有"以错就错"陷英宗于不义的恶意，因
为曹太后许称的也只是"濮安懿皇"，即濮园内的"皇"，名分而已。此
外，笔者在史料中没有见到曹氏那种品质的记载，况且她毕竟是英宗的
母亲，或许她不愿意看到这个儿子过于为难，受到满朝的压力。

按说，事情该有所缓解才是，可是冲突却向着更为严峻处发展了。

台谏官满腹"正义"的情绪，忍受不了这种挫败，认为要害在于"称
亲"，尤其憎恶的就是这个称亲！他们坚定不移地认为"二父"就是对
仁宗的背弃！此外认为韩琦等大臣入内宫"活动"了皇太后，以挽救中
书的败局，这种手段是鄙下的、非法的，把自己的阴邪主张强加给仁宗
的遗孀接受，试想，皇太后能心甘情愿吗？

吕诲等臣一面继续上疏，一面以请辞台职相要挟："臣等自去秋以
来，相继论列中书不合建议加濮王非礼之号，不蒙开纳。又于近日三次
弹劾欧阳修首启邪议，导谀人君，及韩琦、曾公亮、赵概等依违傅会
（附会），不早辨正，乞下有司议罪，亦未蒙付外施行。盖由臣等才识
浅陋，不能开悟圣心，早正典礼。又不能击去奸恶，肃清朝纲。遂至大
议久而不决，中外之人谤论汹汹。若安然尸禄（像行尸走肉般享受俸
禄），不自引罪，则上成陛下之失德，下隳（毁）臣等之职业。因缴纳
御史诰敕，居家待罪，乞早赐黜责。"[1]

---

[1] 〔宋〕李焘:《续资治通鉴长编》，中华书局 2004 年版，第 8 册，治平三年正月第12 条，第 5029—5030 页。

吕诲等回家，不再上朝了。就是说，皇帝已颁手诏，他们根本不认可那一结果。这无疑给英宗极大的压力。英宗以玉玺封诰敕，遣内侍陈守清前往其家中，令赴台供职。诰敕接了，但不从君命，仍旧居家待罪。

此时司马光已不是谏官了，而为龙图阁直学士、兼侍讲，但是他不能不说话了："今臣不知陛下之意，固欲追尊濮王者，欲以为荣邪？以为利耶？以为有益于濮王邪？前世有以旁支入继追尊其父为皇者，自汉哀帝始。其后安帝、桓帝、灵帝亦为之。哀帝追尊其父定陶恭王为恭皇，今若追尊濮安懿皇，是正用哀帝之法也。陛下有尧舜禹汤，不以为法，汉之昏主，安足为荣乎？……陛下不忘濮王之恩，在陛下之中心，不在此外饰虚名也。……今以非礼之虚名，加于濮王而祭之，其于濮王果有何益乎？……此盖政府一二臣自以向者（向来）建议之失，已负天下之重责，苟欲文过遂非，不顾于陛下之德有所亏损。陛下从而听之，臣窃以为过矣。臣又闻政府之谋，欲托以皇太后手书，及不称考而称亲，虽复巧饰百端，要之为负先帝之恩，亏陛下之义，违圣人之礼，失四海之心。政府之臣，只能自欺，安得欺皇天上帝与天下之人乎？臣愿陛下急罢此议，勿使流闻达于四方，则天下幸甚！臣今虽不为谏官，然向日（往日）已曾奏闻，身备近臣，遇国家有大得失，不敢不言也。"[1]

司马光认为汉哀帝等昏君行为不足效法，陛下放着尧舜禹汤的圣迹不依从，却弃绝大义而徇私恩，听从政府一二大臣误导，而负天下之重责，试问，称皇、称考这个"外饰虚名"究竟于皇帝和濮王有何意义啊？会带来多少利益？值得这样"失四海之心"？并指出政府一二大臣如此文过饰非，所谓不称皇只称亲，那只是自欺，而欺骗不了"皇天上帝与天下之人"！司马光如此尖锐、严厉的奏章，需要英宗皇帝拿出些勇气来承受！

侍御史范纯仁奏言："皇太后自撤帘之后，深居九重，未尝预闻（干

---

[1] 〔宋〕李焘:《续资治通鉴长编》，中华书局2004年版，第8册，治平三年正月第13条，第5030—5031页。

预）外政，岂当复降诏令，有所建置？盖是政府臣僚苟欲遂非掩过，不思朝廷祸乱之原（之根源）。且三代以来，未尝有母后诏令施于朝廷者。""今陛下以长君临御，于兹四年，万几之务，当出宸断。……岂须更烦房闱之命，参紊（参与紊乱）国章，一开此端，弊原极大。……伏望陛下深察臣言，追寝前诏。凡系濮王典礼，陛下自可采择公议而行，何必用母后之命，施于长君之朝也？"

韩琦见到范纯仁的奏章，厉责政府大臣为"遂非掩过，不思朝廷祸乱之原"，非常伤感，对同僚说：我与其父范希文，恩如兄弟，视纯仁为子侄，乃忍心如此相攻击吗？

当日，英宗再次遣阁门中使以诏命召吕诲等赴台供职，吕诲仍然不从君命，并说："今濮王典礼，虽去殊号，而首启邪议之臣，未蒙显责，中外犹以为惑，臣等何敢自止？伏乞检会前奏，加罪首恶，以慰公论。如臣等擅纳告去职（擅自拒纳诰命而离职），亦望施行，甘与罪人同诛，耻与奸臣并进。"①

可见中书和皇帝之被动！皇帝又命中书召返他们，仍然不从。吕诲等知道，有宋遵循"祖宗家法"，从来不杀言官，所以敢说"甘与罪人同诛"的硬朗话，之后还说：欧阳修不罪黜，决不复职。吕诲的原话为："臣等本以欧阳修首起邪说，诖误（欺蒙牵累）圣心，韩琦等依违附会，不早辨正，累其弹奏，乞行朝典。……中外之论，皆以为韩琦密与中官（内侍）苏利涉、高居简往来交结，上惑母后，有此指挥。……陛下纵以辅臣同议，势难全责（很难使中书大臣全都治罪），而修为首恶，岂宜曲贷（枉加宽恕）？……臣等与修，理不两立，修苟（如果）不黜，臣终无就职之理。"②

至此，英宗没有办法了，可说没路可走了！他不明白，欧阳修议濮王堪称皇考，即称亲，句句依从圣人礼典，何罪之有啊，尊称自己的生父就这么难啊！

---

① 〔宋〕李焘：《续资治通鉴长编》，中华书局 2004 年版，第 8 册，治平三年正月第 14 条，第 5033—5034 页。
② 〔宋〕李焘：《续资治通鉴长编》，中华书局 2004 年版，第 8 册，治平三年正月第 16 条，第 5034—5035 页。

治平三年（1066）二月十四日，英宗决定罢黜吕诲、范纯仁、吕大防等人台职，出京外任。但是并没有实罪他们，都是依其本官外任的，换个地方而已。因为此形势，的确如其所言，很难与中书"两立"了！

英宗并且把贬逐吕诲等的诏敕张榜于朝堂，让朝臣们晓得事情经过。其诏可说如泣如诉，明言自己并未干乱统纪，称亲仅限于"濮园"之内，却不为所容！

> 朕近奉皇太后慈旨，濮安懿王，令朕称亲，仍有追崇之命。朕惟汉宣帝本生父称曰亲，又谥曰悼，裁置奉邑，皆应经义。既有典故，遂遵慈训，而不敢当追崇之典。朕又以上承仁考宗庙社稷之重，义不得兼奉其私亲，故但即园立庙，俾王子孙世袭濮国，自主祭祀，远嫌有别。盖欲为万世法，岂皆权宜之举哉。而台官吕诲等，始者专执合称皇伯、进封大国之议。朕以本生之亲改称皇伯，历考前世，并无典据；进封大国，则又礼无加爵之道。向自罢议之后，诲等奏促不已，怨其未行，乃引汉哀帝去恭皇定陶之号，立庙京师，干乱正统之事。皆朝廷未尝议及者，厉加诬诋，自比师丹，意欲摇动人情，炫惑视听。以至封还告敕，擅不赴台，明缴留中之奏于中书，录传讪上之文于都下。暨手诏之出，诲等则以称亲立庙，皆为不当。朕览诲等前疏，亦云生育之恩，礼宜追厚，俟祥禫既毕，然后讲求典礼，褒崇本亲。今反以称亲为非，前后之言，自相抵牾。……朕姑务含容，屈于明宪，止命各以本官补外。尚虑搢绅之间，士民之众，不详本末，但惑传闻。欲释群疑，理宜申谕，宜令中书门下俾御史台出榜朝堂，及进奏院牒告示，庶知朕意。[1]

---

① 〔宋〕英宗：《榜朝堂手诏》，李逸安点校：《欧阳修全集》，中华书局 2001 年版，第 5 册附录，第 1865—1866 页。

第六节　濮议之后的余波

欧公知道自己应该外任了！从未这样身受伤创，不管怎么说，朝臣舆论如此，自己都不宜再留在中书啦！而有一句话，重重地遗留在自己身后，或说永驻在自己心中，依旧是对人性的深切追问："我未闻以世父为伯者也！谁非人子，以为人后而不得其父母于人子之心，自有难安者！"

但愿欧公，与这一噩梦般的话题永别吧！

治平三年（1066）三月二十四日，欧公上疏《再乞外任第一表》，至二十七日又上《乞出第一札子》；二十八日连续上呈《第二表》及《第二札子》……直至四月，频频呈递《第四札子》《第五札子》，而均不获允。我们理解英宗，恰是这时他离不开这位参知政事的支撑，他怎肯答应欧阳修外任啊！

但是欧公自有苦衷，笔者还是要说：倘若皇帝就此应允了欧公请求就好了！真不忍看到欧公在六十岁的时候还带病劳累，并遭受创伤！欧公的辞呈非常恳切，说到两朝皇帝的知遇之恩，言及自己身体病痛，尤其说到濮议事的影响，自己已经不适合留在朝廷了，言辞推心置腹，令人动容。如说："臣闻忠以事上，虽见义而必为；力有不能，则知难而当止。是惟臣子进退之分，实系国家利害之机。"他念皇帝"方圣政之惟新，思群材而并济。臣以衰迟之朽质，久当机要以妨贤（妨碍进贤），有守经泥古之愚，无应变适时之用"，况臣如今两目眊昏，又患消渴症，精气干涸。臣若犹勉强残骸，窃贪厚禄，坐取败官之责，则是上累知人之明（《再乞外任第一表》）。

说到濮议事，言辞更加苦涩："今上自朝廷，下至闾阎巷陌，远洎（到）四海，外及夷狄，皆能传吕诲等章疏矣。其罔诬丑诋之语，莫不能道之矣。而臣以顾惜国体，既不当更与诲等辨正，便合引避去位，而以是非曲直付之公议，乃为合理。""自手诏告示中外后，凡中书论议本末邪正及诲等加诬诋讪等事，皆已幸蒙辨正矣。惟臣所被'邪谋首议、奸谀徼宠'之恶名，既不能自辩，若又不识廉耻，顽如木石，遂安其位。陛下谓有臣如此，其可当国家之大任乎？"①

末句乃说:陛下，倘若有臣既不能自己辩白，又不能知廉耻而去位，那么这样的人还能当国家大任吗？我们从中尽尝欧公由衷苦涩，而对其人品、自尊，更加钦佩!

英宗终不能应允。只能说从看似欧公言之有理，倘若换一个角度来看，此时让他解罢政事，只能说是他有罪。那么他有罪，皇帝也就错了，中书于濮议事就完全错了!

其实，在这场风波中受伤最重的是英宗，他时而感觉到自己"过继大统"做错了，本就不该过继的;时而又觉得的确对不起仁考和后宫的母后! 不称皇，是他心甘情愿恪守的，已经下手诏，日后自己也不可能有任何反悔。是的，如同司马光所说，皇帝图什么，意义何在啊？"今臣不知陛下之意，固欲追尊濮王者，欲以为荣邪？以为利耶？以为有益于濮王邪？"是的，我不要追尊、封崇，不以为利，也不以为荣，只要生父永远在为人后者的心中，不被改变和遗忘! 于是英宗又感觉到初入宫时的恐惧、精神恍惚，预感到一场不测或会来临! 心中时有绞痛，眼前会看到朝臣们汹涌的非议和罢朝的胁迫……

想想，这个皇帝至上的社会，也够令人恐怖的，历史竟有惊人的相似之处。自己祖父被赐封为商王，名叫赵元份，乃是宋太宗的第四子，也就是真宗皇帝之弟。父亲赵允让，生前为汝南郡王，为祖父赵元份的第三子，远在真宗皇帝的长子周王赵祐去世后，父亲赵允让竟然也被真宗皇帝收养于后宫，准备"过继"。父亲多么像宗实的少年啊! 皇帝的命令是至高无上的，不容违背的，并不等于父亲就愿意这种"过继"! 也不等于"欲以为荣邪？以为利耶"，幸好，真宗皇帝的第六子赵祯，也就是仁宗诞生了，父亲赵允让那年十八岁才得以出宫，自己才复拥有了这样一位无隔阂的生父! 赵允让送走了他的生母楚国太夫人，为其行丧服大礼"斩衰"三年，父亲扶灵柩徒步十里，拒绝乘车骑马，沿途痛

① 〔宋〕欧阳修:《乞出第三札子》，李逸安点校:《欧阳修全集》，中华书局 2001 年版，第 4 册，第 1367—1368 页。

哭，倘若当年他真的入继大统，就根本不能再行"斩衰"了！父亲，原谅您的不孝之子吧！

是年二月许，欧公有一件事处理欠妥，即对待张方平作为近臣。英宗不仅不同意欧公外任，还要设法加强朝臣力量，时端明殿学士兼龙图阁学士张方平正在知徐州的任上，英宗准备用他为翰林学士承旨，为此征求执政的意见，英宗说：现在翰林学士独王珪能够为诏，其他多不称职，看参政意见如何？欧公或许记起庆历时张方平的政治态度，曾与王拱辰等沆瀣一气，担心他如今做翰林承旨，会给韩琦工作带来阻力，亦未可知。其实，笔者以为欧公过虑了，此一时彼一时，人不是一成不变的，譬如在荐苏洵事上，张方平已主动向欧公示好，就说明他在转变。况且张方平才学能力非常强，笔者读过他的不少上疏和札子。而欧公却回答英宗说："方平亦有文学，但挟邪不直。"英宗犹豫了，但用人心切，改日又问曾公亮，曾公亮说臣不闻其"挟邪"。赵概也说，张方平没有不直的行迹。英宗就决然用张方平了。欧公也没再阻止。

也许是欧公年老了，精力和气度确有些衰退，有些事的失误在所难免。加上受到创伤，希望身边多一些志同道合者。是年三月十日，欧公又犯了一个不小的错误，那就是推荐蒋之奇入御史台。蒋之奇为何许人呢？我们后来知道他是个小人，地地道道的小人！蒋之奇时为太常博士，此前举试"制科"落败，不入等，却能够奉迎欧公，在濮议事上也持"称亲"观点，常于欧公面前表示追崇濮王为是，为获取欧公的好感。果然欧公在"势单力薄"的境况下，深受感动，恰值御史台缺人，欧公推荐蒋之奇任监察御史里行，英宗很快就同意了。在我们的记忆里，这恐怕是欧公头一次这样推荐"贤才"，这不能说不是"濮议"带来的后果！

但是欧公重视馆阁取士和建设，尤其重视"高端人才"儒学之士，却是一贯的。是年八月，欧阳修再向英宗奏论馆阁取士之路太狭窄，乞请择人试馆职。先后上疏两份奏章，《乞补馆职札子》及《又论馆阁取士札子》，篇幅都不短，细致论述了"材能之士"与"儒学之士"的区别和各自功用，前者乃指"知钱谷、晓刑狱、熟民事、精吏干，勤劳夙夜以办集为功者";后者则"置于廊庙(指朝廷各重要部门),而付以大政,使总治群材众职,进退而赏罚之"。二者不可偏废。但是"今取士之失,患在先材能而后儒学,贵吏事而贱文章",这样很难提升两制官员的"高端"质量。①

英宗采纳了这一建议,于是年十月甲午,诏宰相、参知政事举贤才试馆阁者各五人。这样,推举下来有二十余人与试,韩琦以为人太多了,难免于滥。英宗则说:"既委公等举,苟贤(如果真有才学),岂患多也?"那就先召提点陕西刑狱、度支员外郎蔡延庆等十人试馆阁,其余留待后试。我们看到英宗还是积极注重人才吸纳的。

英宗朝为大家熟悉的干吏才臣已经越来越少了,几乎每年都有名臣故世。我们熟知而爱戴的名臣余靖,已于治平元年(1064)六月二十九日故世了,卒于英宗诏返还京途中。欧公为其作有《赠刑部尚书余襄公神道碑铭》。此前,平定南蛮侬智高叛乱后,余靖留在广西任体量安抚使,后迁官多地,以尚书左丞知广州。英宗即位,授余靖工部尚书,并诏返朝。而治平三年(1066)四月,文章圣手宋庠卒于京师,生前官至宰相,追赠侍中,欧公为之作《祭宋侍中文》及《挽辞》:"文章天下无双誉,伯仲人间第一流。出入两朝推旧德,周旋三事著嘉谋。"是年四月二十五日,名士苏洵故去了,年仅五十八岁,生前欧公荐其入馆阁,执笔编撰《太常因革礼》一百卷,书成,方欲奏报,而君以疾病卒。欧公非常伤心,为之作《故霸州文安县主簿苏君墓志铭》。

而英宗是年,身体已经欠佳,或许是受到"濮议"事过重打击的缘故。可庆幸的是,英宗不乏子嗣,他的继承人不会再遭逢其父所遇的苦恼和创伤,想怎么称亲、追封就怎么称亲追封吧!因为英宗已为"大统",其子孙不复存在干犯的问题了!

英宗的长子名叫赵顼,年轻而英俊,身体也很硬朗,就住在濮邸中。王府中有几位幕僚和侍讲,其中一位"翊善"(辅臣职称)名叫邵亢,辅佐得不错,英宗已于四月乙未,授予邵亢为朝廷的知制诰、知谏

---

① 〔宋〕欧阳修:《乞补馆职札子》,李逸安点校:《欧阳修全集》,中华书局 2001 年版,第 4 册,第 1726—1727 页。

院兼判司农寺。此前，长子赵顼已为忠武节度使、同平章事、淮阳郡王，是年六月己亥，英宗再次进封长子为颍王。此外，英宗还关心赵顼已经成年，应该娶亲的事，经过一番考察，纳故相向敏中的孙女为颍王妇，赐封安国夫人。此刻，英宗不知道自己还有什么事情没办妥吗？

是年十二月，英宗病重，已经不能说话了，只能用笔书写示意。韩琦请立皇太子，英宗点头，传唤翰林学士承旨张方平制诰。

治平四年（1067）正月八日英宗病逝了，年仅三十六岁。欧阳修代撰《英宗遗制》，太子赵顼即位，他就是神宗皇帝。

治平四年（1067）二月，欧公的第三子欧阳棐，登进士第。这自然是一大喜事，欧公已经六十一岁了，尤其喜爱第三子棐的才华。记得自己在写《庐山高赋》的时候，欧阳棐还很小，只有他伏在书案前观看不离开，欧公写就之后就把文章给他了。顺便插一句：我们看到有宋以来对于贡举选材的重视，即使英宗薨世之际，贡举都没有停止。是年二月，乃是司马光加龙图阁直学士、知礼部贡举。欧阳棐所中进士即是该科之乙科。

欧公回到家，脱掉"衰服"，特为第三子的喜庆换上一件紫色底、皂色丝花的袍子。而改日上朝，又把衰服套在了外面。因为正在先帝英宗的丧期中。我们只想说，接下来的事情可说依然是"濮议"事的余波，或叫作"余震"。朝臣们的确想弹劾参倒欧阳修，竟然有人因为欧公衰服下露出了那件紫红色袍子的边角，而弹劾他！

弹劾者名叫刘庠，原为太常博士，因濮议事其观点与执政意合，被英宗擢进为监察御史里行。所以我们不要以为，凡赞同欧公"称亲"之议的，都抱着与欧公同样纯正的目的！如果真是那样，他就不会因此小事而正式上疏奏章了。据《吕氏杂记》卷下记载："刘庠弹欧阳修于英宗衰服下著紧丝花袄子，曰：'细文丽密，闪色鲜明。衣于（穿着于）纯吉之日，以累素风；服于大丧之中，尤伤礼教。'"如果追究，这当然也可以治罪。

但是神宗知道，是谁在父亲那样艰难的境况中支撑了父亲的精神，他就如同自己的父辈！神宗自会牢记这一恩德，怎么可能降罪于欧公呢！神宗遣中使，并嘱咐至避静处告知一声就是。中使就遵命这样做了，和颜悦色地说了原委，请公更换一下袍服。欧阳修很受感动，当即向神宗跪拜谢恩！关于神宗这一情节，我们另依据《宋名臣言行录》后集卷二所载："英宗之丧，欧公于衰绖（丧服）之下，服紫地皂花紧丝袍以入临。刘庠奏乞贬责，上遣使语欧阳公，使易之，欧阳公拜伏面谢。"①

---

① 周勋初:《宋人轶事汇编》，上海古籍出版社 2014 年版，第 3 册，《欧阳修》第 121 条，第 1054 页。

第十章

斜阳金晖

第一节　蒋之奇诬案与人之良知

我们知道小人总是患得患失的。因为他们是以切身利益来归置自己行为方向的，只看如何对自身更有利，而不管道义、良知应该怎样。

濮议之后，朝廷舆论以压倒的优势倾向台谏官，认为他们"虽败犹荣"，"因言得罪犹足取美名"。不少朝臣为其请命，乃至刚继任御史台官，就自己请辞，以此方式乞请皇帝早日召回吕诲等臣。我们前述的台官蒋之奇，自然感觉到自身的压力，前文已说过，他初试制科落选，为了进身而阿谀欧公濮议观点，被推荐为监察御史里行。如今，他难免担心自己不为众臣所容，在御史台站不稳脚跟。尤其看到英宗已薨，欧阳修大势已去，就更不知道自己该朝哪个方向迈步了。蒋之奇自然要考虑如何"转向"的问题。

我们还说过那一官为水部郎中的薛宗孺，即欧公夫人薛氏之堂弟，也是过于计较个人利益的人。薛夫人的叔父薛塾生有二子，长子薛仲孺过继给薛奎，欧公称呼为"九哥"；薛宗孺排行为十，则称呼其为"十弟"。我们要说的是这位"十弟"薛宗孺的事：他恰在这时与"姐夫"

欧公结怨了。原因很简单，宗孺错荐了一名京官崔庠，这名京官犯赃，宗孺受到连累，宗孺便请求身为参知政事的姐夫为其上言赦免。这事对于欧阳修有些为难，欧公一辈子都不曾"徇私"！又正值濮议期间，会授人以柄。欧公没答应，只说："不可以故侥幸。"没帮忙也就算了，据说欧公做事有点过分，特为上奏，不可因自己的关系使其侥幸。

据翰林学士范镇《东斋记事》的记述说："水部郎中薛宗孺，尝举崔庠充京官。后庠犯赃，宗孺知淄州，京都转运使差官取勘。久之，会赦当释（恰逢赦恩可以解罪）。是时，欧阳永叔参知政事，特奏不与原免。议者以为永叔避嫌则审（审慎）矣，自计无乃（只怕是）过乎。使宗孺自为过恶（如果是宗孺自己犯赃），虽奏不原可矣；今止坐失举而不原赦，亦太伤恩。故宗孺衔之（衔恨）特深，以为一谪争两覃恩、两奏荐（一罪竟剥夺两次恩赐和奏荐机会）。"①

我们依据范镇说，宗孺已经被黜知淄州，当其遇到赦免机会可以牵复时，欧公却特奏不与原免，使其两次被夺"覃恩"。范镇则以为永叔为自己避嫌，做得有些过分了。

就是因为这事，却不料使欧公遭遇"祸起萧墙"。

欧公第三子欧阳棐进士及第，举行个小小的家宴庆贺，"九哥"字公期者在席间，"十弟"薛宗孺自不会来了。而欧公一家人还是其乐融融，长子、长媳，次子和媳妇都在席前侍奉，为公婆，舅翁、舅母敬酒。往昔这种场面是有"十弟"薛宗孺在场的，或许他有见，席间长媳吴氏分外靓丽夺目，其品貌秀美，给予他过深的印象。笔者揣度是这一缘故吧。但是笔者想不到的是，他竟能由此发端，伪造那种"阴私"之事，来诬害自己的堂亲姐夫。

小人的报复，是不讲良知、不择手段的。薛宗孺谎构无根之言，诬陷欧公，而且在朝中寻找与欧阳修素有仇怨者，传播散布。这位与欧公素有仇怨者名叫刘瑾，官为集贤校理，籍贯乃江西庐陵。我们不知道他怎会与欧公成为仇家，却知道他直接找到同为江西庐陵人的老乡，即御

① 〔宋〕范镇：《东斋记事》卷三，洪本健：《欧阳修资料汇编》中华书局 1995 年版，上册，第 17 页。

史中丞彭思永，如获至宝地将得以弹劾欧阳修的"口实"告诉中丞：其与子媳吴氏有染，消息非常可靠。

刘瑾和彭思永都知道，讦言别人阴私，不是什么有德行的事，况且这种事纯属诬谤的可能性极大，搞不好自己会身败名裂。所以刘瑾一再嘱咐：咱们是同乡知己我才告知于你，不管到什么时候你可不能把我卖出去。我是馆职，与言事官无干。可见朝臣们对欧公积怨至深，苦于弹劾而找不到政治把柄。彭思永亦叹说："以阴讼治大臣诚难，然修首议濮园事犯众怒。"

彭思永也不是什么有德行的人，此时他想，倘若自己能把这个"庞然大物"参倒，功莫大矣！濮议时彭思永曾经上疏："濮王生陛下，而仁宗以陛下为嗣，是仁宗为皇考，而濮王于属为伯，此天地大义，生人大伦。如乾坤定位，不可得而变也。陛下为仁庙子，曰考曰亲，乃仁庙也；若更施于濮王，是有二亲矣。……臣以为当尊濮国大王，祭告之辞，则曰'侄嗣皇帝书名昭告于皇伯父'。在王则极尊崇之道，而于仁庙亦无所嫌矣，此万世之法也。"①《宋史》记载："疏入，英宗感其切至，垂欲施行。"就是说彭思永的谏言就要大功告成，而又"功败垂成"，他怎能不恨！我们说他不是什么有德行的人，当吕诲等被逐外时，彭思永作为御史中丞为了自保，却沉默不言。

而这时，他却又想在朝臣中露一鼻子。但他必须再寻找一个不怕"讦人阴私"的小人，便看上了已被舆论孤立的蒋之奇，算是彭思永会洞察、揣度蒋之奇欲自解、"反戈一击"在所不惜的心理动态。蒋之奇卑鄙处是，欧阳修于他有"再造之恩"亦全然不顾，所得"事由"虚妄不实、纯属诬谤也无暇顾忌，一心只为自己稳固御史台的位置，只有如此能够洗清其与欧阳修的牵连。

治平四年（1067）二月，蒋之奇遂上殿独自弹劾欧阳修，除了当众诬陷其"帷薄"事，还高谈身为大臣以此玷污朝廷，罪当贬黜。笔者猜想整个朝堂都呆愣了！这种阴私事，外人怎能得知？神宗自然是不信，并且知道自"紫袍"事至今，群臣始终不肯放过欧公，根本还是为了"濮

① 〔元〕脱脱等：《宋史·彭思永传》，中华书局1977年版，第30册，第10412页。

议"事。神宗不以为信，蒋之奇便"伏地叩首，坚请必行"，一口咬定此事非虚，有御史中丞彭思永为证！彭思永没想到他会把自己端出去，终还是上言支持蒋之奇所奏。

之后数日，蒋之奇正式草就奏稿，先呈递御史中丞审阅，彭思永知道自己已经踏上这条贼船，只好与其"同舟共济"。神宗见事情不得已，只得将蒋之奇、彭思永的奏章交付枢密院。

欧公自这一日起，便离开朝廷，居家不出了。等待朝廷辨诬伸冤，隔不几日就上疏一封，请求朝廷根查蒋之奇诬案，还自己清白之身。我们可以想见，虽然不久，蒋之奇与彭思永都被神宗治罪罢黜了，但是欧公居家闭门不出的日子，是何等地苦恼，那亦如漫漫长夜，煎熬不到鸡鸣破晓！

我们从欧公所上札子中即可看出，欧公根本不存在这种"龌龊"之事，一是欧公毅然决然地要求根查到底，追出谣言制造者，此事必有人言，欧公对此坦然毫无惧色；二是欧公请求先罢免自己的参知政事之职，以利于诬案的彻底查清，水落石出；其三，欧公指出，此事若得不到辨白，不只是欧阳修的大罪当死，而且是朝廷的玷污和耻辱。国体脸面何以安置！欧阳修没有要求简单地治罪于蒋之奇等，而是要求穷究不舍，直至追出诬谤之源。一个真有其事的人，决不会具有这样刚直磊落的态度！

我们谨录欧公一二封札子，以增加读者的具体印象，先看《再乞根究蒋之奇弹疏札子》：

> 臣昨日曾有奏陈，为台官蒋之奇诬奏臣以家私事，乞以之奇所奏出付外庭，公行推究，以辨虚实，未蒙降出施行。臣夙夕思维，之奇诬罔臣者，乃是禽兽不为之丑行，天地不容之大恶。臣若有之，万死不足以塞责；臣若无之，岂得含胡隐忍，不乞辨明？伏况陛下圣政惟新，万方幽远，咸仰朝廷至公，不为辨曲直。而臣身为近臣，忝列政府。今之奇所诬臣之事，苟有之，是犯天下之大恶；无之，是负天下之至冤。犯大恶而不诛，负至冤而不雪，则上累圣政，其体不细。由是言之，则朝

廷亦不可含胡，不为臣辨明也。大抵小人欲中伤人者，必以暧昧之事，贵于难明，易为诬污。然而欲以无根之谤绝无形迹，便可加人，则人谁不可诬人？人谁能自保？欲望圣慈特选公正之臣为臣辨理，先赐诘问之奇所言。是臣闺门内事，之奇所得，必有从来，因何彰败，必有踪迹。据其所指，便可推寻，尽理根穷，必见虚实。若实，则臣甘从斧钺；若虚，则朝廷典法必有所归。如允臣所请，乞以臣札子并蒋之奇所奏，降出施行。①

　　欧公几乎是教给神宗追查询问的方法，以"尽理根穷"，并要求把自己和蒋之奇的札子都公诸外廷，让司法介入。随后，为了办案方便，欧公又自请罢参知政事，呈递《又乞罢任，根究蒋之奇言事札子》，说道："伏缘臣见任政府，在于事体，理合避嫌。欲望圣慈先罢臣参知政事，除（授）一外任差遣。臣既解去事权，庶使所差之官（办案的官）无所畏避，得以尽公根究。"

　　神宗皇帝很重视该事，读了欧公札子，深为同情。恰值天章阁待制孙思恭上言极力为欧阳修辩护，虽事体外人不得而知，但孙思恭根据欧公以往品德及濮议事，分析得入情入理。神宗大受感悟，并出手诏进一步咨询于孙思恭，孙思恭坚信欧公绝对没有此事，力主彻查，追究到底。神宗遂取出双方奏章批付中书："令思永、之奇分析所闻（即对所闻说清楚，拿出根据），具传达人姓名以闻。"皇帝所说的"以闻"一词，就是"向朕禀报"的意思，在敕诰中常见。中书指派官员追查、诘问，一时间令彭思永、蒋之奇万分紧张，推诿说：原本朝廷规章，台谏官是可以"风闻"言事的。神宗动怒，再次批付中书，说："凡朝廷小有阙失，故许博议闻奏。岂有致人大恶，便以风闻为托？宜令思永等不得妄引浮说，具（出具）传达人姓名并所闻因依，明据以闻。"就是必须拿出具体人和真凭实据。

　　小人蒋之奇，只能一口咬定：我的所闻全部来自彭思永！所呈奏

___
① 〔宋〕欧阳修：《再乞根究蒋之奇弹疏札子》，李逸安点校：《欧阳修全集》，中华书局 2001 年版，第 4 册，第 1374 页。

章也先呈递御史中丞过目，被认为是属实的。这样，蒋之奇又一次为自己厘清了责任，摆脱了与"事体虚妄"的干系。而彭思永早已答应过同乡刘瑾，不能把他卖出去，自己言而无信，成了什么人哪！故而只能硬着头皮力抵："臣之奏章只来自风闻。朝廷制度允许台谏风闻言事。"

中书只好向皇帝如实禀奏：事情纯属"无根之言"，出于御史中丞彭思永的"风闻"。皇帝二次诏令，已经是三月初的事情。三月，吴充上书为欧阳修辩诬，也要求朝廷还自己家门清白。而在二月二十四，神宗皇帝已经赐手诏，抚慰问安欧阳修，遣派内臣朱可道前往欧公家中，《神宗御札》说："春寒安否？前事，朕已累次亲批出诘问，因依从来，要卿知。付欧阳修。"①

此后欧阳修又三番五次上疏札子，乃至乞请"沥血"，反对不追根究底，不追出谣言源头就治罪发落当事人。欧公坚持乞请"诘问之奇自何所得，因何踪迹彰败"这些具体"证据"和"证人"，并且乞请"差官据其所指，推究虚实"。因为蒋之奇所诬，乃为"人神共怒，必杀无赦之罪"，"四方之人"都在"听朝廷如何处置，惟至公以服天下之心"。倘若仅仅"托以暧昧，出于风闻，臣虽前有鼎镬（烹人刑具），后有铁钺（刀斧），必不能中止也"。因为此事"系天下之瞻望，系朝廷之得失，系臣命之生死，其可忽乎？其得已乎？臣所沥血恳，必望朝廷理辨虚实"（《乞诘问蒋之奇言事札子》）。

欧公的态度已表述得无比坚定了，不追出"源头"自己绝不能中止！之后欧公又上呈《再乞诘问蒋之奇言事札子》，但是令我们遗憾的是，彭思永为庇护他的那位"同乡"，自始至终没有供出集贤校理刘瑾的姓名，根究就此而中断。欧公也猜测到那种情况，而说："思永、之奇惧见指说出所说人姓名后，朝廷推鞫（审问），必见其虚妄，所以讳而不言也。"但是"臣忝列政府，动系国体，不幸枉遭诬陷，惟赖朝廷至公推究，别证虚实，使罪有所归，则臣虽死之日，犹生

---

① 《神宗御札》，李逸安点校：《欧阳修全集》，中华书局 2001 年版，第 4 册附录，第 1375 页。

之年也"。①

是年三月四日，神宗再次差遣中使朱可道赐皇帝手诏，以安慰并请欧公赴朝视事。我们有必要全文引录这封《神宗御札》：

> 春暖，久不相见，安否？数日来，以言者污卿以大恶，朕晓夕在怀，未尝舒释。故累次批出，再三诘问其从来事状，讫无以报。前日见卿文字，力要辨明，遂自引过。今日已令降黜，乃出榜朝堂，使中外知其虚妄。事理既明，人疑亦释，卿宜起视事如初，无恤前言。赐欧阳修。②

可说神宗皇帝为欧公雪洗冤屈很彻底。与皇帝手诏同日，彭思永、蒋之奇因诬奏欧阳修同遭贬黜。据《宋会要辑稿·职官六五》记载：治平四年"三月四日，御史中丞、工部侍郎彭思永降给事中、知黄州，主客员外郎、殿中侍御史里行蒋之奇降太常博士、监道州酒税，坐言参知政事欧阳修闱门事故也"③。五日，并将该敕文张榜于朝堂，告诫群臣，明其虚妄。

我们还知道，在此去二十多年后，即到了哲宗朝元祐六年（1091），蒋之奇迁官依旧受此案影响，被人弹劾而罢。仍是《宋会要辑稿》记载："（元祐）六年九月二十二日，河北都转运使蒋之奇罢新除（授）刑部侍郎，以中书舍人孙升言，之奇昔为御史以阴私事中伤所举之人欧阳修，故有是命。"④

虽然诬罔已经辨明了，但是欧公是个非常自尊自爱的人，不愿意再留在中书了。既然群臣如此怀怨，台谏一再弹劾，自己再待下去，于私于公都不为有利了。其间神宗多次遣中使慰问，促其赴朝视事，欧公却

① 〔宋〕欧阳修：《乞诘问蒋之奇言事札子》《再乞诘问蒋之奇言事札子》，李逸安点校：《欧阳修全集》，中华书局 2001 年版，第 4 册，第 1376—1377 页。
② 《神宗御札》其二，《欧阳修全集》，中华书局 2001 年版，第 4 册附录，第 1381 页。
③ 〔清〕徐松：《宋会要辑稿·职官六五》之二七，中华书局 1957 年版，第 4 册，第 3860 页。
④ 〔清〕徐松：《宋会要辑稿·职官六七》之六，中华书局 1957 年版，第 4 册，第 3890 页。

接连上表，乞求外任，又三上札子，其态度比根究诬案更为坚决恳切："臣闻所谓大臣者，必能宣布上德，协和中外，使人心悦豫，朝政肃清，此乃辅弼之任也。（然而）臣性既简拙，耻为阿徇（阿谀徇私），又复愚暗，不识祸机，多积怨仇，动（动辄）遭指目"；"臣又思朝廷每用柄臣，必取人望者，以其为众人所服，故使处众人之上也。今如臣者，举必为众人所怒，动必为众人所怨……臣于此时不自引去，是不知进退矣。"（《乞外郡第二札子》）

欧公于《乞外郡第三札子》则说："臣今月二十日，伏蒙圣恩，以臣所上第三表乞解政事，特降批答不允，仍断来章者（以拒绝再次上章）。闻命以还，忧惶殒越（惧怕违命而获罪），（但是为）恳诚所迫，欲止不能。……（今）中外皆知臣事已辨雪，陛下至圣至明，言事者不能动摇朝廷矣。今臣自以恳请，与言事者不复相关。若赐允俞，是陛下出臣于万死之中，保全其终始而使之善退也。"[①]

欧阳修由衷的恳乞，实令神宗无奈，连"出臣于万死之中"这样的词语都用上了，还能怎样乞求啊！皇帝只好于治平四年（1067）三月二十四日，应允参知政事欧阳修改为观文殿学士、刑部尚书、知亳州（今属安徽）。

神宗舍不得，又不能不尊重先帝的这位辅臣的意愿。于是再遣中使至其宅邸传宣抚问，并且由中使召欧阳修入见皇帝。欧阳修上《谢传宣抚问札子》，深谢皇帝赐予他如此优异的隆恩，举族欢呼。"臣孤危之迹，已荷保全"，容自己候接到新命敕文的时候，当赴朝拜辞皇帝。

第二节　亳州之任与青州悼亡友

欧公离开政府之前，就已想到神宗皇帝临政不久，身边需要得力的辅臣，必须是学识谋略俱佳而富有建明者，以替代自己。慎重寻思，便

[①]〔宋〕欧阳修：《乞外郡第二札子》《乞外郡第三札子》，李逸安点校：《欧阳修全集》，中华书局 2001 年版，第 4 册，第 1382—1384 页。

想到了司马光。按说司马光在"濮议"事上与自己完全相左，乃至怀有怨愤，但是欧公考虑问题是从大处着眼，不计较与个人关系的亲疏，更不该计较个别事上的观点异同。欧公遂上疏了《荐司马光札子》。

这封札子以"至公"的胸襟，深切赞誉了司马光的优异才干，自己在二府八年早已有见，凡遇大政的关键时刻，司马光都能挺身担当。"臣伏见龙图阁直学士司马光，德性淳正，学术通明。自列侍从，久司谏诤，谠言嘉话，著在两朝。"接着谈他在仁宗朝"建储"事上的功绩，"由是言之，光于国有功为不浅矣，可谓社稷之臣也。而其识虑深远，性尤慎密"。①

欧公上呈这封札子之后，即择日辞别神宗，离开朝廷了。

已求得朝廷允许，在赴任亳州的途中，将在颍州稍作停留。我们知道颍州有欧公置办的宅邸，需要扩建翻新一下，把家眷迁过去。欧公已经在做退休的准备，早已无心朝政，加上身体欠佳，消渴症，也就是糖尿病，时常会发作，早该思谋退路了。我们注意到欧公请求外任的时候，没有再"乞洪州"，笔者想那是因为他的身体已经不适宜长途奔波了，难以再返回故里南昌。

欧公抵达颍州，即给挚友曾巩致书，书中谈到"敝庐"（自己的宅舍）需要翻新等事，公与子固可谓无话不说，该书读来十分亲切，乃至所以在颍州停留，"盖避五月上官"这样的话，也不避讳。可能是"五月"出行有什么忌讳的讲究吧，属于民俗的。书信能够反映出欧公在颍州的心境："奉别匆匆，暑候已深，不审动履何似？某昨假道（借路）于颍者，本以归休之计初未有涯（原以为归田还远），故须躬往。及至，则敝庐地势，喧静得中，仍不至狭隘，但易故而新（只是变陈旧了，需要翻新），稍增广之，可以自足矣。以是功可速就，期年挂冠（期望年内能成就辞职退休）之约，必不愆期也。甚幸甚幸。昨在颍，无所营为，所以少留者，盖避五月上官，未能免俗尔。"②

欧公与曾巩关系亲近吧，书信就像聊天，无任何顾忌。在这里也可

① 〔宋〕欧阳修：《荐司马光札子》，李逸安点校：《欧阳修全集》，中华书局2001年版，第4册，第1730页。
② 〔宋〕欧阳修：《与曾舍人巩》其二，李逸安点校：《欧阳修全集》，中华书局2001年版，第6册，第2469页。

以谈谈自己的"私心"，选择外任的地方，年老了，考虑生活方便也是合理的。

欧公对于自己选择的归宿地——颍州，是"情有独钟"的！欧公后来曾说：自从为翰林学士，匆匆十余年过去，"归颍之志虽未遑（顾及）也，然未尝一日少忘焉"。在颍州翻新扩建宅邸，自有长子欧阳发操办，欧公只须"躬往"看看。欧公作《再至汝阴三绝》，汝阴者乃颍州之别称。赞美自己的"归宿地"，诗情昂然，憧憬"致仕"后的生活安逸、快乐："黄栗留鸣桑葚美，紫樱桃熟麦风凉。朱轮昔愧无遗爱（昔日乘官车来知颍州，愧无政绩遗留），白发重来似故乡。十载荣华贪国宠，一生忧患损天真。颍人莫怪归来晚，新向君前乞得身。水味甘于大明井，鱼肥恰似新开湖。十四五年劳梦寐，此时才得少踟蹰。"①

恰值欧公早年的朋友陈经，字子履者知颍州。他如今名陆经，因母亲改嫁故而更姓。读者还记得晏殊曾置"赏雪酒宴"，邀请陆经与欧阳修赴宴助兴，那时陆子履即是晏公的门生。一晃这么多年过去，欧公再至颍州，拜见老友，在陆子履的室内见到其珍藏的仁宗飞白御书，欧公为之正冠肃容，再拜而后才敢仰视，见仁宗墨宝"云章烂然，辉映日月"。欧公格外感慨，感慨中携着时光流逝之感，距今已是世隔三朝了！子履请求永叔能够惠赠文章，就以御书飞白"为我志之"。欧公答应了，遂作《仁宗御飞白记》。

仁宗为人质朴，礼贤下士，那时子履官为馆职，记得仁宗御宝文阁书墨宝分赠群臣时，赠的都是二府大臣和两制近臣，却不知稍后仁宗又御群玉殿宴请群臣时仍有赏赐，子履也获得了。欧公行文如流水，通过对陆子履经历的记述，抒发了"濮议"之后对仁宗的由衷怀念，笔者谨作摘录：

> 治平四年夏五月，余将赴亳州，假道于汝阴，因得阅书于子履之室。……曰："此宝文阁之所藏也，胡为于子之室乎？"子履曰："曩者天子宴从臣于群玉而赐以飞白，余幸得与赐焉。

---

① 〔宋〕欧阳修：《再至汝阴三绝》，李逸安点校：《欧阳修全集》，中华书局2001年版，第2册，第238—239页。

予穷于世久矣，少不悦于时人，流离窜斥，十有余年。而得不老死江湖之上者，盖以遭时清明，天子向学，乐育天下之才而不遗一介之贱，使得与群贤并游于儒学之馆。而天下无事，岁时丰登，民物安乐，天子优游清闲，不迩声色，方与群臣从容于翰墨之娱。而余于斯时，窃获此赐，非惟一介之臣之荣遇，亦朝廷一时之盛事也。子其为我志之。"余曰："仁宗之德泽涵濡万物者四十余年，虽田夫野老之无知，犹能悲歌思慕于垅亩之间，而况儒臣学士，得望清光、蒙恩宠、登金门而上玉堂者乎？"于是相与泫然流涕而书之。①

该文感情无比真挚，发自肺腑！尤其言到"盖以遭时清明"，即生逢盛世，天子向往治学，"乐育天下之才而不遗一介之贱"的圣德。以与陆经对话，令其怆然而涕下。对于仁宗皇帝向善的人性关爱，"虽田夫野老之无知，犹能悲歌思慕于垅亩之间"，何况欧阳修！这对于仁宗，不啻为一篇怀念至深的祭文。

欧公在颍州未敢多延误，五月二十九日已经抵达亳州。六月二日上任，开始工作。

我们知道欧公是勤政的，虽然行政公务不是自己的长项，但为官一任，必须要做事，尽己之力造福一方百姓，这是欧公一贯遵循的品德。六月十一日得悉自己的亲家，翰林学士胡宿病逝于杭州任所，享年七十三岁，欧公为其作祭文，是年晚些时候又转写了《赠太子太傅胡公墓志》。我们说过，近年来几乎每年都有我们熟识的、不忍割舍的名臣逝世。是年八月，蔡襄卒于福建，年仅五十六岁。我们自会记起他在庆历年间作为谏官的历史功绩，那是无可磨灭的。欧阳修派遣亳州太守特使，前往福州致祭。欧公为其作《端明殿学士蔡公墓志铭》，该文完成于熙宁元年（1068）蔡襄行葬礼的时候。

该墓志对蔡襄为官功绩、学识才干、人品德行、造福于民，及其生

---

① 〔宋〕欧阳修：《仁宗御飞白记》，李逸安点校：《欧阳修全集》，中华书局2001年版，第2册，第587—588页。

平世家的记述非常详细而全面。蔡襄，字君谟，天圣八年（1030）举进士甲科，庆历三年（1043）以秘书丞、集贤校理知谏院，他作为谏官的政绩我们不必重复，即知"公之补益为尤多"。庆历四年（1044）以右正言直史馆出知福州，后为福建路转运使，那时蔡襄既已关怀民生，修复"五塘以溉田"，民众为他"立生祠于塘侧"。皇祐四年（1053）蔡君谟迁起居舍人、知制诰、兼判流内铨，会遇御史台弹劾宰相梁适而被罢黜台职，君谟敢于封还辞头，拒绝草制。至和元年（1054）迁龙图阁直学士、知开封府；嘉祐五年（1060）拜翰林学士、权三司使。在这两处位置上蔡襄的功绩是非常出众的，欧公说："三司、开封，世称省、府，为难治而易以毁誉，居者不由以迁（迁升）则由以败，而败者十常四五。公居之，皆有能名。其治京师，谈笑无留事，尤喜破奸隐，吏不能欺。至商财利，则较天下盈虚出入，量力以制用，必使下完而上给。"特别是为仁宗建设永昭陵，这位三司使能够供给充足，"闲暇若有余"。蔡襄有文集若干卷，"公为文章，清遒（清拔刚劲）粹美"。尤其书法之美，可谓当朝第一家！蔡公葬于莆田县某乡将军山，公薨，百姓蜂拥至州府，请为公立德政碑，呼说："俾我民不忘公之德。"①

治平四年（1067）十月，韩琦亦自请罢免宰相，出知相州（今河南安阳）。韩琦于英宗在世时就乞外未得，直到又担任英宗永厚陵的山陵使，迎奉神宗即位。想想韩公也够劳苦！该歇歇了。但是随后西夏边事吃紧，又改命韩琦判永兴军兼陕西路经略安抚使。他比欧阳修要劳累啊！欧公致书问候："冬序始寒，不审台候动止何似？窃承恳请之坚，遂解机政。处大位，居成功，古人之所难。公保荣名，被殊宠，进退之际，从容有余，德业两全，逸言自止，过于周公矣。"然而若为朝廷考虑，元老遽去，则有恐神宗失去依仗，又不能不为之惘然。②

这年冬天，欧公还致书于苏颂，时苏颂为淮南转运使，亳州属于他的辖境。想到那年自己守南京的时候，两人相处和睦，后来欧

① 〔宋〕欧阳修：《端明殿学士蔡公墓志铭》，李逸安点校：《欧阳修全集》，中华书局2001年版，第2册，第520—523页。
② 〔宋〕欧阳修：《与韩忠献王稚圭》其三十三，李逸安点校：《欧阳修全集》，中华书局2001年版，第6册，第2344页。

公给予他不少关照。而今，自己也应该尊重苏颂的工作，向他汇报了亳州的"岁丰境安"。诸如民事稀少，尚无匪盗，夏秋蝗灾亦不很严重，被随时扑灭了，等等所应汇报的事宜。欧公施政的谦逊、恭谨，由是可知！

我们这就要迈入下一年，即神宗改元的年号——熙宁元年（1068）了。

而在此时，我们或会想到英宗，三十六岁就早逝了。欧公自然会想到自己，或许辅佐有失？心中是自责而痛苦的。我们前文征引的《濮议卷一》《卷二》（共计四卷）等内容，都是欧公外任"假道于颖"这一时段撰写的。它记述了濮议完整过程，作为自己心地良知、公正与人性的呼号，而今上呈神宗皇帝，并于将后公之于世。

除此欧公在亳州还深切祭奠英宗，撰写了《英宗皇帝灵驾发引祭文》，回顾自己昔日目睹英宗灵柩发引的仪仗，自己由于"官守有职，不得攀号于道左"，即不能跟随灵车哭号，谨在顺天门外痛苦地望着灵车。祭文说："臣修西望泣血顿首死罪言曰：伏惟大行皇帝至仁至孝，本尧舜之心；克俭克宽，躬禹汤之圣。德泽被物，威灵在天。……而臣受恩最深，报国无状，不能秉翣（手擎棺饰）持绋（亲执引棺下葬的大绳），以供贱事。"[1]

欧公在亳州施政，还是以"宽政"不扰民为原则，只有助民于农事、祈雨、迅速扑灭蝗蝻等事迹记载。宋代大儒朱熹著《考欧阳文忠公事迹》记述："欧阳公时常对人说：'凡治人者，不问吏材能否，施政何如，但（惟有）民称便，即是良吏。'"说得太对了，只看"民称便"，便民即是最高准则。朱熹接着说："故（欧阳）公为数郡，不求治迹，不求声誉，以宽简不扰为意。故所至民便，既去民思（去除民之烦恼），如扬州、南京、青州皆大郡，公至（到任）三五日间，事已十减五六；一两月后，官府阒然（寂静）如僧舍。"[2]官府寂静得亦如僧舍，这个形容也太

---

① 〔宋〕欧阳修：《英宗皇帝灵驾发引祭文》，李逸安点校：《欧阳修全集》，中华书局2001年版，第2册，第705页。

② 〔宋〕朱熹：《考欧阳文忠公事迹》，洪本健：《欧阳修资料汇编》，中华书局1995年版，上册，第328页。

夸张了，但起码诉讼少，民不告官蜂拥衙门了！

欧公宁愿率领僚属出城踏青，往游太清宫。那可能是道家的一处庙观，沿途亦可观看民生民情。熙宁元年（1068）二月十八日，欧公作《游太清宫出城马上口占》诗，欧公的诗，笔者每摘录一首，便是一首精品上乘！是那样绘声绘色，意味隽永，而且能使我顿觉精神轻松、畅快：

> 拥旆西城一据鞍，耕夫初识劝农官。
> 鸦鸣日出林光动，野阔风摇麦浪寒。
> 渐暖绿杨才弄色，得晴丹杏不胜繁。
> 牛羊鸡犬田家乐，终日思归盍挂冠？[①]

我们可见欧公蓬勃的生活热情，对于眼前的景物不仅描绘细致，而且充满爱意。其"拥旆西城一据鞍"，即说乘马穿过酒旆摇曳的西城，称自己只是个劝农官而已。目睹晨辉穿透林野，感知早春寒风抚过苗田，都带着向往农家生活的感情。这时便想到自己何不"挂冠"归田啊！于是这一年，欧公没有少呈递请求"致仕"的札子，足有四五次上疏之繁，亦如公与曾巩书信中所说，现在退身已经嫌晚了；抱定决心，"挂冠之约，必不愆期也"。

是的，或许欧公的政治生涯已经到了"顶巅"，再走下去就只有"下坡"了。我们还是更亲切于欧公的文学家身份，就像刚征引的那首小诗，一般诗家却很难达到如此淳朴无华之境，是我们永远为之骄傲而铭记的！诗文，是欧阳修的看家本领，也是他之所以富有情感和人性关怀之本。它亦如河流，只要生命存在，其自会奔流不息。

游完那处道观，太清宫，欧公就又有佳作脱口而出，题为《升天桧》，"桧"为乔木大树，据说老子乘"青牛西出关"，就在那株高大苍老的桧树下隐居，而著《道德经》五千言。欧公诗作由此发端，颇具沧桑感地吟道："当时遗迹至今在，隐起苍桧犹依然。"但是我们知道，欧

---

① 〔宋〕欧阳修：《游太清宫出城马上口占》，李逸安点校：《欧阳修全集》，中华书局2001年版，第2册，第241页。

公对于道家的"茫昧"神仙之事，历来持排斥态度，并不感兴趣，感兴趣的只是它作为文化的遗存及《老子》著作思想。故而欧公批判诘问它的传说故事："奈何此鹿（聃乘白鹿归去）起平地，更假草木（苍桧）相攀缘。乃知神仙事茫昧，真伪莫究徒自传。"然而欧公诗却给予我们"尔来忽已三千年"之历史的凝重沉浑，意厚而蕴深。恰如欧公看重这道观的文化积淀，而赞曰："雪霜不改终古色，风雨有声当夏寒。境清物老自可爱，何必诡怪穷根源（我们何须根究它的诡怪）。"①

熙宁元年（1068）春，欧公连上三表、三封札子请求退休，而未被应允。如《亳州乞致仕第一表》《第一札子》等直至三上。笔者不知道"表"与"札子"在体例上的区别，认真审阅内容审其形式，也没看止它们的异同。笔者想这不重要，重要的是欧公已是六次上疏！都是先言感谢皇帝和朝廷"恩宠奖擢"，后说自己身体衰病，不堪重任，"坐尸厚禄，益所难安"。并说，往常朝廷有事的时候臣不敢启言，只有"方今朝廷无事，中外晏然（安定、闲暇），臣亦幸无任责之重"的时候，才敢于乞请致仕。说自己所以乞守亳州，只是因为它"去颍最近，便于私营"。还具体说到病情，消渴症已患三年，如今"形神俱瘁，齿发凋落"，再加眼疾，"视一成两"。

神宗虽未允俞，但每次都降诏书抚慰答复。这已经算是恩泽了！至五月二十日，欧公在亳州祭祀太社"致斋谢雨"（防涝）之后，又上《亳州第四表》《第四札子》，乃至七月再上《第五表》，直到欧公自己都觉得有罪了！其《亳州第五表》说："臣某言：臣近者累具陈乞，愿还官政。伏蒙圣慈五降诏书，未赐俞允。上恩曲谕，已至矣而丁宁；下愚弗移（不改变），但顽然而迷执。论罪合当于诛戮，原情尚冀于矜从。"末句说：之所以执迷恳乞不止，乃是臣尚希冀于陛下能够允从。

八月四日，朝廷发来诏敕，转欧阳修为兵部尚书、知青州（今属山东）、充京东东路安抚使。不仅不允致仕，反而升迁重用。青州乃大郡，拥有驻军，"掌国五兵（五路兵马），俾绥（使其安抚）东土"。又以安

① 〔宋〕欧阳修：《升天桧》，李逸安点校：《欧阳修全集》，中华书局2001年版，第1册，第144—145页。

抚使权领京东东路诸州。这让欧公非常为难，从不得、辞不得，再辞就有违抗君命之罪；可是从命吧，一是自己身体的确难当重任了，二是前番乞请退休，会被看作有"矫激邀宠"之嫌，以为欧阳修嫌弃亳州官小。尽管知道神宗不肯舍弃，意在加恩，可是欧公的确难从啊！八月九日欧公上疏《辞免青州第一札子》，二十八日又呈《第二札子》，直到九月，仍在请辞青州《第三札子》及《辞转兵部尚书札子》。神宗终不允，末了欧公"退一步"说：臣暂且不乞致仕了，请允许我依旧守亳州。这已是十月六日，欧阳修依旧留在亳州的土地上，未曾赴任青州。正是这日公上疏了《第五乞守旧任札子》，题下注明"熙宁元年十月"。

但是神宗没有答应。欧公只能于是年十月二十七日抵达青州任了。

若说欧公还能不能干事，当然，克服病痛还是能为的。笔者估计，欧公精神上的创伤更重于身体疾病！仍是"濮议"事的余震，群臣如此怀怨，让欧公伤心了！使得欧公对朝廷政务"心灰意冷"。欧公仍记得那汹涌而至的怨愤，吕诲等台官三劾欧阳修，要求治罪于"首议之人"；濮议平息后事仍未了，竟以"紫袍"事弹劾他，又以"阴私"事诬陷他，够了，欧阳修不能第二次被小人弹劾！此时"退身"已经嫌晚了！但是，欧公并不认为自己做错了什么，相反，欧公至今不能理喻，那些"士大夫峨冠束带，立于朝廷，号为儒学之臣，为天子议礼，乃欲不尊祖宗之典礼，而徇间阎鄙俚之弊事，此非臣某之所敢知也！"竟然两次三番地向他们掰扯不清楚这样一个浅显的道理，"若知如此而犹以谓必称皇伯，则虽孔、孟复生，不能复为之辨矣"。这些话语，一直在欧公耳边鸣响。

欧公到任青州，恰遇到这样一件事：临淄县令名叫蒋之仪者，有要事拜谒郡守，欧公接待了他。这位县令蒋之仪不是别人，恰是曾重诬于自己的小人蒋之奇的兄长。蒋之仪说自己没有犯事，或说未犯应当罢官的大罪，却被二司（州府判官）某某人所不喜欢，极力欲罢免卑职之官。蒋之仪就以此事，乞请欧公关注、体量，给予救护。欧公只应说：容我了解情况后，再作答复。这件事，如果欧公心存报复，完全有理由推辞，自己初到任而不知情。可是欧公却天性没有这种"报复"的恶习。稍后欧阳修尽职守责地给予了解，"察其实无它"，即的确没有大的过犯，遂"力保全之"。此事我们见诸《先公事迹》。笔者想，蒋之仪乃至其兄弟蒋之奇，终会认识到欧阳修是怎样的人！

欧公虽然在《青州谢上表》中仍旧诉说自己难当重任，乃至诉说别人以之为宠，他却以之为忧！原话是："惟孤拙之无堪，蹈艰危而已甚。世之所荣者，臣之所惧；人以为宠者，臣以为忧。是敢辄殚悃愊之诚（比乃敢屡次上辞而竭尽真心实意），累黩高明之听（多有玷污圣听），迫于危虑，罔避烦辞（迫于多虑和慎重，竟不避过于频繁推辞）。"但是尽管如此，欧阳修既然到任了，就不会懈怠职守，贪图私己安逸，即说："臣敢不策励疲羸（鞭策激励自己衰病之躯），勤思夙夜，庶期尽瘁。"①欧公首先踏看这里的民俗和农事，赴乡村走访，看到这里"凿井耕田，各安其业"，青州是富庶的，掘井灌溉并不为艰难，只要农民有粮食，吃穿不愁，其他事就好办。接下来欧公就要视察驻军，整顿军纪，严肃防守。再下来就是按察所辖诸州官吏的廉洁施政状况了，这是他这个安抚使将主要做的事。

熙宁元年（1068）十二月，河北饥民因避荒年流入山东，朝廷诏知青州欧阳修设法抚养安顿流民。这是一项极为繁重的政务，牵涉较大的财用。但是欧公毫无怨言，视其为责无旁贷。自府库拿出钱粮，明确各州县的抚恤责任和所承担数额，河北灾民很快得到了妥善安置和救济。欧公这才向朝廷汇报实施救灾行状。

至熙宁二年（1069）三月，神宗遣内侍王延庆便道来青州传宣皇帝的抚问，皇帝或许感慨救助河北流民事做得如此顺达，或许记起欧公身体的确欠佳，乃御赐香药一银盒，又赐新校订《前汉书》五十册，因为该书是欧公参与"看详"的。那是嘉祐六年（1061）二月，命秘书丞陈绎重新校对，又诏参知政事欧阳修看详。欧公很感动，上谢表，谢传宣抚问赐香药银盒及《前汉书》。

欧公在如此繁忙的公务中，记起一件自己该做的事，即为亡友刘敞撰写墓志铭！这更是"责无旁贷"的。

刘敞是上一年四月八日病逝于南京的，年仅五十岁。那时欧阳修尚

____

① 〔宋〕欧阳修：《青州谢上表》，李逸安点校：《欧阳修全集》，中华书局2001年版，第2册，第1401—1402页。

在亳州，那时非常痛苦哀伤，因为他比自己年轻许多！欧公当即遣使前往南京奔丧致祭。刘敞生前为集贤院学士、判南京留司御史台。欧公当即作了《祭刘给事文》，设"清酌庶羞"之灵台祭奠。自会记起往昔与君至深友谊，在颍州刘敞赐教于《新五代史》，在陕西为其搜集惠寄古籍碑文，在同使契丹途中，互传诗文唱和。欧公尤其敬重刘敞的学术，"公于学博，自六经、百氏、古今传记，下至天文、地理、卜医、数术、浮图、老庄之说，无所不通"。欧公曾于仁宗晚年推荐刘敞为翰林学士，但是皇帝未暇顾及就病逝了。欧公一直为此事抱憾，在其所撰的《集贤院学士刘公墓志铭》中欧公依旧说："呜呼！以先帝之知公，使其不病（如果先帝不病逝），其所以用之者，岂一翰林学士而止哉！"

欧公所作墓志铭，时为熙宁二年（1069）十月，即刘敞安葬之前。刘敞有文集六十卷，尤其见长《春秋》学术，著《春秋权衡》《说例》《文权》《意林》等合四十一卷。另有其他著述多卷，他的《七经小传》当时正盛行于学界。刘敞，字原父，吉州临江人，自其祖以尚书郎有声于宋太宗时，其家便为名家。刘敞举庆历六年（1046）进士，中甲科，授大理评事，通判蔡州。至和元年（1054）召试制科，迁右正言、知制诰。嘉祐四年（1059），刘敞知礼部贡举，该年被称赞取士得人。刘敞知扬州，夺发运使强占的田亩数百顷，归还于民，民至今以为德。曾担任英宗皇帝的侍读，其讲读特点是，不专章句解诂，而指事据经，因以讽谏，却能够每被皇帝听纳……①

唉，就是这样一位才学名士，英年早逝了！

第三节　正统观念与"变法"思想的冲突

转眼欧公在青州任上已一年余时间，公作《青州书事》，对青州太平、政事秩序井然感觉欣慰，但还是想到致仕的事，千万不能被人再次

---

① 〔宋〕欧阳修：《集贤院学士刘公墓志铭》，李逸安点校：《欧阳修全集》中华书局2001年版，第2册，第524—527页。

弹劾，保住晚节吧！或许更换一个小郡，就不会有事了。该诗吟道：

> 年丰千里无夜警，吏退一室焚清香。
>
> 青春固非老者事，白日自为闲人长。
>
> 禄厚岂惟惭饱食，俸余仍足买轻装。
>
> 君恩天地不违物，归去行歌颍水傍。[①]

欧公还是想归去，傍颍水而放歌。熙宁二年（1069）十月，欧公又作《留题南楼二绝》，表达的还是这种"归去"之意，依然带着"愧颜"。所谓"偷得青州一岁闲，四时终日面屠颜"。欧公更喜欢像在滁州那样自在，即说："醉翁到处不曾醒，问向青州作么生？"[②]

末句说，我来青州干什么呀？这种心理状态，使笔者感觉的确是此前朝政和群臣怀怨，令欧公伤心了，不想再干事了。

恰值今年六月，同在中书的参知政事赵概，却获得了致仕，令欧公大为羡慕！我想神宗和朝廷允许谁或不允谁致仕，不是仅看年龄，而是"因人而异"的。欧公给赵概致书庆贺，说："自承荣遂挂冠之请，（修）日欲驰贺，而病悴无堪，事多稽废，其如不胜欣慕瞻仰之诚也。即日隆暑，伏惟台候动止康福。"赵概退休后居南京，一直与欧公保持联系，二人还商定，等到欧公退休之后相聚。

这年冬天，欧公两次上疏请移转一小郡寿州（今属安徽），都未得允诺。其《乞寿州第一札子》说："臣到任（青州）已及一年有余，欲乞就移淮颍间一差遣以便私计。伏望圣慈特赐怜悯，许差臣知寿州一次，冀就闲避，苟养衰残。"欧公之所以请求知寿州，还是为致仕打算的，寿州闲暇、避静，不为要职，而容易乞请退休。欧公在给韩琦的书信中说："陈、蔡（二州）势必难乞，惟寿近颍，亦便于归计尔。"

但是欧公晚年奋搏的意志并未消沉，而把精力转向了文学。带着严

---

① 〔宋〕欧阳修：《青州书事》，李逸安点校：《欧阳修全集》，中华书局2001年版，第2册，第249页。

② 〔宋〕欧阳修：《留题南楼二绝》，李逸安点校：《欧阳修全集》，中华书局2001年版，第2册，第250页。

重的眼疾，研究撰著《诗谱》的"补亡"。那一诗谱的残本，正是欧公于庆历四年（1044）奉使河东的时候得到的儒家典籍《郑玄谱》，但它原来就不完整，况且该本经流传已破损残缺。我们据龚鼎臣《东原录》记载："景初家藏旧郑氏《诗谱》，注人不见名氏，而欧阳永叔庆历四年奉使河东，尝得《郑谱》，（该谱）自周公致太平以上不完，（欧公）遂用孔颖达《正义》所载《诗谱》补完之，而复为之序。"欧公把这一补亡视为自己责无旁贷的工作。我们可以想见这一工作的艰巨、艰难程度，不是仅以唐人孔颖达所载补之即可，还需要考证《春秋》《史记》等诸多史料的本纪、世家、年表，以核实于毛苌、郑玄之说，它是个繁杂、庞大的"工程"！此工作始于何日笔者不知道，而欧公于知青州时尚在艰辛奋笔，到欧公乞得致仕之前，已经大功告竣了！其间，欧公依旧不曾荒弃政务。

欧公离开朝廷的时候向神宗荐司马光，那是前年，即治平四年（1067）二月末的事。神宗很重视，当然知道司马光的才学非同一般，三月，即授予司马光翰林学士；四月，又让他担任御史中丞，主持台宪。神宗却没有让他进入中书，主持大政。笔者推想，神宗会忌讳濮议事中司马光处于"对垒"的中坚作用及其"义正辞严"，先帝英宗几乎贬谪了台谏的所有人，却也未敢贬谪司马光；司马光居家不朝，与先帝对峙，英宗依旧没有贬他。那一幕，足令神宗畏惧！

神宗看好了另一位才学之士，就是尚在金陵为官的资政殿直学士、知制诰王安石。王安石没有参与过濮议事，不会与皇帝怀有"成见"。神宗诏王安石返朝了，先授予翰林学士，后擢进参知政事。王安石之才学果然更不一般，且注重财用，理财治国，革新朝政。于熙宁二年（1069）二月，创制置"三司条例"，议行新法，拉开了"变法"序幕。

司马光根本上还是个"正统"的士大夫，"重义而轻利"。司马光还担任一职就是侍讲，熙宁元年（1068）侍神宗于迩英殿讲读，讲读之后皇帝常留他召对，研讨治道。其观点，与庆历年间范仲淹、欧阳修之观点并无二致，依然认为天下"州县长吏多不得人"。司马光说："天下三百余州，择之诚难，但能择十八路监司，使各择所部知州，知州择所部知县，则得人多矣。"在用人上，也强调人品正直，说言无邪。起先神宗意用张方平为参知政事，司马光的论奏竟与欧阳修如出一辙，说："伏见陛下用翰林学士承旨张方平参知政事。方平奸邪贪猥，众所共知。两府系国安危，苟非其人，危害不细。臣职在绳纠，不敢塞默。"神宗采纳，改授方平为翰林学士、兼侍读学士。张方平原职"翰林学士承旨"位低于翰林学士。在迩英殿召对的时候，神宗还问及："谏官难得人，谁可者？"司马光答曰："臣仓猝不能记，容臣退而密奏。"可见司马光荐人慎重，不肯脱口而出，须深思熟虑。其后上疏说："臣今日面奉圣旨，使采访可为谏官者。臣退自思忖，言事官以三事为先。第一不爱富贵，次者重惜名节，次则晓知治体。具此三者，诚亦难得。伏见三司盐铁副使吕诲（盐铁副使乃其贬谪召回后所任），累居言职，不畏强御，再经谪降，执节不回；侍御史吕景（即吕大防），外貌和厚，内守坚正，见得知耻，临义不疑。于臣所知，此两人似堪其选。"①

司马光所言，作为一名谏官的资质，第一就是"不爱富贵"，倒是说清了他自己为官"非逐利"的品行。故而他不可能不与王安石"变法"发生冲突，因为王安石变法首要之义即为国家"逐利"致富。

王安石不仅制定"三司条例"，还建置一个新的机构部门，即三司条例司，等于把朝廷原有的三司省甩开了，"另起炉灶"。因为新法施行遇到空前的阻力，正统士大夫都不愿意合作，各路州郡的实施更遇到抵触。王安石只好另派出执行新法的官吏前往实施，造成两套人马，设置重叠。这必然在中外朝野引起极大的震动，而且王安石无法选择用人，只要拥护新法者就给予重用，不得已用了一些"非才"和"小人"，譬如吕惠卿，后来的李定，等等。司马光曾当面责问："介甫（即安石）行新法，乃引用一副当小人，何也？"王安石则回答："方法行之初，旧时人不肯向前，因用一切有才力者。候法既成，即当逐之耳。"司马光则说："介甫误矣，君子难进易退，小人反是。若小人得路，岂可去

① 《司马温公年谱》，吴洪泽、尹波主编：《宋人年谱丛刊》，四川大学出版社 2003 年版，第 3 册，第 1779—1785 页。

也？必成仇敌，他日得毋悔之。"①

熙宁二年（1069）八月，司马光上《体要疏》，言"为君之道"及神宗政弊。疏曰：窃见陛下践祚以来，孜孜求治，而功业未著者，殆未得其体要故也。"今陛下好使大臣夺小臣之事，小臣侵大臣之职。是以大臣解体，不肯竭忠；小臣诿（推诿）上，不肯尽力。而陛下方用为致治之本，此臣之所大惑也。""今乃使监牧使不属监牧司（即安石派出的官吏不隶属于当地有司），四园苑不属三司提举使。则在下者各得专权自恣，而在上者不委其下，在下者不禀其上，能为治乎？"倘若原有的将帅、监司、守宰所用非人，则更当择贤者以代其任，而"不当数遣使者扰乱其间，使不得行其职业也"。司马光批评神宗缺乏大事独断，又未能发挥两府大臣的决策作用。②

我们不用多做注脚，即可看出这是司马光对于王安石所谓"致治"的否定。我们之所以前文不惜篇幅引征司马光论述，意在请读者有睹其"正统"观。

而王安石则完全不同，他全面否定并斥责仁宗朝的"政绩"，并指出仁宗本人"未尝如古大有为之君"，从而阐发"变法"的必要或推动历史进步。我们同样为让读者看清这种观点根源上的异同，也为王安石辟出篇幅。

尚在熙宁元年（1068），神宗问道有宋何以"享国百年，天下无事"的原因，限于召对时间紧迫，王安石一时未能尽言，随后才上疏了这封《本朝百年无事札子》。这是一份极重要的历史文献，可说阐述了王安石所以"变法"的理由。先说了些祖宗朝的致治之道，在于太祖"能驾驭将帅，训齐士卒；外以扞夷狄，内以平中国。于是除苛赋，止虐刑，废强横之藩镇，诛贪残之官吏，躬以简俭为天下先"，所以才能够"享国百年而天下无事也"。王安石重点乃说仁宗朝，对其"致治"也有所言及，但强调那不过是一种"天赐"，天赐人君宽仁的性格，天赐

---

① 《王荆公年谱》，吴洪泽、尹波主编：《宋人年谱丛刊》，四川大学出版社2003年版，第3册，第1988页。

② 〔宋〕司马光：《体要疏》，《司马温公年谱》，吴洪泽、尹波主编：《宋人年谱丛刊》，四川大学出版社2003年版，第3册，第1789—1791页。

其时太平，"赖非夷狄昌炽之时，又无尧汤水旱之变"，故而方可"天下无事"。应该说，王安石言及仁宗治政之优长，前后文是有矛盾抵牾的，而前文也看到了仁宗朝的特点："伏惟仁宗之为君也，仰畏天，俯畏人（意为戒惧、谨慎），宽仁恭俭，出于自然（天性）。而忠恕诚悫（仁厚），终始如一，未尝妄兴一役（不曾一次大兴劳役工程），未尝妄杀一人。断狱务在生之（使其得生），而特恶（憎恨）吏之残扰，宁屈己弃财于夷狄，而终不忍加兵。刑平而公，赏重而信，纳用谏官御史，公听并观，而不蔽于偏至（偏执）之逸，因任（信任）众人耳目，拔举疏远，而随之以相坐之法（即保人不实而受'连坐'的法规）。盖监司之吏，以至州县，无敢暴虐残酷，擅有调发以伤百姓。自夏人顺服，蛮夷遂无大变，边人父子夫妇得免于兵死"，等等。安石还说到仁宗其他一些品德，诸如其朝中"大臣贵戚，左右近习，莫敢强横犯法，其自重慎，或甚于闾巷之人（因为仁宗自己就十分谨慎，守法有甚于一个普通百姓），此刑平而公之效也"。乃至其薨后"升遐之日，天下号恸，如丧考妣"。然而这些，王安石谓之：实"出于自然（天性）"。

接下来，王安石便铺开篇幅，来谈仁宗朝那些非属"自然"的治政得失了：

然本朝累世因循末俗之弊，而无亲友群臣之议；人君朝夕与处，不过宦官女子；出而视事，又不过有司之细故；未尝如古大有为之君，与学士大夫讨论先王之法，以措之天下也。一切因任自然之理势，而精神之运，有所不加；名实之间，有所不察。君子非不见贵，然小人亦得侧其间；正论非不见容，然邪说亦有时而用。以诗赋记诵求天下之士，而无学校养成之法；以科名资历叙朝廷之位，而无官司课试之方。监司无检察之人，守将非选择之吏。转徙之亟，既难于考绩，而游谈之众，因得以乱真。交私养望者多得显官，独立营职者或见排沮。故上下偷惰取容而已，虽有能者在职，亦无以异于庸人。农民坏于徭役，而未尝特见救恤；又不为之设官，以修其水土之利。兵士杂于疲老，而未尝申饬训练，又不为之择将，而久其疆场之权。……其于理财，大抵无法，故虽俭约而民不富，虽忧勤而国不强。赖非夷狄昌炽之时，又无尧汤水旱之变，故天下无事，过于百年。虽曰人事，亦天助也！①

当然，王安石之说对于仁宗朝未必公允，譬如说，其仅"以诗赋记诵求天下之士"，就离事实甚远。莫说欧阳修知贡举已非如此，远在庆历年间就已经改为"先策论、后诗赋"了，可说有宋"人才辈出"即在仁宗朝，而不在别处。何况，只有仁宗朝能够诞生唐介、何郯、吕海、司马光这样的言官。再譬如，说仁宗朝所用大臣"游谈之众，因得以乱真，交私养望者多得显官"，就更不是事实了，而是对范仲淹、韩琦、欧阳修、富弼等千古名臣的中伤诋毁，说他们与仁宗为"上下偷惰取容而已"，不仅有欠公允，而是有昧良知的！但是王安石所言问题的另一面，又有不少属实的，诸如对于农事、练兵、理财等事的疏忽，确为属实。此外，王安石毕竟是站在批判前朝的立场高度，审视得失，自有其历史的进步性。

熙宁二年（1069）二月王安石开创制置三司条例司，为求新法施行，他推荐宰相陈升之（陈旭）领其事。又荐吕惠卿、章惇、曾布为三司属官，后来事实证明此三人全部是奸佞。吕惠卿在熙宁二年（1069）初尚为真州推官，位置非常低微，就因为朝臣多与新法不协，唯有吕惠卿以王安石为是，越次擢拔为王安石的副手，担纲条例司，为"检详文字"（即制定条例）。另外，将司马光调离御史台，因为惧怕他言事、弹劾。神宗将司马光安排入西府，为枢密副使，依从司马光荐言，用吕海为御史中丞。也许神宗用司马光于枢府，并非出于权宜，而是的确想重用他，于是才咨询于王安石：你认为司马光如何？王安石却说："是为异论者立赤帜也。"即说司马光不过是为"异论"者立一面旗帜。王安石新法全面铺开，涉及农田、水利、徭役、均输（税收）、青苗等众多方面的举措，笔者除了青苗法之外，很难有笔墨顾及爬梳其他。为了推

① 〔宋〕王安石：《本朝百年无事札子》，《临川先生文集》卷四十一，引自朱东润：《中国历代文学作品选》，上海古籍出版社1980年版，中编第2册，第297—299页。

行，是年十一月王安石已置诸路提举常平广惠仓、兼管勾农田水利差役官四十一人，派出去为"特使"。

应该说新法的初衷和目的都是好的，所指以往问题也严重存在，针对准确。王安石于熙宁二年（1069）二月所上《乞制三司条例状》言事中肯，指出诸路转运使和三司发运使根本没有经济头脑，做了不少错事，况且尚有腐败贪赃。上疏说："今天下财用窘急，典领之官拘于弊法，内外不以相知，盈虚不以相补，诸路上供，岁有定额，丰年便道，可以多致（本可以多上缴），而不敢或赢；年俭物贵，难于供备，而不敢不足。（却不知道）远方有倍蓰（五倍）之输，中都有半价之鬻（不知远近皆有商品价格起落中的便宜货）。三司发运使（只知道）按簿书、促期会（按上缴时间办理）而已，无可否增损于其间。"这根本不是买卖人、生意人的做派！再加上朝廷所采购之物多求于不生产该物之地，并责求非时（即不管商机），则使富商大贾因时乘公私之急，获取暴利。"臣等以为发运使总六路之赋入，军储国用多所仰给，宜假以钱货，继其用之不给，使周知六路财赋之有无而移用之。凡籴买、税敛、上供之物，皆得徙贵就贱（迁移回避高价，而就低价），用近易远，令在京库藏年支见在之定数所当供办者，得以从便变卖，以待上令。稍收轻重敛散之权归之公上，而制其有无，以便转输，省劳费，去重敛，宽农民，庶几（差不多）国用可足，而民财亦不匮矣。"①

我们仅看这一新法举措，即知它是正确可行的、积极有效的。只是需要朝廷给予发运使现在所没有的权力，借给他钱款，允许他买进、卖出，"随行就市"地去做买卖，这样既可缓解国用，也不过于使民财匮乏。发运使虽然也是朝廷命官，但他不是转运使或州府、县令，就让他去做个商人，也未尝不可！

是年七月，朝廷诏立淮、浙、江、湖诸路推行"六路均输法"；九月，立"常平给敛法"，也就是令诸路以常平广惠仓的钱谷，施行向民间贷款的"青苗法"。朝廷出内库缗钱百万籴入河北常平粟谷。熙宁三

---

① 〔宋〕王安石：《乞制置三司条例状》，吴洪泽、尹波主编：《宋人年谱丛刊》，四川大学出版社 2003 年版，第 3 册，第 1987 页。

年（1070）正月，诏诸路发散青苗钱，而禁止"抑配"，即禁止强制配发，须尊重民户自愿；三年十二月，改诸路更戍法，置将官，而使诸州旧有的总管、钤辖、都监、监押等形同虚设；同年月立"保甲法"，并推行"免役法"，即许可民间出钱募人充徭役；熙宁四年（1071）正月，出卖广惠仓田，作为河北东西路、陕西、京东四路的"青苗本钱"，因为国家实在拿不出钱来作"贷款"了；直至熙宁五年（1072）三月，推行"市易法"，即动用朝廷内藏库钱帛投入市场，钱可贷与商人，视其田宅金帛为抵押，"半岁输息什一，及岁（全年）倍之"。如此观之，朝廷彻底地变成了买卖人！我们仅从这一年表式纪事中即可看出，神宗被绑在这驾"逐利"的战车上奔跑之速。

是的，这期间神宗产生过犹疑，因为遭受到太多的反对。司马光从开始就质疑设置"三司条例司"，还是利用迩英殿侍读的机会，讲完汉史，就论辩今日时政。当时许多大臣、侍从等都在皇帝左右聆听，司马光批驳变法说："且治天下譬如居室，敝（破旧）则修之，非大坏不更造也（不另行改建）。公卿侍从皆在此，愿陛下问之。三司使掌天下财，不才而黜之可也，不可使执政侵其事。今为制置三司条例司，何也？宰相以道佐人主，安用例（怎能亲自制定条例）？苟用例，则胥吏（小官）足矣。今为看详中书条例司，何也？"吕惠卿也在当场，他就是这位"看详中书条例司"。一时竟无言以对。但少时即发生激烈争辩。之后御史台一片反对声浪，其势比"濮议"有过之而无不及。

熙宁二年（1069）六月，御史中丞吕诲就因为诋毁执政王安石再次遭罢黜，出知邓州。王安石为安稳御史台，荐好友吕公著担任御史中丞，但他没料到吕公著更加不赞同新法。这时候苏辙也是王安石所荐的三司属官，苏辙却每次议论与吕惠卿不合。因自己所言方略得不到上达，苏辙上疏说，"某蒙恩得备官属，受命以来，于今五月（为时五个月），虽勉强从事，而才力寡薄，无所建明。至于措置大方，多所未谕"，而只能在这封呈递皇帝的札子中以数千言的篇幅，极论徭役、均输、青苗等五项新法之失。皇帝转给王安石阅，王安石愤怒，当即迁徙苏辙出三司条例司，去别处供职吧！

熙宁三年（1070）二月，时为河北安抚使的使相韩琦，上疏请罢青苗法。由于韩琦身份之重，或许使神宗心里发生了动摇。神宗也将韩琦上书让王安石看了。王安石从皇帝的言谈中看出其已不坚定的态度，如果皇帝也不坚定了，那还说什么"变法"呢！王安石称病求退，居家不来上朝了。但是神宗在这样的时刻，都没有退却。我们不能不说在这一点上其强胜于庆历新政时的仁宗！神宗并非"骑虎难下"，而是仍留连于"变法"。神宗命吕惠卿传旨召王安石赴朝，又亲致手诏。王安石固执地请辞，神宗亦固执挽留，王安石才复来视朝。王安石再次视朝，态度和措施更加强硬、有增无减！

我们从以下情节可看出神宗对于新法坚忍不拔的态度：

司马光时已为枢密副使，但未能阻止他再上《乞罢条例司常平使疏》。极言不当设制置三司条例司，及不当别遣"常平使"扰乱州县，谓此"设官则以冗增冗，立法则以苛益苛"。今推行才数月，中外言者鼎沸，尤其对青苗法。往昔，贫者常借贷于富民以自活（自为调剂以活络），今县官乃自出息贷民。官员们以多散钱为功，故不问民之贫富，各州地随户口人头抑配（强行放贷）。所用钱款，乃以常平广惠仓的钱粮来做运转。"且常平仓，乃三代圣王之遗法也。国家每遇凶年，专赖此钱谷以赈济饥民。今一旦尽作青苗钱，则丰年将以何钱平籴（买进储备粮），凶年将以何谷周赡（周济赡养灾民）？臣闻先帝尝出内藏库钱一百万缗，资助天下常平籴本。今无故尽散之，他日复欲收聚，何时得及此数乎？"[①]

时恰值王安石称疾求退，神宗拿不定主意，或说：卿可与参政直言，看他如何处置。司马光非常耿直，竟不在意皇帝是推诿，还是怎样，毅然作《与介甫书》，一连三书。先说自己与其同僚日久，窥见介甫独负天下大名三十余年，识高而学富；随后扯到正题，言其今日政失：其一，养民者，不过轻租税，薄赋敛。介甫以为此皆腐儒之常谈，不足道。于是财利不以委三司而自治之，更立制置三司条例司，使以讲利。其二，又置提举常平广惠仓使者四十余人，使行新法。轹凌（车轮辗轧）州县，

① 〔宋〕司马光：《乞罢条例司常平使疏》，《司马温公年谱》，吴洪泽、尹波主编：《宋人年谱丛刊》，四川大学出版社2003年版，第3册，第1800—1801页。

骚扰百姓。其三，贷息钱，鄙事也，介甫更以为王政，而力行之。徭役自古皆从民出，介甫更欲敛民钱而使之。其四，稍有言新法不便者，介甫动辄加怒，诟詈（辱骂）黜逐。藩镇大臣（指韩琦）有言散青苗钱不便者，天子出其议以示执政，而介甫遽（立即）不乐，引疾卧家。司马光被旨批答（他乃受皇帝旨批，才致书于介甫），而介甫乃欲辞位而去，非明主拔擢委任之意。①

我们看到司马光够坦荡的了！王安石回复之后，他又具体地谈及青苗法的危害。但是数多日过去，没有听到朝廷稍许采纳，又过去月余，王安石也赴朝视事，只见条例司更加用事，催散青苗钱愈加急迫，神宗仍旧力行新法。司马光只得上《辞枢密副使札子》，辞呈多达六次。说：臣以受陛下非常之知，不可全无报效，若所言无可采纳，臣独何颜面敢当重任。如果臣之言可行，则胜于用臣为两府！神宗遣人告知于司马光，依旧供职。神宗不能应允其免职外任，这个朝廷如果没有司马光，它算是个什么朝廷！神宗又遣人通知其召见。我们未知皇帝在哪里召见，或许仍在迩英殿吧，那里是他侍讲的地方，会有些学术讨论的气氛。

司马光入对说："臣自知无力于朝廷，朝廷所行皆与臣言相反。"上曰："反者何事也？"司马光说："臣言条例司不当置，又言不宜多遣使者外扰监司，又言散青苗钱害民。岂非相反？"上曰："言者皆云，法非不善，但（只是）所遣非其人耳。"司马光说："以臣观之，法亦不善，所遣亦非其人也。"神宗说："元敕不令抑勒（原本敕命不允许强行发散）。"司马光说："敕虽不令抑勒，而所遣使者皆讽令（以委婉手段变通法令）抑勒。如开封府界十七县，唯陈留县令姜潜张敕榜县门及四门（指城郭之四门），听民自来，请自给之，卒无一人来。以此观之，十六县恐皆不免于抑勒也。"②总之神宗坚定站在新法的立场上辩护，又一再诚恳挽留司马光不要辞职，但是他固执坚辞。稍后，神宗无奈，下

① 〔宋〕司马光：《与介甫书》，吴洪泽、尹波主编：《宋人年谱丛刊》，四川大学出版社 2003 年版，第 3 册，第 1802—1803 页。
② 〔宋〕司马光：《与介甫书》，吴洪泽、尹波主编：《宋人年谱丛刊》，四川大学出版社 2003 年版，第 3 册，第 1806 页。

诏允许司马光辞职，收还所赐枢密副使的敕诰。同时罢免其翰林学士，以端明殿学士、出知永兴军即京兆府（今陕西西安）。

这在朝野引起的震动是巨大的。河北安抚使韩琦说：司马光"大忠大义，充塞天地，横绝古今，固与天下之人叹服归仰之不暇，非于纸笔一二可言也"。这时不知什么人传言，"韩琦将兴晋阳之甲（兵马），以除君侧之恶"。并把该传言者，冠在了名臣吕公著头上。笔者以为这纯属无稽之谈，因为仁宗朝的朝臣，绝不会干这种事！它不过是借助使相韩琦之力，以表达对王安石的不满。

但是接着，御史中丞吕公著开始上疏条例司及其诸项新法不便，又逢神宗命吕公著举荐吕惠卿为御史，吕公著不从，却说："吕惠卿诚有才，然奸邪不可用。"王安石听到后积怒已深，心说原先的挚友，如今竟如此反目！遂在皇帝面前将前所传言"韩琦将兴兵清君侧"，说成吕公著所传。神宗很在意这种话，有宋尚未见此举者！于是吕公著遭贬，出知颍州。此为熙宁三年（1070）四月事。

这一年反对新法已入"高潮"。右谏议大夫、参知政事赵抃，也因累具陈奏乞罢条例司、使者及青苗法而被免职，以资政殿学士、出知杭州。王安石为寻求支持，于熙宁三年（1070）四月丁丑，引荐权知开封府韩绛同制置三司条例，又荐韩绛以代吕公著。此时冯京已为权御史中丞，遂擢进韩绛为枢密副使、参知政事。因为韩绛曾向皇帝赞说："臣见王安石所陈非一（非只一事），皆至当之言可用，陛下宜深省察。"而御史台的言官们却"前仆后继"，侍御史知杂事陈襄上疏，弹劾韩绛，请罢其参知政事。[①]说"（韩）绛以才望序迁，固未为过"，但是皇帝不应该仅以认同新法而择大臣。前者，知枢密院事陈升之（陈旭）同领制置三司条例司，就因为会"用事"，而迁为丞相，才几天啊，而韩绛又"投其所好"地来啦！

接着，太子中允、权监察御史里行程颢因言事被罢职。程颢就是为后世称为"程朱理学"的大家，欧阳修知嘉祐贡举所录的进士。他指责

---

① 〔宋〕李焘：《续资治通鉴长编》，中华书局 2004 年版，第 9 册，熙宁三年四月第 17 条，第 5102—5103 页。

朝廷"沮废公议",而引荐小人。恰值王安石又引荐前秀州军事判官李定,就因为李定对人说:南方之民以青苗法皆称便,无不善者。李定又谒见王安石,说自己"惟知据实而言"。王安石大喜,立即推荐于神宗召见并越次重用。[①]

程颢被罢职,降为权发遣京西路提点刑狱,李定便代之为太子中允、权监察御史里行。但是右谏议大夫、知制诰宋敏求,却拒绝为李定草制,以疾辞职,神宗批示允从。

第四节 青苗法的实施与《诗本义》的撰著

熙宁三年(1070)二月,第二子欧阳奕科举考场失利,欧公致书抚慰。

我们从该书得知,欧公的家眷(大儿子、二儿子等)已迁居颍州了。薛夫人则陪伴欧公在青州任上。笔者估计,这封书信是发往颍州的,因为书中说:"若此书到,尚在颍,则且先归,为娘切要见汝,盖忧汝烦恼也。"前文还说:"若至颍,见到大哥(欧阳发)便先归,则今应已在路(上)。"即证明"先归"是指归青州。欧公抚慰说:"自闻汝失意,便遣郭顺去接汝,次日又递中附书去。得失常事,命有迟速,汝必会得,应不甚劳心。"[②]

看出欧公在繁忙的公务中,尚对儿女爱心不减,充满关怀,只是家分两地。

是年欧公已六十四岁。我们前文说欧公主要精力转向文学,撰著《诗谱》补亡,拟将《诗本义》定稿成书,但是他并不荒弃政务。时值"青苗法"正在全国雷厉风行地实施,欧公作为京东东路安抚使,当然不能不倾力关注。

青苗法,是从原有的常平仓法"演进"而来。各州县所设置的常平

---

① 〔宋〕李焘:《续资治通鉴长编》,中华书局 2004 年版,第 9 册,同年月第 19 条,第 5103—5104 页。

② 〔宋〕欧阳修:《与二寺丞奕》,李逸安点校:《欧阳修全集》,中华书局 2001 年版,第 6 册,第 2538 页。

仓，是为了备灾荒、赈济饥民，用它调节粮价。丰年官府适当提高粮价而籴入买进，以免"谷贱伤农"；灾年则以低价粜卖粮食，使灾民受惠。但由于常平仓规定不以盈利为目的，而各地庸吏对其积极性不高，乃至厌烦籴、粜之劳苦。庆历末至皇祐中，时任陕西转运使李参，因当地驻军粮食不足，在百姓缺粮时施行贷以官钱，谷麦成熟后偿还贷款，此即谓"青苗钱"。它确曾起到救助生产的积极作用。当时王安石任鄞县（今浙江宁波）县令，在民青黄不接的春季也曾把县府常平仓的存粮"贷谷于民，立息以偿"，我们不知当时的"息"为多少，而它确使贫民避免遭受豪强富商的高利贷剥削之苦，而常平仓的储备粮也得到了去旧换新之利。

应该说，熙宁二年（1069）颁布的青苗法之初衷是好的，如果实施得当，也是便民的，并且能够抑制豪强富户的盘剥和"兼并"。正像今日王安石制置新法所说："人之困乏常在新陈不接之际，兼并之家乘其急以邀倍息，而贷者（求借贷者）常苦于不得。常平广惠之物，收藏积滞，必待年歉物贵然后出粜，而所及者（有购买力者）大抵城市游手之人（不事农业的游手好闲者）而已。今通一路之有无，贵发贱敛，以广蓄积、平物价，使农人有以赴时趋事（不误农时地就业），而兼并不得乘其急。凡此皆以为民，而公家无所利其入，亦先王散惠兴利以为耕敛补助，裒多益寡（取有余，补不足），而抑民豪夺之意也。"[1]

但是青苗法的诏敕对于贷与息的数额未曾具体列入，只是规定了发放的方法"半为夏料，半为秋料"即分作夏秋两季发放，并规定了"召民愿请"的发放原则，"不愿请者，不得抑配"。而在各地所加的补充条款中才列入了"息"的数额：须在原借数外加纳三分或二分息钱。也就是多支付百分之三十或百分之二十的利息。这样，就不是王安石所谓"皆以为民，而公家无所利其入"了。当然，它仍然比豪强富商的高利贷之息低得多，但百分之三十之息对于贫民穷户依然是沉重的！更何况各地所派驻的常平使、提举管勾官吏不可能不抑配，因为朝廷迫使他们尽快完成推行新法的任务，并以俵散青苗钱的多寡作为其考勤考绩的依

① 〔宋〕王安石言青苗法，徐松：《宋会要辑稿·食货四》之一六，中华书局1957年版，第6册，第4854页。

据。所谓"俵散",就是按照户籍人头依份儿分发。毋庸讳言,王安石变法的宗旨在于富国强兵,故不可能不言"利",推行青苗法也意在"取利"。但是王安石是君子,非小人,而且是有学识的、勇于探寻的士大夫。数多年后到他致仕的时候,也未曾为自己谋得丝毫之利。王安石骑一头毛驴游于山野荒林,自己没有宅邸,拒绝官俸,而居住在寺庙里。

我们应该看到,王安石的新法行不通,有似欧阳修之濮议主张行不通一样,是有它历史的悲剧性的。

从熙宁二年(1069)到三年(1070),对于青苗法群议鼎沸,但是欧公对此并非简单地"趋从"。笔者相信欧公拖着衰病之躯奔赴青州各地踏看,了解民情,但遗憾的是,欧公在此历史关头并未以其敏锐的审视和学识,站在自己应有的高度以观"变法",而是得出与群议趋同的结论。因为欧公看到实施过程中的确存在的三点问题:一是利息纵使不许取三分,只许取二分,也依然嫌高;二是冬春俵散的夏料钱,歉收地区的大多数贫困户无力偿还,而又紧锣密鼓地放贷秋料,将会造成民户欠债积压,倘若农民"二荏麦谷"依然歉收,那么来年夏收即使丰年民也无从收获;三是"抑配"的确存在,倘若不罢黜朝廷派驻的使者、提举、管勾,它就势必会严重存在着。

值得注意的是,欧公观点并非只要克服、改善了执行过程中此三点弊端即可行新法,而是从全局对新法不看好,这就与司马光、韩琦等人之"正统"观如出一辙了。欧公上疏说:"一日陛下赫然开悟,悉采群议,追还新制,一切罢之,以便公私,天下之幸也。"欧公说的不是三点不足,而是"追还新制,一切罢之",所以笔者说,这不是欧公应有的历史审视高度。况且我们认为,完全不言利,无论对于常平仓还是青苗法都是不可能的,只会使它们"难以为继"。常平仓自身不是个取之不尽会生产粮食的"聚宝盆"!王安石对这一点说过:任其亏损,势必导致"来日之不可继","不可继,则是惠而不知为政非惠而不费之道也"(《王临川全集》卷七十三)。简单说,"为政"的诸多运转需要"非惠"来完成,就像兴修农田水利需要税收。当然在保障能够运转的情况下,利息越低越好。欧公所谓的纯粹的行惠而不取利,听起来当然是更加惠民,但在"为政"理论上是站不住脚的。

当然，无论怎样说，欧公在《言青苗钱第一札子》所提三点问题，对于推行新法之改进方法还是有积极促进意义的。该疏说："以臣愚见，必欲使天下晓然知取利非朝廷本意，则乞除去（废除）二分之息，但令只纳元数（原来数额）本钱，如此，始是不取利矣。盖二分之息，以为所得多邪（么），固不可多取于民；所得不多邪，则小利又何足顾，何必以此上累圣政？"朝廷的还贷规定，受灾户可以将"夏料"钱拖欠到"秋料"时一同偿还。欧公则说："若连遇三两料水旱，则青苗钱积压拖欠数多。若才遇丰熟，却须一并催纳，则农民永无丰岁也。""臣今欲乞人户遇灾伤，本料未曾送纳者（夏料尚未还贷纳息者），及人户无力或顽猾拖延不纳者，并更不支俵与次料钱（即不再贷与秋料钱）。如此，则人户免积压拖欠，州县免鞭朴催驱，官钱免积久失陷。"至于朝廷所遣官吏的问题，它与"不得抑配"的散钱原则直接冲突，欧公说："以臣愚见，欲乞先罢提举、管勾等官，不令催督，然后可以责州县不得抑配。"①

欧公一边忙于散青苗钱之弊端的克服，一边加速完成《诗本义》的撰著。他在等待朝廷的回复，一是除去二分之息，二是罢免提举、管勾等上遣使者，一俟有结果，自己才好指挥各州县无抑配的两料散钱。将不再按户籍人头，而按贫困和需要，真正救助灾伤。另一边，之所以加速撰著，是因为自己的眼疾已经很严重了，怕著作尚未完成的时候眼睛会彻底失明，将无法再成书！

欧公在给国子监直讲颜长道的书信中说："某衰病如昨，幸得闲暇偷安，但苦病目，不能看书，无以度日。《诗》义未能精究，……正恐眼目有妨，不能卒业（成书），盖前人如此者多也。今果目视昏花，若不草草了之，几成后悔。"②我们看到欧公似与生命赛跑，争夺时间！这本书稿，初撰于景祐、宝元年间（1034—1039），大多是依赖政务以外的时间来写作，断断续续，庆幸的是，欧公终于在第二年秋天，即熙宁四年（1071）秋季写完了它！

① 〔宋〕欧阳修：《言青苗钱第一札子》，李逸安点校：《欧阳修全集》，中华书局2001年版，第4册，第1731—1732页。

② 〔宋〕欧阳修：《与颜直讲长道》其六，李逸安点校：《欧阳修全集》，中华书局2001年版，第6册，第2518页。

《诗本义》共计十四卷，余外一卷，包括《郑谱补亡》《诗谱后序》及《诗图总序》等。该著作探究、辨析毛《传》郑《笺》之得失，试图为儒学经典《诗经》正本清源，还其"本义"。前文宝元元年（1038）欧公三十二岁，为乾德县令的时候，已经对欧公的《诗经》学作过一些粗浅的评述，并介绍了他精美的论文《时世论》和《本末论》，那都是探究《诗经》本义的论文。那时欧公尚是个青年学者，如今他已经六十四岁，却还在孜孜以求，努力撰著成书，令我们深受感动。欧公认为《诗经》研究首要任务是"正本"，即探求诗的本义。欧公对《毛传》《郑笺》中的臆说、妄论给予辨析批驳。我们略作举例展现：

例如《邶风·静女》，欧公认为它就是青年男女私相爱悦的"淫奔之诗"，其曰："静女其姝，俟我于城隅，爱而不见，搔首踟蹰。"欧公说它"据文求义，是言静女有所待于城隅，不见而彷徨尔"。而毛、郑却说"正静之女（贞洁之女），自防如城隅（为了'防范'才来到城隅）"，欧公批驳道：如此解释"则是舍其一章，但取'城隅'二字，以自申其臆说尔"。该诗中还有"彤管"一词，欧公解释说："彤，是色之美者，用此美色之管相遗（赠送），以通情结好尔。"而毛、郑却牵强附会道："（彤管）是女史（女官）所亲，以书后妃群妾功过之笔、之赤管也。以谓女史所书，是妇人之典法；彤管是书典法之笔，故云遗（相赠）以古人之法。"毛苌、郑玄绕了这么大一个圈子，才把情人的"信物"强扯到"女官书写典法"的"笔墨"上来！但它不能不令欧公批驳：

　　《静女》之诗，所以为刺也。毛郑之说皆以为美，既非陈古以刺今，又非思得贤女以配君子，直言卫国有正静之女，其德可以配人君。考《序》及《诗》皆无此义。然则既失其大旨，而一篇之内随事为说，训解不通者，不足怪也。①

欧公就做着这样艰巨而艰难的工作，与生命和时间相抗争！

直到熙宁三年（1070）五月，又该到散秋料钱的时间了，未见朝廷

___
① 〔宋〕欧阳修：《静女》论，《诗本义》卷三，通志堂经解本。

下达新的指挥，这时欧公擅自作出一个决定，于自己所管辖的京东东路各州军停止发放秋料青苗钱。这个举措应该说是"违法抗上"的。

欧公于五月十九日上疏《言青苗钱第二札子》："臣近曾奏为起请俵散青苗钱不便事，数内一件'乞遇灾伤，夏料未纳（夏料钱并利息尚未缴纳），及不系灾伤人户顽猾拖欠者，并更（改）不俵散秋料钱数'，至今未奉指挥。臣勘会今年二麦（二荏麦）才方成熟，尚未收割，已系五月，又合（该到）俵散秋料钱数。窃缘夏料已散钱尚未有一户送纳（归还本息），若又俵散秋料钱，窃虑积压拖欠，枉有失陷官钱。臣已指挥本路诸州军，并令未得俵散秋料钱，别候朝廷指挥去后。"

欧公并对自己这一"擅自指挥"作了一些说明和解释："若（如果说）夏料钱于春中俵散，犹是青黄不接之时，虽不户户缺乏，然其间容有不济者，以为惠政，尚有说焉（尚可为说辞的话）；（那么）若秋料钱于五月俵散，正是蚕麦成熟，人户不乏之时，何名济阙，直是放债取利尔。……欲望圣慈特赐详择，伏乞早降指挥。"[①]

这可说是"先斩后奏"。很快，五月二十一日朝廷即降诏问罪了！但没有"治罪"，我们推想，这要是旁人，朝廷一定会治罪的，而神宗特为欧公"网开一面"了。而问责却是要有的。据《长编》记载："熙宁三年五月庚戌，诏欧阳修不合（不应该）不奏听朝廷指挥，擅止给青苗钱，特放罪。"这个"放罪"即指出你本是有罪的，而特作赦免了。欧公于五月二十九日为"放罪"作谢上表。

《长编》还说：中书言，修擅止给青苗钱，欲特不问罪。我们估计，这与王安石对欧公的态度相关。应该说，安石还是念记与欧公的友谊的。王安石只是就此事说："修殊不识藩镇体！"当然这句话已经是指责了，欧公不可能不识"藩镇体"，这话是带有轻蔑的。

这里有个"时间差"，即先在是年四月十二日，朝廷已经诏命欧阳修迁转宣徽南院使、判太原府、河东路经略安抚使，兼并、代、泽、潞、麟、府、岚、石（诸州）路兵马都总管。只是欧公坚辞不受，该事

---

① 〔宋〕欧阳修：《言青苗钱第二札子》，李逸安点校：《欧阳修全集》，中华书局 2001 年版，第 4 册，第 1732—1733 页。

被拖延下来，至六月中旬欧阳修仍在青州任上。倘若欧阳修真的"不识藩镇体"，那么怎会迁转授予另一更重的"藩镇"呢？它直接面临西、北二虏，驻扎重兵，统领四路军马。欧公身体衰病，肩负担子却日益加重！

我们推想，王安石或许最初对欧公还是抱有希望的，倘若新法能够得到欧阳修的支持，那将会立于不败之地。所以中书在尚未见到他的《言青苗钱第一札子》的时候，只见到其乞请小郡寿州，而已决定了欧公迁宣徽南院使、判太原府。这时朝野还风传着一则消息：朝廷准备用欧阳修为宰相。我们知道，自仁宗朝，拜相总是拜两人，即有先后名序的双相。或许王安石的确建议过神宗召欧公返朝，倾听欧公言时下政务，来决定执政的事。这一点，李焘的《长编》亦有明确记载。但是稍后，中书见到了其《言青苗钱第一札子》乃至《第二札子》，王安石的"幻想"化为泡影，王安石当然会知道"修决不附己"。如果欧公进入中书，那么新法只有破灭！

对于这一段传言，《续资治通鉴长编》则记载说："上复欲用修执政，问王安石以修何如邵亢（因神宗最了解邵亢，自濮王府即为辅臣），安石曰：'修非亢（能）比也。'又问何如赵抃，安石以为胜抃。它日又问何如吕公弼（时为参知政事），其意欲以代公弼也。安石谓胜公弼。又问何如司马光，安石亦谓胜光。上遂欲用之。安石曰：'陛下宜且召对，与论时事，更审察其在政府有补与否。'乃遣内侍冯宗道，赐以太原告敕，谕令赴阙朝见讫之任（进京朝见完毕之后再赴任太原）。安石又曰：'修性行虽善，然见事多乖理。陛下用修，修既不尽烛理有能惑其视听者（修并非尽依理烛照那些有能力惑乱视听的人），陛下宜务去此辈。'上问谁与修亲厚，良久，曰：'修好有文华人。'安石盖指苏轼辈，而上已默谕（沉默）。明日，安石又白上曰：'陛下欲用修，修所见多乖理，恐误陛下所欲为。'上患无人可用，安石曰：'宁用寻常人不为梗者。'上曰：'亦须用肯作事者。'安石曰：'肯作事固佳，若所欲作与理背，即误陛下所欲为，又陛下每事未免牵于众论，或为所牵，即失事机，此臣所以不能不豫虑（犹豫未决而顾虑）也。'上曰：'待修到（指修赴阙朝见），更徐议之。'"①

但是欧阳修始终没有"赴阙朝见"，更没有赴任太原。

从以上记述，我们看到王安石对于神宗用欧阳修执政，是有一个先推荐后拒绝的心理矛盾及其转变过程的，先后是有时间间隔的，史家为叙述方便把它拢在了一起。对此，宋人魏泰《东轩笔录》卷九也有所记："欧阳文忠公自历官至为两府，凡有建明于上前，其词意坚确，持守不变，且勇于敢为，王荆公（安石）尝叹其可任大事。既荆公辅政，多所更张（变法），而同列少与合者。是时欧阳公罢参知政事，以观文殿学士知蔡州（应作青州）。荆公乃进之（擢进欧公）为宣徽使、判太原府，许朝觐，意在引之执政，以同新天下之政。而欧阳公惩（汲取教训于）濮邸之事，深畏多言，遂力辞恩命，继以请老而去。荆公深叹惜之。"②

魏泰所记，对于王安石的初始想法或许是属实的，但它不可能符合王安石心理转变之后的逻辑。欧公关于青苗法的札子在那里摆着，除非王安石置新法"前功尽弃"于不顾！所以我们以为李焘《长编》对此事的记述是可信的。王安石从仰仗、希冀欧公，到不惜排斥、诋毁欧公，是符合逻辑的。

但有些过于诋毁欧公的话，我相信王安石也说不出口。我们也须防范史家李焘的"正统"观念，《长编》对于王安石及其新法是贬斥的。故而说：它日神宗论及文章，以为"华辞"无用，不如吏材有益。王安石就此即又扯到欧阳修身上来了，说："华辞诚无用，有吏材则能治人，人受其利。若从事于放辞而不知'道'，适足以乱俗害理。如欧阳修文章于今诚为卓越，然不知经，不识义理，非《周礼》，毁《系辞》，中间学者为其所误几至大坏。"

我们看王安石这一段过激的"诋毁"，未必真的出自史实。笔者想王安石恐怕说不出欧公"不知经，不识义理"的话，倘若欧公不识，可说满朝就没有识者了！纵使安石轻狂、鄙薄，也似乎不会这样无视事

① 〔宋〕李焘：《续资治通鉴长编》，中华书局2004年版，第9册，熙宁三年五月第37条，第5134—5135页。
② 〔宋〕魏泰：《东轩笔录》卷九，洪本健：《欧阳修资料汇编》，中华书局1995年版，上册，第242页。

实，试问，一个"不知经，不识义理"的人，何言胜于司马光？何言"修非邵亢比也"！而置自己前后抵牾。

乃至后来，欧公乞请致仕的时候，参知政事冯京上疏固请挽留，翰林学士王珪也说："修若去位，众必借以为说（借故非议朝廷）。"而《长编》所记王安石此时诋毁欧公的言语就更加过激了，王安石说："修附丽韩琦，以琦为社稷臣，尤恶纲纪立、风俗变。"神宗尚说："修为言事官，独能言事。"王安石曰："以其后日所为，考其前日用心，则恐与近日言事官（指司马光、吕公著等）用心未有异。"并说："如此人，与一州则坏一州，留在朝廷则附流俗，坏朝廷，必令留之何所用？"①

如此这般，都使我们感觉王安石未必诋毁如此！毕竟他与欧公的私人友谊尚在，尽管政见分歧，尚不至于这样嫉恨、怀怨，说修"与一州则坏一州，留在朝廷则坏朝廷"这等谤言，很难令人置信。因为此去不远，王安石即撰写《祭文》高度赞扬、评价欧公的道德气节及学术文章，其深刻见地，似非一个"出尔反尔"的小人所能言说的。

散放青苗钱事宜，纯属公事，欧公不仅上疏朝廷，还给王安石个人致书，对不对的都是自己眼中看法和心地所想，欧公是坦诚的，晚节大气的、不污的！至于返朝执政的事，他早已无心，那对于他是也罢、非也罢而绝不是"诱惑"。他更关心的是那本《诗本义》能否赶在自己生命前面成书。故而皇帝派遣内侍冯宗道来谕令赴阙朝见，欧公都不畏抗命而谢绝了。冯宗道所携带的判太原诏敕，欧公跪拜接旨了，却于四月至六月连上六封《辞宣徽使判太原札子》，一边辞命，一边乞请知蔡州（今河南汝南）。他有自知之明，太原府统领十州四路军马，那不是自己所长，怕贻误国事，纵使自己身体完好无衰病，也难以担当面临二虏的重任。欧公的所长是什么，笔者想仅就公对《诗经》锲而不舍的探究，读者即已看清楚了，欧公是真正的"知经、通晓义理"的儒学之臣，最适合位于朝廷"高屋建瓴"的岗位。然而欧公的确衰老了。

欧公所上《辞宣徽使第六札子》，言语恳切，诉说尽致，呈现出对

---

① 〔宋〕李焘：《续资治通鉴长编》，中华书局 2004 年版，第 9 册，熙宁四年六月第 18 条，第 5449 页。

于朝廷真诚的责任感，条分缕析地列出三条忧虑和欠妥。"臣今月（六月）十五日，准枢密院递到诏书一道，伏蒙圣恩，以臣辞免宣徽南院使、判太原府事、充河东四路经略安抚使恩命，乞差知蔡州一次，所乞宜不允者。……今陛下宠臣至矣，任臣者优矣。而臣不幸心怀自愧，义有难安，敢更竭此恳诚，必期哀许。"而臣"每求退则得进，每辞少则获多。……虽幸人之未言，顾臣何以自处？此臣所谓心怀自愧，义有难安者也"。此外"况臣疾病，积有岁年，已具奏陈，累干听览。臣亦窃闻议者以臣脚膝未至着床枕（人们或说我腿脚尚未离不开卧榻），眼目犹可分人物，便谓尚堪驱策，致此误蒙选任。殊不知臣心志已衰，精神并耗"。除了上述两点，欧公还认为此任命对于自己乃是"用非所学"，不适宜的。"伏望圣慈，哀臣诚至之言，察非矫伪之饰，特赐允臣屡请，追还新命，换一小州。"①

七月三日，皇帝应允了，也是听从了王安石"奏从其请"。诏令欧阳修罢宣徽南院使，复为观文殿学士、知蔡州。

赴任之前，欧公因脚病告假一个月，回颖州将养——我们不得而知这"脚病"的详情，只知颖州距离蔡州只有几站地，时颖州太守恰是前不久贬谪的御史中丞、皇帝侍读吕公著，吕公著亲赴水路码头远迎欧公。欧公很感激，作有《回颖州吕侍读远迎状》："蒙睿慈之垂怜，许从易地（蒙皇帝怜悯，更换蔡州），俾养衰龄。方趋便道之行，适遂过家（路过家门）之乐。敢期雅眷（怎敢期盼公著眷顾），远辱惠音（辱没您惠赐音容）。虽瞻款之尚遥，若话言之已接。顷驰之素，欣感交深。"②

显然欧公在抵达颖州之前即知公著于码头远迎了。所以末两句说：虽然瞻望公著尚有段路程，却像已经见面聊天了。可知往日友情之深。

吕公著就是这样的人品，对于前辈是很恭敬的，尤其自己曾追随欧公游学。他与欧公的友谊正是起自颖州，皇祐元年（1049）吕公著为颖州通判，至今已有二十余年过去了！

① 〔宋〕欧阳修：《辞宣徽使第六札子》，李逸安点校：《欧阳修全集》，中华书局2001年版，第4册，第1410—1411页。
② 〔宋〕欧阳修：《回颖州吕侍读远迎状》，李逸安点校：《欧阳修全集》，中华书局2001年版，第4册，第1480页。

　　吕公著此番谪颍，引起朝野很大波动，倘若不因那一"谣言"，仅以反对制置三司条例司事，恐怕很难撼动吕公著。该事件反响巨大，乃至后世不少人记述它。王安石著《时政录》，叙述该事有头有尾，条理分明，说："公著数言事失实，又求见（皇帝），言'朝廷申明常平法意，失天下心。若韩琦因人心如赵鞅举甲，以除君侧恶人，不知陛下何以待之？'"并后文罗列旁证，当时宰相曾公亮、陈升之均在场，王安石请皇帝把公著所言写进其黜官制诰，曾公亮、陈升之以为不可，怕引起韩琦不安。皇帝却说："既黜公著，明其言妄，则韩琦无不安之理；虽传闻于四方，亦何所不便？"

　　司马光对此事的记述，说自己听参知政事赵抃说："上论执政，以吕公著自贡院出，上殿言，朝廷推沮（阻遏）韩琦太甚，将兴晋阳之甲以除君侧之恶。王安石怨公著叛己，因此用为公著罪。及中书呈公著责官制诰词，宋敏求（知制诰）但云：'敷陈失实，援据非宜。'安石怒，请明著罪状。陈升之不可，曰：'如此，使琦何以自安。'安石曰：'公著诬琦，于琦何损也！如向日谏官言升之（陈旭）媚内臣以求两府，朝廷岂以此废升之？'皆俯首不敢对。上既从安石所改，且曰：'不尔（若不如此），则青苗细事岂足以逐中丞？'"如果仅此记述，倒是印证了王安石《时政录》所记是属实的，吕公著的确说过此话。但是司马光却笔锋一转，又说："公著素谨，初无此对（起初他与皇帝并无此对话），或谓孙觉尝为上言：'今藩镇大臣如此论列而遭挫辱，若唐末、五代之际，必有兴晋阳之师以除君侧之恶者矣。'上误记以为公著也。"

　　笔者以为司马光所记末了一笔，恐怕不为事实，有为吕公著"开脱"之嫌。在这里，它成为言官孙觉所言，并且变成了"假设条件句"，即说倘若在"唐末、五代"将会如何。正是这一笔"画蛇添足"，使笔者感觉到王安石所记或为属实的。倒是使我们看出司马光对政见相同者的偏袒，把责任推给了神宗，是皇帝的记忆错误，把张三所言记成李四了。

　　但是事情难辨的是，我们并不怀疑吕公著的人品，如果是他真的说了，没什么不敢承认的！吕公著极少为自己辩白，仁宗朝的朝臣自尊自爱，大多即使受屈也不自己辩白。吕公著被贬黜，也是他见谏言不被采纳，而自己请罢的，居家不朝而俟命。后来，吕公著复被召用，到了哲宗即位之后，即元祐二年（1087），吕公著才上疏说明此事："臣先任御史中丞，前后乞罢制置三司条例司，论差官散青苗钱不当，不蒙施行，五乞责降外任差遣。亦尝入对面呈，蒙神宗曲赐敦谕，圣意温厚，初无谴怒之旨。四月五日（指熙宁三年），闻除（进擢）臣翰林学士兼侍讲学士、宝文阁学士、知审官院，臣于六日再奏，以言事不效，乞降责，至七日，闻有指挥落两学士，黜知颍州。是时王安石方欲行新法，怒议论不同，遂取舍人已撰词头，辄（又作）改修，添入数句，诬臣曾对论及韩琦以言事不用，将有除君侧小人之谋。缘臣累次奏对，不曾言及韩琦一字，方欲因入辞自辩（正准备向皇帝辞别的时候自己辩白），时已过正衙，忽有旨放臣朝辞（免去朝辞），令便赴任。……"①

吕公著所以在元祐二年（1087）申诉此事，也是当时另一事，哲宗命他领衔编撰《神宗实录》，吕公著奏请今《实录》不能依"安石所诬编录"该事，才上疏自辩的。

笔者所以不惜篇幅叙述此事，并非为了辨析那一句话的有无和是非责任，而是由此可见新法中的不同人物的人格和品质。另外也可见及新法斗争之剧烈！

而欧公在颍州侍了一月有余，虽然以"脚病"告假，但笔者估计他并未偷安歇息，而是拼力做着《诗本义》成书的工作。欧公于熙宁三年（1070）九月二十七日才抵达蔡州任上，开始料理那里的政务。

第五节　全身勇退与气节颂歌

欧公在蔡州任上很快数月过去。他的身体状况已经不容他更有政务上的作为了。

这是欧公始终惭愧的一点，也是其自前年就乞请致仕的原因。在给韩琦、王陶等好友同僚的书信中，不无愧颜地说自己守蔡州只剩下"藏拙"、养病、求致仕了。说："免并（太原府）得蔡，恩出万幸，兼去颍数程（距离颍州近），便于归计，再寻前请，不远朝夕。"

欧公前者说过：陈、蔡不容易乞得，神宗能把这一富庶的名邦重镇应允于欧公，是带有眷顾的意思的。欧公在《蔡州谢上表》中表达了自己的感激之情，赞扬蔡州乃"惟古豫之名邦，控长淮（江淮）之右壤，土风深厚，物产丰饶"，说自己为此郡守"惭无异术"，倒是"守官循法，足以偷安"。自己深知"此盖伏遇皇帝陛下，恻以至仁，包（包涵）之大度，既不责其避事，又曲从其私便"。可见欧公是"知情知意"的，并说自己"仰被乾坤之造，顾非木石之顽（冥顽）。臣敢不自励其筋骸，更殚尽瘁之节。苟未填于沟壑，尚知图报之方"①。

如果不是欧公身体状况真的欠佳，是不会如此在意照顾的。我们回顾欧公年富力强之时，何曾挑拣过肩头担子的轻重，出使河东、河北，那等跋山涉水千辛万苦，欧阳修未曾有一丝怨言，唯见所呈札子奏章连篇累牍、披肝沥胆。笔者想劝慰说，欧公大可不必如此愧疚。

欧公的感情终"非木石之顽"，虽然衰病或政见有异，但还是念记朝廷，期盼它能够蒸蒸日上。熙宁四年（1071）正月，王安石正式拜相，欧公真诚地致书祝贺。欧公作有精美的文章《贺王相公安石拜相启》，只是该文为纯四六"时文"，读者阅读会感到一些艰涩，我们不便原文征引。如说："伏审荣膺帝制，显正台司，伏惟庆慰。"即说他见到安石荣耀地膺选皇帝钦制，以正职首相位于中书，他深感欣慰并庆贺。

——熙宁三年（1070）十二月时，神宗所用中书大臣主要有三员，参知政事韩绛、王安石，及翰林学士承旨、端明殿学士、礼部侍郎王珪。因八月与西夏已起战事，神宗谕以韩绛、王安石为宰相，王珪擢参知政事，而又命韩绛带宰相职赴西边为军帅，而中书无人押班的情况下，选择王安石为首相。当时御史知杂事谢景温即对王珪不满，上疏说："珪徒有浮文，执政岂所宜耶！"御史薛昌朝更说："执政系天下轻

---

① 〔宋〕欧阳修：《蔡州谢上表》，李逸安点校：《欧阳修全集》，中华书局2001年版，第4册，第1412页。

重，岂但充位押班者。陛下待执政意何薄也！"神宗问他意当如何，薛昌朝则说："司马光岂不贤于珪？"上曰："吾非不知光，光待朕薄，岂肯为朕用乎？"并接着说，仁宗末年司马光只是一名谏官，尚勤奋职守，"朕用光为枢副而不肯受，岂非薄我乎？"薛昌朝进言许多解释，末了说："孟子与齐王言仁义而不及利，齐人莫如孟子爱王。臣谓群臣爱陛下，未有如光者。"①

时下中书的境况欧公是知情的，欧公当然希望王安石能够鼎力辅佐神宗，因为在那三人中最有才学的就是王安石了。欧公还称赞王安石被授予礼部侍郎、平章事、监修国史，这个"监修国史"是只有正职宰相才会授予的职称，就证明了其学术的非凡，贺书说："伏以史馆相公诚明禀粹，精禠穷微（甄别不祥之气，穷尽细微过错）。高步儒林，著三朝甚重之望；晚登文陛，当万乘（大国）非常之知。"这些话，应该是对安石的勉励，尤其"精禠穷微"更是对其善意的提醒，不要做不该做的事！中外朝臣都在看着阁下一人，即"搢绅中外，益崇岩石之瞻（更加崇仰山峰）。"末了说到欧公自己，自己虽不能陪阁下于中书班内，但愿意听从宰相差遣而效力驰骋。原文为："窃顾病衰，恪居官守，莫陪班谒，徒用驰诚。"②末尾一语"徒用驰诚"或更应该翻作：何用修诚心驰书。但是笔者更愿意把它译作上文那样，即愿意听从效力。

我们说，欧公是一位有感情的人，这封致王安石书，把欧公的真挚情感表达得淋漓尽致。

欧公不是不知道王安石正遭遇到空前的困厄，仅就安石越阶重擢李定一事，便遇到知制诰宋敏求、李大临、苏颂等三人拒绝草制，三人均不畏抗旨，退还中书词头，被落职。我们知道这位李定，就是庆历四年（1044）十一月"进奏院事件"的发难者，陷害苏舜钦等众多馆阁名士于大狱，十足的奸邪小人，即梅尧臣所说"一客不得食，覆鼎伤众宾"者！而今，王安石强行把李定安插为监察御史里行。前述御史知杂事谢

---

① 〔宋〕李焘：《续资治通鉴长编》，中华书局 2004 年版，第 9 册，熙宁三年十二月第 31 条，第 5301—5302 页。

② 〔宋〕欧阳修：《贺王相公安石拜相启》，李逸安点校：《欧阳修全集》，中华书局 2001 年版，第 4 册，第 1474 页。

景温，即是王安石的姻亲和党徒，以王安石的心意弹劾江淮发运司体量殿中丞、直史馆苏轼，后苏轼降职为通判杭州。谢景温即是小人，还依照王安石的意思排挤中书大臣曾公亮，后曾公亮便致仕了。再后，翰林学士、户部侍郎兼侍读范镇，为苏轼、孔文仲二人辩护，也被罢翰林学士，致仕了。

是范镇推荐苏轼为谏官，举孔文仲试制科，范镇退休之前上疏说："苏轼、孔文仲可谓献忠矣，陛下拒而不纳，是必有献佞以误陛下者，不可不察也。若李定避持服（不为其母服丧守制），遂不认母，是坏人伦、逆天理也，而欲以为御史，御史台为之（为李定事）罢陈荐，舍人院为之罢宋敏求、李大临、苏颂，谏院罢胡宗愈。……朝廷所恃者赏罚，而赏罚如此，如天下何！如宗庙社稷何！"行赏者与受罚者不过出于言青苗之得与失，"至于言青苗，则曰有见效者，岂非岁得缗钱数十百万？缗钱数十百万，非出于天，非出于地，非出于建议者之家，一（全部）出于民。民犹鱼也，财犹水也，水深则鱼活，财足则民有生意。养民而尽（竭尽）其财，譬如养鱼而于竭其水也。今之官但能多散青苗钱、急其期会者（按期完成任务者），则有自知县擢为转运判官、提点刑狱，急进侥幸之人，岂复顾陛下百姓乎？"[1]

范镇上疏义正辞严，刚直果敢！仅为小人李定一人，朝廷罢黜了多少贤良之臣啊！御史台的陈荐、谏院的胡宗愈、舍人院的宋敏求、李大临、苏颂，全都因其罢黜，朝廷赏罚如此，怎样解释于天下，如何对得住宗庙社稷？！取利若涸泽而渔，水深则鱼活，竭其水还能养民吗？！苏轼、孔文仲均为试制科获优等的才干，却被降黜外任；朝廷只用能多散青苗钱的急进侥幸之人，朝夕之间，自知县擢为转运判官、提点刑狱，这些只知奔竞的小人，岂能复顾皇权巩固和百姓安危呢？！

这时王安石的确有些事做得欠当，尤其用人。因为君子名臣不肯与其合作向前，只好"所用非人"。譬如删定编敕官曾布，素为王安石所厚，用他改定律文，即刑法。曾布的观点是要恢复"肉刑"，王安石赞

---

[1] 〔宋〕李焘：《续资治通鉴长编》，中华书局 2004 年版，第 9 册，熙宁三年十月第 40 条，第 5263—5264 页。

同。御史中丞冯京当即反对，说：唐太宗亦终不用，有宋祖宗朝既已废弃了，今天却要用它！

熙宁四年（1071），新法艰难地向前推进，"助役法"更遭遇朝野非议。时为御史中丞杨绘，言助役法五弊，又有言官刘挚上疏助役法十害，压力非常巨大，神宗再次产生动摇。杨绘上疏首先说：改法是有利有弊的，"臣愿献其否（不可行处）以成其可，去其害以成其利"。它的有利方面是徭役均等，土地多的多出徭役，土地少的少承担。"今若均出钱以雇役（雇佣徭役），则百顷（土地数额）者其出钱必三十倍于三顷者。"然而民多数少田亩，更拿不出钱雇佣徭役。"且农民惟知种田尔，而钱非出于田者也，民宁出力而惮（怕）出钱者，钱所无也。"这样反倒造成民间为"变钱"而相互倾轧。"今乃岁限其出钱之数，苟遇丰岁（丰年），虽获多而贱卖未足输官也（不足充官家的雇役钱数）；凶年谷虽贵，而（民）所收者少，食尚不足，若之何得钱以输官？又况天下州郡，患钱少者众矣，而必责民纳钱，可乎？"其后更胪列了其他弊端。①

时为熙宁四年（1071）五月间，神宗就再次动摇了，想罢黜助役法。王安石以为，这是只看到它细枝末节之弊，而不见其"摧兼并"之大功！王安石对皇帝说："摧兼并，惟古大有为之君能之。所谓兼并者，皆豪杰有力之人，其论议足以动士大夫者也。今制法，但一切因人情所便，（尚）未足操制兼并也。然论议纷纷，陛下已不能不为之动，即欲操制兼并（等到我们真正拿'兼并'开刀的时候），则恐陛下未能胜众人纷纷也。如两浙（路）助役事，未能大困兼并也，然陛下已不能无惑矣。"神宗主要认为税敛太重了，依照常平仓法已经够了，故说："如常平法，亦所以制兼并。"王安石哭笑不得，说"此（指常平法）于治道极为毫末，岂能遽（很快）均天下之财，使百姓无贫"②？

王安石不得已又居家求罢，不上朝了。但是神宗所好，始终未放

① 〔宋〕李焘：《续资治通鉴长编》，中华书局2004年版，第9册，熙宁四年六月第13条，第5444—5445页。
② 〔宋〕李焘：《续资治通鉴长编》，中华书局2004年版，第9册，熙宁四年五月第36条，第5433—5434页。

弃王安石和新法，就又多次请他还朝视事。王安石再视事，就首先说杨绘、刘挚二人不宜在言职，到后来，杨绘等上谏不已的时候，神宗就把他们免职了。后来，王安石言保甲法时曾说："大抵修立法度以便民，于大利中不能无小害。若欲人人得悦，但（只）有利无害，虽圣人不能如此；非特圣人，天地亦不能如此。以时雨之于民岂可以无，然不能不妨市井贩卖及道途行役（然而时雨不能保障贩夫、行人不怪怨道路泥泞），亦不能使墙屋无浸漏之患也。"①

这些，欧公都是知道的，似看见神宗与执政安石的艰难挺进。

是年，助役法正在全国诸路施行。但我们在欧公的相关史料中，未能见到欧公于蔡州执行该法的情况。笔者推测，欧阳修没有再反对实施助役法，并且签署了文告，命令所辖州县一切依照新法条例实施了。因为欧公看到新法太艰难了！欧公不愿意再给神宗和安石的工作增添阻力。笔者以为更重要的是，欧公应该能够理喻助役法在"摧兼并"上的重大功绩，它的确有利于抑制豪强巨富的巧取豪夺。按占有土地数额均出钱，仅此一项，富户豪强就成为雇役钱的主要承担者。此外，欧公会看到，虽广大贫民也有不便，但相信随着新法推进，实施条例会有所改善，逐步完善是需要一个过程的。这话说得很对："大抵修立法度以便民，于大利中不能无小害。以时雨之于民岂可以无，然不能不妨市井贩卖及道途行役，亦不能使墙屋无浸漏之患也。"

人老了，随着衰病，意志减退，或不能深谋远虑了，这不足怪；但有一点，他不能阻碍自己未能深切把握的事情，尤其是自己未经历过的新生事物。正像欧公在给韩琦的书信中所说：自己在蔡州，其他都好，只是时下"日生新事，条目固繁，然上下官吏畏罚趋赏，不患不及（倒是不以新令不及执行为患）。而（自己）老病昏然，不复敢措意于其间（不再敢以自己的主张参与这些事啦）"②。这些话针对的无疑是王安石新法，但表达的却是笔者上文分析的意思。笔者也是依据此而断定，欧

① 〔宋〕李焘：《续资治通鉴长编》，中华书局 2004 年版，第 9 册，熙宁四年六月第 27 条，第 5453 页。
② 〔宋〕欧阳修：《与韩忠献王稚圭》其三十九，李逸安点校：《欧阳修全集》，中华书局 2001 年版，第 6 册，第 2346—2347 页。

公在蔡州签署了助役法实施文告。

欧公在蔡州任上病倒了，或许消渴病严重，产生了许多并发症。脊背疼痛不能支撑，幸好薛夫人陪在身边百般照顾。欧公在病中撰写求致仕的表疏，心想，不能以这样的病体贻误府事，自己年轻时曾向仁宗上疏清除"四色人"札子，其中就包括"老病"，不能做事的，欧阳修不能严于责人，而宽纵自己啊！上疏写就，但未敢发出去，因为边事告急，西夏李谅祚又发起战事！这个贼子，继承他老子李元昊的衣钵，时已经二十三岁了！欧公想起自己在庆历年间没少为西夏事费心操劳，在自己晚年，它仍不能将息平静！此时乞请致仕，会给朝廷和神宗增添烦恼。公不得已而把表疏压下来。我们从欧公给长子欧阳发的书信中可以获悉这一情节："吾在假已十七八日，表并札子写下数日，迁延未发。今日待发，凌晨忽闻边事警急，又却未敢发。……"①

欧公知道，这场战事起因于熙宁三年（1070）八月，夏人以十万重兵筑垒于夏方边境。原本他筑垒就筑垒，未必敢进犯；可是宋边帅李复圭，侥幸边功，遣环庆路钤辖李信等兵马入境出击，结果李信战败身亡，而且授人大举进犯的"口实"。九月，夏人倾国入寇，号称三十万兵马，攻陷大顺城、柔远寨、荔原堡等多地，环庆路都监高敏、皇城司使郭庆，以及经略司指挥魏庆宗等众多官员被杀。所以神宗派遣宰相韩绛出使陕西为军帅。这场战事时断时续，延续至今。

欧公带病工作，出庭视事。好在"若郡县平日常事，则绝为稀少，足以养拙偷安"（《与韩忠献王稚圭》其三十九）。公给长子的信中说："吾已出厅五六日，本为西贼惊传，今得诸处关报，皆云招捉（西贼被捉拿招安），溃散无多也。吾之进退，自此以后，自决于心。如事从容，希恩礼（盼望得到恩允）。"（《与大寺丞发》其八）

长子欧阳发在颍州料理家务，修建房子，但宅邸还是没有完全修好，原因是钱一直很紧张。欧公书信嘱咐儿子一切从简，节约用钱："汝

① 〔宋〕欧阳修：《与大寺丞发》其七，李逸安点校：《欧阳修全集》，中华书局2001年版，第6册，第2535页。

书言待盖草堂并庵（客厅与书房），此不急之务，不是汝去时议定且只修房，钱紧急，因何又却及此？吾此书到，窃更勿议盖也。那取人工、物料、钱物，等候韦保屋修了，更修取此房，钱紧急处，千万千万。今此书，只为言此一事，切听切听。"（《与大寺丞发》其七）

可见欧公一生，没有什么财富积蓄，连一间客厅并书房的修建，都"捉襟见肘"，嘱咐儿子免了。怕孩子借贷，将无法偿还，才说"千万千万""切听切听"。这就是仁宗朝的一位老臣，官至参知政事！

熙宁四年（1071）四月十九日，欧公上《蔡州再乞致仕第一表》，稍后又上乞致仕《第一札子》。欧公期盼皇帝能够依照"近例一削便允"，但是未能恩获。五月初，上《第二表》及《第二札子》，至五月下旬，欧公再上《第三表》说："今月二十一日，准枢密院递诏书一道，伏蒙圣慈以臣再乞致仕，未赐允俞者。"欧阳修不能不继续乞请，说时下人才济济，"众骏并驰；（自己却）驽骀（劣马）中道而先乏。而况荷难胜之任，窃逾分（过分）之宠荣，风波忧畏而虑已深（臣已深为忧虑风波再起），疾病侵凌而老亦至。"欧公一面愧疚自己衰病难胜重任，一面畏惧再被弹劾，致晚节不保！①

这就发生了我们前文已有叙述的，朝臣对于欧公致仕的议论。但并非欧公所忧虑的"逾分之宠荣""坐贪于禄利"，而是普遍认为欧公致仕乃为朝廷的莫大损失！参知政事冯京请求挽留欧公，翰林学士王珪说："修若去位，众必借以为说。"果然御史中丞杨绘就"借以为说"了："今旧臣告归或屏于外者，悉（全都）未老，范镇年六十三，吕诲五十八，欧阳修六十五而致仕，富弼六十八被劾引疾（富弼在亳州任上因拒绝散青苗钱被罢使相，称病而退），司马光、王陶皆五十而求闲散，陛下可不思其故耶？"

神宗看到欧阳修去心已决，也不宜强留了。熙宁四年（1071）六月十一日发诏：观文殿学士、兵部尚书、知蔡州欧阳修为太子少师、观文殿学士致仕。《宋会要辑稿·职官七七》记载了欧公致仕的时间和所授

---

① 〔宋〕欧阳修：《蔡州再乞致仕第三表》，李逸安点校：《欧阳修全集》，中华书局 2001年版，第4册，第1417页。

官职。"观文殿学士"为实职，非名誉的，属于带职致仕。该记载并说：
"带职致仕自（欧阳）修起。"①可算是神宗皇帝特殊恩赐。

六月十七日欧公受命，上《谢致仕表》。该表感恩深切，如泣如诉！
"今月十七日，进奏院递到敕告，伏蒙圣恩除（擢）臣太子少师、依前
观文殿学士致仕者。愚诚恳至，曲轸于皇慈（使皇帝深虑眷顾）；宠命
优殊，特加于常品。"并描绘自己获此殊荣，"衣锦还乡"的情景："至
于头垂两鬓之霜毛，腰束九环之金带，虽异负薪之里（定与樵夫乡里不
同），何殊衣锦之归（而与荣获高官、衣锦还乡者何异）？使闾巷咨嗟
（赞叹），共识圣君之念旧（眷顾旧臣）；搢绅感悦，皆希后福之有终。"
欧公还说道：只是亦如老骥伏枥，悲鸣难舍；余生容易结束，鸿恩却难
报偿！原文为："虽伏枥之马，悲鸣难恋于君轩；而曳尾之龟，涵养未离
于灵沼。余生易毕，鸿造难酬。"②

当朝名臣挚友韩琦、曾巩、苏轼、苏辙等人得悉欧公致仕消息，先
后发来贺书，既仰望其"全身勇退"，又不无惋惜惊叹。

韩琦作《寄致仕欧阳少师》，赞扬欧公的千古文章及气节操守，诗
云："独步文章世孰先，直声孤节亦无前……"即言欧公正直的谏言和
孤高的气节是前所未有的。曾巩的诗作吟道："四海文章伯，三朝社稷
臣。功名垂竹帛，风义动簪绅。"也是说欧公之风骨气节深为震撼感动
朝臣士大夫。

我们再摘录几句苏轼所撰《贺欧阳少师致仕启》，文章说："伏惟致
政观文少师，全德难名，臣材不器，事业三朝之望，文章百世之师。功
存社稷，而人不知（即无人不知）；躬履艰难，而节乃见。"③

苏轼在称颂欧公之事业足令三朝瞻望，文章可谓"百世之师"之后，
所赞仍是欧公之气节！它是朝野士大夫的共识。

① 〔清〕徐松：《宋会要辑稿·职官七七》之四七，中华书局 1957 年版，第 5 册，第
    4156 页。

② 〔宋〕欧阳修：《谢致仕表》，李逸安点校：《欧阳修全集》，中华书局 2001 年版，第
    4 册，第 1418 页。

③ 〔宋〕苏轼：《贺欧阳少师致仕启》，洪本健：《欧阳修资料汇编》，中华书局 1995 年
    版，上册，第 87 页。

第六节　高阁绝唱与"久远"寄托

蔡州府有车马为欧公及家眷送行，但蔡、颍之间有颍水之隔，车辆只能至江岸，渡船抵达对岸之后，仍是颍州郡守吕公著所遣公车迎接。欧公来到颍上风景最美的那一隅村落，其地名为"焦陂"，或因它池塘、港汊遍布而得名吧！车再前行，即来到自己很早既已购置的宅邸前，欧公两眼就泪湿了！

它就像自己经历的一个"缩影"，使他看到自己曾在这里为母亲守制，在这里反复修改《五代史》；最早购得此处尚十分简陋，那是皇祐初，欧公由扬州徙知颍州，安定之后把母亲和夫人接来度日，政务闲暇之时，欧公于夜晚灯下著书……自然现在这里已被长子即"大寺丞发"修建一新了！但它也绝不是什么堪称"相府"的所在。儿子很听话，没有过于奢侈破费，不过一家人能够宽裕居住而已。宅院之旁有个不大的花园，栽种些林木花草，这个花园的购置是欧公事先同意了的，相信自己和夫人闲步于其间，会有几分陶潜的"采菊东篱下，悠然见南山"的诗意感觉。

吕公著的人情真是不薄，欧公和夫人刚落榻不两日，郡守便登门拜访，使欧公倒雇出迎不及，感慨万端！吕公著以"师长"称呼，携来一些颍州的土特产，那"乡情"之浓郁，浸透肺腑。还说有需要安排的，但请告知"学生"。欧公已经很知足了，万事无缺，吕公著乃当朝翰林学士、兼皇帝侍读，自己业已致仕为民，怎敢这样烦劳！

欧公和夫人住在上堂屋内。此屋两厢内套耳房；数节台阶而上，廊榭宽展，屋脊青瓦飞檐绽放徽风。这算是院落中的"高阁"了！院落两旁设置东西厢房，是很普通的平房，住着长子、次子及媳妇。欧公在这里享受着天伦之乐。

但近日，自己时不时地会想起出使河东时所作的《水谷夜行寄子美圣俞》诗……是的，会想到苏舜钦、梅尧臣！或因为曾相约圣俞一起来颍购置田产的缘故，而今他们已经不在人世了，尤其子美流落姑苏，一想到自己曾为之作《沧浪亭诗》，心头难以抑制阵阵痛感。还有尹洙，至今自己仍时而修改整理《五代史》，只要一伏案，即会想见师鲁，最初，师鲁曾与自己同撰该书，后离开馆阁，二人总是不能在一处，徂是，这些事却伴随了自己一生最深刻的生命记忆。

欧公还会记起，天圣八年（1030），自己应考住在国子监下属的举子馆舍内，那时尚不知两府大臣薛奎，将会是自己的岳父大人，只知其送来一领新袍子，嘱咐殿试时穿上，不要一身褴褛像个叫花子样谒见皇帝。结果那件袍服被王拱辰抢先穿了……

欧公在蔡州任上就已撰写《薛简肃公文集序》，只是衰病缠身，未能完成，近日当抓紧时间写成它。禁不住感慨人生短暂，精力不济，顾于此而及不得彼。岳父薛奎之文章造诣，本可以更高，可是简肃公一生勤于政务，无暇顾及撰著：

> 君子之学，或施于事业，或见于文章，而常患于难兼也。盖遭时之士，功烈显于朝廷，名誉光于竹帛，故其常视文章为末事，而又有不暇与不能者焉。至于失志之人，穷居隐约，苦心危虑而极于精思，与其有所感激发愤惟无所施于世者，皆一寓于文辞。故曰穷者之言易工也。如唐之刘、柳无称于事业，而姚、宋不见于文章。彼四人者犹不能两得，况其下者乎！
>
> 惟简肃公在真宗时，以材能为名臣；仁宗母后时，以刚毅正直为贤辅。其决大事，定大议，嘉谋谠论，著在国史，而遗风余烈，至今称于士大夫。公，绛州正平人也。自少以文行推于乡里，既举进士，献其文百轴于有司，由是名动京师。其平生所为文至八百余篇，何其盛哉！可谓兼于两得也。公之事业显矣，其于文章，气质纯深而劲正，盖发于其志，故如其为人。
>
> 公有子直孺，早卒。无后，以其弟之子仲孺公期为后。公之文既多，而往往流散于人间，公期能力收拾。盖自公薨后三十年，始克类次而集之为四十卷，公期可谓能世其家者也。呜呼！公为有后矣。熙宁四年五月日序。①

<hr />

① 〔宋〕欧阳修：《薛简肃公文集序》，李逸安点校：《欧阳修全集》，中华书局2001年版，第2册，第618—619页。

我们看欧阳修此序文有多么精致和简练，欧公虽然老了，所写文章却无一丝"拖泥带水"！叙事全面而无遗漏，既说了薛公能够使政事与文章兼得，文集编刻之由来；又言其丰功伟业，旁及生平、子嗣与仲孺公期，仅用数百字，却笔墨浓重。这是欧公一生为文所达到的笔力功底，无人能够企及！

此外，这是欧公晚年衰病中所写不多的一篇文章，它更能呈现欧公此时的心绪情感。我们说过欧公是一位重感情的人，他在病痛中深深萦怀着自己的岳父，因为自己与薛家第四女儿结婚时，岳父薛奎已经去世数年了……

欧公虽然已经告老，却仍关注同僚的命运。《长编》记载，熙宁四年（1071）三月丁未，宰相韩绛因于西夏边事失败，而被罢相，以原先的官职出知邓州。欧公在蔡州时就已得悉此事，与西贼作战，谁能保证不失误啊！此时欧公在颍州家中，尚记着给韩绛致书问候。但该书没有言及边事，更不宜说"罢相"的事，只拉扯一点曾与子华（即韩绛）同在翰林院供职的趣事。欧公作《寄韩子华》诗序说：余与韩子华、长文（吴奎）、禹玉（王珪）同直玉堂（同当班于翰林院），尝约五十八岁致仕。子华书于柱上。其后荐蒙恩宠，世故多艰，历仕三朝，备位二府，已过限七年（从欧公五十八岁至今），方能乞身归老。

欧公就以这种委婉的聊天，表达了慰问的意思。其诗曰："人事从来无处定，世涂（途）多故践言难。谁如颍水闲居士，十顷西湖一钓竿。"[1]言外之意即是：子华就不必介意道路坎坷了！

我们看到，欧公不仅富有同情心，还具有生活智慧，表意是那样婉转而令人会心。

是年八月二日，朝廷发来诏敕，皇帝将于九月上旬祭祀明堂，诏欧阳修赴阙陪位。这是恩赐荣耀，欧公辞谢，上疏《乞免明堂陪位札子》，

---

[1] 〔宋〕欧阳修：《寄韩子华并序》，李逸安点校：《欧阳修全集》，中华书局2001年版，第3册，第831—832页。

说自己身体欠佳，行动不便，不多日获得应允。欧公已对朝廷那种盛典，宏大场面，不习惯了，会感觉嘈杂，心神不宁。欧公一生，真是没少参与那种祭祀大典啊，每次不是摄侍中，就是摄太尉行事。

大飨明堂之后，九月十七日朝廷派遣特使来到颍州，慰问赏赐欧公。朝廷给欧公的赏赐很优厚，欧公所上谢表说："臣今月十七日，伏蒙圣恩，特差右班殿直王昌，赐臣衣一袭、金腰带一条、银器一百五十两，绢一百五十匹、米面羊酒等者。"

九月份，欧公最高兴的不是这些赏赐，而是文章妙手苏轼，偕同其弟苏辙来颍州拜望欧公！这是他自致仕以来，精神最好的数日！

苏轼原本受翰林学士兼侍读范镇推荐为谏官，后因为谏言新法遭弹劾，降职为通判杭州。此番来颍，正是他赴杭州假道而来。我们从其所作诗文中得知，他们相见非常亲热而健谈，从朝至夕，一日不足，日复一日。由家宴，畅饮到西湖水面上，尚嫌不够意思，苏轼说："我欲弃官重问道，寸筵何以得春容。"即说，自己真想弃官辞任，留在颍州欧公门下，重新做一个学生。几日时光短暂的燕饮，怎能满足期望游学的收获。

笔者读到这里，也为欧公高兴。可以想见他们相邀一起去西湖，欧公的几个儿子为之提壶携浆，荡舟摇桨，并邀请了郡守吕公著。那西湖岸边，有欧公往昔做太守时栽种的黄杨树子，湖中有欧公植入的芙蓉，夕阳晚霞，美丽非常。几位门生轮番给师长敬酒把盏，那诗作，是他们情不自禁的，即兴而咏的。

苏轼作《陪欧阳公燕西湖》：

> 谓公方壮髯似雪，谓公已老光浮颊。
> 揭来湖上饮美酒，醉后剧谈犹激烈。
> 湖边草木新著霜，芙蓉晚菊争煌煌。
> 插花起舞为公寿，公言百岁如风狂。
> 赤松共游也不恶，谁能忍饥啖仙药。
> 已将寿夭付天公，彼徒辛苦吾差乐。
> 城上乌栖暮霭生，银釭画烛照湖明。

不辞歌诗劝公饮，坐无桓伊能抚筝。①

我们看到其欢乐的程度、健谈的程度，达到"醉后剧谈犹激烈"的极致，"已将寿夭付天公"的忘情。直到鸟禽栖息、暮霭生起，银月初照，映耀湖面的时候，他们仍诗情未阑，游兴未艾。

苏辙更作有《陪欧阳少师永叔燕颍州西湖》，不仅激情盎然，还使我们得以了解欧公居颍的生活：

> 西湖草木公所种，仁人实使甘棠重。
> 归来筑室傍湖东，胜游还与邦人共。
> 公年未老发先衰，对酒清叹似昔时。
> 功成业就了无事，令名付与他人知。
> 平生著书今绝笔，闭门燕居未尝出。
> 忽来湖上寻旧游，坐令湖水生颜色。
> 酒行乐作游人多，争观窃语谁能呵？
> 十年思颍今在颍，不饮耐此游人何！②

我们从该诗得知，欧公这一年已经很少写作了，所谓"今已绝笔"。但也不是绝对地不触文字，譬如与友人仍书信往来，遇有情之所至，非赋诗不能达意的时候，也依然命笔的。而欧公主要精力已用来编纂整理自己的文集，且"闭门燕居未尝出"。难得欧公幸遇二位名士，才唤起雅兴，"坐令湖水生颜色"，"对酒清叹似昔时"。

苏辙政论观点非常尖锐而鲜明，这一点似强于其兄长苏轼。他与王安石的争论，并非反对"变法"，而是指出其必须更改的问题；及至哲宗朝，司马光执政时，苏辙并不赞同对于安石变法的全盘否定，开始了对司马光做法的论列对垒，观点颇为犀利、雄辩，俨然是一位王安石的

---

① 〔宋〕苏轼：《陪欧阳公燕西湖》，洪本健：《欧阳修资料汇编》，中华书局 1995 年版，上册，第 80 页。

② 〔宋〕苏辙：《陪欧阳少师永叔燕颍州西湖》，洪本健：《欧阳修资料汇编》，中华书局 1995 年版，上册，第 105 页。

"继承者"，拜读苏辙奏疏，令人肃然起敬！

苏辙此行还看到欧公的朴素生活、精神面貌。及至此时，欧公的宅邸并没有竣工完成，因为财用拮据，是欧公把儿子"叫停"了。可是欧公居住着很舒适，在苏辙后来的记述中说："公昔守颍上，乐其风土，因卜居焉。及归而居室未完，处之怡然，不以为意。"（《栾城后集》卷二二）

我们从其作《薛简肃公文集序》看到，欧公对那位"九哥"薛仲孺字公期是很敬重的，时常致书往来。估计公期仍居住在京师，也是有官职的。欧公在《与薛少卿公期》第十八书中，约他冬末来颍州，一起过年。书说："承美替有期，冬末行舟淮颍，当得一会面。"此外笔者想，那位水部郎中，即诬案的"始作俑者"，或许经过这么久的时间，欧公已知其"根由"了，但对于宗孺，欧公这些肚量还是有的，也早已不以为意了。也欢迎宗孺来颍，看望其堂姐。人生啊，谁不做一两件错事呢！

是年冬天，欧公收到曾巩致书，非常欣慰。信札还寄来碑刻拓片，是欧公编纂《集古录》所需要的，很珍贵。此外还附上一篇子固早先写就的文章，题为《为人后议》。仅看题目，即知其内容关乎"濮议"事的。那件事，似乎淡忘了，它曾经在欧公心灵中刻下很深很深的烙印，今记忆又被唤醒了。欧公会看见英宗那双企盼的眼睛，眼神含着泪光波动；会看见吕诲等台谏官三劾欧阳修，上疏札子连篇累牍、恶语相向；看见自己代为中书所撰札子，乃至后来，所撰《濮议卷一》《卷二》《卷三》……那些文章可说是字字泣血！

回顾它，是痛苦的，但它却是欧公生命中最为光辉的人性见证！是它划出一个真正有学识和良知的士大夫与世俗观念的分野！当欧公阅读子固的《为人后议》的时候，还是禁不住落泪了。子固观点与欧公完全一致，且旁征博引，论说详尽。但是当时子固没有把该作捧出来，因为会犯众怒，可见当时事态压力之大。后人林希所作《曾南丰墓志》写道："治平中，大臣尝议典礼，而言事者多异论，欧阳公方执政，患之。公（曾巩）著《议》一篇，据经以断众惑，虽亲戚莫知也（连亲戚都不知其写有该文）。后十余年，欧阳公退老于家，始出而示之。欧阳公谢曰：'此吾昔者愿见而不可得者也。'"（《曾巩集》附录）

是的，这正是当时欧公很愿意见到的文章！作为自己的门生，"后十余年"拿出，也不晚。到底是欧公的志同道合者啊！欧公当即致书回复，很热情地说自己归颍后的思念之情，对所惠赠的碑文称赞"皆佳"，深谢。而另起一封，来谈子固的文章：

> 辱示《为人后议》，笔力雄赡，固不待称赞，而引经据古，明白详尽，虽使聋盲者得之，可以释然矣。……方群口喧哗之际，虽有正论，人不暇听，非著之文章，以要于久远，谓难以口舌一日争也。斯文所期者远，而所补者大，固不当以示常人，皆如来谕也。某亦有一二论述，未能若斯文之曲尽，然亦非有识之士，未尝出也。闲居乏人写录，须相见，可扬榷而论也。自去年至蔡，遂绝不作诗，中间惟有答韩、邵二公应用之作，不足采。惟续《思颍》十余篇，是青州以前者，并传记，皆石本，今纳上。自归颍，他文字亦绝笔不作。恐知恐知。①

看来欧公的确"绝笔"不再写了，所以上引《与曾舍人巩》第四书就尤其珍贵，我们由是可见欧公晚年思路清晰，有条不紊；其胸襟寄托"久远"，关于"濮议"之正论，并不指望在当世被众人理解。欧公具有谦逊美德，指出自己的"一二论述"，未能如曾巩这篇文章《为人后议》这样"曲尽"，即畅达而周尽。希望与子固尚有相见的机会。

欧公非常重视编纂自己的文集，命长子欧阳发编《居士集》，第三子棐编《集古录》。据胡柯《庐陵欧阳文忠公年谱》后跋说："《居士集》五十卷，公所定也。"即每一入选篇目都是其亲择的。叶梦得还说："欧阳文忠公晚年，取平生所为文自编次。今所谓《居士集》者，往往一篇至数十过（审阅数十次），有累日去取不能决者。"可见欧公对自己作品的严格筛选！这就是我们前文已有所述的，欧公删改文章，养成一种习

---

① 〔宋〕欧阳修：《与曾舍人巩》其四，李逸安点校：《欧阳修全集》，中华书局2001年版，第6册，第2470页。

惯，把文章贴在墙壁上，反复吟诵，字斟句酌，十句改成五句。夫人薛氏看见，有些心疼啦，多累人啊，太一丝不苟了吧！说："何自苦如此，当畏先生嗔耶？"欧公也笑了笑回答："不畏先生嗔，却怕后生笑。"[1]

熙宁五年（1072）春天，欧公六十六岁，迎来又一件喜事！

原翰林学士、参知政事，此时也已致仕的太子少师赵概，果不食言，自南京来颍州看望挚友欧阳永叔！欧公激动得准备远迎的时候，赵概已抵达欧公之宅邸了。两人双手捧臂，泪目相望，皆已是两鬓霜雪。赵概说：闲暇无事，只为拜望永叔啊！永叔问候：如此辛劳，一路怎么来的？回答说：自睢阳乘兴荡舟！

幸好后来长子欧阳发接续把"草堂"落成了！欧公当下迎贵宾进客厅，安顿了舒适的卧榻处。欧公说既来之则安之，叔平（即赵概）自当久留，好好叙旧！欧公吩咐家宴，当下出请柬，请翰林学士颍州太守吕公著赐赴鄙舍。草堂由此命名为"会老堂"。酒宴上，欧公作《会老堂》诗，该诗是那样质朴由衷，寓意贴切，是前引苏轼、苏辙"燕西湖"之作很难媲美的！笔者不能不每读必录，请读者赏评："古来交道愧难终，此会今时岂易逢。出处三朝俱白首，凋零万木见青松，公能不远来千里，我病犹堪釂（把杯中酒喝干）一钟。已胜山阴空兴尽，且留归驾为从容。"[2]

诗吟中欧公就再次邀请久留，即谓"且留归驾为从容"。赵概留住了一个多月，非常尽兴。是的，欧公把此事看作盛事，后来欧公刻石铭记《会老堂》三篇的时候说："近叔平自南都惠然见访，此事古人所重，近世绝稀，始知风月（风流儒雅）属闲人也。"

改日，吕公著做东邀请二位太子少师赴郡府酒宴，这时欧公激情抵达高潮，诗兴大发，可说所作诗文大有"空前绝后"的精彩！全然忘却自己的衰病之躯，像是回到了他最为笔健而风华正茂的时候！笔者毫无夸张地说，读者，您少时会得到不可多得的精美华章！

---

[1]　周勋初：《宋人轶事汇编》，上海古籍出版社 2014 年版，第 3 册，《欧阳修》第 162 条，第 1062 页。

[2]　〔宋〕欧阳修：《会老堂》，李逸安点校：《欧阳修全集》，中华书局 2001 年版，第 3 册，第 829 页。

吕公著就是这样一副为人恭谨、宽厚、敬重贤德的人品。其一生唯崇尚学养、修身，而不在意仕途，更远离"身外之物"的财富。我们前述已言及其少年时就喜欢穿打补丁的衣裳，这种"风格"直至其晚年依然如故。据记载，吕公著晚年居住非常简陋，破屋内缀着蜘蛛网，卧榻上落有厚尘，他在研究佛学。《宋史》这样评说其为人："公著自少讲学，即以治心养性为本，平居无疾言遽色（平素无激越的言语和颜色），于声利纷华（声誉和利禄），泊然无所好。暑不挥扇，寒不亲火，简重清静，盖天禀然。其识虑深敏，量闳而学粹，遇事善决，苟便于国（如果于国有利），不以私利害动其心。……"①

我们所以这样铺排吕公著人品，是为了让读者看到其师从欧公、敬重欧公的原因。

笔者想这次郡府燕饮，吕公著也非常开怀兴奋，他自会使其部下僚属轮番向两位前辈敬酒把盏，场面十分热闹，欧公怎能不"诗兴大发"呢！

欧公几乎是用生命来讴歌这一"近世绝稀"的人情"壮举"，它必会换来精美华章！谨请试读《会老堂致语》：

> 某闻安车以适四方，礼典虽存于往制；命驾而之千里，交情罕见于今人。伏惟致政少师，一德元臣，三朝宿望。挺立始终之节，从容进退之宜。谓青衫早并于俊游，白首各谐于归老。已释轩裳之累，却寻鸡黍之期。远无惮于川涂，信不渝于风雨。幸会北堂之学士，方为东道之主人。遂令颍水之滨，复见德星之聚。里闾拭目，觉陋巷以生光；风义耸闻，为一时之盛事。敢陈口号，上赞清欢：

> 欲知盛集继荀陈，请看当筵主与宾。金马玉堂三学士，清风明月两闲人。红芳已尽莺犹啭，青杏初尝酒正淳。美景难并

① 〔元〕脱脱等：《宋史·吕公著传》，中华书局1977年版，第31册，第10776—10777页。

良会少，乘欢举白莫辞频。①

　　读者，笔者想冒昧地一问：您可在别处有见这样贴切、简约，而"古淡"的诗文？它却出自一位衰病缠身已作"绝笔"的老人脱口而来。这种古雅"平淡"，寓骈于散，表述细致而精洽，可谓任何其他老年思维都将难能抵达的至工！"谓青衫早并于俊游，白首各谐于归老。已释轩裳之累，却寻鸡黍之期"，您看可有一字之余缀、絮烦或说"拖泥带水"？"金马玉堂三学士，清风明月两闲人。红芳已尽莺犹啭，青杏初尝酒正淳"，试请挑剔，可有一句不对仗、工正，不声韵和谐、意蕴饱含？欧公以"红芳已尽"来说两位致仕者，岁衰犹似黄莺宛转；又将"青杏初尝"，即"青梅煮酒"之谓，比喻公著壮年当盛，如酒正醇。恰切而逼肖，传神而不张露。只怕笔者仅仅谓之"精美华章"，也低评这位千古名人的文采了！

　　熙宁五年（1072）六月二十一日，欧公收到亲家吴充的致书问候和惠赠生日礼物。哦，难得吴充尚记得他的生日，欧公自己都忘怀它了。亲家现在已是翰林学士、枢密副使了。熙宁三年（1070）的时候，他尚为知制诰、权三司使，一晃，进擢真快啊！欧公想起自己被贬谪夷陵的时候，即景祐中，何其久远啊！那时吴充还是一位白衣秀才，欧阳修每次接到他的书信，都恭谨而认真地回复，至今，二人是那样和睦友好。欧阳修还记得，因濮议事的"余震"，蒋之奇诬案也带累了亲家吴充，原本一身洁净，亦玷污得不清不白，可是亲家没有怀疑过欧阳修，更无任何嫌怨。当时只有吴充挺身为欧阳修辩白。当然还有天章阁待制孙思恭，为欧阳修辩护，到欧公乞请外任时，思恭又上疏竭力挽留，这些，他都还记得！

　　亲家吴充字冲卿，欧公急忙回书致谢，作《与吴正献公冲卿》其七："某顿首启。……（非常感谢冲卿致书）而况（汝）机政方繁，犹

---

① 〔宋〕欧阳修：《会老堂致语》，李逸安点校：《欧阳修全集》，中华书局2001年版，第5册，第2056页。

蒙曲记其生日，赆（赠）之厚礼，仰佩眷意之笃，感惧交并（感慨并惶恐）。某以衰病退藏，人事或不能勉力，交亲必赐宽恕。谨此以代布谢之万一。"欧公因为身体的确不好了，书信写得很简短。我们从书中得知，吴充尚复信讨要欧公的诗文，公便把《会老堂》三篇给亲家寄去了。

草堂，挚友离去后便空落下来。欧公撑持着身体，时而会踱步到草堂坐一坐，他的眼神是凝滞的、静谧的，或许还是感情淤积的，充满对人生的眷顾和爱意。寂静中，不知不觉地吟出："积雨荒庭遍绿苔，西堂（即草堂）潇洒为谁开？爱酒少师花落去，弹琴道士月明来。鸡啼日午衡门静，鹤唳风清昼梦回。野老但欣南亩伴，岂知名籍在蓬莱。"①

是的，该诗告诉我们：焦陂近日连降秋雨，远近池塘涨满；积雨漫上草堂门前台榭，水退处生长苔藓。是可谓"积雨荒庭遍绿苔"了。"弹琴道士"乃欧公自谓"六一居士"，琴为其六之一者。有时于晚间明月初照，公在草堂抚琴，琴声似清风掠过，鹤唳哀鸣；日午，简陋的房屋即所谓"衡门"者，十分安静，阳光亦如月色，投进门来；白昼迷离恍惚，竟然也有梦的感觉。自己的田园生活也许为日无多了，谁知其身尚在颍上，还是将在哪个"蓬莱"境中啊！

是年闰七月，欧公在长子欧阳发修建的上堂屋套间卧室内病倒了。

欧公两目含笑，摇摇头谢绝了医生郎中的诊治。妻薛氏在卧榻旁垂泪，子嗣们全都候在卧室门外发出嘤嘤的抑泣。只听欧公对夫人说：请韩琦为吾作墓志铭。夫人拭泪颔首。欧阳发抑制不住"哇——"的一声恸哭。被欧公传唤进室内。嘱咐：莫哭，好生照看着家，服侍母亲。子欧阳发再次失声痛号说：儿子不孝，没有把宅邸建设好，呜、呜……欧公眼望着屋顶梁椽，说：已经甚好，甚为安逸，这就算是"高阁"了，吾儿宽心。

欧公想说，把……想说把《五代史》上呈朝廷，却未能说出。算了吧，让它"藏之名山"吧！欧公的两目渐渐散失视觉的目光，依旧停留在尚还簇新的大梁、屋椽那儿，缓缓吟出《绝句》，可说这就是欧公真

① 〔宋〕欧阳修：《叔平少师去后会老堂独坐偶成》，李逸安点校：《欧阳修全集》，中华书局 2001 年版，第 3 册，第 829 页。

正的"绝笔"之作了："冷雨涨焦陂，人去陂寂寞。惟有霜前花，鲜鲜对高阁。"①

我们说过了，焦陂乃地名，即欧公居地。但是"陂"也是蓄水池塘。欧公临终，望见那秋水涨满的池塘，不知怀有一种什么意愿，只是徐徐说出，人去之后那里将是平静的、寂寞的。是的，不要因自己离开，而骤起波澜。是可以欣慰了。

熙宁五年（1072）闰七月二十三日，欧公病逝了！

是年八月十一日，神宗皇帝追赐欧公为太子太师，其夫人薛氏稍后封为仁寿郡夫人，诏致制诰。同时诏颍州令欧阳某家上某所撰《五代史》。

> 制词敕：大臣还官告老，以高秩尊爵归第，故朝廷所礼异也，矧尝参决大政，有两朝定策援立之勋。德甚盛而弗居，年未至而辞位，遽兹长逝，宜厚追褒。故推诚保德崇仁翊戴功臣、观文殿学士、特进太子少师致仕、上柱国、乐安郡开国公、食邑四千三百户、食实封一千二百户欧阳某：以文章革浮靡之风，以道德镇流竞之俗，挺节强毅而不挠，当官明辩而莫夺，三世宠荣，一德端亮。朕方将图任旧老，畴咨肃乂，而雅志冲邈，必期退休，未阅数岁，章逾十上。在大义难尽其力，兹勤请所以不违，谓其脱去人间之累，当享期颐之寿。天遽歼夺，曾靡愁遗，（朕）览奏之日，为之不能临朝。……②

欧公不幸逝世，于朝野引起极大的震痛和悼念。使相韩琦作《欧阳公墓志铭》，名士苏辙作神道碑，知太常礼院李清臣作谥议，枢密副使吴充撰《欧阳文忠公行状》，众多名臣士大夫撰写祭文，如韩琦、王安石、曾巩、范镇、苏轼、苏辙等都有撰著。其《墓志铭》《神道碑》《行

_____

① 〔宋〕欧阳修：《绝句》，李逸安点校：《欧阳修全集》，中华书局2001年版，第3册，第772页。
② 〔宋〕胡柯：《庐陵欧阳文忠公年谱》，李逸安点校：《欧阳修全集》，中华书局2001年版，第6册附录，第2621—2622页。

状》等文均有数千字的篇幅，恕笔者难以摘引。此外有众多史书文献记载欧公生平本传，如《朱子考欧阳文忠公事迹》、脱脱著《宋史本传》以及《神宗实录本传》《重修神宗实录本传》《神宗旧史本传》《四朝国史本传》等，读者都能于悲痛中见诸。

在本传记作者亦将与读者道别的时候，笔者想有些摘引是必不可少的。以作为笔者与读者对欧公的深切奠怀！

韩琦所撰墓志铭中有一段序言，与欧公临终嘱托相关，让我们先摘引在这儿："欧阳公薨于汝阴之私第，年六十六。上（神宗）闻震悼，不视朝。赠公太子太师，太常谥曰文忠，恤后加赙，不与常比。天下正人节士，知公之亡，罔不骇然相吊，痛失依仰。其孤寺丞君（长子发），乃以枢密副使吴公所次功绪（所列年表次序），并致治命（致书于琦），以墓志为请。窃惟当世能文之士，比比出公门下，不属（嘱托）于彼，而独以见属（独嘱于我），岂公素谅其愚（岂不是欧公往昔知我耿直），谓能直笔足信后世邪？此其敢辞（此正是我不敢推辞的）？"①

> 王安石《祭欧阳文忠公文》：夫事有人力之可致，犹不可期，况乎天理之溟漠，又安可得而推？惟公生有闻于当时，死有传于后世，苟能如此足矣，而亦又何悲！如公器质之深厚，智识之高远，而辅学术之精微。故充于文章，见于议论，豪健俊伟，怪巧瑰琦。其积于中者，浩如江河之停蓄；其发于外者，烂如日星之光辉。其清音幽韵，凄如飘风急雨之骤至；其雄辞闳辩，快如轻车骏马之奔驰。世之学者，无问乎识与不识，而读其文，则其人可知。
>
> 呜呼！自公仕宦四十年，上下往复，感世路之岖崎。虽屯邅困踬，窜斥流离，而终不可掩者，以其有公议之是非，既压复起，遂显于世。果敢之气，刚正之节，至晚而不衰。方仁宗皇帝临朝之末年，顾念后事，谓如公者，可寄以社稷之安危。

① 〔宋〕韩琦：《故观文殿学士太子少师致仕赠太子太师欧阳公墓志铭》，《安阳集》卷五十，洪本健：《欧阳修资料汇编》，中华书局 1995 年版，上册，第 20—26 页。

及夫发谋决策，从容指顾，立定大计，谓千载而一时。功名成就，不居而去，其出处进退，又庶乎英魄灵气，不随异物腐散，而长在乎箕山之侧与颍水之湄。然天下无贤不肖，且犹为涕泣而歔欷。而况朝士大夫，平昔游从，又予心之所向慕而瞻依。

呜呼！盛衰兴废之理，自古如此，而临风想望，不能忘情者，念公之不可复见，而其谁与归！①

苏轼《祭欧阳文忠公文》：呜呼哀哉！公之生于世，六十有六年。民有父母，国有蓍龟，斯文有传，学者有师，君子有所恃而不恐，小人有所畏而不为。譬如大川乔岳，虽不见其运动，而功利之及于物者，盖不可以数计而周知。今公之没也，赤子无所仰庇，朝廷无所稽疑，斯文化为异端，而学者至于用夷，君子以为无与为善，而小人沛然自以为得时。譬如深山大泽，龙亡而虎逝，则变怪杂出，舞鳍鲥而号狐狸。昔其未用也，天下以为病；而其既用也，则又以为迟；及其释位而去也，莫不冀其复用；至其请老而归也，莫不惆怅失望。而犹庶几于万一者，幸公之未衰。孰谓公无复有意于斯世也，奄一去而莫予追。岂厌世溷浊，洁身而逝乎？将民之无禄，而天莫之遗。昔我先君，怀宝遁世，非公则莫能致。而不肖无状，因缘出入，受教于门下者，十有六年于兹。闻公之丧，义当匍匐往救，而怀禄不去，愧古人以忸怩。缄词千里，以寓一哀而已矣。盖上以为天下恸，而下以哭吾私。呜呼哀哉！尚享。②

此去十余年后，苏轼作《六一居士集叙》：……自汉以来，道术不出于孔氏而乱天下者多矣。晋以老庄亡，梁以佛亡，莫或正之。五百余年而后得韩愈，学者以愈配孟子，盖庶几焉。

---

① 〔宋〕王安石：《祭欧阳文忠公文》，《临川先生文集》卷八十六，洪本健：《欧阳修资料汇编》，中华书局1995年版，上册，第62—63页。

② 〔宋〕苏轼：《祭欧阳文忠公文》，《苏东坡全集·前集》卷三十五，洪本健：《欧阳修资料汇编》，中华书局1995年版，上册，第82页。

愈之后三百余年，而后得欧阳子，其学推韩愈、孟子，以达于孔氏；著礼乐仁义之实，以合于大道。其言简而明，信而通，引物连类，折之于至理，以服人心，故天下翕然师尊之。自欧阳子之存，世之不说者哗而攻之，能折困其身，而不能屈其言。士无贤不肖，不谋而同曰："欧阳子，今之韩愈也。"宋兴七十余年，民不知兵，富而教之，至天圣、景祐极矣，而斯文终有愧于古。士亦因陋守旧，论卑而气弱。自欧阳子出，天下争自濯磨，以通经学古为高，以救时行道为贤，以犯颜纳说为忠，长育成就，至嘉祐末，号称多士，欧阳子之功为多。呜呼！此岂人力哉？非天其孰能使之？欧阳子没十有余年，士始为新学，以佛、老之似，乱周、孔之实，识者忧之。……①

① 〔宋〕苏轼：《六一居士集叙》，孔凡礼点校：《苏轼文集》，中华书局1986年版，第1册，第315页。

欧阳修大事年表

——据宋人胡柯《庐陵欧阳文忠公年谱》

宋真宗景德四年（1007）一岁

父亲欧阳观为绵州军事推官，是年六月二十一日寅时欧阳修诞生于其父任所。

大中祥符三年（1010）四岁

欧阳观病故于泰州军事判官任上。欧阳修随母亲郑氏卜居其叔父欧阳晔任所随州。欧阳晔时任随州推官。

大中祥符九年（1016）十岁

在随州李家获赠唐韩愈《昌黎先生文集》六卷。

宋仁宗天圣元年（1023）十七岁

应举随州而落选，试《左氏失之诬论》。

天圣五年（1027）二十一岁

自随州荐名礼部与试，再次落选。

天圣六年（1028）二十二岁

拜谒翰林学士胥偃，留置门下。胥偃时任汉阳知军，是年冬带门生进京谒选。

天圣七年（1029）二十三岁

春试国子监获第一名，补广文馆生。秋赴国学解试，再获第一名。

天圣八年（1030）二十四岁

翰林学士晏殊知贡举，正月试礼部，欧阳修获第一名。三月宋仁宗御试崇政殿，欧阳修获得甲科第十四名。五月授欧阳修将仕郎、试秘书省校书郎，充西京留守推官。

天圣九年（1031）二十五岁

娶胥偃之女为妻，是年春亲迎于东武。

明道二年（1033）二十七岁

夫人胥氏生子病卒。

景祐元年（1034）二十八岁

授宣德郎、试大理评事兼监察御史、充镇南军节度掌书记、馆阁校勘。续娶谏议大夫杨大雅之女为妻。

景祐二年（1035）二十九岁

是年九月夫人杨氏病卒。

景祐三年（1036）三十岁

因天章阁待制范仲淹言事落职，而作《与高司谏书》，被贬谪峡州夷陵县令。五月扶奉母亲及胞妹，千里泛江赴贬所。

景祐四年（1037）三十一岁

在夷陵任上撰《易或问》三首、《春秋论》三篇、《本末论》《时世论》等重要论著，批判六经真伪，引领学术潮流，被后世誉为"庐陵事业起夷陵"。

三月赴许昌，娶参知政事薛奎之第四女为妻。

景祐五年（1038）三十二岁

三月迁光化军乾德县令，草就《新五代史》初稿。

宝元二年（1039）三十三岁

六月接到敕命，恢复原职馆阁校勘，权武成军节度判官厅公事。自乾德奉母和夫人薛氏，迁居南阳待次。八月先岳父胥偃逝世。

康定元年（1040）三十四岁

欧阳修滑州赴任。八月召回朝廷，供职馆阁。十二月作《通进司上书》。

庆历元年（1041）三十五岁

授太常礼院，因忙于馆阁撰著而请辞。年末完成编修《崇文总目》，改官集贤校理。

庆历二年（1042）三十六岁

五月呈《应诏言事上书》，力陈朝廷三弊：不慎号令、不明赏罚、不切功实。八月因贫困无以养家，请求外任，获允通判滑州。

庆历三年（1043）三十七岁

正月在滑州任作名篇《王彦章画像记》，感慨当朝军事败衄和"选将"不力。三月召还朝廷，转太常丞、知谏院。撰写大量奏章，

《再论按察官吏状》堪谓"庆历新政"纲领性文献。作《论韩琦范仲淹乞赐召对事札子》《论乞主张范仲淹富弼等行事札子》，力挺新政。九月仁宗赐欧阳修绯衣银鱼，同详定"国朝勋臣名次"，十月擢同修起居注，十二月召试知制诰。

庆历四年（1044）三十八岁

四月"党论"风起，欧阳修作名篇《朋党论》，力挽狂澜于既倒。命欧阳修出使河东，计度废麟州等事。欧阳修作大量考察奏章，以《论麟州事宜札子》《请耕禁地札子》《论西北事宜札子》等凸显其政绩。七月末返京，新政败落，八月授欧阳修龙图阁直学士、河北都转运按察使而外任。九月欧阳修参与编纂的《三朝典故》成书，赐诏奖谕。十一月南郊祀，欧阳修进阶朝散大夫、封信都县开国子、食邑五百户。

庆历五年（1045）三十九岁

是春在河北权真定府事三个月。是时二府大臣杜衍、范仲淹、韩琦、富弼已相继罢去，欧阳修上书为之抗辩。作《论杜衍范仲淹等罢政事状》，该篇雄壮而悲壮，足以铭历史丰碑。六月会欧阳修之外甥女张氏犯案，朝中小人附会诬陷欧阳修于阴私事。八月罢黜欧阳修龙图阁直学士、都转运按察使，贬谪滁州。保留"依前行右正言、知制诰，散官、勋、封赐如故"。

庆历六年（1046）四十岁

在滁州任与古文才俊苏舜钦书信来往。苏舜钦原为馆阁校勘，因"进奏院事件"蒙难，流落苏州。寄来古诗《寄题丰乐亭》："把酒谢白云，援琴对孤松。境清岂俗到，世路徒冲冲。"
欧阳修与诗坛巨匠梅尧臣、古文名家曾巩亦频繁致书。梅尧臣作《寄滁州欧阳永叔》颇为励志："君才比江海，浩浩观无涯。下笔犹高帆，十幅美满吹。"曾巩寄来同题诗《游琅琊山》唱和，会意深远、志趣浩瀚。

不少后学登门游学，有荥阳主簿魏广，著名学者胡瑗的门人章生。是年贡举状元贾黯，亦致书深表对先生学术、人品的景仰。欧阳修作名篇《醉翁亭记》，轰动遐迩。

庆历七年（1047）四十一岁

是年四月十日著名古文家尹洙病逝。其生前为朝奉郎、起居舍人、直龙图阁学士、知潞州军州事。因涉"朋党"贬谪随州，再贬均州。新政败落之际仍上书《论朋党疏》《论朝政宜务大体疏》力挽危亡。欧阳修作《祭尹师鲁文》痛悼，又作《尹师鲁墓志铭》。八月欧阳修门生曾巩不辞千里赴滁州拜会先生，作《幽谷晚饮》。十二月南郊祀，欧阳修加上骑都尉，进封开国伯，加食邑三百户。

庆历八年（1048）四十二岁

正月敕命转起居舍人，依旧知制诰，徙知扬州。

五月梅尧臣回宣城探亲，道过扬州看望永叔。作《永叔进道堂夜话》。

十二月得悉苏舜钦病逝，临终作《春睡》："身如蝉蜕一榻上，梦似杨花千里飞。"欧阳修作《祭苏子美文》痛悼。后编辑《苏氏文集》并作序文。

皇祐元年（1049）四十三岁

正月敕文允其自请，徙知颍州，便于安顿母亲。

三月至郡，与颍州通判吕公著交好。吕公著为前宰相吕夷简之子，其心无芥蒂，跟随欧阳修游学。郡府同僚刘敞亦与欧阳修交情甚厚。刘敞长于《春秋》学，欧阳修请其赐教初稿《新五代史》。四月欧阳修转礼部郎中。八月恢复龙图阁直学士。

皇祐二年（1050）四十四岁

五月刘敞已迁开封府大理院评事，致书欧阳修，作《观永叔五代史》。欧阳修复函《答原父》。七月欧阳修改知应天府，兼南京留守司事。月末扶奉母亲家眷抵达任所。十月明堂覃恩，转吏部郎中，加轻车都尉。

欧阳修拜谒告老致仕的杜衍。杜衍一生清廉，俱家住在南京馆驿的租房内。欧阳修作《纪德陈情上致政太傅杜相公二首》："貌先年老因忧国，事与心违始乞身。"

皇祐四年（1052）四十六岁

是年三月十七日母亲郑氏逝世于南京官舍。欧阳修扶灵柩归颍州丁忧。

五月二十日范仲淹卒于自青州转官途中。欧阳修作《祭资政范公文》痛悼。七月受其家属嘱托，又作《范文正公神道碑铭》，次年成文。

皇祐五年（1053）四十七岁

八月自颍州护母丧归葬吉州泷冈，与其父坟茔合葬，作《母郑夫人石椁铭》。名篇《泷冈阡表》，则是于熙宁三年（1070）补作完成的。"非敢缓也，盖有待也。"即等待皇帝赐封其考妣之故。

至和元年（1054）四十八岁

五月在颍州为母守制期满，敕命还朝赴阙。七月权判流内铨，遭宦官杨永德弹劾，欧阳修在铨曹未满十日被黜。八月诏欧阳修修《唐书》。九月授翰林学士。

至和二年（1055）四十九岁

正月二十八日晏殊逝世于京师，欧阳修吊唁作《晏元献公挽词三首》，后作《观文殿大学士行兵部尚书西京留守赠司空兼侍中晏公神道碑铭》。

八月为贺契丹登宝位使，持送仁宗画像。十二月庚戌宿契丹界松山。旅途中作《过塞》《边户》等诗。次年正月抵达契丹国都上京，欧阳修获得空前隆重的礼遇，辽方皇叔陈留郡王宗愿，惕隐大王宗熙，宰相萧知足，太皇太后弟、尚父中书令晋王萧孝友等"押宴"作陪，谓之"非常例也，以公名重故尔"。

嘉祐元年（1056）五十岁

六月苏洵自眉州携二子苏轼、苏辙抵京拜谒欧阳修，带来知益州张方平的引荐信札，呈近作《洪范论》《史论》等七篇，并精心撰写《上欧阳内翰第一书》。欧阳修上书《荐布衣苏洵状》，并呈其大作乞请御览。

七月京师大雨水灾，欧阳修仓皇搬家于《唐书》局暂避，又被皇城司驱逐。还旧居夜间露宿筏子。上书《再论水灾状》，借"天谴"而举荐吕公著、王安石等贤才。

九月上《举梅尧臣充直讲状》，很快获允，授梅尧臣国子监直讲。为躲避灾异，欧阳修上书《论狄青札子》，仁宗采纳，狄青被罢枢密使，外任陈州。

嘉祐二年（1057）五十一岁

正月六日权知礼部贡举，仁宗赐御书"文儒"二字。

正月二十八日，磨勘转右谏议大夫。"制词"敕曰："翰林学士、朝散大夫、尚书吏部郎中、知制诰、充史馆修撰、判太常寺兼礼仪事、上轻车都尉、乐安郡开国侯、食邑一千三百户、赐紫金银袋欧阳某：风谊醇笃，谋猷浚明。忧天下之心，物议许其恳到；徇国家之急，朕志知其勇为。矧夫统体之文，绰有雅健之气。特立于世，能同于人。姑用岁劳，升为谏长。未厌搢绅之望，徒收翰墨之长。亦为显承，当益章大。可特授右谏议大夫……"

正月至二月礼部贡举五十天"锁院"，欧阳修为主试进士，自定标准，重视古文派之经世议论。同知贡举者为翰林学士王珪、龙图阁直学士梅挚、知制诰韩绛、集贤殿修撰范镇等，并推荐国子监直讲梅尧臣为试院的参详官。该科取士之盛可谓空前绝后，所取多为后世大家、名臣和学者：程颢、张载、朱光庭、苏轼、苏辙、曾巩、吕大钧，均拔在高第。

二月五日杜衍病逝于南京，欧阳修撰文悼念，后作《太子太师致仕杜祁公墓志铭》。欧阳修收集杜衍遗稿，编辑成书十卷，作《跋杜祁公书》。三月二十七日，名将狄青病逝于陈州。二十八日仁宗发哀苑中，命欧阳修主持祭奠摄太常卿。

七月八日欧阳修摄礼部侍郎，二十一日兼判尚书礼部。

十一月八日欧阳修权判史馆，十二月九日权判三班院。

嘉祐三年（1058）五十二岁

六月十一日加龙图阁学士，权知开封府。欧阳修施政"宽简"，与民休息。多遇犯禁者求出"内降"，欧阳修执法严明不予苟免其罪。上书《请今后乞内降人加本罪二等札子》。

嘉祐四年（1059）五十三岁

因体病又患眼疾，颇感政务难当，请辞开封府任。多次陈乞外任知洪州，兼顾修缮父母坟茔，未蒙恩许。二月免开封府，转给事中。欧阳修上《辞转给事中札子》，又上《举吕公著自代状》。

三月御试礼部奏名进士，欧阳修充御试详定官。仁宗再赐欧阳修御书"善经"二字。

四至六月欧阳修带病修撰《唐书》，并删定《景祐广乐记》。

七月欧阳修作名篇《秋声赋》，世所推重。

十二月为尹洙遗孤讨官禄以养家，上书《乞与尹构一官状》，获允。

嘉祐五年（1060）五十四岁

四月荐曾巩充馆职。曾巩进士及第时授淮南判官，后任馆阁校勘、集贤校理。是月又荐王安石为群牧判官，召入改为三司度支判官。

四月二十五日，梅尧臣病逝于京师。欧阳修作《哭圣俞》："昔逢诗老伊水头，青衫白马渡伊流。"并作《祭梅圣俞文》痛悼。次年安葬时再作《梅圣俞墓志铭》。梅圣俞家素贫，欧阳修为其酿金置义田抚恤生活。

七月十二日，欧阳修上新修《唐书》二百七十卷。该书刊修及编修官皆进秩加职，欧阳修转尚书礼部侍郎。欧阳修两辞该职，连乞外任洪州，直至《乞洪州第七状》，未获允。

九月一日，欧阳修兼翰林侍读学士。十一月十六日拜枢密副使，加食邑五百户。

嘉祐六年（1061）五十五岁

五月上书《论台谏官唐介等宜早牵复札子》，劝言人主"纳谏之圣"及"忠邪之辨"。闰八月二十一日欧阳修转户部侍郎、参知政事，进封安乐郡开国公，加食邑五百户。欧阳修两辞转官，只获允免转户部侍郎。

十月仁宗欠安，谏官司马光、御史吕诲等"立嗣"呼声甚高。欧阳修在中书协助宰相韩琦商议立嗣事，后作《奏事录·又三事》。

嘉祐七年（1062）五十六岁

仁宗听从欧阳修劝谏，三月召回右正言王陶和范师道，复知谏院；七月召回右司谏赵抃，复官为礼部员外郎兼侍御史知杂事。八月立濮安懿王赵允让之子宗实为皇子，赐名曙。

十二月仁宗召群臣、宗臣于龙图阁、天章阁观览祖宗藏书，又驾宝文阁御书"飞白"，分赐群臣。欧阳修得双幅大书"岁"字，下有御押，加盖御玺。命王珪夹题八字"嘉祐御札赐欧阳修"，绢尾书"翰林学士臣王珪奉圣旨题赐名"。

嘉祐八年（1063）五十七岁

三月二十九日仁宗皇帝崩。四月一日英宗即位。欧阳修奉敕书《大行皇帝哀册谥宝》及《英宗即位受命宝》。

四月己卯，行大殓，英宗因哀惧疾病加剧。韩琦等乞请皇太后曹氏亲政，欧阳修作《请皇太后权同听政诏》。

五月戊辰，为大行皇帝祈福于南郊，欧阳修摄太尉行事。七月戊申，欧阳修押伴契丹祭吊人使御宴于都亭驿。

十月二十七日仁宗入葬前夕，欧阳修彻夜守在中书东阁，作《夜宿中书东阁》："攀髯路断三山远，忧国心危百箭攻。"

宋英宗治平元年（1064）五十八岁

五月宰相韩琦力争皇太后"还政"。五月十三日，欧阳修出《皇太后还政议合行典礼诏》以备，该诏书欧阳修草拟于嘉祐八年。

闰五月戊辰，英宗特转欧阳修为尚书礼部侍郎，依前参知政事。

八月二十三日，欧阳修协助韩琦出"空头敕"，清除内宫入内都知任守忠。

治平二年（1065）五十九岁

正月上书《乞奖用孙沔札子》，用其统领西边战事。另上《言西边事宜第一状》及《第二札子》，鼓励英宗不应畏惧，双方国力兵状已"今非昔比"。

四月九日，英宗诏礼官及两制以上，议崇奉濮安懿王典礼。得到韩琦、欧阳修等支持。

六月二十一日，翰林学士王珪、天章阁待制兼知谏院司马光、侍御史知杂事吕诲上书，亮出他们对"议崇奉濮王典礼"事的态度，与中书意见相左。由此开始"濮议"之争。

六月甲寅，皇太后曹氏自内宫出手书，指责韩琦等此议非当。英宗下诏罢议。

十一月十六日，举行南郊祭祀，欧阳修摄司空行事。欧阳修为英宗代笔作《尊皇太后册文》。

十二月十九日，侍御史知杂事吕诲再次兴起"濮议"之争，弹劾韩琦。

治平三年（1066）六十岁

正月七日、十三日、十八日台谏官吕诲、范纯仁、吕大防联名上疏弹劾欧阳修，连续三劾。朝臣舆论以压倒的多数倾向御史台和谏院，把欧阳修视为濮议"首恶"，其奏疏曰："豺狼当路，击逐宜先，奸邪在朝，弹劾敢后？"

至此欧阳修代表中书上《论议濮安懿王典礼札子》。该札子有三点得力：一是欧阳修对典籍礼法精通娴熟，使其议合乎礼义；二是欧阳修对汉史详知，使中书行事得到依据；三是欧阳修对"圣人亦不讳为人后者有父而生"的论述，立于人性基石之上。

正月二十二日，皇太后曹氏再出手书，曰："吾闻群臣议请皇帝封崇濮安懿王，至今未见施行。吾再阅前史，乃知自有故事。濮安懿王、谯国太夫人王氏、襄国太夫人韩氏、仙游县君任氏，可令皇帝称亲，仍尊濮安懿王为濮安懿皇，谯国、襄国、仙游并称后。"但风波未平，台谏官与中书已很难"两立"，司马光、吕诲等众多朝臣"罢朝"。欧阳修多次乞请外任，不允。二月十四日英宗罢黜吕诲、范纯仁、吕大防等人台职，出京外任。并且把贬逐吕诲等的诏敕张榜于朝堂。

三月二十四日，欧阳修上《再乞外任第一表》，二十七日、二十八日连续上书乞外，直至四月仍呈《乞出第五札子》，均不获允。

治平四年（1067）六十一岁

正月八日英宗病逝，年仅三十六岁。欧阳修代撰《英宗遗制》，太子赵顼即神宗即位。

二月，御史彭思永、蒋之奇以流言蜚语诬陷欧阳修于阴私事。欧阳修离开朝廷，居家不出，连续上书《再乞根究蒋之奇弹奏札子》，等待朝廷辨诬。要求把自己和蒋之奇的札子公诸外廷，让司法介入，"尽理根穷"。又自请罢参知政事，以利于办案。

二月二十四日神宗赐手诏，遣内臣朱可道往欧阳修家抚慰问安。《神宗御札》曰："春寒安否？前事，朕已累次亲批出诘问，因依从来，要卿知。付欧阳修。"

三月四日，彭思永黜御史中丞、工部侍郎，外任知黄州；蒋之奇罢主客员外郎、殿中侍御史里行，出任监道州酒税。并将敕文张榜于朝堂。神宗再次遣中使赐手诏于欧阳修，请欧阳修赴朝视事。《神宗御札》曰："乃出榜朝堂，使中外知其虚妄。事理既明，人疑亦释，卿宜起视事如初，无恤前言。赐欧阳修。"

三月二十四日，欧阳修屡乞外任获允，授欧阳修观文殿学士、转刑部尚书、知亳州。

四月至五月赴任而借道于颍州，在颍作《濮议卷一》至《濮议卷四》，记述濮议完整过程，上呈神宗，并留与后世评说。五月二十八日抵达亳州任所。

八月八日作《英宗皇帝灵驾发引祭文》。回顾英宗灵柩发引，欧阳修因"官守有职，不得攀号于道左，谨择顺天门外，恭陈薄奠，西望泣血"。

宋神宗熙宁元年（1068）六十二岁

是春连上三表、五封札子请求退休，不允。神宗六降诏书叮咛告谕。

八月五日敕命欧阳修转兵部尚书，改知青州，充京东东路安抚使。欧阳修因疾病乞退，反得进秩要职，非常为难。领受则有矫激邀恩之罪，力辞又有稽违君命之嫌。三上辞青州札子而不允。直到十月六日仍逗留亳州，上书《第五乞守旧任札子》。

十月二十七日，欧阳修抵达青州任。作《青州谢上表》说："惟孤拙之无堪，蹈艰危而已甚。世之所荣者，臣之所惧；人以为宠者，臣以为忧。"

十二月，河北饥民逃荒入山东，朝廷诏欧阳修设法安置流民。

熙宁二年（1069）六十三岁

三月，神宗遣内侍王延庆便道青州传宣皇帝抚问，御赐银盒香药，及新校订《前汉书》五十册。该书由欧阳修"看详"。

是冬欧阳修两次乞转一小郡，上书《乞寿州札子》。寿州闲暇僻静，容易乞退。未允。欧阳修患严重眼疾，而研究撰著《诗谱》"补亡"。这是欧阳修于庆历四年（1044）出使河东所获儒家典籍《郑玄谱》，经流传已残缺不整，"注人不见名氏，自周公致太平以上不完，遂用孔颖达《正义》所载《诗谱》补完之，而复为之序"。

熙宁三年（1070）六十四岁

四月壬申诏敕欧阳修授检校太保、宣徽南院使，判太原府，河东路经略安抚监牧使，兼并、代、泽、潞、麟、府、岚、石路兵马都总管。传闻神宗准备用欧阳修入相，试以"烦剧"。欧阳修坚辞不受，自知其病体和所长均不宜当此重任。

五月欧阳修上书《言青苗钱第一札子》。时神宗用王安石为参知政事，正推行新政"青苗法"。欧阳修提出该法三弊：一是俵散青苗钱取利息三分或二分，仍然嫌高；二是夏料钱贫困农户尚未偿还，又放贷秋料，造成民户欠债积压；三是严重存在"抑配"俵散，违背"召民愿请"的放贷原则，必须罢黜朝廷派驻的提举、管勾等特使。

五月十九日，欧阳修又上《言青苗第二札子》，欧阳修擅自决定，青州所辖京东东路各州军停止发放秋料青苗钱。五月二十一日"诏欧阳修不合不奏听朝廷指挥，擅自给青苗钱，特放罪"。即朝廷未治罪于欧阳修，神宗"网开一面"了。五月二十九日，欧阳修上《谢擅止散青苗钱放罪表》。

四月至六月，欧阳修连上六封《辞宣徽使判太原札子》。六月十五日上《辞宣徽使第六札子》，并乞请移任蔡州（因蔡州近颍，便于致仕）。欧阳修带病撰著《诗谱》补亡，拟将《诗本义》定稿成书。

七月三日诏令欧阳修罢宣徽南院使，复为观文殿学士、知蔡州。八月欧阳修告假在颍州一月余，拼力完成《诗本义》。九月二十七日，欧阳修抵达蔡州任。

熙宁四年（1071）六十五岁

正月王安石正式拜相，欧阳修真诚致贺，作《贺王相公安石拜相启》。

欧阳修不安心于蔡州食俸禄"养拙偷安",四月十九日上《蔡州再乞致仕第一表》,五月上《第二表》《第三表》。

六月十一日诏敕欧阳修以观文殿学士、太子少师致仕。"制词"敕曰:"虽朕之眷遇有加,亦终不能易尔志。"六月十七日欧阳修受命,上《谢致仕表》:"虽伏枥之马,悲鸣难恋于君轩;而曳尾之龟,涵养未离于灵沼。余生易毕,鸿造难酬。"

当朝名臣名士韩琦、曾巩、苏轼、苏辙等得悉发来贺书。七月,欧阳修归颍州。

八月许,欧阳修在颍作《薛简肃公文集序》,以莫念已故岳父薛奎。八月二日朝廷发来诏敕,告知将于九月上旬祭祀明堂,诏欧阳修赴阙陪位。欧阳修上章乞免。九月十七日朝廷遣使来颍,慰问赏赐于欧阳修。欧阳修上《谢明堂礼毕宣赐表》:"伏蒙圣恩,特差右班殿直王昌,赐臣衣一袭、金腰带一条、银器一百五十两、绢一百五十匹、米面羊酒等者。"

九月当朝名臣苏轼、苏辙来颍拜会欧阳修。苏轼原供职谏院,因谏言新法遭弹劾,降为通判杭州。此番即为赴任杭州假道而来。与欧阳修燕饮数日,作《陪欧阳公燕西湖》。苏辙政论长于其兄,现供职三司,亦作《陪欧阳修少师永叔燕颍州西湖》。

是冬曾巩致书于欧阳修,寄来先于治平中写就的《为人后议》,其内容关乎"濮议",当时未敢出手。今观之,颇生感慨。

熙宁五年(1072)六十六岁

是春,原翰林学士、参知政事,如今也已致仕的太子少师赵概,自南京来颍州看望欧阳修。欧阳修热情迎接,把草堂更名为"会老堂"。赵概留宿月余,欧阳修邀请时任颍州太守的吕公著一起燕饮,可谓"金马玉堂三学士,清风明月两闲人"。欧阳修作《会老堂》三篇铭刻石碑存念:"近叔平自南都惠然见访,此事古人所重,近世绝稀,始知风月属闲人也。"改日吕公著做东邀请二位太子少师赴郡府酒宴,欧阳修又作《会老堂致语》,可谓精美华章。

六月二十一日，亲家吴充致书并惠赠生日礼物于欧阳修。吴充时已是翰林学士、枢密副使。景祐中曾游学于欧阳修，那时欧阳修作有《答吴充秀才书》，言及"道胜而文至"。

闰七月二十三日，欧阳修薨于颍州焦陂居舍。临终作《绝句》："冷雨涨焦陂，人去陂寂寞。惟有霜前花，鲜鲜对高阁。"

当朝名臣韩琦、王安石、曾巩、范镇、苏轼、苏辙等均作有祭文。韩琦为之作墓志铭，苏辙作神道碑，吴充作行状。另由知太常礼院李清臣作谥议，于熙宁七年八月谥"文忠"。

八月十一日，神宗皇帝追赐欧阳修为太子太师，后封其夫人薛氏为仁寿郡夫人，诏致制诰。另诏颍州令欧阳某家，上某所撰《五代史》。

参考文献

1. 〔宋〕欧阳修:《欧阳修全集》，李逸安点校，北京：中华书局 2001 年 3 月版。

2. 〔宋〕李焘:《续资治通鉴长编》，上海师大古籍所，华东师大古籍所点校，北京：中华书局 2004 年 9 月版。

3. 〔元〕脱脱等:《宋史》，上海：中华书局 1977 年 11 月版。

4. 〔清〕徐松辑录:《宋会要辑稿》，北京：中华书局 1957 年 11 月版，影印本。

5. 吴洪泽、尹波主编:《宋人年谱丛刊》，成都：四川大学出版社 2003 年 1 月版。

6. 〔宋〕胡柯:《庐陵欧阳文忠公年谱》，（见诸《欧阳修全集》第六册附录）。

7. 刘德清:《欧阳修年谱》（据刘德清《欧阳修传·欧阳修纪年》删订，见诸《宋人年谱丛刊》第二册）。

8. 林逸:《宋欧阳文忠公修年谱》，王云五主编，台北：台湾商务印书馆"民国"六十九年 6 月版。

9. 周勋初主编:《宋人轶事汇编》，上海：上海古籍出版社 2014 年 9

月版。

10. 洪本健编：《欧阳修资料汇编》北京：中华书局 1995 年 5 月版。

11.〔宋〕欧阳修：《新五代史》，北京：中华书局 2016 年 8 月版。

12.〔宋〕范仲淹：《范仲淹全集》，李勇先、王蓉贵点校，成都：四川大学出版社 2002 年 9 月版。

13. 刘越峰：《庆历学术与欧阳修散文》，北京：商务印书馆 2013 年 8 月版。

14. 黄进德：《欧阳修评传》，南京：南京大学出版社 1998 年 1 月版。

15. 余蔚：《宋史》，上海：上海人民出版社 2015 年 1 月版。

16. 周宗奇：《忧乐天下范仲淹传》，北京：作家出版社 2015 年 8 月版。

17.〔宋〕王禹偁：《东都事略·列传》（卷一至卷一〇五），北京：清光绪九年（1883）淮南书局刻本（见诸北京图书馆出版社《宋代传记资料丛刊》影印本，第 9—10 册）。

18.〔明〕陈邦瞻：《宋史纪事本末》，北京：中华书局 2015 年 8 月版。

19. 朱东润主编：《中国历代文学作品选》中编第二册，上海：上海古籍出版社 1980 年 6 月版。

20. 王国维：《人间词话新注》（修订本），滕咸惠校注，济南：齐鲁书社 1986 年 8 月版。

21. 游国恩等主编：《中国文学史》（第三册），北京：人民文学出版社 1964 年 1 月版。

22. 龙榆生编选：《唐宋名家词选》，上海：中华书局 1962 年 9 月版。

23. 杜若明注释：《诗经》，北京：华夏出版社 1998 年 1 月版。

24. 阴法鲁主编：《古文观止译注》，长春：吉林人民出版社 1982 年 9 月版。

25.〔宋〕朱熹：《四书章句集注》，北京：中华书局 2011 年 1 月版。

26. 杨伯峻译注：《孟子译注》，北京：中华书局 1960 年 1 月版。

27. 周振甫译注：《周易译注》，北京：中华书局 1991 年 4 月版。

28. 〔汉〕司马迁:《史记》,〔宋〕裴骃集解,北京:中华书局 1982 年 11 月版。

2017.3.—2018.1. 第一稿;2018.3.15 改稿,于兰州。

2018.9 改稿,2019.1.5 改稿第二稿,于山东威海。

第一辑已出版书目	1	《逍遥游——庄子传》 王充闾 著
	2	《书圣之道——王羲之传》 王兆军 著
	3	《千秋词主——李煜传》 郭启宏 著
	4	《草泽英雄梦——施耐庵传》 浦玉生 著
	5	《戏看人间——李渔传》 杜书瀛 著
	6	《心同山河——顾炎武传》 陈 益 著
	7	《孤独的绝唱——八大山人传》 陈世旭 著
	8	《泣血红楼——曹雪芹传》 周汝昌 著
	9	《旷代大儒——纪晓岚传》 何香久 著
	10	《烂漫饮冰子——梁启超传》 徐 刚 著
第二辑已出版书目	11	《忠魂正气——颜真卿传》 权海帆 著
	12	《花红别样——杨万里传》 聂 冷 著
	13	《感天动地——关汉卿传》 乔忠延 著
	14	《西风瘦马——马致远传》 陈计中 著
	15	《此心光明——王阳明传》 杨东标 著
	16	《梦回汉唐——李梦阳传》 泥马度 著
	17	《天崩地解——黄宗羲传》 李洁非 著
	18	《幻由人生——蒲松龄传》 马瑞芳 著
	19	《儒林怪杰——吴敬梓传》 刘兆林 著
	20	《史志巨擘——章学诚传》 王作光 著

第三辑已出版书目	21	《千古一相——管仲传》 张国擎 著
	22	《漠国明月——蔡文姬传》 郑彦英 著
	23	《棠棣之殇——曹植传》 马泰泉 著
	24	《梦摘彩云——刘勰传》 缪俊杰 著
	25	《大医精诚——孙思邈传》 罗先明 著
	26	《大唐鬼才——李贺传》 孟红梅 著
	27	《政坛大风——王安石传》 毕宝魁 著
	28	《长歌正气——文天祥传》 郭晓晔 著
	29	《糊涂百年——郑板桥传》 忽培元 著
	30	《潜龙在渊——章太炎传》 伍立杨 著
第四辑已出版书目	31	《兼爱者——墨子传》 陈为人 著
	32	《天道——荀子传》 刘志轩 著
	33	《梦归田园——孟浩然传》 曹远超 著
	34	《碧霄一鹤——刘禹锡传》 程韬光 著
	35	《诗剑风流——杜牧传》 张锐强 著
	36	《锦瑟哀弦——李商隐传》 董乃斌 著
	37	《忧乐天下——范仲淹传》 周宗奇 著
	38	《通鉴载道——司马光传》 江永红 著
	39	《琵琶情——高明传》 金三益 著
	40	《世范人师——蔡元培传》 丁晓平 著

41	《真书风骨——柳公权传》	和　谷 著
42	《癫书狂画——米芾传》	王　川 著
43	《理学宗师——朱熹传》	卜　谷 著
44	《桃花庵主——唐寅传》	沙　爽 著
45	《大道正果——吴承恩传》	蔡铁鹰 著
46	《气节文章——蒋士铨传》	陶　江 著
47	《剑魂箫韵——龚自珍传》	陈歆耕 著
48	《译界奇人——林纾传》	顾　艳 著
49	《醒世先驱——严复传》	杨肇林 著
50	《搏击暗夜——鲁迅传》	陈漱渝 著
51	《边塞诗者——岑参传》	管士光 著
52	《戊戌悲歌——康有为传》	张　健 著
53	《天地行人——王船山传》	聂　茂 著
54	《爱是一切——冰心传》	王炳根 著
55	《花间词祖——温庭筠传》	李金山 著
56	《山之巍峨——林则徐传》	郭雪波 著
57	《问天者——张衡传》	王清淮 著
58	《一代文宗——韩愈传》	邢军纪 著
59	《梦溪妙笔——沈括传》	周山湖 著
60	《晓风残月——柳永传》	简雪庵 著

第五辑已出版书目

第六辑已出版书目

第七辑已出版书目	61	《竹林悲风——嵇康传》	陈书良 著
	62	《唐之诗祖——陈子昂传》	吴因易 著
	63	《婉约圣手——秦观传》	刘小川 著
	64	《殉道勇士——李贽传》	高志忠 著
	65	《性灵山月——袁宏道传》	叶临之 著
	66	《蒙古背影——萨冈彻辰传》	特·官布扎布 著
	67	《千秋一叹——金圣叹传》	陈　飞 著
	68	《随园流韵——袁枚传》	袁杰伟 著
	69	《女神之光——郭沫若传》	李　斌 著
	70	《自清芙蓉——朱自清传》	叶　炜 著
第八辑出版书目	71	《神韵秋柳——王士禛传》	李长征 著
	72	《秋水长天——王勃传》	聂还贵 著
	73	《凤凰琴歌——司马相如传》	洪　烛 著
	74	《辋川烟云——王维传》	哲　夫 著
	75	《天生我材——李白传》	韩作荣 著
	76	《如戏人生——洪昇传》	陈启文 著
	77	《北宋文儒——欧阳修传》	邵振国 著
	78	《红尘四梦——汤显祖传》	谢柏梁 著
	79	《梦西厢——王实甫传》	叶　梅 著
	80	《纸上云烟——张旭传》	李　彬 著

图书在版编目（CIP）数据

北宋文儒：欧阳修传 / 邵振国著 . -- 北京：作家出版社，
2021. 1

（中国历史文化名人传丛书）

ISBN 978-7-5212-0827-6

Ⅰ.①北… Ⅱ.①邵… Ⅲ.①欧阳修（1007～1072）- 传记
Ⅳ.①K825.6

中国版本图书馆CIP数据核字（2019）第284857号

北宋文儒：欧阳修传

作　　者：	邵振国
传主画像：	高　莽
责任编辑：	韩　星
书籍设计：	刘晓翔 + 韩湛宁
责任印制：	李卫东　李大庆
出版发行：	作家出版社有限公司

社　　址：北京农展馆南里10号　　　　邮　　编：100125

电话传真：86-10-65067186（发行中心及邮购部）

　　　　　86-10-65004079（总编室）

E-mail:zuojia@zuojia.net.cn

http://www.zuojiachubanshe.com

印　　刷：北京汇林印务有限公司

成品尺寸：152×230

字　　数：491千

印　　张：33.75

版　　次：2021年1月第1版

印　　次：2021年1月第1次印刷

ISBN　978-7-5212-0827-6

定　　价：80.00元（精）